Upton Sinclair
Alkohol

Zu diesem Buch

Amerika in den Wirren von wirtschaftlichen Krisen, Arbeitslosigkeit und Prohibition zu Beginn des Jahrhunderts. Louisiana: Maggie May Chilcote, Tochter einer reichen Familie mit Zuckerrohrplantagen, verliert ihren Vater, der Selbstmord begeht, als er sich von seiner Alkoholsucht nicht mehr befreien kann. New York: Der Hotelangestellte Kip Tarleton erleidet dasselbe Schicksal, auch sein Vater stirbt, vom Alkohol zerrüttet. Diese beiden Menschen, deren Familien durch die Volksdroge zerstört wurden, lernen sich kennen und lieben, überwinden alle Klassenschranken und heiraten. Die beiden Abstinenzler verschreiben sich dem Kampf gegen den Alkohol, werden zu »Wowsern«, glühenden Anhängern der Prohibition, und machen dabei, unbestechlich, wie sie sind, keinen Unterschied zwischen Freund und Feind.

Upton Sinclair, geboren am 20. September 1878 in Baltimore und gestorben am 25. November 1968 in Bound Brook, veröffentlichte eine Reihe berühmter Romane sowie Sachbücher, Theaterstücke und Essays. Einige seiner Bücher mit ihrer unverblümten Kapitalismuskritik sind zu Klassikern der Gesellschaftskritik geworden, so etwa »Der Dschungel«, »Am Fließband«, »Öl« und »So macht man Dollars«.

Upton Sinclair

Alkohol

Roman

Aus dem Amerikanischen von
Elias Canetti

Piper München Zürich

Die deutsche Ausgabe erschien zuerst 1932 im
Malik Verlag, Berlin, und 1987 im Neuen Malik Verlag, Kiel.

Ungekürzte Taschenbuchausgabe
Juli 1998
© 1931 Upton Sinclair
Titel der amerikanischen Originalausgabe:
»The Wet Parade«
© der deutschsprachigen Ausgabe:
1998 Piper Verlag GmbH, München
Umschlag: Büro Hamburg
Simone Leitenberger, Susanne Schmitt, Annette Hartwig
Foto Umschlagvorderseite: Corbis-Bettmann, New York
Gesamtherstellung: Clausen & Bosse, Leck
Printed in Germany   ISBN 3-492-22659-0

1. Kapitel **POINTE CHILCOTE**

I

Der Besuch aus dem Norden saß da und fächelte sich mit einem Palmblatt kräftig Kühlung zu. Die Dame war, selbst im Hochsommer, nicht an solche Temperaturen gewöhnt. Mama machten sie nichts aus, ihre guten vierzig Jahre hatte sie hier zugebracht. Dick und sanft saß sie da, schaukelte sich leise, und der Schweiß floß in Strömen über ihre Wangen, die rosig und weiß zugleich waren. Schwitzen war ja gesund, wenn man nur morgens und abends ein Bad nahm, sich Talkpuder auflegte und die Wäsche wechselte. Sie erklärte das der besorgten Fremden und fügte entschuldigend hinzu:

«Wir können jetzt gerade die Türen nicht öffnen, weil wir eine Schlange im Haus haben.»

Der Besuch erschrak sichtlich. «Eine Schlange?»

«Ja», sagte Mama, «manchmal schlüpft eine herein.»

«Und was tun Sie da?»

«Ja, sehen Sie, zuerst verkriecht sie sich; aber früher oder später kommt sie doch hervor, und dann schlagen wir sie mit einem Stock tot.»

Die fremde Dame warf unruhige Blicke um sich. Sie griff verstohlen nach ihren Röcken und zog sie fest um ihre Knöchel zusammen – zu jener Zeit reichten die Röcke noch bis zu den Knöcheln und Schlangen hinunter.

«Warum lassen Sie die Türen nicht offen, damit sie heraus kann?» fragte sie zitternd.

«Dann wüßten wir ja nicht, ob sie draußen ist», erklärte Mama liebenswürdig. «Wir müssen sie doch aufspüren.»

«Sind sie giftig, Mrs. Chilcote?»

«Leider ja, es sind gewöhnlich Mokassinschlangen.»

«Du lieber Gott!» entfuhr es der Dame aus dem Norden. Sie erhob sich und sagte, sie habe Eile, sie müsse noch irgendwohin, es sei schon sehr spät. Mama suchte sie, gastfreundlich, wie man im Süden ist, zurückzuhalten, aber die Dame aus dem Norden hielt beharrlich Kurs auf die Eingangstür und bewachte zugleich den Boden des Salons. Er lag den ganzen Tag über in Halbdunkel gehüllt. Alte Matten mit Schlangenmustern bedeckten ihn, und die Mahagonimöbel hatten gewundene Schlangenbeine.

Während dieser Unterhaltung saß Maggie May hinter den Vorhängen am Fenster und las anscheinend in einem Geschichtenbuch. Sobald der Besuch weg war, lachte sie mit Mama zusammen über den eiligen Abschied und den Mangel an Takt, den die Dame bewiesen hatte. Die Leute aus dem Norden kamen Maggie May und ihrer Mutter immer so komisch vor. Sie hatten von nichts eine Ahnung und stellten so unerwartete Fragen. Wie dachte sie sich denn eine Zuckerpflanzung ohne Schlangen? Im schwarzen Schlamm der Flußebenen, wo dicht das hohe Zuckerrohr wuchs, mußte es Schlangen geben; ebenso leicht wie sie wäre man die Moskitos losgeworden. Maggie May war an all diesen Überfluß der Natur gewöhnt. Wenn man das Haus verließ, trug man ein Bündel Blätterzweige mit sich, um die Moskitos von den Knöcheln fernzuhalten. Bevor man ins Bett unters Moskitonetz kroch, knipste man sie erst vom Nachthemd weg. Genauso mußte man seine Schuhe ausschütteln, bevor man die Füße hineinsteckte, und durfte auch nie in dunkle Winkel greifen. Gar so groß war die Gefahr ja nicht, weil Papa um das Haus herum weder Buschwerk noch sonstige Gewächse erlaubte, nur einen glatten Rasen, auf dem Schlangen sich leicht abzeichneten. Sah er eine, so holte er seine Flinte, setzte sich auf die Veranda und schoß ihr in den Kopf. Einmal die Woche mußte ein Neger unterm Haus nach Eiern suchen. Maggie May nahm sie dann in die Hand und hielt die runden, gelben Dinger gegen das Licht. Sie waren weich und lederartig und sahen aus wie die Kapseln, die einem der Doktor gab, wenn man Schüttelfrost und Fieber hatte. Man durfte sie nicht gar zu lang liegenlassen, sonst fand man bei der Rückkehr eine Schachtel voll junger Schlangen vor, die oft so giftig waren wie ihre Eltern. Wenn der Neger auf Papas Befehl ein Reisigfeuer machte und eine solche Schachtel mitten hinein warf, da blickte das kleine Mädchen hin, in die Flammen, die rot und gelb züngelten, mit den schwarzen oder braunen Schlangen darin, und drehte den Kopf wieder weg. So schrecklich war das Leben, und doch so faszinierend, man kam davon gar nicht los!

II

«Bayou Teche», Flußland, so hieß diese Zuckerrohrgegend von Louisiana. Viele tausend Jahre schon hatte der Vater der Flüsse das Geröll eines halben Kontinents zusammengeschleppt, hier heruntergeschwemmt und als schwarzen Schlamm in unschätzbarer Tiefe ausgebreitet. Da lag er unter einer glühenden Sonne, von Überschwemmungen und Regengüssen bewässert; ein ganzer Wald von Grün schoß über Nacht darauf hoch, und die Menschen arbeiteten ihr Leben lang, Schwarze mit den Muskeln, Weiße mit dem Hirn, um dieses Wachstum zu zähmen und auf nützliche Dinge zu beschränken.

Ein beträchtlicher Teil dieses Landes, so paradox es klingt, war Wasser. Das wilde Zuckerrohr und das Marschgras wuchsen viele Fuß hoch. Die Wurzeln waren so dicht ineinander verstrickt, daß man darauf gehen zu können meinte. Nur wenn man bis an den Rand der Straße ging und zufällig hinunter sah, bemerkte man unten den Schlick und Schlamm. Von der Bucht her war er brakkig, trotzdem brütete er Insekten aus, die in dichten Wolken das Licht der Sonne verdunkelten. Die Straße baute man, indem man Holzschwellen quer legte, Schutt darüber tat und dann eine zweite Lage Schwellen auflegte. Das alles war im Zuckerpreis mit enthalten.

Maggie Mays Familie lebte auf «Pointe Chilcote». In früheren Jahren hatte es eine wirkliche «Pointe», eine Landzunge, gegeben, die in die Bucht hinausragte. Doch seither hatte sich ringsherum Marschland angesetzt, und die Zunge war verschwunden, nur daß sich hier und da noch «Hügel» heraushoben, wenige Fuß hoch, aber kompakt genug für die Eichen und Magnolien, die darauf wuchsen. «Pointe Chilcote» war dreizehn Kilometer lang und fünf breit, Raum genug für eine Familie. Großpapa Chilcote wäre wie alle übrigen Pflanzer durch den Bürgerkrieg ruiniert worden, aber ein Salzlager, auf seinem Grund und Boden entdeckt, bewahrte ihn vor dem Verlust seines Gutes und sozialem Niedergang. Die Pflanzung wurde wieder hergerichtet und das im Krieg niedergebrannte Herrenhaus durch ein noch schöneres ersetzt. Vier Söhne und zwei verheiratete Töchter hatten ihren eigenen Sitz auf je einem der sogenannten Hügel, ungefähr einen Kilometer voneinander entfernt. Die Enkel und Enkelinnen siedelten sich, sobald sie erwachsen waren, auf weiteren «Hügeln» an oder nahmen sich Wohnungen in der Stadt, wo sie den Winter über lebten.

Der Besucher aus dem Norden, der in Acadia aus dem Zug stieg, fand auf dem Bahnhof eine altmodische Kutsche vor, die den Chilcotes gehörte. Hintendrauf saß ein Neger, der schwarze Livree trug, wenn es auch noch so heiß war. Die Pferde, feine Braune, liefen durch eine Art malaiischen Dschungel. War man nie zuvor in der Gegend gewesen, so fürchtete man für sein Nachtlager. Doch plötzlich hörten Tümpel und Sümpfe zu beiden Seiten des Weges auf. Der Boden hob sich. Schöne Rasenflächen tauchten auf, wo Pfauen und Leiervögel unterm Schatten uralter Bäume auf und ab stolzierten. Fern, am Ende des kiesbedeckten Fahrwegs, sah man einen roten zweistöckigen Backsteinbau, das Herrenhaus. Gerillte, weiße Säulen davor reichten bis zum zweiten Stock und bildeten oben und unten je eine Veranda. Achtzehn solche Säulen hatte das Haus; jede war so dick, daß der größte Mann sie nicht mit den Armen hätte umspannen können. Die Neger, die einem das Gepäck abnahmen, trugen weiße Leinenhosen, und die Negermädchen, die alles auspackten, schwarze Kleider mit weißen Schürzen und Hauben. Da wußte man, daß man zwar nicht in das räumlich so ferne Land der Malaien, wohl aber zurück in den zeitlich so fernen «Alten Süden» gelangt war.

III

Tagsüber trugen die Chilcotes Khakianzüge, Reitstiefel und Sombreros und ritten auf ihren Pflanzungen herum. Um sechs Uhr abends verschwanden alle. Eine Stunde später erschienen sie zum Dinner in Abendkleidung, so modern wie nur in New Orleans. Das Speisezimmer war mit Mahagoni getäfelt. Büfett und Anrichte waren mit künstlich geschnitzten Rosen, Hirschköpfen, römischen Kaisern und französischen Herzoginnen geziert. Da gab es handgeschliffenes Kristall, Silberschüsseln, Platten, die ein Mann allein nicht tragen konnte, Gefäße zum Heißhalten des Kaffees, Punschkübel, die wie der Vollmond um Mitternacht glänzten, einen Satz Silberkaraffen mit verschiedenen Getränken,

Silberbehälter für Eis und für Weinflaschen. Über diese Schätze befahl ein besonderer Diener, ein grauhaariger alter Neger, den man den «Steward» nannte; er hatte die Schlüssel zu Schränken und Laden und reichte bei Tisch die Getränke.

Man brauchte viele kühlende Getränke, denn außer dem Klima waren auch die Gerichte in diesem Land des Pfeffers und aller scharfen Gewürze sehr heiß. (Ein Gutsnachbar der Chilcotes war an einer feurigen, scharfen Soße, die er erzeugte, reich geworden; man kaufte sie in der ganzen Welt.) Zuerst bekam man eine üppige Sumpfschildkrötenbrühe oder gar eine noch üppigere, die man aus der grünen Seeschildkröte machte. Ihre Schale, weich wie Fleisch, war in kleine Stücke zerschnitten. Dazu kam eine Karaffe mit Sherry; man goß soviel davon drüber, wie man wollte. Zur Abkühlung gab es Eis. Dann gab es ein Ibischschotengericht oder eine Chaudiere aus Fischen, Krabben oder Garnelen; sie war so stark gepfeffert, daß einem, wenn man nicht daran gewöhnt war, die Tränen kamen und man froh war, wenn der Steward eine Flasche ausgekühlten Rotweins brachte. Sobald man sich davon erholt hatte, wurden Flußkrebse serviert oder Krabben, deren große Scheren schon aufgebrochen waren. Man aß sie mit den Fingern – eine unappetitliche Sache. Die Kreolenfamilien, Abkömmlinge der alten französischen und spanischen Siedler, hatten gleich neben ihren Speisezimmern besondere Waschräume, einen für Damen, einen für Herren, wohin sich alle nach dem Krabbengericht zum Hände- und Gesichtswaschen zurückzogen, bevor sie die Mahlzeit wieder aufnahmen.

Aber da hatte man noch gar nicht richtig gespeist. Jetzt erst kam das Wildbret, Bärenfleisch, wilder Truthahn, ein halbes Dutzend Perlhühner aus eigener Zucht oder Enten, die man mit Hikkorynüssen gefüttert und gefüllt hatte. Auf dem Tisch stand ein ungeheurer kalter Schinken, in Scheiben geschnitten, aber niemand nahm davon. Da gab es sechs bis acht Gemüse, dampfend heiß, in holländischer Soße, und zur Abkühlung kalten Champagner; dann Götterspeise, aus Orangen und zerriebenen Kokosnüssen, «Syllabub», eine geschlagene Creme mit Sherry, die man über einen Kuchen goß; schließlich Obst und Kaffee, auf dem man Brandy abbrannte.

So aß man im alten Süden zur Zeit der Sklaverei, und man

setzte seine Ehre darein, dieses Ritual auch im zwanzigsten Jahrhundert aufrechtzuerhalten, als Zeitungen und Zeitschriften ihre Spalten den Diätnarren öffneten. Die älteren Chilcotes kümmerten sich um keinerlei Narren. Sie lebten als Gentlemen weiter, ob sie nun Gäste im Haus hatten oder nicht. Vergeudet wurde nur wenig; man hielt sich ja einen Schwarm von Dienern, und in den Hütten am Rande der Lichtung warteten hungrige Mäuler genug.

Während des Essens sprachen die Chilcotes mit Anstand und Würde über die verschiedenen Fleischarten, über ihre Vorzüge und Zubereitungsarten, über den Unterschied zwischen Smithfield-Schinken und gewöhnlichem, zwischen den Austern aus der Lynnhaven-Bai und denen aus der Bucht, zwischen Schildkröten mit und ohne Rautenzeichnung, über die Weinlese und die Vorteile von trocken oder süß, über die Einzigartigkeit von Bourbonkorn, den man im Faß trocknete, und die Unmöglichkeit, den Fusel anders herauszukriegen. Der Truthahn da war von Joe, Toms Jungen, geschossen worden, der Kuchen nach Sallys Rezept gemacht, gar nicht zu vergleichen mit dem von Molly.

Man sprach über Familienangelegenheiten, wo der eine zu Besuch war und was der andere für eine Krankheit hatte und was Doktor Aloysius darüber gesagt hatte. Waren Gäste da, so holte man etwas weiter aus und sprach über gemeinsame Freunde aus der Gesellschaft von New Orleans und Memphis. Wo ging denn eigentlich Soundsos Junge zur Schule? Und mit wem war Soundsos Tochter verlobt? Die Erwähnung einer Verlobung lieferte Gesprächsstoff vielleicht für eine halbe Stunde, denn jedermann rief sich mit Freuden die Verwandtschaft der beteiligten Familien ins Gedächtnis zurück – das war ja der Enkel des Generals Soundso, der bei Vicksburg vor Grant kapituliert hatte oder am Sieg von Jefferson Davis bei Buena Vista beteiligt war. Da war noch die Verwandtschaft in Virginia und die in Tennessee, und ein Sohn bildete sich in Paris zum Künstler aus. Und schon sprach man auch über die Verderbtheit der französischen Sitten; zum Herbst erwartete man die französische Oper in New Orleans.

Das war Maggie Mays Kindheit und Erziehung. Sobald sie alt genug war, um richtig zu essen, saß sie bei Tisch unter den Erwachsenen, eine sittsame, stille, kleine Person, mit großen, dunklen Augen, die auf alles achteten, mit Ohren, die sich kein Wort entgehen ließen. Sie erfuhr die Namen einer ganzen Armee von Menschen, lebender und gestorbener, ihre endlos verzwickte Verwandtschaft, ihre Beschäftigung, ihr Ansehen, die Ortschaften und Städte, wo sie lebten, auch ihre Pflanzungen oder Geschäfte, durch die sie reich und bedeutend geworden waren. Tauchte dann und wann einer dieser Menschen als Gast daheim auf, dann war es, als sei Napoleon oder Julius Cäsar aus einem Geschichtsbuch herausgestiegen und reichte ihr die Hand.

IV

Am größten war das Haus des Großpapas. Es hatte das schönste Silbergeschirr und gab die feinsten Banketts mit den ältesten Weinen. Oberst Chilcote war in Maggie Mays frühester Erinnerung ein Bürgerkriegsveteran, so in den Siebzigern. Trotz seiner Körperfülle bestand er darauf, seine Pflanzungen selbst abzureiten. Seine Geschäfte erledigte er in New Orleans; er fuhr immer selbst hin und war in allen Klubs besonders beliebt. Er behauptete, mehr guten Alkohol zu vertragen, als irgendeiner seiner Bekannten. Da er seit einigen Jahren Witwer war, fand sich immer eine lebhafte junge Witwe oder gar ein junges Mädchen, das eben in der Gesellschaft debütierte und es auf ihn abgesehen hatte. Der Oberst, ein rosiger alter Herr mit einem starken Sinn für Humor, hatte sich eine romanhafte Methode zurechtgelegt, um seine Söhne und Töchter im Zaun zu halten. Was immer gerade los war – ob nun einer von den Söhnen zuviel Zeit außer Haus verbrachte oder eine von den Töchtern erklärte, sie halte es bei ihrem Mann nicht aus, er trinke täglich mehr –, der Oberst brauchte nur zu sagen, er fühle sich einsam auf seine alten Tage, er werde sich mit dem Dämon trösten, über den sich die Familie gerade die ängstlichsten Gedanken machte.

«Papa» war Roger Chilcote, sein Ältester, und Maggie May war das jüngste Kind Rogers. Papa, der schon die Vierzig zählte, als sie ein kleines Mädchen war, erschien ihr als ein vollkommenes, göttliches Wesen ohne Fehl und Tadel. Sein goldenes Haar war schön gewellt; er trug einen weichen, goldenen Spitzbart und sah ganz romantisch aus. Er hatte eine schmelzende Stimme, und wenn sie tremolierte, rannen Schauer über den Rücken des Kindes. Er nahm sie auf sein Knie und erzählte ihr Geschichten über weiße und schwarze Leute. Er war gefühlvoll und weichherzig und konnte Grausamkeiten nicht mit ansehn. So paßte er schlecht in die Welt, in die das Schicksal ihn gestellt hatte.

Roger Chilcote hatte ein tragisches Erlebnis hinter sich, von dem Maggie May erst erfuhr, als sie erwachsen war. Er war mit einer kreolischen Schönheit aus Mobile verlobt gewesen, einem tollen Geschöpf, das die wildesten Pferde ritt und alle Herzen in der Nachbarschaft brach. Roger und sie waren ganz verrückt vor Liebe zueinander. Das Delta fand, sie seien ein ideales Paar. Da geschah es, daß die Schwester dieses strahlenden Geschöpfes, die zuerst geheiratet hatte, ein Kind zur Welt brachte, ein s c h w a r z e s Kind, wie man sich in der entsetzten Gesellschaft zuflüsterte. Das passiert hier und da im fernen Süden; die Opfer halten es für ein Spiel des Satans. Das Kind pflegt man einer Schwarzen zu übergeben, und auf der betroffenen Familie lastet ein Fluch bis ans Ende der Tage. Die reichen Kreolen verkauften ihre Besitztümer und nahmen ein Schiff nach Frankreich. Auf der Überfahrt stürzte sich Rogers Geliebte ins Meer.

Er erholte sich nie davon. Nur seinen Eltern zu Gefallen verlobte er sich wieder. Ihre Wahl fiel auf Mama. Sie wußte, was ihr Mann in dieser Ehe für sie übrig haben werde: Zuneigung und Achtung, aber nicht mehr. Mamas Pflicht war es gewesen, für die Chilcotes Kinder zu gebären, und das hatte sie getreulich getan. Fünf waren noch am Leben, zwei waren dem Klima erlegen und eins tot geboren worden, als ein scheu gewordenes Reitpferd die schwangere junge Frau abgeschleudert hatte. Mama war gut und sanft, immer freundlich, ein weicher Schoß, eine warme Brust. Es gab zwei Arten von Müttern da unten im alten Süden: Die einen rackerten sich ab bis auf die Knochen, hielten die Wirtschaft zusammen und retteten die Familie vor dem Ruin. Die andern gaben das Rennen auf und schaukelten sich in Lehnstühlen, während die Dinge ihren eigenen schmerzlichen Gang gingen.

V

Maggie May war von frühester Kindheit an in Furcht erzogen worden. Eine andre Möglichkeit gab es nicht hier, unter feurigen Rossen, die nach einem ausschlugen, Kühen, die einen auf ihre Hörner nahmen, und tödlichen Schlangen, die überall, wo man spielte, auf einen lauerten. Von einem ihrer Brüder erzählte man sich folgende Geschichte: Eine sorglose Dienerin hatte das Kerlchen aus den Augen gelassen. Da war es unters Haus gekrochen und vergnügte sich dort auf seine Art. Es stach mit dem Finger nach einem komischen Tier, das mit langen, roten Nadeln zurückstach. Dann kroch es wieder hinaus und erzählte seiner Mutter von diesem schönen neuen Spiel.

Es gab so viele «Das darfst du nicht!» für die Kleine. Sie durfte nicht barfuß gehen, ihre Füße wurden sonst zu groß. Sie durfte nicht auf die Bäume klettern, ihre Hände wurden sonst zu groß. Sie durfte sich nicht in die Sonne stellen, damit sie keine rauhe Haut bekam. Bei Tisch durfte sie nicht sprechen, außer wenn sie gefragt wurde. Fragen über eine ganze Reihe von Dingen schickten sich für ein kleines Mädchen nicht. Sie durfte in Gegenwart eines Gastes nicht über Familienangelegenheiten sprechen. Sie durfte nicht laut lachen, nicht schreien, vom Tisch nicht aufstehen, bevor man es ihr erlaubt hatte. Sie durfte das Klavierüben nicht vergessen, das Singen nicht, Französisch nicht und Malen nicht. Ängstlich und ernsthaft bemühte sie sich, diese vielen Verbote und Pflichten im Kopf zu behalten.

Und doch, all diese Sorgen zusammen wogen weniger als der eine große Kummer, der über Maggie Mays Leben hing und von dem Tropfen um Tropfen in ihre erwachende Seele sickerte. Sie hätte nicht sagen können, wann sie zum erstenmal etwas davon spürte – sie wußte ja auch nicht mehr, wann ihr der Himmel zum erstenmal blau war und das Wasser naß. Sie war schon ganz erwachsen, als ihre Mutter es in klare Worte faßte: das herzzerreißende Geständnis, daß Papa «trank».

«Trinken» hatte in Maggie Mays Welt einen besonderen Sinn. Es bedeutete nicht, daß ein Mann die vollen Gläser Rotwein, Burgunder und Champagner trank, die der Steward bei Tisch servierte, noch meinte man damit den Coktail vor dem Essen, den

Sherry in der Schildkrötenbrühe und den Brandy im Kaffee. Man meinte damit nicht die Mint-Juleps, die zwei-, dreimal im Laufe eines heißen Tages gemixt und in mit Eis und frischen Minzzweigen gefüllten Gläsern gereicht wurden. Man meinte nicht den Punsch, der bei jedem Tanz serviert wurde, und nicht die heißen Toddies an Winterabenden. Das alles war kein Trinken, das war Gastfreundschaft, das gehörte zum Leben im Süden. Die Damen hielten da bei den Herren mit, und das war höflich und richtig. Man hatte die verschiedensten Sorten Alkohol im Haus, außerdem einige rare, man sprach über Qualität und Blume, über die Sorten und Jahrgänge und wo man sie zu kaufen bekam.

Es galt auch nicht als «Trinken», wenn die Herren im Speisezimmer noch beisammen blieben, nachdem die Damen es schon verlassen hatten, ihre Zigarren rauchten, über Geschäfte und Politik sprachen und gehörige Mengen von Whisky mit Soda zu sich nahmen. Oder war das etwa «Trinken», wenn ein Mann mit seinen Busenfreunden im Billardzimmer saß und die ganze Nacht durch, in Zigarrenrauch und Alkoholdunst gehüllt, Poker spielte? Nein – das war Sitte, das erwartete man von jedem Mann, der kein Schwächling war. Auch die Knaben wurden dazu erzogen; sie bekamen ihre Schlückchen von Mint-Julep und bei Tisch ihre halben Gläser Wein. Es galt als ausgemachte Sache, daß sie, erst einmal am College, an allen Freuden des Mannes teilhaben würden, das heißt an Pokerpartien, Whisky mit Soda, Cocktails beim Essen und Punsch beim Tanz.

Nein, das richtige «Trinken» begann erst, wenn ein Mann zuviel zu sich nahm, bei einem Tanz plötzlich verschwand und seine Freunde ihn bei der Partnerin entschuldigen mußten; wenn er am Tage nach einer Pokerpartie seinen Rausch nicht ausschlafen konnte; wenn er für sich allein in seinem Zimmer trank, ohne Gesellschaft; wenn er plötzlich fort mußte, ins Haus seines Gutsverwalters zum Beispiel, und dort mehrere Tage verschollen blieb. Das war das richtige «Trinken», und dann erst nistete sich der Schrecken in die Seelen der Frauen ein, dann erst steckten sie die Köpfe zusammen, holten sich bei den Älteren Rat, heckten leise Verschwörungen aus und ließen ängstliche Andeutungen fallen.

VI

Maggie May verbrachte den größten Teil ihres Lebens unter prächtigen Männern, die am Alkohol zugrunde gingen. Aber die Gesetze des Anstands, nach denen sich alles richtete, waren so streng, daß sie erst als Erwachsene einen dieser Männer im betrunkenen Zustand zu Gesicht bekam. Wenn sie in die Stadt kam, konnte es natürlich leicht vorkommen, daß sie einen Mann herumtorkeln sah, aber das war dann irgendein ordinärer Mensch, der für sie nicht zählte. Solche Leute waren die unglücklichen Opfer aller möglichen Laster; eine Dame hatte nichts damit zu schaffen.

Die weißen Armen in dieser Gegend hießen «Cajuns». Es waren Abkömmlinge jener Franzosen aus Acadia, Neufundland, deren traurige Geschichte Longfellow in «Evangeline» erzählt. Um die Mitte des achtzehnten Jahrhunderts waren sie in dieses Marschland deportiert worden. Ihre Ururenkel hausten als Trapper in einräumigen Bretterbuden, die sie auf Pfählen über den sumpfigen Nebenarmen des Deltas errichtet hatten. Sie legten junge Bäume über den Morast und nagelten Bretter darüber; auf solchen wackligen Wegen gelangten sie in ihre Hütten. Ihre Boote stießen sie mit Stangen vorwärts, trieben Fischfang, kauften sich für den Erlös Roggen und brauten daraus ihren verbotenen Schnaps, der «Mondschein» hieß. Von solchen verruchten Geschöpfen konnte nichts Gutes kommen. Die Aristokratie der Pflanzer kümmerte sich nicht um sie, außer wenn sie die Unverschämtheit hatten, Schnaps an Neger zu verkaufen.

Weiße bekamen den Alkohol flaschen- und glasweise in jedem Spezialgeschäft der Stadt Acadia zu kaufen. Außerdem gab es eine Unzahl geheimer Läden dafür; die Regierung erhob nämlich für Ausschanklizenzen eine Steuer, die von den wenigsten gebilligt und von den meisten womöglich hinterzogen wurde. Der illegale Handel, zu dem gelegentliche Razzien und das Niederschießen von Zollbeamten gehörte, nahm wüste Ausmaße an – für dieses Problem schien es keine Lösung zu geben.

Männern und Weibern der unteren Klassen blieb hier im Süden für ihre Mußezeit nur zweierlei übrig: Alkohol und Religion. Wer an einem Samstagabend durch die Straßen von Acadia spazierenging, fand beide Formen der Unterhaltung auf ihrem Gipfel vor. Da drängten sich die Männer in den Kneipen, besoffen und aufgedunsen, rempelten einander an, torkelten über die Straßen und verunstalteten die Nacht mit Raubtier- und Indianergebrüll. In einem «Glaubenszelt» oder unter einer Baumgruppe gleich vor der Stadt wurde eine Versammlung abgehalten. Männer und Frauen fielen unter dem Banne eines Predigers auf die Knie, bekannten ihre Trunkenheit, gelobten Besserung und beschworen Jesus um Hilfe bei ihrem Vorhaben.

Für Maggie May war das alles fern und fremd, nur Gerüchte davon drangen bis zu ihr. Die Chilcotes gehörten zur Episcopalkirche und hatten eine Kapelle auf ihrem Gut. Zweimal im Monat erschien ein Geistlicher bei ihnen als Gast, der für alle, die beizuwohnen wünschten, einen Morgen- und einen Abendgottesdienst abhielt. Weiße nahmen unten im Schiff, Schwarze auf der Galerie oben Platz, zu der ein besonderer Eingang führte. Der Gottesdienst ging anständig und manierlich vor sich. Da gab es keine Schreie, keine Ermahnungen, keine Herzensergüsse und keine Skandale. Man hielt es für ausgemacht, daß Damen und Herren sich zu benehmen wüßten, ohne irgendwelche Hilfe, auch ohne die Hilfe des Heilands.

Das galt nicht nur für die Kirche, das galt auch für zu Hause. Wenn Roger Chilcote mehr Alkohol im Leibe hatte, als er vertragen konnte, ging er ins Haus seines Verwalters, dessen Frau und Diener nach ihm sahen; oder er nahm sich ein Hotelzimmer – angeblich auf einer wichtigen Geschäftsreise. Manchmal allerdings irrte er sich und hielt sein Gehaben noch für normal, wenn er den andern bereits ein wenig sonderbar vorkam. So wurde sich seine Tochter nach und nach, indem sie diese und jene Beobachtung verknüpfte, des großen Kummers in ihrem jungen Leben bewußt. Ihr goldener Gott, dieses strahlende Wesen voll Lachen und zarter Traurigkeit, war zwei Menschen zugleich: der eine der richtige, der andere eine quälende Karikatur, die von Jahr zu Jahr ärger wurde.

Und wie hätte ein kleines Mädchen wissen sollen, welcher von beiden er im Augenblick war? Woran erkannte man das? Sein Lächeln, bei dem man erschauerte – war Papa wirklich glücklich oder war es nur der andere, der Fremde, der dummes Zeug trieb?

Die Tränen in seinen Augen – war es der liebe Papa mit dem guten Herzen, der sich über die Grausamkeit und Bosheit der Welt kränkte, oder bloß jenes Affenwesen, das über die dümmsten Dinge weinen konnte? Seinen Lippen, Quellen des Wissens, entströmten Worte – hatte er nun etwas Tiefes gesagt, das man in sich schloß und über das man den ganzen Tag nachgrübelte, oder einen bloßen Unsinn, einen Wirrwarr blind hervorgestoßener Worte, wie die Blasen im Wein, der sie veranlaßt hatte?

VII

Es wurde zum ernsten Problem im Leben eines ernsten jungen Mädchens, den Unterschied herauszufinden. An Papas Atem erkannte man es nicht, denn wenn eine Familie Alkohol zu jeder Mahlzeit bekommt und dazwischen Mint-Juleps und Toddies, so ist ihr der Alkoholgeruch so vertraut wie der Duft von Rosen. An seinem geröteten Gesicht erkannte man es nicht, denn es war von Haus aus rötlich und färbte sich, wenn er laut lachte, wenn er die Plantagen abritt oder mit den Kindern Ball spielte. Auch daß er lustig war oder traurig, nützte einem nichts, denn er war beides oft mit Grund. An seiner Gesprächigkeit erkannte man es nicht, denn er sprach gern zu jedem, der zuzuhören verstand, und erzählte gern Geschichten, und wenn das Geschick der wunderschönen Prinzessin so grausam war, daß die Tränen über Maggie Mays Wangen flossen, standen auch die Augen Papas voller Tränen. Man war sehr gefühlvoll da unten und kümmerte sich ganz und gar nicht um die moderne Sitte, die unnützes Weinen verbietet.

Nein, man konnte es überhaupt nie erkennen! Papas Gefühle waren ein Labyrinth, in dem man sich vorwärtstasten mußte. Schon der richtige Papa war kompliziert genug, geschweige denn der Affenpapa. Angeheitert war er sehr unbeständig und neigte sehr zu Extremen. Er war dann gar zu lustig oder gar zu traurig und verfiel im Nu von einem Extrem ins andere. Er ärgerte sich, war ungeduldig und wollte plötzlich alles los sein. Er war ungewöhnlich empfindlich und mißtrauisch; sein Töchterchen durfte seine sonderbaren Stimmungen nicht bemerken, das ertrug er nicht. So legte Maggie May ihrer Zunge einen Zügel an und über ihre Augen eine Maske. Papa benahm sich absonderlich – sie bemerkte es nicht. Er sagte etwas Unverständliches – sie suchte gar nicht herauszukriegen, was er damit meinte. Verriet sie eine Spur von Schmerz, Kummer, Überraschung oder auch nur von Aufmerksamkeit oder Neugier, so sprang Papa plötzlich auf und rannte aus dem Zimmer.

Mama pflegte zu sagen: «Papa fühlt sich nicht ganz wohl. Wir müssen etwas Geduld mit ihm haben.» Mehr sagte sie nicht, bis mit den Jahren das Kind sehr taktvoll merken ließ, daß es alles wußte. So war es Mrs. Chilcote mit all ihren Kindern ergangen, einem nach dem andern. Aber die arme, gefühlvolle Dame lebte immer noch in der Hoffnung, dem nächsten dieses schmähliche und schmerzliche Wissen zu ersparen.

Maggie May war als Spätgeborene Spielzeug und Liebling der andern, besonders ihres Vaters, der aus seiner Schwäche heraus nach Liebe und Halt verlangte. Sie war kein hübsches Kind, ein wenig zu mager für den südlichen Geschmack und auch zu dunkel, mit großen, schwermütigen Augen. Auch fehlte es ihr an der Lebhaftigkeit, die man für einen Erfolg in der Gesellschaft braucht. Doch sie war sanft und bereit, die Lasten derer, die sie liebte, auf ihre schmächtigen Schultern zu laden. Mamas Ruhe und Papas Ungestörtheit waren für Maggie May die wichtigsten Dinge von der Welt; es fiel ihr nicht ein, etwas anderes zu tun, als was man von ihr verlangte.

Sie kam nicht dazu, ein eigenes Leben zu führen. Da war vor allem Papa, der immer befahl, immer forderte, von Tag zu Tag dringender und verzweifelter. An eine Zeit, wo sie seinen Ruf nicht gehört hätte, konnte sich Maggie May gar nicht erinnern. Seit sie lebte, waren ihre Liebsten vom Untergang bedroht. Böse Menschen hatten Roger Chilcotes Schwäche herausbekommen und lauerten auf ihn. Hatten sie ihm genug zu trinken gegeben, so bekam er seine Anfälle von Großmut. Mit vollen Händen warf er das Geld unter die Leute und überreichte jedem, der sie nahm, Hundertdollarnoten. Er gab sich zu Pokerpartien mit jedermann her, verspielte alles Geld, das er bei sich hatte, füllte Schecks, stellte Schuldscheine aus und belud sich mit Ehrenschulden, die ihn für morgen und immer banden. Den Erlös der Zuckerernte eines ganzen Jahres hatte er einmal an einem einzigen Abend verspielt.

So kam es, daß seine Familie sich um ihn scharte, ihn Tag und Nacht bewachte und Pläne ausheckte, ihn zu unterhalten und zu betrügen. Zu seinem Unglück hatte er keine regelmäßige Beschäftigung. Das Abreiten der Plantagen war vollkommen überflüssig; kompetente Aufseher waren ohnehin genug da, und sie brauchten nur wenig Befehle. Seine Banktransaktionen in New Orleans dauerten nie lang; immer blieb ihm Zeit, sich mit seinen Kumpanen in den verschiedenen Klubs zu treffen. Die Ankunft eines Herrn, woher auch immer er kam, wurde im Süden durch einen Trunk gefeiert. Alles, was man unternahm, sei es Geschäft oder Vergnügen, wurde mit einem Trunk begonnen und mit mehreren beschlossen.

Mama mußte also Papa nach New Orleans begleiten. Sie nahm manchmal die erwachsenen Kinder mit, machte einen Familienausflug daraus und trachtete Verpflichtungen einzugehen, die ihn bei den Damen festhielten. Waren sie wieder auf der Pflanzung zurück, so schlugen ihm die Damen eine Ausfahrt vor oder eine Kartenpartie, oder sie blieben lange Stunden im Gespräch auf der Veranda oben sitzen. Über die verschwendete Zeit machte sich niemand Gedanken – was hätte man sonst mit der Zeit anfangen sollen?

Diese Menschen liebten das Beisammensein, sie wünschten nur beim Anziehen allein zu sein. Den ganzen übrigen Tag brauchten sie Gesellschaft; wer zu ihrer Kaste gehörte, hatte freien Zutritt. Man konnte unangemeldet kommen und monatelang bleiben, ohne peinliche Bemerkungen hervorzurufen. Selten saßen weniger als fünfzehn bis zwanzig Personen bei Tisch. Meist waren es treue Freunde, die nach Papa schauen kamen und nach den Maßnahmem seiner Frau. Sie waren selbstlos genug, Kaffee besser zu finden als ihre Toddies und Limonade besser als Mint-Julep. Sie logen wie richtige Gentlemen und ließen Papa ihr Mitleid nicht spüren.

Er aber merkte es, ja, er merkte es. Man ummauerte ihn mit Liebe, man hielt ihn bei den Weibern und Kindern fest wie ein Nesthäkchen. Das vergiftete seine Stimmung. Brütend saß er da oder schritt ruhelos auf und ab – und dann brach er aus seinem Käfig aus. Er wird es ihnen zeigen, jedem wird er es zeigen, er ist noch ein Mann, kein Wrack und kein Krüppel. Er wird unter

Männer gehen und nach Männerart tun, ein, zwei Gläschen trinken, nicht mehr.

Er nahm sich das fest vor. Aber das Unglück war, daß er nach ein, zwei Gläschen immer wieder von vorn begann und jedesmal sagte: «Dieses zählt nicht.» Zum Schluß kam er mit rotem Kopf heim und brachte kein vernünftiges Wort mehr hervor. Aber er tat sehr würdevoll, entschlossen, jedermann sein Recht zu beweisen. Wie jeder Herr im Süden wußte er genau, wieviel Alkohol er vertrug. Als erstes befahl er Moses, dem alten Steward, ihm noch einen Toddy zu mixen.

VIII

Im Laufe der Zeit stellte es sich heraus, daß seine jüngste Tochter der einzige Mensch war, der Macht über ihn hatte. Maggie May war sein Liebling, sein «Augapfel» – man liebte altmodische Ausdrücke da unten. Andern gegenüber nahm er sich was heraus, ihr gegenüber nie. Andere brachten ihn in Zorn, sie zum Lächeln. So geschah es oft, daß Mama sie im Klavierüben oder bei der französischen Konversationsstunde oder sonst einer Gelegenheit unterbrach und sagte: «Liebling, Papa ist in der Stadt, er ist nicht ganz wohl, die Hitze tut ihm nicht gut, sieh doch mal nach, ob du ihn zum Kartenspiel heimholen kannst.» Maggie Mays Pony wurde gesattelt, ein vertrauter Diener führte es vors Tor und trabte dann ein paar Meilen hinter ihr drein bis nach Acadia. Dort saß Papa auf einer gedeckten Veranda vor dem Laden, der sein Lieblingsgetränk führte, und erzählte einigen Männern lustige Geschichten, oder er warf Geldstücke unter einen Haufen von Negerjungen, die dafür zu seinem Vergnügen Purzelbäume schlugen.

Er hörte sofort damit auf, sobald er Maggie May gewahrte. Denn, wenn auch nur ein Kind, für sozial Tieferstehende war sie eine junge Dame. Und jedes männliche Wesen, weiß oder schwarz, hatte sich in ihrer Gegenwart anständig zu benehmen. Er stand auf, kam an den Randstein und sagte: «Hallo, kleines Mädchen!» Bei sich zu Hause hatte er lauter komische Namen für sie, da hieß sie «Kuchen» oder «Knochen». In der Öffentlichkeit aber trug sie den würdigen Namen «kleines Mädchen».

«Papa», sagte sie, «ich bin mit dem Üben fertig.» – «Wirklich, kleines Mädchen?» Manchmal verstand er ihren Wink, sagte: «Gut, dann machen wir eine Partie zusammen», band sein Pferd los und ritt mir ihr heim. Andere Male blieb er eigensinnig und widerstand ihren Schmeichelkünsten. «Ich muß hier auf jemand warten. Ich komm zum Mittagessen, sag das der Mama. Du lies indessen das neue Märchenbuch und erzähle Papa, was drin steht.»

Sie ritt enttäuscht heim. Wenn sie in den Augen ihrer Mutter Kummer und Hilflosigkeit las, sagte sie: «Vielleicht sollte ich es doch noch mal versuchen, Mama. Ich werde mir eben was Wichtiges ausdenken.»

Auf diese Weise genoß das kleine Mädchen ein Stück Erziehung, das wichtiger war als Klavierüben oder französische Konversation. Sie mußte immer etwas herausbekommen, was Papa wichtig erschien, oder ihm einreden, daß ihr etwas besonders wichtig sei. Sie mußte einen liebevollen, aber festen Druck auf ihn ausüben. Sie mußte ihre Macht auf das Äußerste anspannen und darauf achten, daß sie des Guten nicht zuviel tat.

Hie und da versuchte er in der Verwirrung seines Geistes die stillschweigende Übereinkunft zu brechen, und dann zog er alles ins Lächerliche. Mit einem Lächeln, das beinahe ein Lauern war, blickte er ihr ins Gesicht und sagte: «Ich weiß schon, kleines Mädchen, ich weiß, was du willst! Du möchtest mich nach Hause zurückkriegen.» Maggie May aber blickte unschuldig wie ein Taube drein, als sei sie keiner Weiberlist fähig: «Nein, Papa, wirklich nicht! Ich hatte doch eine Partie vor für heute nachmittag. Du weißt doch, wenn du nicht dabei bist, ist nichts los.» Oder: «Papa, ich möchte schrecklich gern wissen, was mit Rebekka im Schloß passiert ist, aber ohne dich kann ich einfach nicht weiterlesen.»

Ein Kartenspiel zu zweit, bei dem sie es stundenlang aushielt, gehörte zu Maggie Mays besonderen Aufgaben. Sie steigerte die Aufregung beim Spiel und tat so, als ob sie gern gewinnen möchte. Wenn sie verlor, trug sie Enttäuschung zur Schau – aber nicht zuviel, um Papas Freude nicht zu verderben. Nach und nach bekam sie heraus, daß er fortgesetztes Pech nicht vertrug; er begann sich dann zu langweilen und hörte unter irgendeinem Vorwand zu spielen auf. Wenn sie ihm aber scharf zusetzte, ohne je wirklich zu gewinnen, blieb er in Spannung und spielte den ganzen Tag. Allmählich vertauschten sich ihre Rollen im Leben. Der Erwachsene wurde zum Kind, das Kind zur frühreifen Erwachsenen. Maggie May lernte sogar mogeln, aber nicht zu ihren Gunsten. In kritischen Augenblicken beging sie Fehler, die ihr Papas Spott eintrugen. Schließlich spielte sie ja für ihn. War es nicht ganz in Ordnung, daß er gewinnen wollte – er, der Mann, der Halbgott, dem die Welt gehörte?

IX

Drei Brüder und eine Schwester gingen denselben Dornenweg wie Maggie May. Aber sie waren alle älter und daher schon ein gutes Stück weiter, als die Dunkelheit hereinbrach. Ted, der Älteste, war um zwölf Jahre voraus, ein großartiger junger Herr, hochmütig und blasiert, mit seinen gestreiften Flanelljacken, Zigaretten mit Goldmundstück, wilden Reitpferden und jungen Damen, die ihn besuchten. Sehr früh schon kam er auf ein College; das kleine Mädchen schnappte alles mögliche auf über Fähnchen, Ruder, Rackets, Meerschaumpfeifen, Brüderschaften, Bänder, Mützen – lauter geheimnisvolle Dinge. Das aufgeweckte Kind bekam da Dinge zu hören, die für seine Ohren ganz und gar nicht bestimmt waren. Maggie May kam zum Schluß darauf, daß man am College dasselbe fidele Leben mit Trinkgelagen und Spielschulden führte wie zu Hause.

Die Nächste, Lelia, war um zwei Jahre jünger als Ted, doch betrachtete sie sich als gleich alt. Chiffon und Musseline, Tüll und Moiree, Bänder, Schals und Spitzen, Schneiderinnen, Einkäufe in New Orleans, Einladungen, Bälle, Fünf-Uhr-Tees, Bewerber auf fabelhaften Reitpferden, Bewerber in blendenden Wagen – das war Lelias Leben. Sie war blond und elegant, eine Herzensbrecherin, und bekam zahllose Riesenschachteln mit fabelhaftem Konfekt. Schwester Lelia kutschierte im ganzen Süden herum und besuchte ihre vornehmen Freunde. Eines Tages kam dann die Hauptvorstellung. Das Haus wurde wie ein Feenschloß hergerichtet. Lelia heiratete einen hoffnungsvollen jungen Bankier aus New Orleans.

Der Schatten dieses strahlenden Geschöpfes verdunkelte noch lange das Leben der kleinen Maggie May. Eines der besten Zimmer im Haus hatte Lelia gehört. Es war mit mattgrün-weißen Tapeten ausgekleidet, für einen Pfirsichteint die richtige Farbe. Als die Schwester weggezogen war, zog Maggie May hinein. Der Name «Lelias Zimmer» blieb, und niemand fiel es ein, die Tapeten zu ändern, obwohl Grün und Weiß zu dunklen Augen und Haaren gar nicht paßte. Maggie May bat nicht einmal darum. Sie verzichtete auf die Laufbahn einer Herzensbrecherin. Wann immer die unvergleichliche Lelia zu Besuch kam, übersiedelte Maggie May in eines der Gastzimmer, deren Tapeten weder Farbenmuster noch sonstige ästhetische Reize aufwiesen.

Nach Lelia klaffte in der Reihe der Geschwister eine Lücke; zwei Kinder waren gestorben. Der nächste war Roger junior, den Familie und Dienerschaft Jung-Roger nannten. Er war um vier Jahre älter als Maggie May; Lee, der jüngste Bruder, nur um zwei. Die beiden waren ihre Spielgefährten und Schulmeister zugleich. Sie brachten ihr Bescheidenheit, Gehorsam und andere Tugenden bei, die man von einer jungen Dame im Süden verlangte. Hatte man beim Indianerspiel gerade ein Bleichgesicht nötig – Maggie May erbleichte und ließ sich skalpieren. Wurde eine große Schlacht geschlagen, Gefangene eingesperrt, Gefallene begraben – Maggie May gab sich zum Engländer oder zum Yankee her, fiel und zuckte nach Bedarf. Bei Jagden rannte sie mit. Über einen geschossenen Vogel vergoß sie keine Tränen, sondern beherrschte sich und betrachtete ihn als Objekt zum Ausstopfen oder zum Essen.

Sonderbar, drei so ganz verschiedene Kinder von denselben Eltern. Lee, mehr dunkel, glich der Mutter und Maggie May; er war ruhig, langsam, ein wenig unbeholfen, aber gewissenhaft; er konnte gut ein Pflanzer oder leitender Bankbeamter werden. Jung-Roger dagegen, ein feuriges Geschöpf, war «zu Kümmernis geboren, wie die Funken gen Himmel fliegen». Sein rotes Haar spielte mit den Jahren immer mehr ins Goldblonde, wie das seines Vaters. Er war heftig und ungeduldig und mußte um jeden Preis herrschen. Historische Erzählungen verschlang er und setzte sie in die Tat um. Er war natürlich immer Alexander, Caesar, Napoleon, da gab es gar keinen Zweifel.

Kurz und gut, Jung-Roger war ein Genie. In der Familie Chilcote hatte es noch nie so etwas gegeben, zumindest seit Menschengedenken nicht, niemand wußte, wie man damit umgeht. Er war heiter und leicht verstimmt wie der Vater, aber dazu wild wie niemand in der Familie. Er begriff alles viel rascher als die andern, und seinen durchdringenden Geist verdroß es, zu warten, bis ihn die andern eingeholt hatten. Er hatte die Gabe des Wortes und drückte sich so aus, daß seine Sätze einem im Gedächtnis haften blieben. Seine lebhaften Bilder elektrisierten, sein Witz hielt stets in Spannung. Die Erwachsenen beobachtete er scharf und äffte sie genau nach – ein Geheimnis, das die drei Jungen für sich behielten.

Den Hang zur Grausamkeit in ihm begriff seine Schwester nie. Er liebte es, alle zu tyrannisieren, bloß um seine Macht zu beweisen. Seine kleine Schwester neckte er hartnäckig. Plötzlich, wie ein Blitz aus heiterem Himmel, konnte er sagen: «Wenn ich groß bin, werde ich ein Trunkenbold.» – «Nein, nein, Roger!» rief sie. Aber er blieb dabei. «Ich werde ein Trunkenbold oder ein Soldat. Dann gehe ich in den Krieg.» Maggie May, die von einer übertriebenen Gewissenhaftigkeit war, konnte stundenlang über dieses Problem nachdenken. Was sollte sie nur tun, damit ihr Bruder kein Trunkenbold oder Soldat würde?

Da es in einer so großen Familie auch einem jungen Genie nicht immer möglich war, seinen Kopf durchzusetzen, baute er sich eine Traumwelt auf. Auf dem Dachboden entdeckte er ein paar Koffer mit Büchern, Lederbänden, die noch vom Urgroßvater Chilcote herstammten, einem gelehrten Juristen. Es waren die englischen Romanklassiker des achtzehnten Jahrhunderts. Roger wischte den schwarzen Staub von ihnen weg und bewahrte sie wie einen geheimen Schatz. Niemand von der Familie wußte, was in diesen Büchern stand. Ihre Unwissenheit war des Jungen Wonne: Eine offene, gerade Welt tat sich da vor ihm auf, die vom Standpunkt südlicher Zimperlichkeit aus schrecklich war. Jung-Rogers Urteile wurden strenger, heftiger und immer unverständlicher für diese stolzen Leute, die sich für frei und kühn hielten, in Wirklichkeit aber ängstlich und von allen Tabus gehetzt waren.

Zu seiner Vertrauten hatte sich der Junge Maggie May erwählt. Seine Heftigkeit und sein wegwerfendes Urteil über alles und jedes erschreckten sie zwar, doch liebte und vergötterte sie ihn beinahe so wie ihren Vater, dem er glich. Sie tat alles, was er ihr zu tun befahl, nur das nicht, was die Eltern verboten hatten. Sie hörte sich gern die Geschichten an, die er gelesen hatte. Später, als er größer war, erfand er selber welche. Dann saß sie mit aufgerissenen Augen, zu Tode erschrocken da, als wohne sie gerade der Schöpfung bei, wie sie in der Bibel geschildert ist. Obwohl Roger versicherte, alles sei Schwindel und in Wirklichkeit ganz anders gewesen.

X

Ihrem Bruder Roger guckte Maggie May auch das Lesen ab. Sie wollte die wunderbaren Dinge, die er kannte, alle selber kennen. Die Fenster des Salons waren in Alkoven eingelassen; dicke Vorhänge davor hielten das Tageslicht ab. Zwischen Fenstern und Vorhängen war ein freier Raum; da las es sich am schönsten. Man holte ein paar Kissen und machte sich ein Nest zurecht. Mama sah das nicht gern; es sei ja ganz schön, wenn ein Mädchen lese, aber die Welt dürfe nichts davon erfahren, sonst werde man für einen Blaustrumpf gehalten und habe keinen Erfolg.

«Aber Mama», sagte das Kind, in dem die Ansichten des Bruders weitergärten, «warum muß ich denn Erfolg haben?»

«Maggie May!» rief die Mutter entsetzt. Ein so umstürzender Gedanke war vor ihr noch nie geäußert worden.

Maggie May blieb dabei. Warum sollte ein Mädchen nicht Bücher lesen, statt Erfolg zu haben, wenn ihr das Bücherlesen mehr Spaß machte?

«Ja», meinte Mama, «ein kleines Mädchen glaubt vielleicht, daß Bücher alles sind, was es braucht. Aber später kommt sie dann drauf, daß sie auch Freunde möchte, einen Mann, ein eigenes Heim. Dazu muß sie in Gesellschaft gehen, Männer kennenlernen und ihnen gefallen.»

«Aber ich werde doch nur einen Mann heiraten wollen, Mama?»

«Das wollen wir hoffen, Liebling.»

«Warum muß ich dann vielen gefallen?»

«Weil du keinem gefällst, wenn du nicht allen gefällst. Nicht wahr, du wirst doch nicht irgendeinen gleichgültigen Mann heiraten wollen. Es wird ein besonderer Mann sein, der beste von allen, hoffe ich. Du wirst dir wünschen, daß gerade der dich zur Frau will, und damit du dessen ganz sicher bist, müssen immer andere Männer um dich sein, die dich ihm wegnehmen wollen.»

«Ach so. Darum hat Lelia sie eifersüchtig gemacht.»

«Das nicht, aber er muß fühlen, daß andere Männer dich für begehrenswert halten. Wenn du so sonderbar und gelehrt bist und anders als alle andern – nun, dann fürchten sich eben die Männer vor dir, und du bleibst ein Mauerblümchen.»

Nach der normalen Ordnung der Dinge hätte Maggie May die Künste, die der Schwester Lelia unter Mamas Anleitung den reichen und begehrenswerten Mr. Pakenham aus New Orleans verschafft hatten, schließlich auch erlernt. Aber etwas anderes nahm immer mehr ihre Zeit in Anspruch: Papa und sein Unglück. Selbst Mama gab zu, daß Papa zuerst kam. Das Kind wurde der Koketterie und Eitelkeit dieser Welt entzogen, statt ein strahlender Erfolg wurde eine kleine, braune Maus aus ihr, die im Haus bald hierhin, bald dorthin glitt, auf die niemand besonders achtete. In ihrem Kopf gingen unterdessen die sonderbarsten Dinge vor. Ihre Gedanken paßten gar nicht in die Kreolen- und Kavalierkultur des Deltas. Eher gehörte sie nach Massachusetts, dem Sitz der Blaustrümpfe und Mannweiber, die gar keinen Wert darauf legen, den Männern zu gefallen, und stolz ihren eigenen Kopf durchsetzen.

2. Kapitel DER SCHNAPSTEUFEL

I

Maggie May hätte nicht sagen können, in welchem Alter sie sich zuerst mit ketzerischen Gedanken über das Trinken trug. Sie steckte mittendrin, ihre ersten Eindrücke nahm sie sozusagen durch die Haut auf. Da war Großvater Chilcote, der noch lebte und sich über Ärzte und ihre Warnungen noch immer lustig machte, aber nicht mehr so ganz von Herzen wie früher: Er litt oft an Gichtanfällen und lag wegen seiner Leber zu Bett. Onkel Bernie, der mit einer von den Chilcote-Töchtern verheiratet war und in New Orleans lebte, war ein Trinker und beschimpfte seine Frau in aller Öffentlichkeit. Dreimal schon hatte sie ihn verlassen und geschworen, nie wieder zurückzukehren. Ganz in der Nähe lebte Mr. Waterman, ein alter Herr, der oft auf Besuch kam. Statt der Nase trug er eine rote Knolle mit violetten Äderchen drin; das sei kein Blut, pflegte er lachend zu sagen, sondern Schnaps, bester Bourbonschnaps. Eines Tages schlug er bei Tisch plötzlich um. Man brachte ihn zu Bett. Ein, zwei Jahre lag er da, mit gelähmtem Gesicht. Bester Bourbonschnaps, sagten die Doktoren.

Maggie May bekam heraus, daß nur Männer tranken. Die Frauen hatten nur den Kummer davon. Ein einziges Mal hörte sie von einer betrunkenen Frau, und die war aus dem Norden. Das war in Maggie Mays frühester Jugend, bei einem jener glanzvollen gesellschaftlichen Ereignisse, die man schon Monate vorher und noch Jahre danach besprach. Ein großer Politiker, dessen Bild sich in allen Zeitungen fand, hatte eine Tochter, die in der vornehmen Gesellschaft die Rolle einer Prinzessin spielte. Die Zeitungen nannten sie auch stets «Prinzessin». Wohin sie auch auf ihren Reisen kam, die Leute liefen zusammen und starrten sie voller Hochachtung an. Nun sollte sie nach New Orleans kommen, es hieß, man habe die Absicht, sie mit dem Erben einer der reichsten und ältesten Familien, Nachbarn der Chilcotes, zu verheiraten. Ein hoher diplomatischer Posten für den Sohn gehörte mit zum Handel.

Wilde Vorbereitungen wurden getroffen, Reporter kamen an

und fragten aus, Fotografen nahmen Bilder der Häuser auf, die die Prinzessin betreten sollte. Eins der Diners fand bei Großvater Chilcote statt. Alle Töchter und Schwiegertöchter halfen bei den Vorbereitungen mit, Großvater legte seine besten Weine aufs Eis, alles warf sich in die neuesten Toiletten – und dann kamen sie in einem großartigen Wagen angefahren, die Prinzessin und der junge Mann, den sie heiraten sollte. Man setzte sich zur Tafel – strahlendes Silber, geschliffenes Kristall, handgesticktes Tischzeug –, und Großvater sprach von seinen Weinen. Die Prinzessin kostete und fand sie gut. Sie fand sie so gut, daß die Diener mit dem Eingießen gar nicht nachkamen. Sie bat, die Flasche gleich vor ihr stehenzulassen. Bald war sie in gehobenster Laune. Als der Butler ihr wieder einmal ein Gericht hinhielt – dampfende Pilze in einer dunkelbraunen Soße –, nahm sie ihm die Silberschüssel aus der Hand und goß sie dem jungen Mann, den sie heiraten sollte, über den Kopf.

Sie bekam ihn also nicht zum Mann. Sie bekam überhaupt keinen Mann aus dem Süden. Am nächsten Morgen verließ sie das Haus ihres Verlobten und fuhr nach New Orleans. Ihr Name wurde nur unter Flüstern genannt. Erwähnte man sie vor den Chilcote-Ladies, so hieß es, ja, die sei hier einmal zu Gast gewesen. Dann folgte eisiges Schweigen und kein Wort mehr über den Fall. Unter den Freunden des jungen Mannes, der sie hätte heiraten sollen, wurde ein ethisches Problem ernsthaft diskutiert. Sollte er den diplomatischen Posten, den er als Mitgift bekommen hatte, aufgeben, oder durfte er ihn behalten?

Aus dieser kleinen Begebenheit leitete Maggie May ihre Vorstellungen vom Norden und der Kultur des Nordens ab. Am Reunionstag zog Großvater Chilcote seine abgeblaßte graue Uniform als Oberst an und ritt zur Parade nach New Orleans. Maggie May wußte, worum es da ging. Sie lauschte den Rednern, die von der «verlorenen Sache» sprachen, und begriff ihre stolze Trauer und Verachtung. Es hatte Krieg gegeben zwischen dem einen Teil Amerikas, wo nur die Herren, und dem anderen, wo Herren und Damen sich betranken. Der Norden hatte gewonnen. Seither saß dort in der guten Gesellschaft eine betrunkene Prinzessin auf dem Thron.

II

Als Maggie May größer und die Familienlasten schwerer wurden, begann sie sich zu fragen, warum man überhaupt Alkohol trank. Im Alter von etwa vierzehn Jahren sprach sie mit ihrer Mutter darüber. Die Unterhaltung der beiden war ein wenig naiv; sie nahmen eben das Leben ernst und schämten sich dessen ganz und gar nicht.

«Nein, Liebling», sagte Mama, «ich glaube nicht, daß jemand wirklich trinken muß. Sie haben's bloß gern.»

«Aber auf einmal haben sie es dann zu gern. Warum fangen sie überhaupt an damit?»

«Es glaubt eben keiner, daß er dem Alkohol verfallen könnte.»

«Und dann verfallen ihm doch so viele, Mama. Warum schütten die Leute nicht alles aus und machen keinen mehr, auf der ganzen Welt nicht!»

«Das weiß ich nicht, Kind. Ich wollte, sie täten's.» Ganz die arme, hilflose Mrs. Chilcote! So weit dachte sie gerade noch, weiter nicht.

«Was würde passieren, Mama, wenn wir beide auf einmal sagen, wir trinken nichts mehr?»

«Nicht sehr viel, Liebling. Es gibt viele Leute, denen nichts am Trinken liegt.»

«Hätte ich dann keinen Erfolg in der Gesellschaft?»

«Ich fürchte, du hättest es dann schwerer. Die Leute glauben dann, man will besser sein als sie. Ich glaube, es ist für eine Dame besser, sie trinkt ein, zwei Schlückchen wie ich, dann achtet niemand darauf.»

«Glaubst du, daß ich weniger gesund wäre, Mama, wenn ich meinen Rotwein nicht trinke, wenn ich statt dessen Limonade trinke oder sonst was?»

«Ich glaube nicht, Kind. Doktor Aloysius sagt, du wiegst zu wenig, wir sollen dich gut nähren.»

«Ich weiß was, Mama, ich werde ein Glas Milch extra trinken, vielleicht nützt das was.» So tappte sie, die kühne Abenteurerin, im Reiche der Diät herum. «Ich sag's gleich Moses. Vielleicht merkt Papa nichts.»

Aber Papa merkte es. Papa entging nichts, was sich auf seine

Schwäche und die Haltung seiner Lieben dazu bezog. Er bestand darauf, daß sein «kleines Mädchen», sein «Kuchen», sein «Knochen», sein «Äffchen» ihren Wein trinke, damit es zunehme. Maggie May wieder konnte den Geschmack des Claret nicht leiden, Portwein war auch nicht besser, sie versuchte es lieber mit Fruchtsaft und einem Glase Milch. Mit Ruhe und Zähigkeit setzte sie ihren Willen durch. Verwandte und Gäste unterhielten sich bei den Mahlzeiten darüber. Großmutter Chilcote war Abstinenzlerin gewesen und ziemlich jung gestorben; ein guter Rotwein hätte ihr Blut bereichert, meinte der Großonkel einer Schwägerin, ein Mann von über neunzig Jahren, der jeden Morgen seinen Toddy trank. Die allgemeine Meinung ging gegen tollkühne Experimente auf dem Gebiete der Gesundheit.

Aber nicht lange darauf geriet Schwester Lelias Mann, als er einmal betrunken war, in eine Art von Schießwut und verletzte einen Passanten schwer. Wäre er kein Gentleman gewesen, man hätte ihn ins Gefängnis geschickt. So hatte Maggie May ein neues Argument gegen das Trinken und agitierte damit bei ihren zwei jüngeren Brüdern. Wie durfte sich Mr. Pakenham in eine Verfassung bringen, in der er einen unschuldigen Passanten anschoß?

Lee war um diese Zeit sechzehn Jahre alt und studierte auf einer Militärschule in der Nähe. Zum Wochenende kam er immer heim und erzählte Maggie May von den Jungen, wie sie nachts aus den Fenstern der Baracken kletterten und saufen gingen. Die jüngere Generation trank offenbar besonders viel. In einem Kirchenblatt hatte Maggie May eine Statistik gelesen, nach der der Alkoholkonsum pro Kopf in Amerika von Jahr zu Jahr stieg. Auf dieses Zeugnis gestützt, machte sie auf ihren Bruder, einen gewissenhaften Burschen mit starkem Hang zur Religiosität, besonderen Eindruck. Eine Truppe von Methodistinnen war gerade auf Seelenrettung im Ort aus. Lee legte ein Gelübde ab und erregte damit beinahe einen Skandal bei den Chilcotes.

Mit Roger junior stand es anders. Er war jetzt neunzehn Jahre alt, ein strahlender junger Bilderstürmer, der gerade aufs College wollte, sechs Fuß hoch, mager, mit etwas hängenden Schultern, weil er soviel Zeit über den Büchern «vertan» hatte, wie die Familie mißbilligend sagte. Die Brille, die er seiner Kurzsichtigkeit wegen trug, gab ihm ein gelehrtes Aussehen. Wenn sich niemand darum kümmerte, vergaß er, sein goldblondes Haar zu schneiden; man werde ihn noch für so einen Bogenkratzer halten, sagte Papa. Kurz, er war anders als die andern, niemand kannte sich bei ihm aus, und er machte es auch niemand leicht. Aufs College gehe er jetzt nur, um von daheim wegzukommen, sagte er, nicht weil er sich dort was Besseres erhoffe. Das College sei was für Philister. Roger liebte unbekannte Worte, gleichgültig, ob man sie verstand oder nicht. Maggie May kannte die Philister aus der Bibel, lauter Riesen waren das, David hatte einen mit einer Schleuder getötet. Aber hier im Süden, gab es denn da auch welche?

Für die Abstinenz spürte Jung-Roger nur Verachtung. Seine Revolte sollte unter anderen Zeichen siegen. Was verstand seine kleine Schwester von den Übeln, gegen die ein Mann von höherer Kultur die Pfeile seines Geistes richtet? Jene alten englischen Romane, an denen Jung-Rogers Geist sich gebildet hatte, handelten zum guten Teil von tapferen, fröhlichen Zechern. Fieldings Landedelleute, Smoletts Schiffsoffiziere, Charles Levers irische Tagediebe waren lauter trinkfeste Leute, und die alten Gedichtsammlungen wimmelten von Anacreontica zum Preise des Alkohols.

III

Als Maggie May alt genug war, um darüber nachzudenken, bekam sie heraus, daß ihr Vater an die Religion, die für alle übrigen eine Gewohnheit war, nicht glaubte. Wenn Reverend Cobbein auf die Pflanzung kam und beim Gottesdienst in der Kapelle die Lehre auslegte, hörte Papa zwar höflich zu. Aber nachher schüttelte er den Kopf und sagte: Nein, das sei unmöglich, ein denkender Mensch könne nicht an einen Gott glauben, der allgütig und allmächtig zugleich sei. Wenn Gott Macht habe und mit Überlegung soviel Böses geschaffen habe, dann könne er nicht gut sein. Papa brütete lange über die Leiden des Menschengeschlechtes und wurde darüber beinahe melancholisch. So viele schreckliche Dinge gab es: giftige Schlangen und giftige Spinnen und noch giftigere Begierden in den Menschenherzen.

Besonderen Kummer bereitete ihm das Negerproblem. Wie sollte man diese Massen von afrikanischen Halbwilden zähmen und kultivieren? Ohne Angst vor Gewalt, Schlägen und harten Strafen für rohe Verbrechen arbeiteten sie nicht. Allen Vorbeugungsmaßnahmen zum Trotz verschafften sie sich Alkohol und fielen dann einander mit Rasiermessern an. Die Weiber verstümmelten in toller Eifersucht Rivalinnen oder ungetreue Liebhaber. Eine Schwarze auf der Pflanzung, die den Vater ihrer Kinder strafen wollte, steckte eines Tages die Kleinen in ein Faß voll Federn und zündete es an. Angesichts solcher Geschehnisse trank sich Papa in Vergessen. Man wußte nicht, ob er trank, weil er unglücklich war, oder ob er unglücklich war, weil er trank.

Dann kam jener Sommer, in dem die europäischen Völker sich in den Krieg stürzten. Anfangs bekam Maggie May nicht viel davon zu spüren, der Krieg war für sie eine ferne, unleidliche Sache, von der man manchmal erzählte. Sie dachte nicht, daß er in ihrem Leben je etwas bedeuten könnte, außer vielleicht, daß er Papa beunruhigte. Wenn er die Zeitungsberichte las, griff er sich mit beiden Händen an den Kopf und beklagte die wahnwitzige Menschheit. Dieser Krieg sei das unbegreiflichste Greuel der Geschichte; über kurz oder lang werde Amerika hineingezogen werden – eine Prophezeiung, die Maggie May und ihre Mutter als Trinkerphantasie betrachteten.

Betrunken oder nüchtern, jedenfalls warf Papa seine schreckliche Idee den anderen Gentlemen immer wieder voller Bitterkeit an den Kopf. Bald zeigte es sich, daß sein ältester Sohn derselben Meinung war. Schlimmer noch, Ted bestand darauf, daß Amerika in den Krieg m ü s s e. Es sei das einzige Mittel, «die Zivilisation zu retten». Nach Verlauf kaum eines Jahres war er seiner Sache so sicher, daß er seine Pflanzung einem Verwalter übergab und in ein Übungslager für Offiziere fuhr. Maggie May hörte zu, wie Vater und Mutter diese neue Katastrophe besprachen. Teds Unglück in seiner Ehe sei viel daran schuld, meinte Papa, die jungen Leute hätten es heute zu leicht, da würden sie ungeduldig und eigensinnig und kämen dann in einer Ehe schwer miteinander aus.

Maggie May war jetzt schon fünfzehn Jahre alt und folgte den Gesprächen der Erwachsenen über den Krieg. Ted kam in einer Khakiuniform nach Haus, Lee und mehrere Vettern als Kadetten; das Haus glich bald einem Militärlager. Unerhörte Betriebsamkeit herrschte im ganzen Süden. Denn so sonderbar es scheinen mag, die Zerstörung in einem Teil der Welt machte einen andern reich. Zucker gehörte zur Nahrung der kämpfenden Männer. Baumwolle brauchte man für ihre Uniformen, für das Nitroglyzerin, das sie in Stücke riß, und für die Verbände, mit denen man sie wieder flickte. Jedermann spekulierte, die Bodenpreise gingen sprunghaft in die Höhe. Die Tochter der Chilcotes konnte alles haben, was sie sich erträumte: ein reinrassiges arabisches Reitpferd oder ein Kentucky-Vollblut, den blendendsten Rennwagen, blutrote Rubine als Halsschmuck oder, zu ihren ruhigen Farben passend, eine Schnur von mattglimmenden Perlen, wunderschöne Kleider – alles, was zu erlangen und zu empfangen sie Geduld genug hatte, nur Heiterkeit nicht und nicht Erlösung von Kummer und Angst.

IV

Roger Chilcote war wie ein Mann, der im Flugsand versinkt. Weder seine eigenen krampfhaften Bemühungen noch die Bitten und Tränen von Frau und Tochter konnten seinen Untergang aufhalten. Er war jetzt an den Punkt gelangt, wo alle Lügen zusammenbrachen und es nicht mehr möglich war, irgend etwas zu verheimlichen. Wenn er mehr trinken wollte, ging er ins Haus seines Verwalters. Der Verwalter und seine Frau hatten keine Macht über ihn. Sie mußten nach dem alten Oberst, nach einem von Rogers Brüdern oder nach Captain Ted schicken. Schließlich begann der Verwalter mit der Aufkündigung des Postens zu drohen. Er habe den Trunkenbold in seiner Wohnung satt. Dabei war dieser Verwalter ein tüchtiger Mann, der Papa mehr als einmal vor dem Ruin bewahrt hatte.

Einer der Brüder faßte den Entschluß, das Opfer in einen Badeort zu bringen. Dort ließ man ihn den Whisky ausschwitzen, dort rieb und knetete, massierte und fütterte man ihn; bleich und gebändigt, voll guter Vorsätze und zärtlicher Regungen kehrte er heim. Mama war endlich soweit und vergaß alle gesellschaftlichen Erwägungen. Sie gab den Familienvorrat an Wein, Brandy und Whisky aus dem Haus, wies Moses, dem alten Steward, eine andre Arbeit zu und befahl, daß fortan jedermann in ihrem Hause enthaltsam zu leben habe.

Aber es war zu spät. Papa konnte ohne seine Toddies, Schnäpschen und Schlückchen nicht mehr leben. Er bekam das Zeug von seinen Zechkumpanen in der Stadt, üblen Burschen, die es auf sein Geld abgesehen hatten. Er schmuggelte es in sein Zimmer, trank da heimlich und wusch die Gläser aus, um die Spuren zu verwischen. Die Zeit war da – zum erstenmal in ihrem Leben –, wo das Spiel zwischen Vater und Tochter versagte. Sie fiel vor ihm auf die Knie nieder, brach in Tränen aus und bettelte: «Bitte, bitte, Papa! Trink nicht mehr! Trink nicht mehr!» Der gedemütigte Vater begann hysterisch zu schluchzen: «Ach, kleines Mädchen, kleines Mädchen, Papa kann nichts dafür! Ich kann nicht aufhören. Ein Teufel hält mich gepackt. Ach, daß mein geliebtes Kind es weiß! Ich kann dir nicht mehr ins Gesicht sehen!» Maggie May hatte schwere Mühe, ihn zu beruhigen. Er gelobte Besserung, gab ihr die Flasche, die er unterm Kopfkissen versteckt hatte, und sah zu, wie sie in die Toilette ausgeleert wurde. «Herrgott, wenn ich nicht Manns genug bin, mich zu beherrschen, will ich lieber sterben und euch aus dem Wege sein!»

Einen Monat oder zwei hielt er Wort. Wenn er es brach, verschwand er aus dem Hause, um seinem Kind nicht ins Gesicht sehen zu müssen. Ted wurde aus dem Militärlager geholt, suchte ihn überall, bis er ihn fand, und brachte ihn in ein sogenanntes Keeley-Institut. Das war ein Ort, an dem sich Tausende von Gentlemen aus dem Süden einfanden. Die Keeley-Kuren und ihre Wirksamkeit waren ein beliebter Gesprächsstoff bei Tisch. Es hieß allgemein, man werde dort so weit kuriert, daß man nicht mehr trinken mußte – wenn man es ernsthaft wollte. Aber da lag der Hase im Pfeffer. Natürlich konnte jeder aufhören, wenn er wollte. Aber wie sollte einer aufhören, wenn er Lust auf ein Gläschen hatte?

Wieder kehrte Papa heim, noch blasser und noch melancholischer, weil sein Stolz so tief verletzt war. Keine Freude und Anregung war ihm mehr geblieben – er war ein Invalide geworden, der bei den Frauen zu Hause bleiben mußte und dessen Rolle als Familienoberhaupt ausgespielt war. Der Umgang mit seinen Kumpanen war ihm verboten. Er wußte, daß sie sich über seine Lage lustig machten. Einen Gott, an den er nicht glaubte, mußte er um Erbarmen anflehen, als ob Erbarmen im Plan dieses blinden, mechanischen Weltalls läge. Was war es überhaupt, dieses All, voller Männer wie er, die eine zerstörende Sucht nicht beherrschen konnten. Gott im Himmel, was war diese ganze Menschheit, die sich wie toll in das Schlachthaus Europa stürzte?

Da saß er nun zu Hause, wohl bewacht, und spielte Karten mit seiner erwachsenen Tochter. Für Maggie May war das eine kritische Zeit. Ihr Charakter formte sich endgültig. Den Rest ihrer Tage würde sie bleiben, wie sie nun war, ernst und besorgt, über die Widersprüche des Lebens grübelnd. Wie der Vater quälte sich auch das Kind mit den Welträtseln ab.

In ihrem empfänglichen jungen Gemüt blieb eine Frage haften: «Was kann ich jetzt tun, um ihm zu helfen?» Das führte zu einer ganzen Armee von weiteren Fragen. Wie hielt sie ihn zu Hause fest? Wie weckte sie sein Interesse, seine alte lustige, gutmütige Spielkameradschaft? Wie weckte man Interesse in einem Menschen, der keins mehr hatte? Aus welchen Quellen Mut und Entschlußkraft erneuern? In eine Religion konnte sie nicht flüchten, denn Papa glaubte an keine. Und was für Papa nicht gut war, war zu nichts gut.

Ihre einzige Zuflucht war Liebe; ihre Pflicht, Tag und Nacht diese Liebe wirksam zu machen. Tägliche Bemühung und Erfahrung gab ihr ein, daß zu Liebe Weisheit gehört, die Verschlagenheit einer Schlange, einer Zauberin, eines Diplomaten, eines Intriganten – alle möglichen Arten von Verschlagenheit. Auch geduldig mußte ihre Liebe sein, unermüdlich und Tag und Nacht auf dem Posten, aber verhüllt und verkleidet.

Und niemand half Maggie May. Keins der andern Kinder widmete dem Vater soviel Zeit, und keines nahm sich sein Leid so zu Herzen. Man konnte es auch nicht von ihnen verlangen; die ältere Schwester war ja verheiratet und hatte ihre eigenen Sorgen, und alle übrigen waren Männer, die ein ausgefülltes, eigenes Leben führten. Mama tat, was sie konnte, aber zum Unglück war sie ihrer Aufgabe seelisch nicht gewachsen. Nicht einmal in Gedanken hätte Maggie May ihre Mutter je träge genannt, dazu war sie ein viel zu wohlerzogenes Kind. Sie erlebte nur Tag für Tag, daß Mama nicht aus noch ein wußte. Vielleicht hatte Mrs. Chilcote zu Beginn ihrer Ehe einen Fehler begangen. Sie war vielleicht zu unglücklich gewesen und hatte ihr Unglück merken lassen. Jedenfalls ließ sich ihr Mann von ihr viel weniger gefallen als von seiner Lieblingstochter.

Die Liebe war stark, aber nicht allmächtig. Die Tatsache, daß ein Weib, ein minderwertiges Geschöpf, sie handhabte, minderte ihre Macht. Maggie May kränkte sich darüber nicht. Natürlich war sie viel weniger wert als Papa, nie würde sie soviel wissen wie er, nie so strahlen, nie eine ganze Gesellschaft so großartig unterhalten. Aber gerade daraus mußte sie Kapital schlagen und seinen Glauben an seine Wichtigkeit als Familienoberhaupt wieder wecken. Er heiterte sie auf, nicht wahr, er lehrte sie, wie man leben muß, er flößte ihr Munterkeit ein, Mut und Würde. Was hatte Papa gern getan? Maggie May mußte danach trachten, eben dasselbe zu können. Worüber hatte er gern gesprochen? Eben darüber mußte sie ihm tausend Fragen stellen. So erwarb sie im Intrigieren genug Geschick, um ein ganzes Kaiserreich in Gang zu erhalten.

V

Sanfte, braune Augen hatte Maggie May, dazu passendes Haar und jetzt, da sie aufblühte, rote Wangen und Lippen. Ihr schelmisches Lächeln war immer freundlich. Eine Ballsaalkönigin war sie nicht, überhaupt keine strahlende Schönheit wie ihre große Schwester, aber Burschen von feinerem Empfinden entdeckten und bewunderten sie. Was sollte sie mit diesen jungen Verehrern anfangen, deren es jetzt schon mehrere gab? Maggie May mußte erlernen, wie man sich auf scherzhafte und schickliche Art den Hof machen läßt; öffentlich durfte das erst nach ihrem gesellschaftlichen Debüt geschehen. Es war Sache ihrer Mutter, Gelegenheiten zu schaffen und zu überwachen; ihr Vater steuerte Neckereien und gespielte Eifersucht bei.

Allerdings handelte es sich hier um einen ungewöhnlichen Fall. Maggie May trug bereits eine Verantwortung, der sie sich nicht entziehen konnte. Sie wollte es auch nicht einmal. Sie war einem Manne Spielgefährtin, Freundin und Mutter. Papa mußte glauben, daß sie an Burschen kein wirkliches Interesse nahm. Er durfte ja nicht auf den Gedanken verfallen, daß er ihr im Wege sei und ihr die Freude verderbe. Mit ihm fuhr sie lieber aus als mit jedem Jungen aus dem Delta. Wenn einer mitkommen wollte, gut, aber dann mußte er sich erst Papa irgendwie angenehm machen. Schaute einer abends herein, so konnte er bei der Kartenpartie mitspielen.

Was sollten die Verehrer davon halten? Erklärungen gab Maggie May nicht ab. Sie konnte nicht gut sagen: «Ich muß bei meinem Vater bleiben, weil er sonst trinkt.» Aber die jungen Leute hatten so ihre Vermutungen. Sie waren höflich und rücksichtsvoll und beließen Roger Chilcote im Glauben, daß er zur jungen Generation gehöre. Wenn Maggie May Tanzgesellschaften für albern erklärte, so stimmten sie ihr bei. Sie begriffen, weshalb Maggie May keine besuchen konnte. Wie hätte sie da ihren Vater vom Punsch fernhalten sollen, dem jedermann sonst im Saal zusprach?

VI

Die Wirkung der häuslichen Haft erstreckte sich auf die ersten Monate nach Papas «Keeley-Kur». Die Familie atmete auf. Man kümmerte sich mehr um die Pflanzung. Die Ernte wurde zu unerhört hohen Preisen verkauft und der Erlös auf einer Bank sicher angelegt.

Dieser Aufschub half über die schwere Zeit nach dem Tod von Großpapa Chilcote hinweg. Der alte Oberst ging hinüber, schwer an Jahren, Ehren und prima Kentucky-Whisky. Bis zu seinem Ende hielt er dem Whisky sein langes Leben zugut. Maggie May grübelte auch darüber nach. Manchen schadete das Trinken offenbar nicht. Andere wurden darüber zu Narren und Nervenkrüppeln. «Manche vertragen's», hieß es. Maggie May blickte um sich, zog ihre Schlüsse und kam zu einem Ergebnis: Großpapa war einer der wenigen Glücklichen. Andere, die ihm nacheiferten, hatten sich ins Elend gestürzt. Viele Familien der Nachbarschaft verbargen ein ebensolches Geheimnis wie Maggie May, ein Opfer des Alkohols, das zu Hause gepflegt wurde. Dutzende von erwachsenen Männern hatten sich selbst zugrunde gerichtet. Dutzende von jungen Burschen tobten sich aus und häuften dabei Unglück auf ihre künftigen Frauen und ihre noch ungeborenen Kinder.

Der alte Oberst mußte erwartet haben, daß der Whisky ihn

ewig am Leben erhalte, denn er hatte kein Testament gemacht. Die Familie geriet dadurch in nicht geringe Verwirrung. Alle waren mit der gleichmäßigen Aufteilung der Hinterlassenschaft einverstanden. Doch es war schwer, in einer Zeit steigender Preise den Wert des Grundes zu bestimmen, und man wollte auch nichts davon verkaufen, um nach Pointe Chilcote keine Fremden hereinzubekommen. Und wie sollte man den Wert der Kunstgegenstände und Familienerbstücke schätzen? Waren der silberne Punschlöffel mit dem Kopf der Königin Anna oder die goldene Schnupftabaksdose, die der französische Gouverneur der Kolonie Louisiana einem Chilcote dereinst geschenkt hatte, nicht unschätzbar? Die Schwägerinnen hatten diesen oder jenen Gegenstand besonders fest in ihr Herz geschlossen und hetzten nun die Männer gegeneinander auf.

Papa wollte nichts mit alledem zu tun haben. Als ältester Sohn hatte er Anspruch auf das «große Haus» und seine Schätze. Bevor er aber mit seinen Brüdern und Schwestern stritt, blieb er lieber, wo er war. Als die Meinungsverschiedenheiten sich verschärften, verfiel der arme Roger wieder in seine gewohnte Melancholie. Was hatte das Leben für einen Sinn, wenn selbst die besten Menschen Opfer ihrer Habgier wurden? Wozu strebten alle nach weltlichen Gütern, wenn die Zivilisation sich selbst wegwarf? Nein, das Leben war zu grausam, zu schrecklich, um es zu leben! Maggie May mußte sich ihr Hirn zermartern, um etwas Freundliches über das Menschengeschlecht zu sagen. Es war gefährlich, Papa seiner Trauer allzusehr zu überlassen; aber auch übergroße Freude war für ihn gefährlich, denn dann entsann er sich seiner Zechgenossen und der schönen Zeiten beim Poker.

Im Sommer und Herbst des Jahres 1916 wurde eine Kampagne für die Wiederwahl Woodrow Wilsons zum Präsidenten geführt, der versprochen hatte, Amerika auch fernerhin vom Kriege fernzuhalten. Papa hielt das für einen Dienst, der die Unterstützung jedes Bürgers verdiene. Der Ruf des Präsidenten ging ihm besonders nahe, denn sein ältester Sohn, Captain Ted, der vollflügge junge Militarist, drillte in einem Sommerlager der Staatsmiliz eine Kompanie reicher, vornehmer Bürgersöhne und machte vor jedem, der ihn anhörte, den pazifistischen Präsidenten des Landes herunter. Irgend jemand mußte Ted entgegenarbeiten.

In jüngeren Jahren hatte sich Papa politisch aktiv betätigt, und jetzt legte er sich mit der Leidenschaft eines Kreuzritters ins Zeug. Im Staate Louisiana war ein Sieg der Republikaner zwar nicht zu befürchten. Doch manche Grenzstaaten, wie Kentucky und Tennessee, galten als unsicher. Dort konnte ein Redner aus dem Süden mit gutem Erfolg eingreifen. Mama wurde beim bloßen Gedanken daran beinahe irrsinnig. Sie wußte, daß Alkohol und Politik in Amerika dasselbe bedeuten. Jede Versammlung war ein Gelage. In ihren Hotelzimmern, in Privathäusern, auf Banketten, überall bekamen Wahlredner Alkohol vorgesetzt. Gegen die Versuchungen des politischen Lebens kam keine «Kur» auf.

So mußten sich die Damen Lügen ausdenken. Mama ging zu einem Arzt, der ihr einen Aufenthalt von einem Monat in den Bergen von Nord-Carolina verschrieb. Maggie May packte der leidenschaftliche Wunsch, in Humes «Geschichte von England» einzudringen, die sie unter den Büchern in der Dachkammer oben fand. In einer förmlichen Panik bewachte sie Papa und seine unruhigen Stimmungen. Sie bemerkte, wie schon wieder etwas an seiner unzufriedenen Seele zu nagen begann. Rasch, Maggie May, denk dir eine neue Unterhaltung aus, erfinde etwas, was du von ihm brauchst, erbitte dir den Rat dieses Weisesten aller Führer, zwinge ihn, an seine Unentbehrlichkeit zu glauben. Sie hatte nur kurze Zeit, ihren Verstand zu gebrauchen, und lange, lange Zeit, über ihr Versagen nachzudenken.

VII

Zwischen der Frau von Daubney Chilcote, Papas jüngstem Bruder, und Gertrud, seiner ältesten Schwester, brach ein grimmiger Streit aus. Mrs. Daubney hatte vom Oberst noch zu seinen Lebzeiten eine wertvolle Garnitur von Chinaporzellan bekommen, von der Sorte, die man in einen Glasschrank stellt und die niemand von der Dienerschaft anrühren darf, ohne daß man die ganze Zeit dabeisteht. Sie behauptete, der alte Herr habe ihr das als Belohnung für die Geburt von drei Kindern geschenkt, eine ungewöhnliche Leistung für eine moderne Dame. Mit Daubneys Erbschaft habe dieses Geschenk gar nichts zu tun, und daß Schwester Gertrud die Schätzung und Einrechnung des Porzellans verlangte, machte sie wütend. Beide Frauen bestanden darauf, daß Roger, als der Älteste, den Streit entscheide. Jede kam zu ihm und beklagte sich über die Beleidigungen und Charakterfehler der andern. Nach solchen Gesprächen fühlte sich Papa immer tief betrübt.

Eines Tages kam nach einem ähnlichen Gespräch Mama zu Maggie May gelaufen, rang die Hände und jammerte verzweifelt: «Ach, was werden wir tun? Ach, Papa trinkt wieder!» Ein Neger hatte die schreckliche Nachricht überbracht. Der «Herr» sei wieder bei Tidball unten in der Stadt und spiele mit Richter Stuart und Oberst Jonas, zwei von seinen alten Kumpanen, Karten. Eine Flasche Wein stehe vor ihm, von der er sich selber einschenke. Maggie May, damals genau siebzehn Jahre alt, sprang rasch in ihre neue Chaise; ein Diener setzte sich hinten auf, und sie galoppierten in die Stadt.

Der Diener ging ins Lokal hinein und bat Papa mitzukommen; er weigerte sich und ließ sagen, er warte auf jemand, eine Ausrede, die der Tochter so vertraut war, daß sie ihr kaum mehr was besagte. In ihrer Verzweiflung verletzte sie die Schicklichkeitsregeln und ging selbst ins Lokal hinein. Vorne war der Laden, hinten ein Raum, in dem Alkohol serviert wurde. Da saß der Besitzer, ein Yankee aus dem Norden, und gewann den Männern, die er halb betrunken gemacht hatte, ihr Geld im Kartenspiel ab. Papa stand erschrocken auf – daß sein Kind da herein kam, wo Männer tranken und spielten –, er konnte ihr gar nicht in die Augen sehen und murmelte nur etwas. Nein, er könne nicht heim, er habe hier ein sehr wichtiges Geschäft vor, mit einem Mann, der aus der Stadt unterwegs sei, Maggie May solle nicht auf ihn warten. Als sie wieder was sagen wollte, wies er sie hinaus.

Sie hätte ihm nicht nachgeben sollen, entschied sie später. Sie hätte ihn um jeden Preis mitbringen müssen, die Arme um ihn schlingen, in Tränen ausbrechen, sich auf jede Weise erniedrigen, nur nicht ihn dort zurücklassen. Aber ihre Erziehung von klein auf hatte sie daran gehindert. Es war leichter für eine Dame, zu sterben, als sich und ihren Vater vor sozial Tieferstehenden zu erniedrigen. Starke Empfindungen zeigte man nicht vor Fremden, das taten nur Methodisten, die schreiend im Rinnstein knieten und für verlorene Seelen beteten.

Maggie May fuhr zurück. Sie schluchzte den ganzen Weg. Was sollte sie nur tun? Sie rief Ted an, aber der hatte seine militärischen Pflichten; gerade an diesem Tag fand eine Parade statt, von der die Sicherheit der Nation abhing. Sie telefonierte nach Lee, ihrem jüngsten Bruder, aber der war weit weg, im Golf von Mexiko draußen, auf Fischfang. Blieb nur Jung-Roger, der in aller Stille in New Orleans an einem Gedichtbuch arbeitete. Stunden vergingen, bis sie ihn erreichte. Er versprach, gleich den nächsten Zug zu nehmen. Als er ankam, war Tidball mit dem Vater schon verschwunden, niemand wußte, wohin.

Jung-Roger trieb zwei seiner Onkel auf; zusammen spürten sie dem Paar in New Orleans nach. Sie erkundigten sich in allen Hotels und Klubs, vergeblich. Zehn Tage vergingen. Die Polizei und mehrere Banken traten in Aktion. Als jemand einen von Roger Chilcote unterzeichneten Scheck einzulösen versuchte, obwohl sein Konto bereits überzogen war, kam man auf seine Spur. Papa hatte die ganze Zeit über in benebeltem Zustand gelebt und zwanzig Stunden täglich Poker gespielt, um das Geld, das er an allerlei Leute, darunter auch Berufsspieler, verloren hatte, zurückzugewinnen.

Seine Konti in sämtlichen Banken, wo er Geld hatte, in New Orleans und zu Hause, hatte er erschöpft. Dabei war neben seinem eigenen auch das Kapital draufgegangen, das er als Kurator der väterlichen Erbschaft verwaltete. Als ihm seine furchtbare Lage bewußt wurde, nahm er Hypotheken auf seine Pflanzungen auf, er verpfändete eine nach der andern, und zwar rechtsgültig vor einem Notar: Alle Operationen wurden im Kreisgericht verzeichnet. Mit dem Erlös suchte er das verlorene Geld zurückzugewinnen. Schließlich stellte er, um seine Leistung vollkommen zu machen, Schuldscheine auf ein- bis zweihunderttausend Dollar aus, die er gar nicht mehr besaß. So erging es einem hochgemuten Gentleman aus dem Süden, dessen Instinkte als Spieler und Trinker durcheinandergeraten waren.

VIII

Man brachte Papa in ein Spital, wo man ihn mit Gewalt festhalten konnte. Ein Wärter bewachte ihn Tag und Nacht. Mama und Maggie May besuchten ihn in New Orleans – ein schmerzliches Erlebnis für das junge Mädchen. Papas Gesicht, sonst so rosig, sah aus wie ein Klumpen Kitt. Er schämte sich, seinen Lieben in die Augen zu sehen. Im Bett hielt er es nicht aus, er lief im Zimmer herum; wenn er sich setzte, tanzten seine Hände wie Mäuse hin und her. «Mein Kind, mein Kind», wisperte er, «ich bin in der Hölle!» Er hatte einige Anfälle von Delirium tremens hinter sich und wurde nun langsam entwöhnt.

Was er jetzt am meisten brauchte, war Liebe; sie meldete sich zur rechten Zeit. Maggie May nahm ihn bei den Händen und schüttete ihr Herz vor ihm aus. Sie brauchten ihn, ohne ihn kamen sie nicht aus. Täglich wollte sie jetzt kommen und immer bei ihm bleiben. Lieber litten sie zusammen als allein, und am Ende wäre alles wieder gut. Anfangs wiederholte Papa immer nur, daß er eine verlorene Seele sei. Er weinte, stöhnte und verkroch sich vor Scham, alle hatte er sie ruiniert, alle.

«Nein, nein!» rief das Mädchen. «Nein, Papa, das Geld macht nichts, solange wir nur dich haben. Du mußt dich nur entschließen, nie wieder zu trinken, dann wird alles wieder gut.»

Sie überzeugte ihn. Er geriet in einen Rausch guter Vorsätze. Bei allen Heiligen, bei allem, woran er gar nicht glaubte, gelobte er Besserung. Jede heftigere Wallung half ihm über die schreckliche Zeit der Entwöhnung hinweg. Um die Gifte aus seinem Organismus zu entfernen, gab man ihm alle möglichen andern Mittel ein. Man machte ihm Injektionen, damit er einschlief. War er wieder wach, so bekam er mehrere Schalen starken, schwarzen Kaffee, große, schwere Zigarren, eine Unmenge von Abführmitteln und hie und da, wenn er sie behalten konnte, ein wenig Milch. Maggie May saß an seinem Bett und las ihm vor. Er hörte ihr nur ein paar Minuten zu, dann nahm er ihre Hand und sprach von seinen neuen Vorsätzen, den gewaltigen Anstrengungen, die ihm bevorständen – ärger als das Unsägliche, das er jetzt litt, konnte ja doch nichts werden.

Die männlichen Mitglieder der Familie hielten geschäftliche

Beratungen ab. Es blieb ihnen nichts anderes übrig, als die Spielschulden zu zahlen, im Süden galt das als Ehrensache. Sie hielten zu Papa, aber sie mußten ihn unter Aufsicht stellen. Er versprach, nie mehr um Geld zu spielen; ein Wärter sollte sich darum kümmern, daß er sein Versprechen hielt. Die Pflanzungen waren verpfändet; ein Verwalter bewirtschaftete sie. Das Geld ging durch die Hände der Brüder, Papa bekam eine monatliche Summe ausgesetzt. Blieben die Zuckerpreise so hoch wie jetzt, so war die Familie bald wieder aus dem Wasser. Papa stimmte allem zu – ja, er war unfähig, Geld zu halten, er war eine Schande für den stolzen Namen der Chilcotes, er war lebensunfähig.

Zwei Wochen blieb er im Spital. Dann nahm man ihn nach Hause; ein neues Spital, das von Mama und Maggie May geleitet wurde. Zwei diskrete Wärter wurden angestellt, die sich außer Hörweite hielten, aber immer zu sehen waren. Papa ertrug diese Schande ohne ein Wort des Protestes. Ließ man ihn unbeschäftigt, so saß er stundenlang brütend da; nur an den fahrigen Handbewegungen verriet sich der Zustand seiner Nerven. Doch Maggie May war fast immer bei ihm. Sie unterhielt ihn mit Büchern, Musik, Spielen, – harmlosen natürlich, die man zum Vergnügen spielte, nicht das schreckliche, verheerende Poker. Sie fuhr mit Papa aus; man sprach bei Freunden vor und nahm gemütlich auf der Veranda Platz, so daß der Wärter sie immer im Auge behielt, ohne daß er selbst Aufmerksamkeit erregte. Jedermann wußte, wozu er da war, doch tat man, als wüßte man es nicht, und auch Papa schien es nicht zu wissen.

Nachts lag er stundenlang in trüben Gedanken wach. Tagsüber stellte er sich oft schlafend, um besser grübeln zu können. Glaubte er nicht an das Liebesspiel, das die Familie jetzt mit ihm aufführte? Glaubte er überhaupt nicht mehr an sein Leben? Maggie May fragte sich das in späteren Jahren oft. Vielleicht lebte Papa in einer falschen Umgebung? Vielleicht waren Kräfte in ihm gespeichert, für die er keinen Ausweg wußte, und er verzehrte sich langsam zu Tod? Wer weiß, ob das nicht mit all den prächtigen, tapferen und schönen Männern so war, die sie am Alkohol zugrunde gehen sah. Irgend etwas stimmte da nicht; für solche Männer hätte es doch eine Möglichkeit geben müssen, zu sich selbst zu gelangen.

IX

Eines Nachts schlief der Wärter ein. Papa erhob sich, glitt auf Strümpfen ins Badezimmer, nahm ein Rasiermesser zu sich und schlich sich verstohlen fort. Er war rücksichtsvoll wie immer; um das Haus, das seine Lieben bewohnten, nicht zu beflecken, ging er hinaus. Vielleicht schauderte ihn bei dem Gedanken an die halbwilden Schweine, die manchmal aus den Sümpfen auftauchten und den Boden unter den Eichen aufwühlten. Er ging in die Meierei hinüber, ein niederes Gebäude aus weißgewaschenen Ziegeln, mit einem Fliesenfußboden, der leicht zu reinigen war. Er schloß die Tür hinter sich zu, setzte sich im Dunkeln nieder und schnitt sich sorgfältig und sauber die Pulsadern erst am einen, dann am andern Handgelenk auf, der Länge nach, um die Sehnen nicht zu früh zu verletzen. Um ganz sicher zu gehen, öffnete er sich noch ein Blutgefäß am Hals. Dann legte er Kopf und Arme vorsichtig über den Abfluß und schlief langsam ein, diesmal ohne Schlafmittel.

Maggie May erwachte bei Tagesanbruch, es klopfte an ihrer Tür. Der Wärter war aufgewacht und hatte den Kranken vermißt. Sie sprang auf, warf sich ihren Morgenrock über und lief zur Tür, als sie den gellenden Schrei eines Negerweibes draußen hörte. Sie begriff und stürzte die Treppe hinunter. Schon heulten in der Küche und auf dem Hof viele Weiber los, aber keine vermochte das Schreckliche, das sie gesehen hatte, zu sagen. «In der Meierei», schrien sie, «ach, ach, Miss Maggie May, ach, ach!» In der Meierei war es schon hell genug. Der Vater lag auf seinem Gesicht. Der lange Streifen hinter ihm war Blut. Sie lief auf ihn zu und berührte sein Gesicht. Es war kalt wie alles ringsum. Er war tot.

Etwas Ungeheuerliches, ein Krampf, eine Sintflut stieg in ihr hoch. Sie hätte losschreien mögen wie die Negerweiber, die sich hinter ihr drängten. Aber gleich meldete sich die alte Gewöhnung in ihr: «Nein, nein, ich muß Mama helfen!» Immer mußte sie jemand helfen; wozu die andern zu schwach waren, das tat immer sie. Sie wandte sich zu den Negerweibern und befahl Ruhe. Es war zu spät, der ganze Hof hallte von gellendem Geschrei wider, einige waren aus Freude an der Aufregung zu Mrs. Chilcote gerannt.

Wenige Augenblicke später kam sie, mit offenem Haar, barfuß,

– etwas ganz Unglaubliches bei einer Dame aus dem Süden. Sie tat, was Maggie May erwartet hatte, sie warf sich über den Leib ihres Mannes und schrie herzzerreißend. Sie kehrte ihn um und hob das bejammernswerte Antlitz hoch. Sie schüttelte ihn und flehte um Antwort: «Roger! Roger! Sprich zu mir! Roger, was hast du getan?»

Das Mädchen mußte etwas sagen: «Er ist tot, Mama!»

Die Mutter starrte sie mit aufgerissenen Augen an. «Tot?» Sie brach in Schluchzen aus, warf sich zu Boden und küßte sein Gesicht, das mit gestocktem Blut bedeckt war. Sie küßte ihm Wangen und Lippen und die leblosen, verglasten Augen. Die Negerweiber, die nur auf das Beispiel einer Weißen gewartet hatten, rauften sich die Haare; manche warfen sich zu Boden und wanden sich in Krämpfen, wie sie es von ihren «Wiedererweckungen» her gewohnt waren.

Das ging natürlich nicht so weiter. Die Weißen mußten sich selbst beherrschen, um die Schwarzen beherrschen zu können. Wieder und wieder drängte das Mädchen ihren eigenen Schmerz in sich zurück und versuchte die Lage zu meistern: «Nein, nein, Mama, sei nicht so, hör doch, Mama!» Sie mußte die wahnsinnige Frau vom Leichnam wegzerren, sie packte sie und sprach in gebieterischem Ton: «Hör doch, Mama! Papa geht es jetzt gut, er leidet nicht mehr!» Wie ein Blitz war ihr dieser Gedanke gekommen. Papa litt jetzt nicht mehr.

Aber für eine Dame des Südens und der alten Schule war das kein Trost. Einen Augenblick starrte sie ihre Tochter mit entsetzten, irren Augen an und schrie dann los: «Er ist in der Hölle! Mein armer Roger in der Hölle!»

Daran hatte Maggie May nicht gedacht. Die meisten Menschen glaubten an die Hölle, Papa hatte nicht daran geglaubt, und seine Tochter war, ohne es zu merken, zu seiner Auffassung gelangt. Mama dagegen kniete auf den blutigen Fliesen der Meierei und streckte die Arme in die Höhe, wo hoch über den Wolken ein strenger Richter thronte. «Gott im Himmel, rette meinen armen Roger! Jesus, erbarme dich seiner, ach, Jesus, schick meinen armen Roger nicht in die Hölle!» Die Schwarzen lagen auf den Knien und kreischten im Chor: «Herr Jesus, erbarme dich unser, Herr Jesus erbarme dich unseres Massa Roger!»

Maggie May blieb keine Zeit für ihren eigenen Kummer. Sie hieß den Wärter erst den Arzt, dann die einzelnen Mitglieder der Familie anrufen. Ein Schwarzer holte den Gutsverwalter herbei, dem sie einen Teil ihrer Last übertrug. Der Trauerchor wurde hinausgejagt und die Mutter vom Leichnam weggerissen. Das war keine leichte Aufgabe. Sie ließ einige Eimer Wasser bringen und wusch Blut und Schmutz vom Gesicht des armen Toten ab. Die klaffenden Wunden wurden mit Tüchern verbunden und dem Leichnam frische Wäsche angelegt. Vom Standpunkt des Gesetzes aus war das alles falsch, denn der Körper hätte nicht berührt werden dürfen, bevor der Totenbeschauer kam. Aber der Wille eines siebzehnjährigen Mädchens war damals auf Pointe Chilcote Gesetz.

Sobald der Tote auf sein Bett zurückgebracht worden war, suchte Maggie May ihre Mutter auf, die jetzt von Schwägerinnen und Nichten umgeben war. Ihren zerrütteten Geist quälte ein grausames Bild: ihr Mann, wie er im höllischen Schwefel brannte. Ach, was hätte sie doch alles für ihn noch tun können! Wieviel Worte der Liebe hatte sie nicht gesprochen! Wieviel Fehler hatte sie begangen, warum war sie nur so ungeduldig mit ihm gewesen, wiederholt hatte sie sogar gedroht, ihn zu verlassen, und jetzt, natürlich, fiel ihr das alles wieder ein. Ihre zornigen Worte wurden zu Feuer und brannten sie in ihrer Seele – sie selbst war in der Hölle.

Den ganzen Tag rannte Maggie May ruhelos im Hause herum. Den größten Teil der Nacht saß sie am Bett ihrer Mutter, sprach auf sie ein und tröstete sie. Das ging bis nach dem Begräbnis so weiter, für eigene Tränen hatte sie keine Zeit. Immer hielt sie am magischen Gedanken fest, daß Papa endlich ausgelitten habe. Wo immer er auch war, er trank nicht mehr, er quälte sich nicht mehr mit der Lust nach Alkohol ab. Einmal schoß ihr sogar der Gedanke durch den Kopf, daß Papa vielleicht das Allerklügste getan hatte. Eines nur hatte ihn sicher noch bis zum Ende gepeinigt: die Vorstellung, wie seine Lieben seinen Leichnam finden und tödlich erschrecken würden.

Maggie May war wirklich zu Tode erschrocken, wenn sie auch nichts davon merken ließ. Daß sie sich so tapfer hielt, erschien der Familie als ein Wunder. Doch in ihrer Seele gruben sich indessen tiefe Furchen ein, und bald kam die Zeit, da ihre Wirkung sich in absonderlichen Handlungen und Ansichten äußerte. Maggie May Chilcote wurde still und langsam zu dem, was ihre Familie mißbilligend ein «Mannweib» nannte.

3. Kapitel **TARLETON-HAUS**

I

Es war ein warmer Oktobernachmittag; eine matte Sonne lag über den alten Backsteinhäusern an der Nordseite einer jener alten, herrschaftlichen Straßen von Manhattan, wo die Wohnhäuser schon halb und halb von Geschäften verdrängt sind. Gegenüber lag ein Bürohaus, gleich daneben ein italienisches Restaurant und neben diesem ein Strumpfgeschäft en gros; an der Ecke hatte ein Juwelier seinen Laden. Auf der Nordseite standen aber noch ein halbes Dutzend altmodischer Backsteinbauten. Drei davon bildeten zusammen «Tarleton-Haus», eine Familienpension, die sich durch kein Schild als solche zu erkennen gab und auf die üblichen Konkurrenzmethoden verzichtete. Sie blieb lieber, was sie dreißig Jahre lang gewesen war: ein vornehmes Etablissement, das auf exklusive Gäste reflektierte, und zwar hauptsächlich auf solche aus den Südstaaten.

In der schwindenden Sonne, auf den Stufen vor dem Haus, saßen zwei junge Leute. Sie sprachen in weichen, gedämpften Tönen zueinander, wie man es von Leuten aus dem Süden kennt. Staub und Benzingestank störten sie so wenig wie das gelegentliche Quietschen der Bremsen und das Tuten der Autohupen. Sie gingen ganz in ihrem faszinierenden Thema auf: Sie besprachen und erhellten den Sinn der allermodernsten Lyrik. Der einundzwanzigjährige Jerry Tyler ließ sich dazu herab, dem erst achtzehnjährigen Kip Tarleton die Ziele der neuen Lyriker zu erklären: «Sie bemühen sich um scharfen, schneidenden Witz. Von nebelhaften Gefühlen wollen sie nichts wissen. Sie suchen mit klaren, kalten, hellen Bildern zu wirken.»

«Was ich nicht verstehe», sagte der Jüngere, «ist die Art, wie sie die Zeilen abteilen.»

Jerry erklärte ihm geduldig, daß der Rhythmus dieser neuen Dichtung nicht im voraus feststehe; er hänge vom Inhalt ab und ändere sich mit den Stimmungen, die der Dichter ausdrücken wolle.

«Ich hab das Gefühl, daß er sich zu oft ändert», sagte Kip de-

mütig. «Ich habe noch niemand gekannt, der mir's erklärt hätte, und die Gedichte, die ich gelesen habe, die sind alle gereimt, da kennt sich jeder aus.»
    «Sie mögen also so etwas:

Schlag der Glocke ruft die Zeit,
alles hört sie weit und breit.»

«Ja, gefällt Ihnen das nicht?» fragte Kip naiv.
«Aber das kennt man doch schon», entgegnete Jerry.
Kip Tarleton seufzte: «Ich wollte, ich wär auch aufs College gegangen und man hätte mir dort diese Dinge erklärt.»
«Ja, ist es denn schon zu spät?»
«Zu spät? Nun, Sie sehen doch, wie es steht. Ich bin hier festgenagelt, es scheint für's ganze Leben. Vater ist kein Geschäftsmann, und Mutter und Tante Sue arbeiten viel zuviel.»
«Eines Tages werden Sie Glück haben und ausbrechen», sagte Jerry entschieden, «wo ein Wille ist, da ist ein Weg.»
«Ich denke natürlich daran, aber ich kann mir gar nicht vorstellen, wie. Eine andere Sache wäre es, wenn ich Talent hätte, wie Sie.» Kip betrachtete seinen Gefährten und entfaltete dabei ein Talent für Bewunderung, dessen er sich gar nicht bewußt war. «Nach New York zu kommen, frisch aus dem College heraus und Arbeit bei einem großen Blatt zu kriegen – wie haben Sie das nur fertiggebracht?»
«Eigentlich nur Glückssache», sagte der Glückliche, «der Bursche, der mich auf Tulane in Literatur unterrichtet hat, kam gerade nach New York, kannte zufällig einen Redakteur aus der City und machte mich mit ihm bekannt. So hatte ich Gelegenheit, für mich zu werben und ein paar Sachen loszuwerden.»
«Gut, aber das hätte doch nichts genützt, wenn die Sachen nicht gut gewesen wären», meinte der Heldenverehrer. Er erhob sich. «Es ist jemand am Schalter. Entschuldigen Sie mich, bitte.»

II

Die alte Frau Cardozo aus Tennessee, die mit ihrem Mann auf Nummer siebenunddreißig, zweiten Stock rückwärts, wohnte, hatte eben ihre Wochenrechnung bekommen und war die zwei Stiegen heruntergewatschelt, um Kip zu erklären, daß der Posten von Dollar 1,84 für ein ins Haus geliefertes Päckchen ein Irrtum sei, es habe nur 1,64 gemacht. Ob Kip sich nicht mehr daran erinnere, wie sie ihn gebeten habe, das Päckchen für sie entgegenzunehmen. Kip erinnerte sich noch daran; aber zu zahlen sei 1,84 gewesen, er werde ihr gleich den Zettel zeigen. Während er suchte, erklärte die alte Dame mit jammernder Stimme, es sei ganz gewiß 1,64 gewesen, sie erinnere sich noch daran, was der Verkäufer im Geschäft gesagt habe, der Preis sei von 2,50 herabgesetzt worden, es sei eine blaue, japanische Vase gewesen, die sie ihrer Tochter in Nashville zum Geburtstag schicken wollte, und der Verkäufer habe zu ihr gesagt...

Kip fand den Zettel; drauf stand 1,84. «Da bin ich übervorteilt worden!» beharrte die einförmige alte Stimme. «Hätten Sie doch die Zahlung verweigert. Ich habe Ihnen den richtigen Betrag genannt. Erinnern Sie sich nicht?»

Kip antwortete geduldig, er erinnere sich leider nicht, aber wenn Mrs. Cardozo sich beschweren ginge, würden sie ihr sicher die zwanzig Cents zurückzahlen. Er fragte sich schon, ob er den Verlust aus der eigenen Tasche ersetzen sollte. Jedenfalls mußte er höflich sein; hörte also zu, als die alte Dame ihre Geschichte von vorn begann.

Kip bemerkte schließlich zum zweitenmal in aller Höflichkeit, daß das Geschäft den Irrtum sicher wiedergutmachen werde. Mrs. Cardozo werde sich doch ganz gewiß dort melden. «Niemals!» unterbrach sie ihn pathetisch, «niemals, werde ich mit Leuten sprechen, die mir eine Vase für 1,64 verkauft und 1,84 einkassiert haben, als ich zufällig nicht zu Hause war.» Sie begann zum drittenmal damit, wie sicher sie dessen sei, was der Verkäufer damals gesagt habe, damals, als sie die blaue Vase kaufen ging. Kip durfte keine Ungeduld zeigen; Richter Cardozo und seine Frau lebten schon länger im Tarleton-Haus als er auf Erden. Der Vater des alten Herrn war Mitglied des Obersten Gerichtshofes von Tennessee gewesen, der Vater der alten Dame Oberst im Stab des Generals Lee. Ein besseres Blut als das der Cardozos gab es im ganzen Süden nicht.

Da begann sie zum viertenmal: Der Verkäufer hat gesagt...

Kips Geduld wankte. «Ich bin sicher, daß Ihnen das Geschäft das Geld zurückzahlen würde, Mrs. Cardozo. Aber wenn Sie glauben, daß es mein Fehler ist, werde ich natürlich selbst den Verlust ersetzen.»

Das Gesicht der alten Dame hellte sich auf. «O nein, Kip, daran denke ich gar nicht. Ich bin nur aufgeregt, weil ein großes Geschäft so was macht. Aber dein Fehler ist es nicht, Kip.»

Ja, sie war eine gutherzige alte Dame. Aber sie war auch arm und mußte auf jeden Cent achten. Sie konnte es sich nur leisten, der Tochter eine Vase zu kaufen, weil die Tochter ihr eine Monatsrente schickte. Kip wußte das, wie er beinahe jedermanns finanzielle Angelegenheiten im Tarleton-Haus kannte. Früher oder später blieben die Leute mit dem Pensionsgeld im Rückstand und klärten dann die Mutter und Tante Sue über ihre Verhältnisse auf. «Richter Cardozo», man nannte ihn aus Höflichkeit so, hatte eine Art von Versicherungsgeschäft, für das er mit Mühe die Büromiete aufbrachte; schließlich konnte er sich nicht einmal mehr eine Stenotypistin leisten.

Und doch waren es Leute mit besonders guten Manieren und von besonders guter Rasse. Mit diesem Problem hatte man sich immer herumzuschlagen, wenn man eine Familienpension führte. Wer Manieren und Rasse hatte, hatte selten Geld. Durch den Druck der Alltagssorgen sah man sich gezwungen, die zu achten, die ihre Wochenrechnungen ohne Verzug und Gerede bezahlten. Mr. Marin aus Spanien, der sich mit Käseimport abgab, war dick, trug farbige Westen, lachte laut und schneuzte sich bei Tisch. Dafür bewohnte er ein Straßenzimmer im ersten Stock und legte jeden Samstagabend pünktlich seine dreißig Dollars auf den Tisch. Da fiel es einem schwer, dem Käsegeschäft die Achtung zu versagen.

Und nach und nach wurde diese niedrige Gesinnung zur Gewohnheit. Kip Tarleton wunderte sich, daß seine gebrechliche und zarte Mutter das aushielt. Sorgen und Laufereien, auf Leute aufpassen, ihre Brieftaschen richtig einschätzen, Geld aus ihnen herausquetschen – das war ihr Leben, und auch seines, seit er denken konnte. Mutter und Vater hatten Tarleton-Haus übernommen, als er sieben Jahre alt war. Bei allen Familienberatungen war er zugegen gewesen. Doch gleichzeitig hatte ihm seine Mutter beigebracht, daß er ein Gentleman sei, einer aus dem Süden; durch das Leben unter den Yankees dürfe er sich nicht demoralisieren lassen.

Der Süden selbst wurde demoralisiert, so hörte er die Leute sagen. Die Yankees zogen hinunter, richteten Fabriken und Büros ein; die Leute verlegten sich aufs Spekulieren, kratzten Reichtümer zusammen und bekamen vulgäre Seelen. Aber was immer geschah, eine Oase von Ritterlichkeit blieb bestehen – eben diese Familienpension in den westlichen Zwanzigerstraßen von Manhattan. Hier wurde die Miete immer höflich eingefordert, hier unterhielt man sich noch über Galanterie, über die Vorzüge der südlichen Küche und darüber, wer der und jener im Süden gewesen war. Da gab es noch gebackenen Maisbrei zum Huhn, dreimal am Tag frisches Gebäck und nicht dieses schreckliche Zuckerbrot. Hier hörte jeder Herr jede Dame geduldig an, auch wenn sie dasselbe schon dreimal gesagt hatte.

III

Jerry Tyler vom Redaktionsstab der «New York World» saß auf den Stufen, rauchte seine Zigarette zu Ende, horchte von ungefähr auf das Gespräch drinnen und runzelte ungeduldig die Stirn. Herrgott, wieviel Zeit diese alten Südländer hatten! Trotz ihrer Armut hatte Mrs. Cardozo nichts zu tun. Und welches Leben für den armen Jungen! Wo nahm er nur die Geduld her, das Gejammer der Alten ruhig anzuhören, nur weil ihr Vater beim Stab des Generals Lee gewesen war? Jerrys Arbeit war ja auch kein Vergnügen; man hatte ihm die Rubrik «Sterbefälle» aufgehalst. Er verbrachte seine Zeit damit, Daten zu sammeln und obskure Lebensläufe aufzuzeichnen. Aber wenigstens hatte er so Gelegenheit, ein wenig herumzukommen.

Jerry stammte auch aus dem Süden. Er erzog sich dazu, seine Vokale kürzer zu sprechen und das «R» richtig herauszubringen. Mager und lebhaft, geladen mit Energie, strich er in den Straßen von Manhattan umher, und während er Fragen über kürzlich verstorbene Bewohner stellte, hielten seine scharfen, schwarzen Augen Ausschau nach «Material». Er war fest entschlossen, nicht bei dieser Zeitungsarbeit zu bleiben, er dachte allen Ernstes daran, in die Welt der Magazine vorzustoßen. In seinem Blick unter den starken, schwarzen Brauen lag etwas Räuberisches. Wenn er nur erst einmal eine Beute fände, wie wollte er sich darauf stürzen!

Mrs. Cardozo ging endlich; Kip kam wieder heraus, nahm seinen Sitz auf der breiten obersten Stufe wieder ein und begann nochmals mit seinen naiven Fragen über die Schreiberei. Für Jerrys Berufung empfand er den tiefsten Respekt; dem Älteren war seine Bewunderung so angenehm wie die Oktobersonne. Sich selber sagte er, daß seine Zuneigung zu dem Jungen auf Mitleid beruhe. Welche Schande – da war der Bursche in so eine Tretmühle gespannt, eine Art Mädchen für alles in diesem alten Hühnerkorb voll eingerosteter, verkrachter Aristokraten! In Wirklichkeit diente Kip auch Jerry als Blitzableiter, wie allen anderen Bewohnern des Tarleton-Hauses. Auf Kip konnte man sich verlassen: Er hörte Jerrys Darlegungen über die Literatur und seine Pläne immer interessiert und voller Bewunderung an.

«Möchten Sie diese Leute nicht manchmal ermorden?» fragte Jerry.

«Nein, die meisten sind gutmütig und ehrlich. Wenn alles schiefgeht, ist es gewöhnlich gar nicht ihre Schuld.»

«Wenn Sie ihnen glauben, was sie erzählen, bestimmt nicht», bemerkte Jerry. Während der sechs Monate, die er im Tarleton-Haus wohnte, hatte er oft darüber nachgedacht, ob sich diese Kollektion altmodischer Südländer nicht für ein Buch verwerten ließ. Er war zu einem negativen Ergebnis gelangt. Das waren ja gar keine wirklichen Menschen, das waren Gespenster, die der Vergangenheit angehörten. Jerry aber fühlte sich als ein moderner Mensch.

Nach seiner eigenen Diagnose war gerade das sein Unglück. Er lehnte zu vieles ab. Er hatte die Gabe, Schein und Vorwände rasch zu durchschauen, und dann langweilten ihn die Dinge nur noch. Darum hatte er so unbedingt aus Louisiana, wo er geboren war, weg wollen. «Ritterlichkeit» und «Aristokratie» waren längst verschwunden, und der neue Süden, die Welt des Fortschritts und der Reklame, war da unten genauso widerlich wie oben im Norden. Auch hinter dem College steckte nichts, das hatte Jerry in seiner Collegezeit auf Tulane herausbekommen. Die Kultur, wie sie einem da in Kursen verabreicht wurde, ob nun im Norden oder im Süden, flößte einem richtigen Liebhaber der schönen Literatur nur Verachtung ein.

«Meine kritischen Fähigkeiten sind überentwickelt, das ist das Unglück.» Jerry dachte laut in Anbetracht seines jungen Freundes. «Das Richtige für mich wäre ein Redaktionsposten bei einer Zeitschrift.»

«Zahlen die denn gut?» fragte Kip. Von den höheren Formen des literarischen Lebens hatte er nur vage Begriffe.

«O ja, manche schon. Aber das Schlimme dabei ist, daß man liest, was andre geschrieben haben, statt selbst was zu schaffen. Ich habe das bei mir beobachtet. Kaum beginn ich was zu fühlen – und schon fährt mir irgendein literarischer Gedanke dazwischen: Was hat das zu bedeuten, was ist das wert, wie würde das in einem Buch klingen, und so weiter. Nehmen Sie das Haus zum Beispiel» – Jerry wies mit dem Kopf ins Tarleton-Haus –, «Sie haben hier den größten Teil Ihres Lebens verbracht. Sie nehmen es als selbstverständlich hin. Da komme ich, und mir ist es etwas Neues – ein Käfig voll herabgekommener Edelleute, die aus dem Süden ins Yankeeland verpflanzt sind und sich Mühe geben, ihren Adel am Leben zu erhalten. Ein Schwarm von merkwürdigen Tropenvögeln, die sich plötzlich auf eine Polargegend niedergelassen haben und da um ihr Leben kämpfen. Soviel Lüge, Durcheinander, Komödie, Tragödie – Herrgott, Kip, wenn ein Balzac daherkäme und ein paar Monate in diesem Vogelhaus zubrächte, das gäbe einen Roman, über den die ganze Stadt in Feuer aufgeht!»

«Ja, ich denke auch», gab Kip zögernd zu. Er konnte nicht umhin, an einige peinliche Geheimnisse zu denken, und die Wirkung, die es auf die Finanzen von Mutter, Vater und Tante Sue hätte, wenn sie allgemein bekannt würden.

«Und da sitz ich nun», sprach Jerry weiter, «und alles, was ich für das verdammte Zeug übrig habe, ist Langeweile. Ich denk mir: Du lieber Gott, was tät ich, wenn ich mir die alte Frau

Soundso anhören müßte, die zwanzig Cents von ihrer Rechnung abhandeln will, ich hasse die alte Dame, statt sie zu studieren. Ja, und eines Tages werden Sie mich an einem Schreibtisch sitzen sehen, selbstsicher und imponierend, wie ich jüngeren Schriftstellern erzähle, was mit ihren Sachen los ist!»

«Solche Leute muß es auch geben», tröstete ihn Kip.

«Aber ich will doch schaffen!» rief Jerry aus. Nach einer Pause fügte er hinzu: «Roger meint, ich könnte sein Verleger werden. Das wäre ja was Richtiges. Wenigstens würde ich mich dabei nicht langweilen.»

Er verstummte und geriet in eine neue Gedankenbahn, die Kip vertraut war. Selten sprach Jerry über moderne Literatur, ohne den Namen seines Freundes Roger Chilcote zu erwähnen. «Das ist der Dichter, der das richtige Zeug dazu hat! Den bolzengraden, elementaren Impuls! Mein Wort drauf, Rodge gibt denen den Rest! Passen Sie auf die Zeitungen auf, der bringt's bis zum Titelblatt!»

Roger Chilcote war auf Tulane mit Jerry dick befreundet gewesen. Sie beide zusammen hatten der soliden Phalanx des «Erziehung» betitelten Philistertums von Louisiana Trotz geboten. Rodge gab damals eine literarische Monatsschrift heraus, die hochmütig den Gipfel literarischer Vornehmheit erklommen und für alle Verstöße gegen das Herkömmliche so viel übrig hatte, daß eine Nummer einmal unterdrückt worden war, noch bevor sie das Tageslicht erblickt hatte. Jetzt steckte Rodge irgendwo an der Golfküste unten und schrieb an einem schmalen Band, der der amerikanischen Lyrik eine neue Richtung geben sollte. Aus seinen Briefen las Jerry manche Stellen laut vor. Kips ernstes, junges Gesicht war ganz Bewunderung, wenn er zuhörte. Waren Gedichte beigeschlossen, so erbot er sich, sie auf der Schreibmaschine im Büro abzutippen. Lange saß er dann darüber, die Stirn in sonderbar waagrechte Falten gelegt, und versuchte herauszubekommen, was der Dichter mit dieser eigentümlichen Wortstellung bezweckte und wo der Rhythmus war, der sich zu ändern schien, bevor er begonnen hatte. Etwas Wunderbares war es gewiß, da es im skeptischen Jerry Tyler solche Begeisterung weckte. «Junge, Junge! Das ist was! Das gibt denen den Rest!»

IV

Ein Herr, der von der Straße her kam, unterbrach das Gespräch. Er war etwa fünfzig Jahre alt, breitschultrig, von blühender Gesichtsfarbe und hatte schwarz gefärbtes Haar. Seine auffällige Kleidung ergänzte ein Stock mit Silberknauf, mit dem er beim Gehen spielte. Sobald er die beiden erblickt hatte, schwang er den Stock und entblößte leuchtend weiße Zähne unter einem schwarzen, ebenfalls gefärbten Schnurrbart, den er so großartig trug wie seine Vorväter. «Guten Abend, Mr. Tyler. Guten Abend, Junge.»

Powhatan Tarleton, Inhaber der Familienpension, war mit zerstreutem und bekümmertem Gesicht dahergekommen. Kaum hatte er «Gesellschaft» erblickt, als er sich schon in die Brust warf und Heiterkeit auszustrahlen begann. «Was ist mit der ‹New York World› los?» fragte er, während er die Backsteinstufen zur Haustür hinaufstieg.

«Mittwoch ist mein freier Tag», erklärte der Reporter.

«Aha, drum fehlt der ‹World› immer was am Donnerstag.» Pow Tarleton belud jedes seiner Worte mit einem wahren Schatz von Kameradschaftlichkeit. Man fühlte, daß man der einzige Mensch auf der Welt war, der ihn wirklich heiter stimmte. Wer wäre auf soviel Herzlichkeit nicht eingegangen?

«Ich weiß sehr wohl, Mr. Tyler, wie die Literatur das Nervensystem hernimmt. Ich hatte dereinst die Ehre, mit dem Herausgeber unsrer führenden Richmonder Tageszeitung innig befreundet zu sein. Er versicherte mir, daß jeder Leitartikel ihn nicht weniger als einen Liter besten Monongahela-Schnaps koste.»

«Auf einer modernen Redaktion würde das altmodisch klingen, Mr. Tarleton.»

«Sehr gut, mein Herr!» Pow Tarletons kohlschwarze Augen leuchteten plötzlich, als hätte jemand hinter ihnen ein Feuer angezündet. «Sehr gut, ich hab in meinem Schrank noch zwei Liter von so einem alten Kentucky-Bourbon, den mir ein Freund immer schickt. Wenn Sie mit mir in mein Zimmer kommen wollen...»

«Danke», unterbrach ihn Jerry und lächelte freundlich zurück, nicht ohne gleichzeitig einen verstohlenen Blick auf das düstere Gesicht Kips zu werfen. «Danke sehr, aber mein Arzt hat mir das Trinken vor dem Essen verboten.»

«Mein lieber Junge! Sie glauben diesen Yankeeärzten, die einen mit Haferbrei und Spülwasser füttern! Ich geb Ihnen mein Wort drauf, mein Trank macht Ihr Haar auf der Brust wachsen! Schauen Sie mich an, schauen Sie mich an, mein Herr!» Hier schlug Pow auf den obersten Knopf seiner mit Seide besetzten Weste. «Junger Mann, ich habe das Fell eines Bären da drunter! Wäre ich nicht in eine der alten Familien Richmonds hineingeboren worden, ich hätte mein Brot in einem Zirkus verdienen können – als wilder Mann aus Borneo, der Eisenschienen übers Knie biegt und mit den bloßen Zähnen Nägel zerbeißt!»

Jerry lächelte, aber nicht recht begeistert, und einem, der in Virginia geboren war, entging es nie, wenn seine Reize nicht richtig geschätzt wurden. Er seufzte. «Da ich keine Gesellschaft finde, muß ich mich eben allein trösten. Ich überlasse euch euren literarischen Gesprächen, die für mein unkultiviertes Haupt viel zu hoch sind.»

Das Stöckchen mit dem Silberknauf schwingend, verschwand er im Haus. Die beiden schwiegen eine Weile, dann bemerkte Jerry: «Da hätten wir einen Charakter fix und fertig für einen amerikanischen Balzac.»

«Möglich», sagte Kip, «aber glauben Sie ja nicht, daß ich an dem Buch meine Freude hätte.»

«Wo kriegt er denn seinen Kentucky-Bourbon her, Kip?»

«Oh, beim Sandkuhl da gleich um die Ecke. Er hält sich eigens dafür eine Flasche mit einem alten Etikett. Ich will ihm nichts Schlechtes nachsagen, aber Sie sollen's doch wissen, für den Fall, daß Sie einmal Lust drauf haben.»

«Danke, nein, ich hab Schluß damit gemacht», sagte Jerry, «dieses New Yorker Tempo halt ich nicht aus.»

«Mein Vater hat es auch nicht ausgehalten. Wer weiß, wenn wir in Richmond geblieben wären...»

«Teufel, nein! Die dort stürzen's nicht in einem Zug runter, aber dafür haben sie mehr Zeit, das Resultat ist genau dasselbe. Nehmen Sie's nicht zu tragisch, lieber Junge, Sie können Ihrem Vater nicht helfen.»

«Ich weiß. Ich hab's schon längst aufgegeben. Ich möchte nur meiner Mutter helfen.»

Kips freundliche, blaugraue Augen verdunkelten sich vor

Schmerz; es sah beinahe so aus, als schimmerten Tränen darin. Da sagte Jerry: «Lassen Sie sich's doch nicht so nahegehen. Es steht gar nicht so schlimm um ihn, wie Sie glauben. Er macht sich eben beliebt. Er gehört zu der ganzen Atmosphäre hier.»

«Sicher, das weiß ich. Er spielt ihnen ihr altes Leben vor. Die meisten halten ihn für was Besonderes. Er ist gutgelaunt und freigebig bis zum letzten Pfennig, die Sorgen und das Sparen überläßt er der Frau. Ich kann darin nichts Bewundernswertes sehn. Ich frage mich oft, warum die Mutter ihn nicht hinausjagt. Aber die Frauen sind komisch. Sie selbst sagt ihm gründlich ihre Meinung, aber sie würde niemals zugeben, daß jemand andrer ihn auch nur mit einem Wort kritisiert. Sie verteidigt ihn sogar vor mir. Sie erklärt mir, der Zusammenbruch in Wallstreet habe seinen Stolz so sehr mitgenommen, daß er zum Trost zu trinken begann. Wirklich, sie gibt dem Alkohol die Schuld, statt ihm, daß er sich so gehen läßt.»

«Manche Frauen sind zum Martyrium geschaffen», sagte Jerry, «und die Söhne mancher Frauen auch.»

«Ach was, wenn die Arbeit gemacht werden muß, so muß sie doch jemand machen. Das ist alles.»

«Für unser Blatt schreibt auch so ein kluger Kopf», Jerry schwang eine Nummer der «World», die er zu einem Stab zusammengerollt hatte, «der für jedes Artikelchen mehr als einen Liter Schnaps braucht. Heute schreibt er zur Abwechslung über die Verantwortung, die den Charakter des Menschen stählt; die Überwindung von Schwierigkeiten in der Jugend habe alle großen Führer der Geschichte gemacht.»

«Ich weiß», sagte Pow Tarletons einziger Sohn. «Ich möchte den Kerl da haben und vor mein Pult setzen, damit er sich die Beschwerden anhört und Eiswasser schleppt. Dann hätte ich endlich Zeit, Rogers neue Gedichte abzutippen.»

V

Kip Tarleton hätte zu andren Leuten nicht so offen über seinen Vater gesprochen. Aber wer sehnt sich nicht nach einem Menschen, dem er sich anvertrauen kann? Jerry war der einzige unter den Pensionsgästen, der nach Art und Alter zu ihm paßte. Und er stammte auch aus dem Süden. Außerdem hätte der Versuch, seine Sorgen zu verbergen, im Tarleton-Haus wenig genützt. Geschäftige Zungen sorgten dafür, daß jedermann alles erfuhr. Vor drei Jahren einmal war der Vater nach einer seiner langen Sauftouren ganz ausgeblieben. Seine Frau sah sich damals genötigt, jedem einzelnen Gast klarzumachen, daß sie, Mrs. Tarleton, die wahre Besitzerin und Leiterin der Pension sei, daß man alles Geld ihr einzuhändigen habe und ihrem Mann nichts. Seither bekam er das Taschengeld, das sie festgesetzt hatte, und das, was er aus den andern herauszuschwindeln vermochte.

Die Familie Tarleton war bald nach Kips Geburt nach New York gekommen. Pow Tarleton lebte seine gesellschaftlichen Reize als Wallstreet-Makler aus, ein Beruf, bei dem es ihm anfangs ganz gut ging. Auf die Dauer konnte er den Gefahren des Geschäftes nicht widerstehen. Er war, zu seinem Unglück, immer der Geprellte, gerade weil er sich einbildete, alles zu verstehen, und auf sein Virginiablut, das ihn gegen die Tücken der verachteten Yankees feie, so stolz war. Binnen kurzem hatte man ihn aus dem Geschäft herausgedrängt und um sein ganzes Geld gebracht. Die kleine Familie mußte ihr Leben vom mageren, väterlichen Erbteil der Frau fristen, die es fest zusammenhielt.

Die Pension wurde damals von einem alten Herrn geführt. Er nahm sich Mrs. Tarleton zur Gehilfin und gab dafür ihrer Familie Kost und Logis. Nach seinem Tode investierte sie ihr Kapital in Einrichtung, Kundschaft und Pacht des Etablissements. Kips Lebensweg war damit vorgezeichnet. Er wuchs unter dem Druck von tausend winzigen Pflichten auf, die sich von Tag zu Tag erneuerten.

Solange er noch sehr klein war, fand Kip seinen Vater wunderbar. Er steckte voller Späße und Lustigkeit, bei jeder Gelegenheit verwandelte er sich wieder in ein Kind; er lief rascher und brüllte lauter als sonst irgendwer. Sein Vorrat an Geschichten über

Tiere, Neger und Indianer war unerschöpflich – er stammte sogar selbst von einem Indianerhäuptling ab, der vor dreihundert Jahren gelebt hatte und dessen Tracht er noch besaß (er hatte sie für einen Maskenball gekauft). Er tanzte wilde Kriegstänze vor und stieß richtige Schlachtrufe aus. Ganze Ballgesellschaften riß er mit diesem Theater zur Begeisterung hin, wie hätte er da seinen kleinen einzigen Sohn nicht entzücken sollen? Als Kip aber größer wurde, wurde er manches gewahr: Das Indianerkostüm war von Motten zerfressen, und mit dem Charakter des großen Häuptlings stand es noch schlimmer. Kip sah seine Mutter weinen und hörte sie mit dem Vater keifen und schreien. Er kam dahinter, wer im Recht war – und jetzt, im Alter von achtzehn Jahren, wußte er, was er vom Vater zu halten hatte. Er hatte eine Wut auf ihn, der er nur hie und da Worte lieh, etwa wenn ein neuer Schwindel herausgekommen war. Um so geduldiger half er der Mutter.

Der große Häuptling blieb; überall sonst hätte er ja seine Lebensführung als Virginia-Gentleman alter Schule aufgeben müssen. Hier hatte er freie Station, Wohnung und Wäsche, jeden Samstagabend bekam er eine Fünf-Dollar-Note, außer wenn es ihm geglückt war, irgendwelches Geld aus dem Geschäft zu erwischen. Seine ganze Barschaft trug er zu Sandkuhl in die Kneipe und trachtete, sie dort durch ein Spielchen zu vergrößern. Den Rest gab er für Whisky aus, mit dem er seine berechnende Gastfreundschaft, bei sich im «Privatkontor», bestritt. Sie kam nämlich nur jenen zugute, die mit doppeltem Maß heimzahlten. So blieb Pow der Gentleman aus Virginia und brauchte sich der Pension nicht allzusehr zu schämen. Hatte nicht die Tochter des Generals Soundso nach dem Bürgerkrieg ihren Lebensunterhalt mit Waschen verdient? Damen und Herren aus dem Süden durften alles tun, was unumgänglich war, und verloren darum doch ihr Ansehen bei den Leuten, auf die es ankam, nicht. Pow gestattete seiner Frau, das Unumgängliche zu tun. Um sich nicht sagen zu müssen, daß er seine Last auf die schwachen Schultern einer Frau abgewälzt habe, redete er sich ein, er sei der wirkliche Herr des Etablissements. Aus seinem Ansehen, seinem Glanz, seinen Reizen erkläre sich die Beliebtheit der Pension.

Pow besaß ein Regal voll Bücher über den Bürgerkrieg, die er gründlich kannte. Er war also, was im Süden zur Tradition gehörte, auch ein Gelehrter. In seinem Kopfe trug er die Stammbäume sämtlicher alten Familien Virginias von der Gründung Jamestowns bis zur Gegenwart. Er kannte den Namen jeder Austernbucht vom Chesapeake bis Mobile und merkte immer gleich, woher eine Sendung kam. Einmal hatte er sechs Dutzend große Austern hintereinander weg verschlungen und ein halbes Dutzend Wachteln dazu. Die Seide, die er bei jener Wette damals gewonnen hatte, hob er noch immer auf und prahlte gern damit. Er war ein Fachmann für feine und teure Gerichte: Schildkrötenbrühe mit Sherry, wilden Truthahn mit Kastanien gefüllt, Obstkuchen mit Brandy. Zu Weihnachten oder bei Geburtstagsfeiern der Pensionsgäste spielte sich Pow als der heilige Nikolaus auf, vollführte einen Heidenlärm und erregte stürmisches Gelächter. Wenn ihn aber an einem Werktag seine Frau oder seine Schwägerin Sue nach einem halben Dutzend Zitronen schickte, kam er sich vor wie Jefferson Davis in der Kerkerzelle. Der ganze Süden zitterte vor Empörung beim Schauspiel eines Gentleman, der manuelle Arbeit verrichten mußte.

VI

Taylor Tibbs erschien auf der Schwelle; er wollte auf die Straße.
«Wie geht's, Mista Kip, Mista Tyler?»
«Paß lieber auf dein schwarzes Fell auf, Taylor», sagte Kip, «hast du den Küchenboden fertig gescheuert?»
«Nein, Herr Mista Kip, nein. Major Pennyman will mich holen ein ganzes Krug Bier. Ich bin gleich wieder da, Herr.»
«Taylor Tibbs, denk dran, was ich dir gesagt habe! Wenn du vom Krug trinkst, hau ich dir alle Knochen im Leib kaputt!»
«Ja, Herr Mista Kip, ja!» Der Neger grinste; sein perlweißes Gebiß hätte er einem Multimillionär der City um eine Million verkaufen können. Er war groß genug, um Kip zu packen und entzweizubrechen: Gerade das verlieh ihrem Gespräch soviel Reiz.
«Und steh nicht so lang bei Sandkuhl herum! Du brauchst mit dem weißen Gesindel nicht soviel zu reden.»
«Nein, Herr, ich nichts tun mit weißes Gesindel. Geben mir zwei Liter Bier, sag ich, und schon wieder heim!»

Taylor spazierte die Stufen hinunter und schwang den Zinnkrug in der Hand. Wer das Bier selber holen ging, galt hier als deklassiert, und das Haus, in dem so einer wohnte, war eine gewöhnliche Mietskaserne. Es gehörte zu den Statuten einer Familienpension, daß man das Bier von einem schwarzen Diener holen ließ.

«Wie haben Sie das nur fertiggebracht, Taylor vor den Versuchungen von Harlem zu bewahren?» fragte Jerry.

«Wir haben ihn schon ein paarmal rauswerfen müssen, aber er kommt immer wieder zurück. Für die Yankees hat er kein Verständnis. Als er das letztemal eine Stelle bei einer Familie antreten wollte, sagte ihm die Dame des Hauses: ‹Sie können sich setzen, wenn ich mit Ihnen rede.› Da wußte er gleich, daß da was nicht stimmt. Bei einer weißen Frau, die ihm einen Stuhl anbietet, könne er nicht arbeiten.»

«Man möchte glauben, daß New York ihm das binnen einer Woche austreibt.»

«Meist ist es auch so. Sie wissen, im Speisezimmer haben wir lauter weiße Mädchen. Mit den farbigen Weibern kann man gar nichts anfangen. Sie werden alle so rasch üppig im Norden.»

«Ganz gesund so. Die hier im Norden sollen auch was vom Negerproblem zu spüren kriegen», bemerkte der Herr aus Louisiana.

«Und ob!» sagte Kip. «Ich gönn's ihnen.» Er folgte mit den Augen der Gestalt des Schwarzen. «Verfluchter Kerl. Der Teufel soll ihn holen!»

«Was tut er denn?»

«Schaut sich um, ob ich ihm nachgehe. Er ist fest entschlossen, sich einen tüchtigen Schluck aus dem Krug zu gönnen. Zweimal hab ich ihn schon erwischt. Jetzt gibt er gut acht.»

«Über die neue Negerwelt in Harlem werden jetzt auch schon Bücher geschrieben», bemerkte Jerry. Bei ihm lief jedes Gespräch auf Bücher hinaus.

«Ich weiß.»

«Die Neger selber fangen an, schreiben zu lernen. Ekelhaft, nicht? Stellen Sie sich nur vor, wie gelehrte Kritiker über die Gedichtbücher literarischer Negerdamen Artikel schreiben!»

«Ich glaube, man kann ihnen alles beibringen, wenn man sich die Zeit dazu nimmt.»

«Die Leute hier in New York brauchen immer eine neue Sensation. Jetzt gibt's am Broadway einen Negerschauspieler zu sehen.»

Die beiden jungen Leute sprachen noch länger und in derselben unfreundlichen Weise über das geistige Leben des schwarzen Amerika. Da erschien Taylor Tibbs wieder, jetzt mit dem Bier und übers ganze Gesicht grinsend. «Der Schuft!» sagte Kip. «Er weiß, was er angestellt hat, er weiß auch, daß ich es weiß. Aber ich muß es ihm erst beweisen.»

«Wo hat er denn den Kratzer auf der Wange her?» fragte der Reporter.

«Das ist eine Erinnerung an irgendeine Hexe in Harlem. Ich geb mir ja Mühe, ihn nüchtern zu halten, aber auch noch keusch, das wäre zuviel.» Taylor stand schon mitten auf der Treppe. «Zeig den Krug her, schwarzer Gauner!»

«Ja, Herr», sagte Taylor Tibbs. Auf diese Prozedur war er vorbereitet. Während des ganzen Weges zu Sandkuhl und zurück hatte er sich seine Rede zurechtgelegt. «Der Deckel gar nie weg wesen, Mista Kip. Ich schwöre nein.»

Kip hob den Deckel. «Sieh dir das mal an, du Affenschwanz! Zwei Finger breit sind weg. Ich bring dich noch einmal um, so wahr du auf der Welt bist!»

«Ausschüttet, Mista Kip, ausschüttet. Ich trag Krug. Unterm Deckel ausrinnen.»

«Ich hab dich ein für allemal gewarnt: Du darfst den weißen Leuten nicht ihr Bier wegtrinken. Samstag zieh ich dir's vom Lohn ab.»

«Ehrlich, Mista Kip, ich nichts tan. Bier rinnt unter Deckel, wisch ich mit Ärmel ab, Herr. Soll ich schütten auf die Teppich?»

«Geh, geh, du Gauner, trag's dem Major Pennyman hinauf.» Taylor Tibbs stand grinsend da. Er wußte, daß ihm der Lohn nicht gekürzt würde. «Du gehst dann in die Küche zurück», befahl Kip, «und rührst dich nicht, bevor du mit dem Boden fertig bist.»

«Nein, Herr, außer jemand holen mich von.»

So ging es immer mit Taylor Tibbs. Immer holte ihn jemand «von». «Taylor, trag den Koffer rauf!» Taylor nahm ihn auf die Schulter und stieg stolz in den dritten Stock. «Taylor, hol die Wäsche auf achtundzwanzig!» «Taylor auf Zimmer zwölf rinnt was.»

«Mista Pow», sagte: «Taylor, bürst mir die Schuhe, rasch!» Miß Sue sagte: «Taylor, lauf mal runter und kauf mir Sublimat. Das Theatervolk drüben hat uns Wanzen ins Haus geschleppt und behauptet jetzt, daß sie schon früher da waren.» Taylor lief und tat, was man ihn tun hieß. Überallhin trug er seine perlweißen Zähne mit, die zum Lächeln wie geschaffen waren.

VII

Der Briefträger kam auf seiner Nachmittagstour vorbei. Er hatte immer einen hübschen Vorrat Post für Tarleton-Haus mit, ein separates Bündel, das mit einem Lederriemen verschnürt war. Die Gäste, die zufällig im «Office» waren, drängten sich erwartungsvoll an Kip heran, während er die Briefe sortierte und in die einzelnen Fächer legte. Für Jerry Tyler waren zwei Briefe gekommen; der erste war schwer und dick und trug den Aufdruck einer bekannten Romanzeitschrift. Die Ablehnung, die er enthielt, wurde zum Glück wettgemacht durch den zweiten Brief mit dem Poststempel «Acadia, La». Kip erkannte auf den ersten Blick die Schrift Roger Chilcotes. Stumm folgte er mit seinen blaugrauen Augen Jerry, der im Hinausgehen den Brief öffnete.

Kip selbst konnte nicht gleich mit, weil ein Brief für Mrs. Faulkner auf Zimmer siebzehn da war und er versprochen hatte, ihn ihr gleich hinaufzutragen. Nach der Schrift mußte er von ihrem Mann sein, einem Reisenden. Seit einer Woche schon wartete sie auf einen Scheck, um ihre Rechnung zu begleichen. Kips Pflicht war es natürlich, ihr die Zahlung sofort zu ermöglichen. Er brachte ihr also den Brief hinauf. Mrs. Faulkner, gewissenhaft und umgänglich, wie sie war, bat ihn, einzutreten und Platz zu nehmen. Sie öffnete den Brief, las ihm einige Neuigkeiten vor und girierte den Scheck auf Tarleton-Haus. Er entsprach ungefähr der Rechnung für zwei Wochen. Den Rest sollte er ihr später herausgeben, wenn sie zum Einkaufen hinunterging.

Kip kehrte ins Office zurück, stellte die Rechnung für Mrs. Faulkner aus, quittierte und notierte Höhe und Nummer des Schecks und wieviel er bar herausgab. Er war nicht nur Hotelbursch und Blitzableiter, er war auch im weitesten Maße Bankier. Auf einen Blick wußte er zu sagen, wieviel ein Papier wert war und welchen Teil davon man mit Sicherheit in bares Geld verwandeln konnte. Mr. Marin, Käseimport, war gut für jeden Betrag. Der junge Stanley Dubree dagegen stand für ewig auf der schwarzen Liste, obwohl sein Vater in Memphis ein führender Anwalt war. Dazwischen gab es alle möglichen Schattierungen. Um niemand zu verletzen, mußte man sich einer höflichen Sprache des Bedauerns befleißigen.

Als Kip schließlich wieder zu Jerry trat, hatte der Rogers Brief schon zweimal durchgelesen. Kip merkte gleich, daß etwas sehr Ernstes passiert sein mußte. «Schrecklich, schrecklich, Kip, Rogers Vater hat sich umgebracht!»

«Um Gottes willen!»

«Geht um Mitternacht in die Meierei hinüber und schneidet sich Puls- und Halsadern auf. Wie sie ihn fanden, war er schon tot.»

«Warum hat er es denn getan?»

«Rodge sagt nichts darüber. Sicher der Alkohol. Der alte Herr war total versoffen.»

Kip war tief erschüttert. Er kannte niemand von den Chilcotes, aber Jerry hatte ihm so viel von ihnen erzählt, daß er an sie wie an Freunde dachte. Jerry war auf Pointe Chilcote zu Besuch gewesen und hatte auf dem College zwei Jahre mit Roger zusammen in einer Bude gehaust. Er besaß Bilder von ihm, Dutzende von Briefen und ein- bis zweihundert Gedichte, die alle von Kip studiert worden waren. Jerry hatte ihm sogar Rogers Randbemerkungen zu seinen Erzählungen über das Tarleton-Haus und den jugendlichen Blitzableiter laut vorgelesen.

«Welche Folgen hat das für Roger?» fragte Kip.

«Das ist es gerade, was mir Sorgen macht. Er hat natürlich darüber noch nicht nachdenken können. Aber er macht sich Vorwürfe, daß er sich um den alten Herrn zu wenig gekümmert hat.»

«Es hätte gar nichts genützt, Jerry. Ein Junge kann seinen Vater nicht regieren. Das hieße ja die Welt auf den Kopf stellen. Es macht den Alten höchstens wild.»

«Da können Sie ja wirklich mitreden.»

«Und ob ich es kann.»

«Rodge meint, er werde jetzt eine größere Verantwortung zu tragen haben. Natürlich stimmt ihn das ernst.»

«Wird er zu Hause bleiben müssen?»

«Ich fürchte. Herrgott, das wäre ein Verbrechen, wenn sie aus einem solchen Kerl einen Zuckerpflanzer machten.»

«Werden sie's denn probieren?»

«Bestimmt. Das tun sie immer. Ein Sohn soll in des Vaters Fußstapfen treten und die Familienlasten tragen helfen.»

«Gut, aber ein Mann von Rogers Geist...»

«Oh, er hat menschliche Regungen wie alle andern. Er wird bereuen, was er versäumt hat. Mrs. Chilcote versteht nicht viel von Zucker, zwei jüngere Geschwister sind auch noch da, ein Bruder und eine Schwester – die Falle ist also fix und fertig. Roger schreibt, daß das ganze Geld flöten gegangen ist.»

«Das ist bei den heutigen Zuckerpreisen doch nicht gut möglich.»

«Ich denke, der alte Herr hat zuviel Poker gespielt. Er war förmlich versessen drauf, und wenn er betrunken war, hat er nicht gerade gut gespielt.»

Kip saß in Gedanken verloren da. «Sie wissen», bemerkte er plötzlich, «wir aus dem Süden haben alle eine verrückte Ader.»

«Shakespeare meint, daß großer Geist dem Wahnsinn benachbart ist. Es sind eben verfehlte Genies.»

«Eine angenehme Erklärung.»

«Sie stimmt aber. Nehmen Sie nur Ihren Vater: Er ist so was wie ein Genie, das nie zu sich selbst gelangt ist. Wäre er Schauspieler geworden, er hätte volle Häuser gehabt und Stürme von Gelächter erregt.»

Kip lächelte. «Es hätten aber Liebhabertheater sein müssen. Vergessen Sie nicht, daß er ein Gentleman aus dem Süden ist.»

«Wie ich es hasse, dieses Gerede vom Gentleman aus dem Süden! Wie froh ich wäre, wenn's keinen einzigen mehr auf Erden gäbe! Bedenken Sie nur, was uns das gekostet hat. Die Hälfte des Talents unsrer Nation fünfzig Jahre lang vom Gewicht einer Phrase erdrückt! Einer Phrase, eigens dazu erfunden, den Stolz eines Haufens von besiegten Sklavenhaltern aufrechtzuerhalten.»

Kip kannte den Grund für Jerrys Heftigkeit. Der junge Graduierte von Tulane hatte zu Hause hart kämpfen müssen, bis man ihm erlaubte, gewöhnlicher Reporter an einem Sensationsblatt im Norden zu werden, einem Blatt noch dazu, das Juden gehörte.

Auch Roger standen jetzt heftige Kämpfe bevor, da er kein reicher Zuckerpflanzer, sondern bloß Dichter werden wollte. Jerry Tyler hob ein eingebildetes Weinglas in die Höhe und rief: «Auf das Wohl unsrer Väter, der Gentlemen aus dem Süden! In den Himmel mit ihnen allen!»

VIII

Ein Mann kam die Straße heruntergegangen; plötzlich wandte er sich dem Tarleton-Haus zu und stieg die Stufen hinauf: ein Mann so um die Dreißig, blond und frisch rasiert, mit Gewalt auf elegant herausgeputzt. Seine derbe Gestalt steckte in einem braungewürfelten Anzug, in der grün-purpur gestreiften Krawatte steckte ein Brillant. Ein zweiter Brillant glitzerte am Finger einer breiten, roten Hand. Im Mund steckte eine halbgerauchte Zigarre. Auf seinem Gesicht lag ein liebenswürdiger und, so sonderbar es klingen mag, irgendwie rührender Ausdruck. Denn schließlich kann sich ein erwachsener New Yorker Straßenjunge noch so sehr mit der Eleganz abplagen – das unbehagliche Bewußtsein, daß es eine höhere Welt gibt, wird er doch nie los.

«Tag, Kerrigan», sagte Kip.

«Tag», sagte Kerrigan, nahm die Zigarre aus dem Mund und schwang sie so, daß der Karat dabei zur Geltung kam.

«Darf ich vorstellen: Mr. Kerrigan – Mr. Tyler.»

«Sehr erfreut», sagte Kerrigan; die beiden schüttelten sich die Hände wie zu ewiger Freundschaft.

«Kerrigan ist einer von unsern ‹Saubersten›», erklärte Kip.

«So?» sagte Jerry. «Ein Geheimer?»

«Ich schleiche hinter ihnen her, Mr. Tyler, und leg plötzlich die starke Hand des Gesetzes auf sie.»

«Und Tyler bringt eine Notiz darüber», ergänzte Kip. «Tyler ist Reporter.»

«Nicht möglich!» Das Gesicht des Detektivs hellte sich auf. «Bei welchem Blatt?»

«Bei der ‹World›.»

«‹World›? Ein großes Blatt», meinte Kerrigan, «ich lese es jeden Tag. Das ‹Journal› habe ich auch ganz gern, nur dem Hearst, diesem Halunken, traue ich nicht recht. Ein gerissener Kerl.»

«Der ‹Herald› liegt mir mehr», meinte Kip.

«Ja, der ‹Herald› ist gut. Aber wozu soll ich drei Cents blechen, wenn ich dieselben Neuigkeiten für einen Cent lesen kann?»

«Ich hätt gar nicht gedacht, daß Sie überhaupt für eine Zeitung blechen, Kerrigan», Kip lächelte, «zeigen Sie doch einfach Ihre Blechmarke!»

Man verbreitete sich über Privilegien und Vorrechte jener Körperschaft, die sich ‹die Sauberste› nennt, die ‹sauberste› der Stadt New York. Man sprach darüber mit unverhohlenem, aber gutmütigem Zynismus; bis schließlich Kip fragte: «Nun, Kerrigan, was haben wir denn wieder Verbotenes getan?»

Der Mann in Zivil grinste. «Ich kann nichts dafür, Befehl von oben.»

«Ja, was denn?»

«Der Boß macht sich Sorgen über die Wahlen.»

«Fürchtet wohl, die Republikaner machen das Rennen?»

«In den äußeren Bezirken sind sie stark. Wenigstens sagen's alle, und wenn der Kerl mit dem feinen Backenbart ins Weiße Haus kommt, müssen wir in den Dreck und England den Krieg gewinnen helfen.»

«Das wär eine Freude für unsre Iren von Hell's Kitchen, was, Kerrigan?»

«Wir lassen's schon nicht dazu kommen, wenn wir was dagegen machen können. Wir müssen zusehen, daß wir mit dem O'Kelly-Vereinsball nächste Woche Glück haben.»

«Sie wollen mir wohl Karten verkaufen?»

«Ich hab da ein paar Gründerkarten, die an die richtige Adresse sollen. Sie wissen, Freundchen, wir passen auf unsre Freunde auf, allzeit und ewig.»

«Und ob», sagte Kip, «ich hatte keinen Schimmer. Was kosten sie denn?»

«Fünfundzwanzig das Stück.»

«Heiliger Bimbam!»

«Ja, wir geben einen Haufen Geld aus für den Rummel. Sie werden Augen machen.»

«Ich werd natürlich eine nehmen müssen», sagte Kip.

«Wir waren der Meinung, daß das Tarleton-Haus für zwei aufkommen kann», sagte Kerrigan entschieden.

«Ich werde nichts damit anfangen können. Wo es soviel Freibier gibt, trau ich mich gar nicht hin.»

«Wir werden schon dafür sorgen, daß Sie wieder heimkommen, wenn's nötig ist.»

«Und wer macht dann am nächsten Tag meine Arbeit? Das Geschäft meint's jetzt nicht gut mit uns, Kerrigan. Und das dürfen Sie auch nicht vergessen, daß mein Vater diesmal Wahlreden hält.»

«Weiß ich. Wir müssen eben alle unser Scherflein beitragen. Ich selber hab ja auch zwei nehmen müssen, Hand aufs Herz.»

«Gewiß», sagte Kip, «aber im Ernst, ich glaube, Sie müssen mich doch mit einer wegkommen lassen.»

«Ich habe Order, Ihnen zwei zu verkaufen, Freundchen.» Aus der Stimme des Detektivs war die Leutseligkeit plötzlich verschwunden. Seine stahlgrauen Augen bohrten sich in Kip – diesen Blick hatte er sich für den ‹dritten Grad› angelernt. «Befehl ist Befehl», sagte er. «Sie sollten lieber mit Ihrem alten Herrn reden.»

«Warten Sie mal!» sagte Kip und verschwand ins Haus. Den Schützer von Recht und Ordnung ließ er im Gespräch mit dem Bildner der öffentlichen Meinung zurück.

«Sie sind Engländer, Mr. Tyler?»

«Nein, ich komme aus Louisiana.»

«Das habe ich mir gedacht, daß Sie fremd sind.»

«Sie meinen wegen meines Akzents?»

«Ja, Sie reden nicht wie ein Hiesiger.»

«Sie müssen mir Zeit lassen», sagte Jerry, «ich bin erst seit sechs Monaten hier. Ich werde mir's abgewöhnen.»

«Schon gut», tröstete ihn der andere. «Sie machen sich großartig.»

Jeremias Breckenridge Tyler, der junge Patriziersohn aus New Orleans, unterdrückte ein Lächeln. Es machte ihm ganz besonderen Spaß, daß ein Mann, der in «N'Yawk» lebte, der die Zeitungen «Woil», «Join'l» und «Hurl» las (so klangen bei ihm die Namen), sich zum Richter über die Aussprache eines Graduierten der Tulane-Universität machte.

Kip blieb einige Zeit aus; seine Mutter hatte nämlich einen Weinkrampf bekommen. Aber da es keinen andern Ausweg gab, tauchte der Junge schließlich wieder auf, mitsamt einem Scheck auf fünfzig Dollars, den er dem Detektiv in die Hand drückte. Er bekam dafür zwei sauber gedruckte Gründerkarten zum «Jahresball des O'Kelly-Vereins». Kerrigan bedankte sich und versicherte Kip, er werde, noch bevor das Jahr herum sei, reichen Lohn ernten. Dann ging er ins italienische Restaurant gegenüber.

«Das war der reinste Überfall», sagte Kip.

Jerry war derselben Meinung. «Starkes Stück, er hat sich nicht einmal Mühe gegeben, mit Ihnen allein zu reden.»

«Er hat von uns beiden nichts zu fürchten.»

«Was würde geschehen, wenn Sie sich drückten?»

«Schwer zu sagen. Vielleicht hat Tibbs die Mülleimer zu spät auf den Randstein gestellt. Vielleicht hat er die Eingangsstufen erst nach sieben gekehrt.»

«Das tun doch alle!»

«Der Polizist hat ein kleines Buch in der Tasche, er kann hundert städtische Verordnungen herausklauben, von denen Sie nie was gehört haben. Stehen Sie sich mit der Organisation nicht gut, so bekommen Sie eine Vorladung und müssen einen halben Tag bei Gericht versitzen, unter lauter Italienern und Juden.»

«Aber hören Sie mal, mein Junge, ich dachte, das hier sei eine Reformverwaltung.»

«Gewiß, aber die Polizei können Sie nicht reformieren. Vergessen Sie nicht, daß die Reformer nur vier Jahre bleiben; dann kommt Tammany wieder dran.»

«Ja, es gibt offenbar keine Möglichkeit, den Leuten das Handwerk zu legen.»

«Bringt man sie ernstlich gegen sich auf, so legen sie einem das Geschäft lahm. Zum Beispiel die Röhrenleitungen: Das ganze alte Zeug in diesem Haus ist nicht in Ordnung. Da kommt eben eines Tages ein Inspektor daher und erklärt, daß wir eine neue Art von Verschlüssen für unsere Wasserspülungen brauchen; oder vielleicht müssen unsre Feuerleitern gestrichen werden.»

«Zahlt jedermann soviel wie Sie?»

«Wir kommen noch verhältnismäßig glimpflich weg. Der Sandkuhl da um die Ecke zahlt hundert die Woche, hat er meinem Vater gesagt. Es gibt ein ganzes Bündel von Gesetzen: gegen das Offenhalten von Kneipen am Sonntag, gegen das Offenhalten nach ein Uhr früh, gegen den Verkauf von Spirituosen an Jugendliche unter sechzehn. Das Komische dabei ist – selbst wenn Sandkuhl sich anständig aufführen wollte, die Polizei würde ihn gar nicht lassen.»

«Alles, weil wir so viele dumme Gesetze durchbringen», sagte Jerry.

«Ich weiß nicht», erwiderte Kip, «ich bin für alle Gesetze, die Sandkuhl Schwierigkeiten bereiten. Ich wäre auch mit einem einzigen Tag in der Woche zufrieden, an dem mein Alter keinen Alkohol bekäme.»

«Das kann ich verstehen», entgegnete Jerry, «aber alles, was man mit solchen Gesetzen erreicht, ist ein Haufen von neuen Erpressungen. Gesetze, die die Leute nicht befolgen wollen, nützen nichts.»

So sprach Jerry, der Weisere; Kip, der Naivere, erwiderte: «Ich höre die Leute so reden. Aber das Unglück ist, daß sie sich nicht darüber einigen können, welche Gesetze sie befolgen wollen. Es gibt ja auch Leute, die keine Gesetze gegen Einbruch wünschen, die verbünden sich mit der Polizei und zahlen einen Haufen Geld. Widerrufen Sie die Gesetze gegen Einbruch, und es werden auch da weniger Erpressungen vorkommen!»

Der Reporter warf einen raschen Blick auf seinen Freund. Er bedachte, daß dieser «Junge», der seit seinem sechsten Lebensjahr in New York gelebt hatte, vielleicht doch nicht ganz so naiv war, wie er manchmal dreinsah.

4. Kapitel — MANHATTAN

I

«Mitbürger, das stolzeste Wort, das während der letzten hundert Jahre über die Lippen eines Mannes kommen konnte, lautete: Ich bin ein amerikanischer Bürger! Ich bin ein Bürger jener mächtigen, freien Gemeinschaft souveräner Staaten, die bei allen andern Nationen auf Erden Bewunderung und Neid erweckt. Und jetzt, Mitbürger, naht die Stunde heran, da die Pflicht uns gebietet, das heiligste Recht auszuüben, an die Urnen zu gehen und das Geschick unsrer großen Republik zu bestimmen. Ihr, die freien Söhne Amerikas, seid hier versammelt, um den Ruf der Demokratie zu vernehmen, die während der verflossenen vier Jahre eure Interessen verfochten hat und um euer Vertrauen bittet für die nächsten vier Jahre.»

«Hoch! Hoch!» Ein paar Claqueführer standen in der Menge, die das Stichwort gaben. Andre nahmen es auf. Pow Tarleton machte eine Pause, verbeugte sich großartig und wartete mit feierlicher Miene, bis der Applaus verhallte.

Es war eine Straßenversammlung am Samstag abend vor der Wahl. Der starke, breitschultrige Redner sprach von einem Rollwagen herab, den Petroleumfackeln zu beiden Seiten erleuchteten. Rotweißblaue Wimpel und die demokratische Parteifahne mit dem Stern flatterten über dem Gefährt. Es stand jenseits der Sixth Avenue, gerade entfernt genug vom Verkehr und noch nahe genug, daß das Poltern der Straßenbahn und das Donnern der Hochbahn zu hören war. Den blühend schönen Pow störte das nicht. Das erhabenste Vorrecht eines Gentleman aus Virginia war es, sich an großartigen Phrasen zu berauschen.

Seinerzeit hatte er vor versammelten Damen und Herren in Richmond unten gesprochen. Jetzt, von seiner Höhe herabgestürzt, mußte er sich mit dem billigen Pöbel von Manhattan begnügen. Doch er sagte sich, daß es die demokratische Pflicht eines Politikers sei, die Armen und Niedergetretenen aufzuklären. Sein tiefer Bariton zitterte so heftig wie sein schwarzer Schnurrbart, als er den Ernst der Krise darlegte, von der der amerikanische Wähler bedroht war. Wie, sollten ihre Söhne die Ebenen Flanderns mit ihrem Blute röten? Dies und nichts Geringeres seien die unausbleiblichen Folgen eines Sturzes der demokratischen Regierung, die Amerika bisher vom Kriege ferngehalten habe.

In den Parteifibeln für die Wahl stand es so. Die Straßenredner für Manhattan waren angewiesen worden, an die fremden Elemente zu appellieren. Sie sollten Amerika davor bewahren, für die herrschenden Klassen Englands die Kastanien aus dem Feuer zu holen. Pow wäre es in Wirklichkeit angenehmer gewesen, die herrschenden Klassen zu unterstützen. Er nannte sich einen Kavalier. Er verachtete Iren, Deutsche und andere Volksstämme, die bloß wegen des Geldes ins Land gekommen waren und sich an die Yankees verkauft hatten, damals als man den Gentlemen im Süden die Sklaven wegnahm. Doch als Politiker mußte man praktisch sein, das heißt, man mußte dem Pöbel sagen, was der Pöbel gern hört.

Die gelben Fackeln flackerten im Wind. Die Gesichter der Zuhörer erschienen bald dunkel, bald hell. Es waren ernste, nüchterne Gesichter darunter, tückische Gesichter, stumpfsinnige Pflastertreter und zufällige Passanten, Arbeiter, die im Westen der Avenue wohnten, und Stehkragenproleten, die ihr Quartier im Osten hatten. Die Fackeln und das Geschrei lockten sie an. Sie blieben stehen und horchten, weil das interessanter war als nichts. Die Wahlen – das war so eine Zeit, da irgend jemand, eine unbekannte Persönlichkeit, Geld für Fackeln und bengalisches Feuer übrig hatte, für rotweißblaue Wimpel, für Trompeten, Gongs, Pfeifen und Trommeln.

«Mitbürger, die Demokratische Partei ist die Partei des Volkes. Sie ist das in ganz Amerika, aber besonders in New York. Sie ist eure eigene Partei...»

«Was hat Tammany schon für die Arbeiter getan?»

Der Zwischenruf ging von einem jungen, schmalen, bebrillten Juden aus. Pow kannte den Typus und erledigte ihn mit einer Handbewegung. «Rück mal ein bißchen weiter, junger Freund, mach eine eigene Versammlung auf und erzähl den Leuten, was die Sozialisten schon für die Arbeiter getan haben!»

Das Gelächter hatte noch gar nicht aufgehört, und schon machte sich der Redner an die Verherrlichung von New York, die Metropole der westlichen Hemisphäre. Welch ein Unglück, wenn diese fürstliche Stadt in die Hände von Reformern und Blaunasen geriet! New York – der Hafen, in den das übrige Amerika sich flüchtet, der Nabel der Zivilisation, die Heimat aller Geselligkeit –, New York soll frei und weit offen bleiben, offen aller Freude, wie den Winden, die vom Ozean herwehen. Tammany Hall ist die richtige Organisation dafür, und Tammany weiß, daß man einer solchen Stadt nicht ungestraft eine Zwangsjacke anlegt. Oder will man lieber die Kunden vertreiben und das Geschäft ruinieren?

Die Sache mit der Zwangsjacke lag einem Kavalier ohnehin am Herzen, dazu hatte er die Parteifibel gar nicht nötig. Er sprach vom Rollwagen herunter mit derselben Wut und Entrüstung, die er zu Hause aufbrachte, wenn die Herren sich abends zum Rauchen und Kartenspielen in seinem Büro zusammenfanden.

«Freunde, ich stamme von jenen Männern ab, die unsere unsterbliche Unabhängigkeitserklärung verfaßt und uns damit unser Recht auf Glück verbürgt haben. Ich stamme von Männern ab, die wußten, was zu einem glücklichen Leben gehört. Ich bin ein Sproß der Kavaliere von Virginia – wie jener Präsident, für den ich heute abend an euch appelliere, ein Schüler des alten Dominions, ein würdiger Nachfahre eines Washington, Jefferson und Madison. Freunde, wir im Süden wissen, was gut essen heißt, und glaubt mir, wir kennen uns auch im Trinken aus. Wir wissen, wieviel wir vertragen, und haben diese Puritaner nicht nötig. Die sollen ihre Blaunasen in ihre eigenen Angelegenheiten stecken, die haben uns nicht vorzuschreiben, was wir essen und trinken dürfen. Mitbürger, ich warne euch vor der Gefahr. Unduldsamkeit und Frömmelei sind auf dem Marsche, um unsere herrliche Stadt zu versklaven und ihr die Zwangsjacke eines Dorfes anzulegen. Unsre Nation ist auf dem Felsen der Freiheit geboren worden; doch diese Frömmler wollen ihn in die Luft sprengen. Die Horden des Methodismus nähern sich den Toren. Ich sehe sie heranrücken – eine Armee von Schultanten und ausgemergelten alten Jungfern mit Brillen und Kapotthüten, von puritanischen Predigern mit Schlapphüten, große Schirme unterm Arm, stolz zu Roß – auf einer Batterie von Limonadewagen!

Ihr lacht, Freunde, ihr würdet euch das Theater ganz gern einmal ansehen. Aber ich sage euch, wenn ihr diese große Metropole in ein Dorf verwandeln wollt, wo das Gras auf den Straßen wächst und die Ziegen daran zupfen, wo ihr keine Arbeit habt und Weib und Kind euch verhungern, dann braucht ihr nur für die Republikaner zu stimmen! Sind diese Reformer erst an der Macht, dann habt ihr die Polizei gleich bei euch im Haus. Die hat sich nämlich darum zu kümmern, wie es mit eurer Moral steht, wie ihr euer Geld ausgebt und was ihr mit eurer sauer verdienten Freizeit anfangt.»

II

Nach solchen Meetings begaben sich die Redner in die nächste Kneipe, um sich neue Lebensgeister zu holen und ihre Stunde der Begeisterung in die Länge zu ziehen. Die fünfzig Blocks der Sixth Avenue entlang fanden vielleicht drei Dutzend solcher Versammlungen statt; jede trug zum Gedeihen einer Schenke bei. Unter den fünfzig Querstraßen gab es höchstens ein halbes Dutzend ohne Schenke an jeder zweiten, dritten Ecke; und nicht nur an den Ecken, auch zwischen den Lebensmittelläden, Drogerien und Pfandleihanstalten gab es noch welche. Alles war aufs beste geregelt: Samstag nachts versoff der Familienvater seinen Wochenlohn. Sonntag früh holte seine Frau aus der Drogerie irgendein Mittel, um ihn zu ernüchtern. Montag früh trug sie seinen Überrock zum Pfandleiher und kaufte sich vom Erlös einen Laib Brot und frische Milch.

Auch in der Siebenten, Achten, Neunten, Zehnten Avenue – überall sah es so aus. In jedem dieser Blocks, in dem die Menschen wie Ameisen hausten, saßen in den Vorderzimmern die Männer und betranken sich, und in den Hinterzimmern steckten die Frauen und Kinder. Drüben in Eastside an der Dritten, Zweiten, Ersten Avenue, oder an den Avenues A, B, C gleich am East River, waren die Ställe noch dichter beisammen, die Schenken schäbiger, zahlreicher und noch voller. Die meisten Avenues erstreckten sich über 150 Blocks, aber fast alle Ecken waren mit Plakaten für «Lagerbier», «Bockbier», «Wilson Whisky», «Haig and Haig» und so weiter geziert.

An diesem Samstag abend machten die Kneipen glänzende Geschäfte. Die Gäste standen drei, vier Reihen tief vor dem Schanktisch, die Stühle waren alle besetzt – viele konnten nicht mehr stehen. Die Lokale dampften vom Ofen und von den Menschen, die Schankburschen arbeiteten im Schweiße ihres Angesichts, und der bloße Alkoholdunst machte einen schon halb betrunken. «Die Schenke ist der Klub des armen Mannes», erklärten die Zeitungen unermüdlich, zwischen hochbezahlten Annoncen für Whisky und Gin. Am Samstag abend vor der Wahl war die Schenke das Forum des armen Mannes.

III

Pows Teilhaber bei dieser rednerischen Orgie waren ein Winkeladvokat, der kleine Verbrecher aus den Klauen des Gesetzes rettete, Richter und Geschworene bestach, den Mund hielt und davon lebte; ein Polizeibeamter, der von diesem Advokaten Geld nahm; ein Feuerversicherungskontrolleur, der von kleinen Geschäftsleuten, die sich ihre «Bankrottfeuerchen» geleistet hatten, Trinkgelder erhob. Die Aufmachung, einschließlich der Fackeln, besorgte ein Angestellter des Straßenreinigungsamtes, der unter der herrschenden Reformverwaltung den Besen wirklich führen mußte. Er hoffte auf die Rückkehr von Tammany, die es ihm ermöglichen würde, für sein Gehalt in den Klubräumen des O'Kelly-Vereins Billard zu spielen. Auch der Rollkutscher war da, der zum Wagen gehörte. Sein Brotgeber arbeitete für die Stadt und bekam für doppelt soviel Rollwagen bezahlt, wie er besaß. Noch arbeitete der Kutscher für diesen Privatunternehmer, aber er hoffte auf eine Anstellung als Eierinspektor mit doppeltem Gehalt – einem fürs Arbeiten und einem fürs Nichtarbeiten.

Da standen sie alle vor dem Schanktisch, ein Gentleman aus Virginia hier, fünf Kinder der New Yorker Slums dort. Nach einigen Runden waren sie alle miteinander Brüder in einer großen Sache. Das Volk, das ihnen auf der Straße zugehört hatte und durch die Drehtüren in die Kneipe gefolgt war, klopfte ihnen auf die Schulter, drängte sich an den Schanktisch heran, feierte und traktierte sie. Nichts war zu gut für diese Hochintellektuellen, die sich in den Problemen der Welt auskannten und ihre Beredsamkeit in den Dienst der Massen stellten. Die Menge sang: «Hoch sollen sie leben!» und «Nach Hause, nach Hause gehn wir nicht». Das Gesetz wollte es anders, um eins war Polizeistunde. Aber praktisch hatte das nicht viel zu bedeuten. Die Vordertür wurde zugesperrt, die Leute mußten durch den Hauseingang herein, auch der Polizist, der gerade die Runde machte.

Nach drei Gläsern begann Pow Tarleton auf wunderbare Weise zu wachsen. Eine ganze Linie von Edelleuten Virginias verkörperte sich in ihm, bis zurück zum großen Häuptling Powhatan, der weiland Captain John Smith in Jamestown bewillkommnet hatte, knapp bevor er ihm mit seiner Keule beinahe den Schädel einschlug. Pow wurde zum Besitzer ungeheurer Ländereien mit Hunderten von erstklassigen jungen Negern und Negerweibern. Er ernannte sich zum bevollmächtigten Gesandten des alten Dominions bei den Geschäftsleuten und Ladenschwengeln von Yankeeland. Er lehrte sie, wie man das Leben wahrhaft genießt. Er sang das Lob John Barleycorns* und füllte den Humpen, bis er überfloß – über seinen Schnurrbart und die Hemdbrust auf den mit Sägespänen bestreuten Boden dieses «Klubs des armen Mannes».

Solange sie ihn noch verstanden, applaudierten die armen Männer und tranken ihm zu. Dann verstanden sie ihn nicht mehr, und jeder zog sich in seinen Separathimmel zurück, sang seine eigenen Lieder, hielt seine eigenen Reden, bis er gar zuviel Lärm machte oder nicht mehr stehen konnte. In diesem Falle packte ihn ein Angestellter des Wirts, der «Rausschmeißer», beim Kragen und steuerte mit ihm auf die Straße. Die Verantwortlichkeit der Kneipe war mit der letzten Münze des Gastes zu Ende. Danach traten Polizei und Wohltätigkeitsgesellschaften in ihre Rechte.

Zuweilen bemerkte man in diesem glückseligen Haufen ein Kind, das zur Hintertür hereingeschlüpft war und das Lokal mit angstvollen Augen absuchte, oder eine fremde Frau mit einem Schal überm Kopf. Fand sich der Mann nicht in der einen Kneipe, so gingen sie in die nächste. Auf der Straße sahen sie Männer, die mehr taumelten als gingen, sich in den Rinnstein erbrachen und nach einem Müllkasten oder einer verlassenen Kegelbahn suchten, in die sie hineinkriechen könnten. Manche waren in weinerlicher Stimmung, wenn man sie fand, und taten sehr gerührt. An-

---

* John Barleycorn, volkstümlicher Name für Schnaps, Titel eines Romans von Jack London, der deutsch unter dem Titel «König Alkohol» erschien.

dere gerieten in Wut und waren so unklug, ihre Frauen schon auf der Straße zu schlagen.

Solche Szenen erlebte man auf den Kneipenstraßen dieses Eilands Manhattan, das die knausrigen Holländer den Indianern um fünfundzwanzig Dollars abgekauft hatten. Statt der Urwälder erstreckten sich jetzt von Nord nach Süd achtzehn Cañons zwischen Stein- oder Ziegelwänden und von West nach Ost einige zweihundert kürzere und engere. Über diese schlecht beleuchteten und verschmutzten Straßen taumelten Nacht für Nacht Betrunkene. Da und dort lauerte ihnen ein Wolf in Menschengestalt mit Schlagring und Totschläger auf.

Für die Polizei in jenen guten alten Kneipzeiten galt kein Mann als betrunken, der noch aufrecht stand und den Weg in die nächste Schenke von allein fand. Betrunken war er: wenn er im Rinnstein lag, wenn er die Frau schlug, bevor sie noch zu Hause waren, oder wenn er den Polizisten, der ihm das Weitergehen befahl, beschimpfte. Dann, und nur dann, bekam er den Knüppel zu spüren, wurde auf den «Grünen Heinrich» geladen und ins Kittchen gesteckt, um sich den Rausch erst mal auszuschlafen. Konnte er am nächsten Morgen irgendeinen einflußreichen Politiker oder einen Anwalt namhaft machen, so durfte er den anrufen und wurde freigelassen. Andernfalls wurde er vor Gericht geschleppt, per Schub abgeurteilt und zu «zehn Tagen oder zehn Dollars» verknackt – eine Formel, die die angeödeten Beamten jeden Vormittag hundertmal herunterleierten.

IV

Der Sonntagmorgen drauf war all diesen Gläubigen, die an die Heiligkeit der persönlichen Freiheit glaubten, wohl vertraut. Pow Tarleton, Hoherpriester der Freiheit, blickte beim Erwachen auf eine häßliche Welt. In seinem Kopf gab es Erdbeben auf Erdbeben, im Mund spürte er einen sonderbaren Geschmack – die Autoritäten sind sich über die Farbe dieses Geschmacks nicht einig – manche nennen ihn dunkelgrün, manche braun. Alle sprechen von «verkatert» und schildern einen Durst, den bloßes Wasser gar nicht, Sodawasser und schwarzer Kaffee nur wenig stillt.

Für alle Plagen hatte der Gentleman aus Virginia ein Alibi bereit, das der Wahrung seiner Würde diente. In der guten alten Zeit hatte Pow niemals Kopfschmerzen oder einen grünlichbraunen Geschmack im Mund gekannt. Schuld daran war nur, so behauptete er, die schlechte Qualität der Schnäpse, die man in New York verkaufte. Richtigen Whisky mußte man im Fasse trocknen; aber das elende Zeug, das man da in den Kneipen bekam, war mit Chemikalien getrocknet, mit Wasser verdünnt und mit Rohalkohol wieder konzentriert worden. Es enthielt Fusel und andere giftige Bestandteile. Pow wußte ihre Namen und zählte sie vor den Genossen seines Katzenjammers auf. Sie senkten betrübt die Köpfe. Der eigentliche Grund des Unglücks lag tiefer: Lincoln hatte die Sklaven befreit und südlichen Edelmut den Krallen der Yankeegier ausgeliefert.

Aber so schlecht der New Yorker Whisky auch war, Pow brauchte doch rasch welchen. Wie ein wütender Löwe strich er in seinem Zimmer auf und ab. Zu solchen Zeiten war er imstande, seiner Frau die Börse zu stehlen oder die Wanduhr aus dem Salon zu versetzen. Diesmal hielt er sich an Taylor Tibbs. Taylor war an die Herren aus dem Süden gewöhnt, einer war ja wie der andere. Er grinste, ging und kaufte für sein Geld eine Flasche. Das Geld sah er nie wieder, aber er machte sich schon selbst bezahlt.

An Sonntagvormittagen herrschte im Tarleton-Haus ein Überfluß an Katzenjammer. Die Damen setzten ihre besten Hauben auf und beehrten die vornehmen Kirchen an der Fifth Avenue mit ihrem Besuch. Die Herren blieben auf ihren Zimmern oder hockten im Büro beisammen, streuten die Sonntagsblätter herum, brummten und schimpften aufs Leben. Wenn Pow ins Büro trat, fand er da schon den jungen Stanley Dubree vor, käsebleich und nervös auf und ab schreitend.

«Herrjesus», sagte er, «mir ist zumute wie beim Jüngsten Gericht!»

Stanley war der Sohn eines Anwalts in Memphis. Dort hatte er es so wild getrieben, daß der Vater schließlich froh war, ihn für sein gutes Geld nach New York zu kriegen. Die Wochenrechnung wurde Mrs. Tarleton direkt von der Kanzlei des Anwalts aus bezahlt.

Ein paar Minuten später kam Taylor Tibbs vorbei, grinsend wie immer. Man hatte ihn um einige Besorgungen geschickt.

Mr. Gwathmey, Rentier, früher Tabakpflanzer in Kentucky, dritter Stock nach vorne, Nummer neununddreißig, wünschte raschest eine Flasche Selterwasser. Mr. Fortescue aus Charleston, der bis vor drei, vier Stunden eine Pokergesellschaft bei sich gehabt hatte, wünschte eine Schachtel Zigaretten, Schnaps und eine Flasche Hunjadiwasser. Das ging so bis in den Nachmittag. Taylor steckte seine Trinkgelder ein, hielt manches Herren Haupt, der sich in ein Waschbecken erbrach, murmelte sein Beileid und beneidete diese wunderbaren, weißen Leute, die tun durften, was sie wollten, ohne sich vor Mrs. Tarleton und ihrem Geschimpfe zu fürchten.

Denn Mrs. Tarleton war nicht eine jener Damen aus dem Süden, die nachlassen und in Trägheit versinken. Sie war hager und immer angespannt; ihre Reize, wie immer sie gewesen sein mochten, waren längst verblüht. Ihr Gesicht war faltig und beinahe so grau wie der kleine Haarknoten. Ihre Mundwinkel verrieten Energie. Der Blick ihrer geplagten, grauen Augen reichte nicht weit. Er galt ausschließlich den Einzelheiten des Haushalts, der Beköstigung von fünfzig Menschen, von denen jeder für möglichst wenig möglichst viel haben wollte. Mrs. Tarleton litt an heftigen Kopfschmerzen, am liebsten blieb sie in ihrem Zimmer, nasse Umschläge um den Kopf und ein Riechfläschchen vor der Nase. Aber die meiste Zeit hetzte sie in den drei Häusern umher, eine Treppe herunter, die andere hinauf, ruhelos, von tausend Ängsten besessen, immer hinter der Dienerschaft und ihrem Manne her, bis in die Nacht.

Powhatan Tarleton wußte ganz genau, warum er trank und was ihn auf die Straße oder in eine Hotelhalle trieb, wo er allen müßigen Herren von seinen Sorgen erzählte: die Nörgeleien seiner Frau. Aber er hütete sich, in ihrer Gegenwart davon zu sprechen, denn wenn er es tat, bekam sie einen Weinkrampf und überschüttete ihn mit einer Flut von Erinnerungen. Einmal war sie ein junges Mädchen gewesen, sanft, vertrauensvoll, glücklich – und wer hatte das jetzt aus ihr gemacht? So wenig hatte sie sich vom Leben gewünscht, ein Heim für ihre Lieben, eine gute Erziehung für ihre Kinder! Was tat sie jetzt anderes als arbeiten und schuften den ganzen Tag, um ihre Rechnungen bezahlen zu können und ihre Pensionäre zufriedenzustellen – alles, damit der Name der

Tarletons nicht in den Schmutz gezogen wurde und ihr die Leute wegen dieses betrunkenen Tagediebs nicht wegzogen? Die Sprache der guten Frau war gewöhnlich, ihre Sorgen schmutzig – aber so stand es eben um die Ehe in den guten, alten Kneipzeiten von Manhattan.

Am Montag war Pow wieder etwas nüchterner geworden, da er Stimmzettel zählen mußte. Am Dienstag kontrollierte er eifrig die Wahlergebnisse, bis spät in die Nacht hinein rechnete er nach. Diese Arbeit im Dienst des Wahlkomitees brachte sechs Dollar pro Tag ein. Man bekam sie für kleine Gefälligkeiten, Wahlreden zum Beispiel, von der Lokalverwaltung zugeschanzt. So war man für zwei Tage aus den Klauen seiner Frau errettet und hatte für eine mannhafte Feier am Abend nach den Wahlen Geld.

Der republikanische Kandidat, ein früherer Staatsgouverneur, «der Kerl mit dem feinen Backenbart», wie Kerrigan ihn nannte, genöß bei dem wohlhabenden Teil der Bevölkerung großes Ansehen. Er eroberte New York und so viele andere Staaten dazu, daß jedermann ihn am Abend nach der Wahl für den sicheren Sieger hielt. Das Feiern war also an den Republikanern. Mit seinem Geld konnte Pow bloß seinen Kummer ersäufen. All seine schrecklichen Prophezeiungen plagten ihn, es war eine Nacht der Verzweiflung. Das Blut unserer Jungens rötete die Ebenen Flanderns, und die Horden des Methodismus nahmen von Manhattan Besitz. Eine Armee von Schultanten und ausgemergelten alten Jungfern mit Brillen und Kapotthüten rückte heran auf Kamelen; puritanische Prediger, grüne Schirme unterm Arm, stolz zu Roß auf einer Batterie von Limonadewagen – Pow rief laut um Hilfe, bis Taylor Tibbs kam und das ganze Gesindel vertrieb.

Mittlerweile ging in den Luxushotels, Cafés und Prachtrestaurants, wo der stolze Gentleman aus dem Süden eigentlich hingehörte und von denen ihn bloß seine Armut fernhielt, die Siegesfeier nicht mit Bier und mit Whisky, aber dafür mit Champagner vonstatten. Konfettischauer rieselten über die Fußböden. Rote, blaue, violette, grüne, rosa Papierschlangen zwischen den Kronleuchtern verwandelten die Räume in farbige Spinnennetze. In Kübeln mit zerstoßenem Eis wurden die Flaschen hereingetragen. Auf den Tischen oder darunter häuften sie sich leer an. Die Musik lärmte und tobte. Girls warfen ihre Beine in die Höhe.

Neue Wahlresultate las man laut vom Orchesterpodium herab vor – Hochrufe, Schreien, Gekreisch –, Alkohol floß in die Schuhe der Girls oder über ihren Nacken.

In jener selben Nacht verließen die Deutschen die letzten Forts von Verdun, die sie Dutzende Male genommen, verloren und wieder genommen hatten – ein Kampf, der mehrere Monate gedauert hatte. Millionen Männer lagen draußen in Wind und Regen und froren allmählich ein, wenn sie nicht von Granaten zerfetzt oder von Gasen vergiftet wurden. Hier in New York schlug man aus ihrer Todesqual riesige Vermögen heraus und feierte die Aussicht auf noch größere Gewinne. Die Schiffs- und Munitionsspekulanten, die Besitzer der Stahl-, Kupfer- und Aluminiummonopole hatten Millionen und Abermillionen für Stimmenkauf hergegeben. Dafür hatte man ihnen Zollvergünstigungen versprochen und Nachsicht bei der Verletzung von Preisgesetzen. Ihre überschwengliche Freude war begreiflich. Während der ersten Morgenstunden wurden Tischtücher von den Tischen heruntergezerrt, Gläser und Porzellan gingen in tausend Splitter. Halbnackte Damen sprangen auf die Tische und tanzten Bauchtänze vor. Champagnerflaschen flogen in kostbare Pfeilerspiegel. Jede neue Methode, Geld hinauszuwerfen, erregte entzücktes Geschrei.

Auf den Straßen drängte sich zur selben Zeit eine dichte Masse von Menschen, kilometerweit. Da blies man in Hörner, rasselte mit Kinderklappern und kitzelte Frauen, die vor einem standen, mit Federbesen am Nacken. In der Nähe der Anschlagtafeln war die kleinste Bewegung unmöglich. Jeder neue Bericht wurde mit einem Freudengeschrei begrüßt, das in den langen Steincañons widerhallte. Als der Abend hereinbrach, färbten sich die Scheinwerfer auf den Türmen rot – Symbol für den mythischen Backenbart des vermeintlichen Siegers. Die Schenken waren alle gesteckt voll. Auf den Seitenstraßen tummelten sich Nachzügler von der Schlacht.

Erst am nächsten Tag stellte sich der Irrtum heraus. Die Sache stand in Wirklichkeit ganz anders. Mehrere Staaten, die Hughes sicher geschienen hatten, neigten sich plötzlich zu Wilson. Wer gewonnene Wahlwetten bereits verausgabt hatte, hatte jetzt das peinliche Vergnügen, sie zweimal zu bezahlen. Die Monopolisten, die Vermögen in die Wahlen investiert hatten, mußten sich bis 1920 gedulden, in der Aussicht, noch einmal soviel dafür auszugeben. Manhattan studierte während des ganzen Tages die Extraausgaben. Am Abend färbten sich die Scheinwerfer auf den Türmen weiß, – Symbol für die politische Reinheit Tammanys. Spätnachts noch ergoß sich über den Broadway ein Zug von siegreichen Bacchanten.

Pow Tarleton sonnte sich in soviel Glück, obwohl er seine Taschen schon nachts zuvor geleert hatte. Bei einer solchen Gelegenheit brauchte kein echt demokratischer Mann Durst zu leiden. Jedermann war viel zu betrunken, um zu wissen, wer die letzte Runde bestellt hatte und wem die nächste gebührte. Pow fiel in die Arme des Winkeladvokaten und des bestechlichen Polizeibeamten und schluchzte vor Freude, weil unsere Jungens Flanderns Ebenen nun doch nicht mit ihrem Blute röten würden. Er nahm die Zinntrompete eines Nachtschwärmers, der in der Schenke zusammengefallen war, an sich, lief auf den Broadway hinaus und trompetete: «Vier – vier – vier – vier Jahre mehr!» Wie ein junger Geißbock hüpfte er daher, glücklich und froh, denn die Metropole der westlichen Hemisphäre war vor den alten Jungfern und den puritanischen Predigern errettet.

VI

Jerry Tyler bekam einen Brief vom Herausgeber einer hochliterarischen Zeitschrift, in dem ihm mitgeteilt wurde, daß seine Skizze «Eine Nacht ohne Zwischenfall» zur Veröffentlichung angenommen sei. Jerrys Geschichte spielte in Niemandsland. Weder er noch der Herausgeber waren je dort gewesen; doch der fand die Schilderung in ihrer Kraft bewundernswert und bat den Verfasser vorzusprechen. Jerry tat das und sprach von sich und seinem Freunde Roger Chilcote in Louisiana. Er las einige Gedichte Rogers vor. Der große Herausgeber erkannte ihre Vorzüge an und erklärte sich bereit, sie zu drucken.

Hoch oben auf den Dächern der Wolkenkratzer, von einem zum andern hinüberspringend – so kehrte Jerry ins Tarleton-Haus heim und erzählte Kip, was geschehen war. Kips Herz hüpfte vor Freude, als handelte es sich um seine eigenen Gedichte. «Großartig, Jerry! Das laß ich mir gefallen! Werden Sie Roger telegraphieren?» Jerry entgegnete, das habe er schon getan. «An den Gedichten muß doch wirklich was dran sein», sagte Kip; «wenn ich sie nur besser verstünde», fügte er nachdenklich hinzu, lieh sich die Manuskripte aus und brütete wieder eine Stunde darüber. Offenbar war es der Zweck dieser Art von Dichtung, die weißen Schafe von den schwarzen zu sondern, die feineren und komplizierteren Menschen von den einfachen und gewöhnlichen, die sich, wie er, bloß zum Führen von Pensionen eigneten.

Jerry hatte schon lange darüber nachgedacht, wie man den faszinierenden Rodge nach New York locken könnte; jetzt war es endlich soweit. Jetzt konnte er sich unmöglich mehr zum Zuckerpflanzer pressen lassen, jetzt brauchte er nur hereinzuspazieren und den Preis, der ihm gebührte, einzufordern. Bald kam auch ein Brief von ihm, der sehr angenehme Nachrichten enthielt. Die Onkels, die die Finanzen der Familie verwalteten, waren schon halb und halb damit einverstanden, ihm seine Freiheit und ein kleines Einkommen zu gönnen. Sein Bruder Lee sollte die Pflanzung übernehmen und seine Schwester Maggie May nach der Mutter sehen.

«Wie ist eigentlich Maggie May?» fragte Kip plötzlich.

«Gerade das richtige Mädchen für Sie –» Jerry kam es wie eine Erleuchtung – «daß mir das bis jetzt noch nicht eingefallen ist! Eine kleine, stille Maus, sehr ernsthaft und moralisch. Sie sollten hinunterfahren und sie heiraten.»

Kip wurde sehr rot. «Ein feiner Bewerber wär ich, mit leeren Händen, nicht wahr?» Seine Antwort klang etwas zu heftig.

«Aber das ist doch der einzige Ausweg für Sie, Kip! Heiraten Sie eine reiche Frau!»

«Ich denke, die Chilcotes sind ruiniert.»

«Sie wissen doch, wie das mit solchen Leuten ist. Sie reden wohl von ihren Sorgen, aber das ist nicht, was wir unter Sorgen verstehen. Die können Geld bekommen, wann es ihnen paßt.»

«Danke für den Tip. Aber ich möchte mich selbst fortbringen, und wenn ich heirate, will ich die Frau erhalten können.»

Kip dachte an Vater und Mutter – in Pows Fußstapfen wollte er nicht treten, nein. Jerry entging das. «Das heiß ich mir gesprochen», rief er aus, «wie ein stolzer Gentleman aus Virginia! Sie leben um fünfzig Jahre hinter unserer Zeit zurück, Junge. Das Höchste, was ein Mann für ein Mädchen mit Vermögen tun kann, ist, sie zu heiraten und sich ihres Vermögens anzunehmen.»

«Danke, danke», entgegnete der Gentleman aus Virginia. «Wenn es sich um eine Geschäftssache handelt, muß der Vorschlag von ihr ausgehen.»

«Das wäre auch gar nichts so Ungewöhnliches. Sie wissen nicht, wie es auf der Welt zugeht, Kip.»

«Ich höre so allerlei.» Kip versuchte weltklug zu wirken. «Aber Mädchen dieser Art kommen schwerlich zu uns ins Tarleton-Haus.»

«Ich für meinen Teil», sagte der moderne Jerry, «werde mir eine suchen. Wenn eine halbwegs annehmbare Dame mir zu einer literarischen Karriere verhelfen will – ich lasse mir's gefallen, das können Sie mir glauben.»

Sie besprachen das immer interessante Problem der Liebe und wie sie sich beide dazu stellten. Der nüchterne, zuverlässige Kip stellte sich eigentlich gar nicht, er hatte ja so viel anderes zu tun. Zum Beispiel mußte er jetzt mitten in der Unterhaltung aufstehen, um ein abreisendes Ehepaar abzufertigen. Er quittierte ihre Rechnung und wünschte ihnen eine gute Reise nach Georgia. Dann rief er nach Taylor Tibbs und schickte ihn ins Zimmer 7 hinauf, da war die Dampfheizung nicht in Ordnung; statt Wärme gab sie Lärm von sich.

Doch Jerry ließ sich vom begonnenen Thema nicht abbringen. Vor «Verdrängungen» hatte er eine starke Abneigung. So suchte er den scheuen Jungen wieder auf und erklärte ihm, daß die Liebe ein notwendiges Übel sei.

«Sie sind ja anormal, mein Junge! Sie müßten jetzt schon ein Dutzend Liebschaften hinter sich haben und schlau genug sein, sich eine Frau auszusuchen.»

Kip wurde rot und protestierte. Was hatte er einem Mädchen zu bieten? «Es müßte ein Gesetz gegen das Heiraten von Hoteldienern geben!» Hinter solchen Scherzen suchte er seine Verlegenheit zu verbergen.

Unten den Schwingen seiner Mutter war Kip groß geworden. Mrs. Tarleton hatte in der Liebe wenig Glück gefunden. Liebe schien ihr im besten Fall etwas sehr, sehr Dummes, und im schlimmsten eine Gefahr und eine Schande. Kip ging abends nur selten aus, und wenn, so blieb die Mutter bis zu seiner Rückkehr auf und fragte ihn über alles genau aus. Jedes junge, verführerische Fräulein, das im Tarleton-Hause auftauchte, wurde von den beiden Leiterinnen, Tante und Mutter, mit Argwohn angesehen. Die Bemerkungen, die sie in Kips Gegenwart fallenließen, klangen wie Scherz, waren aber todernst gemeint. Er war ein hübscher Junge, und die Mädchen interessierten sich für ihn; doch im äußersten Falle ließ man es zu, daß sie sich aufs Sofa im Salon neben ihn setzten und über das letzte Buch, das sie gelesen hatten, züchtige Gespräche führten. Kaum hatte Kip erkannt, daß dies das interessanteste Mädchen sei, mit dem er je gesprochen hatte, so entführte sie schon das Geschick weit weg nach Mobile, Nashville, Richmond oder Atlanta.

Er hatte sich daran gewöhnt, und auf den Gedanken, daß da was nicht in Ordnung sei, kam er nie. Erst im Gespräch mit dem wohlinformierten Jerry erfuhr er jetzt, wie gefährlich «Verdrängungen» seien; sie konnten unter Umständen zu «Neurosen» führen – das klang sehr beunruhigend. Bei weiterer Prüfung stellte Jerry fest, daß Kip seine Gefühle «sublimiert» hatte, das heißt, er trug sich mit dem Traum von einer vollkommenen Jungfrau, aus makellosem südlichem Geschlecht – eines Tages würde sie im Tarleton-Hause erscheinen und nie wieder fort müssen. «Und weiter?» drängte Jerry. Da gestand Kip, daß ihm ein Schauer über den Rücken laufe, wenn ihm von diesen sonderbaren Mädchen auf der Straße eine zulächle, er laufe dann immer davon, die Versuchung sei unerträglich. «Aha!» rief Jerry. «Sagen Sie nur alles!» Aber Kip behauptete, das sei schon alles.

Er hörte lieber seinem Freunde zu, der sich in allen verbotenen Dingen auskannte und dessen Schilderungen schwüle Neugier, mit Furcht vermischt, in ihm wachriefen. Der hübsche, unternehmungslustige Jerry machte kein Hehl aus den vielen Abenteuern, die er schon früher in New Orleans und noch mehr jetzt in Manhattan hatte. Er erzählte Kip vom sogenannten «Village», wo viele Mädchen lebten, die an irgendeiner Kunst – Bühne, Literatur, Malerei – ihren Narren gefressen hatten und von Ehe und häuslichen Fesseln nichts wissen wollten. Manche erhielten sich selbst, mit Innenarchitektur, Kunstgewerbe, Reklame oder mit

Besorgungen für ihre Hinterwäldler zu Haus. Wenn Kip den Antrag einer selbständigen Dame wünsche, brauche er sich nur in Greenwich Village zu zeigen. Er sei gerade der nette, bescheidene Typ, den strahlende junge Frauen dieser Art als Spiegel für ihre Reize suchen.

«Das klingt ja ganz praktisch und annehmbar», sagte Kip; er gab sich Mühe, zynisch zu wirken, «beinahe zu gut, um wahr zu sein.»

«Eine Meile von hier, nicht weiter», sagte Jerry, mit einem Lachen in seinen bösen, schwarzen Augen. «Ich nehme Sie mal auf ein Atelierfest mit, und Sie sehn sich das selber an. Aber Sie müssen aus sich herausgehen und sich einen tüchtigen Ruck geben, sonst hält man Sie für ein Opfer des Ödipuskomplexes.»

VII

Der Präsident, der wiedergewählt worden war, weil er Amerika vom Krieg ferngehalten hatte, machte sich sofort an die Arbeit, es in den Krieg hineinzuziehen. Die Noten zwischen Amerika und Deutschland bekamen einen schärferen Ton. Unter den Gästen des Tarleton-Hauses bildeten sie einen beliebten Gesprächsstoff. Wer irgend jemand ein paar Minuten zugehört hatte, wußte gleich, welche Zeitung der Betreffende las. Jeder Insasse der zehntausend Pensionen auf Manhattan Island las eine bestimmte Zeitung und tanzte wie eine Marionette nach einer ganz bestimmten Pfeife.

Auch Jerry, der Insider, war auf seine Art eine Marionette. Selbstsicher und gerieben, wie er war, sah er sich das genau an, wie man an den Drähten zog. Er wußte, wie die Greuelgeschichten gemacht und wie die Redaktionen von den Nachrichtenbüros damit beliefert wurden. Die ganze Geschichte mit dem Krieg war ein Schwindel, und wer darauf hereinfiel, ein dummer Spießer. Kip solle sich um Gottes willen seinen Kopf davon frei halten. Wenn aber ein Kritiker versuchte, dieses Spiel der Zeitungen zu entlarven, trat Jerry tief gekränkt für die Ehre seines Berufes ein.

Kip kannte sich in den vielen Verwicklungen nicht mehr aus. Er wußte nur, daß Krieg etwas Schreckliches ist, und war der Meinung, Amerika solle sich in die europäischen Affären nicht einmischen. Ihm gefiel, was Jerry aus Rogers Briefen darüber vorlas. Roger hatte für die Militaristen und ihre wehenden Banner nur Verachtung übrig. Er erzählte amüsante Geschichten von seinem älteren Bruder Ted, dem Hauptmann und Patrioten, der in Wut geriet, sobald man etwas Wahres über den Krieg erzählte.

Kip fragte sich, was denn im Fall eines Krieges geschehen würde und ob dann wohl alle hinaus müßten. Was sollte aus dem Tarleton-Haus werden, wenn er weg war? Die Mutter und Tante Sue müßten die Pension dann aufgeben. Lauter grundlose Befürchtungen, meinte Jerry, schon Freiwillige gebe es ja viel zu viele.

Jerry liebte solche großartigen Feststellungen. Zwar hielt er sich für einen aufgeklärten und modernen Menschen, doch seine Aufgeklärtheit beschränkte sich auf Literatur und Moral. Die rasche und erschreckende Veränderung, die von der Technik auf allen Gebieten menschlichen Lebens bewirkt wurde, übersah er beinahe ganz. Er war der beruhigenden Ansicht, alles in der Welt werde genauso bleiben, wie er es nun einmal gewohnt war. Niemals werde es in Amerika zur Prohibition kommen, sagte er zu Kip. Auch die törichten Bemühungen der Sufragetten hielt er für aussichtslos. Als die russische Revolution ausbrach, erklärte er, das führe zu nichts. Als sie gesiegt hatte, gab er ihr kaum ein Jahr. Eine seiner Prophezeiungen nach der andern erwies sich als falsch. Er aber besserte mit der Zähigkeit einer Spinne das Netz, in dem er geboren war, immer wieder aus.

VIII

Roger kommt! Wirklich und wahrhaftig, so stand es in einem Brief, den Jerry vorlas. In feierlichem Konklave versammelt, hatten die Chilcote-Onkels endgültig erklärt und zugegeben, daß ihr Neffe sich zum Zuckerpflanzer nicht eigne, und ihm aus dem Besitz seines Vater ein Monatseinkommen von vierhundert Dollar gewährt und die Erlaubnis, sein Glück als Dichter in New York zu versuchen. Diese Summe gab Kip einen plötzlichen Begriff davon, was Besitz bedeutet. Mit einem gesicherten Monatseinkommen von vierhundert Dollar hätte er sich wie ein indischer Radscha gefühlt. Der Erbe der Chilcotes dagegen kam sich, laut seinem Brief, wie ein Märtyrer der Kunst vor.

Nächste Woche kam er also, und im Tarleton-Haus sollte er absteigen. Kip, der sich für Jerry freute, war in größter Aufregung, so, als wäre er plötzlich selbst ein großer Dichter. Welches Zimmer sollte der Dichter bekommen? Kip schlug Nummer 39 im dritten Stock vor, das liege nach hinten, der Straßenlärm sei nicht zu hören. «Um Gottes willen, nein», sagte Jerry, «Miß Fortescue im Zimmer darüber lernt doch singen. Wenn Roger das länger als drei Minuten anhört, stürzt er sich kopfüber zum Fenster hinunter.»

«Sonst ist nur noch Nummer 41 im zweiten Stock frei, und das geht auf die Straße», meinte Kip besorgt.

Doch Jerry war der Ansicht, daß man sich in New York an den Straßenlärm gewöhnen müsse, außer man sei Millionär und könne es sich leisten, hoch oben auf einem Wolkenkratzer zu wohnen – und da höre man dann wieder die Flugzeuge!

Mrs. Tarleton und die beiden Jungen inspizierten zusammen den Raum. Die Einrichtung schien Kip zu alt. Jerry beruhigte ihn: Rodge sei an altes Zeug gewöhnt. Allerdings hatten die Chilcotes Mahagonimöbel, während die hier aus dunklem Nußholz waren, an das man alle möglichen Schnörkel und Ornamente geleimt hatte. Die Vorhänge und Deckchen auf Tisch und Kommode würden frisch hergerichtet werden, erklärte Mrs. Tarleton, ein besserer Teppich komme herein, alles werde gesäubert. Der Hausherr sei leider so eigensinnig, er weigere sich, die Zimmer in helleren Farben ausmalen zu lassen. Möglich, daß er jetzt eher mit sich reden lasse, wenn man ihm klarmache, was für ein berühmter Dichter herziehe. Sie ging gleich ans Telefon und versuchte, ihm seine Einwilligung abzutrotzen.

Kip fürchtete, daß Roger an zuviel Eleganz gewöhnt sei. Er müsse sich ja schämen, wenn seine vornehmen Freunde ihn an einem so schäbigen Ort besuchten. Doch Jerry beruhigte ihn. «Rodge ist ein Bohemien. Er ist immer auf der Suche nach Material und interessiert sich für Typen. Ihr Vater ist was für ihn, eine Charakterfigur, wie er sie braucht.»

Jerry setzte Kip Rogers Anschauungen auseinander. Er war Dichter und Wissenschaftler zugleich, einer, der das Leben nicht nur erforschte und durchschaute, sondern der es auch neu erfand und schuf. Jedermann interessierte ihn. Niemals fühlte er sich gelangweilt, wie Jerry. Stundenlang saß er mit den Cajun-Trappers beisammen und fragte sie über die unmöglichsten Dinge aus: über Gott und die Unsterblichkeit, Feen und Geister, Liebe, Ehe und den Sinn des Lebens. In New Orleans hockte er sich in die Hafenkneipen zu französischen Matrosen, Negerstrolchen und Schiffskapitänen, die Gold aus Venezuela oder Bananen aus Costa Rica führten. Eines Tages werde er über all diese Leute ein Buch schreiben, das besser sei als Joseph Conrad und Robert Browning zusammengenommen.

Genie, so gab Jerry seinem Freunde zu verstehen, sei etwas ganz Besonderes, das hoch über dem gewöhnlichen Leben stehe und wie von einer Bergspitze darauf hinuntersehe. Und doch nähre es sich von diesem selben Leben und ziehe seine Kraft daraus. Roger hatte sich seinen Weg selbst ebnen müssen und seine Gesetze selbst geschaffen. Einmal hatte er sich, von der Mißhandlung der Dichtkunst auf dem College angeekelt, auf einem Frachtdampfer nach Australien eingeschifft. Ein Matrose, der ihn für einen Spitzel hielt, hatte ihn zu einer offenen Luke hinausgeworfen. Der großartige Rebell und Dichter mußte mit einem gebrochenen Arm in New Orleans zurückbleiben. Ein andermal wollte er die Geschichte eines kreolischen Hafenmädchens schreiben und wurde dabei von einem Kerl, der auf sie aus war und für Dichter wenig Verständnis hatte, beinahe totgestochen.

Jerry erzählte auch die tolle und romantische Geschichte von seinem Besuch bei den Chilcotes. Roger, zwei Vettern von ihm und Jerry hatten in Acadia zu Abend gegessen und sich – unter der dreifachen Einwirkung von Wein, Weib und Gesang – in Pyjamas auf die Hauptstraße hinausbegeben. Wäre das nur wenige Minuten später geschehen, so hätten sie damit keinerlei Aufsehen erregt, nach elf, wenn das Kino aus war, gingen die anständigen Bürger zu Bett, und die Straße gehörte den jungen Wildfängen, die da sangen und tanzten, Firmenschilder herunterholten und Laternen einschlugen – ihre Eltern waren es gewöhnt, tags darauf für alles aufzukommen. Diesmal aber begegneten die Pyjama-Tänzer einer Gesellschaft von Damen und Herren, die aus dem Kino kamen. Der Stadtpräfekt gab Befehl, sie zu packen, und sie entkamen nur durch eine aufregende Jagd, die in einen Film gepaßt hätte. Dem ernsten und verantwortungsbewußten Kip gefiel diese Geschichte nicht. Er stellte sich Pensionsgäste vor, die in Pyjamas durchs Tarleton-Haus tollten, und ärgerte sich beim Gedanken an seinen Vater, der imstand war, da noch mitzumachen.

IX

Roger Chilcotes Zug kam um acht Uhr früh, für einen Zeitungsmenschen keine bequeme Stunde. Trotzdem fand sich Jerry rechtzeitig auf dem Pennsylvaniabahnhof ein. Von den Pensionsgästen dachten sich einige einen Grund aus, im Office herumzusitzen. Seit der Ankunft des Grafen Rzewuski aus Polen hatte keine solche Aufregung mehr im Tarleton-Haus geherrscht. Roger – seine vornehme Abstammung, sein Reichtum, sein gutes Aussehen, die Skandalatmosphäre um ihn – war wie geschaffen dazu, die Seelen dieser Pensionäre aus dem Süden aufzurühren. Mit seinen Gedichten wußte niemand was anzufangen, aber die Meinung des großen Herausgebers darüber war allen bekannt. Gern glaubten sie an den neuen Stern, der da am Dichterhimmel des Südens aufging.

Es schneite zum erstenmal in diesem Jahr. Taylor Tibbs stand hinter einem Fenster im Erdgeschoß auf der Lauer. Durch die Schneeflocken hindurch sah er den Wagen vorfahren. Da schoß er zum Eisengitter hinaus und entblößte grinsend seine prachtvollen Zähne.

«Mista Roger, Herr, wie geht's, Herr, wir freuen sich zu sehen, Herr.»

Roger stieg, lang wie er war, aus, bestand darauf, selbst zu zahlen, und folgte Jerry die Stufen hinauf. Hinter ihm trug Taylor zwei große, braune Lederkoffer und eine braune Hutschachtel ins Haus. Im großen Empfangssalon, dem «Office», warteten, übers ganze Gesicht strahlend, Pow, Mrs. Tarleton und Kip. Eine Kollektion von Pensionsgästen im Hintergrund gab sich alle erdenkliche Mühe, uninteressiert zu erscheinen.

«Darf ich Ihnen Mr. Chilcote vorstellen, Mrs. Tarleton», sagte Jerry, und die müde, verbrauchte Frau lächelte, als sei sie noch wahrer Freude fähig. «Das ist reizend von Ihnen, daß Sie gekommen sind. Mr. Tyler hat uns so viel von Ihnen erzählt.» – «Oh, Sie sind zu freundlich, Mrs. Tarleton», sprach Roger mit einer jener zärtlichen Stimmen, wie man sie im Süden manchmal hört; die Romantik einer toten Vergangenheit liegt darin und die Sehnsucht nach einer unmöglichen Zukunft. Mrs. Tarleton, von Sorgen verzehrt, abgerackert bis auf die Knochen, von ihrer unaufhörlichen Hetzjagd treppauf, treppab erschöpft, fühlte sich plötzlich in ihre Mädchenzeit zurückversetzt.

«Mr. Powhatan Tarleton», sagte Jerry. Roger gab dem «alten Gauner», wie er ihn im stillen schon auf den ersten Blick titulierte, die Hand. Man sah ihm den Gauner am Augenzwinkern an, an den Tränensäcken, an der Heiterkeit, die er ausstrahlte, und am Stich ins Flotte, den er seiner vertragenen Garderobe gab. «Seien Sie bei uns willkommen, Herr! Ich begrüße Sie nach Art der Yankees, unter denen wir uns hier befinden.»

«Sie lassen mich das zu rasch fühlen», lachte Roger, «begrüßen Sie mich lieber auf südliche Art.»

«Soll geschehen», zwinkerte Pow, «auf Ihrem Zimmer.»

«Und das hier ist Kip», sagte Jerry, Roger drehte sich um und blickte in ein Paar freundliche, blaue Augen voll naiver Bewunderung.

«Tag, Kip!» Er sprach wie zu einem Bruder, den er lange nicht gesehen hatte. «Ihre Grüße sind mir immer ausgerichtet worden.»

«Ihre auch. Ich danke Ihnen.» Kip war sich darüber nicht im klaren, ob er «Mr. Chilcote» sagen sollte, er zögerte und wiederholte: «Ich danke Ihnen noch.»

Roger eroberte sie alle im Sturm. «So sehen Sie also aus?» sagte er. Noch immer lächelte er den Jungen an. Kip wurde rot. Er war verlegen, weil er wußte, daß er nichts Besonderem gleichsah.

Darauf sagte Roger mit seiner vollen, klingenden Stimme: «Er hat die reinen, gesunden Farben eines Neunzehnjährigen. Er ist sehr vertrauensselig und voller Teilnahme für andere, aber nicht wie Hotelangestellte sonst, um Geld aus ihnen herauszuschlagen. Er nimmt alles ernst, man kann ihn leicht zum Narren halten. Versteht er einen nicht, so sieht er einen mit seinen blaugrauen Augen an, und auf seiner Stirn erscheinen tiefe, horizontale Falten – die Zeichen zu frühen Verantwortungsgefühls. Stimmt's, Jerry?»

«Ich habe ja gesagt, daß er ein Genie ist, Kip, nicht wahr?» lachte Jerry.

Kip sah einen Halbgott vor sich – einen Meter neunzig groß,

goldenes Haar wie einen Heiligenschein um sein Haupt und seltsame, goldbraune Augen, die einen fest und gerade ansahen. Roger bückte sich ein wenig, so, als hätte er den Wunsch, nicht größer zu sein als Kip. Er trug – Merkmal seines Berufs – eine goldene Brille, einen weichen, braunen Hut, einen Stock aus Rosenholz und einen braunen Überzieher, der so weich und glatt war wie eine Liebkosung. Jerry hatte recht, das war keiner von den Dichtern, die in Dachkammern hausen, sondern ein junger, eleganter Aristokrat, der drauf aus war, die Musen durch seinen gesellschaftlichen Glanz zu bezaubern.

Die Gäste lauerten darauf, Roger Chilcote vorgestellt zu werden. Jerry beschloß, seinem Freund diese Prüfung vor dem Frühstück zu ersparen. «Mr. Chilcote möchte sich ein wenig waschen», sagte er zu Mrs. Tarleton. Roger verstand und ergänzte: «Zwei Tage und zwei Nächte hintereinander habe ich auf der Bahn gelegen.» Mrs. Tarleton führte sie auf Zimmer 41 hinauf. Pow verschwand in sein Privatkontor, jeder Gentleman aus dem Süden erriet leicht, wozu.

X

Oben hatte man alles in Ordnung gebracht. Die alten Nußmöbel waren poliert worden, bis jeder einzelne Schnörkel, jede angeleimte Schnitzerei glänzte. Frischgewaschene Vorhänge hingen vor den Fenstern. Auf Tisch und Kommode lagen saubere Deckchen. In einer Vase steckten blaßrote Nelken, und neben der Stehlampe lagen ein halbes Dutzend Bücher, lauter hochmoderne Sachen, die Jerry, der immer auf dem laufenden war, ausgesucht hatte.

«Sie sind natürlich an Besseres gewöhnt, Mr. Chilcote», sagte Mrs. Tarleton. «Aber wir werden alles tun, damit Sie sich bei uns wohl fühlen.»

«Genauso habe ich es mir gewünscht», sagte der Dichter entschieden.

Rückwärts in einem kleineren Raum, hinter doppelten Portieren, stand das Bett aus braunem Nußholz, mit einer neuen, rosa Bettdecke darüber. Ein weiteres Gelaß enthielt eingebaute Fächer, Wandschränke und ein altmodisches Waschbecken aus

Marmor. Unglücklicherweise hatte eine kleine Küchenschabe zur Inspektion des Waschbeckens denselben Augenblick wie Roger ausgesucht. In Häusern, die noch aus der Zeit vor dem Bürgerkrieg stammten, waren diese Tiere unausrottbar. Man konnte sie nur höflich übersehen, was Roger Chilcote auch tat.

Man kehrte in den vorderen Raum zurück, wo Taylor Tibbs die beiden Koffer abgestellt und aufgeschnürt hatte. Er zog die Vorhänge hoch – das immer gleiche Ritual, wenn man einen neuen Gast in ein Zimmer führte – und blieb erwartungsvoll stehen. Als Roger in die Tasche griff und einen halben Dollar herausholte, entblößte Taylor sämtliche Backenzähne vor Freude. Dann ging er, wie man es ihm schon vorher eingeschärft hatte, in Pows Privatkontor hinunter. Wenige Minuten später tauchte er wieder in der Türe auf, aber nicht mehr allein.

Roger sah sich gerade die neuen Bücher an und bedankte sich bei Jerry dafür, als der Nachkomme des Großen Häuptlings Powhatan mit wichtiger Miene hereintrat. Der Schwarze hinter ihm trug ein Tablett, das mit einer großen Serviette hübsch zugedeckt war. «Ich habe Ihnen einen Empfang wie im Süden versprochen», sagte Pow. «Bitte!» Das Tablett wurde abgestellt und feierlich enthüllt. Zum Vorschein kamen eine Whiskyflasche, ein Krug mit heißem Wasser, eine kleine Zuckerdose, auf zwei Schüsselchen einige Zitronenscheiben und frische, grüne Minzzweige, und drei reine Gläser. «Sie haben es verflixt kalt gehabt im Taxi», sagte Pow. «Ich dachte mir, daß Sie das jetzt lieber heiß wollen.»

«Himmeldonnerwetter!» rief Roger. «Sie sind zu liebenswürdig! Aber das ist ja ein wahres Wunder: frische Minze bei Schneewetter!»

«Ein kleines Fachgeheimnis von mir», bedeutete Pow, eifrig mischend. «Eines Tages, wenn Sie sich dessen würdig erweisen, werde ich es Ihnen anvertrauen.»

Roger nahm das Glas, das Pow ihm hinhielt, verbeugte sich und bot es lächelnd Mrs. Tarleton dar. «Darf ich bitten?»

«Danke, nein», erwiderte die alte Dame. Sie tat ihr möglichstes, um keinen Mißton in ihre Stimme zu bringen, sie war ja hier die Wirtin. Gegen alles, was mit Trinken zusammenhing, empfand sie, besonders wenn ihr Mann dabei war, den stärksten Widerwillen. Sein Getue, seine blühenden Phrasen hatten längst keinen Reiz mehr für sie.

«Meine Frau und mein Sohn sind durch ihren Aufenthalt im Lande der Blaunasen verdorben worden», sagte Pow, um über den peinlichen Moment hinwegzukommen.

«Dieses eine Mal nur, Mrs. Tarleton», bat Roger, «damit ich das Gefühl habe, daß ich Ihnen wirklich willkommen bin.»

«Nein, nein, danke, Mr. Chilcote, ich bekomme gleich Kopfweh davon.»

Roger nahm die Ausrede für bare Münze und wandte sich an Kip. «Und Sie?» fragte er ernst.

«Danke, nein», sagte Pows Sohn, «ich trinke überhaupt keinen Alkohol.» Er lächelte und versuchte harmlos dreinzusehen, aber in Wirklichkeit kränkte er sich, weil er und seine Mutter dem heißen Toddy die Blume raubten und Rogers Empfang verdarben.

Aber was hätte Kip sonst tun sollen? Das Versprechen, das er seiner Mutter vor langem einmal gegeben hatte, konnte er nicht brechen. Nur zu gut kannte er ihre Leidensgeschichte. Ihr Vater war ein Trinker gewesen, und dann bekam sie einen Trinker zum Mann. Hätte sich jetzt auch ihr Sohn mit dem Schnapsteufel eingelassen – die arme Frau hätte sich die Augen blind geweint und wäre sicher vor Gram gestorben. Nein, er durfte es überhaupt nie tun, auch dieses einzige Mal nicht. Hier, immer, überall mußte er bleiben, was er war: ein Waschlappen, ein Spielverderber, ein Schwächling.

XI

Mrs. Tarleton entschuldigte sich höflich, ging hinaus, schloß die Tür hinter sich zu und ließ den armen Kip als einzigen Unbeteiligten zurück. Er suchte, so gut es ging, seinen Kummer zu verbergen, und machte ein möglichst freundliches Gesicht, um die gehobene Stimmung der anderen nicht zu stören. Vater, Jerry und Roger lachten laut und erzählten einander lustige Geschichten. Er wußte nicht, was reden, er wußte nicht einmal, wie mit Anstand verschwinden. Auch sie hatten keine Worte für ihn. Da stand er nun, selbstgerecht und ein Richter für die andern. Selbst wenn er sich gar nicht so fühlte, sie dachten es sich doch, und darauf kam es an.

Kip sehnte sich nach dem Umgang mit jungen Leuten seines Alters. Die Gäste im Tarleton-Haus waren ja beinahe alle älter. Auf Rogers Ankunft hatte er sich gefreut wie ein junges Mädchen auf ihren ersten Ball. Roger, der heiter und warmherzig, strahlend und vielseitig war! Roger, der alles hatte, was Kip fehlte! Hatte er nicht davon geträumt, daß Roger ihn ins Herz schließen, in sein Vertrauen ziehen würde wie Jerry? Mit dieser Hoffnung war es jetzt aus. Roger war ein Mann von Welt, ein Kavalier, der sich gern auf die übliche Weise unterhielt, Kip dagegen eine spröde Mißgeburt, eine kalte Kartoffel, eine gekochte Stachelbeere – alles, was sich so ein Roger mit seinem besonderen Sinn für Worte ausdachte...

Roger kannte sich im Mixen von Toddies, in Farbe und Blume eines guten Whiskys aus. Er kostete mit Jerry zusammen den Schnaps, den Pow ihm anbot – er war eigens für diese Gelegenheit in einem der teuersten Häuser gekauft worden. Er fand ihn ganz gut, doch hatte er selbst einen andern mit, wie man ihn im Lande der Yankees niemals zu kaufen bekommt. Er griff in einen seiner Koffer, zerrte Seidenpyjamas und silbergetriebene Toilettegegenstände hervor, bis er die richtige Flasche fand. Pow prüfte Etikett und Jahrgang. Er traute seinen Augen nicht. Aber Roger bestätigte, daß die Flasche aus dem Keller seines Großvaters stammte.

Mit Hilfe dieses zauberhaften Lebenselixiers brauten sie also was Neues zusammen, kosteten, schlürften und schluckten. Sie hielten es gegen das Licht, stießen Rufe der Bewunderung aus, gaben weise und erfahrene Meinungen von sich – Trinkergerede, das den Trinkern so viel bedeutet und Außenstehenden so albern erscheint. Der feurige Alkohol tat rasch seine Wirkung, es war früher Morgen, sie tranken auf nüchternen Magen. Sie fühlten sich immer wohler, innen und außen, und freuten sich ihres Beisammenseins. Sie versprachen sich eine Fortsetzung ihrer Freude und unterhielten sich über ihre künftigen Trinkereien und die Orte, wo man was Gutes zu kaufen bekommt. Pow kannte einen Ort, wo es gutes englisches Ale gab, Roger wollte zu Hause in New Orleans eine Kiste richtigen Gin bestellen, wie man ihn da unten, im Zuckertopf der Welt, aus der schwarzen Melasse macht.

Kip aber stand noch immer daneben und dachte über das traurige Geschick eines Nichttrinkers in einer Welt von heiteren Trinkern nach. Da er noch nie von dem Zeug gekostet hatte, kannte er weder die gute Stimmung, in die es einen versetzte, noch die Versuchung und die Lust nach mehr. Aber eine andere Versuchung bereitete ihm ebensolche Qualen: die Lust nach Freundschaft und Kameradschaft, die Lust, so zu sein wie die andern, damit sie einen nicht verachteten, damit man sich selbst nicht verachtete. Ja, Kip haßte sich selbst, weil er nicht zu diesen jungen Leuten gehörte. Er kam darauf, wie übel es einem vermerkt wird, wenn man seinen Altersgenossen überlegen sein will und auf ihre Narreteien von oben herabschaut.

Wie ein Fluch lastete es auf dem Leben von Männern und Frauen, daß sie sich nirgends treffen konnten, niemals lustig beisammen waren, ohne zu trinken. Nach Greenwich Village, wo es interessante Mädchen gab, konnte Kip nicht gehen – man erwartete dort von ihm, daß er sich einen Rausch antrank. Auf Spaziergänge mit Roger und Gespräche über die moderne Dichtkunst durfte er sich nicht freuen, denn sicher würde Roger manchmal in eine Kneipe wollen, um zu Brezeln und Käse ein Glas Bier zu trinken. Nähme Kip dann bloß ein Ginger-Ale, so käme Roger sich wieder wie bei Gericht vor. Nein, nein, als Abstinenzler war man, wohin auch immer und mit wem auch immer man ging, ein trauriger Waschlappen. Da war es noch am besten, man blieb zu Hause hinterm Pult, hielt die Kasse in Ordnung und schleppte heißes Wasser oder zerstoßenes Eis herbei, je nachdem, ob die Gäste mehr Lust auf einen Toddy oder auf einen Cocktail hatten.

Das alles ging Kip durch den Kopf. Dabei versuchte er noch immer zu lächeln. Da plötzlich setzte Roger – der strahlende Halbgott, der alle Menschenwesen, ihre geheimsten Gedanken und ihren Herzenskummer kannte – sein halbleeres Glas ab, ließ die Trinker mitsamt ihren Geschichten stehen, kam zu Kip und legte den Arm um ihn. «Camerado», sagte er warm, es klang wie eine Liebkosung, «das ist zuviel auf einen leeren Magen! Führ mich hinunter, Amigo, und gib mir was zu essen. Habt ihr vielleicht richtiges Kornbrot, ohne Zucker, wie im Süden? Oder Pfannkuchen? Oder Brathuhn mit Grieß?»

5. Kapitel   **PROHIBITION**

I

Roger Chilcotes Aufstieg in der literarischen Welt begann unmittelbar nach seiner Ankunft in der Metropole. Der Herausgeber jener Zeitschrift lud ihn zum Lunch ein – übliche Form der Prüfung, die wenig Zeit und Geld erforderte. Entsprach der Kandidat nicht, so aß der Herausgeber nur wenig und mußte bald ins Büro zurück. Doch Roger, elegant und gebildet zugleich, übertraf alle Erwartungen. Man lud ihn also auch zum Dinner ein, wo er zwei Frauen, die des Herausgebers selbst und die eines reichen Verlegers, kennenlernte, eine rührige und ehrgeizige Dame, die sich als literarischer Pfadfinder betätigte. Das Urteil des Herausgebers über die schriftstellerischen Qualitäten des Kandidaten genügte ihr. Ihr selbst war es mehr um den goldenen, schön glattgestrichenen Haarschopf, um das bezaubernde Lächeln, die weiche Stimme und die vollendeten Manieren des Südländers zu tun; um die unbeschreiblich aristokratische Atmosphäre, in der er lebte. Als sie abends heimkehrte, schwärmte sie ihrem Mann von ihrer neuen Entdeckung vor – ein richtiger «Sieger» sei das – und schmiedete Pläne für einen literarischen Tee am Erscheinungstag seines ersten Buches.

    Etwas Wunderbares war für den Dichter der Abschluß seines ersten Vertrages, er kam sich wie mit Lorbeer bekränzt vor. Das Gerücht machte ihn als den künftigen «Sieger» bekannt. Wer darauf Wert legte, der Öffentlichkeit immer um einen Schritt voraus zu sein, trachtete, mit ihm bekannt zu sein. Er wurde zu weiteren Dinners eingeladen und zu den literarischen Tees anderer Berühmtheiten. Diese Tees, eine Art von halböffentlichem Amüsement, kamen allmählich in Mode. Sie wurden von Verlegern gegeben, die einen neuen Autor mit seinen künftigen Kritikern zusammenbringen wollten. Der Autor hatte die Gelegenheit, Persönlichkeit zu beweisen, und der Journalist erfuhr allerlei persönliche Details, die einen langweiligen Artikel in eine lebendige Plauderei verwandeln konnten. Auf hundert Personen, die den Autor aus Artikeln kannten, kam eine, die ihn selber las; der Besuch literarischer Tees gehörte also nachgerade zum Beruf der Journalisten vom Fach. Sie fanden in vornehmen Lokalen statt, kosteten viel Geld und wurden von den Verlegern als Reklame betrachtet.

Für Roger hatte das alles seinen Reiz. Er kam mit den literarischen Leuchten der Metropole zusammen, beobachtete sie, guckte ihnen ihre Weisheit ab und sammelte Eindrücke für ein Buch, mit dem er Henry James und Marcel Proust schlagen wollte. (Seine literarischen Vorbilder wechselte Roger je nach seiner Laune.) Um ein Uhr morgens, nach einem Tanz après Souper oder einem Atelierfest, kehrte er heim in die Pension, aufgeregt, gesprächig, mit Punsch und Cocktails vollgeladen, außerstande, schlafen zu gehen, bevor er nicht jemand von seinen Erlebnissen erzählt hatte.

Für Kip, der um sieben auf mußte, gleichgültig, welcher Roman die besten Aussichten hatte und welche Berühmtheit augenblicklich in New York weilte, war das ein wenig aufreibend. Aber er konnte solche Gespräche, die aufregender waren als jeder Roman, nicht entbehren. Er harrte auf seinem Platz im Office aus, bis der Schlaf ihn übermannte. Wenn sie heimkamen, weckten ihn Roger und Jerry auf; zu dritt begaben sie sich in Rogers Zimmer und machten es sich auf dem Bett oder auf den Stühlen bequem; die Füße legten sie über den Tisch. Auch Jerry hatte allerlei zu erzählen. Seine schriftstellerischen Talente waren bemerkt worden. Man hatte ihn von der Totenrubrik wegversetzt; er war jetzt bei den Kriegsnachrichten und verzeichnete die haarsträubendsten Gerüchte über deutsche Geheimagenten, die Munitionsfabriken und Schiffe in die Luft sprengten und ungeheure Summen an Zeitungsleute und Politiker zahlten.

II

So waren Roger und Kip doch ganz gute Freunde geworden. Der Dichter hatte sich bald an die sonderbar scheue Art des Jungen gewöhnt. Es störte ihn nicht im geringsten, daß Kip sich zu trinken weigerte – wenn er nur voller Bewunderung zuhörte, sobald Roger erzählte und trank. Jeder Schriftsteller braucht zwei Arten von Auditorien: ein größeres für die Äußerungen, die er der Unsterblichkeit für wert hält, und ein kleineres für die Perlen, die ihm unaufhörlich von den Lippen tropfen. Das kleinere ist gewöhnlich die Ehefrau; aber Roger machte sich über die Ehe nur lustig und nahm mit seinen Kumpanen vorlieb.

Der Vizedirektor und Oberkellner im Tarleton-Haus führte also ein Doppelleben. Tagsüber saß er an seinem Pult und sorgte für die praktischen Bedürfnisse seines menschlichen Bienenstocks: drei Häuser, vom Keller bis zum Dachgeschoß vollgepfropft mit regulären Gästen und irregulären anläßlich des Krieges. In seiner freien Zeit aber rettete er sich in zwei sehr verschiedenartige Traumwelten. In der einen wimmelte es von Spionen, Geheimagenten, Munitionsmagnaten, Schiffskapitänen, Arbeiterführern und so weiter; in der anderen von strahlenden Gestalten der Literatur. Verfasser von Reißern, ganz unerwartete Menschen aus unbekannten Teilen der Erde, Leute, die irgendeine neue Sensation zu Papier gebracht hatten, tauchten da plötzlich auf. Etwa ein unbeholfener Junge vom Land, der eine leidenschaftliche Liebesgeschichte aus dem alten Ägypten geschrieben, oder ein süßes, junges Geschöpf mit dem einfältigen Lächeln eines Schulmädchens, das die Geschlechtssitten bei den Kannibalen erforscht hatte. Ein Preisringer vielleicht, der Dichter geworden war; ein rasender Reporter, der mit einer Geschichte aus der Verbrecherwelt aufwarten konnte, oder ein ältlicher College-Professor mit der skandalösen Biographie einer Königsmätresse. Die nächste Sensation vorauszusagen war unmöglich. Wohl zahlten die Verleger an Experten, die darüber ihre Vermutungen anstellten, phantastische Honorare, aber selten vermuteten sie richtig.

Auf einen, der Erfolg hatte, kamen hundert, die zugrunde gingen. Alle drängten sich vor und intrigierten gegeneinander, strebten danach, die Gunst von Kritikern und Verlegern zu erlangen, sich bekannt zu machen und in die Literatenclique aufgenommen zu werden. Die Konversation, wie sie in New York geübt wurde, war nach Rogers Schilderung eine Art von Bogenschießen. Jedermann suchte ins Schwarze zu treffen, mit zwerchfellerschütterndem Witz oder mit vernichtendem Zynismus, der sich dann in der Stadt herumsprach. Unbegrenzte Reichtümer winkten als Preis des Erfolgs. Auf Mißerfolg stand Selbstmord in einer Dachkammer oder im Fluß.

Über diesen dichtgedrängten Markt ritten mächtige Radschas, die Kritiker und Zeitungsschreiber der großen Blätter. Sie hatten ein scharfes Auge auf die Künstler und ihre Possen, sie fällten ihre Urteile auf Leben und Tod. Da ritten auch die eigentlichen Herren des Zirkus, die Händler, deren Geld in diese oder jene Berühmtheit investiert war. Wie Raubvögel äugten sie nach neuen Talenten, aus denen sich Geld herausschlagen ließe. Einer bespitzelte den andern. Sie rauften sich um die Lieblinge des Publikums. Sie studierten Zeitschriften und Marktberichte, jede neue Strömung im öffentlichen Geschmack brachte einigen von ihnen Reichtum und Macht, den andern aber Ruin. Kip fragte sich, wie ein Leben in diesem reißenden Strudel der literarischen Welt überhaupt möglich war.

Roger hielt dieses Leben aus. Er hatte das Zeug dazu. Er war jung und kühn, wie so ein richtiger Holzflößer im Frühjahr, der spielend von einem Baumstamm zum andern springt und sich dabei nicht einmal die Füße naß macht. Roger war unverwüstlich. Erst besuchte er Nachmittagstees, bei denen es starken Punsch gab. Dann soupierte er im Hause irgendeiner reichen Dame, die Jagd auf Literaturlöwen machte. Da gab es erst Cocktails, dann zu jedem Gang einen neuen Wein, Brandy mit Kaffee und später beim Tanz oder bei der allgemeinen Konversation Soda mit Whisky. Nach Mitternacht kam er dann heim, trank ein, zwei Gläser von seinem Schlummerpunsch, ging zu Bett, stand gegen Mittag oder noch später auf, trank ein paar Tassen schwarzen Kaffee, setzte sich an seinen Schreibtisch, schrieb und hatte sogar Einfälle. Er war sicher, daß das immer so weiter gehen würde, denn er war anders als die andern und über menschliche Schwächen erhaben. Er gehörte ja einer jungen Generation an, die von einem Wiener Arzt gelernt hatte, daß es auf der Welt nur ein Übel gibt, Angst vor dem Übel nämlich. Wenigstens hielt die junge Generation dies für den Inhalt von Freuds Lehre. Es war ihr ganz besonderes Pech, daß sie ihn mißverstand.

III

Einige Jahre vor Rogers Geburt hatte ein bejahrter chinesischer Staatsmann New York besucht, den man für den reichsten Mann der Welt hielt. Die Zeitungen wollten alles mögliche von ihm wissen; er wieder interessierte sich für die Sitten dieses ihm so fremdartigen Landes. Er stellte die peinlichsten Fragen; wie verdienen Sie Ihr Geld, was essen Sie zum Frühstück, haben Sie schon ein Verbrechen begangen? Eine Matrone aus den exklusivsten Kreisen fragte er: Schlafen Sie mit Ihrem Mann? Wenn ja, wie machen Sie es, daß Sie keine Kinder kriegen, wenn nein, hält sich Ihr Mann eine Geliebte, wie stellen Sie sich dazu? Der ältliche Mandarin trug einen langen, weißen Bart und ein goldenes Seidengewand, auf das Drachen in Scharlach und Pfauen in Violett gestickt waren. Wie aufregend und interessant für die Damen der besten Gesellschaft, von einem solchen Manne ausgefragt zu werden!

Auf ähnliche Weise eroberte nun Roger Chilcote im Sturm das Tarleton-Haus. Er forsche dem Leben nach, sagte er, und da er ein Dichter war und Dichter über die simplen Gesetze der Höflichkeit erhaben sind, erzählte man ihm alles. Die geheimen Gedanken, die man ihm anvertraute, konnten ja eines Tages in einer unsterblichen Dichtung auftauchen, und die meisten Menschen waren im geheimen davon überzeugt, daß ihre Privataffären die Unsterblichkeit verdienten. Die Pensionsgäste im Tarleton-Haus fanden Roger Chilcote ebenso aufregend wie den reichsten Mann der Welt.

Er behauptete, jedermanns Freund zu sein. In die Zwistigkeiten des Bienenstocks mischte er sich nicht hinein. Kips Tante gewann er mit einem Lob auf ihr Teegebäck. Kips Mutter ernannte er zur «vollkommensten Wirtin der Stadt». Pow nahm er mit sich zu Sandkuhl hinüber, bestellte ihm was zu trinken und pumpte alles aus ihm heraus: seine Erinnerungen aus dem Süden, seine Weibergeschichten, seine Erfahrungen in der Lokalpolitik von Manhattan. Roger wollte alles über diese stolze Stadt erfahren; Pow stellte ihn den Machthabern des Bezirks vor.

Da war zum Beispiel Richter O'Toole, jener Magistratsbeamte von Tammanys Gnaden, mit dem zusammen Pow Tarleton die weiteren vier Jahre demokratischen Regiments gefeiert hatte. Bei Sandkuhl lernte Roger den Richter kennen und erfuhr seine Lebensgeschichte. In einer elenden Mietskaserne war er groß geworden, das halbverhungerte Kind einer Wäscherin, die sich für ihn die Seele aus dem Leibe rackerte. Als Junge fand er eine Anstellung in einer Kunsthandlung. Mit der Entdeckung, daß hier nebenbei auch Prüfungsarbeiten für Juristen fabriziert wurden, begann sein Aufstieg. Jahrelang erhielt er seine kranke Mutter vom Verkauf solcher Arbeiten an Studenten. Er sah, wie leicht es war, Advokat zu werden. «Was diese Hammel können, kann ich auch.» Er legte also Geld beiseite, sparte, lernte die Nächte durch und bestand ehrlich eine Prüfung, wirklich ehrlich. Die Tränen flossen ihm über die dicken, purpurroten irischen Backen, als er vom großen Kummer seines Lebens sprach: Die arme, alte Wäscherin lebte nicht mehr, jetzt hätte sie Reichtum und Glanz mit ihm geteilt.

Detektiv Kerrigan, der mit den großen Brillanten und der grünpurpur gestreiften Krawatte, und Roger fanden auf den ersten Blick zueinander. Sie hatten etwas miteinander gemein, etwas Flammendes, Grelles. Sie verabredeten sich noch für denselben Abend; Roger verzichtete auf die Bekanntschaft einer britischen Berühmtheit und bereute es nie. Denn was entdeckte er in Slip Kerrigan? Einen Kameraden, einen Dichter! Sein ganzes Leben lang hatte Slip sich mit dem Traum getragen, Verse zu machen, nur kamen ihm die Reime so schwer. Und da saß nun vor ihm eine Autorität, eine hochvornehme noch dazu, und erklärte, daß in der modernen Dichtkunst Reime überflüssig seien. Man schrieb einfach, wie es einem kam; gedichtet war das doch, die Leute erkannten es an den Zeilen, die leer ausliefen.

Der junge Geheimagent war von Roger so entzückt, daß seine Zunge sich löste: Er erzählte Roger allerlei über die Innenpolitik dieses Teils von Manhattan, im Vertrauen natürlich, Jerry Tyler durfte nichts davon wissen, sonst kam es in die «World». Slip hatte in Bordells, Spielklubs und Kneipen Tribute einzukassieren; darum wußte er soviel. Er erzählte, wie das Geld dann aufgeteilt wurde. Der «Captain» oder Obermacher kaufte für seinen Teil Grundbesitz in New Jersey, auf den Namen seiner Frau natürlich. Kerrigan hätte das auch gern getan, aber er traute seiner

Frau nicht recht. Da war jetzt auch so ein Mädchen, das sein Leben zur Hölle machte – schon steckte er mitten in seinen Liebesgeschichten, ach, er hatte es zu schwer. Wahrscheinlich sah er zu gut aus, die Mädchen gaben ihm keine Ruhe, sie nahmen ihm sein ganzes Geld ab, und er blieb der Laufbursche für die großen Insider des Systems. Ein großes Spiel war es aber doch.

IV

Amerika trat in den Krieg ein. Die großen Zeitungen, die dagegen gewesen waren, entdeckten plötzlich die deutsche Gefahr. Auch die entsprechenden Leser im Tarleton-Haus änderten über Nacht ihre Meinung. Powhatan Tarleton, der noch vor kurzem beim Gedanken an das Blut unserer amerikanischen Jungens auf Flanderns Ebenen Tränen vergossen hatte, erkannte das ganze Maß von Verachtung, das er für die deutsche atheistische Wissenschaft schon immer gehabt hatte. Sandkuhl spannte hinter seinem Schanktisch das Sternenbanner aus und setzte den ganzen Tag lang seinen Gästen auseinander, daß ein Holländer aus Holland stamme und nicht aus dem verwünschten Land des Kaisers. Aus «Hamburger-» wurde «Freiheitssteak», aus Sauerkraut «Freiheitskraut». Die Welt wurde für die Demokratie errettet.

Eine schwere Prüfung für Roger Chilcote. Um keinen Preis mochte er zugeben, daß sein Bruder Ted im Recht gewesen war. Immerhin hat auch die Erhabenheit eines Dichters über seine Mitmenschen ihre Grenzen, sonst wird er zum geächteten Narren, der sich das Haar lang wachsen läßt, von rohen Karotten lebt und sozialistisch wählt. Ein Fieber der Aufregung schüttelte die Menschen ringsum. Man zog hinaus, um fürs Vaterland zu sterben. Wer wurde davon nicht gepackt? Roger stieg von seinem Elfenbeinturm herab und schrieb ein Gedicht gegen die «Hunnen», in Reimen und altgewohnten Versmaßen, es sah aus wie das Gedicht irgendeines andern.

Er dachte sogar daran, sich als Freiwilliger zu melden. Da aber brach Jerry Tyler aus wie ein Vulkan. Wozu wurde denn die Welt für die Demokratie errettet, wenn niemand übrigblieb, der ihr dann Kunst und Kultur schenkte? Auch Jerry tat seine patriotische Pflicht: Er schilderte die Meetings für Kriegsanleihe und den

Marsch der Truppen die Fifth Avenue hinunter. Nach Redaktionsschluß kam er heim, teilte Roger und Kip alle Neuigkeiten mit und hämmerte Roger ein, daß er sich reklamieren lassen müsse, da ja seine Dienste für die Literatur unentbehrlich seien. Roger lachte: Da werde schon eher seine Kurzsichtigkeit der Musterungskommission Eindruck machen.

Auch Kip bestand innere Kämpfe. Er hätte gern seine Pflicht getan. Aber beim Gedanken an seine schwache Mutter, der er das Tarleton-Haus mit allen Sorgen und Kümmernissen hätte überlassen müssen, befiel ihn ein gelinder Schauder. Erst als die Rekrutierungsverordnungen bekanntgemacht wurden, atmete er erleichtert auf: Vorläufig wurden nur die Männer zwischen 21 und 30 einberufen. Die drei Freunde blieben beisammen und gediehen, ohne etwas dafür zu können, auf Kosten derer, die an die Front mußten. Millionen von Menschen kamen nach New York, um an Arbeit und Reichtum, die der Krieg schaffte, teilzuhaben. Im Tarleton-Haus wurden die Preise erhöht; die Zahl der Vormerkungen wurde darum nicht geringer. Jerry bekam von der «World» ein besseres Gehalt bezahlt, weil er sich auf die Schilderung patriotischer Demonstrationen so glänzend verstand. Roger bewog seine Onkel auf Grund der gestiegenen Zuckerpreise zu einer Erhöhung seiner Monatsrente.

Zum Unglück fiel der Erscheinungstag von Rogers erstem Gedichtband «Sternenschwerter» mit Amerikas Eintritt in den Krieg zusammen. Für zwei Ereignisse von solcher Bedeutung hatten die Zeitungen keinen Raum. Der Krieg bemächtigte sich aller Kopfzeilen. Das Beste, worauf der neue Dichter noch hoffen konnte, war ein Achtungserfolg. Höchste Autorität in Dingen der Dichtkunst war zu jener Zeit Amy Lowell, ein Mitglied jener Brahmanenkaste, die in Boston oder Umgebung residiert und mit Gott allein Zwiesprache hält. Die Gesetze von Massachusetts zwangen diesen Arbiter Elegantiarum Röcke zu tragen. Doch gegen kräftiges Fluchen und das Rauchen von dicken, schwarzen Zigarren gab es kein Gesetz. An den Altar dieser großen, plumpen Gottheit kamen alle Dichter und alle, die es gern gewesen wären, gepilgert; sie aber sonderte die weißen Schafe von den schwarzen. Ein Exemplar des neuen Buches wurde ihr von den Verlegern zugeschickt. Ein zweites sandte ihr Roger mit einer respektvollen

Widmung ein. Bald darauf erschien in einer literarischen Wochenschrift ein Artikel über «Sternenschwerter». Man las darin von einer «Klarheit der Linienführung», einer «formalen Integrität», «flammenden Wortbannern» und «architektonischen Triumphen» des neuen Dichters. Damit war Rogers Geschick entschieden. Wo immer er einen literarischen Salon betrat, richteten sich alle Augen auf ihn, und die Gespräche verstummten. Trotzdem wurden nicht mehr als zweitausend Exemplare des schmalen Bandes verkauft, und der Dichter bekam im ganzen dreihundert Dollar dafür.

V

Die Briefe, die er von zu Hause bekam, las Roger seinen Freunden vor; nur einige persönliche Stellen überging er. Sein älterer Bruder schrieb knapp und förmlich. Er war jetzt Oberst, nicht mehr der Staatsmiliz von Louisiana, sondern der Bundesarmee, und erwartete seine baldige Einschiffung nach Frankreich. Kurze Nachrichten kamen von Lee, der die Pflanzungen seinem Onkel anvertraut hatte und in ein Übungslager für Offiziere eingetreten war. Gelegentlich schickte auch Mrs. Chilcote, die liebe alte Dame aus dem Süden, ein paar Zeilen mit oder eigentlich ein Gekritzel, denn für so gewöhnliche Dinge wie Orthographie und Interpunktion hatte sie gar keinen Sinn.

Die längsten und interessantesten Briefe kamen von Rogers jüngerer Schwester. Maggie May hatte Zeit zu schreiben; sie liebte ihren Bruder und war auf seinen Erfolg stolz. Manchmal hielt Roger mitten in einem ihrer Briefe inne und entschuldigte sich bei seinen Freunden; dieser ganze Familienklatsch müsse sie ja langweilen. Kip aber rief: nein, nein, alles was bei den Chilcotes vorgehe, interessiere sie. Jerry fügte hinzu: «Sogar eure Schwarzen interessieren uns.» Roger las also weiter. Der kleine Pinckney – Mrs. Chilcotes größter Enkel – war auf seinem Fahrrad zur Säulenhalle hinausgefahren. Mama hatte entsetzt von ihrem Stuhl aus zugesehen und nur immer «Jesus, Jesus» gerufen. Schwarz-Evas noch schwärzerer Adam war einberufen worden. Napoleon, der schokoladefarbenen Snowball gingerfarbener Sohn, hatte sich die Wange aufgeschnitten. Über einen ganzen Schwarm von Verwandten gab es da zu berichten und über einen noch größeren Schwarm von Dienern. Kip brauchte eine geraume Weile, bis er die weißen Onkel und Tanten und die schwarzen, braunen und hellbraunen auseinanderhalten konnte.

Nach und nach kam es ihm vor, als kenne er die Briefschreiberin, das liebliche Geschöpf, das ihn von Rogers Kommode her anblickte. Er entdeckte in ihr eine verwandte Seele; auch sie hatte einen besonderen Sinn für Heldenverehrung und schämte sich ihres demütigen Wesens gar nicht. Zu seiner Erleichterung verstand sie von Rogers Gedichten nichts. Roger schickte ihr eine Fotografie, die jemand auf den Stufen zum Tarleton-Haus von den drei Kumpanen aufgenommen hatte. Sie schrieb zurück: «Kip sieht nett aus.» Diesen Satz las man ihm vor, als er gerade die Morgenpost sortierte. Natürlich gerieten daraufhin alle Briefe in die falschen Fächer.

Es fiel ihm auf, daß Maggie May ihre Zeit mit derselben Arbeit verbrachte wie er. Sie hatte sich um das leibliche Wohlergehen sehr vieler Menschen zu kümmern. Sie sah danach, daß die Wäsche gezählt wurde und der Braten rechtzeitig ins Rohr kam. Auch ihre übertriebene Gewissenhaftigkeit erinnerte ihn an ihn selbst. Immerwährend sorgte sie sich um ihre Lieben. Ihrem wunderbaren Bruder, der auf dem besten Wege war, berühmt zu werden, schrieb sie: «Lieber Roger, gib acht auf Dich und trink nicht zuviel! Denk an den lieben, armen Papa!»

Kip war ganz ihrer Meinung. Oft schien es ihm, als trinke der liebe Roger wirklich zuviel. Aber was hätte Kip tun sollen? Roger, der Strahlende, Erfüllte, wünschte keine Ratschläge zu hören, ebensowenig wie Jerry, der heitere und selbstbewußte Weltmann. Sie standen beide so hoch über ihm, daß er keinen Muckser gegen sie wagte, nicht einmal einen vorwurfsvollen Blick; er fürchtete ihr Gelächter.

Sie wußten sehr wohl, was in seinem naiven Gemüt vorging, während sie das rote, grüne, braune, goldene Gebräu aus den Flaschen schütteten, meisterhaft mischten, mit Kennermiene besprachen und schließlich schluckten. Der Anblick seiner fragend geöffneten Augen, seiner fragend gerunzelten Stirn hob nur ihre Stimmung. Sie zogen ihn auf mit der Schilderung all der wunderbaren Empfindungen, die er da versäume, der Räusche, Schauer,

Visionen, Träume, um die er sich in abergläubischer Verblendung selber bringe. Armer, puritanischer, mit Verdrängungen vollgepfropfter Junge! Waren sie erst so weit, so begannen sie einander in wüsten Geschichten zu überbieten. Sie erzählten von den Sauforgien, an denen sie teilgenommen hatten, von schrecklichen Gefahren und großen Heldentaten. Roger war einmal mit einem Auto eine Zugbrücke hinaufgefahren, gerade während sie sich hob. Jerry war von einem halben Dutzend Matrosen durch die schlimmsten Spelunken New Orleans' gehetzt worden. Wenn Kip die Augen so recht groß aufriß, erstickten die beiden beinah vor Lachen.

VI

Auch von einem andern Standpunkt aus sprachen sie damals viel über Alkohol. Gewisse Fanatiker wollten dem Handel mit Alkohol ein Ende bereiten und agitierten in diesem Sinne. Man nannte sie «Prohibitionisten» und manchmal zum Spott «Enthaltsamkeitsapostel». In vielen Staaten hatten sie ihren Willen durchgesetzt, wenigstens was die Gesetze anbelangt. Den Kriegsausbruch betrachteten sie als eine günstige Gelegenheit zu weiteren Eingriffen in die Freiheit der Amerikaner. Die wichtigsten Nahrungsmittel waren im ganzen Land rationiert. Amerika hatte neben der eigenen Armee auch England, Frankreich, Italien und selbst das besetzte Belgien zu ernähren. Die Verarbeitung von Korn, das man zum Endsieg brauchte, in giftigen Alkohol war also geradezu ein Verbrechen. Die Fanatiker erhoben darüber ein Geschrei und wurden sogar erhört. In manchen Zeitungen schlug man der Regierung ernsthaft vor, sie möge kraft ihrer Kriegsvollmachten die Verarbeitung von Getreide zu Alkohol verbieten.

Vielen Amerikanern war aber ihr Whisky wichtiger als ihr Brot. Sie erhoben ein Gegengeschrei; auch in der Kriegszeit hätten sie ein Recht auf die Freiheit der Person und auf einige Lebensfreude. Einer der lautesten Schreier war der Große Häuptling Pow. Mit Berichten über die Ausbreitung der Prohibitionstollwut unterm Arm kam er auf Rogers Zimmer und beklagte sich bitter über die Blaunasen, über die alten Methodistenjungfern auf Kamelen und die Moralpauker auf Limonadewagen. Pows Wortschatz erregte

Rogers Entzücken; um ihm die Zunge zu lösen, entkorkte er eine frische Flasche. Er tat sogar, als ob er anderer Meinung wäre, und warf ein gutes Wort für die Hymnensänger ein, bloß um Pow zu einer neuen Tirade zu reizen.

Kip pflegte in solchen Fällen rasch zu verschwinden. Sobald sein Vater dabei war, machte ihm nichts mehr Spaß. Rogers und Jerrys Alkoholismus steckte noch in den Kinderschuhen und hatte seine lustigen Seiten. Der Vater dagegen war ein ausgemachter Säufer. Kip wußte, warum er wirklich zu Roger hinaufkam – weil es da umsonst zu trinken gab. Der Große Häuptling hatte nur noch einen Gedanken: Alkohol. Alkohol war sein einziges Gelüste, er bewegte sich zum Alkohol hin wie grüne Blätter zur Sonne. Sein Witz, seine Freundlichkeit, sein umgängliches Wesen – nichts als Schauspielerei. Er war wie ein Hund im Zirkus, der für sein Futter Kunststückchen macht.

Roger bereitete es Spaß, dem Hund ein paar Brocken hinzuwerfen. Kip bekümmerte das sehr, am liebsten hätte er eingegriffen. Erst als Pow auf einer seiner Sauftouren einmal verschwand, entsann sich Roger seines eigenen Vaters, der wächsernen Gesichtsfarbe, der klaffenden roten Wunden an den Handgelenken und am Hals. Erst jetzt fiel es ihm ein, Kip über seine Jugend auszufragen.

Während der ersten Jahre in New York hatte Pow mit Obligationen gehandelt und sich an Werktagen ziemlich nüchtern gehalten. Nur an den Sonntagen trank er sich voll. Kips größter Wunsch war es damals, daß die Kneipen an Sonntagen zubleiben müßten; der Familie wäre es in diesem Fall viel besser ergangen. Der große Holländer mit dem roten Gesicht, der die Kneipe um die Ecke trotz Verbot auch an Sonntagen offenhielt, war für den jungen Kip lange der Teufel selbst. Oft mußte er dort seinen Vater holen und wurde von Sandkuhl hinausgeworfen. «Einmal hat er mich am Arm verletzt, ich fing laut zu schreien an. Ein alter Herr kam herein und schlug Krach. Seither hatte Sandkuhl Angst – wenn ich den Vater holen kam, gab er mir ihn selber mit.»

«Mit der Geschichte läßt sich nichts anfangen», warf Jerry ein, der literarisches Material gern sichtete. «Das war was für die fünfziger Jahre. ‹Zehn Nächte in einer Schenke.› ‹Vater, ach, Vater, komm heim mit mir.›»

«Mach dich nur nicht lächerlich!» sagte Kip. «Das passiert heute noch genauso. Die Stadt steckt voller Jungens, die dir was drüber erzählen könnten. Entweder man kriegt den Vater heim, oder man hat am nächsten Tag nichts zu essen.»

Er erzählte weiter. Jahrelang sei es sein Lieblingstraum gewesen, Sandkuhl das Handwerk zu legen. Aber nach und nach habe er die ganze Industrie um den Alkohol herum entdeckt: die Großhändler, die Branntweinbrenner, die Brauer und das politische System, das sie unterstützten und aufrecht hielten.

«Jetzt möchtest du gleich allen zusammen das Handwerk legen, was?» fragte Jerry sarkastisch. Er lag seiner ganzen Länge nach auf dem Bett ausgestreckt, die Füße über der Lehne, die Hände unterm Kopf, und betrachtete Kip voll mitleidiger Nachsicht.

«Soviel ich sehe, haben es manche Staaten versucht.» Wenn es um allgemeine Diskussionsthemen ging, erlaubte sich Kip, seinen schwachen Standpunkt zu verteidigen.

«Er ist selbst eine Blaunase», rief der Reporter. «Denk an meine Worte, als so ein elender Wowser wird er enden!»

Roger hatte mit der Naivität des Jungen mehr Geduld. «In einem Staate wie Kansas ist so ein Gesetz möglich, Kip, aber doch nicht in New York, wo das fremde Element so stark ist. Wer würde das Gesetz durchführen?»

«Die Bundesregierung vielleicht.»

«Die Bundesregierung kann so ein Gesetz nicht einmal einbringen», unterbrach Jerry gereizt. «Die Verfassung bietet keine Handhabe dafür.»

«Dann könnte man ja einen Zusatz zur Verfassung machen.»

«Vergiß den Blödsinn, Junge! Das geschieht nie, und wenn du hundert Jahre alt wirst.» Also sprach Jeremias Breckenridge Tyler, Graduierter der Tulane-Universität, Mitarbeiter einer großen Zeitung der Metropole. Als sechs Monate später die Verfassung wirklich ihren Zusatz bekam und ein Jahr darauf sechsundvierzig Staaten diesen Zusatz ratifizierten, machte Jeremias Breckenridge Tyler von einer Gabe Gebrauch, die uns die Natur in weiser Voraussicht geschenkt hat: der Gabe, unangenehme Dinge zu vergessen.

VII

Ganz Amerika war mit der ungeheuren Aufgabe beschäftigt, die größte Armee der Weltgeschichte auf die Beine zu stellen und nach Frankreich hinüberzuschaffen. Für Gedanken an einen Dichter hatte niemand Zeit; einem solchen blieb nur zweierlei übrig. Er konnte sich in den allgemeinen Wirrwarr stürzen, Plakatsprüche verfassen und Verse für Hausfrauen, in denen zum Sparen aufgefordert wurde. Oder aber er zog sich zurück und lebte in seiner eigenen Phantasie. Roger Chilcote neigte immer mehr zu letzterem. Der Krieg mußte gewonnen werden, sicher, aber langweilig war die Geschichte doch; er hatte die Verkäufer von Freiheitsanleihe und die Vierminutenredner in den Theatern satt. In Wirklichkeit konnte Roger es dem Krieg nicht verzeihen, daß er den Erfolg seines Buches verhindert hatte. Er lachte zwar, wenn er das sagte, aber die Wahrheit war es doch.

Seine Abneigung gegen den Krieg verstärkte sich durch die Ankunft von Oberst Ted in New York, der ihn mit seinen dringenden Geschäften und seiner praktischen Tüchtigkeit noch mehr reizte als sonst. Er war gerade auf dem Wege nach Frankreich, um dort Winterquartiere für die Truppen einzurichten; darin galt er als besonderer Fachmann und sprach nur in knappen, düsteren Andeutungen davon. Er war nur zwei Tage in New York und hatte viele wichtige Besprechungen. Für einen Besuch bei seinem Bruder und die Bekanntschaft mit einem simplen Reporter und einem Hotelangestellten blieb ihm keine Zeit. Roger suchte ihn also selber auf und machte sich dann später reichlich über ihn lustig: strammer Gürtel – «Wadenschützer» (so nannte er respektlos die Gamaschen) – Brust heraus, Bauch herein – Hm! und Ha!, im Tonfall aller Welteroberer seit Alexander. Ted fragte, wann er einrücke; die Dichterei als Enthebungsgrund wollte ihm gar nicht gefallen. Den Namen der Amy Lowell hatte er noch nie gehört. Er fragte seinen Bruder, seit wann er vor einer alten Jungfer in Neu-England solchen Respekt habe. Roger versicherte ihm, daß sie eine ganz neumodische alte Jungfer sei, die Zigarren rauche und flotte Geschichten erzähle; doch der Eindruck auf Ted wurde nicht besser dadurch.

Nein, Roger hatte den Krieg satt und schämte sich der Reime, die er gegen die Hunnen verbrochen hatte. Sonderbarerweise hatte gerade dieses Gedicht gezündet und den Namen des jungen Dichters bis nach England getragen. Weg aus dem Lärm und aus dem Trubel, nur keine literarischen Tees mehr und keine Atelierfeste! Ein neues Werk bereitete sich in ihm vor, eine leuchtende Erzählung in freien Versen. Vorläufig sprach er nur in vagen Worten darüber; er wünschte sich zurückzuziehen, damit es «reifen» konnte. Eine Erzählung hatte auch bessere Aussichten, gelesen zu werden, als noch so vollkommene Gedichte. Kip war derselben Meinung. Von einer Geschichte hoffte er doch etwas mehr zu verstehen.

Eine Nichte von Großvater Chilcote, die mit dem Chef eines New Yorker Bankhauses verheiratet war, lebte auf Long Island draußen. Schon bald nach Rogers Ankunft im Tarleton-Haus war ein pompöser, silberglänzender Wagen mit livriertem Chauffeur vorgefahren, ein Wagen, wie man sie nur auf Bestellung baut, und hatte Roger zu einem Weekend unter Plutokraten abgeholt. «Broadhaven» gehörte zu jenen geschmacklosen Landsitzen, wo einem ein echter Van Dyck übers Bett gehängt wird und der Tisch mit geschnitzten Heiligenköpfen, an dem man speist, zumindest aus einem französischen Kloster des fünfzehnten Jahrhunderts stammt. Roger, dem Wahlbohemien, kam es recht lächerlich vor. Diese vornehmen Leute nun baten den jungen Dichter, sie den Sommer über mit seinem Besuch zu beehren. Cousine Jenny war gebildeter als Oberst Ted; sie wußte, wer Amy Lowell war, und versprach Roger völlige Ungestörtheit, eine Cottage für sich und separate Dienerschaft, wenn er es wünsche.

Roger machte einen Versuch, kehrte aber schon nach ein, zwei Wochen zurück und berichtete, daß es bei den Reichen keine Freiheit gab. Er hatte seiner Cousine durch die Weigerung, die Gräfin von Cheshirecat zu empfangen, gesellschaftlich sehr geschadet. So faßte er einen andern Plan. Er wollte die Küste von Maine nach einer Insel mit zwei kleinen Hütten absuchen, eine für ihn, eine für einen Diener, der ihm Pfannkuchen und Kaffee kochen sollte. Roger trank schon zuviel, er hatte Lust auf einen Ort, wo man einem nicht jede halbe Stunde Alkohol unter die Nase hielt. Seine Sachen ließ er im Tarleton-Haus zurück und zahlte den vollen Zimmerpreis weiter. Kip und Jerry mochten es als Wohnzimmer benützen. Jerry durfte auch den Vorrat an Whisky aufbrauchen; nur vor Räubern wie Taylor Tibbs solle er den Schrank immer gut verschlossen halten.

VIII

Roger fuhr fort, und die Sonne in der Pension ging unter. Jerry und Kip lebten wie früher von seinen nicht zu häufigen Briefen. Der Dichter fand eine Insel, genau wie er sie sich erträumt hatte: Felsenküste, im Wind sich schaukelnde Kiefern, kalte blaue Gewässer, mit Segelbooten übersät, zuweilen ein Sturm, Krachen und Donnern. Roger hatte auch einen Fachmann für Pfannkuchen aufgetrieben. Er ging auf Hummernjagd und fing auch welche, richtige, zappelnde Hummern, die man von tief unten hervorholte. Morgens nahm er kalte Bäder im Meer – Kip und Jerry lasen in den heißen Augusttagen davon, auf Manhattan, in der Zeit der aufgeweichten Kragen und Palmzweigfächer. Aber für Hotelangestellte und Reporter gab es zu Kriegszeiten keine Ferien in Maine oben.

Kip vermißte sehr Nachrichten aus Pointe Chilcote. Jerry, dem Kips Schwarm auf so große Entfernung Spaß bereitete, schrieb Roger darüber, der die Beschwerde an seine Schwester weiterleitete. So kam es zu einem Brief von Maggie May an Jerry. Sie dankte ihm und Mr. Tarleton dafür, daß sie Roger vom Kriege ferngehalten hatten. Mit zwei Brüdern meinte sie genug gegeben zu haben. Rogers Geist stelle ihn abseits von den andern. Die Kritiken über sein Buch hätten sie riesig gefreut. Das neue Buch werde eine Handlung haben, darüber freue sie sich noch mehr; wenigstens eine Hoffnung für dumme Leute, auch was zu verstehen. Wieder bemerkte Kip eine Ähnlichkeit zwischen sich und ihr.

Pow Tarleton kam oft zu den beiden auf Rogers Zimmer und suchte sich möglichst angenehm zu machen. Seine dunklen Augen wanderten zum Schrank, in dem Roger seinen Whisky aufbewahrte. Er wußte, daß Jerry die Schlüssel dazu hatte. Jerry aber wollte und wollte nicht verstehen. Er dachte nicht daran, Rogers Whisky aufzubrauchen, noch hatte er Lust, Pow selber was zu spendieren. Die Witze des alten Herrn kannte er schon auswendig, und seine Prahlereien gingen ihm stark auf die Nerven. In den Himmel mit all diesen Gentlemen aus dem Süden! Doch Pow war hartnäckig. Stundenlang saß er da und klagte über die Hitze, seinen Durst, die hohen Alkoholpreise, bis Jerry erklärte, jetzt gehe er zu Bett und müsse das Zimmer absperren.

Der nominelle Inhaber des Tarleton-Hauses hatte in diesen Tagen ein unerschöpfliches Gesprächsthema: die Ausbreitung der Prohibitionstollwut und die Bedrohung aller Lebensfreude der Nation. Wie Donnerschläge trafen ihn und die großen New Yorker Zeitungen, denen er seine Kenntnisse über die Welt verdankte, ein unerwartetes Ereignis nach dem andern. Die New Yorker bildeten sich viel auf ihre Helligkeit ein. Das übrige Amerika hieß bei ihnen «das Land», «das Bibelkränzchen», «die Dussels». Aber vieles, was die so hellen Stadtmenschen zu wissen glaubten, wußten sie falsch, und noch viel mehr von ihrem Wissen war gar nicht wissenswert. Der Konkurrenzkampf hatte ihren Verstand wie eine Rasierklinge geschärft und sie belehrt, wie man Geld macht. Aber hatten sie einmal Geld gemacht, so waren sie genauso weit wie zuvor und wußten nichts Vernünftiges damit anzufangen.

So war auch den New Yorkern von der großen Kampagne der Prohibitionisten im ganzen Land praktisch nichts bekannt. Eine Wochenschrift wurde in Millionen Exemplaren verbreitet, besonders in allen Staaten, wo die Prohibition auf der Tagesordnung des Parlaments stand. Stadträte, Finanzämter, Handelskammern nahmen Resolutionen an. Tausende von Rednern wirkten auf Gewerkschaften, auf Brüderschaften, Kirchen, Frauenklubs und patriotische Gesellschaften ein. Die Meldungen darüber flogen in den Redaktionen der «World», «Journal», «Herald» auf den Boden. Als der fünfundzwanzigste Staat der Union Erzeugung und Verkauf von Alkohol untersagte, waren die Leser dieser Blätter maßlos erstaunt.

Die Hauptforderung der Fanatiker war eine Kriegsprohibition: Einsparung der fünfzig Millionen Scheffel Weizen, Roggen und Gerste, die man bisher zu hochprozentigem Alkohol verarbeitete – wobei auch Arbeitszeit und Frachtraum erspart würden. Nach ihrer festen Überzeugung hatte der Präsident die Macht, ein solches Dekret zu erlassen. Doch Woodrow Wilson war ein Gentleman aus der guten, alten Schule von Virginia, er hörte nicht auf

Wowser und Blaunasen. Die Unruhestifter konzentrierten ihre Arbeit auf den Kongreß. Vor allem galt es, Abgeordnete und Senatoren einzuschüchtern.

Es war ein böser Tag in Pows Leben, als der Kongreß eine «Nahrungsmittel-Akte» annahm, laut welcher Erzeugung und Einfuhr von gebranntem Alkohol zu Trinkzwecken verboten war. Die Posaune des Erzengels Gabriel hätte Pow keinen größeren Schrecken einjagen können. Was, um Himmels willen, sollte nun aus der südlichen Gastfreundschaft werden? Wohl bargen die Zollagerhäuser noch Alkoholvorräte für zwei, drei Jahre. Aber die Preise würden sprunghaft in die Höhe gehen; der arme Pow hatte kein Geld, sich Vorräte anzulegen; er war überhaupt unfähig, Alkohol aufzuheben, es sei denn im Magen.

IX

Die kalten Herbstwinde bliesen durch die Ritzen von Rogers Hütte. Sie bliesen ihn bis nach New York. Eines Oktobermorgens tauchte er wieder auf, sonngebräunt, mit rosigen Wangen, mit windzerzaustem goldenem Haar, mager und voller Teufeleien. Unter Schlachtgeschrei und Trommelfeuer gegen die Tür jagte er Jerry aus dem Bett, zerrte ihn in sein Zimmer hinunter, holte Kip, bewarf beide mit Schimpfworten und verkündete laut: er, der Wüstling, sei wiederhergestellt, und sein Leben beginne von neuem. Zur Feier dieses Ereignisses gab es für Jerry und ihn einen großartigen kanadischen Whisky, den er im Prohibitionsstaat Maine gekauft hatte.

Alles war vorbereitet. Jerry kostete und fand ihn ganz gut, aber schottischer Whisky war ihm auf jeden Fall lieber. Worauf Roger erklärte, Schottischer sei ein Greuel für den Magen und für jede Stimmung ein Tod, denn woher stamme er? Aus dem Lande des ewigen Nebels und des theologischen Ungeziefers; wer dort trinke, wünsche so rasch wie möglich zu vergessen. In Amerika scheine die Sonne, eine neue Generation mit hellen Herzen sei unterwegs, und die einheimischen Getränke seien eine wahre Gabe der Natur. Wenn aber Jerry immer noch am alten Aberglauben leide – bitte, im Schrank sei noch eine Flasche mit Schottischem, falls er sie nicht inzwischen ausgetrunken habe.

O nein, sagte Jerry, er habe den Schrank überhaupt nie aufgemacht. Er gab Roger den Schlüssel, der bückte sich, schloß die Mahagonitür auf und holte aus dem Flaschenwald eine mit dem Etikett «Glenlivet Malt» heraus. Jerry nahm sie und goß ein paar Tropfen davon in sein leeres Glas. Plötzlich stutzte er, hielt das Glas gegen das Licht und runzelte seine dichten, dunklen Brauen. «Ja, was ist denn das?» Statt des trüben Braun, das er erwartete, war die Flüssigkeit durchsichtig hell. Roger hielt sich das Glas unter die Nase und zog den Geruch ein. Dann setzte er die Lippen an und kostete vorsichtig. «Das ist aber komisch», sagte er, «füllst du deine leeren Flaschen immer mit Wasser?»

Eine Antwort auf diese Frage war überflüssig. Roger nahm eine andere Flasche aus dem Schrank heraus, eine neue, mit Brandy. Der Verschluß war aufgerissen; im Kork war ein verräterisches Loch. Er zog ihn heraus und goß ein wenig in ein Glas – dieselbe durchsichtige Flüssigkeit und kein Geschmack. Weitere drei, vier Flaschen ergaben das gleiche Resultat. Irgend jemand hatte den Schrank geöffnet, den Alkohol bis zum letzten Tropfen ausgegossen und mit Aqua pura aus der Wasserleitung ersetzt.

«Ich kann einen Eid darauf ablegen», sagte Jerry, «daß ich diesen Schrank nie angerührt habe.»

«Was hast du mit dem Schlüssel getan?» fragte Roger.

«Ich hatte ihn die ganze Zeit über an meinem Schlüsselbund.»

Roger kniete nieder und untersuchte das Schloß. Innen im Schlüsselloch fand er Wachsflecken. Er sagte: «Da hat sich jemand vom Schloß einen Abdruck genommen und einen Nachschlüssel machen lassen.»

Kip hatte der Trinkerei von Anfang an zugesehen, still und gedrückt wie immer stand er da. Jetzt blickte ihm Roger ins Gesicht: Tränen flossen ihm über die Wangen. Roger sprang auf und packte ihn am Arm: «Macht nichts, Junge!» rief er. «Es macht dir niemand einen Vorwurf draus. Es macht mir wirklich gar nichts aus. Man hat mir eben einen Streich gespielt.» Jerry und er begannen zu lachen, aber es klang ein wenig gekünstelt.

«Ich könnte sterben!» sagte Kip, er war außerstande, sich zu beherrschen, die Tränen flossen und flossen, er versuchte nicht einmal, sie wegzuwischen.

«Aber du kannst doch nichts dafür, Junge! Du bist ebenswenig schuld daran wie ich.» Roger und Jerry sahen ein, daß man jetzt wirklich lachen müsse, und sobald sie einmal damit begonnen hatten, fanden sie die Sache wirklich lustig.

«Den Taylor, den schwarzen Kerl, bringe ich noch einmal um!» rief Jerry.

Kip duldete keine Lüge. «Das war nicht Taylor», sagte er ganz einfach, «das war mein Vater.»

Roger platzte los, als ob das das Allerbeste wäre. «Glaubst du, im Ernst? Großartig! Wenn das stimmt, hat er uns fein reingelegt. Der muß sich ja schön ins Fäustchen lachen!»

«Der hat sich das eigens für uns ausgeheckt», stimmte Jerry ein. «Der alte Gauner.»

Kip achtete auf nichts. «Der Alkohol ist ihm zu teuer geworden, da...» Scham erstickte seine Stimme.

Roger nahm ihn am Arm. «Sei kein Heulbaby, Junge», sagte er, «du machst einen Elefanten aus einer bloßen Mücke. Wenn jemand seinen Alkohol nicht kriegen kann – nun, dann muß er sich eben welchen verschaffen.»

«Er hätte sich umbringen können, aber stehlen...»

Rogers Griff wurde härter. «Red kein dummes Zeug, Kip. So was soll man nicht sagen. Glaub mir, du redest Unsinn. Hör jetzt auf, und sprechen wir nie mehr davon!»

«Ich werde alles ersetzen, natürlich», sagte Kip, der sich zusammenzunehmen suchte. «Ich danke euch. Ich weiß, ihr wollt es als einen Spaß hinstellen. Das ist sehr anständig von euch. Ich geh gleich alles kaufen.»

Diesmal war Rogers Lachen wirklich nicht gezwungen. «Um Gottes willen nicht, Kip! Wenn ich das trinken muß, was du kaufst, werde ich Abstinenzler für mein ganzes Leben.»

Aber Kip ließ es sich nicht ausreden. Er erzählte die Geschichte seiner Mutter, da er selbst kein Geld hatte, und sie gab es ihm. Er ging zu Rogers Lieferanten und erzählte, bei Roger sei Alkohol gestohlen worden, den er ersetzen möchte. Die Preise machten Kip Kopfweh, aber das war egal, der Verlust mußte ersetzt werden.

Roger bekam die Lieferung; es schien ihm am besten, keine Geschichten zu machen; aber er dachte sofort darüber nach, wie er sich an Kip und seiner Mutter revanchieren könnte. Er bestach

Kips Tante mit einem fabelhaften chinesischen Schal, wofür sie ihm Mrs. Tarletons Maße verriet. Am Abend vor der Feier des Erntedankfestes schlich er sich vors Zimmer seiner Wirtin, öffnete rasch, legte eine große Schachtel hin, machte rasch wieder zu und lief davon. In der Schachtel fand sich ein phantastisch teures, violettes Seidenkleid, so modern, daß eine Dame in mittleren Jahren, noch dazu aus Virginia, beim bloßen Anblick schon rot wurde.

Was fing sie damit nur an? Der Name des Geschäfts auf der Schachtel war weggeschnitten, ebenso alle Zettel am Kleid; eine Rücksendung war also unmöglich. Als sie den Dichter dieses Verbrechens zieh, sah er sie ganz erstaunt an und leugnete so feierlich, daß sie ihm beinah glaubte. Mrs. Tarleton nähte um der Züchtigkeit willen ein Spitzenfichu ans Kleid und zog es für die Abendfeier an – was blieb ihr anderes übrig? Das war die Ritterlichkeit des alten Südens, gegen die Jerry immer so heftig loszog. Und wie eine Familienversöhnung sah es aus, als der Dichter mit Mrs. Tarleton eine altmodische Quadrille tanzte, bei der auf Rogers freundliche Aufforderung hin der Große Häuptling die Figuren ausrief.

X

Im Herbst 1917 ballten sich schwarze Gewitterwolken auf dem amerikanischen Himmel zusammen: die Revolution der verruchten russischen Bolschewiken. Es wurde immer klarer, daß diese Revolutionäre mit Deutschland ihren Frieden schließen wollten, wodurch eine Million kaiserlicher Truppen für die Westfront frei würde. Der Krieg, in den Amerika mehr oder weniger blind gestolpert war, bekam ein verzweifeltes Aussehen. Das hatte natürlich seine Folgen auch für das Alkoholproblem. Die Prohibitionsfanatiker waren mit ihrem Erfolg gegen den Whisky nicht mehr zufrieden; sie wollten ihr ganzes Programm durchsetzen. War es nicht schade um jedes verschwendete Gerstenkorn, jetzt, da alle Nahrungsmittel im Lande rationiert wurden?

Über den Unterschied zwischen hochprozentigem Alkohol und leichteren Getränken wie Bier und Wein hatte es unter den Enthaltsamkeitsaposteln langwierige Auseinandersetzungen gegeben. Viele Temperenzler hatten den Brauern zugeredet, ihre Sache von der der Branntweinbrenner doch zu trennen. Das eigentliche Übel sei die Kneipe; gäbe es in Amerika so etwas wie das europäische Café, wo die Leute ihr Bier tranken, Zeitungen lasen, schwatzten und der Musik zuhörten, so ständen die Dinge schon um vieles besser, und den eigentlichen Fanatikern wäre der Wind aus den Segeln genommen.

Aber mit solchen Vorschlägen hatte man wenig Glück. Das Tempo des amerikanischen Lebens verlangte rasches Trinken, das Tempo des Geschäfts raschen Verkauf. Einen Gast, der zu einem Glas Bier eine Stunde brauchte, konnte der Wirt nicht brauchen, im Gegenteil, in der halben Zeit sollte ein Gast schon betrunken sein. Das Geschäft war auf Massenbetrieb angelegt; ein guter Teil des Profits ging ja für den behördlichen Schutz drauf; für die Bestechung von Polizei und Stadtverwaltung und der beiden politischen Parteien; trotzdem hatten Branntweinbrenner und Brauer eine Milliarde Dollars verdienen und in ihren Industriezweigen investieren können. Seit hundert Jahren beherrschten sie die Städte; für die kommenden hundert erhofften sie sich dasselbe.

Erst jetzt, mitten im Weltkrieg, als das Branntweinbrennen verpönt war, wurden die Brauer von einer Panik ergriffen. Sie warfen ihre Schicksalsgefährten über Bord; in die Zeitungen ließen sie ganzseitige Anzeigen einrücken: Sie seien eines Besseren belehrt worden; sie bedauerten die falsche Vorstellung der Leute, die zwischen hochprozentigem Alkohol und ihren Produkten keinen Unterschied zu machen verstünden. Sie riefen die Öffentlichkeit zur Mäßigung auf und malten das Unglück aus, das mit einer vollständigen Prohibition übers Land hereinbrechen müßte. Was würde aus der Landwirtschaft werden, wenn die Brauereien eingingen?

In den Hallen des Kongresses tobte ein verzweifelter Kampf. Die Bierbrauer hatten Geld, aber die Fanatiker hatten Stimmen. Sie peitschten ein Gesetz durch, das die Verwendung von Nahrungsmitteln zur Erzeugung alkoholischer Getränke untersagte. Sodann forderten sie ein Amendement zur Verfassung, in dem aller Handel mit berauschenden Getränken ein für allemal verboten wurde. Die Alkoholinteressenten, die ihren Ruin vor Augen sahen, bereiteten durch einen ihrer Senatoren, einen gewissen

Warren G. Harding aus Ohio, einen kleinen Trumpf vor. Damit ein Zusatz zur Verfassung Gesetzeskraft erlangt, muß er von dreiviertel aller Staaten ratifiziert werden. Der Trumpf lautete nun dahin, daß das Prohibitionsamendement null und nichtig sein sollte, wenn die Ratifikation durch sechsunddreißig Staaten nicht binnen sechs Jahren erfolge. Gerade das dachten aber die «Nassen» verhindern zu können. Später änderte man die sechs Jahre in sieben um. In dieser Form passierte das «Achtzehnte Amendement» um Weihnachten 1917 Senat und Repräsentantenhaus. Alle Wowser der Vereinigten Staaten konzentrierten nun ihre Kräfte darauf, die Parlamente der einzelnen Bundesstaaten durch Überredung oder Einschüchterung zur Ratifikation zu zwingen.

6. Kapitel DER GOLDENE KERKER

I

New York war ein Trichter geworden, durch den sich wöchentlich hunderttausend Soldaten über See ergossen. In aller Heimlichkeit verschwanden sie; niemand an den Landungsstegen winkte ihnen ein Lebewohl zu. Sie fuhren in größeren Flottillen, Kriegsschiffe an der Spitze, und als Deckung von Zerstörern umschwärmt. Nachts verrieten sie sich nicht einmal durch das Leuchten einer Zigarette. Dann landeten sie in Frankreich. Die zu Hause bekamen Feldpostkarten und -briefe; das war alles.

Franzosen und Engländer hielten gerade mühselig dem letzten deutschen Angriff stand; Stunde für Stunde erwarteten sie das Eingreifen der Amerikaner. Im Juni war es soweit. Auf den Titelblättern der Zeitungen prangten die Namen Cantigny und Château-Thierry. Rückwärts fanden sich – weit weniger aufdringlich – die Verlustlisten, die in kleinen Absätzen begannen und rasch zu Säulen anschwollen. Unter den allerersten las man den Namen des Obersten Edward Pinckney Chilcote, vom 948. Infanterieregiment in Louisiana. Eine Zeile in der offiziellen Verlustliste; das war alles.

Nach Verlauf der üblichen Frist erhielt seine Frau ein Beileidsschreiben von seinem Vorgesetzten. Bei der Verteidigung eines vorgeschobenen Grabens habe ihn eine Granate getötet. Vom Kriegsdepartement kam ein versiegeltes Päckchen, das Uhr, Ehering, Feuerzeug, mehrere Briefe von daheim und ein Medaillon mit dem Bilde von Frau und Kindern enthielt. Ein hölzernes Kreuz bezeichnete sein Grab; nach Kriegsende wurden seine Überreste ausgegraben; der Sarg wurde luftdicht verschlossen, nach Amerika gebracht und im Erbbegräbnis der Familie mit militärischen Ehren beigesetzt.

Roger zeigte äußerlich wenig Schmerz. Aber alle Heiterkeit war aus ihm gewichen, und wer ihn kannte, merkte es ihm an, wie schlecht er sich fühlte. Er entsann sich aller herben und höhnischen Worte, die er zu seinem Bruder je gesagt hatte, ihrer Eifersucht und ihrer immerwährenden Streitigkeiten. Ted hatte an die militärische Disziplin geglaubt und sein Leben dafür gegeben. Woran glaubte Roger, und was tat er, seinen Glauben zu beweisen?

Er wollte wieder auf seine Insel hinaus und sich dort an die Arbeit machen. Da hatte er nun schon den zweiten Winter in New York mit Nachmittagstees und literarischem Geschwätz vertan. Auch trank er wieder mehr, als gut für ihn war. Die sogenannte «Kriegsprohibition» hatte in den gesellschaftlichen Lebensformen nicht die leiseste Veränderung bewirkt. Man trank noch mehr als zuvor und redete sich auf die nervöse Spannung der Kriegszeit aus. Manche tranken, weil es zum gesellschaftlichen Prestige gehörte; was teurer wurde, mußte man erst recht haben. Andre tranken den Wowsers zum Trotz, wenigstens behaupteten sie es. Kip klang das wie die ewige Litanei seines Vaters, daß die Zanksucht seiner Frau ihn zum Säufer gemacht habe.

Roger wollte seine Verserzählung zu Ende führen. Oder wollte er das in Wirklichkeit gar nicht? Er habe das verdammte Zeug satt, erklärte er, es sei einen Dreck wert. Jerry Tyler hatte das unvollendete Manuskript auf das genaueste studiert und begrüßte darin ein kommendes Meisterwerk. Er fand es packend und schön und wert, mit Brownings «Der Ring und das Buch» verglichen zu werden. Er geriet mit seiner Meinung hart an Roger und rief sogar Kip zu Hilfe. Der hatte zwar Browning nie gelesen und verstand von der neuen Dichtkunst so wenig wie von der alten, aber eines konnte auch er bezeugen: Durch das Gedicht sei ihm eine historische Periode, von der er gar nichts wußte, die Kolonialzeit Marylands, sehr nahegebracht worden. Zu gern erführe er das weitere Schicksal der Anita Vanning und des jungen Aufsehers, in den sie sich so leidenschaftlich verliebt hatte.

In Wirklichkeit war ihr Schicksal Kip bekannt. Er hatte Roger und Jerry darüber diskutieren hören. Das junge Paar brannte durch und wurde von Anitas grimmigem Gatten eingeholt. In dem Duell, zu dem er den Liebhaber herausforderte, fiel er; und so war es für Anita unmöglich, den Geliebten zu heiraten. Sie schwand langsam dahin.

Diese Geschichte in ihren Umrissen klang wie ein Opernlibretto oder gar wie ein Schundroman. In Wirklichkeit aber war das Gedicht von erschütternder Leidenschaftlichkeit. Alle diese

Gestalten einer schwerblütigen und auch schwertrinkenden Zeit lebten. Der Held der Befreiungskriege war zugleich die Verkörperung moderner Auflehnung gegen das System der Geldehe. Die Liebesszenen waren mit einem Feuer geschrieben, das Jerry an Romeo und Julia erinnerte. Wenn Roger jetzt brummte, er habe die Schmiererei satt, packte ihn Jerry bei den Schultern und schüttelte ihn. Ja war er denn am Ende einer von diesen jämmerlichen Dichterlingen, deren Inspiration für die Vollendung eines begonnenen Werkes nicht ausreichte? Eins jener kläglichen Geschöpfe, die man in Greenwich Village an Kaffeehaustischen sitzen sah, wo sie beim Wein unaufhörlich Meisterwerke besprachen, mit denen sie nächste Woche anfangen wollten?

«Es geht dir viel zu gut, mein Lieber, das ist der wahre Grund für deine Faulheit», tobte Jerry. «Wenn du dir dein Geld selbst verdienen müßtest wie ich, wärst du mit dem Gedicht schon längst fertig.»

«O nein», sagte Roger, «das ist es nicht. Ich habe nur genug von Anita. Sie gibt mir keine Ruhe. Sie verlangt zuviel von mir. Eine anspruchsvolle Frau ist nichts für einen Dichter.»

«Vergiß Anita!» sagte Jerry. «Sie war für dich ein Sprungbrett, nichts weiter.»

«Aber sie vergißt doch nicht. Sie ist wie in einem Fieber. Sie läßt mich nicht los.»

«Du machst sie unsterblich. Sag ihr das. Das muß ihr genügen.»

«Welche Frau hat sich je damit begnügt», murrte der Dichter.

Kip hörte zu und verriet seine Neugier mit keinem Blick. Seit langem schon wußte er, daß Roger ‹einem Weiberrock nachlief›, wie Jerry es roh ausdrückte. Das Gedicht, von dem er sich eine so große Wirkung in der literarischen Welt erhoffte, war eine Verherrlichung dieses Abenteuers. Der Dichter hatte es nicht für richtig gehalten, Kip ins Vertrauen zu ziehen; er war ihm noch zu jung und unschuldig dazu.

Jerry war nicht so rücksichtsvoll. Rogers Abschied von Anita, als er das zweitemal nach Maine fuhr, gestaltete sich sehr schmerzlich. Jerry, der Roger auf den Bahnhof begleitete, war Zeuge der Abschiedsszene. Als er wieder daheim in Rogers gemütlichem Zimmer saß, die Füße auf einem Schemel, ein Glas Soda mit Whisky in der Hand, erzählte er Kip, der erst ewiges Stillschweigen geloben mußte, eine phantastische Liebesgeschichte, die schon seit anderthalb Jahren spielte, beinah seit Rogers Ankunft in New York.

II

Eines Nachmittags, als der Dichter im Geschäftsviertel durch eine der Nebenstraßen schlenderte, wurde er von einem schrecklichen Wolkenbruch überrascht. Zwei Damen vor ihm beeilten sich, irgendwo einen Unterstand zu finden. Als manierlicher Kavalier, der er seiner Herkunft nach war, hielt er schützend seinen Schirm über sie, rief ein vorüberfahrendes Taxi an und zog sie hinein. Was er von der jüngeren von beiden, einer brünetten Schönheit so um zweiundzwanzig, in aller Eile und Aufregung sah, gefiel ihm; unter dem doppelten Impuls, noch mehr von ihr zu sehen und dem Regen zu entkommen, stieg er auch mit ein.

Sie gaben dem Chauffeur eine Nummer in den östlichen Sechzigerstraßen an – ein vornehmes und teures Viertel. Während der halbstündigen Fahrt ließ Roger alle gesellschaftlichen und künstlerischen Reize, über die er gebot, auf die Damen einwirken und beobachtete ihre sonderbare Reaktion darauf. Die Jüngere, die lange, dunkle Wimpern und schwarze Augen hatte, hob kaum den Blick. Immer wieder überzog ein feines Rot ihr Gesicht. Offenbar war sie doch sehr gefesselt. Die andere, die «Duenna», wie Roger sie in Gedanken nannte, eine steife, solide, schwarzgekleidete Person, ohne Mätzchen und Faxen an sich, starrte bald Roger, bald ihre Begleiterin an und trug eine geradezu komische Feindseligkeit zur Schau. «Dieses junge Weib lebt in einem Kerker!» dachte sich der Dichter.

Sein Eindruck verstärkte sich, als das Auto bei der gewünschten Nummer hielt. Nicht nur die Fenster des Parterres, auch die des ersten Stockes waren schwer vergittert. Die Gitterstangen aus Bronze glänzten rötlich; vor dem Straßeneingang war ein Doppelgitter, auch aus Bronze, angebracht. «Ein goldener Kerker», dachte sich der Dichter.

Er hatte gehofft, man werde ihn zum Eintreten auffordern, bis der Regen vorüber sei. Aber im Gegenteil, die Duenna bestand darauf, den Chauffeur selbst zu bezahlen, dankte um kein Wort zu freundlich und suchte ihn am Aussteigen zu verhindern. Er brachte beide aber doch unter seinem Schirm bis vors Tor. Ein feierlicher, weißhaariger Diener öffnete. Die Damen traten wortlos ins Haus. Roger wurde die Tür vor der Nase zugeschlagen. Er ließ sich bis zum Drugstore gleich an der Ecke fahren, nahm hier Platz, um das Ende des Regens abzuwarten, bestellte sich was Leichtes zum Trinken, und plauderte mit dem Verkäufer. Bald hatte er heraus, wer in dem Haus wohnte: der Chef einer altbekannten Wallstreetfirma.

«Ich glaube, ich kenne ihn», sagte Roger, um mehr zu erfahren. «Ein älterer Herr, nicht?»

Der Verkäufer glaubte sich an einen Mann mit kleinem, grauem Schnurrbart zu erinnern. Er hatte ihn einmal im Wagen sitzen sehen, als der Chauffeur bei ihm Einkäufe besorgte.

«Er hat doch eine Tochter, nicht?»

Über die Familie wußte er nichts zu sagen. Ja, doch, eine junge Dame hatte er gesehen, eine dunkle und sehr schöne junge Dame.

Ein paar Tage später half Jerry Tyler seinem Freund, indem er beim Bankier um ein Interview vorsprach. Er berichtete über das Aussehen des Mannes: offenbar einer von jenen Menschen, die sich selbst ihr Leben lang in Gefangenschaft halten, unglaublich reich, egoistisch, stahlhart, vorsichtig, immer auf der Hut vor Erpressungen.

Erst zehn Jahre später erfuhr Kip den richtigen Namen des Mannes. Jerry erwähnte ihn immer als Mr. Blank. Auch Anita war nur der Name, den Roger in seinem Gedicht gebrauchte. Damals, als Jerry vor dem Privatkontor des Bankiers wartete, hatte er eine Stenotypistin gefragt: «Wenn ich mich nicht sehr irre, habe ich Mrs. Blank schon einmal interviewt, in einer gesellschaftlichen Angelegenheit. Ziemlich jung, auffallend schön, schwarz – stimmt doch, nicht?» – «Ja», sagte die Stenotypistin, kein Wort mehr. Auch das Büro war ein Gefängnis, meinte Jerry.

Rogers dichterische Phantasie entzündete sich an der Vorstellung einer schönen, jungen Frau, die von einem bösen Alten gefangengehalten wurde. Er schrieb ein Sonett zu ihrem Preise, in alter italienischer Manier, voll glühender Bilder und pathetischer Töne. Er gab dem Sonett eine Überschrift, die noch eine große Rolle in seinem Leben spielen sollte: «Der Goldene Kerker.» Was damit gemeint war, erklärte er nicht; sie sollte es erraten. Er schrieb das Gedicht auf ein Stück eleganten Pergaments nieder und schickte es ihr mit der Post. Zwei, drei Tage darauf kam es ohne ein Wort zurück. Daraus schloß er, daß die Gefangene nicht einmal ihre Post ausgehändigt bekam. Ein solches Sonett hätte einem auch bei einer Königin Zutritt verschafft.

Der Dichterkavalier lungerte lange auf der Straße vor dem Haus herum. Kein Gesicht erschien am Fenster, und niemand winkte mit einem Taschentuch. Er folgte einer Angestellten, die er dort ein- und ausgehen sah, bis in das Mietshaus nach, wo sie wohnte. Sie war eine Näherin und für einen hübschen, jungen Aristokraten, der sich zu benehmen verstand, eine leichte Beute. Sie faßte Vertrauen zu ihm und erzählte ihm die traurige Geschichte Anitas, die seit vier Jahren mit einem selbstsüchtigen alten Mann verheiratet war, der sie als Spielzeug betrachtete, genauso wie eine Haremstürkin, erst kürzlich hatte man das wieder in einem Film gesehen. Der einzige Mann im Haus war der alte Diener, der den Herrn von klein auf kannte. Zu Besuch kam niemand, außer hie und da ein Freund des Herrn in seiner Begleitung. Allein durfte Mrs. Blank nicht ausgehen, sondern immer nur in Begleitung des alten Kettenhundes, der Miss Emely, einer altjüngferlichen Cousine des Herrn aus Neu-England. Die Herrin dieses absonderlichen Hauses hatte alles, was man sich für Geld wünschen kann, nur Glück hatte sie keines. Sobald von einem andern Mann auch nur die Rede war, benahm sich der Herr wie ein Irrsinniger. Er traute niemand, weder Mann noch Weib, das war das Fazit seines eigenen Lebens.

Für zehn Dollars lieferte die Näherin das Gedicht auf Pergament in die Hände der Gefangenen vom «Goldenen Kerker». Wenige Tage später erhielt der Dichter einen Antwortbrief.

III

Den nächsten Teil des Abenteuers hatte jedermann im Tarleton-Haus miterlebt, auch Kip. Im Auftrag eines Sportgeschäfts wurde in der Pension ein großes Brett abgeliefert, eine Art «Wellenreiter», gegen ein Meter breit, drei Meter lang, an den Ecken abgerundet und wunderschön lackiert und poliert. Roger stellte es in einer Zimmerecke auf und erzählte von einer geplanten Reise in die Südsee; einstweilen wolle er sich am Meeresstrand darauf üben. Warum er das Brett gerade im Dezember gekauft hatte, wußte niemand. Man schrieb das einfach der exzentrischen Laune des Dichters zu. Den wahren Zweck erfuhr Kip von Jerry.

Gleich neben dem «Goldenen Kerker», kaum zwei Meter davon entfernt, stand ein vornehmes Wohnhaus, dessen sechstes Stockwerk mit dem Dach des «Goldenen Kerkers» in gleicher Höhe lag. Roger trat durch den Lieferanteneingang ins Haus und ließ sich mit dem jungen Gehilfen des Portiers, einem blonden, naiven Schweden, in ein Gespräch ein. Eine schöne, neue Zwanzigdollarnote, die er ihm in die Hand drückte, imponierte ihm gewaltig. Er fuhr ihn im Lastaufzug in den sechsten Stock und erlaubte ihm, sich da oben ein wenig umzusehen. Auf dem Dach des «Goldenen Kerkers» stand ein kleiner Turm mit einer Tür zu einer Wendeltreppe, die wohl ins Haus hinunterführte. Roger war zufrieden und sagte zu dem Gehilfen:

«Ich kenne ein Mädchen im Haus nebenan, das ich auf dem Dach gern treffen möchte. Ich weiß auch, wie ich von diesem Fenster hier hinüberkomme. Lassen Sie mich morgen abend her und vergessen Sie, daß ich da bin. Kein Mensch wird je was davon erfahren. Ich werde das Fenster bis auf einen kleinen Spalt zumachen und es erst wieder öffnen, wenn ich wieder zurück will. Sie bekommen weitere fünfzig Dollars. Und wenn Sie den Mund halten und mich herlassen, sooft ich Lust habe, setze ich Ihnen hundert Dollars im Monat aus. Ich bin ganz verrückt nach dem Mädchen.»

Ob der Herr nicht ein Gentleman-Einbrecher war? Die naiven Filme jener Tage brachten Portiergehilfen leicht auf solche Gedanken. Doch Roger gelang es, den jungen Schweden davon zu überzeugen, daß Jugend und Übermut ihn trieben und keine verbrecherischen Absichten. Der junge Mann war wohl selbst so was wie ein Romeo. Der Handel wurde abgeschlossen. Roger schenkte der Näherin wieder zehn Dollars und übergab ihr einen Brief für die Dame im «Goldenen Kerker». Drin stand ganz einfach, ein Dichter habe auf dem Dach eines Schlosses eine Tür entdeckt; Schlag Mitternacht werde er davorstehen.

Am verabredeten Abend nahm Roger sein Brett, winkte ein Taxi herbei und fuhr davon. Den Wellenreiter hielt er während der ganzen Fahrt am Trittbrett fest. Der Portiergehilfe war nicht nur ein Romeo, er war auch Ingenieur und Brückenbauer und hatte die Entfernung von der Fensterbank bis zum Dachgesims hinüber ziemlich genau abgeschätzt. Er fuhr den Romeo II in den sechsten Stock, öffnete das Fenster und hielt das Brett fest, während Roger auf Händen und Knien hinüberrutschte. Roger nahm das Brett zu sich hinüber, versteckte es gut, trippelte zur Tür und nahm seine kalte Nachtwache auf. Er las gerade zwölf von seiner Leuchtuhr ab, als er ein Geräusch vernahm. Die Tür öffnete sich, er schlüpfte hinein. Kein Wort wurde gesprochen. Eine Frau nahm ihn bei der Hand und legte ihre Finger an seinen Mund. Er wurde vorsichtig eine steile Wendeltreppe hinuntergeführt und dann über einen Gang. Er hörte das schwache Geräusch eines Schlüssels. Offenbar wurde er jetzt in ein Zimmer geführt. Die Hände der Frau griffen nach seinem Mantel. Er versuchte etwas zu flüstern, da hörte er ein «Pst!», und die Finger drückten ihm rasch den Mund zu.

IV

An dieser Stelle hielt Jerry inne, um sich auszulachen. Roger und er hatten immer hier gelacht. Wenn es die Näherin gewesen wäre oder eines von den Dienstmädchen! Man stelle sich das einmal vor!

Aber Kip fand da gar nichts zu lachen. Eine Flut von Empfindungen bemächtigte sich seiner. Die Liebesgeschichte in Rogers Gedicht war also wirklich wahr! Roger hatte für seine Heldin das Leben aufs Spiel gesetzt! «Der muß sie aber geliebt haben!» rief er naiv aus.

Jerry zuckte die Achseln. «Er wird es für Liebe gehalten haben», sagte er. «Ich persönlich wünsche von der Frau, die ich liebe, etwas mehr zu sehen. Nicht einmal ihre Stimme hat Roger je richtig zu hören bekommen; nichts als ein geisterhaftes Flüstern, das kaum einen Meter weit reichte. ‹Er wird dich töten›, sagte sie zu ihm in jenem stillen, dunklen Raum. ‹Er läßt dich nachts auf der Straße niederschießen.› Roger hielt das Zimmer für ein Atelier, weil es darin immer nach Farben roch. Er bekam es nie wirklich heraus; Anita führte ihn an der Hand hinein und gab auf jeden Schritt acht. Das Rascheln einer Maus hätte sie verraten können.

Den ganzen Winter, ob Regen, ob Sonnenschein, ist der verrückte Kerl auf dem Bauch hinübergerutscht. Einmal am frühen Morgen, als er zurück wollte, mußte er sein Brett unter einer dicken Schneeschicht hervorgraben und lange dran herumkratzen, bis es nicht mehr so schlüpfrig war. Ich pfeife auf eine Frau, die einen Mann sein Leben derartig aufs Spiel setzen läßt.»

«Ja», sagte Kip ernst, «hätte sie ihn wirklich geliebt, so hätte sie ihren Mann stehenlassen und wäre mit Roger durchgegangen. Hat er sie nicht drum gebeten?»

«Er war in einem Rausch und wollte sich nur immer weiter berauschen. Wahrscheinlich würde er noch heute auf dem Bauch herumrutschen, wenn nicht...»

«Was?» fragte Kip begierig.

«An einem regnerischen Aprilmorgen, gerade nach dem Erscheinen der ‹Sternenschwerter›, nahm unser Romeo von seiner Julia Abschied, legte das Brett quer über den Abgrund, kroch hinüber und rüttelte vergeblich am Fenster des Wohnhauses: Jemand hatte es fest verschlossen. Da stand er nun und wartete zitternd auf den Tagesanbruch.»

Jerry lachte. «Ich bin überzeugt davon, daß damals die Entzauberung begann. Wenn man friert, ist es aus mit der Romantik. Er ließ sein Brett im Stich und stieg über die Dächer des Häuserblocks. Erst im dritten Haus fand er eine offene Falltür, durch die er hinunterrief, bis das überraschte Gesicht eines Dieners zum Vorschein kam. Selbst einem Roger fiel es nicht leicht, sich aus der fatalen Situation zu ziehen: Erst log er dem Diener was vor, dann dem Butler und schließlich dem Hausherrn selbst. Zum Glück war der stocktaub und gab sich mit der laut gebrüllten Erklärung des Butlers, daß der Herr ein Schlafwandler sei, zufrieden.»

V

«Jetzt ist alles vorüber.» Jerry seufzte erleichtert auf. «Gottlob!» Ein großer Dichter war mit seinem Leben und seinem Werk davongekommen. Im Gedicht mußten die beiden Liebenden sterben; in der Wirklichkeit lebten sie glücklich weiter.

«Haben sie sich jetzt endgültig getrennt?» fragte Kip.

«Hoffentlich.»

«Warum hat er sie denn nicht entführt und geheiratet?»

«Gott gnade ihnen! Dichter sind für die Ehe nicht geschaffen. Man kann nicht zwei Herren zugleich dienen. Wenn eine Frau einen erst mal geheiratet hat, macht sie einen unweigerlich zum Sklaven. Ein Dichter hat der Sklave seiner Kunst zu sein.»

«Ich bin froh, daß ich kein Dichter bin», sagte Kip. «Ich versteh das alles nicht. Einfach verrückt.»

«Du wirst mal einen guten Ehemann abgeben, alter Knabe», sagte Jerry mit einer Gönnermiene. «Wirst einen guten pflichttreuen Vater einer guten, pflichttreuen kleinen Familie abgeben. Vielleicht kommst du dann dahinter, daß ein Künstler nicht schaffen kann, wenn Babys in der Wohnung schreien und eine hysterische Mutter Futter für ihre Kinder will und keine Kunstwerke. Beides zusammen geht nicht.»

Doch je mehr Kip darüber nachdachte, um so größer wurde sein Staunen. Hatten wirklich alle Kunstwerke einen so phantastischen und überspannten Ursprung? Die Kunst als solche bedeutete ihm nicht viel. Seine Gedanken kreisten um das rein Menschliche der Angelegenheit. Roger mußte Anita wohl geliebt haben, sonst hätte er nicht sein Leben für sie aufs Spiel gesetzt, ganz abgesehen von seiner Ehre. Wie konnte nun Roger ohne die Frau, die er liebte, glücklich werden?

«Hat er sie denn so mir nichts dir nichts stehenlassen?» fragte Kip.

«Nein, die Sache war, wie alle Liebesgeschichten, komplizierter. Nach jenem nächtlichen Spaziergang auf den vereisten Dächern von Manhattan fand Roger Wege, mit Anita auf eine weniger romantische Weise zusammenzukommen. Nach der Geburt des Kindes...»

«Des Kindes?» Kip verschlug es die Rede.

«Ach so», lachte Jerry unbekümmert, «dieses kleine Detail hab ich zu erwähnen vergessen. Ein Kind ist schon da, und ein zweites ist unterwegs. Das ist auch die richtige Lösung des Problems. Anita hat ihre Kinder und alles, was sie für sie braucht, und Roger schreibt Gedichte über sie.»

«Und der Mann?»

«Was geht das den an? Er hält die Kinder für sein Werk und ist stolz drauf. Was er nicht weiß, das macht ihn nicht heiß.»

VI

Im Oktober kehrte Roger von seinem zweiten Aufenthalt auf Maine zurück. Die amerikanische Armee in den Argonnen kämpfte damals auf Leben und Tod mit dem Feind. In der langen Liste von Verwundeten tauchte der Name von Lee Chilcote auf. Roger telegraphierte an seine Leute nach Hause und an Freunde über See. Nach wenigen Tagen erfuhr er, daß sein Bruder mit einer Rückgratverletzung, halbgelähmt, in einem Feldlazarett liege und wahrscheinlich für immer ein Krüppel bleiben werde. Unter normalen Umständen hätte Roger den ersten Dampfer nach Frankreich genommen. Aber jetzt, im Weltkrieg, ging das nicht so leicht. Die Operationen in den Argonnen hatten die Armee über hunderttausend Verwundete gekostet. Wären alle Verwandten an die Betten gerannt gekommen – es wäre eine heillose Verwirrung entstanden.

Roger mußte sich also, voller Haß gegen sich selbst, gedulden. Das Poem über Anita Vanning hatte er beendet. Er war «das verdammte Zeug» schon so satt, daß Jerry es ihm nur mit Mühe abnehmen konnte, um es abschreiben zu lassen. Roger hatte von der Literatur für immer genug. Die Schreiberei sei ein elender Schwindel, und Plato, der die ganze Dichterzunft aus seinem Staat verbannt wissen wollte, habe vollkommen recht gehabt. Roger konnte es sich nicht verzeihen, daß er mit einer Frau getändelt hatte, während bessere Männer in den Krieg maschiert waren. Sie w a r e n besser, denn sie handelten. Seine Gefühle dagegen waren nur gerade stark genug, um sich in schönen Worten zu äußern. Er war fest entschlossen, sich zu melden und an die Front zu gehen.

Aber leider war es schon zu spät dazu. Der Angriff der Argonnenarmee fegte alles vor sich her, ganz plötzlich brach der deutsche Widerstand zusammen. Eines Tages hieß es, der Feind habe um einen Waffenstillstand nachgesucht, und bald darauf kam das Telegramm, daß er unterzeichnet sei. New York strömte auf die Straßen und war so toll wie noch nie eine Stadt. Der Kampf war zu Ende, und der Dichter konnte nun nicht mehr zum Helden werden.

Lee wurde auf einem Lazarettschiff nach New York gebracht. Maggie May kündigte ihre und ihrer Mutter Ankunft an. Endlich eine Gelegenheit für Kip, das wunderbare Mädchen kennenzulernen, von dem er seit drei Jahren schon immer gehört hatte. Zuviel Interesse durfte er allerdings nicht verraten, denn Roger und Jerry suchten nur nach einer neuen Gelegenheit, um sich über ihn lustig zu machen.

Kip hätte viel drum gegeben, daß Maggie May und ihre Mutter im Tarleton-Haus abstiegen. Aber vornehme Leute, wie sie, gehörten in ein vornehmes Hotel mit Bad, Telefon und ganz besonderer Bedienung. Roger nahm also geeignete Zimmer für sie, auch eins für sich, um in ihrer Nähe zu sein. Sein Zimmer im Tarleton-Haus gab er aber nicht auf. Nichts könne ihn je dazu bewegen, der Familienpension untreu zu werden, versicherte er Kips Mutter, bei ihr fühle er sich wie zu Hause. Auch versprach er Tarletons den Besuch von Mutter und Schwester.

Kip war zwar bloß ein Hotelangestellter und manchmal gar nur ein Laufbursche, der den Leuten das Wasser in ihre Zimmer hinauftrug, aber für jemand, der noch an den Sitten des alten Südens hing, machte das nichts aus. Er stammte aus einer guten Familie; solange er nichts Unehrenhaftes tat, war daran nicht zu rütteln. Die vornehme Gesellschaft von Charleston zum Beispiel rechnete es sich hoch an, daß von ihren Einladungen zum Neujahrsball immer ein paar ans Armenhaus adressiert waren. Kip hatte also ein gutes Recht darauf, die Chilcote-Damen zu begrüßen.

VII

Bei der Überführung seines Bruders Lee vom Larzarettschiff in ein Brooklyner Militärspital war Roger anwesend. Was er da zu sehen bekam, erschütterte den übermütigen Dichter tief. Lee, fahl und elend, war kaum wiederzuerkennen. Die besten Spezialisten wollte Roger für ihn zusammentrommeln, vielleicht ließ sich noch was für ihn tun. Tags drauf kamen die Damen an und fuhren ins Spital. Sie besuchten den Invaliden von nun ab täglich und saßen bei ihm, solange die Spitalordnung es gestattete.

Drei, vier Tage später lud Roger Jerry und Kip zum Dinner ins Hotel ein; in Kips Leben ein großes Ereignis. Er bekam einen neuen Anzug und eine neue Seidenkrawatte; seine Mutter begutachtete ihn von allen Seiten: Die Manschettenlänge war richtig und der Scheitel gerade genug. Mrs. Tarletons allgemeines Mißtrauen gegen Mädchen war plötzlich verschwunden. Zu Kips Überraschung sagte sie einige nette Dinge über Maggie May.

Die Chilcote-Damen waren in Trauer. Mrs. Chilcote war dick und mütterlich, eine rosige, freundliche und sanfte Dame. In ihrem exklusiven Hotel führte sie dasselbe Leben wie zu Hause, das heißt: Sie saß in einem Polstersessel und ließ sich alles, was sie brauchte, bringen. Wenn sie ihren Sohn besuchen wollte, bestellte Maggie May telefonisch den Wagen. Roger oder sonst jemand geleitete sie hinunter; sie kannte sich in diesen Hotelkorridoren nie aus. Der Oberkellner führte sie, wenn sie den Speisesaal betrat, an ihren Tisch. Ein andrer Kellner rückte einen Sessel für sie zurecht und schob sie dann darauf zurück. Das ging so den lieben langen Tag; die gute Dame lächelte jedermann freundlich an und erzählte, wie gut es ihr in New York gefalle – bis auf den Kummer mit dem lieben, armen Jungen, ach, was für ein Glück, daß der schreckliche Krieg vorüber war!

Maggie May war kleiner, als Kip gedacht hatte, und sah etwas zahm aus in ihrem schwarzen Kleid. Sie hatte schönes, weiches, braunes Haar, zarte Gesichtszüge, die eine Mischung von Güte und Intelligenz verrieten, und eine jener bezaubernd weichen Stimmen, wie Kip sie liebte; er selbst sprach schon ganz wie ein Yankee. Er betrachtete sie verstohlen, einige Male begegnete er ihren sanften, braunen Augen. Sie dachte sich: Das also ist Kip, doch nannte sie ihn Mr. Tarleton und verriet nicht, ob sie von seinem Aussehen befriedigt oder enttäuscht war.

VIII

Beim Dinner saß Kip neben Maggie May. Er sollte sich auf der Speisekarte was aussuchen, aber es fiel ihm nicht leicht. Er war noch nie in einem Prunkrestaurant gewesen; die Preise auf der Karte flößten ihm Entsetzen ein. Das einzige, was ihm halbwegs möglich schien, waren die Fische. In seinem Schrecken entschied er sich für Goldmakrelen, vielleicht gab es das in Louisiana nicht. Allen andern Versuchungen widerstand er. Austern möge er nicht, nein, danke, auch Bouillon nicht – Bratkartoffeln? das ja. Roger, der seinen schüchternen jungen Freund kannte, bestellte seelenruhig Austern und Bouillon für alle fünf. Kip bekam noch seinen Fisch dazu. Dann wurde eine Art Eiscreme mit einem besonderen französischen Namen vor ihn hingestellt. Er aß alles auf, weil es schade drum war.

Gesprochen wurde hauptsächlich über Lee. Man hatte Schritte eingeleitet, um ihn vom Militär freizubekommen und in eine Privatklinik zu überführen, wo er bessere Pflege hätte. Lee wollte Jerry und Kip bald kennenlernen. Er hatte nicht mehr so starke Schmerzen. Die Ärzte hofften, er werde allmählich wieder gehen können. Man sprach auch über den Krieg und über den Frieden, über New York und wie die Stadt den Damen gefalle; nebenbei kauften sie hier eine Menge ein, denn zu Hause erwartete jedermann Geschenke.

Dann kam die Sprache auf Rogers Epos. Es war inzwischen abgeschrieben worden; seine Schwester wollte wissen, warum er ihr noch immer keine Kopie gebracht hatte. Roger sagte, er habe eben kein Interesse mehr dafür. Jerry wußte eine bessere Erklärung: Roger sei maßlos stolz; den Gedanken, daß jemand mehr geleistet habe als er, könne er nicht ertragen. Ein bleibendes Werk der amerikanischen Literatur geschaffen zu haben – das sei ihm zu wenig. Er wünsche auch in die Geschichte einzugehen als der Mann, der den Kaiser erledigt habe. Ob alle Chilcotes so unvernünftig seien? O ja, entgegnete die liebe Mrs. Chilcote, sie hätten alle eine gute Portion Stolz im Leib. Offenbar hielt sie das für unvermeidlich. Ein Epos, das Roger geschrieben hatte, war sicher das beste aller Epen – obwohl sie nach kaum fünfzig Zeilen einnicken mußte.

Roger erklärte seinen Mißmut mit den vielen Leiden, deren Zeuge er gewesen war. Augenblicklich habe er ein Epos über den Krieg vor. Jerry hielt das für eine ausgemacht dumme Idee. Die Leute wollten doch den Krieg so rasch wie möglich vergessen. In den nächsten zehn Jahren werde kein Mensch was darüber lesen wollen. Nein, mehr als für alles andere interessiere man sich jetzt für die Liebe. Anitas Geschichte müsse ein Bombenerfolg werden.

IX

Roger bat um die Weinkarte und bestellte eine Flasche. Wenn man Geld genug hatte, bekam man noch eine. Jerry und er tranken sie allein aus. Mrs. Chilcote nahm nur einen ganz winzigen Schluck. Maggie May weigerte sich, überhaupt zu trinken, so daß Kip nicht allein war.

«Ich bin so froh, daß Sie nicht trinken, Mr. Tarleton», sagte sie, «ich wollte, mein Bruder wäre so vernünftig.»

«Er gibt sich alle Mühe, mir Vernunft beizubringen», meinte Roger.

«Sagen Sie mir bitte», Maggie May ließ nicht locker, «trinkt er immer noch zuviel?»

Die Frage brachte Kip in Verlegenheit; Roger antwortete also selbst: «Diesem großartigen jungen Mann scheint alles zuviel. Seine Tugenden sind in sein zaghaftes Gesicht geschrieben.»

«Er hat recht», sagte die Schwester. «Soviel Schreckliches hast du jetzt gesehen und machst dich noch lustig über die Leute. Ich finde das schändlich von dir.» Sie wandte sich an Kip. «Wissen Sie, vor Jahren gab ich mir große Mühe, meine Brüder vom Trinken abzuhalten. Bei Roger hatte ich kein Glück. Lee gab mir sein Wort darauf und hat es gehalten. Die Ärzte meinen, das sei jetzt mit ein Grund für seine Genesung.»

«Der Krieg ist jetzt zu Ende», wandte Roger ein. «Mir stehen also keine Wunden bevor.»

«Ich wollte, Sie wären immer da, Miss Chilcote», sagte Kip, «ich brauche jemand, dem ich alles sagen darf.»

«Roger weiß, wie ich darüber denke.» Wenn von Alkohol die Rede war, wich der sanfte Ausdruck auf ihrem Gesicht fester Entschlossenheit. «Am besten sollte man überhaupt keinen Alkohol zu kaufen kriegen.»

«Das kann uns noch blühen», bemerkte Jerry, «wenn das Amendement zur Verfassung ratifiziert wird.»

«Wie steht es eigentlich damit? Ich habe nichts mehr darüber gehört.»

«Die Ratifizierung hängt von der Abstimmung in den Staaten ab.»

«Niemals!» erklärte Roger. «Eine lächerliche Vorstellung.»

«Sei nur nicht gar so sicher», warnte ihn der Reporter. «All diese Narren von Abstinenzlern wie Kip hier und Miss Maggie May machen Propaganda dafür. Sie schlafen nie, diese Wowsers und Blaunasen.»

«Was ist das, ein Wowser?» fragte das Mädchen.

«Ich weiß es nicht genau», gestand Jerry, «aber jedenfalls bin ich gegen sie.»

«Wowser ist ein australisches Wort», erklärte Roger als Fachmann für Wörter und ihre Herkunft, «und heißt Reformer.»

«Wenn es gegen den Alkohol geht, dann bin ich auch ein Wowser», sagte Maggie May.

Roger sprach weiter: «Ich hab kürzlich wo gelesen, daß fünfzehn Staaten für die Ratifizierung sind. Da man sechsunddreißig dazu braucht, steht die Sache gar nicht so günstig für sie.»

«Du vergißt dabei», warf Jerry ein, «daß dies Jahr in den meisten Staaten die Parlamente nicht einberufen wurden. Sie treten erst zu Beginn des nächsten Jahres zusammen. Die Wowsers haben bei der Wahl der Abgeordneten scharf aufgepaßt. Sie haben jedem einzelnen Kandidaten zuerst mal das Versprechen abgenommen, für das Amendement zu stimmen. Ein richtiggehendes Erpressungssystem.»

Maggie May, die dem angriffslustigen, jungen Zeitungsmann gegenübersaß, richtete ihre warmen, braunen Augen auf ihn. «Ich versteh Sie nicht recht, Mr. Tyler. Haben die Leute kein Recht darauf, beliebige Gesetze zu fordern?»

«Sie haben kein Recht darauf, sich zu organisieren und die Parlamente einzuschüchtern.»

«Ist das nicht gerade die einzige Möglichkeit für sie, etwas zu erreichen?»

Jerry machte ein finsteres Gesicht. «Und so kommen wir zu einem Haufen von Abgeordneten, denen jedes Rückgrat fehlt.»

«Wieso? Weil sie nicht so stimmen, wie es Ihnen paßt?»

«Fein, fein», entfuhr es Kip, sein lang unterdrücktes Gefühl machte sich Bahn. «Wenn Sie nur immer hier wären, Miss Maggie May, um denen die Meinung zu sagen. Mich wollen sie ja nicht anhören.»

«Ich fürchte, Sie haben keinen guten Einfluß auf meinen Bruder, Mr. Tyler.»

«Jerry hört sich gern reden», erklärte Roger, «wenn es zum Handeln kommt, bewacht er mich wie eine Großmutter. Er hält mich zum Schreiben an wie ein Schulmeister einen faulen Schüler.»

«Schon gut», sagte Maggie May, «es handelt sich nur darum, was du schreibst. Wenn es Gedichte zum Lob des Alkohols sind, so wär es mir lieber, er würde dich vom Schreiben abhalten.»

Kips große, blaugraue Augen verrieten helles Entzücken. Wie wunderbar, dieses ruhige, sanft dreinblickende Mädchen wußte genau, was sie von einer Sache hielt, und verstand es mit solcher Bestimmtheit zu sagen! Nicht die leiseste Furcht hatte sie davor, als altmodisch zu gelten, und es war ihr ganz gleichgültig, ob man sie Wowser, Blaunase, Mißgeburt, kalte Kartoffel oder gekochte Stachelbeere schimpfte.

X

Lee ging es bereits besser. Zweimal täglich wurde er sorgfältig massiert; mit einer Reihe von exakt berechneten Bewegungen rief man das Leben in seine toten Glieder zurück. Des Liegens und der Spitalatmosphäre überdrüssig, sehnte er sich nach Gesellschaft und wollte auch Rogers Freunde kennenlernen. Kip nahm sich einen Vormittag frei, holte die Chilcote-Damen und Roger im Hotel ab und fuhr mit ihnen und Jerry in einem schönen, bequemen Wagen über eine der East-River-Brücken ins Spital.

Die Miete für einen solchen Wagen kam auf fünfzig Dollar pro Tag. Dieser Luxus erfüllte Kip mit wahrer Ehrfurcht. Er wollte es gar nicht glauben, daß Leute soviel Geld auf einmal ausgaben. Zwischen ihm und Maggie May lag der Ozean ihres Reichtums, er sah sie nur wie durch ein Fernrohr. Als Äußerstes gestand er sich ein, daß sie gerade die Art von Mädchen war, das er sich ausgesucht hätte, wäre sie nicht so reich gewesen. Ob sie sich ihn ausgesucht hätte, wenn er nicht so arm gewesen wäre? Er wußte es nicht recht; sie war so zurückhaltend und gleichmäßig höflich zu jedermann. Doch schien sie sich mit ihm über das Leben in New York ganz gern zu unterhalten.

Ein großes Gebäude war das Spital, vollgestopft mit menschlichem Elend. Wer romantische Vorstellungen vom Krieg hatte, brauchte nur einmal durch diese langen Säle zu gehen, wo Feldbett neben Feldbett stand. In jedem lag ein Mann, fest in Verbände verpackt, manche still und bleich, manche stöhnend. Ihre Augen folgten dem hübschen Mädchen. Sie benahm sich nicht, wie sie es auf der Straße getan hätte, sie lächelte jeden an. Man mußte die armen Burschen aufheitern, wenn einem auch das Herz selber weh tat.

Lee sah gelb und elend aus. Er war schwarzhaarig und ähnelte mehr der Mutter, nicht, wie Roger, dem Vater. Er freute sich ungeheuer über den Besuch und hielt seine welke, schlaffe Hand hin. Da saßen sie nun auf Feldsesseln neben dem Bett und hüteten sich, den Krieg oder Frankreich zu erwähnen. Jerry hatte recht, gerade davon wollten die Soldaten nichts wissen. Lee interessierte sich für den Zeitungsbetrieb. Die Jagd eines Interviewers auf literarische Berühmtheiten, angeklagte Politiker, verwundete Verbrecher schien ihm sehr romantisch. Man bekomme es bald satt, meinte Jerry. Lee hätte es aber doch gern einmal ausprobiert.

Dann wieder interessierte er sich für den Betrieb einer Familienpension. Auch das fand er romantisch; man lerne dabei so viele Leute kennen.

«Das stimmt», sagte Kip, «aber sie sehen sich bald alle sehr ähnlich.»

«Sicher läßt sich heutzutage ein Haufen Geld damit verdienen», meinte Lee; er wollte die Einkaufspreise alle genau wissen.

«Schlecht geht es uns ja nicht», sagte Kip, «nur mit den Preisen hat man es so schwer. Alles geht fortwährend in die Höhe.»

«Warum erhöht ihr nicht einfach eure Preise?»

«Das ist nicht so einfach, wenn die Leute schon so lange bei einem wohnen und nicht mehr zahlen können.»

«Aber ihr seid doch keine Wohltätigkeitsanstalt.»

Ja, Lee wollte unbedingt was arbeiten. Er wollte heim und nach der Pflanzung sehen. Bei der allgemeinen Knappheit jetzt wäre eine Zuckerernte ein Bombengeschäft.

«Wenn sie mich nur ordentlich reparieren, daß ich wieder reiten kann», sagte er. «Man muß doch nach der Ernte sehen. Wer das nicht kann, ist auf einer Pflanzung zu nichts nutz.»

Eine Pflegerin, die in der Nähe stand, versicherte ihm, man werde ihn schon ordentlich reparieren. Nur wußte man natürlich nicht, ob sie das im Ernst meinte, sie war ja dazu da, die Jungens aufzuheitern.

«Wenn sie mich nicht in Ordnung bringen, dann laß ich mir eine Art Krankenwagen bauen, mit einem Fenster an der Seite.»

«Und ein Periskop dazu», sagte Jerry. Da mußten alle herzlich lachen.

Es war sonderbar zu sehen, wie verschieden die Mitglieder ein und derselben Familie sein können. Lee Chilcotes höchster Wunsch war es, heimzukehren in den «Zuckertopf» mitsamt seinem schwarzen Schlamm, den Moskitos, den Niggers. Er sehnte sich danach, an seinem Pult im Kontor der Pflanzung zu sitzen, den Tageswert der Zuckervorräte und die voraussichtlichen Gewinne aus der neuen Ernte zu errechnen, die Hypothekenschulden abzutragen und so das Loch, das der Vater hinterlassen hatte, nach und nach zu stopfen. Sein Bruder hingegen, der nur um zwei Jahre älter war, hatte das alles hinter sich. Dessen Traum wieder war es, Aufsehen in der literarischen Welt zu erregen.

«Danke für das Manuskript», sagte Lee mit einem matten Lächeln. «Ich hab drin gelesen. Verfluchter Kerl, ordentlich Kopfweh hab ich davon bekommen!» Soviel und nicht mehr bedeutete einem Zuckerpflanzer ein Meisterwerk der Literatur.

XI

Maggie May forderte Kip auf, sie zu besuchen, wann immer er Lust dazu habe. Der Junge wunderte sich darüber und fragte Roger zaghaft, ob er den Damen nicht im Wege sei. «Im Gegenteil», meinte der, «sie brauchen eine Begleitung. Komm, sooft du kannst.» Kip holte also Maggie May zu einem Spaziergang ab. Er führte sie die Fifth Avenue hinunter und erzählte ihr, was er so über dieses und jenes Lokal wußte. Da sie wegen Oberst Ted noch in Trauer war, konnte sie kein Theater besuchen. Dafür gingen sie zusammen in ein Konzert, freuten sich über die schöne Musik und unterhielten sich über Gott, Leben, Unsterblichkeit und Pflicht. Er führte sie auch in die Untergrundbahn, die bloß zehn Cents kostete; ihr Interesse dafür war so groß, als betrüge der Preis zehn Dollar. Dann sahen sie sich den Hafen an und gingen ins Aquarium. Vierzehn Jahre lebte Kip nun schon in New York und war noch nie drin gewesen. Im Naturhistorischen Museum bestaunten sie die Gebeine der Ungetüme aus vorgeschichtlicher Zeit. In Maggie Mays Weltbild paßten sie nicht hinein. Wozu hatte Gott sie erschaffen? Kip fand einen Haufen anderer Dinge genauso rätselhaft. Warum zum Beispiel gab es Moskitos oder Schnaps?

Ein paarmal aß er mit den Damen zusammen im Hotel zu Mittag. Anfangs sträubte er sich, weil er doch eigentlich der Gastgeber zu sein hätte, aber sie lachten ihn aus und behielten ihn da. Er plagte sich also wieder mit dem kostspieligen Menü ab und behauptete, keinen großen Hunger zu haben. Einmal war auch eine Cousine der Chilcotes zugegen, jene Bankiersgattin, die Roger auf Long Island besucht hatte. Mrs. Fessenden, eine große, stattliche Dame, war in schwarze Pelze gehüllt und mit mehrfachen Perlenketten behangen. Den obskuren Mr. Tarleton bemerkte sie kaum. Sie sprach unaufhörlich von gesellschaftlichen Verpflichtungen und Persönlichkeiten, deren Namen Kip nie gehört hatte. Der Abstand zwischen ihm und dem Mädchen, das er heimlich verehrte, kam ihm dadurch noch mehr zum Bewußtsein. Kip war kein großer Menschenkenner. Sonst hätte er die dunklen Ringe unter Mrs. Fessendens Augen bemerkt; auch hatte sie eine nervöse und überreizte Art zu sprechen – eine unglückliche und überbürdete Frau, die sich hinter ihrer Arroganz zu verstecken suchte.

«Cousine Jenny» verabschiedete sich bald; sie war zu einem langweiligen Tee eingeladen, allerdings zu Ehren eines geflüchteten russischen Großfürsten. Maggie May und Kip setzten sich in die Hotelhalle und plauderten über Rogers Manuskript. Rogers ungestüme Sprache blieb ihr natürlich unverständlich; diese Art Dichtung war ihr einfach zu hoch. Aber die Geschichte hatte sie kapiert. Traurig und rührend war sie ja, nur sollte man so was nicht veröffentlichen. Maggie May errötete ein wenig und blickte zur Seite: «Wahrscheinlich bin ich zu altmodisch. Sie wissen, wie wir im Süden sind.»

«Natürlich weiß ich es», sagte Kip.

«‹Der Goldene Kerker› klingt romantisch. Der Titel zieht sicher. Beim Lesen erst merkt man, was mit dem ‹Goldenen Kerker› gemeint ist: die Ehe. Nicht wahr?»

«Eine bestimmte Art Ehe», wandte Kip entschuldigend ein. «Viele Leute heiraten wegen Geld und nicht aus Liebe. Sie wissen ja, Anita war noch sehr jung, als sie von ihren Eltern verheiratet wurde. Vielleicht wußte sie gar nicht, was man mit ihr vorhatte.»

«Kaum», sagte Maggie May. «Vielleicht bin ich auch in zu engen Anschauungen erzogen worden. Jedenfalls wäre es mir lieber gewesen, Roger hätte seine Meinung etwas klarer ausgedrückt.»

«Die Anschauungen ändern sich. Ich glaube kaum, daß man in der literarischen Welt an Rogers Geschichte Anstoß nehmen wird.»

«Mir will es nicht gefallen, daß er für das Amüsement solcher Leute schreibt. Das war eigentlich nie unsere Art.»

«Das Werk gilt als ganz besonders schön, Miss Chilcote. Die Verleger sind entzückt davon.»

«Möglich. Ich bin nur froh, daß Mama eingeschlafen ist, bevor sie weit gekommen war.»

XII

Der Besuch der Chilcote-Damen im Tarleton-Haus war ein großes Ereignis. Die Herren, die sich frei machen konnten, kamen früher vom Büro heim, rasierten sich und legten ihre besten Gehröcke an. Die Damen schickten ihre Lieblingskleider in großer Eile zur Reinigung und holten allen alten Familienschmuck hervor. Um vier Uhr nachmittags saß man schon fix und fertig im Salon; eine Menge Herren standen im Office herum. Bald kam auch der Wagen mit Roger und den beiden Damen, deren Trauerkleider der Gipfel an Eleganz waren.

Es war beinah wie ein Empfang bei Hofe. Mrs. Tarleton saß an einem Ende des Zimmers in einem großen Lehnstuhl, eine gebrechliche, kümmerliche, kleine Person, ganz und gar keine Königin; sie hatte das violette Seidenkleid von Roger mit dem bescheidenen Spitzenfichu an. Miss Sue Dimmock, ihre Schwester, ein munteres, helles Geschöpf, besorgte den Tee, wobei ihr Kip half. Taylor Tibbs mit seiner weißen Halskrause sah stolz wie ein Priester drein. Mrs. Chilcote bekam den Ehrensitz zur Rechten, Maggie May saß links. Sie wurden feierlich von allen begrüßt; die alten Herren küßten ihnen ritterlich die Hand. Alte Namen aus dem Süden wurden genannt, und die Geister der Ahnen lebten wieder auf. Mrs. Fortescue aus Charleston entdeckte, daß sie mit Mrs. Chilcotes Tante entfernt verwandt war, und Mr. Gwathmey aus Kentucky hatte sich einmal mit Mrs. Chilcotes Bruder unterhalten. Mit einem Wort: Alles klappte ausgezeichnet, und Mrs. Chilcote fand es reizend, daß ihr Sohn hier wohnte, da mußte er sich ja wie zu Hause fühlen.

Mittelpunkt der Festlichkeit war Powhatan. Er hatte seinen frischgebügelten besten Anzug an. Sein Gesicht war tadellos rasiert und Haar und Schnurrbart frisch schwarzgefärbt. Unter allen Männern war keiner ritterlicher und beredter. Als der Tee aufgetragen wurde, forschte er nach, ob Mrs. Chilcote nichts dazu wünsche, vielleicht habe sie ihm ein Geheimnis ins Ohr zu flüstern. Mrs. Chilcote dankte, sie trinke den Tee noch auf alte Art, mit Sahne und Zucker. Doch Pow ließ mit seinen Späßen nicht locker. Er hoffte vergeblich, daß Roger ihn verstehen und eine Flasche aus seinem Schrank oben holen würde. Der Schrank hatte jetzt nämlich ein ganz besonderes Schloß, dessen Geheimnis Pow nicht ergründen konnte.

Pow klagte über die finsteren Tage, die bevorstanden, über den Triumph der Puritaner, die alle Freude aus Amerika verbannen und die fürstliche Stadt in eine trockene Wüste verwandeln wollten. Was sollte aus den Leuten alten Schlages werden, für die Gastlichkeit und Stimmung zum Leben gehörten? Seine Worte weckten bei den Damen kein Echo; er ging also über auf die Taten seines Vaters im Bürgerkrieg und auf die seines Urgroßvaters 1812. Da wurde natürlich allen warm.

Als es Zeit zum Aufbrechen wurde, wollte Mrs. Chilcote rasch noch Rogers Zimmer sehen. Man führte die Damen hinauf; sie fanden das Zimmer reizend. Kip wußte, daß sie es zu Hause und im Hotel viel schöner hatten, und schämte sich. Auch Pow war ihnen gefolgt und warf wie ein Einbrecher, der eine Gelegenheit auskundschaftet, verstohlene Blicke auf den Schrank, in dem Roger seinen Alkohol hatte. Richtig versuchte er es auch schon wieder: «Haben Sie wirklich keine Lust auf eine Erfrischung, Mrs. Chilcote?» Kip trat ganz dicht an ihn heran und flüsterte: «Mach dich nicht lächerlich, Vater!» Tödlich verletzt, aber würdevoll noch in seiner Wut, verließ Pow das Zimmer. Das war ja unerträglich, was dieser scheinheilige Pharisäer von seinem Sohn sich erlaubte! So ein Lümmel war imstande, einen noch ganz zum Säufer zu machen.

XIII

Lee durfte wieder heim. In New York schneite es, und auf den Straßen lag Matsch; in Pointe Chilcote blühten die Rosen. Die Ärzte waren der Meinung, daß die Sonne da unten dem Kranken nur guttun werde. Den Masseur nahm er mit; in einem Jahr vielleicht konnte Lee wieder gehen und schließlich auch reiten. Ein Mädchen wartete auf ihn; er wünschte sich, bald zu heiraten und ein halbes Dutzend Kinder zu kriegen.

Erst beim Abschied von Maggie May erkannte Kip, wieviel sie ihm schon bedeutete. Eigentlich dachte er immerwährend an sie. Von allen Mädchen, die er je gekannt hatte, war sie ihm die liebste. Braunes Haar und braune Augen fand er am schönsten, und lieber als jeder andere Dialekt war ihm der von Louisiana. Als Maggie May ihn aufforderte, sie doch mal unten zu besuchen, kamen ihm beinah die Tränen. Mrs. Chilcote schloß sich der Einladung an. Der bescheidene Junge gefiel ihr, er hatte einen guten Einfluß auf ihren viel zu beweglichen Sohn, der ihr jedesmal, wenn er den Mund auftat, einen neuen Schrecken einjagte.

Noch auf dem Bahnhof legte Maggie May ihm den Bruder ans Herz. «Geben Sie acht auf ihn», bat sie, Roger stand dabei, «er soll nicht in schlechte Gesellschaft geraten.»

«Gern, wenn ich kann», erwiderte Kip ernst. «Aber Sie wissen selber, ich komme so wenig herum. Ich bin jünger als er, und er hört nicht auf mich.»

«Roger, ich befehle dir, auf Kip zu hören!» rief Maggie May und packte den Bruder beim Ärmel. «Er muß mir alles berichten.»

«Geht in Ordnung», sagte Roger. Aber Kip wußte wohl, wie wenig ernst es ihm damit war.

Dann brachten zwei Sanitäter den Verletzten. Lee lag in Uniform auf der Tragbahre. Die Leute traten respektvoll zur Seite, manche Männer zogen den Hut; New York war in jenen Tagen den Anblick von Verwundeten gewöhnt und sehr patriotisch gestimmt. Die Tragbahre wurde im Lift auf den Bahnsteig geschafft. Ein Sanitäter packte Lee bei den Schultern, der andere bei den Knien; so trugen sie ihn in sein Abteil hinüber und legten ihn auf das Bett, auf dem er bis New Orleans bleiben sollte.

Der Schaffner drängte schon zum Einsteigen, und alle steckten noch im Abteil. Roger küßte Mutter und Schwester ab. Die alte Dame weinte, wie immer bei einem Abschied. Maggie May klammerte sich an ihren Bruder: «Bitte gib doch auf dich acht, Roger! Was nützt es dir, der größte Dichter der Welt zu werden, wenn du deine Gesundheit zerstörst und es dir ergeht wie dem armen Papa!»

Roger versprach brav zu sein; im Augenblick meinte er es ehrlich. Er packte Lee bei der Hand und sagte: «Laß es dir gutgehn, alter Knabe!» Dann gab es ein allgemeines Händeschütteln zwischen Lee, Kip, Jerry und den Damen. Lee bedankte sich bei den beiden für alles und lud sie zu einer lustigen, gemeinsamen Jagd auf die Pflanzung ein. Maggie May war zu beiden gleich reizend.

Alle hatten Tränen in den Augen; sie waren nun schon einmal so gefühlvolle Leute, daran konnte auch die moderne Yankee-Welt nichts ändern. Als der Zug sich in Bewegung setzte, sprangen die drei rasch heraus. Maggie May stand am Fenster und winkte. Sie winkten zurück, bis der Zug ihren Blicken entschwand. Vielleicht eine ganze Stunde lang schämte sich Roger des «Goldenen Kerkers» und war froh, daß seine Mutter die Arbeit nicht gelesen und seine Schwester sie nicht verstanden hatte.

7. Kapitel **DIE LEITER DES ERFOLGS**

I

Das Prohibitionsgesetz, das der Kongreß Weihnachten 1917 angenommen hatte, war im Laufe eines Jahres von den Bürgern Manhattans beinahe ganz vergessen worden. Den Zeitungen, von denen die Stadt ihre Informationen über alles auf der Welt bezog, erschien die ganze Sache zu abgeschmackt. Was ihnen von Wowsers an Druckschriften zugeschickt wurde, flog prompt auf den Boden. In den ersten Morgenstunden wurde das Zeug von den Putzfrauen zusammengeklaubt, in Säcke gestopft, fortgeschafft, gepreßt, in Ballen verpackt und wieder in Lumpenbrei verwandelt. Auf diese Weise bereiteten die Zeitungsleute dem dummen Gerede über eine lächerliche Idee ein sicheres Ende.

Da plötzlich erlebten die «triefnassen» Herren einen Schock nach dem andern. Am zweiten Tag des neuen Jahres traten die Parlamente aller amerikanischen Bundesstaaten zusammen, 6349 Abgeordnete im ganzen, gewählt im Zeichen des Prohibitionsgesetzes. Von vielen hatte man eine Erklärung darüber verlangt, wie sie abstimmen würden. Als sie sich jetzt in den einzelnen Hauptstädten versammelten, traten Agitatoren der Anti-Alkohol-Liga mit der klaren Mahnung an sie heran: «Werden Sie Wort halten?» Jeder Abgeordnete wußte, daß es dahinten in seinem Wahlbezirk zahllose Männer und besonders Frauen gab, die an seiner Antwort brennend interessiert waren.

Das Ergebnis einer solchen Situation mußte die New Yorker Zeitungen erschrecken. Damit das Gesetz in Kraft trat, mußten sechsunddreißig von achtundvierzig Staaten es ratifizieren. Bis zum 1. Januar 1919 hatten das erst fünfzehn Staaten getan. Aber schon gleich zu Beginn der neuen Session kapitulierte das Parlament von Michigan vor den Wowsers. Am 7. Januar fielen Ohio und Oklahoma ab, tags drauf Maine und Idaho, tags drauf West-Virginia. Vier Tage später folgten drei weitere Staaten: Washington, Tennessee und Kalifornien. Die Zeitungen der Metropole berichteten über diese Ereignisse in einer Art von Betäubung. Der «New York Tribune» schien es, «als sause ein Segelschiff auf einem windlosen Ozean dahin, von einer unsichtbaren Gewalt getrieben». Eine Panik brach aus unter allen Kämpfern für den Alkohol, unter allen Feinschmeckern und Bonvivants, Sportsleuten beiderlei Geschlechts, Besuchern von Waldorf-Astoria und «Nigger Mike's Place», der Hoffmann House Bar und «Alligator Annex», unter den Gästen des Tarleton-Hauses und den Kunden von Sandkuhl gleich um die Ecke.

Die Nachrichten von den Ratifizierungen wurden natürlich auch in die Hauptstädte der andern Staaten gemeldet, wo sie jeden Widerstand als vergeblich lähmten. Die Sache war einmal in Gang; am 14. Januar schlossen sich weitere sechs Staaten an: Indiana, Illinois, Arkansas, Nord-Karolina, Alabama, Kansas. Am 15. Januar kamen Oregon, Iowa, Utah, Colorado und New Hampshire dazu. Ein einziger Staat war noch nötig – tags drauf baten drei um die Ehre: Nebraska, Missouri und Wyoming. Offenbar für den Fall, daß man sich verzählt habe, meldeten sich am nächsten Tag Minnesota und Wisconsin. Vor Torschluß hatten, bis auf zwei, sämtliche Staaten das Gesetz ratifiziert.

Das ewig Unvorstellbare war Ereignis, das Alkoholverbot zum Gesetz geworden, zu einem Teil der Bundesverfassung. Solange dreizehn Staaten dabei blieben, konnte das durch nichts geändert werden. Nach genau einem Jahre, also vom 16. Januar 1920 ab, sollten Herstellung, Transport und Verkauf von berauschenden Getränken überall in der ganzen Union als strafwürdiges Vergehen gelten. Das Todesurteil über John Barleycorn war gesprochen worden. Billie Sunday, Oberster aller Wowser, hielt ihm in Norfolk, Virginia, die Leichenrede. «Lebewohl, John! Du warst Gottes schlimmster Feind. Der Hölle treuester Freund warst du. Ich hasse dich mit unauslöschlichem Haß. Es ist mir ein Vergnügen, dich zu hassen!»

II

Im Tarleton-Haus und überall sonst in Amerika saßen alle Säufer, Alt und Jung, beisammen und blickten einander betroffen an. Was tun? Die Armen unter ihnen, wie Pow, knirschten bloß mit den Zähnen und fluchten. Ja, die Welt gehörte jetzt den Wauwaus. Die Freiheit war mausetot. Die Polizei durfte einem in den

Magen hineinsehen. In Anbetracht der kommenden, bösen Zeiten schüttete jeder, soviel er konnte, in den besagten Magen, ging auf die Straße hinaus, erbrach sich in den Rinnstein und torkelte in die nächste Schenke. «Pflücket die Rose, solange sie blüht!»

Roger wieder meinte: «Zum Teufel mit diesem idiotischen Gesetz, es wird schon bald widerrufen werden!» Indessen legte er sich einen Vorrat für sich und seine Freunde an. Jerry machte ein zweifelndes Gesicht und fragte: «Wo willst du es denn hintun? In den Schrank vielleicht?» Der Schrank reichte nämlich höchstens für einen Monat.

«Ich werd schon einen Platz finden», sagte der Dichter. «In meine Privatangelegenheiten werden die sich nicht hineinmischen!»

«Da wirst du aber einen verflucht sicheren Platz finden müssen», erklärte Jerry. «Wenn ich mich nicht sehr irre, wird das Zeug so kostbar werden wie Gold.»

«Ich miete mir eben ein Bankgewölbe», sagte Roger.

«Du vergißt, daß du nichts transportieren darfst. Wenn du trinken willst, mußt du in die Bank gehen, und zu den passenden Stunden hat sie vielleicht gar nicht offen.»

Jerrys schwarze Brauen zogen sich düster zusammen. Aber Roger ließ sich nicht ins Bockshorn jagen. Er gehörte zu jener glücklichen Klasse, die immer ihren Willen gehabt hat. Das Geld werde in Amerika jederzeit seinen Wert behalten.

Millionen dachten damals ähnlich. Es war eine Zeit der Verwirrung und Verzweiflung, die notwendige Reaktion auf die Anspannung der Kriegszeit und ihre falsche Begeisterung. Die «Helden» kehrten heim und sahen ein, daß sie Narren gewesen waren. Während sie in den Schützengräben dem Tode getrotzt und ihre Gesundheit ruiniert hatten, waren Spekulanten über das Land hergefallen und hatten Flaumacher sich die besten Geschäfte zugeschanzt. In Paris deichselten die alten Herren, die den Krieg geführt hatten, ihren sogenannten Frieden. Angesichts dieses kolossalen Betrugs konnte kein Mensch mehr an «Moral» glauben. Das einzige, was einem übrigblieb, war, für sich selbst zu sorgen. War man jung und hatte man Geld, so hatte man auch Glück. Hatten andere weniger Glück, so sagte man: «Tut mir leid», was aber heißen sollte, daß einem nichts auf der Welt gleichgültiger war – so sonderbare Launen hat die Sprache.

III

Gleich zu Beginn dieser Seelenwende erschien «Der Goldene Kerker», und es war, als hätte Roger seinen hawaiischen «Wellenreiter» bestiegen und segle nun, hoch oben auf dem Kamm einer schäumenden Sturzsee, drauflos, immer drauflos. Die Kritiker purzelten förmlich übereinander, so sehr beeilten sie sich, das Meisterwerk zu begrüßen. Einige Kritiken erschienen am selben Tag wie das Buch, dank jenem System von literarischen Teegesellschaften, das Verlegern zu Busenfreundschaften mit Kritikern und Herausgebern verhalf. Da erzählte man sich eben, was jetzt herauskam, was man davon zu halten und wie man sich darüber zu äußern habe.

Ja, diese gewitzten Herren wußten alles über Rogers Buch und über ihn selbst. Das war doch der goldblonde Dichter aus Louisiana, der aus einer alten Familie stammte und in der Welt verblichenen Adels, die er schilderte, vollkommen zu Hause war. Sie bewunderten seine meisterhafte Wortmalerei, in Dingen des Menschen wie der Natur, seinen historischen Sinn, der jene längst verstorbenen Figuren auf die Beine brachte; nicht bloß wie auf einer Bühne, nein, förmlich in Fleisch und Blut standen sie vor einem. Sie waren entzückt von der «authentischen Melancholie» des Dichters, wie die kuriose Wendung eines Kritikers lautete. Jene düstere Anschauung von der Vergeblichkeit alles menschlichen Tuns – Kennzeichen der Literatur in Zeiten des Rückgangs und der Schwäche – tat es ihnen an. Amerika war es nicht geglückt, die Welt für die Demokratie zu erretten. Da wandte es sich zurück zu den Tagen der Ahnen, bewunderte die eleganten Sitten jener toten Damen und Herren und das würdige Dasein, das sie auf ihren leuchtenden Herrensitzen geführt hatten.

Aber die Kritiker bewunderten auch den Sturm der Leidenschaft, der durch die Erzählung des Dichters fegte. Man hörte förmlich den Herzschlag seiner jugendlichen Heldin; man sah das pochende Blut in ihren Wangen, man fühlte ihren warmen Leib.

Ihre Stimme klang durch die Jahrhunderte – die Kritiker behaupteten es wenigstens, und das Publikum beeilte sich, es ihnen zu glauben. In der Woche nach dem Erscheinen war «Der Goldene Kerker» das meist verlangte Buch – eine an sich sensationelle Tatsache, denn die Kritiker konnten sich nicht erinnern, daß ein Vers-Epos je so gut wie ein Roman gegangen war.

Auf der Insel Manhattan lebten an die hunderttausend Damen, die sich an ältliche Herren verkauft hatten – für Häuser und Wohnungen, Polstermöbel und echte Teppiche, Pariser Modelle und juwelenbesetzte Abendschuhe, Perlenketten und Brillantkolliers, Limousinen einschließlich Chauffeur, komplette Dienerschaften und das übrige Zubehör zum fashionablen Leben von Manhattan. Jede dieser Damen hatte einen Haufen freie Zeit für Bücher, Vorträge und Konzerte. Der ältliche Gatte hatte in der Regel keine freie Zeit, er mußte ins Büro, um das Geld zu verdienen, das die vornehmen Bedürfnisse seiner Familie kosteten. Wenn er heimkam, wußte seine Frau über interessante Dinge zu plaudern. Er sprach immer nur über das Geschäft, und das langweilte die Frau. Sie begann sich zu fragen, ob sie den lästigen Pakt, den sie eingegangen war, auch wirklich einhalten müsse.

Da las sie nun in der Zeitung oder Freunde erzählten ihr von einem neuen Buch «Der Goldene Kerker». Eine Andeutung genügte, und sie begriff, daß es von ihrem eigenen Schicksal handelte. Sie lief in die Buchhandlung, kaufte es und las es mit pochendem Herzen. Wahrhaftig, das war die Tat, von der sie geträumt, zu der sie bisher noch nicht den Mut aufgebracht hatte, Sporn und Rechtfertigung zugleich, die Gloriole um jede jugendliche Auflehnung, um das Ausbrechen aus allen Kerkern, in die Eifersucht, Aberglaube und Furcht Frauenseelen je geschlossen hatten.

Maggie May hatte Rogers Tendenz nicht klar genug gefunden. Sie war aber die einzige Frau auf Manhattan Island, die so dachte. Alle übrigen kannten seine wahre Meinung genau: Er fand es offenbar reizend und romantisch, wenn man den Mann, der für einen bezahlte und einen zu besitzen glaubte, betrog. Die Geschichte wurde in den vornehmen Gesellschaftscliquen New Yorks zum Stichwort. Wollte man sich über jemand auf feine Art lustig machen, so nannte man seine Frau eine «Anita». Da der betreffende

Herr seine Zeit im Büro zubringen mußte, wußte er nicht, was der Name bedeutete. Fragte er, so erklärte ihm die heitere Gesellschaft, wer Anita war: eine unerhört reizvolle und bezaubernde Dame, die Heldin eines neuen Gedichts. Der Herr fühlte sich natürlich geschmeichelt.

IV

Die plötzliche Nachfrage nach dem «Goldenen Kerker» in vornehmen Buchhandlungen hatte noch einen Grund. Unter den Eingeweihten hatten sich Gerüchte über die wirkliche Geschichte verbreitet, die dem Gedichte zugrunde lag. Wer den Klatsch in Umlauf gesetzt hatte, wußte niemand. Hatte vielleicht Jerry Tyler, der geistreiche junge Zeitungsmensch, seinem Freund diesen großen Dienst erwiesen? Oder hatte irgendein aufgeweckter Presseagent mit dieser schlauen Vermutung sein Glück versucht? Auf jeden Fall war der kostbare Skandal da. Ein Dutzend verschiedene Versionen liefen an literarischen Teetischen und in den eleganten Lokalen der Creme um. Man erfuhr, daß die Geschichte sich tatsächlich in Louisiana unten abgespielt habe. Anita wurde zu einer kreolischen Schönheit, mit der der Dichter nach Mexiko entwischt war. Nein, sie war eine mexikanische Señora, die zu ihm nach New York durchgebrannt war. Die Zahl seiner Kinder schwankte von einem bis zur höchsten Ziffer, die man einem literarischen Don Juan von vierundzwanzig Jahren zutrauen konnte.

Auf das Privatleben von Roger Chilcote hatte das alles natürlich sofort seine Wirkung. Er wurde der meistbesprochene und meistbegehrte Mann von New York. Einladungen regneten auf ihn nieder, vornehme und exklusive Gastgeberinnen fädelten kunstvolle Intrigen ein, bloß um seine Adresse oder seine Telefonnummer zu bekommen; romantischere erbaten sich Zusammenkünfte, bedachten ihn mit seelenvollen Blicken und erzählten ihm, was er ihnen geschenkt habe: Mut zu sich selbst, zum wahren Sinn ihres Lebens. Roger, der der Kunst um der Kunst willen anhing, war das höchst peinlich. Die Vorstellung, irgendwen auch nur irgendwas gelehrt zu haben, ärgerte ihn. Schon daß man überhaupt irgendwen irgendwas lehren könne, fand er absurd.

Denn der erste Artikel seines Glaubens lautete, daß das Menschengeschlecht immer so dumm und hinfällig bleiben werde, wie es sei.

Roger tat alles mögliche, um diesen seelenvollen Damen zu entwischen. Wenn sie ihm ihre kostbaren Herzen darboten, eröffnete er ihnen, daß sein Herz auf ewig gebrochen sei – was die romantische Legende um ihn nur verstärkte.

Bald fiel es einem Schreiber ein, den Ort, wo der Dichter wohnte, aufzusuchen und einen fesselnden Artikel darüber zu schreiben. Der Name «Tarleton Haus» stand im Telefonbuch; Kip verbrachte einen guten Teil der nächsten Woche damit, Frauenstimmen zu erklären, Mr. Chilcote sei nicht zu Hause, wann er heimkomme, sei unbestimmt. Die Damen, denen die Stimmen gehörten, sprachen in eigener Person vor, manchmal dicht verschleiert. Stundenlang saßen sie vergeblich im Salon. Roger kam durch das Souterrain herein und schlich sich ungesehen in sein Zimmer hinauf. Dem rothaarigen irischen Stubenmädchen, das bei ihm aufräumte, versprach er ein Schlachtbeil, für jeden Schadenersatz komme er auf. Er stellte Taylor Tibbs als seinen Rausschmeißer an; Manhattan Island, warnte er ihn, sei voller eleganter Damen-Einbrecher.

Kip fürchtete nach diesem Erfolg des «Goldenen Kerkers», daß sie ihren «Star-Pensionär» verlieren könnten. Es schien unvorstellbar, daß jemand, der dreitausend Dollars die Woche einnahm, in einer Pension zu vierzig blieb. Roger war der gegenteiligen Ansicht. Er bleibe lieber unter der Obhut eines tugendhaften Geschäftsführers, seiner strengen Mutter und der unantastbaren Tante. Zog er in eine vornehmere Wohnung, so fanden jene Damen-Einbrecher Zutritt zu ihm. Hier in der Familienpension empfing er seine Besuche in einem keuschen viktorianischen Empfangszimmer, wo Gäste hie und da durchgingen und man leicht um Hilfe rufen konnte.

Der Dichter gab oft feierliche Warnungen von sich. Kip, den die Enthüllung von soviel Verderbtheit beunruhigte, wußte nicht recht, wieweit sie ernst zu nehmen waren. Früher oder später, behauptete Roger hartnäckig, würde eine von diesen Damen die Arme um ihn schlingen und zu schreien anfangen. Ein Mann, der dreitausend Dollars Wocheneinkommen hatte und für den die

New Yorker Zeitungen soviel Reklame machten, mußte einer Erpressung zum Opfer fallen. Für den Fall, daß so etwas geschah, hatte Kip seine besonderen Instruktionen: Er stürzte herein und legte die Arme der Dame um den eigenen Hals. Erstens war der «Geschäftsführer» so bescheiden und anständig, daß niemand etwas Derartiges von ihm glauben würde. Zweitens hatte er kein Geld, an dem die Dame sich schadlos halten könnte. Wenn sie ein paar starke Schnäpse im Magen hatten, fanden Roger und Jerry solche Gespräche sehr witzig. Jerry behauptete, daß Kip sich schon jetzt nach der Umarmung der Dame sehne. Er sprach überhaupt nur von Kips «Verdrängungen» und davon, wie gefährlich dieser Zustand für ihn sei. Eine nette, saubere, natürliche Liebschaft mit einem netten, sauberen, natürlichen Mädchen würde ihn von seinem schrecklichen Komplex befreien.

V

Der Erfolg ihres Freundes zog auch Folgen für Jerry und Kip nach sich. Jerry kam nun mit Autoren und Verlegern zusammen. Er erhielt die Literaturrubrik seines Blattes zugewiesen und wurde auf Interviews mit Berühmtheiten ausgeschickt. Seine Zeit gehörte jetzt ihm; er begann Skizzen zu schreiben und konnte sie, dank seiner Bekanntschaft mit Herausgebern von Zeitschriften, placieren. Seine Begabung wurde anerkannt; «Gothamite», eine vornehme modische Zeitschrift, bot ihm einen Posten als Redakteur an. Das Gehalt war nicht viel höher als bei der «World», dafür war sein Ansehen um vieles größer, er stieg auf der Leiter des Erfolgs um eine Stufe höher. Er war in der Lage, seinen Freund, den Dichter, zu fördern, und der wieder gab Jerry als seinen Entdecker und Förderer aus. Zusammen bildeten sie so etwas wie ein literarisches Team; auch gesellschaftlich paßten sie gut zusammen, zwei große, hübsche Burschen, der eine dunkel, mit schweren, vorstehenden Brauen und Falkenblicken, der andre lauter Heiterkeit und Sonnenschein, ein goldener Aristokrat.

Kip wieder genoß das Panorama der literarischen Welt, das die beiden privilegierten Wesen in ihren Gesprächen vor ihm ausbreiteten. Schon das war eine Art Erziehung für ihn. Dann kam wieder mal irgendeine öffentliche Veranstaltung, zu der man einen simplen Hotelangestellten mitnehmen konnte. Eine fremde Berühmtheit kam auf Besuch und sollte einen Vortrag halten, für den er Roger Freikarten schickte. Der sagte aber nur: «Wieder so ein elender Schwindler!» und schleuderte die Karte zu Kip hinüber: «Nimm deine Tante, geh hin und erzähl uns, was los war!» Kip ging auch hin, war begeistert und berichtete auch danach, bis Jerry sagte: «Ein ganzer kleiner Bourgeois!» Das störte Kip nicht; den Ehrgeiz, ein großer Geist zu werden, wie Jerry, hatte er ja nie gehabt.

Oder Jerry wollte Roger auf ein Atelierfest nach Greenwich Village mitnehmen, als der Dichter sich im letzten Moment dagegen auflehnte, er habe es satt, sein Leben so zu verschwenden, Kip solle für ihn in die Bresche springen. Kip war zu bescheiden, man mußte ihn anbetteln, ihm geradezu befehlen. Wenn er dann ja gesagt hatte, war er aufgeregt wie ein junges Mädchen vor ihrem Debüt in der Gesellschaft. Er fand es so wunderbar, in ein Atelier zu gehen, wo die Fenster über dem Kopf lagen, das Holzwerk grün und violett bemalt war, wo an den Wänden flammende Batikstoffe hingen und Bilder, auf denen die Damen grüne Augen, grünes Haar und dicke, nackte Beine hatten, wo man auf Sofas mit bemalten Polstern saß und halbrohes Fleisch mit Brezeln und Bier genoß – nur daß Kip natürlich um Wasser bat.

Eine Atmosphäre von geheimnisvoller Verruchtheit hing über diesen Gesellschaften. Kip hatte davon gehört, daß diese jungen Frauen so «frei» waren – mit den Zigaretten der andern waren sie's sicher und ebenso in ihrer Konversation. Doch versteckten sich die unanständigen Dinge hinter langen griechisch-lateinischen Namen; das rettete Kip. Was fing er mit «Autoerotismus» und dem «Ödipuskomplex» an? Über die Gespräche hinaus geschah, soviel er feststellen konnte, nichts. Ungehörige Avancen wurden ihm von niemand gemacht, vielleicht weil er das Bier zurückgewiesen hatte. Wie gewöhnlich rief seine Weigerung zu trinken Fragen hervor und eine jener jämmerlichen Diskussionen über die Prohibition. Kip bekam das Gerede satt. Ob er nicht doch lieber sagen sollte, er habe sich erst letzte Woche angetrunken? Sicher hätte ihm das bei den jungen Leuten von Greenwich Village und auch bei den vornehmeren literarischen und Kunstcliquen der Stadt mehr Sympathien eingebracht.

VI

Einmal hatte Jerry versprochen, Roger zu einem Dinner zu begleiten, das bei einer vornehmen, literaturbeflissenen Dame der Park Avenue stattfinden sollte. Doch im letzten Augenblick bockte er, heute halte er das nicht aus. Roger sagte: «Dann nehme ich Kip mit.» Der Junge geriet in die größte Aufregung, das sei doch nicht gut möglich, daß er da mitkomme. Roger fand das im Gegenteil komisch. Er brauche eine Eskorte, die ihn sicher nach Hause geleite. Nichts bekümmere eine New Yorker Gastgeberin mehr als ein leerer Sitz an der Tafel. Auch fänden sich nur schwer Leute, die in angeheitertem Zustande nicht gleich das Tischtuch herunterzögen. Wie sollte Kip entscheiden, ob das alles ernst gemeint war? Der Dichter liebte es, die Verderbtheit von New York zu übertreiben. Immer, wenn Kip endlich merkte, daß alles nur ein Spaß war, kam Roger auf etwas noch Ärgeres.

Die Mutter wurde hereingerufen; sie stutzte ihm das Haar, rasierte ihn am Nacken, bürstete seinen Anzug, richtete ihm die Krawatte und gab ihm ihren Segen. Roger fuhr ihn im Taxi vor einen jener mächtigen Steinhaufen mit grünem Marmoreingang und vielen livrierten Lakaien. Er stellte ihn der bezaubernden Dame des Hauses vor, deren Lippen rot angeschmiert waren und deren Rücken vom fünften Wirbel aufwärts von nichts als Fleisch und Haut bedeckt war. Kip betrat einen Salon, wo ein Dutzend ebensolcher Damen mit ihren Herren die ersten Cocktails zu sich nahmen und deren Zusammensetzung diskutierten. Darauf geleitete man die Gesellschaft in ein Speisezimmer mit Mahagonitäfelung, wo siebenarmige Leuchter und Rosen (es war Februar) auf einem handgestickten zitronenfarbenen Tischtuch standen. Kip wurde zwischen zwei Damen gesetzt, der arme Junge, und brachte kein Wort heraus. Doch das war in Ordnung: Roger hatte ihn als einen seiner Entdecker vorgestellt, so daß ihn jedermann für einen starken, schweigsamen Denker hielt.

Den Dichter zu hören, war man hergekommen. Rogers Zunge löste sich, und um acht Uhr dreißig begann er seinen wunderbaren Monolog. Gegen ein Uhr war er damit zu Ende. Doch niemand sah auf die Uhr. Auch unterbrochen wurde er von niemand, denn die Chinesenjungen, die servierten, flitzten lautlos umher, und jedes Wort an sie war überflüssig. Sie stellten die richtigen Teller vor einen hin, heiß oder kalt, hielten einem die Gerichte gerade so schief über die linke Schulter, daß man sich bequem bedienen konnte, nahmen sie wieder weg, kamen mit einer Flasche, die sie mit einem Tuch hielten, zurück und gossen einem den Wein in das richtige Glas. Man hatte nämlich ein halbes Dutzend vor dem Teller stehen.

Roger kannte sich in Weinen aus. Aus Größe und Form der Gläser, sagte er, schließe er auf die Erfahrenheit der Dame des Hauses. Das hier halte er für einen Manzanilla-Sherry, einen leichten spanischen Wein, den man auf alte Manier in hohen, schlanken Gläsern servieren müsse. Die Dame gab ihm recht, es war ein Xeres. Er fand, daß man mit Hilfe eines solchen Weines jedes Dinner aushalte. An alkoholfreiem Sherry finde er keinen Geschmack, er habe keinen Magen dafür. Als ein andrer Gast von einem alten Wein sprach, den er besonders liebe, zitierte Roger den alten Swift: «Herr, ich trinke keine Erinnerungen.»

Roger trank lieber Wein. Seine Anerkennung bewog die Gastgeberin, noch mehr Sorten vorzuführen. Über den Champagner freute er sich, weil er nicht in Eiskübeln aufgetragen wurde, wie es in Luxuslokalen üblich ist, sondern bloß durch die Verdunstung nasser Tücher gekühlt. Zuviel Kälte zerstöre die Blume des Champagners, sie stumpfe die Ester ab. Die wahre Tugend des Weines liege darin, daß er einen aufheitere. Das tat dieser «Heidsieck-Monopol» wirklich; alle Gäste waren darin einer Meinung. Lachen und Beifall erklang, Rogers Witz und tiefer Bildung zu Ehren. Das stachelte ihn noch mehr an, seine Wangen glühten, seine Stirn leuchtete, in seinen goldbraunen Augen brannten Lichter.

Als das lange Mahl vorüber war, ging man in den Salon, wo es schwarzen Kaffee mit Brandy gab und eine Platte mit Whisky, Gin, Ginger Ale und Soda, von der man sich den ganzen Abend nach Belieben bediente. Zum Schluß war es vor lauter Gelächter und Beifall ein wenig schwer zu entscheiden, was das goldblonde Genie eigentlich sprach. Kip fand das gleichgültig, denn Roger selbst wußte nicht mehr, was er sagte.

Ganz sicher war man da allerdings nie. Es ging um so gebildete Themen, um die jüngsten amerikanischen Dichter und die Meister moderner französischer Lyrik. Roger zitierte Stellen aus Paul Fort. Kip verstand kein Französisch und von den englischen Worten, die da fielen, nur einen geringen Teil. Viele Stellen in Rogers Büchern klangen ja so, als ob sie ein Betrunkener niedergeschrieben hätte. Und doch waren gerade diese Stellen von den Kritikern als sublim gepriesen worden. Kip saß demütig und schweigsam da, schlürfte seinen Kaffee mit ein wenig Ginger Ale oder Schokoladenminze gemischt und wartete, bis es Zeit war, das goldlockige Genie die Treppe hinunter in ein Taxi zu schaffen und von da ins Bett. Das Taxi bezahlte Kip, denn Roger war bei solchen Anlässen so fürstlich aufgelegt, daß er dem Chauffeur die höchste Note gab, die sich in seiner Börse fand – falls er überhaupt die Börse aus der Tasche herausbekam.

VII

Als «Der Goldene Kerker» in Schwung gekommen war und ein Schlager zu werden versprach, beschlossen die Verleger, zu Ehren des Autors einen literarischen Tee zu geben, kostspielig und luxuriös genug, um den Ruf des Dichters auf immer zu festigen. Kip und Jerry mußten natürlich auch eingeladen werden, schon um zu erleben, wie so aus ihrem Halbgott ein voller Gott wurde. Wieder wurde Kip von seiner Mutter hergerichtet, diesmal für eine Nachmittagsgesellschaft. Glücklich, wer aus Virginia stammt und Mutter und Tante besitzt, die genau wissen, was sich zu dieser und jener Tages- oder Nachtzeit schickt, welche Farbe die Krawatte haben muß und was für eine Blume ins Knopfloch gehört! Traurig das Geschick jener, die dieser Führung entbehren und ihre Freunde fragen müssen oder gar ein Buch!

Die Festlichkeit fand im teuersten Hotel der Fifth Avenue statt, in einem weiten Raum des zweiten Stocks, der wie ein Versailler Ballsaal hergerichtet war. Geschnitzte und vergoldete Täfelung, zwanzig Fuß hohe Spiegel, Renaissancetapeten, mächtige Kristallkronen, große, breite Sofas, mit Brokat überzogen. Draußen war ein regnerischer Tag. Schriftsteller und Kritiker kamen in Taxis, Verlegerfrauen und Damen der literarischen Gesellschaft in geräumigen Limousinen mit Bärenfell und livrierten Chauffeuren. Sie legten die Überkleider ab und betraten, frisch, wie aus dem Ei geschält, den Ballsaal. Gewöhnliches Publikum war natürlich ausgeschlossen, doch stand ihm eine eingehende Beschreibung – einschließlich der Toiletten, die jede berühmte Dame getragen hatte – in den Morgenblättern bevor.

Die eine Wand des Saales entlang lief ein Tisch, der hergerichtet war wie zu Lucullus' Zeiten. Da gab es neben Tee und Kaffee ungeheure Silberschüsseln voll rötlicher oder goldener Flüssigkeiten, in denen Eisstücke schwammen, und Diener in Kniehosen, die servierten. Man versuchte es mit einem dieser Getränke, das in einem dünnen Glas mit einem winzigen Griff an der Seite gereicht wurde. Hatte man es erst unter der Nase, so wußte man gleich, daß das Vertrauen in ein so vornehmes Verlagshaus nicht getäuscht worden war. Man gab ein dankbares «Ah!» von sich, trank das Glas aus und sah ein, daß so eine literarische Veranstaltung doch mehr hielt, als man sich während der Herfahrt davon versprochen hatte.

Allerlei kleines Kuchenzeug mit phantastischem Zuckerguß stand auf dem Tisch, hübsche, mattgrüne Pfefferminzplätzchen und eine endlose Reihe von Schokoladengebäck, gefüllt mit rosa oder gelber Creme. Da gab es Kaviar-, Hühner-, Truthahnsandwiches und schließlich auch welche, die mit der Leber kranker, mißhandelter Gänse bestrichen waren. Von den Speisekarten an goldenen Griffen bestellte man sich Gurkensalat oder einen Salat aus Alligatorbirnen und japanischen Datteln oder märchenhafte Desserts Pariser oder Wiener Erfindung, die nach Diplomaten und großen Opernstars benannt waren. Kurz, keine Ausgabe war gescheut worden, um sämtliche Herausgeber und Kritiker der Metropole von dem zu überzeugen, was «Der Goldene Kerker» war: die weitaus bedeutendste moderne Dichtung, die in den letzten zehn Jahren erschienen war.

Kip war in der Absicht gekommen, sich irgendwo eine stille Ecke zu suchen und sich die Pracht von da zu besehen. Doch Roger nahm seinen scheuen jungen Freund beim Ellbogen, führte ihn vor eine dicke Romanschriftstellerin und stellte ihn als den einzigen Menschen in diesem Saale vor, der nicht berühmt war, als den letzten bescheidenen Mann von New York. Die Schriftstellerin blickte ihm mit ihren blaugrauen, forschenden Augen in das ernste, nüchterne Gesicht und erklärte, die Gesellschaft von

Leuten, die ihre Bücher nie gelesen hätten, sei ihr weiß Gott viel lieber, jedermann sage dasselbe darüber. Sie stellte diesen einfachen Menschen allen Persönlichkeiten vor, die vorbeikamen, hechelte die andern durch, ließ sich von ihm Sandwiches holen, aber keinen Avocado-Salat, nein, das nicht, sie mache gerade eine Diätkur. (Alle Frauen in New York machten Diätkuren durch; begreiflich, sie hatten mit schlanken Girls zu konkurrieren, die von Gurken und Spinat lebten.) Dann zündete sich die Dame eine Zigarette an. Kaum hatte sie heraus, daß Kip keinen Punsch trank, begann sie ihn gleich auszufragen, warum und wieso – das Gespräch ging auf die Prohibition über, genau wie in Greenwich Village.

Dazwischen sah man immer wieder nach der Menagerie, all jenen wunderbaren Geschöpfen, Männchen und Weibchen, die Bücher geschrieben hatten, deren Namen und Bilder in den Zeitungen standen, die seit zwei Jahren von Roger und Jerry vor Kip verrissen wurden. Manche Berühmtheiten waren dünn und bebrillt, andere stattlich und rosig, noch andere trugen zu ihren Glatzen Schmerbäuche. Damen saßen großartig in Stühlen und ließen sich die Reverenz erweisen. Verhungert aussehende Dichter lauerten auf ein Wort mit einem Kritiker, der sie irgendwo erwähnen sollte, oder auf einen Redakteur, der pro Sonett fünf Dollars zahlte. Es war keine Kleinigkeit, zu erraten, was jeder in dieser Gesellschaft war. Der rosige, blauäugige, kleine Mann war ein gefährlicher Literatur-Tiger, der sich auf andere Schriftsteller warf und ihnen mit einem Tatzenhieb das Genick brach. Jener sanfte, ängstlich dreinsehende Gelehrte mit Brille war ein wahrer Bacchant in Worten, Führer einer literarischen Gruppe.

Am anderen Ende des Saales war ein Negerorchester aufgestellt. Unter dem Saxophongeheul, Triangelgeklingel und Tympanonschlägen wurden tiefsinnige Gedanken ausgetauscht. Anfangs schienen die Kritiker und Reißer-Autoren für diesen afro-amerikanischen Lärm unempfänglich. Doch als die geleerten Punschschüsseln wieder und wieder nachgefüllt wurden, machten die Erhabensten von ihnen mit dem «Sublimieren» Schluß. Roger und die Frau des Verlegers führten den Tanz an; das Fest nahm eine Wendung ins Leichtere. Kip wurde von seiner Schriftstellerin zum Tanz aufgefordert. Während er drauf achtgab, ihr nicht auf die Zehen zu treten, stieß er mit einem ausgelassenen, alten Verleger zusammen, der eine heitere, junge Schriftstellerin fest an sich drückte, so fest, daß Kip sich fragte, was seine Enkelin wohl dazu sagen würde.

Er teilte diesen Gedanken, der ihm spaßig vorkam, seiner Partnerin mit. Doch die Dame war als Schriftstellerin auf das Studium von Menschenherzen aus und offenbar von sehr ernster Gesinnung. «In Ihrem Alter sollten Sie sich um erotische Angelegenheiten nicht soviel kümmern.»

«Verzeihen Sie», entgegnete Kip, in der Meinung, daß sie ihm eine Ungehörigkeit verweise.

«Ihre Bemerkung», fuhr seine Partnerin fort, «verrät eine Verdrängung bei Ihnen. In Ihrem Alter kann das zu einem schweren Komplex führen.» Voller Teilnahme blickte sie ihm ins Gesicht, das dem ihren so nahe war.

«Mein Freund Jerry Tyler meint das auch», sagte Kip, um das Gespräch in Gang zu erhalten.

«Wirklich, mein Lieber?» rief die Dame aus. «Also stimmt meine Vermutung. Sie müssen Ihr Leiden rechtzeitig kurieren.»

«Aber was kann ich denn dagegen tun?» fragte Kip ängstlich.

«Sie brauchen die Freundschaft einer empfänglichen Frau, am besten einer älteren, deren Erfahrung Ihnen über diese seelische Krise hinweghilft.» Kip machte entsetzte Augen. Sie lächelte ihn wohlwollend an. «Erschrecken Sie nicht, mein Lieber!» flüsterte sie zart. «Ich tu Ihnen nichts. Ich will Sie nur ein wenig lieben.»

Noch nie in seinem Leben war Kip so furchtbar erschrocken. Er fühlte, wie er röter und röter wurde. «Oh – danke – danke!» stotterte er. «Aber wirklich – wissen Sie –» Was sollte er sagen? Daß er verheiratet war? Nein, das hätte nichts genützt, dann hätte sie ihm eine Scheidung verschrieben. «Wissen Sie», entschuldigte er sich, «ich bin verlobt.» Zum Glück stieß eines der vielen tanzenden Paare in sie hinein und machte dem gefährlichen Gespräch ein Ende.

Dann produzierte sich ein populärer Herr mit dem «Schlangentanz der Hopi», dem auf Verlangen das «Kriegsgeschrei der Apachen» folgte. Jeder wohlerzogene Mensch hätte begriffen, daß es sich bloß um eine Darbietung handelte; hier gab es aber offenbar welche, die den Schlachtruf wörtlich nahmen. Ein kleiner, runder

Herr aus Georgia sprang begeistert auf, gab einen gellenden Schrei von sich und kam, eine schöne, junge Malerin am Arm, das Parkett heruntergestürzt.

«Bahn frei!» schrie er.

«Wer ist das?» fragte Kip. Es war ein berühmter Mann, Verfasser von literarischen Klatschgeschichten. Als das Paar bis ans ferne Ende des Saales gelangt war, machte es kehrt und tobte denselben Weg zurück. Ein junger Lyriker schloß sich mit einer russischen Tänzerin an. Dahinter kam ein futuristischer Maler mit der geschiedenen Frau eines bekannten Essayisten. «Der Goldene Kerker ist aufgebrochen! Whoopee!» schrie der Georgier. Der Applaus wuchs. Es war sieben Uhr geworden. Kip warf einen letzten Blick auf die Gesellschaft, entschuldigte sich bei seiner Romanschriftstellerin, nahm Hut und Mantel und ging heim zur Mutter.

VIII

Maggie May hatte Kip gebeten, ihr zu schreiben. Da er wußte, wie sehr es ihr um Nachrichten über Roger zu tun war, kam er dieser Bitte nach. Natürlich war für die Schwester eine gereinigte Fassung nötig. Er erzählte ihr zwar von den großen Abendgesellschaften, doch die vielen Cocktails und die Szenen mit den Taxichauffeuren erwähnte er nicht. Er schickte ihr Besprechungen des «Goldenen Kerkers»; einige, die das Buch als Angriff auf die Ehe begrüßten, unterschlug er; ebenso Anspielungen auf die wahre Anita.

Maggie May antwortete, obwohl ihre Neuigkeiten keineswegs so großartig waren wie die aus New York. Der Winter da unten verlief ruhig und ohne gesellige Veranstaltungen. Nur weil Mr. Tarleton alles zu erfahren wünschte, berichtete sie ihm, daß eine Kuh nach dem kleinen Pinckney ausgeschlagen habe; zum Glück war er mehr erschreckt als verletzt worden. Onkel Ashley Chilcote war dieses Jahr in New Orleans zum Karnevalskönig gewählt worden. Die Moskitos waren noch schlimmer als sonst, zum Ärger der Besucher aus dem Norden. Lee versuchte schon wieder zu gehen; alle freuten sich darüber. Zum Schluß stand immer: «Bitte schreiben Sie mir, was Roger macht. Ist er wirklich brav? Sagen Sie mir die Wahrheit!»

Als mit der Zeit das Leben des literarischen Löwen immer toller wurde, fühlte sich Kip versucht, einiges aus der Schule zu plaudern. Roger würde ihm das zwar nie verzeihen, aber besser war es auf jeden Fall für ihn. Einzig Maggie May hatte einigen Einfluß auf ihn. Vielleicht kam sie gar nach New York und blieb bei Roger, wenn man ihr die Wahrheit berichtete. Ein aufregender Gedanke für Kip, der von heftigen Seelenkämpfen begleitet war. «Du Schuft», sagte eine Stimme in ihm. «Du möchtest das Mädchen hier haben und denkst dir einen Trick aus, um sie herzukriegen.» «Nein, das stimmt ja gar nicht», entgegnete eine andere Stimme. «Roger treibt's wirklich immer ärger. Seine Schwester ist die einzige, die ihm helfen kann.»

Schließlich schrieb Kip den Brief nicht, aber er machte schüchterne Versuche, Maggie Mays Wünschen nachzukommen, und suchte Jerry Tyler zum Bundesgenossen zu gewinnen. «Jerry, warum versuchst du nicht, Roger ein wenig zurückzuhalten? Er ist Nacht für Nacht aus. Du weißt, daß er das nicht aushält. Wann soll er denn da schreiben?» Jerry gab zu, daß Roger des Guten zuviel tat, wie bei jedem Genie war auch bei ihm eine Schraube los. Er versuchte das Leben von einem Dutzend Menschen zugleich zu führen, das war immer seine Art gewesen.

Wenn Jerry ihn dann von irgendeinem fashionablen Gelage zurückhalten wollte, war Roger ganz erstaunt. Ja, zum Teufel, war Jerry jetzt auch unter die Wowser gegangen? Diesen Vorwurf ertrug Jerry schwer. Selbstbeherrschung, gleichgültig in welcher Form, war ihm etwas Verpöntes. Es war, als hätte jemand den Geist dieser jungen Menschen vergiftet; sie waren nicht imstande, grade und einfach über etwas nachzudenken. Wenn man sie am Trinken verhindern wollte, gingen sie hin und tranken erst recht, auch wenn sie gar keine Lust darauf hatten, bloß um zu beweisen, daß sie es imstande waren.

Am Nachmittag darauf, wenn er aufwachte, war Roger viel bescheidener gestimmt. Für einen Eingriff war auch da nicht die richtige Zeit. «Um Gottes willen, Junge», sagte er zu Kip. «Wenn einer schon am Boden liegt, brauchst du nicht noch auf ihn einzuschlagen. Mein Kopf ist jetzt ungefähr zwei Meter dick.» Es gehört zu den Eigentümlichkeiten des Trinkerlebens, daß eine richtige Zeit zum Eingreifen nie da ist. Der arme Kip wußte das schon seit Jahren. Wie oft hatten er und seine Mutter miteinander darüber beraten, ob man jetzt vielleicht mit dem Vater ein ernstes Wörtchen reden könnte!

Pow, der große Häuptling, hätte Roger als abschreckendes Beispiel dienen können. Aber Roger sah Pow ganz anders. Seine Leidenschaft machte ihm Spaß; er ging auf die anzüglichen Bemerkungen des alten Mannes ein, zog ihn auf und holte zur Belohnung aus dem verschlossenen Schrank eine Flasche hervor. Aus Rücksicht auf Kip und seine Mutter bekam Pow nie mehr als ein Gläschen auf einmal, gerade genug, um das Feuerwerk seiner Rede zu entzünden. Roger zwinkerte dabei und sagte: «Sagen Sie's niemand! Ich hab eine Heidenangst vor Ihrem gottesfürchtigen Sohn!»

IX

Wer seinen Fuß einmal auf die Leiter des Erfolgs gesetzt hat, der muß auch weiter hinaufklettern. Der nächste große Schritt für Roger war die Dramatisierung des «Goldenen Kerkers». Ein Buch brachte bestenfalls dreißigtausend Dollars, ein Broadway-Erfolg hundert-, zweihundert-, dreihunderttausend – da gab es gar keine obere Grenze. Bei einer Teegesellschaft wurde Roger mit einer ehrgeizigen jungen Schauspielerin zusammengebracht, die sich gern in der Rolle der Anita gesehen hätte. Ein andermal lernte er eine blendend schöne Puppe männlichen Geschlechts kennen, die eine glanzvolle Kostümrolle suchte. Dichter und Verleger wurden förmlich belagert von Stückeschreibern, die die Dramatisierung gern besorgt hätten, und von Managern, die sich für das Geschäftliche der Aufführung interessierten.

Roger verhielt sich sehr hochmütig. Er brauche ihr dreckiges Geld nicht. Zur Überraschung seiner Freunde gab er schließlich bekannt, er werde das Stück selber schreiben. Die Verleger waren gar nicht so begeistert davon; sie hätten ihn lieber an einer neuen Verserzählung arbeiten sehen. Doch Roger erklärte ihnen ruhig, es sei ganz einfach, die Geschichte der Anita in ein halbes Dutzend wirksame Szenen zu bringen. Er machte sich gleich an die Arbeit, ohne sich erst bis nach Florida oder Bermuda zu bemühen. Manhattan und all die vermessenen Menschen, die einem Dichter in

Form von gesellschaftlichen Verpflichtungen Ketten anlegen wollten, erklärte er einfach für nicht vorhanden.

Kip und seine Mutter bekamen ihre besonderen Orders. Niemand durfte bei ihm anklopfen. Besucher sollten ausnahmslos abgewiesen werden. Briefe, Telegramme, Zettel waren erst abzuliefern, wenn er selbst danach verlangte. Die Mahlzeiten wollte er auf sein Zimmer haben. Um Taylor Tibbs zu jeder Tages- und Nachtzeit zur Verfügung zu haben, übernahm er großmütig einen Teil seines Gehalts auf eigene Rechnung. So schloß er sich in sein Zimmer ein und begann wirklich mit der Arbeit.

Im Tarleton-Haus hatte Rogers Verhalten die größte Aufregung zur Folge. Bis zum verkrüppelten Iren hinunter, der als Küchenjunge diente, hatte jedermann im Haus das Gefühl eines historischen Augenblicks. An Rogers Türe ging man nur auf Zehenspitzen vorüber. Bekannten gegenüber prahlte man, im Hause werde ein Broadway-Schlager geschaffen. Familie Tarleton hätte die Pensionspreise um ein Beträchtliches erhöhen können. Als Südländer, denen eine Ausnutzung höherer kultureller Werte zu ihrem geschäftlichen Vorteil widerstrebt, unterließen sie es.

Vierundzwanzig Stunden hintereinander kann man natürlich nicht schreiben, nicht einmal die sechzehn, während deren man wach ist. Abends schlüpfte Roger aus dem Haus und unternahm einen Spaziergang in den Centralpark, in dessen Irrgärten er sich gern verlor. Stundenlang trabte er um das Reservoir herum, in Gedanken an sein Stück verloren. Um zwei, drei Uhr morgens kam er heim, schrieb bis in den hellichten Tag hinein und legte sich dann bis zum Nachmittag schlafen. War er mit sich zufrieden, so holte er Kip und Jerry, berichtete ihnen vom Fortschritt seiner Arbeit und las ihnen manchmal daraus vor.

Auf diese Weise bekam Kip einen wirklichen Einblick in die Literatur. Er lernte das Zubehör der Inspiration kennen: eine Kaffeemaschine, die immer in Betrieb war, halbgeleerte Schalen mit der schwarzen Flüssigkeit darin, überall, auf Tischen verstreut und sogar auf dem Bett, offene Zigarettenpackungen, die Aschenbecher, der Boden und die Teppiche wie nach einer Eruption des Vesuvs; ein voller Schnapsschrank mit immer offenen Türen, halbvolle Flaschen auf jedem Tisch, ein wahrer Schneesturm von Papier – großes gelbes Konzeptpapier und weiße

Maschinenbogen auf Tischen, Stühlen, Bett und Boden. Schließlich kann man von einem Dichter doch nicht verlangen, daß er jedesmal, wenn er eine Idee verworfen hat, nach dem Papierkorb suchen geht. An ein Kehren des Bodens war schon gar nicht zu denken, denn die Idee, die heute verworfen wird, kann morgen zum Eckpfeiler des ganzen Tempels werden.

Angezogen war Roger mit einem Schlafrock in Purpur und Scharlach. Die hellen Farben hoben sein eigenes schlechtes Aussehen hervor. Er war sehr abgemagert und reizbar; beim Zigarettenanzünden zitterten seine Finger. Manchmal legte er sich mit einem nassen Umschlag um den Kopf ein wenig hin. Zu alledem bekam er noch einen Schnupfen und eine rote, rinnende Nase. Er fluchte Gott, der den stolzen Menschengeist in ein Stück Fleisch verbannt hat, das schon bei Lebzeiten langsam in die Brüche geht. Ein Glück, daß die Anbeterinnen ihren Drachentöter in dieser Verfassung nicht zu Gesicht bekamen!

X

Kip hörte vielen literarischen Auseinandersetzungen zu und lernte die Geschichte des Dramas von Äschylos bis Stephen Phillips kennen. In welchem Verhältnis stehen Vers und Prosa zueinander? An welchen Stellen und warum geht Shakespeare vom Vers zur Prosa über, und darf ein moderner Dichter in gleicher Weise verfahren? Kip erlaubte sich die schüchterne Bemerkung, Rogers Verse seien als solche ja ohnehin nur im Druck zu erkennen. Im Theater, also bloß gesprochen, werde niemand die Verse von der Prosa auseinanderhalten können. Dafür bekam er von Jerry einen Papierstoß an den Kopf geworfen. Recht behielt er aber doch, der junge Ignorant. Roger gab das Ganze für ein Versdrama aus, und weder Schauspieler noch Kritiker noch Publikum merkten was davon.

Auch über die Kunst, ein Drama zu bauen, bekam Kip allerlei zu hören. Was ist ein guter erster Akt? Wie hält man die Spannung rege? Wie löst man die Spannung und befreit die Zuhörer von ihrer Qual? Darf man einem Broadway-Publikum einen tragischen Schluß bieten, jetzt, da Amerika alle Probleme gelöst und alle Sorgen von der Welt verbannt hat? Roger war hochmütig genug, sich über sämtliche Anweisungen zum Erfolg hinwegzusetzen; aus der Hand sollte ihm sein Publikum noch fressen!

Wer ein Gedicht schrieb, der schrieb es eben, und alles übrige war Sache des Verlegers. Höchstens las man die Korrekturbogen, erschien beim literarischen Tee, der einem zu Ehren gegeben wurde, und führte die Gattin des Verlegers zum Tanz. Für einen Dramatiker hingegen begannen Mühen und Plagen erst richtig, wenn er mit dem Schreiben fertig war. Man brauchte einen Manager, suchte sich den mit dem größten Prestige und dem meisten Geld aus, erschien eines Abends bei ihm, las ihm das Stück vor und hörte sich geduldig sein Urteil an. Ein gutes Stück, tolle Sache, nur der letzte Akt falsch, kein Publikum hält so ein Unglück aus. Da hieß es dann kämpfen und eifern und schließlich einen Machtspruch fällen: Entweder der Manager nahm das Stück, wie es war, oder er bekam es überhaupt nicht. Worauf der arme gequälte Mann beinahe in Tränen ausbrach, das sei ja sein Ruin, sein Ruin sei das, bis er schließlich die Arme beschwörend hob und ausrief: Für Roger Chilcote, ja, für den mache er die Sache, für niemand sonst auf der Welt, nicht einmal für Bernhard Shaw!

Und dann das Entwerfen des Vertrags! Roger, der Gentleman aus dem Süden, hätte seinen letzten Pfennig zur Begleichung einer Spielschuld hergegeben oder zur gehörigen Bewirtung eines Freundes. Daß aber diese Insel Manhattan von Hyänen bevölkert war, reizte ihn zu heller Wut. Der Ehrgeiz packte ihn, einem Theaterunternehmer vom Broadway zu beweisen, daß auch Dichter nicht immer auf den Kopf gefallen sind. In jenen Tagen existierte die heute vorbildliche Organisation der Dramatiker noch nicht. Roger war also auf sich selber angewiesen; kein Kollege stand ihm bei, keiner warnte ihn an Hand von eigenen Erfahrungen. Der Vertrag mußte zweimal neu geschrieben werden; immer hatte der Manager etwas hineinschlüpfen lassen, was nicht abgemacht war. Schließlich riß Roger die Geduld. Er ließ von seinem eigenen Sekretär eine Abschrift anfertigen, legte sie vor den Manager hin und befahl: «Unterzeichnen oder abfahren!»

Dann die Rollenbesetzung; die Besprechungen mit reizenden jungen Schauspielerinnen, deren jede schon die Schwingen des Glücks um ihren Bubikopf rauschen hörte. Herzensgeschichten hatten sie alle, sie alle hatten in goldenen Kerkern gelebt, vielleicht lebten sie noch heute darin – also war das Stück für jede einzelne von ihnen geschrieben. Roger brachte Mappen voll Fotografien und Zeitungsausschnitten heim und besprach sie mit Jerry, dem Kenner. Ein, zwei übereifrige Damen kamen bis ins Haus (Kip mußte sie interviewen); auch einige elegant zugeschneiderte «Helden» mit messerscharfen Bügelfalten sprachen vor. Einmal kam Roger händeringend und sich die Haare raufend nach oben: Eins dieser schönen Ungeheuer hatte sich an einem Monolog des Stücks versucht, und die Wirkung war etwa die einer chirurgischen Operation, die man mit einem Fleischermesser ausführt.

XI

Im Frühjahr war die Dramatisierung fertig; den Sommer verbrachte Roger in New York, weil die Proben begannen und er sich um alles selbst kümmern wollte. Wer von einer Kunst was versteht, der versteht auch von allen andern was, pflegte er in seiner ruhigen, sichern Art zu erklären, der Geschmack ist einem angeboren. Kip konnte das nicht verstehen.

Dafür durfte er, wann immer er frei war, bei den Proben dabeisein, die auf einem alten Speicherboden nicht weit vom Tarleton-Haus stattfanden. Da saß er auf einem Sessel mit zerbrochener Lehne und sah einem halben Dutzend Schauspielern beiderlei Geschlechts zu, wie sie sich durch die Wirrungen einer erschütternden Liebestragödie fanden. Sie boten einen sehr sonderbaren Anblick, in Hemdsärmeln, die Rolle in der einen, die Zigarette in der andern Hand; dazwischen sprachen sie von den alltäglichsten Dingen. Irgendwie schlug aus alledem doch das Feuer jenes Erlebnisses, das Roger vor zwei Jahren gehabt und das er in eine Geschichte aus dem achtzehnten Jahrhundert verarbeitet hatte.

Die Schauspielerin, die man für die Rolle der Anita ausgesucht hatte, war zerbrechlich und jung; eine typische New Yorkerin. Lilian Ashton fühlte sich gar nicht veranlaßt, sie von ihrem Können zu überzeugen. Gleichgültig leierte sie ihre Rolle herunter, nur hie und da deutete sie so was wie Gefühl an. Der Regisseur kommandierte sie bald hierhin, bald dorthin, der jugendliche Liebhaber schloß sie in die Arme und hauchte Worte der Leidenschaft in ihr Ohr, sie stand seelenruhig da und ließ ihn rasen. Wenn Roger sprach, war sie ganz Aufmerksamkeit; kaum sah er weg, betrachtete sie ihn sich genau.

Auch bei der größten Hitze kamen Rogers Freunde mit dem Auto angefahren, um das Schauspiel der Proben zu genießen. Sie setzten sich auf Feldsessel oder auf ein Gerümpel, das gerade zur Hand war. Vornehme Damen, die Kip bei literarischen Tees oder Dinners kennengelernt hatte, Kollegen und Kolleginnen Rogers aus Greenwich Village; Dramatiker, Kritiker, Bühnenkünstler und Maler, alles, was es an «höherer» Kunst gab, hörte aufmerksam hin und machte weise Bemerkungen im Kunstjargon.

Kip lernte hier die strahlende junge Rezensentin kennen, mit der Jerry Tyler seit kurzem bis auf Widerruf zusammenlebte. Sie war schlank und sah mit ihrem olivfarbenen Teint fremdartig wie eine Zigeunerin aus. Um diesen Eindruck zu verstärken, schminkte sie sich Wangen und Lippen grell, trug Ohrringe aus Jade und grünen und roten Schmuck, von dem sich schwer sagen ließ, ob er echt war. Sie rauchte Zigaretten in einer langen, dünnen Spitze und kannte sämtliche Künstler und ihre verwickelten Interessen und Beziehungen. Kip erzählte ihr bescheiden, daß dies die erste Probe sei, der er beiwohne, er höre so gern zu. Da könne er sein Glück machen, entgegnete sie. Leute, die zuzuhören verstehen, seien sehr selten und daher sehr begehrt. Sie lud ihn in ihr Atelier ein; wann immer es Gesellschaften gebe, könne er zuhören. Er nahm mit Dank an, und richtig, schon meldete sich sein puritanisches Gewissen. Er pflegte seiner Mutter immer zu sagen, wohin er ging. Was sollte er ihr über Miss Eleanor Follet sagen, die alles tat, was ihr Spaß machte, und sich gar keine Mühe gab, es heimlich zu tun.

XII

Nach und nach nahm das Stück Gestalt an. Die Schauspieler und Schauspielerinnen warfen ihre Zigaretten weg und spielten richtig. Die Kulissen wurden aufgestellt. Die Kostüme waren fertig, und zum großartigen Ereignis der Kostümprobe kamen die Freunde des Dichters aus Newport, den Adirondacks und sogar aus Kanada angefahren. Sie dauerte bis drei Uhr morgens; aber die Leute blieben auch nachher noch beisammen, standen herum und diskutierten, bis es Tag war. Alle erklärten das Stück für ein Wunder, einen Schlager, einen Bombenerfolg. Kip fühlte, daß er Zeuge eines welterschütternden Geschehens war.

Er träumte davon, daß Maggie May und ihre Mutter zur Premiere nach New York kommen würden. Als er Roger einmal darüber fragte, sagte der, das Stück sei nichts für Damen aus dem Süden, es sei mehr für New Yorker. Kip verstand; er hatte sich die Reden dieser vornehmen Leute angehört und kannte ihren unglaublichen Zynismus. Ihr Interesse erschöpfte sich in Sexualität und Geschäft. Nein, Rogers neue Welt paßte wirklich nicht mit Pointe Chilcote zusammen.

Kulissen und Kostüme wurden auf den Rollwagen geladen und nach Trenton, New Jersey, geschafft, wo man die Wirkung des Stücks ausprobieren wollte. Roger und seinem Manager war es zwar völlig gleichgültig, was man in Trenton, New Jersey, über ein wirkliches Dichtwerk dachte; aber damit die Maschine gut lief, war es wichtig, daß die Schauspieler sich an ein Publikum gewöhnten.

Kip konnte sich die Reise nicht leisten; er begnügte sich mit den Meldungen der New Yorker Blätter und einer Postkarte von Jerry. Ein paar Tage später las er in der Zeitung, die Polizei der Hauptstadt von New Jersey habe den Theaterunternehmer, der den «Goldenen Kerker» herausbrachte, gezwungen, einige allzu leidenschaftliche Stellen des Liebesdramas auf einen milderen Ton zu stimmen. Kip wußte zwar schon viel von der Welt, aber noch lange nicht alles. Er ließ sich nicht träumen, daß ein aufgeweckter Pressemanager, um in New York Reklame für das Stück zu machen, die Maßnahme der Trentoner Polizei erkauft hatte.

XIII

Der große Abend war da. Die Hauptprobe hatte am Nachmittag vorher um sechs Uhr begonnen und bis sechs Uhr früh gedauert. Alles war schiefgegangen. Vom Autor bis zum Kulissenschieber hinunter hatte jedermann die Angst vor einem Durchfall gepackt. Alles lebte von Kaffee, Zigaretten und Alkohol. Seit zwei Tagen hatte niemand geschlafen. Kip, der zum erstenmal bei einer

Hauptprobe war, nahm jede düstere Prophezeiung, die er brummen oder schreien hörte, ernst. Er wußte nicht, daß es mit jedem Stück so ging.

Knapp vor der Premiere waren die Angebote für Eintrittskarten bis auf fünfzig Dollar gestiegen. Trotzdem hatte Roger, als echter Gentleman aus dem Süden, für die Familie Tarleton vier Orchestersitze besorgt. Schon eine halbe Stunde vor Beginn saßen sie in ihren besten Kleidern da und weideten ihre Augen an Luxus und Mode der Metropole, wovon sie seit soviel Jahren schon in den Zeitungen gelesen hatten.

Die Damen, die sich an ältliche Herren verkauft hatten, waren jetzt gekommen, sich ihre Lebensgeschichte anzuhören. Von dem Kaufpreis hatten sie, soviel sie tragen konnten, angelegt: Pariser Modelle und juwelenbesetzte Abendschuhe, Hermelin und Zobel, Diamanten und Perlen. Sie entstiegen blendenden Wagen, von ihren Herren und Meistern begleitet. Aufrecht und arrogant oder verführerisch lächelnd schritten sie durchs Foyer in den Theaterraum, von der Menge bestaunt, auf die sie scheinbar gar nicht achteten und deren Blicke sie in Wirklichkeit gierig schlürften; dazu lebte man ja in New York.

Seit dem Abschluß des Waffenstillstands war schon ein Jahr vergangen; aber man lebte noch immer in den Aufregungen der Hausse. Alles war rar, die Preise stiegen; hier sah man die Männer, die beides, Geld zum Kaufen und Ware zum Verkaufen, hatten. Sie hatten «das Ihre» hübsch beiseite gebracht. Fünf tödliche Jahre schon hielten sie die Welt mit hartem Griff gepackt. Dreihundert Milliarden Dollar waren von den Völkern verschwendet worden – vom Standpunkt dieser Männer aus war nichts verschwendet; sie rechneten damit, ihre Schuld einzutreiben. Neben Kip saß ein Mann, der von den siebenhundert Millionen Dollar, die die Regierung für Kampfflugzeuge ausgegeben hatte, eine tüchtige Portion besaß. Von den Flugzeugen war keines je geflogen. Drüben saß ein Schiffbauer aus Philadelphia, der zwanzig Millionen Kubikfuß besten Bauholzes verbrannt hatte; ihren Wert plus zehn Prozent Zuschlag hatte ihm die Regierung ersetzt. Hinter ihm saß Bankier Richard E. Fessenden, der mit Maggie Mays Cousine verheiratet war; er spekulierte jetzt in Mark und rechnete mit Millionengewinnen. Hundert solche Leute hätte sich ein guter Kenner von New York, von Sitz zu Sitz schweifend, aussuchen können, mitsamt den zugehörigen Damen, deren Kontrakte nur zum Teil auf Lebenszeit liefen; andere mußten sich mit mündlichen Abmachungen begnügen.

Auch die Freudenlieferanten der Reichen saßen alle da: der Besitzer eines Spielklubs, der wöchentlich an die Polizei einige tausend Dollar ablieferte, und der Mann von der Polizei, in dessen Kisten und Kasten diese Tribute flossen. Eine Dame, die sechs elegant ausgestattete Bordelle besaß, alle hier im Theaterviertel, und gleich neben ihr der Polospieler, der die Grundstücke geerbt hatte, auf denen die Freudenhäuser standen. Der mächtigste Mann der Brauindustrie und in seiner Nähe ein kleiner Herr, Chef eines Spelunken- und Kneipenkonzerns, der dem Staat keine Steuern zahlte, weil Tammany billiger kam.

Für die Liebhaber feinerer Vergnügungen war ebensogut gesorgt. Der dicke Herr da fuhr mit seiner Jazzband in der ganzen Welt herum. Der junge Mann dort hatte an Schlagern, die er für diese Jazzband schrieb, eine Million Dollar verdient. Porträtmaler und Innenarchitekten; Dramatiker, die aus den sexuellen Sorgen der Reichen Stücke fabrizierten, Romanciers, die über dasselbe Thema Romane schrieben, und Kritiker, die durch Rezensionen solcher Stücke und Romane berühmt geworden waren – Rezensionen, die in den Zeitungen von Multimillionären erschienen und ein Glied ihrer politischen Maschinerie bildeten.

Kurz und gut, das richtige New Yorker Premierenpublikum war da, dem die Entscheidung über das Schicksal jedes Stückes zusteht. Sagt dieses Publikum «gut!», so läuft das Stück ein Jahr, sagt es «schlecht!», so ist es in einer Woche vergessen. Das Urteil gilt nicht nur für Manhattan, es gilt für ganz Amerika. Was am Broadway durchgefallen ist, wird nirgends mehr aufgeführt. Auch die wichtigsten Filme werden nach Broadway-Erfolgen gedreht. Die Vorstellungswelt ganz Amerikas wird von diesem Publikum bestimmt; denn die Massen sehen sich das an, worüber sie gelesen haben, und nehmen ihre Kinder mit. So formen sich Sitte, Moral und Religion der Nation in wenigen Jahren um.

Die Menschen dieses Jazz-Zeitalters hatten den Krieg und seine Schlachten erlebt. Zu Land, zur See, in der Luft – überall hatte sie ein schrecklicher Tod bedroht. Wer nicht selbst im Krieg gewesen war, hatte über ihn gelesen und seine drohende Nähe verspürt. Alle kannten die Angst vor der Niederlage und den Rausch des Sieges. Eine neue, gerechte Welt war ihnen versprochen worden. Man betrog sie darum. Ihr Spott war gerechtfertigt. Eine Woge der Inflation und Spekulation hatte sie jetzt gepackt. Millionen Menschen gingen daheim und im Ausland zugrunde, während sie, die wenigen Auserwählten, reich und immer reicher wurden.

Sie glaubten an Geld, an Luxus und Sensation, an alles, was man sich für Geld verschaffen kann. Abend für Abend amüsierten sie sich bei Stücken, die von brutalem Zynismus, Mord, Verbrechen, Betrug, Perversionen und Exzessen jeder Art erfüllt waren. Ihr Privatleben verlief ja ähnlich; auf der Bühne erkannten sie sich. Wer sich diesem ganzen Betrieb widersetzte, wurde von einem gut geschulten Heer von Kritikern lächerlich und unmöglich gemacht.

XIV

Einige Leute waren heute gekommen, weil sie Rogers Buch kannten oder in vornehmen Klatschblättern darüber gelesen hatten. Über die wirkliche Anita und die heimliche Nachkommenschaft des Dichters liefen nämlich zwölferlei Gerüchte um. Andere waren auf die geschickte Reklame hereingefallen, besonders auf das Interview mit dem empörten Polizeipräsidenten von Trenton, New Jersey. Alle erwarteten eine Sensation, und sie wurden nicht enttäuscht.

Vieles hätte sich zugunsten von Rogers Stück sagen lassen. Es trat ja für die Rechte junger Liebe ein und wandte sich gegen den Handel mit Liebe, gegen Ehenormen, die auf Unwissenheit und Aberglauben gegründet waren. Aber gerade das sprach unter dem Premierenpublikum niemand aus. Für diese Leute hatte das Stück nur einen Sinn: Jeder soll tun, wozu er Lust hat, zum Teufel! Die verkauften Damen, aus denen die Hälfte des Publikums bestand, hätten ihren Kuchen gern zweimal gegessen. Das hätte ihnen so gepaßt, den Kontrakt zu brechen, Pariser Modelle, juwelenbesetzte Schuhe, Hermelin, Zobel, Diamanten, Perlen, alles zu behalten und sich außerdem einen jungen Liebhaber zu gönnen.

Zitternd und bebend saßen sie da, die Tränen liefen ihnen übers Gesicht und zerstörten ihre kostspielige Aufmachung. Am Schluß des zweiten Aktes, als Anita ihre herausfordernde Rede hielt, sprangen sie alle kreischend hoch. Einige kletterten auf die Sitze hinauf, um das goldblonde Genie, das ganz vorne saß, besser sehen zu können. So mancher von ihren ältlichen Käufern mag bei diesem Ausbruch von Geschlechtsbolschewismus eine Gänsehaut bekommen haben.

Jedermann aus dem Publikum fand im Stück, was er brauchte. Liebhaber von Weiberfleisch, die schon saturiert und schwierig zu befriedigen waren, genossen hier in der Phantasie die Freuden ihrer längst erloschenen Jugendleidenschaft. In Frauen, die wirkliche Liebe als etwas Unökonomisches beiseite geschoben hatten, kehrte der alte Traum mit ausgestreckten Armen und strahlenden Augen wieder. Leute vom Fach – Regisseure, Schauspieler, Dramatiker und andere Dichter – anerkannten die meisterhafte Arbeit. Geschäftsleute bewunderten das Geschäft, den sicheren Kassenerfolg.

Ein Märchen aus «Tausend und eine Nacht» war im Nachkriegsamerika Wahrheit geworden. Ein junger Mensch von bloß fünfundzwanzig Jahren hatte eine schöne Frau geraubt, ein außergewöhnlich erfolgreiches Buch über sie geschrieben und jetzt aus Liebe, Romantik, Glück und Ruhm den Zauberteppich dieses Stückes gewoben. Kein Wunder, daß ihm alle zujubelten, daß sie ihn wieder und wieder vor den Vorhang riefen und ihre Augen an seiner hohen, aristokratischen Gestalt weideten. Er war der goldblonde Liebling jeder heimlich unglücklichen Frau in diesem Publikum, der Traumliebhaber jeder einzelnen und aller zusammen. Kühn und triumphierend stand er da, und doch bleich und überarbeitet, begreiflich, bei dem schweren Druck, unter dem er seit Anfang des Jahres stand. Man trampelte und tobte, man trank jedes Wort seiner Ansprache, die Kritiker gingen heim und fügten zu den Lobeshymnen, die sie vorbereitet hatten, noch einiges hinzu. Kip war zufällig neben einem dieser berühmten Herren gesessen und hatte ihn zu seiner Begleiterin sagen hören: «Er schreibt mit dem Phallus.» Damit war der Broadway-Erfolg besiegelt.

8. Kapitel **DER GROSSE HÄUPTLING**

I

Die Tage werden kürzer, die Sonne scheidet, um nie mehr wiederzukehren, und Finsternis bricht über Manhattan herein. Kaufen wir uns Trauerflor, und bereiten wir uns unter Fasten und Gebet vor auf jenen furchtbaren 16. Januar im Jahre des Herrn 1920! Denn nach diesem Tage kennt Amerika keine Freuden mehr, und auf lautes Lachen steht Zuchthaus. Das achtzehnte Amendement tritt in Kraft. Der Bund sorgt für die Durchführung der Volstead-Akte. Zahlreiche Verschärfungen, die Durchführung betreffend, sind von den Wowsers in den Parlamenten der Bundesstaaten durchgedrückt worden...

Auf die drohende Dürre bereiten sich die Menschen je nach ihren Mitteln verschieden vor. Roger erhielt jeden Dienstagmorgen einen hohen Scheck – die Tantiemen aus seinem Stück während der abgelaufenen Woche. Guter Alkohol war immer seinen Preis wert und galt als sichere Anlage. Ein Händler, der ein Gewölbe besaß, stellte es einigen Herren für ihre Vorräte zur Verfügung; für den Transport zu jeder beliebigen Zeit war gesorgt. Auch Roger schloß mit dem Manne ab. Seine Onkel hatten sich eine kleine Schiffsladung Alkohol von den Bahamainseln kommen lassen und sie in den Kellerräumlichkeiten von Pointe Chilcote verstaut. Roger hatte sich an dieser Lebensversicherung, wie er es nannte, beteiligt. Kein Sheriff und kein Polizist und auch kein Wowserspitzel würde es jemals wagen, die Häuser der Chilcote-Onkel nach Alkohol zu durchsuchen. Zur Belieferung Rogers in New York fanden sich Mittel und Wege genug – am besten vielleicht in Zuckersäcken.

Bis zum letzten Tage war der Transport von Alkohol in die Stadt und in die Häuser zahlungskräftiger Kunden erlaubt. Im Tarleton-Haus bauten viele Gäste der Prohibition vor. Taylor Tibbs trug Kiste auf Kiste hinauf, und die Frage, ob diese alten Häuser die besondere Belastung aushalten könnten, wurde zum stehenden Witz. Überall fand man Flaschen: in Schränken, unter Betten und in Koffern, die man in den Vorratskammern verstaute. Viele Pensionäre ließen sich neue Schlösser machen, denn die Schwäche des Großen Häuptlings Pow war allgemein bekannt.

Er hatte es am schwersten von allen, weil er ohne Geld dastand und die bevorstehende Dürre als tödliche Drohung empfand. Im Ernst, wie stellte man sich so ein Leben vor? Sandkuhl und die andern Kneipen, wo er Tag und Nacht saß, würden schließen. In ganz New York gäbe es keine einzige Schenke mehr. Vielfach hieß es, man werde sich das Zeug zu Hause brauen müssen. Um zehn Cents kaufte Pow sich an einem Bücherwagen ein zerlesenes Heft mit Rezepten. Doch schon jetzt machte er sich Sorgen über die beiden Fanatiker, Frau und Sohn. Wenn die einen mit dem kleinsten Krug Hausgebräu erwischten, war ja die Hölle los.

Für den Augenblick allerdings gab es noch genug guten Alkohol im Haus, und die wenigsten konnten leugnen, daß sie welchen hatten. Man mußte es nur verstehen, ihnen jederzeit Lust auf einen kleinen Schluck zu machen. Um die Weihnachtszeit herum schmolz ohnehin jedes Herz, und Liebe und Erbarmen lagen in der Luft. Wer weiß, vielleicht feiern wir in Amerika zum letztenmal das Weihnachtsfest, öffnen wir wenigstens noch eine Flasche, und unser Gentleman aus Virginia, einer der letzten seines edlen Schlags, soll uns was zurechtmischen, wie zur Zeit der Großväter, da es noch wahre Männer gab.

Doch leider war Pow mit bloßer Gastfreundschaft nicht mehr gedient. Er wollte mehr, als man ihm gab. Ruhelos und mißvergnügt irrte er im Tarleton-Haus umher. Kurz nach Neujahr erwischte ihn seine Frau dabei, wie er einen Kessel ins Haus schleppte, den er irgendwo alt gekauft hatte, in der Absicht, sich darin aus Melasse und Trauben etwas Trinkbares zusammenzubrauen. Sie machte ihm eine große Szene und nahm ihm den Kessel weg – für ihre schmierigen Scheuertücher!

Da hatte er aber genug. Der erbitterte Nachfahre von Pocahontas fand ein so erniedrigendes Leben nicht mehr lebenswert. Er wartete ein, zwei Stunden, bis die Frau in der Küche unten war. Dann nahm er ein Stemmeisen und brach ihren Kleiderschrank auf. Er warf ihre Garderobe auf den Boden und durchsuchte sämtliche Taschen, bis er ihre Börse fand. Sie enthielt fünfundsiebzig Dollars; er steckte sie ein. So zog er in die Welt hinaus, Herr und

Meister über sich selbst, tapferen Schrittes; der Stock mit dem Silberknauf gab auf dem Pflaster den Takt an.

II

Er tat das nicht zum erstenmal; aber Frau und Sohn hatten ihm bedeutet, daß es das letzte Mal bleiben würde. Statt auf die Suche zu gehen, erzählte Kip den Leuten, sein Vater sei bei Verwandten zu Besuch, und vergaß ihn. Gute acht Tage vergingen, bis Roger Chilcote die Sache verdächtig vorkam und er einige präzise Fragen stellte: Wo der Große Häuptling nur hin sei und auf wie lange?

«Der arme Teufel!» rief er, als er die Wahrheit heraus hatte. «Wir können ihn doch nicht so seinem Schicksal überlassen, Kip.»

«Und ob wir das können!» entgegnete Kip. «Ich habe ihn zum letztenmal gepflegt.» So sind eben diese Wowsers, richtige Fanatiker. Lebt man anders, als sie es für richtig halten, so erstarrt ihr Herz zu Stein. Roger war nicht so. Roger wußte, was es heißt, verzweifelt und sich selbst überlassen zu sein. Seine goldbraunen Augen wurden weich vor Mitleid. «Wir können den alten Mann doch nicht auf der Straße lassen, Junge, mitten im Winter!»

«Was denn sonst? Nach Hause zurück bring ich ihn nicht. Da kriegt er seine Anfälle von Delirium tremens, und die Gäste laufen uns davon.»

«Der arme alte Bursche! Wir müssen ihn finden, Junge!»

«Ich müßte ihn in ein Sanatorium schaffen. Ich hab ihm oft genug gesagt, daß wir kein Geld zum Wegschmeißen haben und es nie wieder tun werden.»

«Ich habe jetzt gerade so viel Geld, Kip. Es wäre ein Verbrechen, ihm nicht zu helfen, ich bring das gar nicht über mein Gewissen.»

«Wir können das von dir nicht annehmen, Roger.»

«Ihr könnt mich an nichts hindern. Unter uns Säufern herrscht eine gewisse Solidarität. Vielleicht kann ich ihn beeinflussen. Er muß mir versprechen...»

«Er wird dir alles versprechen, Versprechungen sind billig; aber halten wird er nichts. Solange er Alkohol bekommt...»

«Vielleicht wird er keinen mehr kriegen können, Kip. Das neue Gesetz tritt bald in Kraft. Das wird gar nicht mehr so leicht sein, dann.» Zum erstenmal hörte Kip Roger von der Prohibition mit einer gewissen Achtung sprechen, so als ob sie Aussichten auf Erfolg hätte. «Einmal können wir's doch noch versuchen, Junge.»

Unter dem Einfluß dieser menschenfreundlichen Wärme begann Kips moralverhärtetes Herz wieder aufzutauen. Er entsann sich seines alten Lieblingstraums: Vielleicht, wenn es keinen Alkohol mehr gab, wurde Vater wieder der Spielgefährte von einst. Dies eine Mal nur noch mußte man ihm heraushelfen, dann konnte man ihn zwingen, vernünftig zu sein.

«Es ist mir so unangenehm, daß du da hineingerätst, Roger. Eine Höllenfahrt steht dir bevor.»

«Lieber Junge, du weißt doch, daß Dante von Virgil in die Hölle geleitet wurde. Auch Jesus soll da einen Blick hineingetan haben, wenn ich mich recht erinnere. Warum sollte ein moderner Dichter nicht auch mal in die Slums untertauchen? Eine neue Farbe für meine Palette – ein Stich Rembrandt sozusagen.»

Kip verstand wenig von Rembrandt, aber daß Roger für alles besondere Worte fand, das wußte er. Gleichgültig, wie unangenehm ihm ein Gang war, er freute sich nur darüber und besann sich auf irgendein künstlerisches Vorbild. Er bestand jetzt darauf, allein auf die Suche zu gehen, ohne alle Hilfe, zur wohlverdienten Strafe und Buße. Kip begriff den tieferen Sinn dieser verdrehten Entschuldigung. Damit hatte dieser stolze Geist ja beinahe schon den Vorzug der Enthaltsamkeit zugegeben.

III

Roger ging erst zu Sandkuhl und in andere Kneipen, wo Pow bekannt war. Da hatte man ihn seit einer Woche nicht gesehen. Das meiste Geld war er schon losgeworden und darum in eine billigere Gegend übersiedelt, entweder stadtaufwärts nach Hell's Kittchen oder in die «Bowery», wo es kilometerlange Kneipenstraßen gab. Vielleicht hatte ihn die Polizei geschnappt und ins Armenhaus gebracht, oder er lag gar schon im Leichenhaus.

Roger holte aus seinem Kleiderschrank einen alten Anzug und Sweater heraus, die er für die Entenjagd anzuziehen pflegte.

Es wäre gefährlich gewesen, sich nachts mit einem guten Überzieher in dieser Gegend zu zeigen. Aber so, mit hochgeklapptem Kragen, einen alten Hut fest ins Gesicht gedrückt, mit hängenden Schultern, Hände in den Hosentaschen, sah man selbst wie einer der armen Teufel aus, die anzufallen es sich gar nicht verlohnte.

Es war eine greuliche Nacht, halb Schnee, halb Regen. Auf den Straßen der Bowery lag hoch der Schmutz. Schwache Farbenringe schimmerten um die Laternen. Bei diesem Wetter waren nur Obdachlose auf der Straße, arme, verlorene Geschöpfe, die sich zitternd vorwärtsschleppten und vor jeder Kneipe stehenblieben. Konnte man nicht doch für einen Augenblick rein? Drin roch es dumpf nach Alkohol und Menschen, aber wen kümmerte das in einer Winternacht? Man mußte sich doch das bißchen Lebenswärme bewahren, das einzige, was man vom Leben hatte. In der Mitte jeder Schenke stand ein warmer Ofen; für eine Nickelmünze bekam man ein Glas Bier und durfte sich für eine Weile zu den anderen hocken und wieder ein wenig Mut schöpfen.

Roger trat ein und sah sich um. Oft waren die Köpfe vornübergebeugt, oder die Wracks schliefen gar auf dem Tisch, den Kopf in die Arme gebettet. Dann ging er ganz nah heran und betrachtete sie sich genau. Ein paarmal passierte es ihm, daß er einen Mann für Pow ansah und aus dem Schlaf weckte. Der betreffende arme Teufel wußte noch im Schlaf, was los war, und stellte sich, ohne zu mucksen, auf die Beine; die harte Faust des Rausschmeißers war gefürchtet. Jedes dieser Menschenbündel stank nach Schweiß und alten Kleidern.

Vor Jahren hatte ein weiser Gesetzgeber den Beifall seiner ländlichen Wähler durch ein Gesetz erkauft, das den Ausschank von Alkohol an Sonntagen nur zu Mahlzeiten gestattete. Doch die Bewohner von Manhattan sind immer noch schlauer gewesen als die vom Land. Man stellte ein, zwei Tische in die Kneipen und nannte sie dann «Restaurant». Das «Essen» wurde einem vom Schankburschen an den Tisch gebracht. Man bestellte ein Sandwich und ein Glas Bier und zahlte bloß das Bier. Das Sandwich rührte man nicht an. Es wurde wiederum «verkauft» und tat einen ganzen Sonntag lang seine Pflicht.

Hinter Schwingtüren lächelten Roger Weiber zu, manche rot und aufgedunsen, manche bleich und grell bemalt, Masken des Todes, und lockten ihn: «Ich sag dir was, Bubi.» Die waren ja genauso willig wie die Damen vom Broadway und von der Park Avenue!

Roger suchte die ganze Nacht. Er durfte nicht aufhören und am nächsten Tag wiederkommen, denn da konnte seine Beute in eine Gegend, die er bereits abgegrast hatte, entwischt sein. Ab ein Uhr waren alle Kneipen vorne geschlossen, Roger mußte durch den Hauseingang hinein, eine Plage mehr. Die sogenannte «Kriegsprohibition» war noch in Kraft, und eigentlich existierten all diese Kneipen gar nicht. Die Leute kümmerten sich aber nur wenig darum und schlugen ihre Vorräte auch weiterhin los. Die Regierung war offenbar schon damit zufrieden, daß Soldaten und Matrosen nichts bekamen.

Außer den gewöhnlichen Kneipen und Spelunken gab es noch dumpfe, muffige Keller, in denen Straßenschlampen und Strolche um ein, zwei Glas «Bier» die Nacht verbrachten, in irgendeine Ecke zusammengekauert. Ein Faß mit abgestandenem Zeug stand in der Mitte, das man aus Resten zusammengeschüttet hatte. Manchmal war es mit reinem Alkohol versetzt. Meistens bestand es aus verdorbenem Essig, schlechtem Jamaika-Ginger oder gar Methylalkohol. Die armen Kerle wußten gar nicht, was sie da tranken und was sie so toll machte, daß sie zu streiten begannen und mit Messern aufeinander losgingen. Die Zeitungen berichteten darüber im allgemeinen nur, wenn jemand umgebracht wurde. Zuweilen gab es Tobsuchtsanfälle, oder die Polizei kam und nahm einen mit. Tags darauf war er vielleicht schon blind vom Methylalkohol; in den Spitälern lagen viele solche Blinde.

Die Weiber hier waren schmutzige Hexen; ihre uralten Röcke schleiften sie durch den Schmutz. Triefaugen blickten aus aufgedunsenen Gesichtern, und aus den Mündern regnete es Obszönitäten. Kein Mann war zu widerlich, daß er nicht noch ein Weib für sich gefunden hätte, vielleicht um den Preis eines Biers, das für einen Augenblick aus dem Elend erlöste. Die Polizei nahm Weiber und Männer mit, war eine widerspenstig, so wurde sie genauso mit dem Knüttel bearbeitet wie die Männer. Roger, der was lernen wollte, gab dem Zureden einer grauhaarigen Furie nach und bestellte ihr was Ordentliches zu trinken. Sie trank es in einem Zug. Arm in Arm trabten sie dann zusammen in den Regen hinaus. Das Weib sang einen Schlager aus der Zeit vor Rogers Geburt.

IV

Dank Taylor Tibbs wurde der Große Häuptling schließlich doch gefunden. Der treue Hund hatte eine Nase für seinen Herrn. Eines Tages kam Taylor zu «Mista Roger» gelaufen und berichtete, er habe «Mista Pow» im Hinterzimmer einer Kneipe in der Zehnten Avenue gefunden, ganz schrecklich sehe er aus. Roger ließ die Arbeit stehen, zog sich rasch den Mantel an und fuhr im Taxi hin.

Der Sproß der Ältesten Familien von Virginia saß an einem schmierigen Biertisch, den Kopf in die Arme vergraben. Sein Hut war weg, und weg war der Stock mit dem Silberknauf. Die Kleider sahen aus, als kämen sie frisch aus dem Rinnstein. Auf Rogers erste Worte hin blickte er halbbetäubt auf. Sein Gesicht war ganz grau und seit zwei Wochen unrasiert. Schnurrbart und Haare waren grau weitergewachsen; unheimlich sahen die noch von früher her schwarzgefärbten Spitzen aus. Seine Hände zitterten; er packte Roger und stöhnte: «Ach, Roger, Roger, mein Freund, ich bin in der Hölle!»

«Ich weiß», sagte der Dichter. «Ich war auch dort, alter Knabe.»

«Sie haben mich vergiftet, Roger! Sie haben mir giftiges Zeug zu trinken gegeben!»

«Kommt vor.» Roger wußte, daß damit die Selbstverteidigung des Großen Häuptlings begann. Niemals hatte Pow die Börse seiner Frau «gefunden» und war damit durchgebrannt – o nein, er war vergiftet worden, das hing damit zusammen, daß er unter diesen verdammten Yankees leben mußte, und daran war wieder die Schlacht von Gettysburg schuld, die der General Lee verloren hatte.

«Glauben Sie mir, Roger, es ist mir erst ganz gut gegangen. Ich hab mich zusammengenommen. Dann haben sie mir auf einmal lauter giftiges Zeug zu trinken gegeben und mir mein ganzes Geld abgenommen. Was konnte ich da machen?»

«Schadet nichts, jetzt ist alles vorüber. Ich helf Ihnen.»

«Roger, ich bin beinah verrückt. Wenn ich nichts zu trinken kriege...»

«Aber natürlich, Sie müssen was trinken. Ein alter Genießer, wie Sie oder ich, kann nicht so plötzlich aufhören.» Zum Schankburschen hinüber rief er: «Einen guten, starken Whisky und eine Menge Soda dazu!»

Da wußte Pow, daß er in den Händen eines Gentleman aus dem Süden war. Er hatte Mühe, den Schnaps hinunterzuschlucken; so schrecklich war das Brennen in seiner Kehle. Dann seufzte er tief, und in seine gequälten Augen kam wieder einiges Leben. «Herrgott, Roger, wenn Sie nur wüßten, was ich mitgemacht habe!»

«Schon gut», sagte der andre lustig, «jetzt machen wir mal Schluß damit.»

«Ich kann doch nicht heim, Roger. Nehmen Sie mich nicht mit heim! Die wollen, daß ich auf einmal aufhöre, ich kann das nicht, ich werde verrückt!» Ein Mann in den Fünfzigern, mit grauem Haar, winselte wie ein kleiner Straßenköter!

«Nein, nein, alter Knabe», sagte Roger und nahm ihn beim Arm. «Ich werde schon dafür sorgen, daß man's richtig macht.»

«Das sind ja Fanatiker zu Hause, Roger. Die haben mich soweit gebracht. Sie verstehen einen nicht und gönnen einem nichts.»

«Nicht anrühren dürfen sie uns, Pow.»

«Was haben Sie vor, Roger?» Mit vagen Worten ließ er sich nicht abspeisen; es ging für ihn um Leben und Tod.

«Ich bringe Sie in ein gutes Spital.»

«Die sollen mich aber anständig behandeln, Junge. Wenn sie mich zu arg hernehmen, ist es aus mit mir.» Er packte den Dichter mit beiden, schrecklich zitternden Händen. «Ich leide Höllenqualen, Roger! Ich bin vergiftet worden, vergiftet, sag ich Ihnen! Die elenden Schurken wollten mich ausrauben, wie die mir mitgespielt haben!»

«Ich helfe Ihnen jetzt, kommen Sie. Haben Sie doch ein wenig Vertrauen zu mir, alter Knabe!» Sein ganzes Herz legte Roger in seine Worte.

«Wohin bringen Sie mich?»

«Ins Sankt-Stephens-Spital.»

«Um Gottes willen, nein, Roger, nicht zu Geistlichen! Die stecken mich in eine Zelle, die legen mir eine Zwangsjacke an – glauben Sie mir, ich weiß es.»

«Sankt Stephens ist katholisch, Pow. Die haben Verständnis für Menschen. Die sind nicht so streng wie die Puritaner.»

«Sie müssen nach mir sehen, Roger, das versprechen Sie mir!»

«Ich komme bestimmt.»

«Sie müssen denen das sagen, dann wissen sie, daß sie mich nicht fesseln dürfen.»

«Ich sag's ihnen bestimmt. Ich komme täglich. Wenn sie Sie fesseln, können sie was erleben! Kommen Sie jetzt!»

Er packte das Häuflein Elend unter den Schultern und stellte es auf die Beine. Roger war stark; halb führte, halb trug er den dicken Pow bis zum Taxi, das draußen wartete, und verstaute ihn darin. Über die Spitalsstiegen half ihm dann der Chauffeur; das gehörte zu seinen Obliegenheiten und verschaffte ihm ein Extratrinkgeld. Im kahlen, weißen Empfangsraum hingen an der Wand: ein gnadenreicher Heiland mit einer Dornenkrone und einem goldenen Heiligenschein und eine Heilige Jungfrau mit einem blutenden Herzen außen am Kleid und einer Taube darüber. In schwarzen Gewändern mit weißem Besatz wogte eine Nonne daher, die Pow erschreckt anstarrte. Er faßte sich ein wenig, als Roger erklärte, er bringe da ein unglückliches Opfer von Gifttränken, das man mit aller Sorgfalt entwöhnen möge.

Die Nonne bekam diese Geschichte mehrmals am Tag zu hören. Sie lächelte freundlich und sagte: «Das tun wir immer.» Roger gab Namen, Adresse, Alter, Geburtsort und Stand des Patienten an, ebenso seinen eigenen Namen und die Adresse. Zwar war er erst vor kurzem vom Erzbischof in der St.-Patricks-Kathedrale als Verfasser jenes berüchtigten Broadwaystücks angeprangert worden; aber diese sanfte, rotwangige Heilige erkannte ihn sicher nicht. Er holte fünf frische Zehndollarnoten heraus, die er an jenem schändlichen Stück verdient hatte. Im modernen Manhattan wie im alten Rom stank das Geld nicht. Die Magd Christi nahm es ohne Abscheu an. Zwei Wärter in weißem Leinen führten das arme Opfer weg. Roger bat nochmals darum, daß man mit dem Patienten möglichst schonend umgehen möge.

V

So war die Romantik von Manhattan Island beschaffen. Man stieg in die Hölle zu den Verdammten hinunter, suchte die Alkoholikerabteilung eines katholischen Spitals auf, kehrte heim, nahm ein Bad, zog sich nach der letzten Mode an, stieg in ein Taxi, fuhr in der Park Avenue vor und wurde von einem Lakai in einem bronzenen Lift dreißig Stockwerke hoch auf ein «Dachhaus» gefahren. Unter «Dachhaus» verstand man eine regelrechte Villa auf dem Dach eines hohen Wohnhauses, wo es vom Miniaturgolfplatz bis zum Gewächshaus und zum Fischteich einfach alles gab. Da konnte man sich Erdbeeren oder frische Minze für ein Julap pflücken und Bergforellen für den dritten oder vierten Gang des Dinners selber fangen. Die Leute, die da oben wohnten, waren so reich, daß ihnen ihr Geld gleichgültig geworden war und sie es selber nicht ausgeben mochten. Sie überließen das erstklassigen Verwaltern, die ihre Herren höchstens einmal im Vierteljahr mit finanziellen Angelegenheiten behelligen durften.

Da saß man nun in so einem Speisezimmer, das mitsamt den Wänden aus einem böhmischen Schloß herübergeschafft worden war. Stumme Lakaien brachten auf goldener Platte seltene Leckerbissen. Lag es da für einen Literaturlöwen nicht nahe, die Anwesenden raten zu lassen, wo und wie er die zwei verflossenen Tage und Nächte verbracht hatte? Sie konnten sich lange die absonderlichsten Dinge von der Welt ausdenken. War er geflogen? Im Taucheranzug bis auf den Meeresgrund getaucht? Hatte er in den Armen einer schönen Frau gelegen? Ein Gift gebraut, um sie loszuwerden? Auf Roger Chilcotes Höllenfahrt kamen sie nicht.

Es machte ihm Spaß, mit seinen Hörern zu spielen und sie über ihr eigenes Staunen zum Lachen zu bringen. War jemand von diesen eleganten Liebhabern der Literatur je in Italien gewesen – entsann sich jemand vielleicht des Bildes, das Dante von der Behausung der Verlorenen entworfen hat? Roger kannte sich in den Literaturen aller Sprachen aus. Er traktierte sie erst mit dem klangvollen italienischen Text, den er dann für sie übersetzte. «Geseufz und Weinen hier und dumpfes Heulen ertönte durch den sternenlosen Luftkreis, so daß im Anfang ich drob weinen mußte. Gemisch von Sprachen, grauenvolle Rede, des Schmerzes

Worte und des Zornes Laute und Stimmen tief und rauh, mit Händeklopfen, erregten ein Getümmel hier, das immer in diesen endlos schwarzen Lüften kreiset, dem Sande gleich, wenn Wirbelwinde wehen.»

Sonderbar, solche Laute sollten keine zwei, drei Kilometer von dieser Dachvilla entfernt zu hören sein! Wo war das? Nehmen Sie uns dahin mit, Roger Chilcote! Als sie dann erfuhren, daß es sich nur um die Bowery handelte, begriffen sie, was das heißt, ein Dichter sein und um die alltäglichsten Dinge einen Heiligenschein weben. Derartiges erwartete man von einem Löwen, den man gut fütterte. Man gab sich ja genug Mühe, ihn heranzulocken. Seinetwegen nahmen auch die reichsten und blasiertesten Freunde noch eine Einladung zum Dinner an.

Sobald man einmal bei der Bowery hielt und bei den Straßenmädchen, für die sich nichts tun ließ, weil sie sowieso alles versoffen, glitt das Gespräch ganz natürlich auf Prohibition, achtzehntes Amendement und Volstead-Akte über, die in wenigen Tagen in Kraft treten sollten. Im Grunde interessierten einen weder die Straßenmädchen noch ihr hoffnungsloses Schicksal. Viel wichtiger waren die Scherereien, die einem jetzt persönlich bevorstanden. Herren, die sie sich ersparen wollten, erzählten im strengsten Vertrauen, aber vor mehreren Dienern, was für Vorräte sie eingekauft und wie sie sie eingelagert hatten. Damen, die in allem so frei wie die Männer sein wollten, verkündeten ihre Anschauungen von persönlicher Freiheit und direkter Aktion und erklärten, wie sie sie in die Tat umzusetzen gedachten. Eben hatten sie noch von den armen, verkommenen Geschöpfen der Bowery gehört und von den Opfern des Delirium tremens, denen man Zwangsjacken anlegen mußte. Doch das hinderte niemand von der Dachvillengesellschaft, weiter nach den zarten, breiten Champagnergläsern oder den winzigen, engen Likörgläschen zu langen. Wer etwas anderes von ihnen erwartete, bewies damit nur seine eigene Ungeschliffenheit und hatte offenbar keine Ahnung von der glatten Selbstbeherrschtheit, die unter kultivierten Reichen üblich ist.

VI

Der Tag war da, von dem jedermann während der verflossenen zwölf Monate gesprochen, den hundertzehn Millionen Menschen mit Spannung erwartet hatten. Kein Erdbeben trat ein, die Sonne verfinsterte sich nicht, keine Bombe explodierte, nicht einmal Raketen schwärmten in die Höhe. Die Schankräume sahen leer drein und die Schankburschen traurig. Mit Kinderwagen und Kinderautos kamen die Kunden angefahren, erstanden die letzten Flaschen um billiges Geld und schafften sie nach Hause. In den Nachtlokalen verteilten die Besitzer den letzten Champagner an ihre Gäste. Ein phantasiereicher Wirt hatte sein Lokal mit schwarzen Tischtüchern ausstaffiert, einen Sarg mit schwarzen Flaschen gefüllt und einen Chor trauernder Bacchantinnen dazugestellt. Die Tränen der Gäste mischten sich mit dem Gratis-Champagner, und stundenlang wurde über ein wichtiges Problem diskutiert: Wo kriegen wir morgen was zu trinken? Wo kriegen wir nächste Woche was?

Die Aussichten waren schlecht. Schlag Mitternacht, hieß es in den Zeitungen, würden hundert Bundesagenten an die Durchführung des Gesetzes schreiten, unterstützt von fünzehntausend Mann städtischer Polizei. Was sich an Alkohol später fand, sollte unter Verschluß gelegt werden; was man verkaufte oder transportierte, werde auf der Stelle konfisziert. Alle Wowsers und Blaunasen hatten sich vorgenommen, kommenden Sonntag in der Kirche Gott für die neue Fügung zu danken und ihm gute Führung zu geloben. Ein leitender Prohibitionist schätzte die Kosten für die Durchführung des Gesetzes auf fünf Millionen Dollar pro Jahr. Aber nicht alles hörte sich so schön an. Der Gouverneur des Staates New Jersey erließ eine Proklamation zugunsten der bundesstaatlichen Rechte. Die Bevölkerung seines Staates fühle sich durch das Amendement nicht gebunden. Er werde ihr Recht auf Alkohol bis zu fündundzwanzig Prozent Gehalt zu verteidigen wissen. Dem «triefnassen» Herren war es offenbar nicht bekannt, daß der Norden den Bürgerkrieg gewonnen hatte. Er kannte sich weder in der Vergangenheit noch in der Zukunft aus. Er konnte nicht gut wissen, daß er sich zehn Jahre später – ein Opfer des Alkohols – eine Kugel durch den Kopf schießen würde.

Der Oberste Gerichtshof hatte darüber zu entscheiden, ob der souveräne Staat New Jersey an die Verfassung der Vereinigten Staaten gebunden sei oder nicht. Der Oberste Gerichtshof hatte noch eine Menge von andern Fragen zu entscheiden, die sich auf das Gesetz und seine Durchführung bezogen. Gesetzt den Fall, Bundesagenten spüren den widerlichen Geruch einer heimlichen Hausdestille – dürfen sie dann sofort ins Haus und die Schuldigen festnehmen, oder müssen sie sich erst einen Haussuchungsbefehl verschaffen? Die Übertreter des Gesetzes könnten doch inzwischen einen Wink bekommen. Und wie steht es mit den Restaurants, die ihren Kunden bloß das Zubehör liefern: Gläser, Eis und so weiter, während die Gäste selbst den Alkohol in der rückwärtigen Hosentasche mitbringen? Eine weitere schwierige Verfassungsfrage wurde von den Zeitungen gleich zu Beginn erörtert: Wie steht es mit der Konfiskation von Hosen, in denen der Alkohol transportiert worden ist?

VII

Der Große Häuptling wurde in einem Taxi nach Hause geschafft; seine Wangen waren grau, seine Hände zitterten, er hatte sich in sein Schicksal ergeben. Brummend wie ein alter Bär zog er sich in seine Höhle hinterm Office zurück. Wenn er eine Zeitung in die Hand nahm, las er nicht mehr als einen Absatz; dann stand er auf und ging, immer mit sich selber redend, im Zimmer herum. Das Haus verließ er nur selten, denn das Wetter war schlecht, und seine Lieblingslokale hatten alle geschlossen. Sandkuhl hatte sein Geschäft aufgegeben. Vor den meisten Kneipen der Sixth Avenue hingen Tafeln: Wegen Renovierung geschlossen. Die Wiedereröffnung als Eissalon oder Delikatessenladen stand bald bevor.

Hauptbeschäftigung des Großen Häuptlings war das Kartenspielen mit sich selbst. Seine Bücher und Rauchutensilien stellte er auf den Boden, breitete die Karten auf dem Tisch vor sich aus und befaßte sich stundenlang mit ihnen. Paßte ihm etwas nicht, so sah er sich verstohlen um, ob er allein sei, und schwindelte sich dann selber an. Auf diese Weise gewann er immer und fühlte sich noch am ehesten wie in der guten alten Zeit. Wenn man ihn besuchte, hellte er sich auf und spielte den tadellosen Kavalier. Nur

Gastfreundschaft und Stimmung hatte er leider nicht mehr zu bieten. Er wies auf das Büfett, das früher mit Flaschen, jetzt mit alten Magazinen vollgestopft war, schüttelte traurig den Kopf und sagte, die Wowser und Blaunasen hätten ihn hereingelegt.

Kip ging freundlich mit dem Gefangenen um und hatte mit seiner Ungeduld Geduld. Hier und da spielten sie eine Partie miteinander; Kip versuchte Späße zu machen und dem alten Mann über die erste schwierige Zeit der Prohibition hinwegzuhelfen. Er hatte leicht geduldig sein, da er seinen Willen durchgesetzt hatte. Der Wunsch, mit dem er sich seit seiner Kindheit trug, war ihm erfüllt worden. Es gab keine Kneipen mehr, und der Große Häuptling mußte, ob er wollte oder nicht, vernünftig sein.

Kip hatte noch einen andern Grund, sich seines Lebens zu freuen und zu allen Leuten nett zu sein. Seit vielen Jahren zum erstenmal standen ihm Ferien bevor. Er hatte eine Einladung nach Pointe Chilcote erhalten, eine regelrechte Einladung von der Dame des Hauses, eine Einladung, der auch die primitiven Buchstaben, in der sie abgefaßt war, keinen Abbruch taten und der sich Maggie May angeschlossen hatte. Auch Roger war damit einverstanden, daß Kip ihn zu Hause vertrat. Wie herrlich, ein Besuch im Flußland zur schönsten Jahreszeit, wenn das junge Zuckerrohr sproßte und die Spottdrosseln ihre Liebeslieder sangen! Kips Mutter und Tante diskutierten miteinander heftig über ein wichtiges Problem. War es in Ordnung, daß die Chilcotes sich zu Rogers Freunden so zuvorkommend verhielten? Oder sollte die reizende Maggie May an einem ausnehmend wohlerzogenen Hotelangestellten Gefallen gefunden haben?

Die Ferien waren schon nahe; Kips Garderobe war in Ordnung. Die Lehren seiner Mutter, was er bei dieser Gelegenheit zu tragen habe und was bei jener, wußte er auswendig. Heimlich hatte er sich auch schon ausgedacht, was er Maggie May sagen würde. Da plötzlich schlug ein Blitz in seinen Traum und zerstörte alles. Eines Morgens fand Taylor Tibbs, als er, wie immer, den Morgenkaffee brachte, seinen Herrn flach auf dem Rücken liegen; aus einer Kopfwunde floß Blut; er stöhnte. Vor Schreck ließ Taylor beinahe das Tablett zu Boden fallen. Dann lief er hinaus und rief Mrs. Tarleton, Kip, Miss Sue. Das ganze Haus geriet in Aufruhr. Die erschreckte Dienerschaft strömte vor Pows Zimmertür zusammen. Jemand telefonierte nach dem Arzt. Taylor Tibbs kam mit einer Flasche Whisky gelaufen, die er unter Mr. Gwathmeys Bett hervorgeholt hatte.

Doch dem armen Pow war auch mit dem besten Kentucky-Bourbon nicht mehr zu helfen. Er brachte kaum ein Wort heraus und war außerstande, sich zu bewegen. Der Arzt stellte einen Schlaganfall fest. Die ganze rechte Körperhälfte des Patienten war gelähmt, vielleicht für immer. Man brachte ihn zu Bett; an Ferien für den Sohn oder sonst jemand im Haus war nicht mehr zu denken.

Zu den wenigen Dingen, die Pow noch fertigbrachte, gehörten das Fordern und das Klagen. Unzufrieden mit der ganzen Welt und besonders mit seiner Pflege, lag er nun den lieben langen Tag da. Die Pfeife war ihm ausgegangen, niemand war da, sie ihm wieder anzuzünden. Die Klingel funktionierte nicht, seit fünf Minuten schon drückte er umsonst auf den Knopf. Niemand sprach mit ihm, niemand las ihm die Zeitung vor, niemand hatte Dankbarkeit oder auch nur ganz gewöhnliches Mitgefühl für ihn übrig.

Armes, altes Menschenwrack, voller Stolz und Lebenslust noch, aber hoffnungslos geknebelt. Das rechte Augenlid hing schlaff herunter; die rechte Hälfte des Mundes war regungslos; zwischen den Lippen klaffte ein unheimlicher Spalt, den auch der bestgefärbte Schnurrbart nicht verbarg. Aber noch in diesem Zustand leuchtete das eine, gesunde Auge hell auf, wenn jemand vom Glanz und Stolz des alten Südens sprach, und flüsternd noch wurde verkündet, daß es nördlich von Maryland nirgends eine anständige Küche gibt. Erwähnte jemand die Wowsers und das Unglück, das sie über Amerika gebracht hatten, so richtete sich der alte Kämpe auf seinem linken Ellbogen hoch und zischte seine ganze Verachtung für sie hervor. Kam einer seiner alten Zechkumpane auf Besuch, so bettelte er: «Nur ein Schlückchen, Richter!» oder: «Einen kleinen Riecher bloß, Oberst! Sie wissen, ich bin fertig. Ich stelle im Leben nichts mehr an.»

VIII

Kip entschuldigte sich brieflich bei Mrs. Chilcote; seine ganze freie Zeit sei von dem Kranken in Anspruch genommen. Als Mrs. Chilcote den Brief las, rief sie aus: «Der liebe Junge, wie pflichttreu!» Ein altmodisches Wort für eine altmodische Tugend. Sie trug Maggie May auf zu schreiben, wie leid es ihnen allen täte. Maggie May berichtete, daß Lee wieder reiten lernte; schade, daß Kip nicht auch mit ihnen zusammen ritt. Dann stand im Brief noch was über die neue Ernte und die Spottdrosseln, deren Gesang sie lauschte, während sie von Schneestürmen in New York las.

Zum Murren blieb dem ersten Angestellten des Tarleton-Hauses keine Zeit. Nie hatte er mehr zu tun gehabt als jetzt. Millionen Männer strömten über den Ozean zurück. Manhattan gedieh nach dem Krieg wie noch nie. Die Leute, die an Kriegslieferungen Millionen verdient hatten, verdienten jetzt am Rückkauf noch mehr. Den vom Krieg verwüsteten Ländern gewährten sie Anleihen zu hohem Zinsfuß und verkauften ihnen Material zum Wiederaufbau. Ihre Börsengewinne erlaubten ihnen Ausflüge mit ihren Frauen oder Geliebten nach New York. Gleich am ersten Abend nach ihrer Ankunft wollten sie ins Theater. Natürlich wählten sie sich den «Goldenen Kerker» aus, dieses sensationelle Drama von verbotener Leidenschaft. Roger vertraute den Reichtum, der ihm zufloß, einem hellen, jungen Makler aus der vornehmen Gesellschaft an, der ihn durch geschickte Manipulationen vervielfachte.

Auch Jerry Tyler nahm teil am Glanze der Nachkriegszeit. Das Magazin, bei dem er angestellt war, hatte sein Gehalt auf das Doppelte erhöht. Im Taxi sauste er von einem fabelhaften Tee in eine blendende Premiere und von da zu einem tollen Souper in einem goldglänzenden Varieté. Die geistige Elite der ganzen Welt strömte in New York zusammen; von soviel Reichtum wollte jeder etwas abbekommen. Der hübsche, beliebte Redakteur trug Klatsch über die Leute zusammen; wie sahen sie aus, was schrieben, sangen, tanzten sie, was für Damen brachten sie zu den tollen Soupers mit.

Kip hörte nur noch selten den Gesprächen zwischen Jerry und

Roger zu, denn Roger kam immer weniger ins Tarleton-Haus. Offiziell wohnte er zwar noch immer da, aber er blieb oft tagelang aus und schickte nur nach seiner Post. Er war nämlich wieder in eine Liebesgeschichte verwickelt. Kip bekam, wie damals im Falle Anita, wohl Andeutungen zu hören, aber die ganze Geschichte erfuhr er erst, als sie vorüber war.

Diesmal handelte es sich um Lilian Ashton, den Star des «Goldenen Kerkers», jene zerbrechliche, brünette Schönheit, die Rogers Anita auf der Bühne verkörperte. «Rausch und Qual der Liebe Fleisch geworden» – so hatte einer der Kritiker nach der Premiere von ihr geschrieben. Offenbar war es unmöglich, eine solche Rolle unter den Augen von ganz Manhattan zu verkörpern, ohne sie in die Wirklichkeit umzusetzen. Kip entsann sich der Proben, als sie von dem goldblonden Dichter kein Auge ließ – ihm verdankte sie ja alles, was für sie von Wichtigkeit war: Ruhm, Rausch und einen Kontrakt auf zwölfhundert Dollars die Woche. Die beiden mußten zueinander finden wie der Strom zum Meer.

Als sie dann schließlich in den Armen des Dichters lag, packte sie eine große Angst, und sie rief: «Roger, nein! Ich bin deiner nicht wert! Ich hab mich beschmutzt!» Er aber sagte lachend: «Ich bin auch kein Küken, vergiß alles!» So entspann sich eine leidenschaftliche Liebesaffäre. Die beiden wollten immer allein sein, in Gesellschaft hielten sie es nicht aus, und den andern Damen, die dem schönen Dichter Augen machten, hätte Lilian am liebsten die Augen ausgekratzt.

IX

Alle Welt wußte von dieser Liebe, die ganz nach dem Geschmack der Intellektuellen von Manhattan war. Jedermann dachte daran, wenn Anita hingerissen an ihrem jungen Liebhaber hing und ihre Verachtung über die Rampenlichter schrie. Sämtliche Frauen beneideten diesen Glücklichsten aller Stars, sämtliche Männer diesen ausgezeichneten Dichter der Leidenschaft.

Kip als Hotelangestellter sah die Sache weit weniger freundlich an. Rogers Rückkehr zu einem einfachen, geregelten Dasein war ein für allemal abgeschnitten; er lebte nur noch nachts. Lilian Ashton erwachte (wenn sie nicht gerade eine Matineevorstellung hatte) um zwei Uhr nachmittags, das Stubenmädchen brachte ihr Kaffee, Toast und Zeitungen mit dem Klatsch über das Theaterleben und über die vornehmen Leute. Dann badete sie, kleidete sich an und besuchte mit ihrem Dichter einen Tee oder eine Gesellschaft bei reichen Herrschaften, die sich für die Kunst zu interessieren beliebten. Das junge Paar flatterte von einer Gesellschaft in die andere; es bildete den Anziehungspunkt für alle kritischen Augen. Punkt halb acht war Lilian im Theater, wo sie sich herrichtete und die Zeit ihres Auftretens abwartete. So blieb ihrem Liebhaber noch Zeit, irgendeiner von den vielen Einladungen zum Dinner nachzukommen. Um elf war er wieder im Theater. Fürs Souper hatten sie eine Verabredung in einem Separatraum irgendeines Luxusrestaurants oder in einem Varieté, wo eine ungeheure Seemuschel in Gold, Scharlach und Purpur die Decke bildete, eine Jazzband tobte und das Tanzparkett von Paaren vollgedrängt war, die nur auf einem Fleck stehen und wackeln konnten. Um vier oder fünf Uhr früh brach man dann gewöhnlich auf.

Die schlimmste Seite dieses Nachtlebens war das Trinken. Bei den Teegesellschaften fand man statt des Tees gewöhnlich Cocktails in den Schalen vor. Bei Empfängen gab es eisgekühlten Punsch, der recht stark sein mußte, denn die New Yorker wollten möglichst rasch einen Schwips haben. Wurde ihnen der Schwips nicht geliefert, so zogen sie ihn aus der Gesäßtasche hervor. Bei Dinners und Soupers wurde unaufhörlich getrunken. Dazu vertat man ja fünf geschlagene Stunden im Varieté; eine andere Rechtfertigung als das Trinken gab es dafür nicht. Man schrie, sang, warf Flaschen und Geschirr zu Boden, tanzte auf Tischen und umarmte und küßte im schönsten Durcheinander.

Sandkuhl und die andern Kneipen der Sixth Avenue konnten lang zusperren – die Reichen Manhattans hielt nichts von ihrem Hauptvergnügen ab. Einige wenige Monate wartete man eben, wie die hundert Prohibitionsagenten sich verhalten würden; auch wurde mit den fünfzehntausend Tammany-Polizisten ein Abkommen getroffen. Die Cocktails flossen in Teeschalen, die Flaschen bekamen flache und gewölbte Formen – den hinteren Partien der Menschen angepaßt. Bald nahm man das Nachtleben wieder auf. Aus irgendwelchen Quellen strömte reichlich Alkohol, und daß er zwei- oder dreimal soviel wie früher kostete, war ein Vorzug; denn die Leute hatten so viel Geld, daß sie gar nicht wußten, was damit anfangen. Hohe Preise für etwas zu zahlen, war die einzige Möglichkeit, sich auszuzeichnen. Das Trinken wurde zu einer feineren und exklusiveren Kunst als je.

X

Der Winter verging, das Frühjahr, der Sommer – und noch immer lockte der «Goldene Kerker» Tausende von Menschen ins Theater. Noch immer sonnte sich Roger in seinem Ruhm, doch seine Züge verrieten, wie mitgenommen er war, und seine Hände zitterten. Auch Lilian hatte genug; sie begann den «Tee», den man ihr anbot, zurückzuweisen und entschuldigte sich mit ihrer Arbeit, auf deren Kosten das Trinken gehe. Beide sehnten sich nach dem Land; doch es sah so aus, als ob das Stück noch den ganzen Sommer laufen würde.

Das Schicksal hatte es anders bestimmt. In Amerika waren Kräfte am Werk, von denen ein Nachtfalter nichts ahnen konnte; sie sollten bald den goldenen Staub von den hübschen Flügeln herunterwischen. Die Herren von Wallstreet merkten, daß die Quellen des Profits am Versiegen waren, und hielten heimliche Beratungen über die zu ergreifenden Maßnahmen ab. Irgend jemand mußte geschröpft werden. Die Wahl fiel auf die schlechtest organisierte und hilfloseste Klasse Amerikas: die Farmer. Eines schönen Tages empfahl das Federal Reserve Board seinen Filialen in den Weizengegenden, den Diskontsatz für Agrarbanken zu erhöhen. Noch vor Sonnenuntergang setzte der erwartete Preissturz ein. Er hörte erst auf, als in Amerika der Wert des bebauten Bodens auf die Hälfte gesunken war. Im Nordwesten gab es ganze Gegenden, wo jede einzelne Farm an Steuern zugrunde ging.

Die Herren von Wallstreet hatten nicht bedacht, daß Farmer ohne Geld auch keine Waren kaufen können. Eine Panik in Wallstreet war schließlich die Folge. Die Industriepapiere fielen. Die Börsengewinne, von denen Varietés und Nachtlokale gelebt hatten, wurden über Nacht hinweggefegt. Roger Chilcote verbrachte zwei volle Tage unter den Tollhäuslern und Selbstmordkandidaten im Büro seines Maklers. Zwei Nächte lang lief er ruhelos auf und ab, die ganze Welt verwünschend, nur seine eigene Dummheit nicht. Plötzlich, mitten im Aufruhr, fiel ihm ein, wer er war: ein großer Dichter und ein Gentleman aus dem Süden. Er zauberte wieder ein sorgloses Lächeln auf sein hageres Gesicht. Um das Leben zu studieren, war er ja auf der Welt. Er hatte eben für sein nächstes Stück ein neues, interessantes Milieu kennengelernt. Er ging heim, schlief vierundzwanzig Stunden durch und erwachte als der alte Roger, stark und ungebrochen.

Das Stück lief ja noch, und Lilian hatte ihre zwölfhundert Dollar die Woche. Aber auch das stimmte bald nicht mehr. Denn, ach, die goldenen Nachtfalter gingen nicht mehr ins Theater, es sei denn auf Freikarten. Die Besucher vom Land, die einen Ausflug nach New York geplant hatten, entschieden sich plötzlich fürs Abwarten. Der Manager des «Goldenen Kerkers» versammelte seine Truppe um sich und erklärte, er könne nur weiterspielen, wenn sie in eine Halbierung der Gagen einwilligte. Zwei Wochen später versammelte er sie wieder: Auch bei halben Gehältern sei er in der Tinte, er müsse für den Rest des Sommers schließen; hoffentlich könne man im Herbst wieder aufmachen; die guten Zeiten kämen sicher bald wieder.

Darauf verfluchte der Dichter das Nachtleben und den Alkohol und begann, sein neues Stück zu schreiben. Dazu brauchte er eine neue Umgebung. Er entsann sich, wie malerisch man ihm Südfrankreich mit seinen zwischen Weingärten gelegenen Villen geschildert hatte. Eines schönen Tages entschloß er sich zur Reise.

Das Zimmer im Tarleton-Haus gab er diesmal ganz auf; er war nicht mehr reich genug, es zu behalten. Seine Sachen packte er zusammen und ließ sie im Keller verstauen. Kip und Jerry begleiteten ihn aufs Schiff. Richtig, da stand die zarte, brünette Schönheit, die Kip auf den Proben beobachtet hatte. Sie fuhr mit demselben Dampfer. Auf diese Weise kam Jerry dazu, Kip die ganze Geschichte zu erzählen. Auf dem Heimweg unterhielten sie sich eifrig über das junge Liebespaar, das sich unter den Rampen und Nachtlichtern vom Broadway gefunden hatte und dem nun in einem einsamen französischen Landhaus ein «einfaches» Leben bevorstand.

XI

Im Tarleton-Haus war mehr als ein Zimmer frei. Es fiel nicht leicht, die Familienpension durch die Klippen der Krise zu steuern. Zur Zeit der Hausse, als alles stieg, brachten es weder Kip noch seine Mutter übers Herz, von den alten Gästen höhere Preise zu verlangen. Dieselben Gäste erklärten sich jetzt sofort außerstande, zu zahlen, und drohten, für den Fall, daß die Preise nicht herabgesetzt würden, mit ihrer Übersiedlung in eine billigere Pension. Schlimmer noch, manche ließen ihre Rechnungen auflaufen, zahlten nicht, beriefen sich auf die schlechten Zeiten und baten um Einsehen. Die Frauen weinten; wohin sollten sie denn gehen, was würde aus ihnen werden?

Die Preise wurden herabgesetzt. Aber auch das Niveau der Pension sank. Welche Erniedrigung für Kip, seine Mutter und seine Tante! Man mußte sich auf dem Markt nach billigeren Lebensmitteln umsehen. Was sollte da aus der überlegenen südlichen Küche werden? Was aus den gastronomischen Gesprächen, die man an der Speisetafel führte? Die wenigen Pensionäre, die in der Lage gewesen wären, die alten Preise zu bezahlen, ärgerten sich über das gesunkene Niveau. Auch die andern waren nicht zufrieden, selbst die nicht, die überhaupt nichts zahlten. Niemand schimpfte und beschwerte sich mehr als der ans Bett gefesselte Pow. Brathühnchen mit Maisbrei à la Maryland, das wollte er und keine alte, gekochte Henne mit irgend so einem Pamp dazu.

Ein Zimmer nach dem andern wurde frei. Ein Teil der Dienerschaft mußte entlassen werden. Die Mehrarbeit fiel Kip zu, seiner Mutter und seiner Tante. Mit ihrer Würde war es immer schlimmer bestellt. Elend und kleinliche Sorgen brachen über die Menschen herein. Niemand wußte recht, warum, jedermann war erstaunt; ein böser Zauber lag über der Welt. Die Zeitungen, auf die man sich verließ, wußten keine Abhilfe. Tag für Tag wiederholten die Journalisten dasselbe: Erstens ist gar nichts los, und zweitens wird alles schon wieder besser.

Der einzige Trost war, daß es allen andern genauso erging. Aus Maggie Mays Briefen zum Beispiel erfuhr man etwas über das Schicksal der Zuckerpflanzer. Lee hatte zur Finanzierung der

Ernte ein großes Bankdarlehen aufgenommen. Dank seiner Tüchtigkeit hatte man nun eine riesige Menge von Zuckerrohr eingebracht, aber der Preis, der dafür geboten wurde, deckte nicht einmal das Bankdarlehen. Schlimmer noch, er und seine Verwandten hatten Land zu Haussepreisen gekauft, das jetzt nicht einmal den Betrag der Hypothek darauf wert war. Wie gerne wären sie es um diesen niedrigen Preis wieder losgeworden. Aber der Verkäufer nahm es nicht zurück. Er klagte seine Forderung ein und hielt sich an ihrem alten Grund schadlos.

Eigentlich war es ganz gleichgültig, was man tat. Ob man bloß spielte, wie Roger und Jerry, oder ob man nüchtern und produktiv arbeitete, wie Lee und Kip – die Krise packte jeden beim Kragen. Kip wußte, daß da was nicht stimmte, und hatte keine Ahnung, wie er es herausbekommen könnte. Nur etwas tröstete ihn ein wenig: die Tatsache, daß die Chilcotes ihm näherkamen, je weniger Reichtum ihnen verblieb. Heimlich trug er sich mit einem verräterischen Traum, dessen er sich eigentlich schämte: Wenn Maggie May und ihre Mutter all ihr Land und Kapital verlören, so stiegen sie beim nächsten Besuch in der Metropole vielleicht im Tarleton-Haus ab. Vielleicht stand dann dem ersten Angestellten des Etablissements die Rolle eines Bewerbers nicht mehr gar so schlecht an.

XII

«Du weißt, was der Arzt gesagt hat. Hie und da darf ich einen Schnaps haben. Bei mir wirkt das nicht so wie bei dir, ich bin daran gewöhnt. Um Gottes willen, Kip, sei doch vernünftig!»

Pow, der gefesselt und eingekerkert war, flehte um Gnade. Beinah täglich brach er einen Streit vom Zaun. Kip arbeitete kalt und ungerührt weiter. «Du weißt, daß ich keinen Alkohol habe, Vater, und auch keinen bekommen kann. Soll ich deinetwegen das Gesetz übertreten?»

«Dann verjag mir doch wenigstens meine Freunde nicht! Wenn sie mir schon einen Schluck gönnen...»

«Ich hab niemand verjagt. Deine Freunde können tun, was sie wollen.»

«Gwathmey war schon eine Woche nicht da.»

«Das mußt du mit Gwathmey abmachen. Ich hab kein Wort zu ihm gesprochen.»

«Du lügst! Du lügst!» Der Große Häuptling richtete sich auf dem gesunden Ellbogen hoch und schrie, nein, er flüsterte, seine Stimme schien im schwarzen Schnurrbart zu ersticken. Dabei hatte sie die Kraft eines Schreienden und hörte sich unheimlich an. «Ich bin dir hier ausgeliefert! Du folterst mich! Hinter meinem Rücken lachst du über mich!»

«Denk dran, was der Arzt gesagt hat, Vater. Wenn du dich aufregst, kannst du wieder einen Schlaganfall kriegen.»

«Ich will sterben. Ich habe es satt. Wozu lebe ich denn? Ihr habt mir das Leben zur Hölle gemacht, ihr Wowser! Du tötest mich mit deiner verdammten Moral!»

Kip räumte ruhig das Zimmer auf. Soll der Vater nur murren und toben, man muß ja nicht auf ihn hören. Kip trug ein Tablett mit schmutzigem Geschirr hinaus. Als er zurückkehrte, lag der alte Mann ganz still; die Kinnlade hing ihm schlaff herunter. Ein zweiter Schlaganfall – diesmal aber hatte es ihn auf beiden Seiten gepackt.

Kip war nicht übermäßig erschrocken. Jeden Augenblick konnte es soweit sein, das hatte er immer schon gedacht. Immerhin war es der Vater, den man nur einmal hat. Die Gesichtszüge waren noch ganz verzerrt. Kip fühlte seine Knie schwach werden. Er griff nach dem Stuhl neben dem Bett. Da saß er nun eine Weile mit vergrübelter Stirn. Bis zum Schluß hatte Kip davon geträumt, daß Pow wieder der alte, geachtete Vater werden würde, sobald das Gesetz nur in Kraft trat. Was aber war sein letzter, haßerfüllter Schrei gewesen? «Du tötest mich mit deiner verdammten Moral!» Die Abschiedsbotschaft des Großen Häuptlings an seinen Sohn, die Abschiedsbotschaft aller Trinker an alle nüchternen Leute. Das ganze trinklustige Amerika dachte so über die Prohibition. Wie wagten es diese Moralisten, einem das Recht auf Trinken und Trunkenheit zu rauben? An allen Übeln Amerikas waren nur sie schuld!

9. Kapitel **DER NEUE MANN**

I

Im Oktober begannen wieder die Aufführungen von Rogers Stück. Lilian Ashton, die ihre Rolle von neuem aufnehmen mußte, kehrte nach Amerika zurück. Roger steckte mitten in der Arbeit an seinem zweiten Stück. Er hatte die Absicht, über den Winter an die Riviera zu gehen, und blieb gleich in Europa. Als Dichter predigte er völlige Hingabe an die Liebe; in Wirklichkeit gab er die Liebe für seine Kunst hin.

Das einfache Leben der beiden in dem französischen Landhaus war gar nicht glücklich verlaufen. Regen, Schmutz, schlechte Abzugsröhren und schlechte Dienerschaft hatten sie in Mißstimmung versetzt. Bei der Arbeit war Roger durchaus nicht so bezaubernd wie bei literarischen Gesellschaften. Er hing seinen Launen nach, wollte allein sein und dachte überhaupt nur an sich selbst. Für die Gefährtin seines Exils zeigte er wenig Rücksicht; es war ihm gleichgültig, wie der ehrgeizige junge Broadway-Liebling seine Zeit verbrachte. Hatte sie Lust auf einen Besuch bei reichen Amerikanern in der Nähe, so sagte er: «Geh allein! Ich brauch diese Kaffern nicht!» Nicht einmal französische Aristokraten, die blasiertesten und exklusivsten aller Sterblichen, interessierten ihn; die Männer seien alle Kretins und die Weiber Klatschbasen.

Rogers Broadway-Liebling war nämlich in Ashtabula, Ohio, zur Welt gekommen, eine Tatsache, deren sie sich schämte; sie wollte unbedingt nach oben. Roger war schon immer oben gewesen; Rangfragen verachtete er. In ganz Frankreich interessierten ihn vielleicht ein halbes Dutzend langhaariger, hohlwangiger Dichter vom Montmartre, sonst niemand. Er erklärte das Lilian und fügte hinzu, daß er sie für ein komplettes Bourgeoisweibchen halte. Wenn er sich dann in sein Arbeitszimmer zurückzog, brütete sie lange über den Sinn seiner Worte nach. O ja, sie wußte sehr gut, was es war; solange sie seine Anita verkörperte, seine Dichterpersönlichkeit bereicherte, seinen Ruhm steigerte, hatte er Interesse für sie. Sobald sie aber sie selbst sein wollte, überschüttete er sie mit einem Hagel von Beleidigungen.

Als der erste Akt seines Stückes «Der neue Mann» fertig war, schickte ihn Roger nach New York. Jerry und Kip diskutierten darüber, das heißt Jerry sprach, und Kip hörte ihm, wie immer, zu. Wieder handelte die Fabel von einem «Dreieck», aber der Schauplatz war Manhattan, und die reichen Snobs, unter denen Roger gelebt hatte, gaben die Helden ab. Jerry sagte, das Stück sei gut; doch werde es kein solches Aufsehen machen wie «Der Goldene Kerker»; es gebe so viele Stücke mit demselben Thema; alle Dramatiker machten dieselben Erfahrungen. Kip fragte, warum Roger, der an so vielen Orten gewesen war und so viel gesehen hatte, gerade diesen lokalen Stoff bearbeitete. «Für Roger ist der Stoff neu», meinte Jerry, «jeder Dramatiker hält ihn für neu. Auch ist es das leichteste Thema, das man sich aussuchen kann, und auf die Dauer das sicherste. Schließlich kann man von Roger, der sein Leben lang Geld wie Heu hatte, nicht verlangen, daß er sich plötzlich einschränkt!»

So also war es um das hochmütige Genie bestellt! Es arbeitete für den Markt, ohne die leisesten Gewissensbisse! Weg waren die großartigen Sätze über die Kunst und das Recht auf Liebe. Roger schrieb über fashionablen Ehebruch, weil das seinen Zuhörern, fashionablen Ehebrechern, Spaß machte. Kip dachte sich das bloß. Reden durfte er nichts, denn er lebte von einer Familienpension, die Roger vielleicht wieder besuchen würde und als deren literarische Leuchte und prominentester Gast im Augenblick Jerry fungierte.

II

Gegen Weihnachten kam Roger zurück; aber er stieg nicht im Tarleton-Haus ab. Er wünschte näher beim Theaterviertel und bei seinen fashionablen Freunden zu wohnen. Lilian und er hatten wieder Sehnsucht nach einander bekommen und führten einen gemeinsamen Haushalt in einem Apartment-Hotel, das voller Stolz, zwei so berühmte Leute zu seinen Gästen zählen zu können, auf ihren Trauschein verzichtete.

Mit dem Erfolg des «Goldenen Kerkers» in New York war es zu Ende. Das Stück sollte nun in die kleineren Städte kommen. Lilians Rolle wurde mit einer anderen Schauspielerin besetzt; sie selbst hatte im «Neuen Mann» zu tun. Obwohl die Zeiten schlecht waren und man sich von der Theatersaison nur wenig versprach, erhielt Roger einen Vorschuß und nahm sein altes Nachtleben so fröhlich wie nur je wieder auf.

Bei den Proben des neuen Stückes bekam Kip einen Akt zu sehen, der ihn stark an jenes Dinner in der Park Avenue erinnerte, zu dem ihn damals Roger mitgenommen hatte. Die kenntnisreichen Auseinandersetzungen des Dichters über Weine und Liköre fielen ihm ein. Auch die Dame des Hauses kam ihm sehr bekannt vor. Er fragte sich, ob sie selber sich auch erkennen und was sie dazu sagen würde. Offenbar hatte ein Dramatiker das Recht, alles, was er sah, zu verwenden. Vielleicht suchte er deswegen fashionable Gesellschaften auf, und vielleicht wurde er deswegen eingeladen.

Diesmal wurde das Stück in Bridgeport, Connecticut, ausprobiert. Wieder las Kip in den Zeitungen darüber und wieder bekam er eine Postkarte von Jerry. Zwei Wochen später fand die Premiere in New York statt. Familie Tarleton saß auf ihren Orchestersitzen, leider nur zu dritt; der arme Pow konnte sich seiner vertrauten Bekanntschaft mit einem erfolgreichen Dramatiker nie mehr rühmen. Vor den Zuschauern entrollte sich das Leben in einer Dachvilla. Gerald Cameron, der zarte, kultivierte Ehemann, gibt ein wenig auf seine Frau acht, die ihn betrügt, nicht etwa weil er sie einengen oder sich von ihr scheiden lassen möchte, o nein, er wünscht nur, daß alles auf vornehme Art geschieht. Das Stück war eine Art Ergänzung zum «Goldenen Kerker», man sah daraus, wieviel einfacher und besser wir Menschen von heute es doch haben. Das Publikum fand das richtig und unterhielt sich königlich, am königlichsten die Herren jener Dachvilla, die sich als Helden eines ultraschicken Abenteuers ausnehmend gut gefielen. Die Kritiken am nächsten Morgen fielen wohl freundlich aus, doch wiesen sie darauf hin, daß der «Neue Mann» weniger stark und glänzend sei als der «Goldene Kerker» und für einen Roger Chilcote doch wohl kaum mehr als ein Zwischenspiel bedeute.

III

Dann bekam Kip seinen berühmten Freund einige Monate nicht mehr zu Gesicht; alles Wichtige über ihn erfuhr er wie in früherer Zeit von Jerry. Als sie sich wiedersahen, war Roger in übler Verfassung. Er konnte nicht gerade auf den Beinen stehen und brachte kein vernünftiges Wort hervor. Es war drei Uhr nachmittags, und er steckte im Abendanzug, offenbar war er noch gar nicht zu Bett gewesen. Er kam im Taxi vor die Pension gefahren und fragte nach Jerry, der natürlich nicht zu Hause war. Da Rogers Taschen ausgeplündert waren, mußte Kip die Fahrt bezahlen. Er schaffte den betrunkenen Dichter in Jerrys Zimmer hinauf, um ihn ins Bett zu stecken. Dabei bekam er eine ausführliche Erzählung von Rogers Unglück zu hören.

Der Dichter vertrug sich wieder einmal nicht mit seiner Geliebten. Er warf ihr zuviel Interesse für einen jungen Millionär vor, den sie auf der Überfahrt von Frankreich kennengelernt hatte. Sie hingegen ärgerte sich über die verschiedenen zudringlichen Damen der Park Avenue, bei denen er so gern zu Gast war. Sie weigerte sich zu glauben, daß ihn nur das Lokalkolorit interessierte.

«Was, zum Teufel, so–soll ich schreiben?» Roger stolperte über seine Zunge wie über seine Beine. Plötzlich fiel ihm ein, wie wenig «modern» er und Lilian sich eigentlich zueinander verhielten. Mitten auf der Treppe blieb er stehen, legte seine Hand auf Kips Schulter und sagte: «Bei Gott, ich bin ganz anders als Gerald Cameron, nicht wahr, Junge? Ich ha–handle nie wie meine Helden.»

Worauf Kip sagte: «Ich hab mich schon oft gefragt, warum du die Leute nicht so schilderst, wie sie wirklich sind.»

«Bei Gott, das ist ein starkes Stück!» gluckste der Dichter und setzte sich auf eine Treppenstufe nieder. «Ich werde dir die Wahrheit sagen, Junge. Wenn ich so einen elenden Schuft wie mich in ein Theaterstück bringe, zischen mich die Leute aus dem Theater raus.» Roger wurde rührselig und erzählte Kip viel von seinen schrecklichen Fehlern und Lastern.

Kip verstand sich auf die Behandlung von Betrunkenen ebenso wie Taylor Tibbs, dem er läutete. Zusammen zogen sie den Dichter aus und brachten ihn zu Bett. Roger, dankbar wie immer, war ganz unglücklich über seine gestohlene Börse, er hatte ja kein Trinkgeld für den Schwarzen. Taylor und Kip wiederholten immer wieder, morgen sei auch noch ein Tag, aber Roger gab sich nicht damit zufrieden. Nein, nein, morgen ist er wieder nüchtern und knauserig, bevor er einschläft, stellt er für diesen Affenschwanz noch einen Scheck aus, ja, das tut er! Kip mußte aus Jerrys Schreibtisch Papier und Feder holen. Roger füllte mit unsichern Fingern eine Anweisung aus. Er sprach immerwährend von hundert Dollar; Taylor Tibbs habe für die Nachwelt viele dramatische Meisterwerke gerettet. Kip fand zehn Dollar vollkommen genügend und wurde sogar von Taylor in seiner Auffassung unterstützt. Der begriff nämlich sehr wohl, daß er die zehn Dollar wirklich bekäme, die hundert niemals.

IV

Zufällig verbrachte Jerry diese Nacht in Eleanors Wohnung. Um Mitternacht mußte Kip aufstehen, heißen Kaffee kochen, Taylor aus dem Bett jagen und um Hunjadi-Wasser schicken. Stundenlang saß Kip an Rogers Bett und ließ den tiefen Jammer des Dichters über sich ergehen.

Obwohl Roger sich die ganzen Jahre über Kip lustig gemacht hatte, achtete er den Jungen seiner Charakterfestigkeit wegen und erzählte ihm nicht allzuviel von sich. Jetzt, im Katzenjammer, löste sich seine Zunge, und er sagte offen, was er von seinem Leben hielt. Ein Schwindler und Hochstapler, ja, das war er, ein Parasit, der von Parasiten lobte. Die vornehme Sippschaft, zu deren Unterhaltung er beitrug, war eine Bande von Kupplern, von käuflichen, perversen Geschöpfen. Ihr kulturelles Niveau war das von Jobbern und ihren Huren. «Du sollst die Wahrheit hören, die volle Wahrheit», rief der Dichter, jedesmal wenn das Übelsein ein wenig nachließ. «Da geh ich noch lieber in eine methodistische Sonntagsschule und werde Straßenapostel, bevor ich zu dieser feinen New Yorker Bande gehöre.» Etwas Schrecklicheres als Straßenapostel gab es für Roger nicht. Im Munde eines kultivierten New Yorkers konnte kein Bekenntnis umstürzender sein.

Kip durfte natürlich nicht sagen: «Hättest du auf mich gehört! Ich hab alles getan, um dich vom Trinken abzuhalten.» Er mußte im Gegenteil taktvoll, liebevoll, hoffnungsvoll erscheinen; mancher große Dramatiker hatte sich in einer solchen Krise eine Kugel durch den Kopf gejagt oder Zyankali geschluckt. Kip sagte also vorsichtig: «Du mußt doch nicht so weiterleben, Roger. Mach Schluß damit und schreib über andere Leute.»

«Das kann ich nicht, weil ich ein Feigling bin. Zur Unpopularität fehlt mir der Mut. Ich will den Kritikern gefallen und brauche den literarischen Betrieb.»

«Das glaubst du nur, Roger. In dir steckt was Besseres.»

«Du willst meine Seele retten, ich weiß, Gott segne dich. Aber kaum ist dieses Kopfweh vorüber, so lach ich dich wieder aus. Verlier deine Zeit nicht mit mir, Kip. Ich gehöre in den Mülleimer. Ich werde sogar zu der kleinen Hure zurückkehren, die mich soweit gebracht hat.»

So verriet er seine wahre Meinung von der zarten, brünetten Schönheit, die seine beiden Heldinnen vor einer halben Million von Theaterbesuchern verkörpert hatte. Sie machte ihn verrückt mit ihren Küssen, sicher, aber eine kleine Hure war sie doch. Manieren und Charme erlernte sie wie ein Affe und Literatur wie ein Papagei. Nur vom Vorwärtskommen verstand sie wirklich was. Für ihr Leben gern sonnte sie sich in Zeitungsruhm. Ihr höchster Ehrgeiz war es, aus der Theaterrubrik in die Rubrik «Aus der Gesellschaft» hinüberzuwechseln, wo nur von richtigen Damen die Rede ist. Roger hatte mit aller Gewalt gehofft, ihr was Besseres beizubringen, aber das war unmöglich; jeden Versuch, den Tand und Flitter, an dem sie so hing, als solchen zu entlarven, betrachtete sie als eine Beleidigung. Entweder sie schmollte dann, oder sie geriet in Wut und zeigte ihren wahren Charakter.

Kip beruhigte Roger, bis er wieder eingeschlafen war. Am nächsten Morgen wurde Jerry telefonisch herbeigerufen. Er half, Roger zu pflegen und aufzumuntern. Bei der Gelegenheit sagte Kip zum erstenmal in seinem Leben dem selbstzufriedenen und erfolgreichen Redakteur seine Meinung. Während der langen Jahre ihrer Bekanntschaft hatte Jerry Roger in seinem Zynismus bestärkt und Kip, «den kleinen Moralteufel», mit Vorliebe lächerlich gemacht.

«Das ist alles sehr schön für dich, Jerry», sagte jetzt Kip, «du bist ein hartgesottener Bursche; du weißt, was du tust, gibst auf dich acht und treibst es nicht zu arg. Roger aber ist großherzig wie nur eben ein Genie und gibt sich vollkommen aus.»

«Danke für deine Offenheit», sagte Jerry trocken.

«Laß das, du weißt, wie recht ich habe. Roger ist anders als du und braucht deine Hilfe. Er war dein Freund, schon lange bevor ich ihn kannte. Hättest du deine Pflicht getan, so wäre es nicht soweit mit ihm gekommen.»

Jerry zog seine schwarzen Brauen düster zusammen, das gehörte schon so zu seiner Art. Aber innerlich gab er Kip recht und nahm sich vor, danach zu handeln. Von methodistischen Sonntagsschulen und Straßenaposteln sagte er allerdings nichts. Aber er gab zu, daß es an der Zeit war, Roger von einer «feinen» Gesellschaft zu befreien, die nicht seine Schuhsohlen wert war, und ihn für einige Zeit auf den Limonadewagen zu heben.

V

Kips alter Gewissenskonflikt, ob er Maggie May den Zustand ihres Bruders mitteilen durfte oder nicht, wurde nun endgültig entschieden. Den Brief an sie setzte er mehrmals auf und zerriß ihn immer wieder. In der endgültigen Fassung stand nichts über das Nachtleben von Manhattan und über die Vorliebe großer Dramatiker für ihre Hauptdarstellerinnen. Auf Dinge, die einer wohlerzogenen jungen Dame aus dem Delta so fern lagen, durfte man nicht einmal anspielen. Der Brief war zurückhaltend, aber ernst gehalten und durch das, was er zu verschweigen schien, nur um so alarmierender. New York sei eine Stadt voller Versuchungen, hieß es darin, und Genies seien für alles empfänglich und äußerst labil. Roger insbesondere sei viel zu großmütig. Er habe augenblicklich jemand nötig, der ihm helfe; niemand sei so gut wie seine Schwester dazu imstande. Wenigstens sei das Kips Ansicht; Miss Maggie May möge seine Kühnheit entschuldigen. Sie dürfe Roger nie von diesem Brief erzählen. Jede Einmischung in seine Privatangelegenheiten sei ihm verhaßt. Wenn der Besuch von Nutzen sein solle, müsse sich Miss Maggie May für ihre Reise einen Grund ausdenken. Zum Schluß erwähnte Kip ganz bescheiden, wie sehr er sich darauf freue, sie wiederzusehen; er sei gern bereit, ihr in allem an die Hand zu gehen – der letzte Satz gehörte zu denen, die ein dutzendmal umgeformt wurden. Schließlich ließ er ihn ganz weg, vielleicht klang er doch wie eine Anspielung auf die freien Zimmer im Tarleton-Haus.

Maggie May antwortete sofort. Sie dankte Kip für seine freundliche Warnung, die sie sehr gut verstanden habe. Das Übel sei traurig genug – vielleicht erblich, man dürfe Roger nicht gar zu streng verurteilen. Sie werde kommen und ihr Bestes tun. Mrs. Fessenden, ihre Cousine, habe sie schon wiederholt zu sich eingeladen; das sei wohl der beste Vorwand für die Reise. Sie schreibe noch mit derselben Post an Mrs. Fessenden und werde Kip bald Nachricht geben. Außer ihrer Mutter werde niemand von seinem Anteil an dieser Reise erfahren. Sie danke ihm nochmals herzlich und freue sich auf das baldige Wiedersehen.

Eine Woche später kündigte sie ihre Ankunft an. Kip geriet in große Aufregung. Sollte er sie von der Bahn abholen? Oder mußte das ihren reichen, mächtigen Verwandten als Zeichen von Aufdringlichkeit erscheinen? Und was würde nun mit Lilian Ashton geschehen? Rogers Leute wußten ja gar nicht, daß er nicht mehr im Tarleton-Haus wohnte; seine Post bekam er immer noch hierher. Wie würde er nun vor seiner Schwester die neue Adresse im Apartment-Hotel motivieren? Und wie die Tatsache, daß er sie nie dahin einlud?

Kip sprach mit Jerry darüber; doch der lachte und meinte, früher oder später müsse Maggie May der Wirklichkeit ja doch ins Auge sehen, warum also nicht früher? Und gar so zimperlich seien die Schwestern von heute nicht mehr. Kip bestand hartnäckig darauf, daß Maggie May ganz anders als alle andern Schwestern, als alle andern Mädchen sei. «Wie alt kann sie denn jetzt sein, zwanzig denk ich», meinte Jerry. «Genau einundzwanzig», sagte Kip. Jerry lächelte: «Du merkst dir aber ihren Geburtstag gut, Junge! Du solltest lieber mal zusehen, daß keine alte Jungfer aus ihr wird!»

Natürlich hatte auch Roger über Lilian Ashton und seine Schwester nachgedacht. Es hieß, daß er Lilians sehr müde sei und die Absicht habe, für eine Weile zu den Fessendens zu übersiedeln. Er sollte jenes Cottage beziehen, das seine Cousine ihm schon einmal angeboten hatte, und mit der Arbeit an einem neuen Stück beginnen. Es war ja Frühling. Auf langen Spaziergängen konnte er dort die alte Freundschaft mit seiner Schwester erneuern. Kip freute sich schon beim bloßen Gedanken daran. Welches Glück für einen geborenen Welt- und Menschenverbesserer, die Rolle eines Schutzengels zu spielen, das Schicksal eines Menschen zu beeinflussen, der nicht die leiseste Ahnung davon hat.

VI

Der große Nachmittag war da, Roger hatte Kip aufgefordert, mit auf den Bahnhof zu kommen. Kips bester Anzug war bei der Putzerei gewesen. Mutter und Tante lasen das letzte Stäubchen davon ab. Ein neuer Hut und ein Paar Handschuhe ergänzten die Ausstattung. Tadellos hergerichtet, geschniegelt und gutgelaunt, so traf er sich mit Roger am Pennsylvania-Bahnhof. Eine Zauberformel, die offenbar nur Berühmtheiten vertraut ist, verschaffte Roger und seinem Begleiter Zutritt zum Bahnsteig. Richtig, da stieg schon Maggie May aus einem Wagen, in einem blauen Seidenkleid und einem kleinen Frühjahrshut mit blauen Glockenblumen. (Kip liebte seither Glockenblumen und blaue Kleider.) Maggie May war jetzt schon eine erwachsene junge Dame, gesetzt und zurückhaltend; aber ihre Freude über das Wiedersehen verriet sie doch. Sie kam auf Roger zugelaufen und gab ihm einen festen Kuß. Sie küßte und umarmte ihn, bis ihr die Tränen kamen. Sie packte Kip bei beiden Händen und betrachtete bald ihn, bald ihren Bruder. «So schlecht siehst du aus, Roger! Mager und bleich! Du bist ganz überarbeitet!» Sie hatte zuviel Takt, um ihm zu sagen: «Du hast ein liederliches Leben geführt.» – «Du bist überarbeitet!» klang viel angemessener. Kip bekam etwas weniger Angenehmes zu hören. «Sie sehen um keinen Tag älter aus!» Eigentlich hatte er das ewige «Junge», mit dem man ihn bedachte, schon satt. Solange er sich nicht vom Schürzenband seiner Mutter losmache, werde er nie erwachsen sein, das pflegte ihm Jerry beinahe täglich zu sagen. Jetzt stand er trotz seiner vierundzwanzig Jahre verdattert wie ein Schuljunge da.

Maggie May erzählte allerlei Neuigkeiten von daheim und von der Reise. Sie sei so glücklich. Lee lasse grüßen. Er habe dieses Jahr wieder so viel Zucker angepflanzt. Dabei wisse er gar nicht, ob die Ernte überhaupt zu verkaufen sei. Die Träger hatten das

Gepäck genommen. Bald stand man vor dem Fessenden-Auto. Vorn waren Rogers Koffer aufgeladen, die von Maggie May wurden ins Innere verstaut. «Wohin fahren wir?» fragte sie. «Zu Cousine Jenny», antwortete Roger. Kip wollte sich verabschieden, aber Maggie May ließ ihn nicht fort: «Ich möcht noch ein wenig plaudern mit Ihnen. Können wir nicht wo einen Tee nehmen?» Kip war im siebenten Himmel, wo herrliche blaue Engel wohnen, mit blauen Glockenblumen auf neuen Frühlingshüten.

Roger gab dem Chauffeur ein vornehmes Lokal in der Fifth Avenue an. Eine Gräfin Galupski führte es, die Dame war eine echte Cousine des Zaren, ihre Zehen waren auf der Flucht vor den Bolschewiken nach Archangelsk abgefroren. In ihrem Lokal kam man sich ganz wie im heiligen Rußland vor. Da gab es glänzende Messingsamowars und roten Kaviar auf den Sandwiches. Man saß an kleinen Tischen mit rosa Lampenschirmen, junge Herren, junge Damen versicherten einander immer wieder, sehr erfreut zu sein, und tauschten Neuigkeiten über Verwandte und Bekannte aus. Wer ist mit wem verlobt? Wie geht es Lelias Baby? Mamas Migräne wird immer schlimmer. Für Zuckerpflanzer ist jetzt eine böse Zeit. Und schließlich: «Roger, ich bin so neugierig auf dein neues Stück!»

«Ich bilde mir nichts drauf ein», sagte Roger. «Es gehört zu den Modestücken, die man zur Unterhaltung reicher Faulenzer schreibt.»

«Aber Roger, Jenny hat mir geschrieben, daß jedermann davon spricht.»

«Ein Beweis für die Hohlheit von jedermanns Kopf.»

Maggie May runzelte ein wenig die Stirn. «Was ist mit ihm los, Mr. Tarleton? So klein kenn ich ihn gar nicht.»

«Alles die schlechten Zeiten, Miss Maggie May», antwortete Kip. «Diese New Yorker waren der Meinung, die ganze Welt sei bloß für sie da, und jetzt auf einmal sollen sie ehrlich zu arbeiten anfangen!»

VII

Maggie May hatte nun dieselbe Arbeit mit ihrem Bruder, die sie so viele Jahre lang mit ihrem Vater gehabt hatte, nur daß es diesmal viel schwerer war. Mit Kartenspielen ging es nicht, Roger empfand nur Verachtung dafür. In Gesellschaft wollte er nicht gehen, die Leute reizten ihn nur zum Trinken. Vorlesungen lehnte er ab; er hatte vom Lesen ganz andere Begriffe. Er nahm ein Buch, durchflog es bis auf Seite zwanzig und warf es mit einem verächtlichen Ausruf – «Dreck!», «Schund!» oder «Mist!» – wieder weg. Darum schreibe er ja selber Bücher, weil die der andern so elend schlecht seien.

Das einzige, was Maggie May für Roger tun konnte, war, ihm zuzuhören. Sie versuchte seine sonderbaren Urteile und die ganz eigenen Worte, die er dabei gebrauchte, zu verstehen. Was war denn an einem Philister so Schreckliches dran? Was hieß das «Bourgeois», «Bourgeoise», «Bourgeoisie»? Besondere Verachtung genossen die «Épiciers» oder Krämer; das waren nämlich Schriftsteller, die ihre Produkte an gewöhnliche Magazine verkauften. Manchmal sprang Roger vom Französischen ins Deutsche über und sprach von Kitsch und Kaffern.

Maggie May sah sich nach Hilfe um; ihre Wahl fiel natürlich auf Kip. Er hatte zaghaft darum gebeten, sie zum Lunch ausführen zu dürfen, wenn sie in der Stadt sei. Ein paar Tage nach ihrer Ankunft rief sie ihn an; sie fahre zu einer Matinee in die Stadt; ob er Lust habe, sich bei der Gräfin Galupski mit ihr zu treffen, um Viertel sechs. Er hatte selbstverständlich Lust.

Sie kam allein hin. Beide nahmen Platz und teilten einem russischen Aristokraten ihre Wünsche mit. Maggie May richtete ihre freundlichen, forschenden braunen Augen auf Kip und sagte: «Ich komme eben aus dem ‹Neuen Mann›.»

«Ach!» sagte Kip; es verschlug ihm die Rede.

«Roger habe ich nichts gesagt», fügte das Mädchen hinzu. «Eigentlich hab ich niemand etwas gesagt. Ich hab mir einfach ein Billett gekauft und bin rein.»

«Ein merkwürdiges Stück», meinte Kip schüchtern.

«Ich komm mir vor, als wär ich eben aus einem Traum erwacht. Ich begreife nicht, daß mein Bruder so ein Stück geschrieben hat; daß Leute sich das ansehen gehen und noch lachen darüber, ein ausverkauftes Haus, Tag für Tag.»

«Roger war wohl kaum dafür, daß Sie das Stück sehen, Miss Maggie May.»

«Ich will ihn verstehen lernen, Mr. Tarleton, die Welt, in der er lebt, und die Leute, mit denen er verkehrt. Es wäre doch sinnlos für mich, im Delta zu bleiben oder das Delta hierherauf zu verpflanzen. Sie müssen mir ein wenig an die Hand gehen.»

«So gut ich es vermag, gerne.»

«Nun, erst möcht ich was über diese Miss Ashton hören.»

Kip wurde es plötzlich ganz heiß. Beim Herzen begann es und verbreitete sich über Hals und Wangen bis zur Stirn mit den sonderbaren, waagrechten Verdutztheitsfalten. «Ja, Miss Maggie May», sagte er mit schwacher Stimme.

«Ich möchte wissen, was für ein Mensch sie ist und wie sie mit meinem Bruder steht.»

«Ja, Miss Maggie May», es klang noch schwächer.

«Man hält mich natürlich für vollkommen ahnungslos. Aber manchen Leuten macht es offenbar Spaß, einen über alles Unangenehme auf dem laufenden zu halten. Ich hab Zeitungsausschnitte zugeschickt bekommen, ebenso Mama. Eine ganze Zeitlang haben wir sie voreinander geheimgehalten.»

Kips Gedanken kreisten immer rascher. Maggie May beging da eine für ihre Verhältnisse revolutionäre Tat, die sie gewiß viel moralische Überwindung kostete. Es war seine Pflicht, ihr auf halbem Weg entgegenzukommen. Wenn nur die verfluchte Hitze nicht gewesen wäre, die sich über sein ganzes Gesicht verbreitete. Bald bemerkte sie seine Verlegenheit und errötete selber. Sie gab sich Mühe, ihm grade in die Augen zu sehen, in die großen, ernsten, blaugrauen Augen, zu denen sie Vertrauen hatte. Ihre Stimme klang noch natürlich und unbefangen; auch er mußte das fertigbringen, als wäre es etwas ganz Alltägliches, daß junge Damen aus bester Familie ihre männlichen Bekannten zum Tee einladen und da über die Mätressen ihrer Brüder zu reden anfangen.

«Ist das wahr, Mr. Tarleton, daß Roger und sie zusammen leben?»

«Ja.»

«Seit wann?»

«Seit das Stück läuft, glaube ich.»

«Sie waren in Frankreich miteinander.»

«Ja.» Irgendwo in Kips Innern tönte Jerry Tylers Stimme: «Siehst du, ich hab recht! Die Mädchen von heute sind anders!»

«Was für eine Art von Mensch ist sie, Mr. Tarleton?»

«Ja – Sie haben sie doch auf der Bühne gesehen?»

«Sie ist nicht reizlos und wirkt ganz fein. Wenn ich sie irgendwo kennenlernte, würde ich sie für eine Dame halten. Nur ihre Rolle war mir so fremd, ich konnte ihre Person gar nicht von der Rolle trennen, das verwirrt mich ein wenig. Kennen Sie sie?»

«O ja.»

«Was halten Sie von ihr?»

«Sie war immer sehr nett zu mir. Ich kann nichts gegen sie sagen.»

«Wie verträgt sie sich mit Roger?»

«Anfangs haben sie sich sehr gut vertragen; in Frankreich haben sie sich zu zanken begonnen, und jetzt vertragen sie sich immer weniger.»

«Erzählen Sie mir einiges darüber!»

Er zögerte. «Das geht so schwer, Miss Maggie May.»

«Aber ich muß doch was wissen darüber, sonst bin ich ganz hilflos. Hat Roger mit Ihnen über sie gesprochen?»

«Einmal, ja.»

«Nun, und?»

«Ja, wissen Sie, er hatte damals etwas zuviel getrunken.»

«Bitte helfen Sie mir doch, Mr. Tarleton! Mit meinen Anschauungen von zu Hause komme ich hier nicht weiter. Ich muß Rogers Freunde kennenlernen, ich muß ihre Sprache erlernen.» («Gott behüte, Miss Maggie May!› wollte Kip sagen, aber er hielt seine Zunge im Zaum.)

VIII

Maggie May setzte das Kreuzverhör fort. Nach und nach bekam sie die Geschichte jenes quälenden Streites zwischen Roger und Lilian heraus. Nur einige von den Schimpfworten, mit denen der Dramatiker seine Liebe belegt hatte, unterschlug Kip. Er fühlte sich auch verpflichtet, auf die mildernden Umstände hinzuweisen: Lilian und Roger waren beide wirklich überarbeitet und lebten unter einem schweren Druck. Man mußte auch ihre Umgebung berücksichtigen, deren Sitten und Anschauungen von den üblichen so verschieden waren. «Die Leute treiben hier, was ihnen Spaß macht, Miss Maggie May.» – «Ich weiß. Dagegen hab ich auch gar nichts. Mich wundert nur, daß ihnen das gerade Spaß macht.»

Sie schwieg ein Weilchen, bis Kip diesen Satz verdaut hatte, und ergänzte dann: «Ich habe lang genug darüber nachgedacht. Roger glaubt an keine Religion. Er hält es also auch nicht für notwendig, das Ehegelübde vor einem Geistlichen abzulegen. Dagegen sage ich nichts. Ich verstehe nur nicht, daß er mit einer Frau lebt, die er nicht richtig liebt und respektiert.»

«Im Anfang war er sicher der Meinung, sie zu lieben, Miss Maggie May.»

«Offenbar hat er sich das Ganze zuwenig überlegt.» Wieder schwieg sie ein wenig. «Für mich steht die Sache so: Ich darf nicht zu engherzig sein, sonst ärgert er sich nur; mache ich aber zu viele Konzessionen, so verliere ich die Achtung vor mir, und vielleicht verliert auch er sie. Ich weiß nicht, soll ich versuchen, ihn von dieser Frau zu trennen, oder soll ich mit ihr zusammenkommen, sie freundlich behandeln und um ihre Hilfe bitten?»

«Sie hätte nur Mißtrauen für Sie übrig, Miss Maggie May. Roger hat sie ihre gesellschaftliche Minderwertigkeit bitter genug fühlen lassen.»

«Ich bin kein Snob», sagte das Mädchen. «Ich finde wirklich nichts dabei, daß sie sich selbst ihr Brot verdient. Allerdings könnte ich nicht behaupten, daß mir die Art, wie sie es verdient, gefällt.»

«Das würde ihr sehr snobistisch vorkommen», erwiderte Kip mit einem Lächeln. «Sie findet ihren Beruf ganz in Ordnung.

Übrigens – wenn man sein Brot wirklich verdienen muß, darf man nicht so zimperlich sein. Ich weiß ein Lied von der Armut zu singen. Sie kann manchmal sehr unangenehm sein.»

Maggie May fragte Kip genau über das Leben der Schauspielerin und ihre Arbeit aus. Sie wollte sogar wissen, ob Roger Lilians erster Mann gewesen sei.

«Das kann ich kaum glauben», sagte Kip.

«Dann wäre es ja weniger grausam, sie zu trennen.»

So schmiedeten sie zusammen Pläne über Rogers Zukunft. Kip mußte wieder lächeln. Wie wütend Roger wäre, wenn er sie hören könnte! Oder würde er einfach zu lachen anfangen und sie ersuchen, sich zum Teufel zu scheren?

«Eins ist einmal sicher, Miss Maggie May. Die beiden passen nicht zueinander. Lilian ist nicht die richtige Frau für Roger. Sie trinkt selber, und sie besucht gern Gesellschaften, wo viel getrunken wird. Das ist das Entscheidende.»

«Ich glaube auch. Es wär alles viel einfacher, wenn die Leute nicht trinken würden. Bei Jenny draußen ist es genauso. Man betrinkt sich dort nicht, aber bei jeder Gelegenheit wird Alkohol serviert. Roger hat ewig das Zeug unter der Nase. Überall dieselbe Geschichte.»

«Und ich hatte immer gehofft, durch die Prohibition werde alles anders werden.»

«Ich auch. Aber man merkt nicht den leisesten Unterschied, wenigstens in unseren Kreisen nicht. Mr. Fessenden hat einen großen Vorrat in seinem Keller liegen, schimpft auf die Prohibition und hält es für Ehrensache, genausoviel wie früher zu trinken.»

«Nun, eines Tages wird sein Vorrat zu Ende sein, dann wird man ja sehen.»

Jedermann im Lokal sprach über die Prohibition, die nun schon das zweite Jahr in Kraft war. Ein neuer republikanischer Präsident war zu ihrer Durchführung da, jener selbe Senator Harding, dem die «Nassen» vor drei, vier Jahren die Unschädlichmachung der Kriegsprohibition aufgetragen hatten. Weder Kip noch Maggie May erinnerten sich an die frühere Rolle des Herrn aus Ohio. Sie wußten nur, daß er gut aussah und schöne Reden hielt: Jeder gute Bürger habe die Pflicht, das Gesetz zu befolgen. Einen alten

Freund aus Ohio, einen gewissen Mr. Daugherty, hatte er zum Oberstaatsanwalt ernannt, dem die Ahndung der Gesetzesübertretungen zustand. Auch dieser Herr hielt Reden: Das Gesetz müsse befolgt werden; wer es verletze, verdiene strenge Bestrafung. Kip und Maggie May waren eigentlich recht hoffnungsvoll. Sie erwarteten das baldige Versiegen der Alkoholströme in den Teestuben, Kabaretts und Privathäusern von Manhattan.

«Wenn Roger bis dahin nur nichts mehr zu trinken bekäme!» seufzte Maggie May. «Dann wären wir all unsere Sorgen los!»

IX

Um diese Zeit gingen die Wogen der Prohibitionskämpfe besonders hoch. Eine «Amerikanische Freiheitsliga» wurde gegründet, die sich die Organisierung einer Massendemonstration gegen das Gesetz zum Ziel gesetzt hatte. Am 4. Juli sollte die Fifth Avenue eine gigantische Parade sehen. Mit Hilfe von viel Zeitungsreklame wurden die Unterschriften von angeblich 202 670 Männern und Frauen gewonnen, die zu demonstrieren versprachen. Der Bürgermeister und viele hohe städtische Beamte hatten ihre Teilnahme zugesagt. Die Demonstration sollte vom frühen Morgen bis tief in die Nacht hinein dauern.

Zwar hatten sich im Verlauf der letzten Jahre viele Verletzungen der «amerikanischen Freiheiten» ereignet, die den Redakteuren der New Yorker Zeitungen sehr wohl bekannt waren. Kaum vierzehn Tage, bevor das Prohibitionsamendement in Kraft trat, hatten Agenten des Justizdepartements in Hunderten von amerikanischen Städten Razzien auf Arbeiterführer unternommen, die gewagt hatten, den Privatkrieg anzuprangern, den Präsident Wilson gegen das russische Volk führte und zu dem er, ohne Erlaubnis des Kongresses, Geld, Waffen und Leben amerikanischer Bürger verwandte. Mehrere tausend Männer, Frauen und Kinder wurden in die Gefängnisse zusammengepfercht und dort den schlimmsten Entbehrungen ausgesetzt. Monatelang hielt man sie ohne Haftbefehl und ohne Verhör fest. Neun Zehntel von ihnen wurden schließlich – ohne Entschädigung für ihre Leiden – wieder freigelassen. Kein Redakteur hatte es damals für notwendig gehalten, zur Verteidigung der amerikanischen Freiheiten auf die

Fifth Avenue zu ziehen. Hätten unzufriedene Arbeiter eine solche Demonstration unternommen, so wären sie von berittener Polizei attackiert, sinnlos verprügelt und ins Gefängnis geschafft worden. Hier allerdings handelte es sich um einflußreiche Herren und um das Alkoholgeschäft, das der Polizei Millionen und aber Millionen von Dollars eingebracht hatte. Sie hatte also allen Grund, den Demonstranten das Geleit zu geben. Der ehrenwerte Bürgermeister winkte den Herren mit einer Bierflasche zu.

Da die Parade der «Nassen» am Tarleton-Haus vorbeikam, hatte Kip Gelegenheit, sie zu sehen. Gar so großartig wie versprochen fiel sie freilich nicht aus. Die Antialkohol-Liga hatte dafür gesorgt, daß ihre Gegner gezählt würden. Einschließlich aller Musikanten und Schutzleute waren es 14922 Mann. Ein übereifriger New Yorker Redakteur zog im Laufe von zwei Stunden viermal über denselben Fleck. Die Zeitungen entschuldigten den schwachen Besuch mit der Hitze; ein großer Teil der Leute habe es vorgezogen, den Feiertag am Strand zu verbringen. Sehr schön war die Prozession nicht; fast alle hatten sich die Röcke ausgezogen. Blauweiße Banner verkündeten: «Wir wollen unser Bier!» «Wir wollen Wein zu unseren Mahlzeiten!» Eine Gruppe von Veteranen wandte sich an den Kongreß: «Kümmert euch um unsere Invaliden – um unsere Moral kümmern wir uns selbst!» Eine fünfzehn Meter hohe Tafel, die von einem Dutzend von Männern getragen wurde, rief schon beinah zur Revolution auf: «Weg mit der Volstead-Akte! Das Achtzehnte Amendement ist verfassungswidrig! Ist es Hochverrat, so zieht die Konsequenzen daraus!» Ein Witzbold schleppte eine Tafel mit der Inschrift: «Wem gefällt das Gesicht eines Prohibitionisten? Höchstens seiner Mutter!» Prohibitionisten riefen ihm zu: «Wem gefällt das Gesicht eines Säufers?»

Unter der literarischen Abordnung erblickte Kip seinen Freund Jerry. Groß, aufrecht und düster marschierte er einher; auf einer Stange oben trug er eine Reproduktion des «Abendmahls» von Leonardo da Vinci. Ein anderer glaubenseifriger Redakteur trug ein Bild der Hochzeit zu Kana. Bei dieser Gelegenheit hatte Jesus ja Wasser in Wein verwandelt, beim Abendmahl Wein in sein eigenes Blut. Diese beiden Protestanten führten sich so feierlich auf, wie es sich für sie gehörte. Sie achteten weder auf Beifall noch auf Pfuirufe.

Kip fragte sich, was Jesus mit dieser Trinkerparade zu schaffen habe. Er wußte ganz genau, daß Jerry Tyler an nichts glaubte. Er entsann sich einer Äußerung des aufgeklärten Redakteurs, Jesus sei ein Verrückter gewesen. Ein andermal meinte er, der Mann habe überhaupt nicht gelebt. Kein einziger von den Redakteuren der «Gothamite» hielt sich in seinem Privatleben an die Vorschriften eines längst verstorbenen jüdischen Messias. Sie sahen Weiber an, ihrer zu begehren, sie hielten niemand die zweite Backe hin, sie verkauften auch nicht ihre Güter, um den Erlös den Armen zu schenken, sondern waren auf ihren nächsten Monatsscheck sehr wohl bedacht.

Doch das hielt sie keineswegs davon ab, die geschäftliche Ausbeutung des Äthylalkohols mit Jesus in Zusammenhang zu bringen.

X

Maggie May überbrachte Kip eine Einladung ihrer Cousine zum Weekend auf Long Island. Kip erschrak sehr darüber. Er war noch nie an so einem Ort gewesen und hielt es für ausgemacht, daß er der vornehmen Dame auf «Broadhaven» unmöglich genehm sein könne. Mutter und Tante redeten ihm vereint diesen Unsinn aus. Er sei so gut wie irgendeiner. Was für Mrs. Chilcote recht sei, die ihn doch damals eingeladen habe, sei für Mrs. Fessenden nur billig.

Eines schönen Samstagmorgens fuhr also Kip mit der Bahn bis zu einer entlegenen Station auf Long Island, wo ihn Maggie May in einem blendenden Sportwagen erwartete. Er stieg ein, und sie kutschierte ihn über einen kiesbedeckten Fahrweg erst ein paar Kilometer lang an Wiesen und Matten vorbei, dann durch einen Nadelwald. Bald wurde durch die Bäume hindurch ein zweistöckiges, rotes Backsteingebäude im Georgia-Stil sichtbar. Nach einem weiten Bogen machten sie auf einer Terrasse über dem Meere halt; unten lag ein kleiner Hafen, ein Landungssteg und mehrere Boote. Ein Mann kam heraus und nahm Kips Koffer. Die Eingangshalle war wie bei einem Museum oder sonst einem öffentlichen Gebäude. Kip sank das Herz in die Hosen; weniger aus Ängstlichkeit, er wußte ja genau, wie er sich hier zu benehmen hatte. Aber um seinen Traum stand es schlimm; nie, nie konnte Maggie May zu seinesgleichen werden!

Als er in sein Zimmer hinaufging, in dem ein echter Van Dyck hing, fand er seinen Flanellanzug für den Nachmittag schon auf dem Bett vorbereitet. Einige Stunden später war dasselbe mit dem Abendanzug der Fall. Kannte er sich einmal in irgend etwas nicht aus, so wurde er von der Dienerschaft darüber aufgeklärt. Messer, Gabeln, Löffel waren neben seinem Teller so angeordnet, daß er immer nur nach dem nächsten zu greifen brauchte. Alles ging hier wie am Schnürchen. Man verbeugte sich vor den Damen, schüttelte den Herren die Hand, sagte: «Sehr erfreut», ließ sie reden und hörte interessiert zu. Auf diese Weise war man des Erfolges sicher. Maggie May hatte in einer boshaften Laune Kip diese Zauberformel verraten. Er wandte sie an, und sie wirkte großartig.

Der Lunch wurde im Speisesaal serviert, auf einem alten und recht mitgenommenen Tisch, der aus einer französischen Abtei des fünfzehnten Jahrhunderts stammte. Oben saß die Dame des Hauses; Kip fand sie älter und trauriger aussehend als bei der letzten Begegnung. Im Grunde war sie ein sehr lieber Mensch; das wichtigtuerische Auftreten diente ihr nur als Schutz. Ihr zwölfjähriger Junge, der bleich und sehr reizbar war, hatte eine eigene Gouvernante, der er fortwährend widersprach. Eine andere Dame unbestimmten Alters leistete offenbar Mrs. Fessenden Gesellschaft. Eine dritte, die schon recht alt war, hatte früher dasselbe getan und war jetzt «pensioniert». Es gab eine ganze Menge Leute, die zum Haushalt auf Broadhaven gehörten. Maggie May meinte, viel Geld und ein weiches Herz bringe das so mit sich. Die Stellung der meisten war unklar. Bei manchen Mahlzeiten erschienen sie, bei anderen nicht, je nach der Gesellschaft, die gerade anwesend war.

Nach dem Lunch ging Maggie May mit Kip spazieren. Sie zeigte ihm die Rosengärten, die Gewächshäuser, das Vogelhaus mit lauter exotischen Vögeln, die Ställe mit den Reitpferden und den kleinen Shetland-Ponys. Zwar war niemand mehr da, der sie ritt, doch man behielt sie aus Pietät, so wie die alten Damen. Die zwei größeren Kinder des Hauses, ein Knabe und ein Mädchen, wurden vom Pensionat zurückerwartet. Maggie May zeigte Kip – aus sicherer Entfernung – das Cottage hinter den Kiefern, wo Roger wohnte. Er komme nie zum Lunch, und oft, wenn er in der Arbeit stecke, nicht einmal zum Dinner.

Im Hafen unten holten sie ein kleines Segelboot heraus. Maggie May verstand sich auf Boote, sie waren ein Stück ihres Lebens zu Hause. Sie fuhr Kip in dem kleinen, von Steindämmen geschützten Privathafen umher und zeigte ihm die Leuchttürme zu beiden Seiten der Einfahrt, deren Licht von der Küste aus eingeschaltet wurde. Mr. Fessenden besaß nämlich eine Yacht, in der er oft nach New York fuhr. Wenn er nachts zurückkam, rief er vorher an, und dann wurden die Lichter eingeschaltet. Sonst war der Hafen dunkel, damit man ihn nicht bemerke. Über Schmuggler in Motorbooten erzählte man sich aufregende Geschichten. Kürzlich hatte sich in einer stürmischen Nacht ein Rumschmuggler unbeobachtet eingeschlichen. Am Morgen fand man Radspuren, die von einem großen Rollwagen herrührten, und Fußabdrücke im Sand.

XI

Da die reichen Leute nicht daran dachten, auf ihr Vergnügen zu verzichten, hatte sich ganz plötzlich ein Schmuggelsystem entwickelt. Die ganzen Nächte hindurch hallten die Straßen Long Islands vom Rasseln schwerer Wagen wider. Signallichter blitzten, Bergfeuer flammten auf, Motorboote suchten nach Schlupfwinkeln und Anlegestellen, vom Ozean und auch vom Sund her. Draußen, jenseits der Fünfkilometergrenze, lagen Schiffe aus Halifax mit dem bekannten kanadischen Korn an Bord, aus England mit «Irish» und «Scotch», aus Kuba und von den Bahamas mit dem «Bacardi»-Rum, der bei allen Gesellschaften als unentbehrlich galt. Für Geld konnte man in Amerika alles haben. «Es wird schon noch einige Zeit dauern, bis Roger nichts mehr zu trinken auftreibt», sagte Maggie May traurig.

Sie sprachen über das Leben, das Roger jetzt führte. Er war nicht ganz abstinent, das erlaubte ihm sein Stolz nicht; auch wäre er in Gesellschaft damit aufgefallen, und Bemerkungen darüber langweilten ihn zu Tode. Aber er wollte den Leuten beweisen, daß ein Gentleman trinken kann, ohne sich wie ein Jobber bei einer Sauforgie gehen zu lassen. Für Maggie May klang dieses Programm nicht sehr tröstlich. Das «Wie-ein-Gentleman-Trinken» war ihr von zu Hause her sattsam bekannt. Es sei zu kläglich, daß alle Trinker Programme und Pläne entwerfen, die sie dann so rasch wie Neujahrsvorsätze vergessen. Kip erzählte die traurige Geschichte seines Vaters, und Maggie May sprach zum erstenmal von Roger Senior und den vielen kummervollen Jahren, die sie mit ihm verlebt hatte.

«Wir haben eine gute Lektion bekommen», sagte sie. «Schrecklich, daß Väter sich zugrunde richten müssen, bloß um ihren Kindern beizubringen, wie man leben soll. Und auch dann lernen es viele nicht.»

Sie manövrierten hin und her in der kleinen Bucht. Leuchtend blaue Wellen schlugen gegen das Boot, im Schaum erschienen kleine Regenbogen. Ein Tanzen und Flimmern war in der Luft, die Wolken am blauen Himmel waren auch wie große, weiße Wogen. Maggie May im weißen Sportkleid hielt das Steuer fest in ihrer starken, braunen Hand. Sie wußte immer Bescheid, bei jedem Wellenstoß, bei jedem Ruck des Bootes.

Alles war so schön, so jung und lustig, aber glücklich konnten sie doch nicht sein, sie dachten gar nicht an sich, an die herrliche, flimmernde Welt, immer wieder kamen sie auf den Dichter zurück, der dort im kleinen roten Cottage gleich hinter den Kiefern gegen sein Schicksal anrannte wie ein Halbgott der griechischen Tragödie.

«In Rogers Leben stimmt was nicht», sagte Maggie May. «Etwas, womit er rechnen müßte.»

«Er ist zu anspruchsvoll», meinte Kip. «Er erwartet zuviel von den Menschen.»

«Gestern abend sprach ich mit ihm darüber. Er ist mit seiner Arbeit nicht zufrieden. Sein Leben zerrinnt, sagt er, und er bringt nichts zuwege.»

«Aber um Himmels willen, Miß Maggie May, er ist sechsundzwanzig Jahre alt und hat sich schon einen großen Namen gemacht! Er hat einen Band Gedichte und ein Drama geschrieben, die von allen Kritikern als Meisterwerke bezeichnet werden!»

«Ja, aber er meint, das sei nur ein Anfang. Er hatte ja so viel Größeres vor. Wissen Sie, Mr. Tarleton, in Wirklichkeit kränkt er sich, weil ein anderes Stück in der Saison mehr Erfolg hatte als das seine. Er findet New York kurzlebig wie eine Eintagsfliege; ‹Der Goldene Kerker› sei bereits vergessen. Er will nicht hinter einem anderen zurückbleiben.»

«Quälen sich alle Schriftsteller damit ab, einander auszustechen?» Kips Staunen über die Schriftsteller bekam immer neue Nahrung.

«Roger härmt sich ab, weil er gern was Großes schreiben möchte und es ihm nicht mehr so leicht fällt wie früher. Er ist sehr reizbar und ärgert sich über jede Kleinigkeit. Es fällt ihm auch so schwer, sich das Trinken abzugewöhnen. Früher, wenn er schrieb, hat er so viel getrunken, wie er Lust hatte. Abstinenz und wahre Inspiration seien unvereinbar, behauptet er. Glauben Sie, daß das stimmt, Mr. Tarleton?»

Schon wieder ein Rätsel, das sie zu lösen bekommen hatten!

XII

Zu Hause setzten sie sich auf die Loggia und schwatzten mit Mrs. Fessenden und ein paar von den alten Damen. Zwei neue Gäste kamen an: ein hübscher, junger, sonngebräunter Polospieler und seine Schwester, eine blonde Schönheit mit blühendem Pfirsichteint. Die alten Damen verschwanden; die jungen Leute unterhielten sich miteinander über Sport, bis es Zeit war, sich zum Dinner anzuziehen. Kip, der bald fertig war, kam wieder herunter und las das Abendblatt. Plötzlich erschien Maggie May; er sprang auf, um ihr entgegenzugehen. In seinem Kopfe begann sich alles zu drehen, als hätte er den Cocktail wirklich getrunken, den der Diener ihm angeboten hatte. Es war das erstemal, daß er Maggie May im Abendkleid sah. So viel Schönheit machte ihn schwindeln. Sie trug ein mattes Blau, die richtigen Namen für all diese Dinge waren ihm schleierhaft; auch in den dazugehörigen Parfüms kannte er sich nicht aus. Ihre Arme, ihre Schultern, ihr Busen – er ertrug den Anblick nicht und führte sie hinaus. Es ging gerade die Sonne unter. Die Abendbrise wehte den Duft des Geißblatts herüber. Eine schmale Mondsichel glänzte am Himmel, und darüber stand ein heller, ruhiger Planet. Kip kam sich wie in einem Traum vor.

Über den Rasen schlenderte ihnen Roger entgegen. Er kam seinem Freunde, dem Hotelangestellten, zu Ehren zum Dinner. Maggie May erzählte, einer Gräfin habe er es kürzlich abgeschlagen. Er streckte sich auf einem Liegestuhl aus; man erzählte sich Neuigkeiten aus New York. Jerry Tyler, jetzt Mitherausgeber der «Gothamite», hatte sich mit der bekannten Rezensentin Eleanor Follet verlobt. «Wie kommt es, daß ich sie gar nicht kenne?» fragte unschuldig Maggie May. Kip dachte sich im stillen sein Teil. Vielleicht legte Eleanor Wert darauf, künftig auch zum Weekend nach «Broadhaven» eingeladen zu werden, und vielleicht zeigte sie sich den Chilcotes nicht, bevor sie richtig verheiratet war.

Die alten Damen waren nicht beim Dinner. Außer dem Polospieler und seiner bezaubernden Schwester kamen noch ein fashionables junges Paar und ein italienischer Sänger aus New York. Er war so um dreißig, stammte aus einer adeligen Familie, sang in der Metropolitan Oper und sogar bei Ziegfeld und bekam tausend Dollars pro Auftreten. Sein rabenschwarzes Haar war dicht wie bei einem Indianer und weich wie Seide. Er hatte das Lächeln eines Engels und die Muskeln eines Ringers. Er gedachte noch hundert Jahre lang so auszusehen. «Ich gefalle mir nämlich so», erklärte er in elegantem Oxforder Englisch. Er sang alles – Bariton und Tenor – in jeder Sprache, vom Choctaw bis zum Arabischen, in jedem Stil, vom Kirchenlied bis zum Memphis Blues.

Während er sang, warb er unaufhörlich um Maggie Mays sanften braunen Blick. Jedes Wort seiner Liebeslieder war an sie gerichtet. Wenigstens schien es Kip so, der kein Auge von ihm ließ und mit brechendem Herzen lauschte. Natürlich, Maggie May mußte sich in Signor Diavolo verlieben, wer hätte sich nicht in ihn verliebt? Er war ja faszinierend. Sie zu bezaubern, hatte man ihn eingeladen. Alle möglichen Männer würden eingeladen werden, die als passende Partie für sie galten: junge, elegante Millionenerben – Rogers Freunde, die hellen Leuchten der Literatur – geübte Salonlöwen – alle Arten von bedeutenden Persönlichkeiten. Welche Aussicht hatte da der arme Angestellte einer Familienpension, die jetzt rasch von Stufe zu Stufe sank? Aus bloßer Barmherzigkeit hatte man ihn eingeladen. Er stellte sich vor, was

Maggie May mit ihrer Cousine über ihn gesprochen hatte. «Mama hat eine gute Meinung von ihm, weil er Roger so geholfen hat. Weißt du, Jenny, er trinkt nicht – ein guter Einfluß für meinen Bruder.»

Signor Diavolos Stimme schwoll zu einem mächtigen Crescendo an und erstarb dann zu einem melancholischen Wispern. Es ist aus, dachte Kip, alles ist aus. Heute nacht noch sind sie verlobt. Plötzlich war er wieder an Maggie Mays Seite. «Der hat eine Stimme, was?» sagte sie. Kip erwiderte der Wahrheit gemäß, eine solche Stimme habe er noch nie gehört. Und damit man ihn ja nicht der Eifersucht verdächtige, fügte er noch hinzu: «Ein faszinierender Mensch!»

«Finden Sie wirklich?» fragte Maggie May. «Ich weiß nicht, ich fürchte mich immer vor diesen schwarzen Männern. Ich hab das Gefühl, wenn sie erst einmal losgelassen sind, könnten sie einem was ganz Schreckliches antun.»

Kip hatte wieder Grund, sich zu freuen.

Auch Roger freute sich. Die junge Dame mit dem Pfirsichteint war taktvoll genug, sich nach seinen Anschauungen über moderne Lyrik zu erkundigen. Wie immer, wenn die Sprache auf seinen Lieblingsgegenstand kam, hellte er sich förmlich auf. Er war derart in das Thema vertieft, daß er den Diener mit dem Brandy vorbeigehen ließ. Vor dem Dinner hatte er einen Cocktail getrunken, während des Dinners drei verschiedene Arten Wein und zum Mokka ein Gläschen Likör. Aber für einen Mann von seinen Gewohnheiten war das nicht viel. Wenn er jetzt nichts mehr trank, konnte er mit sich zufrieden sein.

Es war rührend, ihn zu beobachten. Solange er von der Kunst sprach, eigener oder fremder, ging alles gut. Aber auch die kultiviertesten Leute können nicht einen ganzen Abend lang von moderner Lyrik reden. Bald sprach das junge Volk vom Kostümball im Country-Klub. Und schon hatte Roger, gelangweilt und nervös, wie er war, Mühe, die Augen vom Brandy fernzuhalten, der neben Sodawasser und Ginger Ale auf einem Tischchen gleich in der Nähe stand. Kip kannte alle äußeren Zeichen des Trinkerelends: den eigentümlichen Blick, das rastlose Streichen der Finger. Er kannte auch das Benehmen von Frauen, die auf Trinker achtgeben: ihre ängstlichen Gebärden, die hastigen Anstrengungen, Konversation zu machen, die bedeutungsvollen Blicke, die sie einander zuwerfen.

Der Diener kam wieder vorüber; Roger beobachtete ihn aus den Augenwinkeln. Er ballte die Hände und ließ ihn passieren. Damit hatte er schon mehr getan, als er eigentlich konnte. Plötzlich stand er unauffällig auf, schlenderte in einen anderen Teil des Zimmers hinüber und stellte sich dort auf, wo der Mann wieder vorbei mußte. Diesmal nahm er sich eines der flachen Gläschen vom Silbertablett. Wie hochmütig und uninteressiert unterhielt er sich dann mit der Pfirsichdame weiter; von oben herab blickte er auf ihre blendend schönen Schultern und auf die zarten Seidenbänder, die ihr duftiges Kleid zusammenhielten! Er ging in dem Gespräch über ästhetische Fragen vollkommen auf, und wie zufällig erschien das Glas in seiner Hand! Vor einem aber hütete er sich wohl: Er blickte weder zu seiner Schwester hinüber noch zu Kip Tarleton, dem «kleinen Moralteufel».

10. Kapitel **BROADHAVEN**

I

Jerry Tylers Heirat hatte empfindliche Folgen für die Familie Tarleton. Die Pension verlor wieder einmal ihren Star. Jerry übersiedelte ganz in Eleanors Wohnung, wo er keine Miete zu zahlen hatte. Die Ehe sei eine wunderschöne Einrichtung, erklärte der Herausgeber der «Gothamite» in dem munteren, zynischen Tone, der bei dieser Zeitschrift üblich war. Kip begann über den Wert der Pension für Mutter, Tante und ihn selbst nachzudenken. Alle drei arbeiteten sie schwer vom frühen Morgen bis spät in die Nacht und schleppten die Lasten für viele andere. Bei der Abrechnung am Monatsende stellte es sich dann heraus, daß sie noch draufgezahlt hatten und für ihre eigene Kost aufkommen mußten. Das ging nun schon seit dem großen Preissturz so; die Krise nahm offenbar noch lange kein Ende.

Kip fragte sich, wozu die Pension gut war. Mutter und Tante hatten eine bescheidene Rente; sie konnten sich über Wasser halten, wenn sie die Pension rechtzeitig aufgaben. Er selbst konnte sich eine Stellung suchen; als Hotelangestellter war er harte Arbeit gewöhnt. Der Mietsvertrag über die drei Häuser, die zusammen die Pension bildeten, lief bald ab. Der Hausherr hatte sich nie angenehm bemerkbar gemacht; jetzt sollte er sich mal bessere Mieter suchen. Der Name, den das Etablissement hatte, war in diesen Zeiten wenig wert. Er lud einem nur die Verpflichtung auf, Leute durchzufüttern. Die Wechsel, die man von ihnen bekam, lösten sie vielleicht nie ein. War es da nicht klüger, das Geschäft zu verkaufen? Und wenn niemand sich dafür interessierte, nahm man sich eben, was man an Möbeln brauchte, verkaufte den Rest und zog in eine kleine Wohnung.

Im Anfang hatten diese revolutionären Ideen bei den Damen eine Panik zur Folge. Sechzehn Jahre lang war das Tarleton-Haus ihr Heim gewesen, ihr Schirm und Obdach vor den Stürmen des Lebens. Die Sorgen und Kümmernisse der Pension erschienen ihnen als Teil der Naturordnung. Kip erinnerte sie daran, daß sie jetzt für kein Kind mehr zu sorgen hatten und auch für keinen

Trinker mehr. Sechzehn Jahre lang hatten sie immer für andere gearbeitet, warum nicht einmal für sich selbst?

Nacht für Nacht wurde das Für und Wider erwogen. Man holte alte Haushaltungsbücher hervor, erkundigte sich nach den Preisen für Wohnungen und rechnete sich alle Unkosten genau aus. Tante Sue schlug vor, die Pension zu verkleinern, bloß das eine Haus zu behalten und die besten Pensionäre darin, samt dem Koch, der in ihrem Dienst ergraut war, und Taylor Tibbs, für den sie sich moralisch verantwortlich fühlten. Ein kleineres Unternehmen hatte keine weiteren Angestellten nötig; Kip könnte sich anderswo eine Arbeit suchen. Während der heißen Sommermonate wurde lange darüber hin und her debattiert. Das Geschäft ging immer schlechter; die «Zeiten» besserten sich keineswegs. In Rußland herrschte eine schreckliche Hungersnot. Die amerikanischen Farmer verfütterten ihr Korn an die Schweine oder speicherten es als Heizmaterial für den Winter auf. Nur die allerreichsten Leute fühlten sich ihres Einkommens sicher. Die gewöhnlichen Pensionäre hatten immer mehr Geldsorgen. Sogar Mr. Marin, Käseimport, auf den man sich verließ wie auf den Felsen von Gibraltar, hatte sich verspekuliert. In den Ländern, denen er vertraut hatte, herrschte Revolution; die Valuten fielen. Mr. Marin sah sich gezwungen, ein billigeres Hinterzimmer im dritten Stock zu beziehen.

Zum Schluß setzte Kip seinen Willen durch. Eines Abends beim Dinner hielt er vor den Pensionären eine regelrechte kleine Rede. Es tue ihnen ja wirklich sehr leid, aber angesichts so vieler Schwierigkeiten sei der weitere Bestand vom Tarleton-Haus unmöglich. «Einige von Ihnen werden mich verstehen, wenn ich das sage», fügte Kip hinzu. Es machte ihm Freude, das vor Leuten zu sagen, die auf Preisherabsetzungen gedrängt hatten und mit Ausreden viel rascher als mit Geld zur Hand gewesen waren. In einer Woche werde die Pension schließen. Den treuen Freunden, die so viele Jahre zu ihnen gehalten hätten, wünsche er, daß sie anderswo angenehm unterkämen. Auch werde man einander hoffentlich hier und da sehen. Einige der Getreuesten erwiderten. Es ging ordentlich sentimental zu. Manche Dame hatte Tränen in den Augen, und mehr als eine wünschte, sie hätte die Rechnungen jeweils pünktlicher bezahlt.

II

Was geschah aber nun mit dem kostbaren «Vorkriegsalkohol» in den Kleiderschränken und unter den Betten von Mr. Gwathmey aus Kentucky, Mr. Fortescue aus South Carolina und den andern Herren der alten Schule des Südens? Der Vorrat, den sie angelegt hatten, war eine Art von Lebensversicherung. Sie hatten mit dem ewigen Bestand des Tarleton-Hauses gerechnet, wie mit dem einer Sparkasse etwa, und nun waren sie betrogen worden! Kip, seine Mutter, seine Tante, alle drei Abstinenzler, hatten daran gar nicht gedacht. Als die Frage nun zur Sprache kam, waren sie in nicht geringer Verlegenheit: Diese alten, treuen Freunde und Gäste, die regelmäßig jeden Samstagabend ihre Rechnungen beglichen hatten, gerieten da plötzlich in die Lage von Verbrechern, denen eine Strafe von tausend Dollar und ein Jahr Zuchthaus drohte.

Ja, so stand es um das abscheuliche Achtzehnte Amendement und die noch abscheulichere Volstead-Akte, die es rechtswirksam machte. Das Gesetz verbot den Transport und die Auslieferung von Alkohol. Es nahm gar keine Rücksicht darauf, daß hochanständige alte Herren aus Kentucky und South Carolina, die nie in ihrem Leben, außer beim Pokerspiel um Geld, ein Gesetz übertreten hatten, plötzlich in die Lage kommen konnten, ihre Pension zu verlassen. War das vielleicht kein Zwang zu Transport und Auslieferung des unbezahlbaren Lebenswassers? Oder sollten sie es einfach in den Kleiderschränken und unter den Betten zurücklassen?

Je mehr man darüber nachdachte, um so schwieriger wurde das Problem. Von dem Augenblick an, da die flüssigen Schätze auf die Straße hinausgeschafft waren, standen sie außerhalb des Gesetzes, und wer sie trug, handelte als Verbrecher. Jeder Diener konnte einen für ein Entgelt verraten, jeder Prohibitionsfanatiker ebenso – aus Liebe zur Nation oder aus Haß gegen den Alkohol. Der Rollkutscher konnte sich die kostbare Ladung einfach aneignen; die Besitzer hatten keinerlei Handhabe gegen ihn. Es wurde üblich, sich an Alkoholtransporten gütlich zu tun. Man erzählte sich schreckliche Geschichten von Bahnangestellten, die Stethoskope an den Koffern anlegten, um das Gluckern des Alkohols zu hören. Und selbst wenn man einen ehrlichen Fuhrmann fand – er konnte überfallen werden. Solche Überfälle waren an der Tagesordnung und wuchsen sich zu einer förmlichen Industrie aus. Man las in den Zeitungen von regelrechten Straßenschlachten.

In solchen Krisen kommen die Menschen darauf, daß sie zusammengehören, und schließen sich einander zu gegenseitigem Schutze an. Die Herren Gwathmey, Fortescue, Marin und ihre andern Pokerpartner hielten hinter verschlossenen Türen eine wichtige Konferenz ab. Mehrere Kriegspläne wurden vorgeschlagen; Francisco X. Marin, Spanier, Käseimport, wurde zum Generalissimus ernannt. Er besaß einen Rollwagen und war der Herr eines dazugehörigen Kutschers, der mit Käsekisten umzugehen verstand. Die Vorsehung hat es gefügt, daß Käsekisten sich zum Transport von Whiskyflaschen eignen. Geheime Vereinbarungen wurden getroffen; bei militärischen Operationen kommt ja alles auf Geheimhaltung an. «Überraschung ist neunzig Prozent des Sieges», erklärte der vierschrötige, rosige Generalissimus Marin, der eine große Vorliebe für farbige Westen und blitzende Krawattennadeln hatte.

An einem ihrer letzten Tage erschien vor der Pension ein Rollwagen mit leeren Käsekisten. Auf dem Kutschbock oben neben dem Fahrer saß der kommandierende Offizier. Die Käsekisten wurden ins Haus getragen. Kein vorübergehender Polizist oder Bundesagent konnte dagegen etwas einwenden. Das Tarleton-Haus stand ja mit der Organisation gut und bezahlte für den jährlichen Ball des O'Kelly-Vereins zwei Gründerkarten. Einige Kisten kamen in den dritten Stock auf Zimmer 39 vorn zu Mr. Braxton Bragg Gwathmey, einige in den zweiten auf Nummer 37 rückwärts zu Mr. Beauregard Fortescue. So ging es eine ganze lange Liste weiter. Oben wartete jeder einzelne dieser Herren, bückte sich tief in den Kleiderschrank hinein, kroch persönlich unters Bett und «transportierte» verbrecherischerweise Flaschen in Käsekisten.

Der Kutscher und Taylor Tibbs trugen die Kisten zusammen die Treppe hinunter, von den ängstlichen Ausrufen der ältlichen Besitzer geleitet: «Vorsicht! Nicht stolpern!» Die Käsekisten kamen auf den Wagen hinauf; auch dagegen hatte kein vorübergehender Polizist oder Bundesagent das Leiseste einzuwenden. Generalissimus Marin, der strenge, wachsame Begleitsoldat, setzte sich wieder auf, und man fuhr los. In der Zwischenzeit begaben sich die Herren im Taxi in ihre neuen Wohnungen. Dort nahmen sie den Inhalt der Käsekisten in Empfang und verstauten ihn wieder in Kleiderschränke und unter Betten.

III

Der letzte Gast war fort; die drei Häuser machten in ihrer Ruhe einen sonderbaren Eindruck. So viele Zimmer, die von verschwundenen Freunden oder Feinden sprachen! Jedes Möbelstück hatte seine eigene Geschichte, die jetzt zu Ende war! Das Office, der Salon, das Speisezimmer, die Küche – hier hatte Kip eigentlich sein ganzes Leben verbracht, in diesen Zimmern gespensterte es Tag und Nacht. Da hatte der Große Häuptling gehaust; in einem Zimmer hatte er Poker gespielt, im andern pflegte er sich anzutrinken. Hinten im Office machte man ihn wieder nüchtern; hier war er einmal zusammengefallen; in diesem Bett war er gestorben. Jetzt kamen die Trödlerjuden ins Haus und sahen sich die Sachen an. Das Bett, in dem ein Vater gestorben war, machte gar keinen besonderen Eindruck auf sie.

Die Familie beschloß noch eine Weile im Haus zu bleiben und bezog einige Räume im Parterre. Taylor Tibbs machte die ganze Arbeit. Es war unmöglich, ihn loszuwerden; er war bereit, auch ohne Gehalt zu bleiben. In einer New Yorker Wohnung würde man sicher nicht viel mit ihm anfangen können. Doch er scherte sich nicht darum, er war da wie immer. Er hatte den letzten Koffer hinuntergetragen, das letzte Trinkgeld eingesteckt und die letzte Träne der Rührung vergossen. Wie alle Angehörigen seiner Rasse liebte er Aufregungen und große Ereignisse, auch bei den Weißen.

Kip, der nun arbeitslos war, machte sich an das Studium von Zeitungsannoncen. Man verlangte viel Können und Erfahrung – gerade damit konnte er reichlich aufwarten. Es mußte ganz amüsant sein, in der Antwort auf eine Annonce zu lesen: «Im nächsten Monat werde ich vierundzwanzig Jahre alt. Während der verflossenen siebzehn Jahre war ich in einer Familienpension tätig.» Er ging sich auch vorstellen und beglückte die Inserenten mit dem Lächeln eines erfahrenen Hotelangestellten. Gleichgültig, wie früh man da ankam – zwanzig Leute standen schon vor einem und zwanzig kamen noch dazu. Manhattan machte böse Zeiten durch. Kip stellte mit sinkendem Mut fest, daß Angestellte ihre Sorgen so gut wie Unternehmer haben.

Um diese Zeit kamen Maggie May und Roger aus den Adirondacks zurück, wo sie bei Freunden zu Besuch gewesen waren. Kip traf sich mit Maggie May in der Stadt; sie gingen zusammen lunchen. Sie war ganz sonnverbrannt, die Gesundheit selbst, und erzählte unaufhörlich vom Bergsteigen; in Louisiana war diese Art von Erholung unbekannt. Kip wieder berichtete von der aufgelassenen Pension und den Annehmlichkeiten des Stellungsuchens.

«Ich wüßte was!» rief Maggie May. «Meine Cousine hat mir erzählt, daß sie auf Broadhaven den Gehilfen des Gutsverwalters entlassen haben. Das ist ein Posten für Sie.»

«Aber auf so was versteh ich mich doch nicht», sagte Kip.

«Das dürfen Sie denen nicht sagen!» Maggie May hatte viel Erfahrung. «Sie müssen sich auf alles verstehen.»

«Das kann ich Bekannten gegenüber doch nicht tun.»

«Ich weiß nur wenig über die Arbeit, aber ich sehe nicht ein, warum Sie das nicht lernen könnten. Man muß sich um die Angestellten kümmern, sie zur Arbeit anhalten, Rechnung führen und so weiter. Im Tarleton-Haus haben Sie doch Ähnliches zu tun gehabt. Der Verwalter wird Ihnen ja alles sagen.»

«Ich würde es ja natürlich sehr gern probieren, Miss Maggie May.»

«Jenny sagte, es sei so schwer, einen ehrlichen Menschen aufzutreiben. Ich werde ihr erzählen, wie ehrlich Sie sind.»

Maggie May versprach, sofort mit ihrer Cousine darüber zu reden. Und richtig, schon am nächsten Morgen kam ein telefonischer Anruf. Ein Mann mit ausgeprägt schottischer Aussprache – seine rollenden R's machten den Hörer wackeln – verlangte Kip Tarleton zu sprechen. «Hier ist McCallum, Gutsverwalter von Broadhaven. Möchten Sie mich heute besuchen?» Kip sagte zu und fuhr gleich hin.

IV

Alexander McCallum, ein stämmiger, untersetzter Mann mit strahlenden blauen Augen, rötlichem Borstenhaar und borstigem Temperament, stammte aus Glasgow.

«Mr. Tarleton?» fragte er und begutachtete Kip mit dem geübten Auge des Fachmannes von Kopf bis Fuß. «Junger Mann, zu allererst will ich von Ihnen wissen, ob Sie sich Prozente zuschanzen?»

«Prozente?» wiederholte Kip, er verstand den Verwalter nicht recht.

«Wenn man einen Burschen einen Rasenschneider kaufen schickt oder Vogelfutter, so läßt er sich vom Geschäftsmann zehn Prozent Kommission anrechnen.»

«Sie meinen, ich soll das auch so machen oder...»

«Ich meine, Sie sollen das nicht so machen», der Verwalter zog Kip förmlich die Worte aus dem Mund. «Sie bekommen Ihr Gehalt, ein Häuschen zum Wohnen, Gemüse und Obst; das ist genug.»

«Selbstverständlich», sagte der junge Mann. «Ich werde mich an die Vereinbarungen halten, darauf können Sie sich verlassen.»

(Was die Prozente anbelangt, so kam Kip später bald dahinter, worum es McCallum eigentlich zu tun war: Er wollte sie für sich allein einstecken. Kip quälte sich wochenlang im stillen mit seiner Entdeckung ab, bis er schließlich mit Maggie May darüber sprach, die die Mitteilung an Mrs. Fessenden weiterleitete. Sie ließ Kip sagen, das sei bei den Angestellten aller reichen Leute so Sitte, da lasse sich nun einmal nichts ändern, der Chef wünsche nicht mit derlei behelligt zu werden.)

Das Interview ging weiter: «Sie sollen in der Hotelbranche gearbeitet haben. Was haben Sie da getan?»

«Von allem ein wenig. Wir hatten eine kleine Pension, so mit fünfzig Gästen im ganzen. Ich hab alles eingekauft, die Rechnungen ausgestellt und einkassiert, die Bücher geführt, Eiswasser in die Zimmer geschleppt und mich um jedermanns Wünsche gekümmert. Seit mein Vater tot war und meine Mutter immer kränklicher wurde, habe ich eigentlich alles besorgt, nur das Kochen und Servieren nicht; manchmal allerdings auch das.»

McCallum gab ein «Hm!» von sich. «Sie sind ein tüchtiger Junge. An was für ein Gehalt haben Sie gedacht?»

«Ich weiß nicht. Ich habe eigentlich noch nie gegen Bezahlung gearbeitet. Vielleicht geben Sie mir soviel wie meinem Vorgänger. Ich werde mich bemühen, es ihm gleichzutun.»

«In den ersten sechs Monaten habe ich ihm hundertfünfundzwanzig bezahlt und dann hundertfünfzig. Sie bekommen ein Häuschen mit fünf Zimmern, Gas und Elektrisch frei, außerdem Obst und Gemüse. Wenn Sie die Milchwirtschaft schön in Ordnung halten, bekommen Sie auch täglich etwas Milch.»

«Sehr gern», sagte Kip. «Ich hab nur noch nie was mit einer Milchwirtschaft zu tun gehabt. Vielleicht sagen Sie mir, was ich da zu tun habe, ich werde mir's schon merken.»

«Sie werden sich eine ganze Menge merken müssen, Junge. Wir haben eine Meierei, eine Hühnerzucht, ein Gestüt, einen Obstgarten, einen Gemüsegarten, ein Vogelhaus, eine Garage, eine Schreinerei, eine Schmiede, ein Bootshaus und einen Hafen. Wir kümmern uns um alles. Wenn wir irgendwas noch nicht haben, so werden wir schon dafür sorgen, daß wir's bald kriegen. Sie müssen sich um die Arbeitszeit der Leute kümmern und um die Löhnung. Sie haben eine Menge einzukaufen, Zahlungen zu bestätigen, hundert Dinge gibt es da noch, an die man nicht denkt. Vielleicht zerbricht jemand was, oder einer von den jungen Herren will sich einen jungen Panther halten oder fliegen lernen. Sie bekommen Ihr eigenes Auto, aber merken Sie sich das, das Auto gehört dem Geschäft! Mädchen werden darin nicht ausgefahren!»

«Natürlich nicht.»

«Noch was. Man hat mir gesagt, daß Sie mit den Leuten da drüben befreundet sind», er wies mit dem Daumen in die Richtung des Herrenhauses.

«Ja, eigentlich schon.»

«Sie waren dort schon zu Gast, nicht wahr?»

«Einmal nur», sagte Kip entschuldigend.

«Das ist Ihre Privatsache. Wenn Ihnen ein solches Leben paßt, bitte, aber nicht während der Arbeitszeit! Während der Arbeitszeit haben Sie da zu sein; sind Sie nicht da, so bleiben Sie meinetwegen weiter ein Freund der Familie, aber bei Alexander McCallum bleiben Sie nicht, verstanden!»

«Natürlich.»

«Im wesentlichen bin ich nicht dafür, daß man Gesellschaft und Geschäft mischt, Mr. Tarleton. Ich habe der Dame gesagt, als sie mit mir über Sie sprach: ‹Gnädige Frau›, sage ich, ‹wenn Sie einen Mann einstellen wollen, weil er ein Freund der Familie ist, dann ist es mit der Arbeit auf dem Gut aus, verstanden, gnädige Frau!›»

«Machen Sie sich darüber bitte keine Sorgen», sagte Kip ruhig. «Ich will keine Sonderstellung für mich.»

«Ja, jetzt sagen Sie das, und jetzt meinen Sie es vielleicht auch ehrlich», entgegnete grimmig der Verwalter. «Aber mit der Zeit werden Sie es vergessen. Es gibt zwei Sorten von Leuten: Die einen arbeiten und die anderen spielen. Je weniger die beiden Sorten miteinander zu tun haben, um so besser für sie. So denke ich darüber, verstanden?»

V

Kip, seine Mutter und seine Tante nahmen sich bei der Übersiedlung in das neue Häuschen die besten Nußholzmöbel aus der alten Wohnung mit. Die Schlafzimmer für die beiden Damen lagen unten. Der Dachboden, der gar nicht als Wohnraum zählte, war zu einem Zimmerchen für Kip hergerichtet worden. Obst und Gemüse gab es im Überfluß; Gas und Elektrisch durfte man verbrauchen, soviel man wollte; die Milch war erstklassig und ergab auch gute Butter. Für alles war gesorgt, selbst für Taylor Tibbs. Roger brachte den Fall dieses arbeitslosen Freundes aller Trinker vor seine Cousine Jenny, die ihm in ihrem Haushalt eine Arbeit zuschanzte. Ein-, zweimal die Woche sah er bei den Tarleton-Damen nach, ob nicht irgendeine schwere Arbeit für ihn da sei. Wenn ja, bekam er seinen Vierteldollar dafür und zeigte jedesmal dieselbe freudige Überraschung.

Kip fiel seine Arbeit nicht schwer. Er hatte den Ernst und die Gewissenhaftigkeit, die man von ihm erwartete, und handelte getreu nach den Fibelsprüchen, die einem das Interesse des Unternehmers ans Herz legten. Er wußte, wie wichtig es war, früh aufzustehen und danach zu sehen, daß die Straßenarbeiter ihre Arbeitszeit einhielten. Die Maschinen zum Kartoffelgraben durften nicht im Regen draußen stehen, sonst wurden sie rostig. Das Bauholz, das in der Schreinerei ausgeliefert wurde, mußte nachkontrolliert werden; der Zimmermann konnte es ja mit der Holzfirma halten. Kurz und gut, Kip verhielt sich zum Besitz der Fessenden genauso wie früher zum Tarleton-Haus. Er arbeitete unaufhörlich daran, die Ergiebigkeit des Gutes zu steigern, die Auslagen zu verringern, und fragte sich gar nicht, was die Familie Fessenden mit dem Geld, das er für sie ersparte, anfing.

Erst ein, zwei Wochen nach seiner Ankunft lernte er Mr. Fessenden selbst kennen. Der Bankier verbrachte jetzt, da die Krise große Anforderungen an die Finanzleute stellte, den größten Teil seiner Zeit in der Stadt. Er hatte eine Stadtwohnung auf dem Fessenden Trust Building oben; seine kleine Jacht lag oft zwei bis drei Wochen unbenutzt im «Millionärshafen». An einem Samstagabend wurde Kip gerade von McCallum über das Anstreichen der Zäune um den Rosengarten instruiert, als ein lebhafter, kleiner Herr so um die Sechzig, mit spärlichem, grauem Haar und gefurchten Zügen daherspaziert kam. «Der Boß», flüsterte McCallum und vergaß alles andere.

«Hören Sie, McCallum, was hat der Gärtner um diese Jahreszeit mit dem Spargelbeet zu tun? Und wann kommt das Boot endlich mal aus dem Wasser?»

Das ging so Punkt für Punkt weiter. Als eine kleine Pause kam, sagte der Verwalter: «Mr. Fessenden, das ist Tarleton, mein neuer Gehilfe.» Der Bankier nickte und gab ihm – statt jedem Händedruck – einen Finger. «Tag, Tarleton.» Dann begann er von einem Abzugskanal zu reden, der drüben notwendig sei, die Straße werde dort immer weggewaschen. Offenbar hatte er gar nicht die Absicht, diese unsinnigen gesellschaftlichen Beziehungen zu einem Angestellten mitzumachen. Oder wußte er am Ende gar nicht davon, daß der neue Gehilfe seines Verwalters ein Wochenende als Gast in seinem Haus verbracht hatte?

Kip war zu einem Rädchen an der großen Maschine geworden. Im wesentlichen war dieses System ein feudales, bereits ein paar hundert Jahre alt. Richard E. Fessenden hatte das Gut von seinem Vater geerbt, der Vater vom Großvater und so weiter. Die meisten Angestellten waren auf dem Gute zur Welt gekommen oder im Dorfe Seaview an der Eisenbahnlinie. Jeder Mummelgreis hatte

Ehrfurcht vor dem mächtigen Namen der Fessenden. Arbeit auf Broadhaven zu finden war vielen Menschen ein Lebensziel. Jeder Arbeiter auf dem Gute behauptete, daß er ein freier Amerikaner sei, so gut wie nur irgendeiner. Wenn aber durch Zufall Mr. Fessenden des Weges kam, griff der Mann rasch an seinen Hut und sprach gleich leiser. Jedermann hatte seinen Platz auf der Gesellschaftspyramide; wer sich für etwas Besseres hielt, der konnte ja in die Stadt hinüber und Chauffeur oder Gangster werden. New York war nur wenige Stunden weit weg.

VI

Kip stand beinahe auf der Spitze; nur Mr. und Mrs. McCallum standen noch höher. Seine Stellung auf dem Gute war auch dadurch bestimmt, daß er einmal als Gast auf dem Herrenhause genächtigt hatte, eine revolutionäre Tatsache, die die Tarletons zum Gegenstand verzehrender Neugier machte. Sie wurden nicht gleich in die Klatschgemeinschaft aufgenommen. Man hielt sie auf Armeslänge fern, beobachtete sie und erwog, ob sie nicht vielleicht die anderen Angestellten ausspionierten und den Herrschaften Geschichten über sie zutrugen.

Sobald sich die Tarletons eingerichtet hatten, stattete ihnen Mrs. McCallum einen Besuch ab, so die richtige schottische Presbyterianerin, eckig und dürr, von ziemlich roter Gesichtsfarbe, dürren moralischen Vorurteilen und einer strengen Mißbilligung für das Leben, das die müßigen Reichen führten. Doch ließ sie ihren Gefühlen nur vor Vertrauten, die ebenso dachten wie sie, freien Lauf. Die meiste Zeit über war ihr Zorn fest verkorkt und entlud sich nur in Gekicher und Seitenblicken. Die Tarleton-Damen erwiderten den Besuch; sie bekamen zum Tee schottischen Kuchen vorgesetzt und lernten vier junge McCallums kennen, eins so steif und förmlich wie das andere, dann die Wirtschaftsdame vom Herrenhaus und eine der «Pensionistinnen» niederen Ranges.

Kaum waren die Tarleton-Damen gegangen, so wurde schon über sie gesprochen. Damen waren sie, darüber gab es gar keinen Zweifel, wenn sie auch eine Pension geführt hatten. Sie waren höflich und liebenswürdig gewesen, und eigentlich gab es an ihnen nichts auszusetzen. Die Bekanntschaft mit Mr. Chilcote, der bei ihnen in der Pension gewohnt hatte, war ein Zufall. Sie prahlten gar nicht damit. Sie antworteten nur auf Fragen. Der Sohn war ein wirklich moralischer junger Mann, obwohl er mit jenem schrecklich ausschweifenden Stückeschreiber bekannt war, der in der Stadt ganz offen mit einer Schauspielerin zusammengelebt hatte. Miss Chilcote war bei ihnen zum Tee gewesen und hatte den jungen Mann dann im Auto mitgenommen, spät am Nachmittag. Bitte, wenn Mrs. Fessenden damit einverstanden war, ließ sich nichts dagegen sagen. Es wurde ja jetzt üblich, daß junge Damen mit ihren Freunden zusammen fortgingen. Seien Sie sicher, bei den McCallum-Mädchen wird es nie soweit kommen!

Ganz ohne Klatsch können Frauen unmöglich leben. Miss Dimmock, Kips Tante, hatte weder Mann noch Kinder gehabt. Früher war ihre Zeit mit unzähligen kleinen Pflichten ausgefüllt. Sie führte die Aufsicht über etliche Stuben- und Serviermädchen, sie bereitete die Nachspeisen für fünfzig bis sechzig Pensionsgäste zu, und jetzt stand sie da, die lebhafte, alte Dame, mit freier Zeit und freien Gedanken und lebte in einem Fünfzimmerhäuschen. Begreiflich, daß sie über alles auf dem laufenden war. Sie erzählte Kips Mutter die Geschichten, die sie von Mrs. Haskins, der Wirtschaftsdame, erfahren hatte: Das war schon unglaublich, was die Gutsmädchen mit den Gärtnerburschen und den jungen Kerlen vom Bootshaus trieben. In den Arbeiterschlafräumen herrschten skandalöse Zustände, und vor einiger Zeit hatte Mr. McCallum den Garagenmeister entlassen, weil er mit einem von den Mädchen die ganze Nacht über fortgeblieben war. Da hatte sich der Boss hineingemischt und erklärt, das gehe den Verwalter nichts an, was die Leute außerhalb des Gutes trieben. Broadhaven sei keine Sonntagsschule für Presbyterianer. Natürlich, fügte Mrs. Haskins hinzu, was kann man Besseres von den Leuten erwarten, wenn der Herr selbst es so trieb wie Mr. Fessenden?

Miss Dimmock erschrak und fragte voll Scheu, ob denn Mr. Fessenden ein unanständiger Mann sei? Es sei nicht ihre Sache, darüber zu reden, entgegnete die Wirtschaftsdame, aber wer die Ohren offenhalte, der bekomme auf dem Gut so allerhand zu hören. Tante Sue und Kips Mutter unterhielten sich flüsternd über diese Gerüchte: Mrs. Fessenden sah so unglücklich aus, man sah sie vom Fenster aus, wie sie im Garten Chrysanthemen schnitt. Über Liebesgeschichten sprachen die beiden Frauen nicht mit Kip, doch erzählten sie ihm mancherlei über die Angestellten. Der eine, hieß es, nehme es mit der Arbeit nicht sehr genau. Der andere verkaufe unter der Hand Erzeugnisse des Gutes. Wieder ein anderer unternehme Lustfahrten mit dem Geschäftsauto. Kip kam den Leuten auf tausenderlei kleine Betrügereien, die er McCallum meldete. Gewöhnlich meinte der Verwalter, da sei gar nichts zu machen; der nächste, den man aufnehme, werde noch ärger sein. Von der Anständigkeit der Amerikaner hatte er eine sehr geringe Meinung. Bei den Arbeitern stimmte etwas nicht seit dem Kriege. Ihre Arbeit war ihnen gleichgültig geworden; jeder dachte nur daran, sich mit einem Seidenhemd und Seidensocken auszustaffieren, irgendwo ein Auto und eine Flasche Whisky zu kriegen und ein Mädchen über Nacht auszuführen.

VII

Kip war sehr empfindlich und das ganze feudale Wesen noch nicht gewohnt. Seit er den neuen Dienst angetreten hatte, waren seine Beziehungen zu Maggie May verändert. Er machte sich viele Gedanken darüber; die anderen Angestellten alle rührten sich auch nicht vom Platze, der ihnen zugewiesen war. Eines Tages, als sie ihm eine Einladung zum Lunch überbrachte, sagte er nicht ohne Verlegenheit: «Ich fürchte, Miss Maggie May, ich komme Ihrer Cousine ungelegen.»

«Ja warum denn, um Gottes willen?»

«Sehen Sie, von den anderen Angestellten kommt auch keiner zu Besuch ins Haus. Ich möchte mich nicht vordrängen.»

«Aber das ist ja Unsinn, Mr. Tarleton! Sie sind doch eingeladen!»

«Gewiß, aber ich habe das Gefühl, daß ich Mrs. Fessenden ungelegen komme. Sie war nur zu fein, um es zu sagen. Das Gut hat seine Disziplin. Es geht doch nicht an, daß die Angestellten im Herrenhaus Besuch machen.»

«Jenny ist aus dem Süden. Die denkt ganz anders darüber.»

«Aber jetzt lebt sie nun einmal im Norden, und es geht nicht nach ihrem Kopf. Mr. Fessenden wünscht mich in der gehörigen

Distanz zu halten, das weiß ich bestimmt. Als ich ihm kürzlich vorgestellt wurde, hat er bloß so mit dem Kopf genickt.»

«Wahrscheinlich hat er noch nie von Ihnen gehört, Mr. Tarleton. Sie dürfen nicht vergessen, er hat jetzt sehr viel zu tun und schreckliche Sorgen, genauso wie wir im Flußlande unten. Sobald ich ihn sehe, werde ich ihm von Ihnen erzählen. Wenn er erst einmal auftaut, ist er ein reizender Mensch.»

«Vielleicht fragen Sie doch noch einmal Mrs. Fessenden, bevor ich zum Lunch komme. Ich bin durchaus nicht verletzt, wenn Sie nie wieder darüber reden.»

«Gut, wenn Sie unbedingt wollen; aber es ist ganz unsinnig, natürlich.»

Noch am selben Abend telefonierte Maggie May hinüber. Sie hatte mit ihrer Cousine gesprochen; Kip war für den nächsten Tag zum Lunch eingeladen. So ging er denn, nicht ohne von McCallum einen mißbilligenden Blick einzustecken. Vorher versprach er feierlich, rechtzeitig zurück zu sein. Mrs. Fessenden empfing ihn besonders herzlich. Sie habe schon lange vorgehabt, einen Sprung zu Mutter und Tante hinüber zu tun, aber sie sei etwas unpäßlich gewesen; sie käme bestimmt in den nächsten Tagen.

Kip erstattete zu Hause Meldung davon. Das Häuschen wartete in peinlichster Ordnung auf den Besuch. Jeden Nachmittag wurde das Teegeschirr bereitgestellt. Tante Sue buk einige von ihren Spezialitäten; die beiden alten Damen richteten sich fein her, nicht zu auffallend; sie fanden den richtigen Kompromiß zwischen altmodischer Würde und modernem Unternehmungsgeist. Es war die Zeit, da alte Jungfern und Schwiegermütter sich aus ihren langen Kleidern schälten und ihre Knöchel zeigen lernten, falls sie welche hatten.

Eines Tages kam die große Dame wirklich herüber. Sie hatte die Stulphandschuhe an, die sie immer im Garten trug, und brachte einen Strauß langstieliger Chrysanthemen mit. Sie war groß, ziemlich dunkel, über vierzig Jahre alt. Unter den Augen hatte sie Ringe und auch schon Tränensäcke. Sie gab sich einfach und heiter. Leute ihres Schlages haben übertriebenen Eifer nicht nötig, sie bekommen ohnehin alles, was sie brauchen. Zu den beiden «notleidenden» Damen war sie sehr freundlich. Kein Südländer vergißt je, wer daran die Schuld trägt, daß Damen ihre eigene Arbeit tun müssen: die Yankees mit ihrer Sklavenbefreiung. Und als der eigentliche Beweis für Vornehmheit gilt es, Leute nach ihren Ahnen zu beurteilen, nicht nach ihrer Börse.

Als Menschen von wahrer Delikatesse erwiderten Mrs. Tarleton und Miss Dimmock den Besuch nicht. Sie warteten lieber. Nach einigen Monaten kam die Gutsherrin wieder und brachte diesmal Rosen aus dem Glashause. Über den unerwiderten Besuch wurden keine Worte verloren. So kam mit vollendetem Takt ein gesellschaftlicher Kompromiß zustande. Kip wurde ein-, zweimal die Woche ins Herrenhaus zum Lunch eingeladen, zum Dinner nie; so hatte er auch keine Gelegenheit, den Bankier zu Hause anzutreffen. Er begriff, unter wen man ihn eingereiht hatte: unter die pensionierten alten Damen.

VIII

Nur in einem haperte es mit dem Kompromiß: Die Fessendenkinder verhielten sich feindselig. Kinder sind von Haus aus konservativ, schon gar, wenn sie im Luxus groß geworden sind. Sie lieben es nicht, fremde Eindringlinge um sich zu sehen.

Der Älteste, Richard E. Fessenden IV, war als «Master Dick» bekannt. «Miss Evelyn» war die zweite; «Master Bobby», den Jüngsten, hatte Kip schon bei seinem ersten Besuch in Broadhaven kennengelernt. Alle drei waren groß wie die Mutter, aber sonst etwas dürftig geraten. Ihr Gesicht war von aristokratischer Blässe. Mit ihrer Gesundheit stand es nicht zum besten. Mrs. Haskins, die Wirtschaftsdame, raunte Tante Sue schreckliche Andeutungen ins Ohr: Die alten Familien hätten alle schlechtes Blut, sie hätten zuviel untereinander geheiratet. Tante Sue wieder fand in der Lebensweise der Kinder genügend Grund für ihren schlechten Gesundheitszustand. Der ältere Junge und das Mädchen hatten, sooft man sie sah, eine Zigarette im Mund oder zwischen den Fingern.

Master Dick und Miss Evelyn wurden in vornehmen Pensionaten erzogen. Über den Sommer fuhren sie zu Freunden auf Besuch nach Newport, Bar Harbor oder in die Adirondacks. Hie und da, wenn sie Broadhaven mit ihrem Besuch beehrten, konnte man die

Jungen aus der Nähe beobachten. Sie waren eine getreue Kopie ihrer Eltern, nur war es ihnen mehr um deren Fehler zu tun; ihre besseren Eigenschaften langweilten sie. Sie schlürften auf vollendete Manier ihre Getränke, sie zündeten mit gefälligen Bewegungen ihre Zigarette an und warfen sie nach ein paar Zügen fort. Sie kauften ihre Kleider bei der richtigen Firma und wechselten sie bei jeder Gelegenheit. Sie kannten die Namen sämtlicher Sportgrößen und waren bei jeder fashionablen Veranstaltung, gleichgültig, wie weit man fahren mußte. Trafen sie Kip auf dem Gute, so erwiderten sie seinen Gruß mit genau derselben Fingerbewegung, die ihr Vater für ihn übrig gehabt hatte. «Tag, Tarleton», sagten sie und vergaßen ihn gleich wieder, es sei denn, sie hatten einen Auftrag für ihn.

Eine besondere Plage war für Kip Master Bobby. Er trieb sich überall auf dem Gute herum und steckte in alles seine Nase. Er hatte eine Leidenschaft fürs Chauffieren. Je größer und teurer der Wagen war, um so mehr Spaß fand er daran. Das Chauffieren außerhalb des Gutes war ihm verboten. Dafür sauste er drinnen auf allen Wegen herum, hupte wie nicht gescheit und scheuchte Straßenarbeiter und Kühe auf. Wenn der Bootsmann schon heim war, holte er sich ein Boot heraus und ließ es dann am Landungssteg angebunden stehen. Nachts kam eine Brise und warf das Boot so lange hin und her, bis der Anstrich ganz weg war. Mit einem Stock stach er nach den Schweinen durch den Hürdenzaun und freute sich über ihr ängstliches Quieken. Er stiftete Unglück, wo er konnte, und hatte immerwährend Konflikte mit dem Verwaltergehilfen.

Der Zimmermann baute einen Schuppen und stellte die Latten zurecht. Master Bobby gefielen die langen Bretter, er nahm sich welche zum Spielen mit. Dann wollte er den Hobel haben; der Zimmermann sagte nein, Bobby packte ihn einfach und lief davon. Kip war zufällig Zeuge dieses Vorfalles. Da er dazu da war, nach dem Rechten zu sehen, verstellte er dem Jungen den Weg und verlangte den Hobel zurück. Bobby geriet in Wut. Tobend, den Hobel hinter dem Rücken, stand er da. Es war wohl das erstemal in seinem Leben, daß er jemand anderem als seinem Vater gehorchen mußte; das regte ihn furchtbar auf. Kip hielt ihn bei den Armen fest; das Haar fiel ihm über die Augen, und er brüllte los. Sein Mund war eine große, rote Höhle. Der Junge war immerhin schon dreizehn und für sein Alter groß. In seinem Zorn stieß er mit den Schuhen gegen Kips Knöchel, bis der ihn schließlich zu Boden warf und ihm den Hobel wegnahm. Darauf bekam Kip Steine nachgeworfen. Außer sich vor Haß rannte der Junge fort und schrie immerzu, er werde ihn sofort entlassen, auf der Stelle, er sei entlassen.

Zufällig war Kip denselben Tag bei Fessendens zum Lunch geladen. Er saß gerade im Salon, da bemerkte ihn der Junge.

«Was tun Sie da? Die Dienerschaft hat im Salon nichts zu suchen. Packen Sie sich!»

Die liebe Unschuld! dachte Kip, aber er sprach kein Wort. Er setzte sich ruhig nieder, nahm eine Zeitschrift und blätterte darin. Er war ganz erstaunt, daß der Junge ihm kein Tintenfaß an den Kopf warf und keinen Aschenbecher.

«Ich sag es der Mama», rief er nur und ging. Beim Essen erschienen weder er noch seine Gouvernante. Kip konnte sich zusammenreimen, was passiert war. Master Bobby setzte sich mit jemand von der «Dienerschaft» nicht an einen Tisch. Nach dem Essen beschwerte sich Kip bei Mrs. Fessenden.

«Ich weiß nicht, was ich mit dem Jungen machen soll», sagte sie. «Niemand versteht mit ihm umzugehen, nur sein Vater, und der ist so selten hier.»

«Schließlich muß ich doch tun, was mir Mr. McCallum vorschreibt, und mich ums Gut kümmern.»

«Sicher, Mr. Tarleton. Ich habe volles Vertrauen zu Ihnen. Passen Sie nur bitte auf und tun Sie ihm nicht weh.»

Kip, dessen Knöchel schwarz und blau gestoßen waren, versprach, Master Bobby, nicht weh zu tun.

IX

Roger Chilcote war wieder in Broadhaven. Er hatte sich an das Häuschen mitten unter den Kiefern gewöhnt und schrieb an einem neuen Stück. Mit dem Problem der Besucher und gesellschaftlichen Verpflichtungen war er irgendwie fertig geworden. Schließlich hatte er das überall zu gewärtigen. Immer gab es Narren, die sich um einen berühmten Schriftsteller drängten und ihn mit ihren Komplimenten zu Tode langweilten. Roger fühlte sich eigentlich nie recht glücklich. Einige Wochen schweifte er ziellos auf dem Gut umher, brummte über alles und verwünschte diese Welt von verrückten Elektronen, bis er dann eines Tages bleich und ungekämmt beim Frühstück erschien: «Jetzt habe ich die vertrackte Stelle!»

Er trank drei Tassen Kaffee und sagte: «Jetzt geh ich erst einmal schlafen. Dann bin ich wieder frisch. Jenny, wenn du willst, kannst du diese Person, wie heißt sie nur, Miss Manchester, für morgen einladen. Verlieben werde ich mich aber nicht in sie, das sage ich dir gleich, damit du dir keine eitlen Hoffnungen machst.»

Mrs. Fessenden war von ihrem Mann wie von ihren Kindern enttäuscht und versuchte sich im Stiften von glücklicheren Ehen. Sie hatte sich mit Maggie May verschworen: Zusammen wollten sie ein nettes Mädchen für Roger finden. Sie probierte es mit allen möglichen: Ruhigen, Häuslichen, Strahlenden, Lebhaften, Reichen und Hochmütigen, Armen und Demütigen, Blonden, Brünetten, Schlanken, Berückenden. Man lud sie zu einem Landaufenthalt ein, zum Tee oder zu einem Theaterbesuch, und natürlich kam jedes Mädchen von überall her, wenn es Roger Chilcote kennenzulernen galt. Viele boten sich sogar von selber an: «Ach, Mrs. Fessenden, ich habe gehört, daß Roger Chilcote bei Ihnen wohnt. Möchten Sie mich nicht einmal einladen? Ich hätte ihn so gerne kennengelernt!»

Sie kamen; manchmal war Roger da, manchmal auch nicht. War er da, so rezitierte er vielleicht die ganze Zeit nichts als Gedichte; oder aber er machte es wie Tennyson, der zu einer Verehrerin, die er bei einem Dinner kennengelernt hatte, im ganzen sechs Worte sprach: «Ich esse meinen Hammelbraten gerne blutig.» In keinem Falle äußerte Roger jemals das Verlangen, die junge Dame wiederzusehen. Meist merkte er sich nicht einmal ihren Namen. Miss Sibyl Massingham, Graduierte der Vassar-Hochschule, Erbin eines guten Teiles des Staates Wyoming, hieß bei ihm «diese Person, Miss Manchester».

Roger trank immer noch wie ein Gentleman, das heißt, er achtete darauf, daß er seine Schwester nicht betrunken zu Gesicht kam. Hie und da verschwand er für zwei, drei Tage und tauchte dann plötzlich wieder auf wie ein alter Kater nach einem Raubzug. Ob das wieder mit einer Frau zusammenhing? Roger sprach nicht darüber, und Maggie May getraute sich nicht zu fragen. Lilian Ashton war es bestimmt nicht, denn die gastierte mit einem neuen Stück in verschiedenen kleineren Städten. Maggie May war schon zufrieden, daß Roger sich immer freundlich und liebevoll zu ihr verhielt und sie für den einzigen guten Einfluß in seinem Leben erklärte.

Manchmal sprach Maggie May mit Mrs. Fessenden über ihre Heimkehr: «Ich muß wirklich schon nach Hause, Jenny. Die Mama ist ganz allein, man braucht mich dort.»

«Und was fängt Roger ohne dich an, Maggie May?»

«Ich kann doch nicht ewig bleiben, Jenny, ihr müßt mich doch schon bald satt haben.»

«Rede keinen Unsinn, Kind! Das siehst du doch, daß Roger der größte Stolz meines Hauses ist. Alle möglichen Leute kommen seinetwegen her, die sich sonst gar nicht um uns kümmern würden.»

Maggie May schrieb also heim, daß sie noch immer nicht fort könne. Das Besuchemachen ist eine beliebte Sitte im Süden. Eine Cousine und eine alte Tante von Maggie May, die sich für ein, zwei Wochen angekündigt hatten, lebten nun schon das zweite Jahr auf Pointe Chilcote.

X

Mit Mrs. Wendel, der Vertrautesten unter den alten Pensionistinnen, teilte Mrs. Fessenden ein anderes Geheimnis: Sie suchte auch für Maggie May einen Mann. Ein so prächtiges Mädchen durfte sich doch nicht wieder in das Land der Malaria und Moskitos vergraben. Maggie May empfing die guten Partien, die man ins Haus lud, sehr freundlich, obwohl sie genau wußte, weshalb sie kamen. Jeden einzelnen Kandidaten fragte sie nach seiner Beschäftigung aus und brachte ihn so rasch wie möglich zum Reden. «Ach, wie interessant! Wirklich, das ist Ihr Beruf? Wie machen Sie das? Und was wird dann?»

Sie riß selbst Witze über ihren «Schlüssel zum Erfolg». In Wirklichkeit war sie auf diese sonderbaren Männer im Norden doch neugierig. Sie interessierte sich für den Captain des Poloteams (das Spiel sah so schrecklich roh aus), für den Erbauer eines Fahrzeuges in Gestalt einer flachen Schüssel, die sich rascher über Wasser fortbewegen sollte als jedes Boot, für einen Südpolfahrer, der sich lange von Walroßfleisch genährt hatte, für einen Physikprofessor, der sich in den schwersten Formeln auskannte, für einen Fachmann der Weizenbörse, der eine Million Dollar verdiente, während alle Farmer zugrunde gingen. Was er erzählte, klang grausam, und sie sagte es ihm auch. Da erklärte er ihr, daß sich dagegen gar nichts machen ließe; hätte er sich nicht darum gekümmert, so hätte eben ein anderer den Coup gemacht. Das leuchtete Maggie May ein. Er fand sie ungewöhnlich intelligent und lud sie und Cousine Jenny ins Theater ein.

Kip Tarleton beobachtete dieses gesellige Treiben von außen, wie durch ein Fenster. Ein dutzendmal am Tage sagte er sich, daß es sinnlos sei, auf Maggie May zu hoffen, aber er dachte doch immerwährend an sie. Jeder Millionär, jede Berühmtheit, die neu auftauchte, stürzte ihn in Verzweiflung. Einmal beim Lunch lernte er den Sohn eines englischen Ministers kennen, einen zweiundzwanzigjährigen Burschen von unerträglicher Arroganz, der lange Vorträge hielt, wie ein Premierminister tat und sich offenbar darauf vorbereitete, in die Fußtapfen seines Vaters zu treten. Er war herüber gekommen, die Amerikaner über die Gefahr des Bolschewismus zu unterrichten, gegen den er eine internationale Union plante. Dagegen hatte Kip gar nichts; er ärgerte sich nur über die Unverschämtheit des jungen Menschen, der die Weisheit mit dem Löffel gefressen hatte und vor tausend Leuten zu verstehen gab, daß er zum Weltbeherrscher geboren war. Sicher hatte er ein Auge auf Maggie May geworfen; wozu kam er denn sonst unaufhörlich nach Broadhaven herüber? Und Mrs. Fessenden, die Maggie May in seine Vorträge mitschleppte, spekulierte offenbar auf eine Verbindung mit dem künftigen Premierminister der Welt.

Kip, der arme Junge, hatte 150 Dollars im Monat, ein Fünfzimmerhäuschen mit Gas und Elektrischem, Obst und Gemüse, Milch, Butter und jetzt auch Eiern – zur Belohnung für seine Tüchtigkeit. Wo sollte er da mit einer Frau hin? Von seiner Mutter und seiner Tante konnte er doch nicht gut erwarten, daß sie auszogen und sich im Dorfe einmieteten. Oder sollte die gutherzige Mrs. Fessenden die Liste ihrer Pensionistinnen um zwei neue verlängern? Nein, nein, das alles war Unsinn! Solche Gedanken mußte sich Kip aus dem Kopfe schlagen.

Von Pointe Chilcote kamen wieder schlechte Nachrichten. Die Chilcote-Onkel und -Brüder hatten eine neue Zuckerernte unter den Gestehungskosten losschlagen müssen. Die Banken wollten Lee den Kredit nicht mehr verlängern. Die First National Bank of Acadia, zu deren Hauptaktionären Lee Chilcote gehörte, zwang ihn, einen Teil seines Grundes zu verpfänden und seine Verbindlichkeiten sicherzustellen. Bald darauf krachte die Bank zusammen. Nach dem Bundes-Bank-Gesetz war Lee für den doppelten Betrag seiner Aktien haftbar und mußte ihn an die Einleger auszahlen. Das kostete ihn wieder ein Stück seines Landes. So ging das Familienvermögen langsam flöten, noch dazu in einer Zeit, da niemand im Flußlande Geld zum Landkauf hatte.

Unter gewöhnlichen Umständen hätte Kip sich über diese Nachricht gefreut. So sank ja Maggie May auf sein Niveau herab. Doch fuhr sie zufällig am selben Tag mit ihrer Cousine zu einem Vortrag in die Stadt hinein. Der künftige Premierminister der Welt wollte über «Die moderne Wissenschaft und die Erneuerung des Glaubens» sprechen. Kip hatte keine Ruhe. Nie, nie würden die Fessendens zugeben, daß ihre bezaubernde, junge Verwandte gesellschaftlich so tief sank!

Im Gegenteil, sie würden ihre Bemühungen, einen passenden Mann für sie zu finden, verdoppeln. Sicher sah Maggie May bald ein, daß sie nicht länger zögern durfte, sonst vertrocknete sie ja noch und wurde eine alte Jungfer. Bald würde er erfahren, daß sie sich mit dem künftigen Premierminister verlobt habe; vielleicht mit dem Polospieler oder gar mit dem neuen Weizenkönig. Sie war es ihrer Familie schuldig, und was immer Maggie May ihrer Familie schuldig war, das tat sie gewiß. Das Vernünftigste für Kip war, ihr Glück zu wünschen und sich nicht länger mit seinen eitlen und lächerlichen Träumen abzuquälen.

Trotzdem freute er sich, als er hörte, daß der eingebildete junge Engländer zu einer Vortragsreise nach Kalifornien aufgebrochen war.

XI

An einem Wintertag hatte Kip für McCallum Einkäufe in New York zu besorgen. Da er irgendwo zu Mittag essen mußte, rief er die Redaktion der «Gothamite» an und verabredete sich mit Jerry Tyler. Seit seiner Hochzeit, die dem Tarleton-Haus damals den Rest gegeben hatte, waren sie nie mehr zusammen gekommen. Die Ehe schlug Jerry recht gut an. Er war etwas dicker geworden; seine Wangen rundeten sich, und seine Augen lachten voller Freude über das Leben auf Manhattan. Sie unterhielten sich beide königlich; über alles mögliche sprachen sie, und Kip erfuhr das Neueste über den literarischen Betrieb.

Roger Chilcote hatte seine Weiberaffären vor Maggie May und dem «kleinen Moralteufel» geheimgehalten. Jerry dagegen war von allem unterrichtet. Er erzählte vom Krach, den Rodge noch zuletzt mit Lilian gehabt hatte. Um sich an ihm zu rächen, hatte sie sich mit dem ersten Liebhaber ihrer Truppe eingelassen. Rodge wieder war in eine aschblonde junge Frau verliebt, die er vor einiger Zeit bei Jerry kennengelernt hatte. Ihr Mann war ein schwerreicher Fabrikant von Kugellagern und Maschinenbestandteilen. Wieweit die Sache gediehen war, wußte Jerry nicht, doch hatte sich die Dame mitten im Winter nach Reno verkrochen. Einen anderen Grund als die Scheidung von ihrem Mann gab es wohl kaum dafür.

Dann sprach man von Rogers neuem Stück, das im Unabhängigkeitskrieg spielte. Die Fabel war grimmig und düster; sie hätten den anspruchsvollsten Ästheten befriedigt. Roger versetzte sich in den Seelenzustand eines jungen Tory-Offiziers, der seine indianischen Verbündeten auf ein Dorf loslassen soll, in dem seine frühere Geliebte schläft. Die Heldin der Tragödie war kein unschuldiges Mädchen (das hätte aus der Geschichte einen unerträglichen Filmkitsch gemacht), sondern die unglückliche Frau eines Woll- und Fellhändlers. Zu jenen Zeiten gab es noch keine Kugellager und Maschinenbestandteile, erklärte Jerry. Aber jeder, der das Manuskript las, erkannte die Frau des Fabrikanten. Roger war sparsam wie ein Renaissancemaler; er nahm seine Geliebte zum Modell.

Auch sonst gab es allen möglichen Klatsch zu berichten. Der

Mitherausgeber der «Gothamite» war über alles auf dem laufenden. «Hast du gelesen, was in den Sensationsblättern über deinen Boss steht?» fragte Jerry. Kip wußte von nichts; er hatte keine Zeit für eine so ausgebreitete Lektüre. «Fessenden muß schwer in der Tinte sein. Er hat zuviel Mark gekauft.» Amerikanische Spekulanten hatten ungeheure Summen in deutscher Valuta angelegt. Sie warteten, daß die Mark sich erholen würde. Die deutsche Regierung hatte andere Absichten; offenbar wollte sie ihre alten Verpflichtungen loswerden, denn die Mark sank von Tag zu Tag. «Der Herr von Broadhaven wird auf einige seiner Lieblingsvergnügen verzichten müssen.»

Kip nahm die Gelegenheit wahr, das Geheimnis um seinen Brotgeber aufzuhellen. «Was treibt Mr. Fessenden denn eigentlich, Jerry?»

«In der Christie Street hat er ein Haus, das er sich als orientalischen Harem eingerichtet hat. Kürzlich war ein entlassener Diener von ihm bei uns auf der Redaktion. Der Mann wußte eine ganze Menge über unsere Finanzgrößen zu erzählen. Er wollte uns sogar hinführen, aber wir haben nicht angebissen.»

«Mr. Fessenden sieht eigentlich gar nicht so aus», sagte Kip.

«Schau ihn dir erst einmal genauer an. Er hat ein wildes Auge. Ich halte ihn für einen von den alten Kerlen, die ihre Beute ganz jung haben müssen. Die Sache macht ihnen nur Spaß, wenn sie die ersten sind. Das kostet sie natürlich mehr.»

«Und gefährlich ist es auch», sagte Kip. Er versuchte so leichthin darüber zu reden, als handle es sich um die gewöhnlichste Sache von der Welt.

«Wenn man Geld hat, ist nichts gefährlich», entgegnete Jerry. «Entweder man zahlt den Erpressern, die hinter einem her sind, oder man zahlt der Polizei.»

Für die lange Heimfahrt über Long Island hatte Kip wieder Stoff zum Nachdenken. Bei jedem Besuch in Manhattan lernte man wieder etwas Neues. Wie gesagt, man lebte in einem feudalen Königreich und kam sich vor wie zu alten Zeiten. Da gab es einen König und eine Königin, Prinzen von königlichem Geblüt, einen Schwarm von Höflingen, die um einen herumtanzten, Knechte und Lehensleute aller Art. Die ganze Aufmerksamkeit der Gesellschaft war auf die Spitze gerichtet. Der Herrscher lebte in strahlender Glorie, in ein feines Netzwerk von Intrigen verflochten, das mächtiger war als das Schicksal, von ewigem Klatsch umflutet, der wie der Wind in Millionen Blättern rauschte. Wir sind die Königliche Majestät und euer Leben hängt von Unserer Laune ab. Uns auf den ersten Blick zu verstehen, Uns zu schmeicheln, dazu seid ihr ja da. Dafür dürft ihr Uns hinterrücks alle mit eurem wilden Haß verfolgen.

Ja, alles stand schon in den Geschichtsbüchern. Der König hatte seine Vergnügungen, die geheim bleiben konnten, und dazu seine Regierungssorgen. Die Königin war unglücklich und verzehrte sich in Gram. Die Erben des königlichen Glanzes waren Schwächlinge wie Prinzen und Prinzessinnen gewöhnlich. Ihr armseliger Charakter hielt den tausenderlei Versuchungen nicht stand, Intrigen und Schmeicheleien richteten sie zugrunde. Ihren Reichtum hatten sie nicht selbst erworben, ihrer Macht fehlte jeder innere Halt.

Kip fielen die Angestellten ein, die sich Prozente nahmen, die Arbeit streckten und Erzeugnisse des Gutes unter der Hand weiterverkauften. Urplötzlich begriff er, warum die Verderbnis auf Broadhaven immer weiter um sich fraß und warum der strengste aller presbyterianischen Schotten, der Verwalter McCallum, sich von ihr anstecken ließ, statt gegen sie anzukämpfen. Wie kam ein Angestellter oder Arbeiter dazu, auf die Kinokarten für sich und sein Mädchen zu verzichten, bloß damit ein alternder Wallstreet-Bankier sich ganz junge Geschöpfe verschaffte und das nötige Geld für Erpresser und Polizei verdiente?

11. Kapitel **SKANDAL**

I

Es war Frühling geworden. Für Farmer, auch solche auf Herrengütern, gab es wieder viel zu tun. Man mußte neue Arbeiter einstellen; ein gewissenhafter Verwalter war vom frühen Morgen bis zum späten Abend auf den Beinen. Für gesellschaftliche Verpflichtungen und Klatsch blieb einfach keine Zeit. Beim besten Willen konnte man sich nicht darum kümmern, wann die junge Dame aus dem Süden zu heiraten gedachte und welchen Privatvergnügungen der Boß nachging. Die Sonne schien hell, warmer Regen fiel auf die braune Krume, tausenderlei Grün schoß in die Höhe, jedes nach seinem eigenen, geheimnisvollen Gesetz. Mit Pflanzen kommt man viel besser als mit Menschen aus. Sie wissen genau, was sie wollen; auf sie kann man sich verlassen. Wenn man sie gut behandelt, enttäuschen sie einen nicht. Sie laufen einem nicht plötzlich davon und leiden nie an fremdartigen, erschreckenden Lastern.

Seinen Brotgeber bekam Kip nur zu Gesicht, wenn er nach Art vornehmer Gutsbesitzer sein Land besichtigte. Maggie May hatte inzwischen mit ihm über den Verwaltergehilfen gesprochen; doch er ließ sich nichts anmerken und behandelte ihn auch weiter von oben herab. Kip warf hie und da einen verstohlenen Blick auf ihn. Er suchte nach dem «wilden Auge», von dem Jerry gesprochen hatte. Er fand es aber nicht. Er sah nur einen harten, eigensinnigen und sorgenvollen alten Mann, dem man so schreckliche Dinge gar nicht zutrauen konnte. Überhaupt fiel es Kip schwer, von jemand Böses zu glauben. Er nahm die Welt, wie sie sich an der Oberfläche gab. Würde und Besitz machten tiefen Eindruck auf ihn.

Noch immer hörte man viel von Fessendens finanziellen Schwierigkeiten munkeln. Kip suchte vergeblich nach Anzeichen dafür. Jeden Samstagabend fürchtete er für den Lohn der Arbeiter, und am Monatsende fürchtete er für das eigene Gehalt, das er in Form eines Schecks bekam. Doch war der jedesmal rechtzeitig da, und die Bank löste ihn auch immer ein. Kip wurde in seiner alten Meinung noch bestärkt: Es gibt zweierlei Arten von Geldsorgen; Tarleton-Haus und Broadhaven war noch lange nicht dasselbe. Wer den Fessenden Trust und die Fessenden National hinter sich hat, kann sich jederzeit Geld verschaffen, gleichgültig, was mit der deutschen Mark geschieht.

Auf Pointe Chilcote stand es ja ähnlich. Lee hatte ziemlich viel Land losschlagen müssen, aber viel mehr noch war übriggeblieben. Er hatte schon eine neue Zuckerernte angepflanzt. Es blieb einem nichts anderes übrig im Flußlande; die vielen Schwarzen, die man hatte, mußten durchgefüttert werden. Ließ man den Boden ein Jahr brachliegen, so schoß darauf ein ganzes Dickicht in die Höhe. Das wegzukriegen, kostete einen mehr als die schlimmste Ernte. Einmal würde sich der Zuckerpreis ja wieder erholen, sagte sich der Pflanzer. Es war jedermanns patriotische Pflicht, so zu denken und sein Vertrauen mit Kredit zu belohnen.

Kip inspizierte die Weizen-, Roggen und Maisfelder, die Bohnen und Kartoffeln, den Sellerie und Kopfsalat. Wohlgenährten Wurzeln entsprossen mattgelbe, daumendicke Spargelstämmchen. Der Rhabarber breitete auf roten Stengeln große, grüne Blätter aus. Auf den Erdbeerbeeten erschienen hellrote Flecke. Jeden Sonntagmorgen ging Kip mit Mutter und Tante in die Kirche und erbat sich vom Herrn das Gedeihen aller guten Früchte. Die Antwort auf sein Gebet waren große Bündel von Gemüse, die ihm einer der Gärtner ins Haus brachte. Seiner Mutter ging es gut; sie hatte jetzt keinerlei Sorgen mehr und viel weniger Arbeit als früher. Tante Sue war lustig und munter wie ein Spatz und fühlte sich von Tag zu Tag jünger. Kips Leben bekam ein helleres Gesicht.

II

Zu den Osterfeiertagen kamen Master Dick und Miss Evelyn heim. Eine Woche lang herrschte in Broadhaven großer Betrieb. Da das Wetter warm und trocken war, wurden die Tennisplätze frisch hergerichtet. Viel junges Volk kam zum Spiel; es ging laut und fröhlich zu. Dick, der sich jetzt auf die Hochschule vorbereitete, war sehr in die Höhe geschossen. Sein Gesicht war voller Bläschen; zwischen den Fingern hatte er immer eine Zigarette mit

Goldmundstück. Evelyn war über Nacht eine junge Dame mit Prinzessinnenallüren geworden; Wangen und Lippen schminkte sie grell.

Die Osterferien waren bald herum, und das junge Volk fuhr auf die Schule zurück. Kip hatte noch immer genug zu tun. Bald war er mit dem Umgraben der Obstgärten beschäftigt, bald hatte er nach den Booten zu sehen, die abgekratzt und frisch gedichtet wurden. Eines Nachts läutete ihn das Telefon aus dem Schlaf. Mrs. Fessenden war am Apparat. Die Chauffeure seien alle schon schlafen gegangen; sie müsse noch mit dem Nachtzug nach New York. Ob Kip sie vielleicht an die Bahn bringen könnte? Er schlüpfte rasch in seine Kleider; in wenigen Minuten stand er mit dem Wagen vor dem Haustor. Ein Blick auf Mrs. Fessenden überzeugte ihn davon, daß etwas Schreckliches passiert sein müßte. Während der Fahrt hörte er unterdrücktes Schluchzen.

«Kann ich Ihnen irgendwie behilflich sein, Mrs. Fessenden?» fragte er.

«Danke, nein, Mr. Tarleton.»

«Soll ich Sie vielleicht in die Stadt begleiten?»

«Danke, ich werde in der Stadt erwartet.» Nach einer Pause fügte sie hinzu: «Erzählen Sie, bitte, niemand davon, daß ich fort bin.»

Er versprach es ihr und hielt sein Versprechen. Die Geschichte wurde aus anderen – vielleicht aus New Yorker – Quellen ruchbar. Spät am Nachmittag kam die Frau des Verwalters zu Tante Sue hinübergelaufen, mit der sie jetzt schon auf vertrautem Klatschfuße stand. «Haben Sie schon gehört, Miss Dimmock?» Miss Dimmock hatte noch nichts gehört, und Mrs. McCallums Nachricht kam zu verdienten Ehren. «Mrs. Pollock, die Frau des Drogisten, hat eben von Seaview telefoniert. Die Abendzeitungen sind gerade angekommen. Im ‹Evening Star› steht, daß Miss Evelyn aus dem Pensionat verschwunden ist.»

Kips Mutter kam aus der Küche gelaufen. «Was Sie nicht sagen, wirklich, Mrs. McCallum?»

«Es steht ganz dick auf dem ersten Blatt des ‹Star›. Gestern nachmittag noch war sie bei einer Veranstaltung, da ist sie ihrer Begleiterin entwischt. Seither ist sie nicht mehr gesehen worden. Ein Detektivbüro ist jetzt auf der Suche nach ihr.»

«So etwas, nein, so etwas, und das steht schon in der Zeitung?»
«Man weiß es schon in der ganzen Stadt, hat Mrs. Pollock gesagt. Sie hat bei mir angefragt, ob ich etwas Näheres darüber weiß. Ich hatte keine Ahnung natürlich, aber ich habe immer gesagt...»
«Glauben Sie, daß man sie geraubt hat, Mrs. McCallum?»
«Nein, das glaube ich schon gar nicht. Ich habe immer gesagt...» Die Frau des Verwalters warf einen Blick zu den offenen Fenstern hinauf und senkte ihre Stimme zu einem Flüstern. «Ich habe immer gesagt, ein Mädchen, das so erzogen wird, mit diesen Unsitten, Sie wissen, was ich meine, Miss Dimmock. Cocktails hat sie getrunken und die ganze Zeit Zigaretten geraucht! Der Vater hat ihr ja ein gutes Beispiel gegeben!»
«Ob sie etwas über ihren Vater weiß?»
«Die jungen Leute erfahren heutzutage alles, bei diesen Filmen und Sensationsblättern. Jetzt tritt sie in ihres Vaters Fußtapfen.»
«Glauben Sie wirklich?»
«Merken Sie sich meine Worte. Es wird sich noch alles so herausstellen. Das Blatt wird es schon herauskriegen, da können Sie sicher sein. Mrs. Pollock sagt, das Bild in der Zeitung sei gar nicht Miss Evelyn. Und die dicke Überschrift heißt: Millionenerbin vermißt. Skandal befürchtet.»

III

Noch am Abend dieses Katastrophentages fuhr ein Taxi aus dem Dorfe vor dem Häuschen der Tarletons vor; eine junge Dame in fashionablem, kurzem Rock und fleischfarbenen Strümpfen entstieg ihm und fragte gleich nach Mrs. Tarleton. «Sie kennen mich natürlich nicht mehr. Ich bin Miss Allison. Ich war einmal bei Ihnen im Tarleton-Haus auf Besuch, bei Mrs. Gwathmey. Sie erinnern sich doch noch an die Gwathmeys? Ich war jetzt zufällig in Seaview und habe Gwathmeys versprochen, einen Sprung zu Ihnen zu machen.» Mrs. Tarleton war ganz entzückt. Zwar erkannte sie die blendende junge Dame nicht. Aber bei den zahllosen Besuchern des Tarleton-Hauses war das auch nicht gut möglich. Tante Sue und Mrs. Tarleton überhäuften den Gast mit Artigkeiten.

Man sprach davon, wie es Gwathmeys ging. Man sprach von Tarletons und Kips Stellung hier. Er war gerade nicht da, aber Mutter und Tante erzählten alles über ihn. Plötzlich sagte die junge Dame: «Eine merkwürdige Geschichte ist das mit Miss Evelyn. Was halten Sie eigentlich davon?» Die Tarleton-Damen gestatteten sich keine eigene Meinung. Miss Allison hatte erzählen hören, daß das Bild im «Evening Star» Miss Evelyn gar nicht glich. Wie sah sie denn eigentlich wirklich aus? Tante Sue schilderte ihr Aussehen. Miss Allison meinte: «Heutzutage passiert ja wirklich alles mögliche mit den jungen Mädchen. Man müßte sie nicht so frei mit Männern herumlaufen lassen. Wenn sie ausgehen, ist niemand dabei; man weiß nicht einmal, wann sie nachts heimkommen.»

Niemals hätten die Damen mit einer Fremden über Miss Evelyn gesprochen. Aber der Gast schien über alles informiert. Schließlich sagte man auch nur: «Ja, schrecklich!» Oder: «Man müßte den jungen Mädchen wirklich nicht so viel Freiheit lassen!» Im Laufe einer Stunde hatte man damit schon sehr viel verraten: die Namen einiger junger Burschen, die auf Besuch kamen, wenn Evelyn zu Hause war; die Saufgelage der Siebzehnjährigen, die Tatsache, daß sie sich bis zur Bewußtlosigkeit betrank (wie oft hatte man sie schon ins Haus tragen müssen!), die Beschwerden des Pensionats, in dem sie lebte, über ihr unerlaubtes Ausbleiben; sogar ihre Vorliebe für fleischfarbene Schals und Strümpfe.

Miss Allison fuhr erst nach dem Tee wieder fort. Am Abend darauf kam die strenge, steife Mrs. McCallum noch atemloser angelaufen als das letztemal. «Mrs. Tarleton! Mrs. Tarleton! Mrs. Pollock hat schon die Abendblätter. Der ‹Star› bringt eine ganze Seite voll über Miss Evelyn! ‹Wilder Vogel fliegt aus dem Nest›, steht darüber. Sie haben alles herausgekriegt; sie wissen sogar, daß sie fleischfarbene Schals und Strümpfe trägt.»

«Um Himmels willen!» riefen Mrs. Tarleton und Tante Sue wie aus einem Munde.

«Wie die da nur draufgekommen sind!»

«Wenn man das wüßte!» erwiderte der Chor.

«Diese Sensationsblätter sind einfach scheußlich. Mrs. Pollock hat mir das Ganze am Telefon vorgelesen. Ein Bild der Verworfenheit – man könnte glauben, daß wir hier ein schlechtes Haus führen, Miss Dimmock!»

So machte die Familie Tarleton mit dem Revolverjournalismus Bekanntschaft. Natürlich hielt sie dicht, und kein Mensch erfuhr je von ihrem Anteil an diesem «Landesverrat». Der vornehmen Miss Allison kamen sie noch am selben Abend hinter ihren Trick, als Taylor Tibbs hereinschneite. «War die Freundin von Mrs. Gwathmey hier?» Dann erzählte er, wie die Dame ein Drugstore von Seaview großartig lächelnd auf ihn zugekommen war und ihn angesprochen hatte. «Tag, Joe.» Er heiße nicht Joe, er heiße Taylor, war seine Antwort. Die Dame lachte. Für Namen hatte sie ein schlechtes Gedächtnis. Aber irgendwo hatte er sie schon bedient, das wußte sie sicher. Wo er denn früher gearbeitet habe? Im Tarleton-Haus, in New York, entgegnete Taylor. Da blitzten die Augen der jungen Dame auf. Natürlich! Von dorther kannte sie ihn auch!

Alle Menschen, die je im Tarleton-Haus gewesen waren, hielt Taylor Tibbs für höhere Wesen; das war schon seine fixe Idee. Er erzählte der jungen Dame, wie es den Tarletons jetzt ging und wovon sie lebten. Er plauderte über die verschiedenen Pensionsgäste und ihre Schicksale, soweit sie ihm bekannt waren. «Wie hieß nur gleich der alte Herr, der Whisky so gern hatte?» fragte die junge Dame und grübelte ein wenig über den Namen nach. Taylor grinste; Tarleton-Haus und Whisky, was waren das für herrliche Zeiten gewesen! «Sie meinen Mista Gwathmey?» Natürlich, die Dame meinte ihn und keinen anderen. Sehr bald hatte sie von ihm genug über die Gwathmeys herausgeholt, um an die Durchführung ihrer sauberen Pläne zu gehen.

IV

Vier Tage lang bildete die Flucht der Millionenerbin die Sensation der New Yorker Blätter. Sie brachten Aufnahmen von ihr, alle authentisch und nicht eine der andern ähnlich; sie brachten Bilder des Elternhauses und des Pensionats, aus dem sie verschwunden war; sie brachten Bilder ihrer Mutter und ihres Vaters und sogar solche von jungen Leuten, die als ihre Freunde galten. Sie brachten Polizeiberichte über mutmaßliche Spuren und

Artikel von führenden Geistern: «Warum die Mädchen ihr Heim verlassen.» Sie brachten die Biographie der Familie Fessenden und erinnerten daran, daß Evelyns Vater in erster Ehe mit Gloria Fanchon vom «Tanzbaby-Sextett» verheiratet war, und erzählten, wie sie ihn immer an der Nase herumgeführt hatte. Fessendens Frau wurde von seinen Eltern für ihn ausgesucht, die ihm ein gesetztes Leben anbefahlen und mit Enterbung drohten. Geneviève Talbot, das schönste Mädchen in Mobile, war die Cousine des Dramatikers Roger Chilcote, der als Gast auf dem Gute lebte, aber jedes Interview über das Verschwinden der Millionenerbin ablehnte.

Die Leute in Broadhaven bewegten sich mit sehr gemischten Gefühlen im hellen Rampenlicht der Zeitungen. Die vom Süden schreckten entsetzt vor soviel Öffentlichkeit zurück. Die Dickhäuter wieder warteten gespannt darauf, daß das Licht auf sie gerichtet würde. Männer fotografierten das ganze Gut, Reporter stellten Fragen, von den Polizeikommissaren und Detektiven nicht zu reden. Dabei wurden sie von Neugierigen in ihrer Arbeit unterbrochen, die nicht genug kriegen konnten, obwohl die Sensationsblätter zweimal am Tage Berichte brachten, von der Titelseite bis tief ins Innere hinein, neben Rubriken wie «Wie lang müssen die Beine eines Mädchens sein?» (mit Illustrationen) oder: «Soll sie ihm alles sagen?» (mit einer wahren Geschichte von einem unserer Leser).

Roger war natürlich wütend. Sein Elfenbeinturm war von einer Horde von obszönen Pavianen überfallen worden. Er wollte mit seiner Schwester fliehen, aber Maggie May erklärte, sie hätten Jennys Gastfreundschaft angenommen, solange es ihr gutging, und müßten ihr jetzt erst recht zur Seite stehen. Also schob Roger seine Arbeit beiseite und fuhr nach New York, um sich mit Jerry Tyler zu beraten, der eine Menge Skandalgeschichten über Evelyn wußte.

Und mitten in den Rummel hinein erschien auf einmal die verlorene Tochter selbst – als «Gräfin Enseñada». Ihr Gatte saß im Auto. Sie holte ihn herein. Es war ein Dandy von etwa dreißig Jahren mit kleingestutztem Schnurrbart und Monokel. Sie hatte ihn bei einem Thé-Dansant in einem eleganten Hotel kennengelernt und sofort erkannt, wie romantisch er war. Er sah nämlich aus wie ein ausländischer Aristokrat von der Sorte, wie sie im Film vorkommen. Sie lief ihrer Begleiterin davon und raste vier Tage lang mit dem Auto durch Neu-England, stieg nur zu den Mahlzeiten aus und einmal zur Trauung.

Das war erst eine Sensation für die Skandalblätter! Besonders, als sich herausstellte, daß Graf Enseñada in einer kleinen Mietswohnung in der Beeckmanstreet geboren und aufgewachsen war, im äußersten Westen von Manhattan, daß er als Kellner begonnen und es bis zum Gigolo in einem Tanzklub in der 44. Straße gebracht hatte. In weniger als drei Minuten hatte Bankier Fessenden ihn hinausgeworfen. Evelyn, die Gräfin Enseñada, wurde in ihr Zimmer gesperrt und Tag und Nacht von Detektiven bewacht, während sich mit dem Grafen mehr die Polizei befaßte.

Broadhaven wurde jetzt ein Kerker mit einer Staatsgefangenen und einer Belagerungsarmee von Reportern. Sie waren mit Bleistiften bewaffnet und ihre Taschen mit Papiermunition vollgestopft. Sie kamen vor dem Frühstück und gingen nicht vor Mitternacht, wenn sie nicht einzeln an die Grenze des Gutes eskortiert wurden. Kip Tarleton mußte seine ganze Arbeit stehenlassen und bald einen Botenjungen entlarven, hinter dem ein Zeitungsmann steckte, bald einen verkleideten Steuerbeamten, einen Samenhändler oder einen Burschen, der unter der Devise: Wer will einem begabten jungen Mann das Studium ermöglichen? Zeitschriftenabonnements sammelte. Unglaublich, die blendende Miss Allison hatte die Frechheit, noch einmal bei den alten Tarleton-Damen zu erscheinen! Sie gab zwar zu, Reporterin zu sein, doch sei sie mit den Gwathmeys wirklich befreundet; zum Beweis dafür brachte sie Nachrichten von ihnen und erzählte Einzelheiten über ihr Leben und ihr Haus, bis zu den Bildern, die an den Wänden hingen. Später stellte sich die Wahrheit heraus: Sie war bei den Gwathmeys gewesen und hatte sich bei ihnen als Freundin der Tarletons vorgestellt, um dieselbe Komödie später bei den Tarletons wiederholen zu können.

Die Gräfin Enseñada saß indessen in ihrem Boudoir und weinte – worauf die Revolverblätter schleunigst ein Bild des Herrenhauses veröffentlichten, mit einem Pfeil an den Fenstern des Trauerzimmers. Dann kam ein neues Gerücht: Führende Anwälte hätten Schritte zur Ungültigkeitserklärung der Ehe unternommen. Die Braut habe das gesetzliche Alter noch nicht erreicht. Auch sei sie vom falschen Grafen mit Gewalt entführt worden. Der Staat New York übte ja dieselben Praktiken wie die römisch-katholische Kirche. Er verkündigte, die Ehe sei unantastbar, war aber bereit, sie zu lösen, wo Geld und Einfluß es forderten. «Gräfin Enseñada» – der Name stand jetzt immer unter Anführungszeichen – tauchte jetzt im Gerichtssaal auf. Ein Fächer schützte ihr Gesicht vor den Pressefotografen. Die Zeitungsklatschbasen schilderten ihr Schluchzen, als sie darüber aussagte, wie der schöne Graf sie unter Drohungen ins Auto gezerrt hatte. Der Gatte, hieß es, sei längst schon in Argentinien und habe dafür von der Familie einige tausend Dollar bekommen. Jedenfalls wurde die Heirat für ungültig erklärt, und Evelyn Fessenden war wieder in Broadhaven, zwar von den Detektiven befreit, aber jetzt von den Eltern bewacht, die ihre nächtlichen Ausgänge kontrollierten.

V

Dafür kam nun Maggie May zu Ehren; sie war ja das Musterkind. Ein altmodisches Mädchen, das kein Aufsehen in den Sensationsblättern machte und ihre Eltern nicht einem Nervenzusammenbruch nahe brachte! «Warum bist du nicht wie Maggie May?» fragte Mrs. Fessenden Evelyn bei jeder Gelegenheit. Unter solchen Umständen war es für Evelyn nicht leicht, Maggie May zu lieben. Aber sie war jetzt unterwürfig. Der Skandal hatte sie mürbe gemacht; sie ging überhaupt nicht mehr aus und empfing niemand. Maggie May war gütig und geduldig mit ihr und versuchte, sie ein wenig aufzuheitern. Wie man das machte, hatte sie ja bei Vater und Bruder gelernt. Sie drückte sich nicht vor dieser neuen Pflicht, denn man kann nicht gut Wohltaten annehmen, ohne sie bei Gelegenheit zu erwidern.

So blieb sie noch einen Sommer, der sich aber vom vorigen wesentlich unterschied. Keine Gäste kamen mehr, nur wenige intime Freunde. Roger arbeitete an seinem Stück. Dick ließ sich bei Freunden einladen, deren gute Laune von keinen Skandalgeschichten getrübt war. Mr. Fessenden blieb in der Stadt. Er hätte geschworen, daß die Mark sich wieder erholen würde; doch sie sank in kürzester Zeit auf ein Zehntel ihres Wertes herab.

Jenny stutzte die Rosen im Garten. Maggie May spielte Tennis oder suchte sich für ein Buch zu interessieren. Für Kip war es eine glückliche Zeit. Kein italienischer Sänger kam mehr hinaus, kein Premierminister, kein Polospieler und auch kein Weizenkönig. Jeden Augenblick wurde er von den Damen in Anspruch genommen. Bald fuhren sie spazieren, bald half er beim Tennis als Vierter aus. Bevor er zu ihnen ging, meldete er sich immer beim Verwalter. Der grimmige Schotte brummte: «Gut, gut, wenn Sie sie nur halten, daß sie nicht wieder durchbrennt. Das ist wichtiger als Kartoffelanbauen!» So wurde Kip nach und nach zu einer Art von Gesellschaftsdame. Evelyn behandelte ihn höflich, und selbst Bobby gewöhnte sich an die Gegenwart eines «Dieners» beim Lunch.

Es war eine merkwürdige Zweiteilung: dieses Leben neben den Reichen und doch nicht mit ihnen. In Gegenwart dieser Lieblinge des Glückes durfte kein Wort über Sorgen, Armut oder Unerquickliches fallen. Überfluß und Vornehmheit waren selbstverständlich. Wenn etwa Karten gespielt wurde und Evelyn gereizt erklärte: «Mit den Karten spielen wir schon lange genug!», stand Kip ganz einfach auf, schellte und befahl dem Diener: «Bitte, einen anderen Satz!» Das Gut war wie ein Lagerhaus; man schöpfte aus dem vollen.

Kip selbst war danach ausgestattet. Nie erschien er am Kartentisch mit angeschmutzten Manschetten, einem Fädchen auf dem Rockkragen oder Schmutz unter den Fingernägeln, auch nicht mit Spuren der guten Erde von Broadhaven, wenn er dem Gärtner gerade beim Umpflanzen geholfen hatte. Nein, bei den Reichen war alles makellos und vollkommen, und Sorgen kannten sie nicht.

Aber wehe, wenn Kip sich seiner Stellung nicht immer bewußt bleibt! Wehe, wenn er den Unterschied vergißt! Er muß sparen und sein Auskommen finden und einen breiten Strich zwischen ihrem Besitz und dem seinen ziehen. Nähme er auch nur einen Dollar, der ihnen gehört, sie wären rasch und hart in ihrem Urteil. Selbst wenn sie ihm ein Geschenk anbieten, ist es klüger, stolz zu bleiben; es sähe sonst aus, als hätte er das Geschenk durch Blicke und Wünsche provoziert. Für den jungen Mann mit dem Doppelleben ergeben sich tausend Komplikationen, Stricke und Fallen. Denn die Reichen, die so frei und großzügig tun, sind in Wirklichkeit auf ihren Besitz versessen. Wie wären sie auch anders zu ihrer Größe gekommen?

VI

Roger hatte sein Drama abgeschlossen. Im Herbst sollte es aufgeführt werden. Jetzt aber brauchte er Erholung und fuhr einen ganzen Monat im Auto herum. Er sprach sich nur ungenau darüber aus, aber man mußte nicht gerade ein Zyniker sein, um zu erraten, daß er nicht allein fuhr. Nach seiner Rückkehr war er ausgeruht und erfrischt und hatte es sehr eilig, nach New York zu kommen, um bei den Proben seines Stückes dabeizusein. Er hatte auch eine ernste Unterredung mit seiner Schwester. Kip erfuhr bald Wort für Wort auf dem gewohnten Umweg. Roger erzählte es Jerry, Jerry erzählte es Kip.

Roger fand seine Schwester endlich reif genug, die Welt rundherum zu begreifen, vor allem ihren Bruder, wenn sie ihm helfen wollte. Die Ehe käme für einen Dichter natürlich nicht in Frage. Ein Dichter brauche Eindrücke, Veränderungen, Spannung. Darum hatte er auch nie auf die jungen Mädchen geachtet, die Maggie May und Jenny ihm zuführten und die so unverhohlen auf den Namen und die Karriere eines großen Dramatikers losgingen. Die Frau, die Roger fesseln sollte, mußte großzügig und kühn genug sein, einen Ehekontrakt zu verachten.

Der Dichter erzählte seiner Schwester von seiner entzückenden, aschblonden Freundin, der geschiedenen Frau eines Kugellagerfabrikanten. Eileen Pinchon war Musikerin. Sie hatte Roger auf seiner Tour begleitet, und Maggie May würde ihr höflich begegnen müssen. Er lebte ja mit ihr zusammen. Es hatte keinen Sinn, vor der Schwester zu verheimlichen, was ganz New York wußte. Überdies wäre die Geheimtuerei für Eileen beleidigend gewesen, sie hätte einen Makel auf ihre Beziehung geworfen.

So kam es zu einer Aussprache, und ein moderner Dramatiker lernte die Ansichten eines altmodischen Mädchens kennen. Maggie May erklärte: Daß ihr Bruder die Religion und den kirchlichen

Ehekontrakt verachte, sei seine eigene Sache. Aber wie solle eine Frau sich glücklich fühlen, die des Mannes, den sie liebe, nicht sicher sei? Jede Frau, die sich anders stelle, täusche den Mann und vielleicht auch sich selbst. Darüber diskutierten sie lange. Roger zählte Frauen auf, die emanzipiert genug waren, alle Fesseln zu verschmähen. Maggie May konnte ihm nur immer wieder versichern, diese Art von Frauen sei ihr unbegreiflich.

Sie versprach natürlich, Mrs. Pinchon mit Höflichkeit zu begegnen. Über eine Frau, die Roger glücklich mache, könne sie sich nur freuen. Hoffentlich hatte er nicht wieder eine ausgesucht, die trank und mit ihm die ganzen Nächte verbummelte. Auf diesen Satz hin besann sich Roger seiner Würde, wie immer, wenn auf seine Schwäche angespielt wurde. Er erklärte, er komme jetzt ganz gut vorwärts, es sei kein Grund zur Sorge. Zu ihrem Troste versicherte er, daß Eileen nicht annähernd soviel trinke wie Lilian Ashton. In Wahrheit konnte Roger Frauen, die sich betranken, nicht leiden. Es war zum Teufelholen, daß sie jetzt alle ihr Schwipschen liebten – eine Folge der Prohibition. Es liegt ja in der Natur des Menschen, das Verbotene zu tun.

Maggie May bat ihren Bruder, ja nicht zu glauben, daß sie Eileen schneiden wolle, aber sie sei nun schon seit mehr als einem Jahr von zu Hause fort, und Mama sehne sich so schrecklich nach ihr. Wenn Roger jetzt ohnehin mit dem Stück beschäftigt war, konnte sie ja nach Pointe Chilcote zurück. Roger war einverstanden. Sie habe ihm über eine schwere Zeit hinweggeholfen, er werde ihr das nie vergessen. Um nicht zu verzopft zu erscheinen, erklärte sich Maggie May bereit, Eileen zu besuchen, ehe sie heimreiste. Sie wollte die Freundin ihres Bruders kennen- und verstehen lernen. So endete diese ganz moderne Auseinandersetzung. Die Schwester erkannte, daß sie Fortschritte machte und sich bald in den Ton der New Yorker Intelligenz finden würde.

VII

Eines Abends nach dem Essen saß man ruhig auf der Loggia; Kip war der einzige Gast. Jenny zog sich zurück, sie hatte Kopfschmerzen; Evelyn und Bobby bastelten drinnen an einer neuen Erfindung zum Wohle der Reichen herum, einem Ding namens

Radio, mittels welchem Musik und Reden von überall zu hören waren. Es funktionierte nicht gut; es kratzte und heulte erbärmlich, nur hie und da ließ sich auch eine Stimme hören. Darüber entstand große Aufregung bei jung und alt; man saß stundenlang davor und stritt herum, wer drehen durfte. Das galt wenigstens für Evelyn und Bobby. So hatten Kip und Maggie May die Loggia für sich, mitsamt dem runden, roten Herbstmond, der gerade aufging, und den berauschenden Blumendüften. Maggie May trug ein perlgraues Abendkleid, das die weißen Schultern und Arme frei ließ und Kip ganz und gar außer Fassung brachte. Noch nie war sie ihm so reizend und verführerisch erschienen.

«Wir werden Sie so vermissen.» Er sagte «Wir». Er sprach im Namen eines ganzen Gutes.

«Ich habe es hier sehr schön gehabt, Mr. Tarleton.»

«Ich fürchte, Sie werden nicht so bald wiederkommen, Miss Maggie May.» Seiner Stimme war Trauer anzumerken.

«Sie müssen nach Pointe Chilcote kommen.»

«Wenn ich das nur könnte! Aber Sie wissen doch, wieviel Arbeit es hier gibt.»

«Sie müssen sich doch auch einmal Urlaub nehmen. Sie haben ihn redlich verdient.»

«Von Ferien war nie die Rede, Miss Maggie May.»

«Dann sollten Sie welche verlangen. Ich werde mit Jenny darüber reden. Paßt Ihnen Weihnachten?»

«Gerade zu Weihnachten ist die meiste Arbeit wegen der Gäste. Nach Weihnachten ginge es eher.»

«Dann nehmen Sie den Januar. Mama und Lee werden sich bestimmt sehr freuen.»

«Ich würde schrecklich gerne kommen, Miss Maggie May.»

Das Gespräch verstummte. Kip sah den Mond an, der im Herbstnebel golden schimmerte. Er sog in vollen Zügen die betäubenden Gerüche ein und flüsterte in Todesangst: «Nein! Nein! Ich verderbe mir alles!»

VIII

Maggie May sprach; ihre Stimme klang sonderbar: «Was halten Sie eigentlich von mir, Mr. Tarleton?»

«Miss Maggie May», stammelte er verwirrt, «das müssen Sie doch wissen!»

«Nein, wirklich, ich weiß es nicht.»

«Miss Maggie May, ich halte Sie für das schönste, das wunderbarste Geschöpf, das ich je gesehen habe!»

«Warum sagen Sie mir's denn nicht?»

«Darf ich denn das?»

«Aber warum denn nicht?»

«Weil – wissen Sie denn nicht, was ich bin?»

«Meinen Sie vielleicht damit, daß Sie bei meiner Cousine angestellt sind?»

«Ich meine, ich habe doch nichts. Sie haben so viel. Es wäre doch eine Anmaßung von mir...» Er stockte; er maßte sich nicht einmal an, eine unmögliche Anmaßung in Worte zu kleiden.

Nach einer Pause ließ sie sich wieder vernehmen. Ihre Stimme klang noch seltsamer: «Soviel ich weiß, besitze ich gar nicht so viel. Aber selbst, wenn es der Fall wäre; könnte mich das denn glücklich machen? Hat es meinen Vater glücklich gemacht? Oder Roger? Was haben denn Jenny und Evelyn von ihrem Geld?»

«Sicher, Miss Maggie May, das stimmt schon alles. Aber ich habe leider gar nichts.»

«Sie haben Charakter und sind noch jung. Sie können es noch weit bringen.»

«Natürlich, das hoffe ich selbst. Ich weiß nur nicht recht, wie ich es anpacken soll. Denn hier in dieser untergeordneten Stellung...» Diese höflichen Phrasen hatte er im Süden gelernt. Er war ein richtiger Gentleman geworden, nach allen Regeln der Kunst. Nur zitterten jetzt seine Hände, und der Schweiß brach ihm aus den Poren.

«Sie wissen doch, Mr. Tarleton...»

Ein Menschenkenner hätte aus der Stimme des Mädchens einen verzweifelten Ton herausgehört. «Sie wissen, daß die Frauen sich heute selbst etwas verdienen können.»

«Ja, natürlich.»

«Auch wenn sie verheiratet sind.»

«Ja, aber das ist nicht in Ordnung, Miss Maggie May! Ein Mann sollte sich schämen...»

«Jerry Tyler schämt sich gar nicht. Seine Frau arbeitet doch auch, und sie kommen sehr gut miteinander aus.»

«Ja, aber...»

«Ich habe mir schon immer dasselbe vorgenommen. Ich habe was Bestimmtes vor; ich glaube, es wäre ganz interessant.»

«Was denn, Miss Maggie May?»

«Ach, das ist eine lange Geschichte. Vielleicht sind Sie da anderer Meinung. Wahrscheinlich würden Sie mir in vielem unrecht geben.»

«Aber, wie können Sie das glauben, Miss Maggie May? Sie sind doch die Beste, die Gütigste...»

«Ich weiß. Jeder glaubt das von mir. Man denkt, ich bin so selbstlos; man denkt, ich will es gerne sein und Gott hat mich so geschaffen. Es könnte sich aber herausstellen, daß ich meinen eigenen Weg gehen will. Dann würden die Leute wohl ganz anders von mir denken. Sie wären entsetzt.»

«Das ist doch nicht gut möglich. Was sollten Sie denn Böses wollen? Sie sind doch so gut!»

«Es könnte zum Beispiel sein, daß ich keinen der Männer mag, die Mama oder Jenny für mich aussuchen. Daß ich mich weigere, in einem Haus zu leben, das mit seinen zwei Dutzend Dienern wie ein Hotel aussieht. Daß ich keine Lust habe, mich mein Leben lang in Gram zu verzehren. Mißfällt Ihnen das sehr?»

«Aber – natürlich nicht – Miss Maggie May – ich – das ist –»

Der arme Kerl war wie gelähmt. Irgendwo zwischen Zunge und Hirn fehlte plötzlich etwas; er konnte keine Worte finden. «Wenn ich die Wahrheit sagen darf, ich habe immer gehofft, daß Sie keinen von diesen Männern heiraten. Ich weiß selbst nicht, warum.»

«Der Grund ist einfach. Ich liebe keinen von ihnen, und ich will nur einen heiraten, den ich liebe.»

«Natürlich, Miss Maggie May.»

«Und wenn ich einem Mann begegnet bin, den ich liebe, muß ich erst herauskriegen, ob er mich auch liebt. Ich kann doch nicht lieben, ohne geliebt zu werden.»

«Natürlich – richtig – ich weiß –» Kip stammelte was und versuchte, sie zu begreifen. Und indessen schrie ihm etwas mit der Intensität einer Sirene ins Ohr: Du Narr! Du läßt dir von dem Mädchen einen Antrag machen! Und noch lauter: Sie m a c h t dir einen Antrag. Er war vollends verwirrt.

«Miss Maggie May – meinen Sie – ich meine – ich möchte wissen – wenn ich nur wüßte – wenn ich nämlich nicht so arm wäre und ein Recht hätte, Sie zu fragen –»

«Daß Sie arm sind, hat nichts damit zu tun. Reden Sie einmal von uns und nicht immer von Geld oder von Häusern.»

«Ich habe mich nie recht getraut, Miss Maggie May.»

«Ich erlaube es Ihnen jetzt. Sagen Sie mir, was Sie von mir halten. Ich habe Sie schon einmal darum gebeten.»

«Ach, Miss Maggie May, ich wäre der glücklichste Mann von der Welt, wenn ich nur sicher wüßte...»

«Sie haben mich also wirklich gern?»

«Ich – ich kann es gar nicht recht sagen, wie – ich habe mich nicht einmal getraut, es zu denken.»

«Sind Sie sicher? Haben Sie gar keinen Zweifel daran?»

«Wie wäre denn das möglich! Vom ersten Augenblick an habe ich immer nur an Sie gedacht!»

Sie streckte ihm die Hand entgegen. Er faßte sie und stammelte etwas Unsinniges. Sein Respekt vor dem Eigentum war tief erschüttert. Plötzlich stand sie auf und sagte: «Komm!» An der Hand führte sie ihn über die Loggia einige Stufen hinunter in den Garten. Im Schatten eines großen Rosenstockes blieb sie stehen, sah ihn an und legte die Arme um ihn: «Ich liebe dich», sagte sie. Es dröhnte Kip in den Ohren. Maggie May hielt ihm ihre Lippen entgegen; er verstand, daß sie ihm gehörte. Ihn schwindelte. Er küßte ihre Lippen, und als sie es geschehen ließ, küßte er ihre Wangen und Augen. Dies angebetete Wesen lag in seinen Armen! Sie gab sich ganz in seine Gewalt. Noch nie im Leben hatte er sich so glücklich gefühlt. Die Tränen liefen ihm über die Wangen.

Dann sah er, daß auch Maggie May schluchzte. «Ich bin so glücklich», sagte sie. «Ich fühle mich so frei!» Und plötzlich barg sie den Kopf an seine Schulter und rief: «Ach, Kip, i c h habe dir den Antrag machen müssen!»

IX

Da standen sie nun und sogen abwechselnd am Kelch des Entzückkens, bis Maggie May sagte: «Man wird uns vermissen.» So kletterten sie die Stufen hinauf und setzten sich wieder züchtig auf die Loggia. «Ich möchte nämlich nicht, daß meine Verwandten hier davon erfahren, ehe Mama es weiß.»

«Was wird deine Mutter dazu sagen?» fragte er und war schon wieder voller Angst.

«Mama kennt dich nicht sehr gut; ich werde ihr erst alles über dich erzählen. Sie will mich glücklich sehen. Das ist ihr die Hauptsache.»

«Wird Mrs. Fessenden sehr entsetzt sein?»

«Ich glaube nicht. Sie hält sehr viel von dir. Aber ich will ihr keinerlei Verantwortung aufbürden. Du weißt, wie es mit ihr steht.»

«Sie hat genug Skandale erlebt», sagte Kip naiv.

«Ich möchte, daß du zu uns hinunterkommst und dort alle kennenlernst. Wir können uns dann gleich trauen lassen, das heißt, wenn du mich überhaupt heiraten willst. Du hast dich darüber noch gar nicht geäußert.»

«Bitte, bitte, heirate mich!»

«Bist du gar nicht so wie die New Yorker Intellektuellen? Hast du nicht Angst, dich fürs Leben zu binden?»

«Ach, Maggie May, ich bin ja so glücklich, ich kann es einfach nicht glauben! Was werden wir dann tun? Wie werden wir leben?»

«Wir werden es machen wie so viele junge Paare vor uns. Deine Mutter und deine Tante sind damit einverstanden, ins Dorf zu ziehen und uns das Häuschen zu überlassen.»

«Was?» sagte Kip. Er mußte schlecht gehört haben.

«Du bist mir doch nicht böse, weil ich sie gefragt habe», sagte das Mädchen; es klang völlig ernst.

«Natürlich nicht. Aber – hast du ihnen denn gesagt, daß du mir einen – einen –»

«Antrag machen wirst? Ja, natürlich. Wo hätte ich denn sonst den Mut dazu hergenommen?»

«Du hast – was haben sie gesagt?»

«Nun, sie meinten, du würdest meinen Heiratsantrag annehmen. Es wäre schrecklich gewesen, wenn sie sich geirrt hätten.»

Kips Kopf war schon ganz hohl von so viel Erlebnissen. Plötzlich entsann er sich auch der sonderbaren Blicke der beiden Frauen, als er sich am Abend verabschiedet hatte. Nun saßen die beiden alten Hexen zu Hause und stellten sich alles vor, was hier geschah, und warteten, bis er mit der Nachricht kam. Wie hilflos war ein Mann einer solchen Verschwörung von Frauen gegenüber! Die Alten trugen List und Erfahrung dazu bei, die Jungen ihre Grübchen, ihr Lächeln, ihr duftiges Haar, ihre sanften, braunen Augen, ihre leuchtenden Schultern und den weichen, weißen Hals.

X

Der goldene Mond stieg höher und wurde zu Silber. Das Radio heulte und winselte wie eine Bratpfanne über dem Feuer; hier und da tönte Musik oder eine Stimme dazwischen: «Guten Abend, Freunde von Radioland!» Vom Meer her kam eine kühle Brise. Kip legte Maggie May den Mantel um, dann saßen sie noch eine Weile da und besprachen den sonderbaren Zustand ihres Herzens und die glückliche Verwirrung, die über sie gekommen war. Jetzt, da alles vorüber war, fand es Maggie May ganz dumm, daß sie nicht früher auf alles gekommen waren. Kip aber erklärte, er hätte es sich nicht träumen lassen, daß sie sich einen so uninteressanten Mann aussuchen würde, da sie doch so glänzende und unterhaltsame Männer umwarben. Warum sie sie denn alle abgewiesen habe? Sie dachte ein wenig nach und sagte: «Ich habe sie mir alle gut angesehen und habe mich gefragt, denn natürlich lag mir Jenny in den Ohren und zählte mir alle ihre Qualitäten auf. Vor allem hoffte ich, einmal einen zu sehen, der Alkohol zurückwies. Es fand sich aber keiner.»

«Du würdest keinen Mann heiraten, der auch nur ein wenig trinkt, Maggie May?»

«Nach meinen Erfahrungen kann niemand von mir etwas anderes erwarten.»

Kip war nicht wenig neugierig auf die Beschäftigung, die seine künftige Frau sich ausgesucht hatte, für den Fall, daß ihr Mann kein Geldverdiener war. Erst wollte sie mit der Sprache nicht herausrücken, sie sagte, er würde nur lachen – und das tat er denn auch wirklich, obwohl er ein so ernster junger Mann war. Welch sonderbarer Einfall für ein junges Mädchen! Maggie May wollte Propagandaversammlungen für die Abstinenz abhalten!

Sie erzählte ihm, wie sie auf den Gedanken verfallen war. Als sie eines Nachmittags durch eine Seitenstraße New Yorks ging – sie hatte eine Verabredung mit Jenny in der Stadt –, stieß sie auf die Kirche irgendeiner Sekte; ein Plakat davor kündigte einen Vortrag über die Abstinenz an. Da sie noch Zeit hatte, trat sie ein, um zuzuhören. Hier faßte sie ihren großen Entschluß.

«Weil es dir so gefallen hat?» fragte Kip.

«Weil es mir so wenig gefallen hat», sagte sie. «Da war so ein alter Zittergreis und fünfzehn bis zwanzig alte Weiber. Er zitierte die Bibel und den Herrn, was heute nicht viel Eindruck macht. Dann sprach er von der Verfassung und gebot Achtung vor dem Gesetz – wir wissen ja, was die Leute darauf geben; sie tun, was sie wollen, und kümmern sich einen Pfifferling um das Gesetz.»

«Und du willst es also besser machen?»

«Ein Mädchen hat sonst nicht die nötige Erfahrung. Aber ich habe sie. Zehn Jahre lang habe ich meinen Vater beobachtet. Und jetzt habe ich so einen Onkel zu Hause und verschiedene Freunde der Familie. Roger, Dick und Evelyn sind auch nicht ohne. Ich kann gar nicht aufhören, mich zu fragen: Warum trinken die Leute? Wie kann man sie davon abbringen? Wie stellt man das am besten an?»

«Wie stellt man es nun wirklich an?»

«Die Hauptsache ist, daß man früh genug beginnt. Es hat nicht viel Sinn, zu Erwachsenen zu sprechen. Sind sie nämlich keine Trinker, so brauchen sie die Ermahnungen nicht. Sind sie Trinker, so lachen sie darüber.»

«Sind denn Dick und Evelyn auch nicht mehr jung genug dazu?»

«Nein, sie hätten von klein auf belehrt werden müssen. Man hätte ihnen sagen müssen: Seht, Kinder, so ergeht es den Trinkern.»

«Wenn ich so rede», meinte Kip, «dann zählen sie mir immer die auf, denen es nicht geschadet hat. Jeder glaubt, er kommt heil davon.»

«Unter zwölf Trinkern stirbt vielleicht einer den Säufertod. Aber jeden von ihnen kann dies Los treffen. Trinker spielen Würfel mit dem Tod.»

«Ja, aber das wollen die Leute gerade. Spielen gilt ihnen als etwas Schönes.»

«Man müßte ihnen Beispiele vorführen. Man müßte ihnen Leute zeigen: So wie dieser Narr siehst du aus, und so wie dieser sprichst du.»

Da sagte Kip: «Ich kenne natürlich nur unsere New Yorker. Denen ist es ganz egal, wie sie aussehen, und sie wissen auch, daß niemand auf sie hört. Wenn einer sie vom Alkohol retten will, so verhöhnen sie ihn bestenfalls.»

«Nun, die Sorte muß man laufen lassen, bis sie einmal von selber genug hat. Früher oder später möchte jeder Trinker aufhören. Mein Vater konnte leider nicht mehr, aber er pflegte die anderen zu warnen. Ich kann nur mit schwerem Herzen an ihn denken, und an alles, was ich bis zu seinem Tode mit ihm durchgemacht habe. Doch ich glaube, daß ich auf einem Podium stehen könnte und einer Gruppe von Schulkindern alles darüber erzählen. Ich würde sagen: Das alles habe ich mit eigenen Augen gesehen. Das hat der Alkohol aus meinem Vater gemacht. Da müssen sie ja aufhorchen, glaubst du nicht auch, Kip?»

Kip lachte nicht mehr. «Erzähle du ihnen von deinem Vater. Ich werde ihnen von meinem erzählen.»

XI

Wenige Tage später machte sich Maggie May auf die Reise. Ihre Cousine brachte sie zur Station, und Roger holte sie in New York ab. Kip begleitete sie nicht und kam nicht einmal ins Haus. Sie hatten am Abend vorher Abschied genommen; es war besser so, man hätte ihnen sonst leicht etwas anmerken können. Sie küßten sich noch lange und schworen sich Treue. Sie wollten immer nur aneinander denken, bis die Zeit kam, da Kip zur Hochzeit nach Pointe Chilcote fuhr.

Er war in einer panischen Angst, wenn er an die Zukunft dachte. Wie sollte Maggie May in einem kleinen Backsteinhäuschen wohnen, als die Frau eines kleinen Angestellten? Zwar wollte Maggie May nicht darauf hören. Wann immer er darüber sprach, hielt sie sich die Ohren zu und fragte, ob er sie denn nicht liebe und schon los sein wolle. So blieb ihm nichts anderes übrig, als sein künftiges Leben einem stärkeren Willen zu überantworten. Es war erstaunlich, wie sich diese Frau entpuppte, die so sanft und nachgiebig schien. Im Innern war sie aus Stahl, und wenn sie sich in Bewegung setzte, hatte sie die Wucht einer Lokomotive von tausend PS.

Maggie May versprach, morgens und abends zu schreiben, so daß Kip trotz schlechter Zugverbindungen mindestens einen Brief täglich sicher bekam. Zuerst kam ein sehr formelles Telegramm aus Acadia, Louisiana, das an Mrs. Powhatan Tarleton gerichtet war. «Gut angekommen. Alles gesund. Gruß an alle.» Roger und Mrs. Fessenden bekamen auch je ein Telegramm, so daß Mrs. Pollock, die Gattin des Ortsdrogisten, keinen Grund zu romantischen Verdächtigungen hatte. Sie kannte alle Telegramme, die nach Broadhaven kamen, denn ihr Dienstmädchen «ging» mit dem Telegrafisten.

Der erste Brief aus Pointe Chilcote machte Kip ordentlich schwindeln. Maggie May war wieder daheim. Sie lebte im Glanz, der ihr von Geburt aus zustand, und trotzdem war sie immer noch fest entschlossen, zu ihm zu kommen und es mit der «Liebe in der kleinsten Hütte» zu versuchen. Sie hatte ihrer Mutter alles erzählt. Natürlich hören es Mütter nicht gerne, wenn ihre Töchter einen Mann ohne Geld heiraten wollen. Auch gab es jetzt so wenig Geld im Flußland, und in Wallstreet so viel. Aber Maggie May stellte ihre Mutter vor eine klare Alternative: Wollte sie lieber einen Schwiegersohn, der «trocken» war und arm, oder einen, der «naß» war und reich? Daß sie sich da für Kip entschied, war nach ihren Erfahrungen kein Wunder.

Maggie May schrieb auch an seine Mutter. Wer kann das Glück der beiden alten Damen schildern, die ihr Leben lang dem einzigen Jungen ihre ganze Sorge zugewandt hatten und die ihn nach vielen Jahren des Hoffens nun mit dem richtigen Mädchen vereinigt sahen? Im Backsteinhäuschen herrschte zwei Monate vor der Zeit schon eine Weihnachtsstimmung. Bald kam ein telefonischer Anruf von Roger, der alles erfahren hatte und sofort anrief, damit der alte Freund ihn für keinen Snob hielt. «Ich freue mich sehr, Junge», sagte er. «Natürlich ist mir niemand auf der Welt gut genug für Maggie May, aber am ehesten verdienst du sie noch. Sie wird schon etwas aus dir machen.» Dann fügte der Schlingel noch hinzu: «Sie wollte natürlich einen Abstinenzler zum Mann haben. Unter den Jungen bist du der einzige, den es in Amerika noch gibt.»

Dann kam Mrs. Fessenden auf Besuch, gerade vor dem Abendbrot. Sie wußte, daß Kip um diese Zeit zu Hause war. «Maggie May hat mir alles geschrieben», sagte sie. «Ich war gar nicht überrascht. Wir Frauen sehen alles. Ihr jungen Leute könnt gar nicht soviel vor uns verstecken, wie ihr glaubt. Ihr paßt sehr gut zueinander, Kip.» Wirklich, sie nannte ihn Kip! «Ich glaube, ihr werdet miteinander sehr glücklich sein. Wir gratulieren euch natürlich auf das herzlichste!»

«Danke vielmals, Mrs. Fessenden.» Kip wurde über und über rot.

«Sie müssen mich Cousine Jenny nennen. Sie gehören jetzt doch mit zur Familie.» Ja, richtig, er würde zur Familie gehören. Er zerfloß vor Ehrfurcht und erstarrte vor Schreck, denn die Macht des Reichtums ist furchtbar, und unausrottbar ist die Tradition des Südens.

«Ich denke schon immer darüber nach, was ich mit euch anfangen werde», sagte Cousine Jenny. «Das mit der Übersiedlung der beiden Damen ins Dorf ist natürlich ein Unsinn. Ich stecke euch in Rogers Häuschen. Er ist ohnehin nicht da. Ich glaube, ihr habt dort Platz genug.»

So erlebte Kip, was Besitzprivileg heißt und wie angenehm es ist, von den Privilegierten unter die Fittiche genommen zu werden. Das reizende Häuschen, in dem sie wohnen sollten, hatte sieben Zimmer und lag auf der anderen Seite des Gutes, die für die Gäste reserviert war. Die Familie Tarleton stammelte in großer Verlegenheit ihren Dank hervor. Kip fühlte sich verpflichtet zu sagen: «Sie müssen wissen Mrs. – Cousine Jenny, ich hatte es nicht darauf angelegt. Ich hätte mich das nie getraut.»

«Ich weiß», sagte Mrs. Fessenden lächelnd. «Maggie May schrieb mir, sie hätte Ihnen den Antrag gemacht. Sie haben sich durchaus ehrenhaft verhalten.»

Es sollte also zu keinem zweiten Skandal kommen! Die Herrin

von Broadhaven duldete das einfach nicht. Sie nahm diesen netten jungen Mann in die Familie auf und machte allen ihren Freunden klar, daß das keine Mesalliance war, sondern Romantik, Romantik im Stil des alten Südens.

«Sie brauchen auch einen Urlaub, Kip», sagte sie. «Sie müssen ja nach Pointe Chilcote, und dann kommt die Hochzeitsreise. Ich glaube, der Januar wird am besten für euch sein. Ich spreche mit McCallum darüber.»

Auch das war also geregelt. Kip hätte zu gern das Gesicht des Verwalters gesehen, wenn er die große Neuigkeit erfuhr.

12. Kapitel **VERBRECHEN**

I

Das Jahr 1922 ging zu Ende; der Senator aus Ohio, der damals dem Prohibition-Amendement ein Bein zu stellen versucht hatte, war nun schon bald zwei Jahre lang Präsident der Vereinigten Staaten. Er hatte sich nach Washington eine Rotte von Politikern mitgebracht, die man allgemein als die Ohio-Bande bezeichnete. Die saßen nun alle in Amt und Würden; das Land aber zeterte über Bestechung und Schwindel. Senatoren klagten die Petroleumkapitalisten an, daß sie die Regierung gekauft und die Ölreserven der Marine gestohlen hätten. Den einen Tag stand es so in der Zeitung, den nächsten wurde es wieder dementiert. Ein einfacher Mensch wußte nicht, was er davon halten sollte.

Kip Tarleton stand jetzt vor der Erfüllung seines höchsten Wunsches; also fiel es ihm besonders schwer, etwas Schlechtes über sein Land zu glauben. Er war zwar ein geborener Demokrat und neigte dazu, von den Republikanern das Allerschlimmste zu glauben. Doch er befaßte sich nicht viel mit Politik, er hatte vor seiner Hochzeitsreise noch so viel zu erledigen. Er sagte nie, daß er mit seinen Angelegenheiten genug zu tun habe, der Staat solle selber sehen, wie er weiterkomme, denn das hätte unpatriotisch geklungen. Aber wie die meisten Amerikaner handelte er doch so. Er vertrat eifrig die Interessen seines Arbeitgebers und verdiente sich ehrlich sein Gehalt. Erpressungen, Verbrechen, Skandale berührten ihn nicht.

Da fuhr ihm, drei Tage vor Weihnachten, der Einbruch auf Broadhaven dazwischen. Er wurde sehr früh am Morgen vom Kellermeister Mr. Fessendens angerufen: «Mr. McCallum bittet Sie, rasch hinauszukommen. Man hat bei uns eingebrochen.»

«Eingebrochen?»

«Während der Nacht. Jemand hat im Keller eingebrochen und einen großen Teil des Alkohols fortgeschafft.»

Kip schlüpfte in seinen Mantel und machte sich eiligst auf den Weg. Es dämmerte erst; der Boden war gefroren. Ein eisiger Wind blies vom Meer her. Die Sterne am Himmel verblaßten allmählich. Kips Atem dampfte beim Laufen. Die Straße beim Herrenhaus oben wurde eben abgeleuchtet, man suchte nach den Spuren und fand auch bald welche. Ein schwerer Rollwagen mit doppelten Hinterrädern war ziemlich nahe, bis auf etwa hundert Meter, an das Haus herangefahren. Den Rest des Weges hatten ihn vier Männer vorwärts geschoben, um keinen Lärm zu machen, und dann bei einem der ersten Eingänge aufgestellt. Die Tür war aufgebrochen. Die Einbrecher kannten sich offenbar hier gut aus. Sie hatten sich gleich an die Mauer des Weinkellers gehalten. «Da hat jemand im Haus mitgetan», sagte Mc Callum.

Als Nachtwächter fungierten auf Broadhaven ein alter Bursche, der als Gärtner schon ausgedient hatte. Man suchte ihn lange vergebens. Schließlich fand ihn Kip in der Personalküche, den Kopf auf dem Tisch, in festem Schlaf. «Jemand muß mich betäubt haben», erklärte er. «Man hat mir was in den Kaffee geschüttet.» Er trank nachts immer einen Kaffee. Das konnte wahr sein oder auch nicht. Vielleicht stand er mit den Einbrechern im Bunde.

Die Einbrecher hatten den Mauerverputz abgeschlagen und Ziegel um Ziegel herausgenommen, bis für einen Mann Platz genug zum Durchkriechen war und man eine Alkoholkiste bequem hinausschleppen konnte. Wieviel gestohlen worden war, konnte man ohne genaues Nachrechnen nicht sagen. Der Keller sah jedenfalls hübsch leer aus. McCallum sagte, heutzutage koste das Zeug ein nettes Geld. Manche Kiste sei ihre zwei- bis dreihundert Dollars wert. Wenn die Kerle den Rollwagen vollgeladen hatten, was anzunehmen war, so belief sich die Beute auf fünfzig- bis hunderttausend Dollars. Kip klang das wie ein Märchen. Er hätte sich nicht träumen lassen, daß es auf ganz Long Island soviel Alkohol gab.

Von Seaview kamen erst zwei Gendarmen herüber und später ein paar Leute vom Sheriff, die sich den Boden genau ansahen, die Spuren aufzeichneten und Fingerabdrücke von Tür und Schloß abnahmen. Sie fragten jedermann auf dem Gute umständlich aus und hielten lange Konferenzen mit dem Verwalter und seinem Gehilfen ab, die alles erzählen mußten, was sie über die einzelnen Angestellten wußten. Nicht einmal die Gäste waren über den Verdacht des Diebstahls erhaben. Die Bluthunde von der Polizei wußten über manchen Einbruch zu erzählen, der mit Hilfe von

Freunden der Bestohlenen ins Werk gesetzt worden war. Kip bemerkte mit Unbehagen, daß man ihn selber nicht besser behandelte, obwohl man wußte, daß er mit einer Kusine von Mrs. Fessenden verlobt war. Die Bluthunde durchstöberten seine ganze Vergangenheit. Wenn er sie sah, kam er sich immer wie ein Verbrecher vor.

II

Für die Zeitungen war das eine neue Sensation. Der «Evening Star» hob gebührend hervor, daß aus diesem selben Haus im vorigen Jahr Evelyn, die Gräfin Enseñada, durchgebrannt war. Die allgemeine Meinung schob den unverschämten Einbruch auf Rechnung der hohen Preise, die man jetzt vor Weihnachten für guten Alkohol bezahlte. Ausländische Originalmarken waren fast überhaupt nicht zu haben, und es war noch gar nicht abzusehen, wie man diesmal Neujahr feiern würde. Zwar waren Angebote in «Fessenden-Alkohol» bald zu erwarten, nur war er, bis er die Kehlen der Trinker erreichte, sicher schon unzähligemal verdünnt worden.

Bankier Fessenden tobte. Ein, zwei Tage lang sah es aus, als ob er selber zum «Bluthund» würde. Stundenlang quälte er die Angestellten mit Fragen. Von Kip wollte er Genaues über jedes verdächtige Gesicht wissen, das in der Nähe des Gutes je gesehen worden war. Kip hielt es für klüger, mit ihm privat darüber zu reden. Erst als die «Geheimen» weg waren, erzählte er Fessenden, daß sein ältester Sohn Dick sich mit einem Alkoholschmuggler eingelassen habe, seit ihm der väterliche Weinkeller verschlossen war. So um das Erntedankfest herum war ein Mann ins Haus gekommen und hatte nach Master Dick gefragt. Fessenden machte diesen unerwünschten Bürger «seiner» Ortschaft ausfindig. Es war ein italienischer Friseur, der in seiner Badewanne zu Hause Gin fabrizierte und die Ortsgendarmen mit kleinen Summen bestach. Dem Manne wurde das Leben von nun ab so schwer gemacht, daß er seine Miniaturfabrik in der Badewanne aufließ und sich in ernsthafteren Alkoholgeschäften nach New York begab.

Auch auf Taylor Tibbs fiel Verdacht. Kip, seine Mutter und

seine Tante mußten alles erzählen, was sie über ihn, vom Tage seiner Geburt an, wußten. Kip kannte die Schwäche Taylors für guten und schlechten Alkohol; er wußte auch, daß er im kleinen stahl. Eines Einverständnisses mit richtigen Verbrechern hielt er ihn aber für unfähig. Die Polizeikommissare trieben Taylor beinahe zum Wahnsinn, bekamen aber nichts von Bedeutung aus ihm heraus. Später sprach Kip auf Wunsch des Bankiers noch privat mit Taylor, und er erfuhr verschiedenes, was von Bedeutung sein konnte. Es gab eine ganze Menge Leute, die Zutritt nach Broadhaven oder irgendwelche Auskünfte zu haben wünschten, und mehr als einer hatte Taylor ausgefragt. Vielleicht waren es Reporter oder Agenten, wer konnte das wissen? Jedenfalls machten sich die Bluthunde hinter sie her und nahmen sie ins Kreuzverhör.

Der bejahrte Gärtner, der den Nachtwächterposten versehen hatte, wurde entlassen. An seine Stelle kam ein früherer Soldat, ein aufgeweckter junger Mensch, der nun schwer bewaffnet seine Runden machte. Es lag noch genug kostbarer Alkohol im Keller, und nach Angabe des Bankiers stand eine neue Sendung zu erwarten. Bei diesen Zeiten konnte man sich nicht auf die Polizei verlassen, man mußte selber für sich sorgen. Dieser Soldat, der die ganze Nacht vor dem Keller auf und ab ging, gab Kip erst das richtige Gefühl für Besitz und die Haltung der Besitzenden einer feindlichen Umwelt gegenüber. In der Stadt besaß die Fessenden National riesige Gewölbe, die durch zwanzig Panzerplatten aus härtestem Stahl und durch elektrisch geladene Drähte geschützt waren. Hie und da war eine kleine Kammer mit Giftgas eingebaut. Der Korridor war mit Spiegeln derartig ausgestattet, daß der Wächter auf seinem Rundgang ihn von jedem Punkt aus ganz übersah. Der Mann war eingeschlossen und mußte alle fünf Minuten auf einen Knopf drücken, um zu zeigen, daß er wach war. Drückte er einmal nicht, so läutete es Alarm in einem Detektivbüro, das ihn sofort ans Telefon rief. Die Reichen New Yorks verstanden es ganz gut, ihren Reichtum zu schützen.

III

Auf der Fahrt nach dem Süden vergaß Kip die Sorgen von Broadhaven. Jeder Meilenstein brachte ihn Maggie May näher; der Zug auf den Schienen sang ein Liebeslied. Kip zitterte; war es möglich, daß das Geschick es ernsthaft so gut mit ihm meinte? Da ließ man die kalten Winde und den Straßenschmutz von New York hinter sich und befand sich zwei Tage später in einem blühenden Rosengarten – ein Vergnügen übrigens, das die begüterten Amerikaner schon längst entdeckt hatten. Ferien mitten im Winter gehörten zum Leben der Plutokraten. Nur wartete auf wenige dieser Lichtsüchtigen ein Mädchen wie Maggie May!

Lee Chilcote holte Kip in New Orleans ab und fuhr ihn über die neuhergerichtete Autostraße, auf die jedermann hier so stolz war, heim. Er unterhielt sich mit ihm über die Straße, den Zuckerpreis, die Petroleumskandale und über die elende Bande von Republikanern in Washington – ein beliebtes Gesprächsthema für südliche Demokraten. Es fiel Kip auf, daß Lee über den Krieg und seinen Gesundheitszustand kein Wort verlor.

Roger, Jerry und Maggie May hatten Kip schon so viel über Pointe Chilcote erzählt, daß ihm wie einem Heimkehrer zumute war. Die frischbelaubten, moosbewachsenen Eichen, die knospenden Magnolien, die kahlen Felder, auf denen jetzt bald das frische, junge Zuckerrohr sproßte, die Sümpfe, das Dickicht von meterhohem Schilf, die Moskitoschwärme, die einen zwangen, immer hinter Netzen zu leben – alles war Kip schon so vertraut wie das Bild des Hauses, das er von Rogers Ofensims her kannte. Auf der «Galerie» warteten Maggie May, ihre Mutter, eine Cousine und eine Tante, die auf Besuch war. Gleich rannten auch ein paar Schwarze herbei, um sich das große Ereignis ja nicht entgehen zu lassen. Mrs. Chilcote küßte Kip auf beide Backen, sie betrachtete ihn ja jetzt als ihren Sohn. Dann begann sie zu weinen, weil er ihr das letzte ihrer Kinder fortnahm.

Kip machte sein Glück ganz verwirrt. Er war kein Hotelangestellter mehr, der den ganzen Tag an seinem Schalter saß, er war auch kein «Diener» mehr, wie Bobby ihn damals genannt hatte, und kein Verwalter hatte ihm in seine Zeiteinteilung was dreinzureden. Als Bräutigam gehörte seine Zeit ihm, und für ihn allein war Maggie May da. In einem Boot trieben sie sich auf den Flußarmen herum oder segelten weit auf den Golf hinaus. Ein andermal besahen sie sich im Auto die Gegend landeinwärts. Die halbe Nacht saßen sie auf der Veranda und lauschten den reinen Tönen der Spottdrossel. Sie lebten in einer Wolke von Glück. Die ganze Welt lächelte sie an und erlebte ihr Glück mit.

Eines Morgens zogen sie sich feierlich an und fuhren vor die kleine Gutskapelle. Alle Mitglieder der großen Familie waren versammelt. Reverend Cobbein wartete im vollen Ornat. Das junge Paar gelobte «Liebe, Treue und Gehorsam». Maggie May ließ sich, altmodisch wie sie war, den «Gehorsam» öffentlich gefallen. Ihre Vorbehalte machte sie bloß im stillen. Schwester Lelia, die vornehme Mrs. Pakenham aus New Orleans, sang ein französisches Lied; dann fuhr man heim und setzte sich gehorsam zu einem fidelen, aber kurzen Hochzeitslunch nieder. Maggie May und Kip gingen in ihre Zimmer hinauf und wechselten die Kleider. In der Zwischenzeit wurde ihr Gepäck in einen kleinen Sportwagen verstaut – ein Geschenk von Lee.

Die Hochzeitsreise sollte erst nach Florida und von da nach New York gehen. Vorher kam noch ein langer Abschied mit Grüßen an alle möglichen Bekannten und ebensoviel Schreibversprechen. Die Damen weinten natürlich alle. Kaum saß das Paar im Wagen, so wurde es schon mit Reiskörnern und alten Pantoffeln beworfen – warum gerade Reis und Pantoffel, wußte kein Mensch, aber das war nun einmal bei Hochzeitspaaren so üblich.

IV

Drei Wochen später waren sie wieder in Broadhaven, wo sie ein reizendes Siebenzimmerhäuschen bewohnten. Die beiden alten Damen hatten den ganzen Monat über eifrig das Heim hergerichtet, sie waren ganz entzückt, von nun an zwei Kinder behüten zu können! Diese guten Hausmütter hielten das Heim so peinlich sauber, daß selbst mit der Lupe kein Stäubchen zu entdecken war. Maggie May durfte nichts anrühren, sie mußte weiter die Dame bleiben. Sie hatte zwar einen einfachen Angestellten geheiratet, aber sie sollte nicht das Gefühl haben, gesunken zu sein. Man hegte und pflegte sie wie ein kostbares Stück Porzellan.

Das allererste, was Kip erfuhr, war, daß man die Einbrecher bereits erwischt hatte. Fessenden mißtraute der Polizei und hatte in New York selbst Detektive bestellt, die er mit genügend Mitteln zur Bezahlung ihrer Zwischenmänner ausstattete. In einem der vornehmen Speakeasies von New York entdeckten die Männer Flaschen vom besten Kognak des Bankiers, die da zum Verkauf angeboten waren. Sie stellten dem Verkäufer nach und machten einen Teil der kostbaren Ladung ausfindig. Drei Mann hatte man in New York eingesperrt, einen außerhalb, im Kreisgefängnis.

Die Sache war vom Haus aus organisiert worden, der Mann im Kreisgefängnis war niemand anders als der Gehilfe des Kellermeisters. Der Bursche war nie weiter aufgefallen. Als der Sohn einer alten Magd war er in der Umgebung geboren und aufgewachsen. Es war nicht angenehm zu denken, daß ein solcher Mensch einen verriet und verkaufte und New Yorker Banditen ins Haus ließ. Er hatte helle, blanke Augen und strohblondes Haar. Im Hause hatte er flott gearbeitet und fünf Jahre lang alle Aufträge geduldig ausgeführt. Und auf einmal saß er nun hinter Gittern und gestand alles ein. Ein Mädchen hatte ihn in ihre Klauen bekommen. Um Geld für sie herbeizuschaffen, hatte er den Einflüsterungen von Gaunern aus der Stadt nachgegeben – ganz wie man es im Film sah und nicht recht glaubte.

Sonderbar, in der Haft war der Bursche bösartig geworden. Er sei um nichts schlechter als die Leute, die er hatte ausrauben helfen. Sie brächen doch die ganze Zeit die Gesetze, warum sollte gerade er sie achten? Mr. Fessenden hatte doch eine Menge Alkohol von einem der Schiffe draußen gekauft und in den Hafen bringen lassen. Das wußte niemand besser als der Gehilfe des Kellermeisters. Er hatte doch beim Abladen mitgeholfen und die verschiedenen Sorten selbst gebucht. Wenn der Chef eine Kiste Alkohol für seine Gäste in New York brauchte, zögerte er keinen Augenblick, sie in die Jacht schaffen zu lassen oder in den Koffer auf der Limousine hinten zu verfrachten. Master Dick, der junge Herr, kaufte das Zeug direkt von den Schmugglern und fuhr es auf der ganzen Insel herum zu den Picknicks und Orgien, die er mit seinen Freunden abhielt. Die Reichen erwarteten, daß ihre Diener das alles mit ansahen, sklavisch gehorchten und selber wie Mönche lebten.

Nein, sagt Joe Ferris, er ist nicht ihr Prügelknabe, und wegen eines Einbruches geht er nicht nach Sing-Sing. Die Polizei hat ihn gefaßt, gut. Eine Weile kann sie ihn ja festhalten und weiter prügeln (er behauptet, daß sie ihn mißhandelt habe). Töten können sie ihn nicht, und früher oder später erscheint er vor Gericht. Dann sollen die Zeitungen erfahren, was die Reichen auf Long Island alles treiben. Auch über die Polizei weiß er allerlei, er hat nicht umsonst hier gelebt! Er weiß genau, wieviel Tonio Galuppi, der Friseur, der in der Badewanne zu Hause Gin braut, an die Ortspolizei bezahlt. Ja, er kennt noch andere aus der Branche, mindestens ein halbes Dutzend, bei denen man Alkohol bekommt. Nach anstrengenden Tagen, wenn man genug arme Teufel ins Gefängnis gesteckt hat, findet sich auch die Polizei bei einem Gläschen zusammen. Für die Rollwagen, die Nacht für Nacht an alle Höhlen und Häfen der Insel Alkohol fahren, bekommt der Sheriff ein dickes Stück Geld. Auch darüber kann Joe Ferris verschiedenes erzählen. Alle Politiker sind an der Affäre beteiligt. Er denkt nicht daran, für die anderen das Opferlamm abzugeben. Auf alle Fälle hat er schon niedergeschrieben, was er weiß, und den Bericht einem Ortsprediger ausgehändigt, der noch verschiedenes mit den Alkoholleuten vorhat!

V

Das war ja ein schönes Gebräu! Eine Badewanne voll Gin und Wermut sozusagen, brodelndes, gärendes Unheil für einen großen Bankier. Aber Mr. Fessenden, der reizbar und eigensinnig war, bestand auf strengster Bestrafung des Verbrechers. Polizei, Sheriff und Staatsanwalt waren über diese Aussicht gar nicht beglückt. Broadhaven und das Dorf summten von Gerüchten. Der junge Ferris war allen bekannt, seine Familie lebte im Ort, sein Bruder schlug Lärm über die besagten Prügel auf der Polizei. So sonderbar es klingen mag, die allgemeine Sympathie neigte sich dem Gefangenen zu. Es gab beinahe so was wie eine kleine Bauernrevolte gegen den Gutsherrn. Einige Dorfrevolutionäre sagten, ein guter Einbrecher sei besser als ein schlechter Bankier. Ferris' Mutter, eine eifrige Kirchengängerin, verbreitete nicht ungeschickt ihre Auffassung, der Sündenfall des Jungen sei die Folge des bösen Beispiels seines Vorgesetzten. Das Kirchenvolk machte sich diese Ansicht zu eigen, und wenn es auch den Herrn wenig kümmerte, die Ortspolitiker ärgerten sich grün und blau.

Auch Kip Tarleton riß bei dieser Gelegenheit die Augen auf. Bis jetzt hatte er in dem Glauben gelebt, daß Verbrecher als Verbrecher geboren werden. Er dachte sie sich als finstere Burschen, aufrührerisch und gefährlich, ganz anders beschaffen als er, und jedenfalls nicht als Leute mit blanken, hellen Augen und strohblondem Haar, die jahrelang pünktlich und freundlich ihren Dienst verrichten. Und einem solchen Menschen standen nun mehrere Jahre Zuchthaus bevor. Vielleicht gab es noch viele wie er.

Da zerbrach man sich nun den Kopf über Verbrechen und ihre Ursachen, über die ganzen komplizierten Grade und Stufen menschlicher Verantwortlichkeit. Was sollte man dann aber von den Reichen halten, die das Gesetz zum allgemeinen Gespött machten? Was von sich selbst, wenn man der Angestellte eines solchen Chefs war, was vom neuen Häuschen, was vom Gehalt, das erst kürzlich erhöht worden war, und von der gesellschaftlichen Position, auf die man sich nichts einbilden wollte; man verdiente sein Geld ehrlich, aber wer wußte, wie der Arbeitgeber es erworben hatte? Durch wieviel korrupte Hände mußte Geld gehen, bevor es wieder rein war?

Und wie stand es mit den Pflichten, die man als Staatsbürger hatte, wenn man rings von Korruption umgeben war? Genügte es, sich vor dem Schlafengehen die Ohren zu verstopfen, um den Lärm der Alkoholfuhren auf ihrem Wege nach New York nicht zu hören? Und wenn man mit seiner jungen Frau in den stillen Vorfrühlingsabend spazierte, sollte man da die Signale der Rumschmuggler, die jeden Augenblick über dem Wasser aufblitzten, einfach übersehen, oder sollte man sie für Leuchtkäfer halten? Wohin mußte das schließlich führen, wenn jeder einzelne Bürger sagte, das sei seine Sache nicht? Manchen Frühlingsabend vertrieben sich Kip und Maggie May statt mit Liebe mit Gesprächen über dieses wichtige Problem. Einiges von dem, was sie sagten, klang beinahe wie Verrat an ihrem Beruf und an der guten Cousine Jenny, die sich soviel Mühe mit ihnen gegeben hatte.

VI

Zwei, drei Monate lang, während Joe Ferris in Untersuchungshaft saß, blieb die Einbruchsaffäre die große Sensation. Den Dorfklatsch hörten Kip und Maggie May von Mrs. McCallum und ihren Bekannten, den herrschaftlichen von Mrs. Fessenden, Evelyn und Roger Chilcote. Er kam öfters zum Weekend heraus, traf sich mit der vornehmen Gesellschaft im Country Club und erzählte Kip amüsante Geschichten. Regelrechte Deputationen von erschreckten Politikern und Kaufleuten waren zu Richard Fessenden gepilgert und hatten ihn gebeten, die Sache fallenzulassen. Man fürchtete den Gestank, den ein Prozeß verbreiten würde. Wenige Meilen vom Ufer entfernt lagen die Schiffe der Rumflotte. Daß Long Island die harten Zeiten aushielt, hatte es hauptsächlich den Zöllen auf geschmuggelte Trinkwaren zu verdanken, einer lokalen, ungesetzlichen Abgabe, ähnlich jener, die die Raubritter des Mittelalters den Kaufleuten, die durch ihr Gebiet zogen, auferlegt hatten. «Wißt ihr, wie die Familie des Kaisers sich ihren Namen erworben hat?» fragte Roger mit boshaftem Kichern. «Hohenzollern heißt ‹die vom hohen Zoll›.»

Mit der Zeit begannen auch seine Golfpartner den Bankier Fessenden zu bearbeiten. Es durfte nichts herauskommen, was den «Kirchenelementen» in den Kram paßte! «Kirchenelement», das war unter den Geschäftsleuten des Country Clubs ein beliebtes Schimpfwort geworden; man hatte hier erfaßt, wie gefährlich die Leute waren, die am Sonntagmorgen in die Kirche gingen, statt Golf zu spielen, und bei ihren Gesellschaften statt Gin und Wermut Limonade und Kuchen verzehrten. Auf keinen Fall durften diese Elemente aufgerührt werden. Es war Fessendens patriotische Pflicht, in die Niederschlagung des Prozesses gegen Ferris einzuwilligen. Bei den drei New Yorker Halunken lag der Fall anders. Die hatten genug anderes auf dem Kerbholz, das der Polizei bekannt war. Schließlich gab der eigensinnige Bankier nach. Seine Freunde klopften ihm auf den Rücken, nannten ihn einen guten Kerl und boten ihm etwas ganz Besonderes aus ihrem Geheimschrank an, frisch vom Schiff.

Eine andere Seite dieser Affäre bereitete Roger Chilcote viel Spaß. Die Regierung gab nämlich Richard Fessenden seinen gestohlenen Alkohol nicht mehr zurück. Die Bundesbehörde hatte das kostbare Gut beschlagnahmt und wollte es, mit einem Passierschein versehen, an den Ursprungsort zurückgehen lassen. Da entdeckte man, daß die Siegel erbrochen und die Getränke «angebohrt» waren. Nach dem Gesetz war das nicht mehr derselbe Alkohol. Der frühere Besitzer bekam ihn nicht zurückerstattet, der schöne Alkohol wurde vernichtet.

Das lieferte Roger und Jerry neuen Gesprächsstoff über die Prohibition. Das hatte man von den Gesetzen, die sich zuviel um die Moral kümmerten. Gesetz ist gar nicht das richtige Wort dafür, das war schon Vergewaltigung, Tyrannei. Durchführen ließ es sich nicht, und die Beamten selbst waren die ersten, die es umgingen. Jeder Bürger hatte ja die Pflicht, ein solches Gesetz nach Kräften zu umgehen, denn je lächerlicher es wirkte, um so rascher schaffte man es wieder ab. Roger und Jerry erfüllten diese Bürgerpflicht mit heroischem Eifer. Wann und wo sich eine Gelegenheit dazu ergab, stürzten sie sich mit ihrem geschulten Witz über dieses arme Gesetz her – untereinander, in Gesellschaft, in allem, was sie schrieben.

Unter ihren Bekannten war Kip das einzige Opfer der Wowser-Manie, eine Tatsache, für die er schwer büßte. Das allerschwerste Trommelfeuer entlud sich über ihn. Jede Anekdote, die das Versagen der Volstead-Akte beleuchtete, merkte sich Roger gut und zog Kip bei dem nächsten Zusammentreffen damit auf. War man beisammen und wollte ein wenig hinaussegeln, so sagte er geschwind: «Gut, schauen wir uns die Rumflotte an!»

Wollte man aber ausfahren, so hieß es: «Ach wozu, es ist doch soviel Verkehr, viel zuviel Akoholschmuggler!»

Kip nahm das gutmütig auf und stritt nicht viel herum. Jetzt kannte er ja seinen Schwager schon so lange. Roger verspottete Kip, weil er nicht trank, aber wie, wenn Kip sich über Rogers Alkoholismus lustig gemacht hätte. Ein berühmter Dichter durfte es ruhig für sein Lebensziel erklären, seinen anständigen, jungen Schwager einmal richtig besoffen zu sehen. Er durfte Kip erzählen, was für großartige, innere Erlebnisse ihm entgingen, weil er sich der «Trinkerparade» nicht anschließen wollte. Kip dagegen hätte es schlecht angestanden, Roger an die unrühmlichen Erlebnisse zu erinnern, die er ihm verdankte. Bei einem Atelierfest zum

Beispiel war Roger auf allen vieren herumgekrochen und hatte gebellt wie ein Hund. Im Tarleton-Haus hatte er einmal eine ganze Stunde geweint, weil ihn niemand auf der Welt liebe. Kürzlich war er einem Schmuggler aufgesessen, von dem er eine Kiste Gin kaufte. Er hatte dem Mann aufs Wort geglaubt und dann selber daran glauben müssen. Der Arzt mit der Magenpumpe konnte gar nicht rasch genug zur Hand sein.

VII

Aus Rogers Stück, das man im Herbst zuvor schon oft geprobt hatte, war nichts geworden. Die Hauptdarstellerin war einfach zusammengebrochen. Ihre Rolle war gar zu schrecklich, sie hielt das auf die Dauer nicht aus. Selbst der hartgesottene Manager hatte es mit der Angst gekriegt. Er versuchte, Roger zu einer Änderung der Schlußszene zu bewegen. Roger beharrte bei seiner Überzeugung, wonach die Größe eines Kunstwerkes an der Qual zu messen sei, die es den Hörern bereite. Die Proben wurden unterbrochen. Roger trieb einen zweiten Manager auf und schloß mit ihm einen Vertrag über den kommenden Herbst ab. Den Sommer wollte er mit Eileen Pinchon in Europa zubringen. Die jungen amerikanischen Intellektuellen protestierten praktisch gegen die Volstead-Akte, indem sie ihre ganze freie Zeit und all ihr überflüssiges Geld im Ausland verbrauchten.

Einen Abend vor ihrer Abreise waren sie bei den Tarletons, im selben Häuschen, das Roger über ein Jahr lang bewohnt hatte. Die beiden alten Damen richteten ein besonderes Mahl nach südlicher Art her. Sie waren furchtbar aufgeregt über den Besuch und taten so, als hätten sie nicht die leiseste Ahnung davon, wie es zwischen dem Dichter und seiner schönen Begleiterin wirklich stand. Diese zarte, aschblonde Frau, die einem alten, französischen Aquarell entstiegen zu sein schien, vergötterte Roger offensichtlich, und zwar mehr, als für ihn gut war. Sie gab sich verzweifelte Mühe, seiner Schwester und der Familie zu gefallen. Frauen kommen einander hinter alles. Maggie May fand, daß alles genau so war, wie sie sich's gedacht hatte. Eileen hoffte auf eine Ehe mit Roger, nur ließ sie es sich nicht anmerken. Sie kannte seine Abneigung gegen alle Fesseln.

Dann fuhren die beiden nach Europa. Rogers Postkarten vermeldeten getreulich die Alkoholspezialitäten jeder Stadt.

VII

Ein kleiner Fremdling war unterwegs ins Tarleton-Haus. Der Taubenschlag geriet in gehörige Aufregung, als man es merkte. Kip hatte nichts mehr zu reden. Er hatte seine Pflicht getan, das übrige war Sache der Frauen. Maggie May wurde behütet, verzärtelt und mit Leckerbissen überhäuft, denn sie aß jetzt für zwei. Das große Ereignis war für den Winter angekündigt, alle möglichen warmen Kleidungsstücke wurden angeschafft. Aus Gründen, die nur Frauen bekannt sind, mußte jedes einzelne Kleidungsstück mit roten Seidenröschen oder violetten Seidenveilchen bestickt werden. Während dieser edlen Arbeit wechselten die Damen Reminiszenzen aus; Tante Sue erwies sich als ebensolche Autorität wie Kips Mutter.

Die Schranken zwischen Tarletons und Fessendens waren endgültig aufgehoben. Die alten Pensionistinnen kamen jeden Augenblick herübergelaufen, nahmen Platz und schwätzten. Auch Mrs. Fessenden kam zu Besuch und lud die Tarleton-Damen zu einem Tee ins Herrenhaus ein. Das Geschwätz und Geklatsch nahm kein Ende. Mr. Fessenden gingen die Tarleton-Damen aus dem Weg, die Pensionistinnen machten es genauso; er war sehr nervös und ärgerte sich über seine Frau, weil sie das Haus immer voller Schmarotzer hatte. «Die wollen alle nur dein Geld», behauptete er, «jetzt, wo das Geld so rar ist! Nächstes Mal lasse ich sie alle miteinander rauswerfen.»

Geneviève Talbot stammte aus Mobile, Alabama. Vor zweiundzwanzig Jahren, als sie noch ein junges Mädchen war, hatte man sie in ein vornehmes New Yorker Pensionat geschickt, wo sie zum Luxus erzogen wurde und den letzten Schliff bekam. Zum Schulleben gehörten Nachmittagstees, zu denen heiratsfähige Herren eingeladen wurden. Was man erwartete, geschah auch des öfteren – das war natürlich eine glänzende Reklame für die Schule. Eltern mit Töchtern hatten allen Grund, das horrende Schulgeld zu bezahlen. Auf diese Weise hatte Geneviève den Herrn von Broadhaven kennengelernt – ein großer Fang, um den sie viel beneidet wurde. Daß er zwanzig Jahre älter war, störte nicht weiter; von seinen schmutzigen Skandalgeschichten erfuhr das junge Mädchen nur gerüchteweise. Die Fessendens suchten für ihn ein Mädchen aus gutem Haus. Jennys Eltern aber hatten noch vier jüngere Töchter daheim. So fanden hinter den Kulissen Verhandlungen statt, und das Mädchen wurde verheiratet, ohne daß man ihm Zeit gelassen hätte, darüber nachzudenken.

Sie wurde sehr unglücklich. Das schloßartige Herrenhaus, das riesige Gut, die vielen Autos, die Rieseneinkünfte aus einem Trust und einer Großbank änderten nichts daran. Mit ihren Liebesträumen war es sehr bald zu Ende. Sie war nicht in der aristokratischen Tradition aufgewachsen, die einer Frau gestattet, aus Standesrücksichten vernünftig zu heiraten und sich in einer romantischen Leidenschaft dafür zu entschädigen. Geneviève Fessenden hatte wohl versucht, ihren Kindern zu leben, aber sie hatte dabei nichts erreicht. Sie war zu weich und kam gegen den stärkeren Einfluß ihrer Umgebung nicht auf. Kinder, die von klein auf an viel Dienerschaft gewöhnt sind, werden unselbständig, wählerisch und anspruchsvoll. Die drei jungen Fessenden waren mit allem unzufrieden, vertrugen sich nicht miteinander und haßten den Vater, dessen Erziehungsversuche mißlangen, weil er viel zu egoistisch war, um sich in die Kinder hineinzuleben und ihre Wünsche zu verstehen.

Kip kam mit den jungen Leuten in nähere Berührung. In ihrer Verzweiflung klammerte sich Mrs. Fessenden an jeden Menschen, der bei der Hand war. Dick, der Älteste, hatte ein gutes Herz wie die Mutter; wie die Mutter war er auch unfähig, nein zu sagen. Seine Freunde waren die Kinder reicher Leute, die ihre Zeit im Country Club verbrachten und ihre Kinder Dienstboten und Erziehern überließen oder in teuren Pensionaten unterbrachten. Die jungen Leute hatten ihren eigenen Wagen und rasten Tag und Nacht damit herum. Sie hatten Zutritt zu den Weinkellern ihrer Eltern, oder aber sie ließen sich mit Schmugglern ein, denen sie, ganz wie die Erwachsenen, Vertrauen schenkten. In der Atmosphäre des Nachkriegszynismus waren sie groß geworden, geistige Erben eines Jerry Tyler, Roger Chilcote und ähnlicher Schriftsteller, die sich über Selbstbeherrschung und Charakter nur lustig machten.

So konnte es Kip (nicht in seiner Eigenschaft als Gehilfe des Verwalters, aber als entfernter Verwandter und vertrauter Freund der Familie) passieren, daß man ihn um zwei Uhr nachts aus dem Schlafe läutete und ins Spital bestellte, wo Dick mit klaffender Nase lag. Er war im Rausch mit einem anderen Wagen zusammengestoßen und gegen die Windschutzscheibe geschleudert worden. Nur eine große Summe rettete ihn vor der gerichtlichen Klage. Nicht lange darauf wurde Kip wieder geholt, diesmal in eine Villa, wo man Dick mit einem Mädchen im Schlafzimmer eingesperrt hielt. Das Mädchen war nämlich gar kein Mädchen, sondern verheiratet, wenigstens behauptete sie es, und der Gatte spielte den Wutentbrannten. Ein alter Trick natürlich, aber Kip dachte an die Zeitungen und an das Kapital, das sie aus der Geschichte schlagen würden, und zahlte die fünfhundert Dollars aus, die ihm Mrs. Fessenden anvertraut hatte. Nachher mußte er dem Burschen noch gut zureden, damit er wieder seinen Eltern vor die Augen trat. Kip sah zwar nicht mit eigenen Augen, wie der alte Fessenden seinen Sohn hinauswarf, aber der Junge erzählte es ihm später und verschiedene Einzelheiten aus dem Leben seines Vaters dazu. Der war gerade der Richtige, ihm Vorschriften zu machen!

Evelyn hatte einige Monate für ihre Sünden in Zurückgezogenheit gebüßt. Lange hielt sie es aber nicht aus. Als die Unruhe sie packte, suchte sie wieder den Country Club auf. Natürlich zeigten die Leute mit Fingern auf sie und nannten sie spöttisch «die Gräfin». Sie wußte das und wurde nach außen hin immer arroganter. Insgeheim wünschte sie sich aber nichts sehnlicher als einen Mann. Ihre Mutter kam ihrem Wunsch entgegen und lud öfters junge Leute ins Haus. Doch das war mit Schwierigkeiten verbunden; die wenigsten kamen, wenn es keinen Alkohol gab (die Verantwortung für die möglichen Folgen nahm freilich niemand auf sich). Einmal hatte sich ein hübsches, junges Ding vor Tisch schon so betrunken, daß man sie in ihr Zimmer hinauftragen und ins Bett legen mußte. Die anderen hatten einen Mordsspaß dabei. Kein Mensch zögerte, das Mädchen wieder einzuladen. Nicht einmal den Eltern wurde darüber berichtet.

Von den Männern, die bereit waren, eine Millionärstochter zu heiraten, suchte sich Evelyn einen hoffnungsvollen jungen Börsianer aus. Ralston, so hieß er, hatte ein gutgeschnittenes Gesicht; Fußballspiel und Verbindungsleben hatten es geformt. Er war imstande, sich in dieser hartgesottenen Welt zurechtzufinden, und paßte ganz gut zu seiner Frau. Kip erhielt jetzt auch Einblick ins Börsenleben. Die Kurse stiegen wieder, Ralston bearbeitete seine Freunde und bekam Aufträge von ihnen. Er gab ihnen Tips; hatten sie Glück damit, so bekam er Prozente. Verloren sie, so verdächtigten sie ihn des Doppelspiels. In dieser Welt der Reichen, Parasiten und Verbrecher waren alle menschlichen Beziehungen vergiftet. Einmal konnte sich die arme Jenny vor Kips Mutter nicht mehr beherrschen. Sie brach in Tränen aus und verwünschte ihr Leben. Warum war sie nicht lieber in ein Kloster gegangen?!

IX

Kip und Maggie May zogen sich in ihr wohlgeborgenes, kleines Nest zurück und hielten sich sauber. Sie kannten kein Pflaster für die Wunden der Welt; die Schwäche der Menschen, die alles verursachte, war ihnen unbegreiflich. Sie sorgten nur dafür, daß in ihrer eigenen Welt eitel Güte und Rücksicht herrschten. Auf keinen Fall wollten sie je das Opfer der Habgier werden, die das eigene Glück und das der anderen zerstört. Sie dachten nicht daran, ein Vermögen anzuhäufen. Ihr Kind wollten sie an Arbeit und Selbstdisziplin gewöhnen; es sollte den Eltern und sich selbst nicht zur Qual werden. Die Liebe, die zwischen ihnen herrschte, war der Talisman, der sie vor den Übeln draußen beschützte.

Wenigstens sagten sie sich das, bis eines Tages der Verwalter kam; er kam in das Büro, wo die Bücher und die Kartothek aufbewahrt wurden, schloß sorgfältig die Türe hinter sich zu und begann: «Tarleton, ich habe Aufträge vom Boß.»

«Ja, bitte», sagte Kip.

«Es wird nachts hier gearbeitet werden. Wir beide haben nichts damit zu tun. Wallins, der Nachtwächter, ist für die Nacht auch Verwalter.»

«Um was für eine Arbeit handelt es sich denn?»

«Das hat man mir nicht gesagt. Ich hatte den Eindruck, je weniger ich frage, desto besser für mich.»

«Vielleicht hat Mr. Fessenden die Absicht, neuen Alkohol hereinzuschaffen», sagte Kip.

«Sie sollen sich um Ihre eigenen Angelegenheiten kümmern. Mehr habe ich nicht auszurichten.»

«So», sagte Kip. «Nun, ich habe einen festen Schlaf.»

«Um so besser für Sie», sagte McCallum trocken und zwinkerte mit den hellen, blauen Augen.

Kip sprach mit seiner Frau darüber; zur gewohnten Stunde, um elf Uhr, lag die kleine Familie in tugendhaftem Schlaf und versagte sich jede Neugier. Die übrigen Bewohner Broadhavens waren anders. Offenbar hatte irgend jemand der Sache nachspioniert, denn nach einigen Tagen summte es im Ort wie in einem Hornissennest. Seit die ältesten Leute denken konnten, hatte es einen solchen Skandal im Ort noch nie gegeben.

«Der alte Master Dick» – so nannte ihn die ältere Generation – «ist unter die Rumschmuggler gegangen!»

Was denn sonst! Jede Nacht stahl sich ein Motorschiff in den kleinen Hafen. Gleichzeitig kam ein riesiger Lastwagen angefahren, hielt am Landungssteg, lud auf und raste davon. Man hörte ganz deutlich den Lärm, und die Spuren auf dem Kies waren jeden Morgen noch zu sehen. Man fand Fetzen von Juteleinwand, ein Stück von einer Alkoholkiste und einmal eine zerbrochene Flasche. Der Bootsmann, der alles wegräumen mußte, ließ auf dem Landungssteg einen Zettel zurück: «Bitte um eine ganze Flasche!» Die Schmuggler kamen der Bitte nach. Wallins, der Nachtwächter, nahm die Flasche an sich und trank sie zusammen mit einem Mädchen aus dem Ort aus. Wer hätte solche Zustände für möglich gehalten!

X

Der Zufall wollte es, daß gerade um diese Zeit Roger Chilcote aus Europa zurückkehrte. Bei einem Besuch in Broadhaven erzählte er alle seine Abenteuer. Kip unternahm mit ihm einen längeren Spaziergang und beichtete ihm sein Unglück. Roger fand es zum Platzen komisch. Er lachte so unbändig, daß er sich an Kip festhalten mußte. Von allen Menschen der Welt mußte gerade dieser junge, hochanständige Wowser eines Tages als der Verwaltergehilfe einer Schmugglergesellschaft erwachen. Das war von einem boshaften Menschen ausgeheckt worden; soviel Humor bringt die Vorsehung nicht auf!

«Bitte, vergiß nicht», sagte Kip, «daß das alles deine Schwester auch angeht.»

Roger wurde ernst. «Habe ich es dir nicht vorausgesagt, Junge! Da habt ihr nun so ein dummes Gesetz durchgedrückt und verlangt von den Leuten, daß sie es ernst nehmen. Sie wollen einfach nicht, verstanden?»

«Aber das eigene Haus für so etwas zu verwenden, Roger!»

«Gemackssache! Die Fessendens haben eben wenig Geschmack, ihr Vorfahre war Metzger; ich glaube, er hat seine Manieren mit dem Gute weitervererbt.»

«Spaß beiseite, Roger. Wie erklärst du dir das alles?»

Roger dachte nach. «Ich glaube, es beweist nur, wie schlimm Fessenden daran ist. Schon als ich New York verließ, hörte ich allerlei läuten. Der Trust soll ganz auf dem Hund sein. Ich habe niemand was weitererzählt, über derlei Dinge schweigt man besser. Aber du weißt ja, wie es da zugeht; so ein großes Tier hat Mittel und Wege, sich Geld aus der eigenen Bank herauszunehmen. Das ist zwar ungesetzlich, aber sie wissen's schon zu drehen, und nur, wenn die Bank in Schwierigkeiten gerät, geht die Sache schief aus. Ich glaube, der Sturz der Deutschen Mark hat Fessenden ganz heruntergebracht. Und jetzt sucht er krampfhaft nach einem Ausweg.»

«Bringen denn diese Schmuggelgeschäfte soviel Geld ein, Roger?»

«Es gibt gar kein besseres Geschäft. So ein Rumschiff braucht sechs Wochen zu einer Runde. Der Profit beträgt mehrere hundert Prozent. Bessere Möglichkeiten für einen Kapitalisten gibt es heute gar nicht.»

«Von Schmugglern und Banditen wußte ich, aber wer hätte sich gedacht, daß ein Gentleman, ein Bankier vom Ruf eines Fessenden...»

«Vergiß es, Junge! Es ist Zeit, daß ihr Moralisten aufwacht und die Welt, in der ihr lebt, ein wenig kennenlernt. Ihr habt eine von den größten Industrien Amerikas geächtet. Das geht nicht nur die Schmuggler und Banditen, sondern das Kapital selbst an. Da draußen...», er wies mit der Hand auf den Ozean hinaus, «kannst du so ein Dutzend Schiffe sehen. Wenn du mit einem Motorboot von Cape Cod bis zum Chesapeake hinunterfährst, kannst du vielleicht zwei- bis dreihundert zählen. Alles in allem schätze ich, daß tausend Schiffe im Dienste des Alkoholschmuggels stehen. Das kostet alles einen Haufen Geld, die Schiffe müssen gemietet, die Mannschaft gelöhnt, die Ware muß eingekauft werden. Unsere größten Bankiers sind daran beteiligt, es wirft ihnen Woche für Woche Millionen ab.»

«Und alle benützen ihre Villen als Landungsplatz?»

«Nun, Fessenden hat zufällig einen Hafen bei der Hand, da ist die Versuchung für ihn zu groß. Erst kürzlich sind einige Motorboote gestrandet; die Bundesbehörden haben die Waren beschlagnahmt. Fessenden dürfte schon größere Verluste gehabt haben, als ihm lieb ist. Es ist natürlich, daß er sie zu vermeiden sucht.»

«Ein Unglück für die Familie.»

«Lange nicht so arg, als wenn der Fessenden-Trust und die Fessenden-National zugrunde gehen und der Präsident wegen Unterschlagungen und Betrügereien ins Zuchthaus kommt. Gegen das Geld des Alten hat die Familie nichts einzuwenden, sie wird also auch über die Art, wie er es verdient, den Mund halten müssen.»

XI

Roger war höflich; sonst hätte er hinzugefügt, daß auch Kip und Maggie May den Mund halten mußten, solange sie vom Geld des Alten lebten. Aber die beiden wußten es selbst und dachten immerwährend darüber nach. Welch grausamer Scherz des Schicksals! Zwei selbstgerechte, selbstzufriedene junge Wowser lebten ruhig und behaglich in ihrem kleinen Liebesnest. Da plötzlich entdeckten sie, daß ihr Monatsscheck aus Schmuggelprofiten bestritten wurde! Ihre Zukunft hing von der Geschicklichkeit ab, mit der sie die Augen geschlossen hielten. Wie, wenn sie aber doch eines Nachts zufällig die Augen öffneten und die Lichter der großen Lastautos im Dunkel aufblitzen sahen? Wie, wenn sie vom Lärm der Lastautos geweckt wurden, die mit siebzig Kilometer Geschwindigkeit an ihrem Haus vorbeifuhren? Wie, wenn sich eines

Tages auf ihrem saubergehaltenen Rasen eine zerbrochene Flasche fand?

Was war die Pflicht eines Bürgers, wenn er Kenntnis von einem Verbrechen hatte? Er mußte es doch anzeigen, nicht wahr? Wie aber, wenn die Polizei davon wußte, mehr wußte als der Bürger selbst? Und wenn die Polizei das Verbrechen unterstützte und die Beute teilte, was dann? War es Pflicht des Bürgers, die Durchführung des Gesetzes zu erzwingen? Und wie schwer wog diese Pflicht, an der anderen gemessen, die man dem Brotherrn gegenüber hatte, dem Brotherrn, dem man ein gutes Gehalt verdankte, ein Siebenzimmerhäuschen mit Gas, Elektrisch, Obst, Gemüse, Butter und Eiern? Von der Gattin dieses Brotgebers gar nicht zu reden, in deren Familie man eingeheiratet hatte, die einen zum Tee einlud und gesellschaftlich gleichstellte, die immer freundlich war und einem zu Weihnachten reichgefüllte Geschenkkörbe schickte, der man noch viele andere Vergünstigungen verdankte, die im Vertrag nicht vorgesehen waren?

Sonntags pflegten die vier Mitglieder der Familie Tarleton die Episkopalkirche in Seaview aufzusuchen. Da fanden sich alle feinen und wohlerzogenen Leute ein. Der Pfarrer war durchaus kein Wowser, sondern ein Mann von Welt. Gegen einen guten Tropfen, den ihm seine Pfarrkinder, meistens Mitglieder des Country Clubs, bei seinen Besuchen vorzusetzen pflegten, hatte er nichts einzuwenden. Die McCallums dagegen waren Presbyterianer, von denen ja viele mit Stolz das weiße Band der Abstinenzler tragen. So ergab sich für sie ein schwieriges moralisches Problem. Durfte eine Frau dem «Verein Christlicher Abstinenzlerinnen» angehören, deren Mann sein Gehalt als Verwalter einer Schmugglerzentrale bezog? Konnten ihre Töchter unter solchen Umständen der Epworth-Liga angehören und den Hohn der anderen Kinder und ihre Fragen über die New Yorker Banditen ertragen, die ihr Heim nachts besuchten?

Das ganze Dorf war in Aufruhr. Die Kirchenelemente tobten, nie waren sie so gefährlich gewesen. Der Sheriff, der Ortspolizist, der Staatsanwalt, alle bekamen anonyme Briefe, doch ohne jede Wirkung. In verschiedenen Häusern fanden geheime Zusammenkünfte statt. Eine Mrs. Doaks war darunter, eine überzeugte Methodistin, das leibhaftige Bild eines weiblichen Wowsers, wie man sie aus den Karikaturen der New Yorker Zeitungen kannte: hager, sehnig, mit schriller Stimme und ohne alle weiblichen Reize. Ihr Mann war Bahningenieur; sie war eine der wenigen, die kein Blatt vor den Mund zu nehmen brauchten, sie war ja von den Fessendens unabhängig. So sagte sie alles frei heraus, nannte die anderen Feiglinge und Mietlinge und stellte sich – im Namen von Gesetz und Ordnung, im Namen Gottes und seiner Gebote – an die Spitze einer neuen Bauernrevolte. Eine Deputation dieses Kirchenvolkes begab sich zu den Behörden. Die betreffenden Beamten legten die Hand aufs Herz und schworen feierlich, daß ihnen Gesetz und Konstitution heilig seien. Sie hatten bereits eifrig nach Indizien gesucht, aber vergebens. Sie erklärten sich bereit, auf der Stelle vorzugehen, sobald ihnen rechtsgültige Indizien gebracht würden.

Es handelte sich also jetzt darum, solche Indizien zu beschaffen. Wenn man nur gewußt hätte, wie! Broadhaven war ja Privateigentum, und jeder wußte, daß Wallins ein Repetiergewehr trug und Befehl hatte, es zu benützen. Wenn die Lastautos vom Privatbesitz auf die öffentliche Landstraße gelangten, fuhren sie mit höchster Geschwindigkeit davon, von mehreren Leuten bewacht, die auf Wegelagerer lauerten und einen Diener Gottes sehr leicht verkennen konnten.

Um diese Zeit hatte das Parlament von New York die Prohibitionsakte abgelehnt und damit ihre Durchführung der Bundesbehörde allein überlassen. Eine Deputation, die von Seaview nach New York geschickt wurde, wandte sich also direkt an das zuständige Bundesamt. Man wies sie an die Zollbehörde weiter, da es sich um eine Schmuggleraffäre handle. Die Zollbehörde schickte sie zur Küstenpolizei, da der Schmuggel mit der «Rumflotte» zusammenhinge. So wurde absichtlich ein Kompetenzstreit konstruiert, damit jedes Departement die Sache hinziehen konnte.

Schließlich versprach man den «Kirchenleuten» eine Untersuchung über die Vorgänge in Broadhaven, die Indizien liefern sollte. Als die Deputation nach einem Monat wieder vorsprach, hieß es, die Bundespolizisten hätten nichts Auffälliges bemerken können, obwohl sie mehrere Nächte auf der Lauer gewesen seien. Vielleicht hätten die Mitglieder der Deputation selber was vorzubringen? «Die Spatzen pfeifen es ja schon von den Dächern», war die Antwort der empörten Leute. Der Beamte antwortete höflich, Spatzen seien leider kein Indiz vor Gericht, für ein Verfahren nach der Volstead-Akte sei folgendes vonnöten: Ein Zeuge müsse aussagen, daß er den Alkoholtransport gesehen und untersucht und daß er wirklich Alkohol festgestellt hatte und nicht vielleicht Ginger-Ale oder Bier mit weniger als einem halben Prozent Gehalt.

XII

Kip hörte von diesen Einzelheiten; sie sprachen sich im ganzen Ort herum. Als er aber zufällig einmal in der City mit Jerry Tyler beim Lunch zusammentraf, erfuhr er noch mehr. Dieser aufgeweckte, zynische Redakteur erklärte, daß die Undurchführbarkeit der Volstead-Akte eine Haupteinnahmequelle für die Ohio-Bande sei, die noch immer, allen Enthüllungen und Skandalen zum Trotz, in Washington regierte. Wer sich im großen Stil mit Alkoholschmuggel beschäftigen wollte, fuhr in die Bundeshauptstadt und sprach bei einem gewissen Freund des Generalstaatsanwaltes vor, der (obwohl er gar nicht für die Regierung arbeitete) ein Büro in einem Regierungsgebäude zur Verfügung hatte. Man äußerte seinen Wunsch und erfuhr den Preis dafür. Der gewisse Herr nahm das Geld nicht selbst entgegen, so naiv war er natürlich nicht. Man mußte ein kleines, grünes Haus in der K-Street aufsuchen, das ausgerüstet war wie ein Fort im Weltkrieg. Da gab man erst das Losungswort ab und gelangte dann in ein Zimmer mit einem kleinen Tisch in der Mitte, auf dem ein Glasbassin stand, wie man es für Goldfische hält. In diesen Behälter ließ man die Tausenddollarnoten fallen, hübsch eine nach der anderen, während ein Auge durch ein Loch im Vorhang jeder Bewegung folgte. Millionen von Dollars in Freiheitsanleihe waren im Souterrain des kleinen, grünen Hauses verstaut. Es war das Eigentum der Ohio-Bande, zu der mehr als ein Regierungsmitglied gehörte. Mehrere hunderttausend Dollars lagen in einem Safe für Präsident Harding bereit, der angeblich von ihrer Herkunft nichts wußte. Er war ein alter Säufer und Spieler – der Redakteur der «Gothamite» wußte das genau –, und eine junge Geliebte, von der er ein Kind hatte, pflegte ihn hie und da in einem kleinen Souterrainzimmer des Weißen Hauses zu besuchen.

Kip glaubte natürlich kein Wort. Er war ein guter Patriot und kannte das schmutzige Geschwätz der New Yorker Journalisten und Literaten. Als er eine Andeutung darüber fallenließ, lächelte Jerry gönnerhaft und sagte:

«Du glaubst also auch nicht, daß Richard Fessenden für die Wahl des Präsidenten Harding Unsummen ausgegeben hat?»

«Das glaube ich schon», gab Kip zurück. «Warum denn nicht?»

«Und warum wohl, warum glaubst du, hat er sein Geld hergegeben? Etwa, weil Harding wie ein römischer Senator aussieht und Reden hält wie ein Negerprediger?»

Nein, nein, meinte Jerry weiter, damals, als der Senator von Ohio zum Präsidenten gewählt wurde, wußte jedermann, daß das Prohibitionsgesetz sehr bald in Kraft treten würde. Die republikanischen Politiker aber wußten, wer sich am Alkoholschmuggel beteiligen und wer das Kapital dazu hergeben würde. Ihr Präsident verstand sich auf einen guten Tropfen, kannte seine Freunde und ihre Hintermänner und hielt treu zu ihnen. Der Herr von Broadhaven war also immun, er durfte sich alles erlauben, unter Umständen auch einen Mord. Die Wowsers aus Seaview konnten lange toben; ihr Kampf gegen die Alkoholzufuhr nach New York war etwa dasselbe, als spuckten sie gegen einen Wirbelwind.

«Ich hab's ja von allem Anfang an gesagt, Kip. Das Gesetz ist idiotisch, und nur ein Idiot kann mit seiner Durchführung rechnen. Würde man es ernstlich durchführen wollen, so gäbe das eine Revolution. Die Business-Leute lassen sich eine Regierung, die sich in ihr Geschäft mischt, einfach nicht gefallen.»

«Aber gerade von den Business-Leuten sind viele für das Gesetz, Jerry.»

«Ich weiß. Den Leuten kann es nur passen, wenn ihre Arbeiter Montag früh nüchtern antreten. Sie selbst können sich den Alkohol leisten, ihre Arbeiter nicht. Auch ein Standpunkt! Das Prohibitionsgesetz ist ein Klassengesetz, es trifft die Armen und schont die Reichen, verstanden!» Aus Jerrys Worten klang heftige moralische Entrüstung. Man war das an ihm gar nicht gewöhnt.

«Klassengesetze gibt es auch sonst genug!» meinte Kip.

«Aber dieser Fall ist besonders klar.»

«Ich werde dir was sagen, Jerry. Wenn sich die Reichen weiter betrinken und die Armen weiter nüchtern bleiben, kannst du eine Revolution bei uns erleben, die den Business-Leuten ganz und gar nicht in ihren Kram paßt.»

13. Kapitel   **DIE MORDKOMMISSION**

I

Maggie May begab sich in die Gebärklinik. Es war ein großer, imposanter Bau; der Aufenthalt dort kostete mehr, als Kip erschwingen konnte. Jetzt erst entdeckte er, wie vorteilhaft es für eine Frau war, eigene Einkünfte zu haben. Was taten wohl die jungen Paare, deren Frauen in keiner so glücklichen Lage waren? Hatten darum so viele Frauen des Mittelstandes gar keine Kinder, oder beließen es darum so viele bei einem einzigen Kind, sobald sie die Erfahrung gemacht hatten, wie teuer es sie zu stehen kam?

Kip und die beiden alten Damen besuchten die Klinik mit den glatten, weißen Wänden und gerundeten Ecken, wo alles so hygienisch war und nach Karbol roch. Maggie May lag bleich und erschöpft im Bett, aber auch so stolz; es war ein schöner, großer Junge – Kips Ebenbild. Die Pflegerin brachte ihn auf einem Kissen, man durfte ihn ansehen – ein unglaublicher Anblick: ein rotes, runzeliges Geschöpf, das lebte und die Lippen bewegte. Es gehörte Kip und sah mit seiner flachen Nase und dem runden Kahlkopf wie eine Karikatur von ihm aus. Später kam es in einen Saal zu fünfzig anderen zappelnden Würmern, die alle eine Marke am Gelenk hatten – aber wie, wenn man sie dennoch verwechselte? Besucher durften hier nicht hinein, nicht einmal Großmütter. Die arme Mrs. Tarleton mußte sich ihr eigenes Enkelkind durch eine Glasscheibe ansehen! Auch andere alte Damen blickten entrüstet durch das Glas, bis Kip sie alle zum Lachen brachte: «Das ist ja eine Hölle, eigens für Großmütter!» rief er.

Nach zwei Wochen kam Maggie May strahlend und rosig wieder heim und brachte das kostbare Wunder, das flachnasige, kahlköpfige Ebenbild Kips mit. Merkwürdig, das Leben mag einem Menschen noch so viele Enttäuschungen bereiten, wenn es von neuem beginnt, kann ihm niemand widerstehen. Diese winzigen Finger, jeder mit einem eigenen Zauber behaftet! Diese Zehen in der Luft, diese strampelnden Beinchen, die sich immer in die verkehrte Richtung strecken, so, als wollten sie nach einem Zweige langen, dieses geheimnisvolle Lächeln, engelgleich, unwiderstehlich! Mrs. Fessenden, deren eigenes Leben doch verpfuscht war, kam jeden Tag herüber, um das neue des kleinen Verwandten zu bewundern und Ratschläge zu geben. Sie bat darum, alle Rechnungen bezahlen zu dürfen, sie wünschte sich praktischen Anteil an diesem Schöpfungsgeschäft. Selbst Mrs. Ralston, die frühere «Gräfin Enseñada», deren glänzendes Leben sich im Country Club abspielte, kam vorüber, um sich das Kleine anzusehen. Sonderbar dunkle und tiefe Instinkte regten sich in ihr; sie ging weg mit der Bemerkung, ein Pudel sei doch nicht alles.

Nach Pointe Chilcote war ein Telegramm abgegangen. Die andere Großmutter schrieb, sie komme gleich, sich das Kind anzusehen. Mrs. Fessenden lud sie nach Broadhaven ein; ein, zwei Wochen darauf war sie schon da, zweihundert Pfund Großmütterlichkeit; sie zitterte vor Freude, weil das Neugeborene Roger Chilcote Tarleton hieß, nach ihrem toten Mann und ihrem Sohn, eine doppelte Ehre. Sie beschlagnahmte das Kinderzimmer und den Schatz darin und erzählte Maggie May, wie sie sich in diesem Alter aufgeführt hatte, wie früh Lelia schon sprechen konnte, wie langsam es mit Lee vorwärtsgegangen war, wie die Ärzte sie beruhigt hatten und zuletzt alles wirklich gutging. Sie erzählte von Lees Frau, die für den nächsten Monat ein Baby erwartete, das war dann schon das achte Enkelkind! Einer solchen Großmutter war die Belohnung im Jenseits gewiß.

Kip war nicht weniger stolz als alle anderen. Er untersuchte seine eigenen Empfindungen nicht weiter, aber irgendwie war er sich immer dessen bewußt, daß er die Ursache dieses wunderbaren Geschöpfes war und nicht diese geschäftigen Frauen. Niemand konnte es leugnen: Diese kleine Frau, Maggie May, die Mutter seines Sohnes, hatte für ihn getan, was sie konnte. Sie hatte ihm dieses Kind geboren, weil sie ihn liebte. Er war kein Egoist, er war ein einfacher Mensch. Die Liebe, die er sich verdient hatte, verklärte ihn. Er wußte, daß er sie sich verdient hatte, und war glücklich über seine Frau. Sie wieder wußte, daß er zur Arbeit ging und nicht zu Frauen oder zu Trinkgelagen. Welches Glück für sie, daß sie einen Partner gefunden hatte, der einer Meinung mit ihr über den Alkohol war!

II

Um diese Zeit wurde Rogers Stück aufgeführt. Kip ging zur Premiere und berichtete Maggie May darüber. Es war eine finstere, unheimliche Tragödie und hatte bei der zünftigen Kritik, die sie mit Strindberg und Dostojewski verglich, einen großen Achtungserfolg. Aus irgendeinem unerfindlichen Grunde galt es als ein Fortschritt der amerikanischen Kultur, daß das Stück mehr als drei Stunden dauerte und daß die Hauptfiguren Selbstmord begingen oder irrsinnig wurden. Die Journalisten meinten, es werde sich erst noch zeigen, ob das Publikum soviel Realistik aushalte. Es zeigte sich auch bald. Von der zweiten Woche an blieb das Theater leer.

Ein schwerer Hieb für den goldblonden Dramatiker, der berühmt und populär zugleich sein wollte, weil er das Geld brauchte, das nur Popularität einbringt. Er vergaß es nie, daß er einmal auf beide Arten zugleich Erfolg gehabt hatte, und hoffte, das Wunder ein zweites Mal zu erleben. Da es ausblieb, wurde er verbittert und verwandte seine Redegabe dazu, alles zu verhöhnen, was er ersehnte und zu verachten vorgab.

Die erste Enttäuschung war die schwerste. Der Dichter lebte mit Eileen Pinchon zusammen in einem Apartment an der Riverside Drive – keine elegante Gegend, aber sie mußten sparen. Eileen sorgte für ihre Schönheit mit Masseusen und Schönheitsspezialistinnen; mit Gesichtsmassagen, Dauerwellen und derlei vertat sie einen guten Teil ihres Tages. Sie und ihr Literaturlöwe waren in ein Netz von gesellschaftlichen Verpflichtungen verwickelt. Eileens Konversation drehte sich um Dinnergesellschaften, Tanzunterhaltungen und Einladungen, die sie diesem oder jenem schuldig war, weil sie von diesem oder jenem was zu erhoffen hatten. Ihr heißes Streben ging dahin, Ruf und Ruhm ihres Dramatikers zu fördern. Wie konnte man von den Leuten erwarten, daß sie sich für einen einsetzten, wenn man sich gar nicht um sie kümmerte und seinen menschlichen Verpflichtungen nicht nachkam? Waren alle Schriftsteller so blind und egozentrisch?

Roger machte dieses Leben halb wahnsinnig; er drohte wieder auszubrechen. Er hatte noch keinen Stoff für ein neues Stück, und Eileen war für ihn nur erträglich, wenn er seine Arbeit neben ihr hatte. Er sah sich nach einer Fabel um, das heißt eigentlich nach einer Frau, denn die Fabel mußte sich um eine Frau drehen. Es waren ja genug strahlende und faszinierende Frauen hinter ihm her. Ihre Geschichte erfuhr er nur, wenn er mit ihnen allein war. Seine Freiheit war oberstes Gesetz. Eifersucht durfte ihn um keinen Preis belasten. Die Anstrengung, die es Eileen kostete, diese Bedingung einzuhalten, brachte sie hart an den Rand einer Gemütskrankheit und verursachte quälende Gefühlsausbrüche.

So führte Roger in diesem Winter kein mondänes Leben, sondern trank sehr viel; es war die leichteste Art, unlösbaren Problemen aus dem Weg zu gehen. Aus Höflichkeit trank Eileen mit, nährte sich in der Hauptsache von Kaffee und Zigaretten, nahm jede Nacht Schlafmittel und wunderte sich, daß die Gesichtsmassage ihren Teint so gar nicht konservierte. Sie war imstande, sich tagelang mit den Vorbereitungen für ein Dinner abzuplagen; wenn eine Kleinigkeit schiefging, wurde sie toll vor Nervosität und fürchtete, nun sei alles zu Ende. Sie zählte Roger die vielen Sünden des Personals auf; er wußte nicht, daß diese Klagen im Grunde seinen eigenen Sünden galten. Wurde ihm die Sache zu bunt, so machte er vom Privileg des Dichters Gebrauch und sperrte sich einfach ein.

Maggie May war über das Leben ihres Bruders informiert. Dieselbe fürsorgliche Person, der sie die Zeitungsausschnitte über Lilian Ashton verdankte, schickte jetzt eine Geschichte aus dem «Evening Star» ein. Es wurde darin erzählt, wie der goldblonde Dramatiker aus Louisiana der besten Freundin eines wohlbekannten Chronisten der «Unterwelt» zu nahe gekommen war. Die Auseinandersetzung der beiden Männer, die sich darüber entspann, hatte zu Blut und Wunden geführt. Der Dramatiker hatte sich eine blutige Schnauze geholt. Dieser saubere Klatsch ging etliche Spalten so weiter. Für eine altmodische Schwester gab es nichts Unangenehmeres zu lesen. Sie konnte sich um Roger nicht kümmern, denn sie mußte zu Hause bleiben und sich gut nähren, sie war ja so etwas wie eine Mutterkuh. Mit der Flasche durfte der Junge auf keinen Fall Bekanntschaft machen. Maggie May wußte übrigens ihre Muße zu Hause nutzbar zu machen. Sie verschaffte sich ganze Haufen von Schriften und Büchern über das Alkoholproblem.

III

Präsident Harding war tot. An seiner Stelle saß ein Mann mit verkniffenen Lippen, den die fromme Republik Massachusetts entsandt hatte. Die Zeitungen feierten ihn als «starken Schweiger», und um einem solchen Lobe gerecht zu werden, gab er mehr Geschwätz von sich als je einer vor ihm im Weißen Hause. Er glaubte angeblich an die Prohibition. An die Spitze der Prohibitionspolizei stellte er einen leutseligen, dicken Herrn, der auch an das Gesetz glaubte. Das amerikanische Volk erwies sich wieder einmal als das gelehrigste und leichtgläubigste der Welt.

Präsident Coolidges Verhalten zur Prohibition wurde von Maggie May als «fünfprozentige Durchführung» bezeichnet. Eine wirkliche Durchführung der Prohibition in dem Riesengebiet der Vereinigten Staaten hätte eine Million Dollar täglich gekostet. Coolidge verlangte vom Kongreß fünf Prozent dieses Betrages; sie wurden ihm bewilligt. Wenn einmal von mutiger Seite fünfeinhalb oder fünfdreiviertel gefordert wurden, erklärte die Prohibitionsbehörde, das sei ja viel zuviel, sie wüßten wirklich mit soviel Geld nichts anzufangen. Die fünf Prozent gingen aber in Razzien gegen kleine Leute oder Kaffeehäuser auf, was mit viel Lärm geschah und in den Zeitungen groß aufgebauscht wurde. Das «Kirchenelement» pflegte derlei Berichte fast jeden Morgen zu lesen und stillte daran seinen Rachedurst, während die Großen weiterhin mit dem Gesetz nach Belieben umsprangen und unentdeckt blieben.

Fünfeinhalb Jahre saß der «Schlaue Cal» auf dem Präsidentenstuhl und bemühte sich um die fünfprozentige Durchführung. Das Alkolgeschäft gedieh und wuchs der Regierung über den Kopf, bis es in allen Großstädten selbst zur eigentlichen Regierung wurde. Verantwortlich für das Prohibitionsamt war im Kabinett ein dreihundertfacher Millionär, der als der größte Schatzsekretär seit Hamilton galt. Einen großen Teil seines Vermögens verdankte dieser Herr der Schnapsherstellung. Auf Fragen pflegte er zu erwidern, über seine Bestände habe er bereits verfügt. Niemand war so taktlos, zu fragen, wem sie zugute gekommen waren: der Frau, dem Schwager, dem Bruder, dem Sohn oder einer altjüngferlichen Cousine.

Die Destillen waren zwar verkauft, aber sie arbeiteten Tag und Nacht weiter. Sie verkauften ihren Alkohol gegen gefälschte Erlaubnisscheine oder erzeugten Sprit für Parfüm- und Lackfabrikanten, die ihn dann gepanscht weiterverkauften.

So wie mit den Mellons stand es auch mit den übrigen Häuptlingen in Finanz und Politik. Die kanadische Schnapsindustrie, die mit amerikanischem Geld finanziert wurde, vermehrte ihre Kapazität. Ströme von Alkohol ergossen sich über die Grenze. Die Regierung konfiszierte ihre fünf Prozent; der Profit der Politiker in Detroit und der Bankiers in Chikago brachte den Verlust zehnfach ein. Die Brauereien in New York, Boston und Baltimore arbeiteten Tag und Nacht und erzeugten vollwertiges Bier. Den Behörden war es unmöglich, sich darum zu kümmern. Sie hatten zuviel Arbeit mit einem italienischen Restaurant, in dem fünf Straßenarbeiter zusammen eine Flasche «Dago Rot» tranken. Die Inseln und Buchten des Golfes von Mexiko, einst Treffpunkte der Piraten, erlebten eine Wiederholung ihrer Geschichte. Da strömte goldener Rum von den Bahamas herüber, und ein Großteil der Amerikaner strömte nach Florida.

Kip und Maggie May hatten weit mehr Einblick in die wirklichen Vorgänge als sonst das «Kirchenelement» in den Vereinigten Staaten. Ihre unmoralischen Freunde hielten sie auf dem laufenden. Die großen Tiere klatschten über alles, tauschten Anekdoten aus und ließen den einen oder anderen an ihren Intimitäten teilnehmen. Mit dem Zutritt in die vornehme Gesellschaft erwarb man das Privileg, alles mit anzuhören. Zur Diskretion wurde man nicht einmal aufgefordert. Was hätte man schon unternehmen können! Versuchte es ein Wowser mit der Veröffentlichung in Zeitungen, so erfuhr er nur, daß die Zeitungen zum Apparat der «Nassen» gehörten. Jeden Wowser, der einen neuen Skandal aufdeckte, beschimpften die Zeitungen als Verleumder, und neunundneunzig von hundert Lesern glaubten es ihnen.

Sooft Roger zum Dinner nach Broadhaven kam, schimpfte er auf die verlotterten Politiker in Washington, diese Maulhelden, die am Tag das Geld für die Durchführung der fünfprozentigen Prohibition bewilligten und sich nachts in ihren Villen benebelten. Die öffentlichen Gebäude in Washington seien alle Schmuggelhöhlen, die Gesetzesübertreter richteten sich dort ihre Büros ein, schon weil es sicherer und billiger war. Im Parlament und im Senat saßen Männer, die «trocken» taten und «naß» lebten. Eine erbärmliche Heuchelei, das Ganze!

Von Jerry Tyler erfuhr Kip noch mehr. Er erzählte ihm, wie die Polizei einem angesehenen Restaurateur die Konzession entzogen hatte, weil er sich weigerte, Wein zu den Mahlzeiten servieren zu lassen. Das Schönste aber war die Anekdote über Reno in Nevada, die Metropole der Ehescheidungen. Ein Beamter hatte angeblich eine Razzia auf Alkohol vor. Der große Business-Mann, dem der halbe Staat Nevada gehört, geriet bei der bloßen Nachricht schon in Wut. Er drohte mit der Schließung aller seiner Betriebe, wodurch die Hälfte der Bevölkerung des Staates ihr Brot verloren hätte. Vor dieser Drohung war die Regierung zurückgewichen. Seither wurde der Alkohol für die Metropole der Ehescheidungen in besonderen Wagen unter Staatssiegel über den Kontinent geschafft.

IV

In einer Sommernacht zwischen drei und vier, als alles ruhig war und der Mond hell schien, wurden die Bewohner Broadhavens durch einen Schuß aus dem Schlaf gestört. Er war das Signal für ein ganzes Feuergefecht.

«Leg dich flach nieder!» rief Kip seiner Frau zu. Hastig bettete er den kostbaren Säugling neben sich auf den Boden. So lagen sie mit angehaltenem Atem, bis das Gefecht vorüber war. Von ferne hörte man das Rollen eines Lastautos und das Surren eines Motorbootes, das sich seinen Weg aus dem mondbeglänzten Hafen bahnte. Das war alles.

Was war geschehen? Und was hatte jetzt zu geschehen? Maggie May klammerte sich an Kip und hätte ihn am liebsten die ganze Nacht am Boden festgehalten. Kip machte ihr klar, daß die Schuldigen sich auf alle Fälle davonmachen müßten, ging ans Telefon und rief den Verwalter an. McCallum hatte das Schießen gehört und bestellte Kip ins Büro. Maggie May warf sich einen Schal um die Schultern und ging mit, um sich im Notfall zwischen ihn und die Kugeln zu werfen.

Von allen Richtungen waren die Leute zusammengeströmt; der

Bootsmann, einer der Chauffeure, ein Diener und ein Gärtner besprachen untereinander das Ereignis. Sicher waren das «Hijackers» gewesen, Wegelagerer, die es auf Alkohol abgesehen hatten. Die Zeitungen berichteten täglich von solchen Überfällen, und noch viel mehr Geschichten darüber gingen von Mund zu Mund; alle beschäftigte der Krieg zwischen den verschiedenen Banden auf Long Island. Was war jetzt wieder geschehen? Hatten die Gangster ihre Beute in Sicherheit gebracht?

«Wo ist denn Wallins?» fragte Kip plötzlich. Der Nachtwächter mußte doch etwas gehört haben! Vielleicht war er am Gefecht beteiligt. Aber wo war er? Die Leute zerstreuten sich nach allen Seiten, um nach ihm auszuschauen. Der Bootsmann ging zum Landungssteg hinunter. Plötzlich hörte man ihn laut rufen. Alles rannte hin. Da lag der Nachtwächter auf dem Gesicht, das Repetiergewehr neben sich – mit durchschossener Stirne.

Mitten in der Aufregung prüften die Leute den Boden und rekonstruierten die Geschichte des Kampfes. Der Nachtwächter hatte sich hinter einen Baum gestellt und selbst viel geschossen; neben ihm lag ein halbes Dutzend leerer Hülsen. Aber auf wen er gezielt und ob er getroffen hatte, das war nicht mehr festzustellen. Man fand noch Fuß- und Autospuren; ungefähr zwanzig Patronen lagen herum; später stieß man auch auf Blutspuren, aber auf keine weitere Leiche. Hatten die Angreifer gesiegt oder die Überfallenen? «Sollten wir nicht die Polizei verständigen, Mr. McCallum?» fragte der Bootsmann.

«Nein, zum Teufel, du wirst die Polizei nicht verständigen», schnarrte der Verwalter. «Das geht nur den Herrn was an!» Er rief alle zusammen, hielt ihnen eine Rede über den Ernst der Lage und malte ihnen den Zeitungsteufel gehörig an die Wand. Sie hatten zu schweigen, bis Mr. Fessenden selber sprach.

McCallum ging mit Kip ins Office zurück; es dauerte einige Zeit, bis er den Bankier telefonisch erreichte. Er war gerade in seiner Wohnung, hoch oben auf dem Dach des Fessenden Trust Building. McCallum berichtete ihm von den Vorgängen, beantwortete viele Fragen und erhielt den Auftrag, nichts zu reden und nichts zu unternehmen. «Ich werde es schon erledigen», sagte Fessenden. So waren die Mächtigen, alles «erledigten» sie. Man ruft einfach den Politiker an, der der Lokalbehörde vorsteht. Als führender Geschäftsmann wird man rücksichtsvoll behandelt; einem großen Unternehmer bleibt jede Belästigung erspart. Dafür hat man auch jeweils ein Herz für die Wahlkasse.

V

Noch vor Tagesanbruch war Bankier Fessenden in Broadhaven. Nach einer Unterredung mit McCallum ließ er Kip in das Bibliothekszimmer kommen und dirigierte ihn in ein Fauteuil. Das Licht einer Taschenlampe fiel grell in das Gesicht des Jungen, während der Herr selber im tiefsten Schatten saß. Am Stimmfall und an der Zähigkeit seiner Fragen erkannte Kip, daß er Sorgen hatte. Er sah gealtert aus, seine hochmütige Reserve war heute ein wenig gedämpft.

«Nun, Tarleton, was wissen Sie über die Sache?»

«Ich weiß nichts, Mr. Fessenden. Ich schlief wie alle anderen. Durch die Schüsse bin ich aufgewacht.»

«Sie haben nicht aus dem Fenster geschaut?»

«Nein, ich habe mich vor den Kugeln geschützt. Ich hielt es für meine Pflicht, bei Frau und Kind zu bleiben.»

«Haben Sie verdächtige Subjekte in der Nähe gesehen?»

«Nein, Mr. Fessenden.»

Eine Pause entstand. «Sie wissen, Tarleton, die Polizei wird bald hier sein und alle möglichen Fragen stellen. Die Mordkommission nimmt es sehr genau.»

«Ich weiß, Mr. Fessenden.»

«Eine peinliche Geschichte. Die Zeitungen sind ohnehin immer auf Sensationen und Skandale aus.»

«Ich weiß, Mr. Fessenden.»

«Der Kommissar wird sicher auch Sie verhören. Das Verhör ist öffentlich. Sie müssen sich Ihre Antworten gut überlegen. Sie könnten sonst Unschuldige in die Affäre hineinziehen.»

Der alte Herr saß im Lehnstuhl, den Ellbogen auf die Lehne, das Kinn auf die Hand gestützt. Er zupfte beständig am Kinn oder am Ohrläppchen. Seine Hände verrieten, was die sorgfältig gewählten Worte verschwiegen.

«Wissen Sie, Tarleton, ein reicher Mann hat viele Feinde. Die lauern nur auf eine Gelegenheit wie diese.»

«Das kann ich mir denken, Mr. Fessenden.»

«Da gibt es so neidische, kleine Leute im Ort, die darauf brennen, Schmutzgeschichten über Broadhaven in die Zeitungen zu bringen. Sie werden versuchen, etwas aus Ihnen herauszubekommen. Ich hoffe, Sie sehen ein, daß das Bekanntwerden dieser Affäre nur für die Zeitungen von Vorteil ist und daß ich das Recht habe, von meinen Angestellten in einer solchen Lage Treue zu verlangen.»

«Ich sehe keinen Grund, das Treiben der Skandalblätter zu fördern, Mr. Fessenden.»

Einen Augenblick lang schwieg der Bankier. Es fiel ihm offensichtlich schwer, mit seinem Wunsch herauszurücken. Kip, der schon etwas ahnte, fürchtete sich nicht weniger davor. Schließlich aber brach der Chef den Bann.

«Sie haben schon früher immer etwas gehört bei Nacht, nicht wahr?»

«Ja, Mr. Fessenden.»

«Was haben Sie denn eigentlich gehört?»

«Ich... ich habe die Lastwagen gehört...»

Der Chef unterbrach ihn. «Aber Sie haben sie nie weiter beachtet?»

«Nein, das nicht.»

«Sie haben keinen von den Männern gesehen, die mitfuhren?»

«Nein, Mr. Fessenden.»

«Sie haben mit niemand darüber gesprochen?»

«Ich hatte ja Auftrag, mich nicht darum zu kümmern, Mr. Fessenden.»

«Von wem hatten Sie diesen Auftrag?»

«Von Mr. McCallum.»

«Was hat er denn gesagt?»

«Er sagte, für die Nacht habe Wallins das Gut unter sich, ich solle mich um nichts kümmern, Sie hätten es so angeordnet.»

«Was? Ich?»

«Das hat er ausdrücklich gesagt.»

«Er hat natürlich nie einen solchen Auftrag von mir bekommen. Ich hoffe, Sie sehen das ein!»

«Gewiß, Mr. Fessenden. Ich weiß ja nur das, was er mir gesagt hat.»

Die Stimme des Bankiers klang scharf und klar. Was jetzt kam, waren Befehle, unverkennbare Befehle. «Das ist schon lange her, Tarleton? Schon sehr lange her?»

«Das war, bevor die Lastwagen zu fahren begannen, Mr. Fessenden.»

«Ihr Gedächtnis scheint Ihnen da einen Streich zu spielen. Ein Mensch kann sich nur ungenau an Dinge erinnern, die über ein Jahr zurückliegen. Das Ganze scheint ein Mißverständnis zwischen Ihnen und McCallum zu sein. Verstanden?»

Kip war nicht gerade ein Diplomat, aber er verstand. «Das ist möglich», sagte er und fügte dann hinzu: «Ich verstehe».

Die Stimme des Chefs wurde milder. Er lächelte beinahe, als er weitersprach: «Zuzeiten, mein Junge, ist es ratsam, sich darüber klar zu werden, wie unverläßlich das Gedächtnis ist. Für Sie zum Beispiel ist es am besten, wenn Sie sich an nichts erinnern. Das Gesetz kennt keine Strafe dafür. Kein Mensch kann Sie zwingen, sich an Dinge zu erinnern, die weit zurückliegen. Sie haben bei mir eine glänzende Stellung und Vergünstigungen wie kein zweiter Angestellter. Sie sind sozusagen ein Mitglied der Familie. Ich habe ein Recht, auf Sie zu zählen, wo es um meine Frau und auch um die Ihre geht. Sie müssen sich darüber klar sein, daß ein Reicher die Zielscheibe für zahlreiche Angriffe ist. Die unbedeutendsten Vorfälle werden als Waffe gegen ihn gebraucht. Sie tun also gut daran, sich an keinen Auftrag bezüglich der Lastautos zu erinnern. Sie waren ja als Gehilfe des Verwalters angestellt; Sie hatten Ihre bestimmte Arbeit, zu ganz bestimmten Stunden. Sie wußten, daß nachts ein anderer Dienst hatte, und überließen ihm die volle Verantwortung dafür. Wenn Sie hie und da Lärm hörten, kümmerten Sie sich nicht darum, denn das war nicht Ihre Sache. McCallum wird ganz genau so aussagen; es darf zwischen euch beiden keine Auseinandersetzung geben und keine schmutzige Wäsche für die Zeitungen. Es geht ja auf Kosten Unschuldiger, verstanden?»

«Ja. Mr. Fessenden, ich habe verstanden.»

VI

Der Chef hat zu befehlen, Kip hat zu gehorchen. Nach Überzeugungen fragt der Chef nicht erst.

Kip war in Gnaden entlassen. Er ging heim zu Maggie May, erzählte ihr alles und wartete auf ihren Widerspruch. Er kam schneller und klarer als bei ihm.

«Wirst du für ihn lügen?» fragte sie.

Das sah ihr ähnlich. Sie nannte die Dinge beim Namen. Ihre Kampflust wuchs jetzt von Tag zu Tag.

«Ich hoffe, man wird mich nicht befragen», sagte Kip ängstlich.

«Und was tust du, wenn man dich doch befragt?»

«Ich weiß nicht. Es ist alles so kompliziert. Was würdest du denn tun?»

«Dich habe ich gefragt», sagte Maggie May und sah ihm unerbittlich ins Auge. Er kam sich vor wie beim Jüngsten Gericht.

«Aber es geht doch um deine Familie, Liebling. Die Sache betrifft doch Cousine Jenny, Roger und dich. Die Zeitungen werden Jenny beschmutzen, ihr Heim, uns alle. Dürfen wir das heraufbeschwören? Schließlich geht das alles auf Kosten von Unschuldigen. Der alte Herr hat das auch gesagt. Darf man seine Ehre auf Kosten Unschuldiger retten? Soll Jenny noch mehr leiden?»

Maggie Mays Antwort ließ auf sich warten. Kip räsonierte also weiter.

«Ich habe ja keine Ahnung, wer den Mord begangen hat. Es handelt sich ja auch gar nicht um den Mord. Das über den Alkoholschmuggel weiß ja jeder andere genausogut wie ich. Und da soll ich, gerade ich, den Zeitungsskandal entfesseln?»

Maggie May schwieg. Sie wollte alles aus ihm herausbekommen. Er verrannte sich immer mehr. «Den Mörder werden sie bestimmt nicht erwischen, daran ist gar nicht zu denken. Sie wollen das auch gar nicht. Mr. Fessenden läßt es nicht zu, wegen des Skandals. Wenn ich den Mund auftue, verhelfe ich nur den Skandalblättern zu einer Millionenauflage auf Jennys Kosten.»

Er verstummte und wartete.

«Das ist ja alles richtig, Kip», sagte schließlich Maggie May, «aber du erinnerst dich doch an McCallums Auftrag. Du bist damals heimgekommen und hast mir alles erzählt. Ich erinnere mich noch an jedes Wort. Wenn du das nicht zugibst, lügst du!»

«Ja, du hast recht.»

«Vergiß auch nicht, daß du vereidigt wirst. Willst du einen Meineid schwören? Wenn die Menschen meineidig werden, muß doch alles in Trümmer gehen, meinst du nicht auch?»

«Ein Verbrechen hält dem andern die Waage. Sage ich die Wahrheit, so töte ich Jenny; dann bin ich ein Mörder.»

«Du wirst sie nicht töten. Sie wird natürlich darunter leiden, aber im Grunde ist ihr damit nur geholfen, wenn Fessenden mit dem Alkoholschmuggel Schluß machen muß.»

«Du willst also, daß ich die Wahrheit sage?»

«Ich will, daß du allein entscheidest und keinerlei Rücksichten nimmst, auf niemand.»

«Das bedeutet, daß wir die Stelle hier verlieren und aus unserem Heim heraus müssen. Ihr beide, der Junge und du, habt da auch ein Wort mitzureden.»

«Daran brauchst du gar nicht zu denken, Kip. Wir werden ein anderes Haus und eine andere Arbeit finden. Der Junge soll kein Vorwand für uns sein, ehrlos zu handeln.»

«Wenn du das sagst, so steht die Sache gleich anders. Ich habe bestimmt nicht die Pflicht, zu lügen, um Fessenden vor Zeitungsskandalen zu schützen. Ich habe mein Gehalt redlich verdient, mein Gewissen verschachere ich nicht; dazu bin ich durch keinen Vertrag verpflichtet.»

Maggie May verharrte nicht länger auf ihrem hohen Richterstuhl. «Weißt du, Kip, ich wäre beinah froh, wenn du die Stelle hier verlierst. Natürlich ist es schön hier, und Jenny ist so nett zu uns, aber mir wäre eine Arbeit für dich lieber, die uns der Unterwelt nicht so verteufelt nahe bringt.»

«Schön», sagte Kip, «dann bleibt es dabei.»

«Ich meine damit nicht, daß du Fessenden mit Gewalt in eine schiefe Lage bringst», sagte sie mit weiblicher Schläue. «Er ist nicht ärger als die meisten anderen. Nur wenn du direkt gefragt wirst und zwischen Wahrheit und Meineid wählen mußt, dann handle ohne Rücksicht auf mich. Das ist alles, was ich von dir will.»

VII

Die Gendarmen kamen, die Detektive kamen, und alles ging wieder genauso vor sich wie damals beim Einbruch. Sie prüften die Radspuren, lasen die Patronenhülsen auf, gruben etwas blutige Erde aus und machten eine Skizze vom Tatort. Sie fragten nicht viel, sondern gaben sich mit der Versicherung des Verwalters zufrieden, daß jedermann im Ort fest geschlafen habe. Die Abendblätter meldeten, ein Alkoholschlepper habe Fessendens Besitz als Landungsplatz benützen wollen; der Nachtwächter, der sie aufgehalten habe, sei dabei erschossen worden.

Nur der «Evening Star», das schreckliche Skandalblatt, hatte eine eigene Version. Jedermann verachtete den «Star», er war so billig und gemein, brachte lauter Lügenmeldungen und schmutzige Geschichten. Den Hauptgrund seiner Verachtung gestand sich aber niemand ein – das Blatt respektierte nicht die Gefühle der Reichen. Der «Star» schickte seine Spürhunde aus, die bei den Dorfbewohnern herumspionierten, und brachte dann Skandalgeschichten über den Bankier, der seinen Hafen zum Landen von Alkohol hergab, während die Polizei ihn heimlich unterstützte. Die Moral von der Geschichte war: «Lesen Sie den ‹Evening Star›! Er hält Sie über alle Schweinereien auf dem laufenden!» Tausende zogen die Konsequenzen daraus und kauften den «Star» am Tag darauf, um zu sehen, welche Verbrechen der Bankier sonst noch begangen hatte.

Das Verhör fand am zweiten Tag nach dem Mord statt. Es wurde im Leichenhaus abgehalten, wo der Tote lag. Der Untersuchungsrichter ließ zwölf Ortsbewohner auslosen, die sich den Leichnam und die Einschußöffnung genau ansahen. Dann begaben sie sich in die kleine Kapelle und setzten sich in die vorderste Reihe. Sie trugen alle ihren Sonntagsanzug und blickten feierlich drein. Die Bevölkerung von Seaview war in furchtbarer Erregung.

Auch Kip war zum Verhör bestellt, ebenso McCallum, der Bootsmann und alle, die bei der Auffindung der Leiche zugegen gewesen waren. Mr. Fessenden und seine Familie wurden nicht verhört. Maggie May ging mit Kip, Mrs. McCallum mit ihrem Mann. Das ganze Dorf war zusammengelaufen, vier Reporter standen bereit. Kip sah sich die Geschworenen an und erkannte

Jonas Buttolph, den Kurzwarenhändler, einen weibischen, kleinen Mann, der vor jedem Kunden Kratzfüße machte. Er gehörte der Adventistensekte an, teilte ihre strengen Moralbegriffe und war ein Anhänger von Mrs. Doaks.

Der Untersuchungsrichter, ein beleibter und etwas schlaffer Herr, der typische käufliche Beamte, hatte ein für seinen begrenzten Verstand recht schweres Amt übernommen. Sein Gesicht war rund und rot, das schwarze Haar in der Mitte gescheitelt und mit Pomade angeklebt. «Alexander McCallum, treten Sie vor!» rief er. Der feste, kleine Schotte sprang auf. Er erhob die rechte Hand und schwor, die Wahrheit zu sagen, die reine Wahrheit und nichts als die Wahrheit, so wahr ihm Gott helfe. Seine hellen, blauen Augen blitzten herausfordernd nach allen Seiten. Wagte vielleicht wer, an ihm zu zweifeln? Der Untersuchungsrichter fragte ihn, wie und wo er den Ermordeten gefunden habe. McCallum erzählte, was er wußte. Ob er sonst was darüber auszusagen habe? McCallum verneinte. Damit schien sein Verhör beendet. Er erhob sich in der Absicht, die Zeugenbank zu verlassen – da sprang plötzlich Jonas Buttolph in die Höhe. «Ich habe eine Frage an den Zeugen!»

Der Zeuge setzte sich steif und gerade zurück; auch sein rötliches Haar stand steif. Er starrte den Herausforderer an. Der Kurzwarenhändler schluckte ein paarmal nervös und begann dann: «Sie wissen also nicht, wer das Lastauto gelenkt hat?»

«Ich habe keine Ahnung», sagte der Verwalter in der raschen, entschlossenen Art, die Kip so gut an ihm kannte.

«Haben Sie sonst auf Broadhaven nachts Lastautos gehört?»

Da hatte man's! Die Wowsers begannen ihr schmutziges Werk! Der Untersuchungsrichter protestierte. Die Frage gehöre nicht hierher. Aber der kleine Mann, der zum Ruhme des Herrn Nadeln und Zwirn verkaufte, erklärte sehr aufgebracht, es habe alles damit zu tun, denn wenn auch in anderen Nächten Lastautos durch Broadhaven gefahren waren, so müßten eben die Lenker dieser Autos die Verbrecher sein oder sich am Tatort befunden haben, als das Verbrechen geschah. Sache des Gerichtes sei es, sie ausfindig zu machen.

Die Zuhörer nahmen eine drohende Haltung ein. Das war eine Mahnung an den Mann, der kraft öffentlicher Wahl Untersuchungsrichter war, nicht gar zu weit zu gehen. Die Reporter saßen auf dem Sprung; schwächlich gab er nach, und das Kreuzverhör ging weiter.

«Haben Sie auch in anderen Nächten Autos auf Broadhaven gehört?»

«Ja.»

«Haben Sie gewußt, was da vorging?»

«Nein.»

«Warum nicht?»

«Weil das nicht meine Sache war.»

«Sie sind der Verwalter des Gutes, nicht wahr?»

«Ja, aber nur bei Tag.»

«So. Um die Vorgänge bei Nacht haben Sie sich nicht zu kümmern?»

«Nein, nicht die Bohne.»

«Wie ist das möglich?»

«Es ist doch ein Nachtwächter da.»

«Haben S i e den Nachtwächter angestellt?»

«Nein.»

«Wer denn?»

«Mr. Fessenden.»

«Seit wann?»

«Seit ich bei ihm arbeite, seit fünfzehn Jahren.»

«Niemand hat Ihnen je Meldung über die Lastautos gemacht, die nachts auf das Gut kamen?»

«Nein, niemand.»

«Also wußte nur der Tote davon?»

«Ich sagte nicht, daß e r davon wußte, ich sage nur, daß i c h nichts wußte.»

VIII

Jetzt kam Kip an die Reihe. Er ging wie ein Lamm zur Schlachtbank. Buttolph war fest entschlossen, einen Zeitungsskandal zu entfesseln. Kip gab seinen guten Posten verloren. Es war ihm unmöglich, seine Niedergeschlagenheit zu verbergen.

Der Untersuchungsrichter bemühte sich sehr, ihn zu schützen. Er fragte nach der Auffindung der Leiche und versuchte, Buttolph, der mehr wissen wollte, das Wort abzuschneiden. Wozu das alles schon wieder? Doch der eigensinnige Geschworene erklärte, was ein Zeuge nicht wisse, sei einem anderen vielleicht bekannt. Es sei sein gutes Recht, als Mitglied der Kommission Fragen an die Zeugen zu stellen. Der Untersuchungsrichter war darüber nicht genau informiert und fürchtete sich, seine Unwissenheit zu verraten. Auch dachte er an die Reporter, die auf jede seiner Dummheiten lauerten.

«Mr. Tarleton, Sie haben den Lärm des Autos gehört, das gleich nach dem Schießen wegfuhr?»

«Ja, Mr. Buttolph.» Kip war im Süden aufgewachsen, wo man sich gegen alte Herren höflich benimmt.

«Sie haben auch vor der bewußten Zeit den Lärm von Lastautos gehört?»

«Ja, Mr. Buttolph.»

«Fast jede Nacht?»

«Eine Zeitlang jede Nacht.»

«Wußten Sie, was mit diesen Autos los war?»

«Aus eigenem wußte ich es nicht.»

«Sie wollen damit sagen, daß Sie es nur vom Hörensagen wußten?»

Hier unterbrach der Untersuchungsrichter wieder. Die Aussage aufgrund von Gerüchten sei unzulässig. Diese ganze Art der Fragestellung sei nicht in Ordnung, man verliere nur einen Haufen Zeit damit. Doch der kleine Kurzwarenhändler saugte sich wie ein Blutegel fest. Gut, er werde nicht weiter nach Gerüchten fragen, er werde danach fragen, was der Zeuge selber gesehen und getan habe.

«Sie wußten nie, was mit diesen Autos los war?»

«Nein, Mr. Buttolph.»

«Sie haben es auch nicht in Erfahrung zu bringen versucht?»

«Nein.»

«Warum nicht?»

«Es war nicht meine Pflicht.»

«Hat man Ihnen das gesagt, als Sie aufgenommen wurden?»

«Nein, als ich aufgenommen wurde, nicht.»

«Also erst später?»

«Ja, Mr. Buttolph.»

«Man sagte Ihnen, Sie hätten auf die Lastautos nicht weiter zu achten?»

«Nicht ganz das.»

«Also was dann?»

«Man trug mir auf, mich um die Vorgänge bei Nacht nicht zu kümmern. Das sei Sache des Nachtwächters.»

«Wer hat Ihnen das aufgetragen?»

«Mr. McCallum.»

«So. Einige Zeit nach Ihrer Aufnahme hat Ihnen Mr. McCallum aufgetragen, sich um die Vorgänge des Nachts nicht zu kümmern?»

«Jawohl, Mr. Buttolph.»

«Wann war denn das ungefähr?»

«Ich glaube, das ist etwas über ein Jahr her.»

«Hm. Etwas über ein Jahr ist das her. Ungefähr um diese Zeit haben die Autos zu fahren begonnen, nicht wahr?»

«Ja, es war gerade, bevor man die Autos zu hören begann.»

«So. Also, es wurde Ihnen nahegelegt, auf nichts zu achten, und gleich darauf sind die Lastwagen gekommen. Sie haben auch nicht darauf geachtet, nicht wahr?»

«Ja, Mr. Buttolph, so war es.»

Man spürte förmlich die Aufregung in der kleinen Kapelle. Die Wowsers fühlten sich wie Bluthunde auf einer frischen Spur. Der Verwalter hatte gelogen! Und hier der ehrliche junge Mensch sprach die Wahrheit und stellte den mächtigen, reichen Betrüger an den Pranger. Der kleine Kurzwarenhändler lehnte sich vor, die Reporter beugten sich eifrig über ihre Notizen.

«Mr. Tarleton, hat Ihnen McCallum auch gesagt, warum Sie auf die Vorgänge nicht achtgeben sollen?»

«Nein, Mr. Buttolph, er sagte, er wisse es nicht.»

«So, er wußte es nicht! Also folgte er dem Auftrag eines anderen?»

«Ja.»

«Hat er das ausdrücklich gesagt?»

«Ja.»

«Wessen Auftrag. Sagte er, in wessen Auftrag?»

«Halt!» befahl in diesem Augenblick der Untersuchungsrichter. «Diese Frage brauchen Sie nicht zu beantworten!»

IX

Die Zuhörer drängten sich vorwärts, stießen, drohten und schrien; der Untersuchungsrichter schrie auch; es sei gegen das Gesetz, diese Art des Verhörs, schrie er, dunkelrot im Gesicht. Es sei nicht erlaubt, nach Nachrichten aus zweiter Hand zu fragen. Buttolph bestritt dies. Er sei im Recht, er habe nicht die Absicht, gegen die Zeugen vorzugehen, er habe nur die Aufgabe, alles herauszubekommen, was mit den Lastautos zusammenhing. Die Autos enthielten Alkohol, das wußte jedes Kind. Wer auf Broadhaven was über die Autos wußte, hatte sicher auch über das Schießen allerlei auszusagen und mußte darum vorgeladen werden.

Die Stimme des kleinen Mannes mit den weibischen Zügen hob sich zu einem schrillen Falsetto, als er die Aufmerksamkeit des Untersuchungsrichters auf Paragraph 775 der Strafprozeßordnung lenkte: «Der Untersuchungsrichter muß jeden Zeugen vorladen und verhören, der nach seiner Meinung oder der eines Geschworenen etwas über den Tatbestand aussagen kann.» Der Zwirnhändler las das von einem gedruckten Blatt herunter, das er mit zitternder Hand hielt. Er kannte die Gesetze und ließ sich nicht beirren.

Es war eine richtiggehende Verschwörung. Die Wowsers hatten sich zusammengetan und die Rache des Herrn auf das Haupt des Herrschers von Broadhaven herabbeschworen. Kip spitzte die Ohren. War am Ende doch etwas durchgesickert? Er und Maggie May hatten sich mit keinem Wort über ihren Zwiespalt geäußert. Sollte Mrs. McCallum etwas verraten haben? Steif und drohend saß sie ihm gegenüber, eine strenge Presbyterianerin; sie mußte doch über alles unterrichtet sein, was ihren Mann betraf. Vielleicht hatte sie in einem unbesonnenen Augenblick einer ihrer Freundinnen vom Kirchenverein das Geheimnis anvertraut, vor langer Zeit, bevor sie noch eine Ahnung davon hatte, wie gefährlich das für sie war.

Wie dem auch sein mochte, die Diener des Herrn fühlten sich gewappnet. Sie zwangen den Untersuchungsrichter nachzugeben. Die furchtbare Frage wurde wiederholt.

«Hat Ihnen Mr. McCallum gesagt, von wem jener Auftrag stammte?»

«Jawohl, Mr. Buttolph.»
«Wer also war das?»
«Mr. Fessenden.»
«So. Mr. McCallum hat Ihnen ausdrücklich gesagt, daß er den Auftrag für Sie von Mr. Fessenden bekommen habe.»
«Ja. Mr. Buttolph.»
«Mr. Fessenden hat also Mr. McCallum befohlen, auf die Vorgänge nachts nicht zu achten.»
«Ja.»
«Ich frage Sie, Mr. Tarleton, hat Ihnen Mr. McCallum irgendwelche Gründe für diesen Befehl mitgeteilt?»
«Er sagte, er wisse keinen Grund dafür, ich hätte nicht danach zu fragen.»
«So. Es wurde Ihnen also insinuiert, daß Sie gut daran täten, nicht zu fragen.»
«Darauf möchte ich lieber nicht antworten, Mr. Buttolph. Es handelt sich ja bloß um eine Vermutung.»
«Aber Sie haben damals etwas vermutet?»
«Natürlich, Mr. Buttolph. Ich konnte nicht gut anders.»
«Ich will Sie nicht weiter danach fragen, Mr. Tarleton», sagte Buttolph sarkastisch, mit einem Blick auf den Untersuchungsrichter. «Aber ich frage Sie etwas anderes. Hatten Sie Grund zur Annahme, daß Alkohol in den Hafen geschafft wurde?»

Kip zögerte. Er wollte eindeutig aussagen, aber auf diese Frage war er nicht vorbereitet.

«Bitte, antworten Sie!» sagte der Zwirnhändler.
«Ja, Mr. Buttolph, ich hatte Gründe, das anzunehmen.»
«Was für Gründe?»
«Ich sah, wie ein Boot anlief, mit Kisten und Säcken, die auf Alkohol schließen ließen.»
«Wurde das alles auf ein Lastauto verladen?»
«Nein, Mr. Buttolph.»
«Was geschah denn damit?»
«Die Ware wurde ins Haus gebracht.»
«In Mr. Fessendens Haus?»
«Ja.»
«Wer trug die Ware hin?»
«Einige Leute.»

«Kannten Sie diese Leute?»
«Ja.»
«Nennen Sie uns die Namen!»
«Nun, einer von ihnen war Pierce, der Bootsmann.»
«Und die anderen?»
«Einer war Ferris, der Gehilfe des Kellermeisters.»
«Joe Ferris?»
«Ja.»
«Derselbe, der wegen des Alkoholdiebstahls auf Broadhaven unter Anklage stand?»
«Ich glaube nicht, daß die Anklage gegen ihn erhoben wurde.»
«Er war aber unter diesem Verdacht verhaftet worden, nicht wahr?»
«Ja, Mr. Buttolph.»
«Und saß monatelang im Gefängnis?»
«Ja.»
«Sie meinen also, der Alkohol sei in die Villa geschmuggelt worden, kurz bevor der Raub ausgeführt wurde?»
«Ja, das glaube ich.»
«Es ist also möglich, daß Ferris denselben Alkohol stehlen half, den er vorher ins Haus getragen hat?»
«Das ist möglich, aber ich weiß es nicht.»
«Jedenfalls ist das nach Inkrafttreten der Volstead-Akte geschehen, die den Transport von Alkohol verbietet.»
«Ja.»
«Sie haben keine Anzeige gemacht?»
«Nein, Mr. Buttolph.»
«Warum nicht?»
«Ich war mir darüber nicht im klaren, ob das meine Pflicht war.»
«Sie hatten keinen diesbezüglichen Auftrag?»
«Nein, Mr. Buttolph, damals nicht.»
«Aber Sie wußten, daß das Gesetz übertreten wurde?»
«Ich hatte das Gefühl.»

X

Das Kreuzverhör dauerte fort. Der Kurzwarenhändler gab es nicht auf. Er wollte alles aus Kip herausholen, was die Familie auf dem Gut entlarvte. Er zerrte die Geschichte Tonio Galuppis ins Licht, der Alkohol für den jungen Fessenden herbeigeschafft hatte. Er versuchte sogar, Kip zur Aussage zu bewegen, ob er Gäste auf dem Gut betrunken gesehen habe. Aber hier unterbrach ihn der Untersuchungsrichter. Sich in einem Privathaus anzutrinken, war gewiß kein Verbrechen. Was hatte das überhaupt mit dem Verhör zu tun? Kip wurde endlich entlassen.

Der kleine Zwirnteufel wütete aber weiter. Er bestand auf einem zweiten Verhör mit McCallum und befragte ihn über Kips Aussage. Der Verwalter, schlau wie nur irgendein Schotte, behauptete nicht, daß sein junger Gehilfe log. Er konnte sich nur nicht daran erinnern, einen solchen Auftrag je gegeben zu haben. Seine hellen, blauen Augen zuckten nicht einmal, als er erklärte, von Fessenden habe er keinerlei Aufträge dieser Art empfangen, weder in bezug auf sein Verhalten bei Nacht, noch bezüglich der Vorgänge damals. Es war von Anbeginn ausgemacht, daß er nachts keinen Dienst tat und mit Broadhaven ebensowenig zu tun hatte, als wenn er gar nicht auf dem Gut gelebt hätte.

Dann kam Pierce, der Bootsmann, an die Reihe. Er schilderte, wie er den Toten gefunden hatte, neben ihm das Gewehr und die leeren Hülsen. Als der kleine Zwirnteufel auf ihn losging, wurde er ganz wild und bestritt auf das entschiedenste jede Beteiligung an einem Alkoholtransport. Was Kip für Alkohol gehalten hatte, waren Hummernkonserven gewesen, die der Chef da irgendwo aus Massachusetts bezog. Nie war dem Zeugen an den Lastautos etwas Verdächtiges aufgefallen, das auf Alkohol hätte schließen lassen. Er hatte gar nicht weiter auf die Fuhren geachtet, das war nicht seine Sache. Die anderen Diener sagten ebenso aus. Das Verhör war zu Ende.

Die «Kirchenleute» drängten sich um Kip und beglückwünschten ihn zu seiner guten Haltung. Aber Kip war trotzdem gar nicht wohl zumute. Er schämte sich des Verrates an dem Verwandten seiner Frau.

Sobald sie wieder in Broadhaven waren, begab sich Maggie May zu ihrer Cousine und erzählte ihr haarklein alles. Beide Frauen weinten ein wenig, was blieb Jenny anderes übrig, als zu weinen? Sie sagte, das alles sei so schrecklich, und weinte noch mehr. Nie hatte sie Maggie May von ihrem Kummer gesprochen, und sie sprach auch jetzt nicht darüber. Sie sagte nur ganz einfach, daß sie Kip nicht tadeln könne. «Mr. Fessenden» – sie nannte ihn so, genau wie Maggie Mays Mutter ihren Mann sein Leblang Mr. Chilcote genannt hatte – Mr. Fessenden war der Herr und tat, was ihm beliebte. Natürlich hätte sie ihn verlassen können, aber sie blieb wegen der Kinder und versuchte, den Skandal zu unterdrücken – mit wie wenig Erfolg, das sah die ganze Welt.

Maggie May hielt es für selbstverständlich, daß sie und ihr Mann Broadhaven sofort verließen. Aber Jenny war dagegen. Sie sollten doch lieber warten. Auch diese Affäre konnte, wie so viele andere, im Sand verlaufen. Mr. Fessenden würde einsehen, daß Kip nur die Wahrheit gesagt hatte; es war auch gar nicht so leicht, einen tüchtigen Verwalter zu finden, der zugleich ehrlich war. Jenny lag sehr viel daran, daß sie blieben. Sie brauchte jemand, dem sie vertrauen und ihr Herz ausschütten konnte.

Die Tarletons blieben vorläufig und lasen mit Schrecken die Schauerberichte in den New Yorker Blättern. Die Leibblätter der Reichen stellten die Sache harmlos hin, aber die Sensationsblätter brachten Riesenberichte. Der «Evening Star» tanzte einen Kriegstanz über das ganze Gebiet von Broadhaven. Er wußte auch mancherlei Neues zu melden. Der Richter hatte den großen Bankier als Zeugen vernehmen wollen, doch der war weder zu Hause noch in New York aufzufinden. Man veröffentlichte sein Bild, Bilder von seinem Haus, seiner Bank und seiner Tochter, die mit einem Hochstapler verheiratet gewesen war.

Ein, zwei Wochen vergingen. Eines Tages kam der Schotte ins Büro, schloß sorgfältig die Tür hinter sich zu und sagte in seiner sparsamen Art: «Sie sollten sich nach einer anderen Stelle umsehen, Tarleton, nächsten Monat brauchen wir Sie nicht mehr.»

«Gut», sagte Kip. «Es tut mir natürlich leid, aber Sie wissen, ich konnte nicht anders.»

«Sie sind um ein Haar zu gut für diese Welt, junger Mann. Dafür werden Sie es im Jenseits besonders gut haben.»

«Danke, Mr. McCallum», entgegnete Kip. «Ich weiß zwar wenig über das Jenseits, aber ich freue mich über die guten Aussichten, die ich dort habe.»

14. Kapitel — **WOWSER**

I

Die Tarletons lebten in einem möblierten Häuschen in Seaview. Es war schmutzig, grau und unsauber. Ein Glück, daß sie selbst das gefunden hatten, denn um diese Jahreszeit vermieteten die Ortsbewohner ihre Häuschen zu Phantasiepreisen und zogen sich in ihre Nebenräume, Garagen und Scheunen zurück.

Die Familie war sehr heruntergekommen. Das Häuschen hatte nur vier Zimmer, so daß die beiden älteren Damen eines miteinander teilen mußten und zusammen in einem Doppelbett schliefen. Etwas viel verlangt von alten Damen, auch wenn sie die nächsten Verwandten zweier Wowsers sind! Maggie May und Kip hatten ein Zimmer für sich; das Baby schlief in einem Wäschekorb auf dem Boden. Die Möbel waren arg mitgenommen; das Bett sank in der Mitte ein, in der schmutziggelben Kommode blieben die Laden stecken, auf dem schwarzen Sofa saß es sich unbequem und hart, trotz der gestickten Aufforderung an Gott, dieses Heim zu segnen. Das Geschirr war zerbrochen und die Wasserleitung schadhaft. Nach dem Komfort und Geschmack des Gästehäuschens in Broadhaven fühlten sie sich hier wie ausgestoßen.

Statt dem breiten, gepflegten Rasen und den gestutzten Bäumen hatte man schmutzige, kleine Häuser zu beiden Seiten. Durch eine Lücke im Zaun schlüpften die Hühner des Nachbarn herein, kratzten den Garten auf und beschmutzten unaufhörlich die Hausschwelle. Der Nachbar rechts war ein Metzgergehilfe, seine Frau ließ den ganzen Tag den Lautsprecher laufen; ihre Liebe galt der Jazzmusik in jeder Form. Die Nachbarin links, die Witwe eines Weichenstellers, hatte Pensionäre im Haus, keifte den ganzen Tag mit ihren kleinen Kindern und schlug sie zuweilen.

Es war wirklich kein Vergnügen, da zu wohnen, aber Maggie May wurde noch immer nicht in ihrer Überzeugung wankend, daß ein Meineid eben ein Meineid sei. Jenny hatte damals bitterlich geweint, sie fand, daß das alles eine Schande sei, und wollte Maggie May Geld aufdrängen, Mr. Fessenden sei es ihnen schuldig. Maggie May wies es zurück. Sie hatte Ersparnisse und ein kleines Einkommen. Damit würde sie sich bescheiden, bis sie wieder mehr verdienten. Die beiden alten Damen waren ihr so verfallen, daß sie nur heimlich tuschelten und klagten. Sie hielten das Haus in Ordnung, so gut es eben ging, und kochten, wie man im Süden kocht, mit viel heißem Brot, um die Lebensgeister wachzuhalten. Kip begab sich täglich auf die Jagd nach Arbeit; seine junge Frau pflegte das Baby; in ihrer freien Zeit vertiefte sie sich in Bücher, um Klarheit über ihre Weltanschauung zu gewinnen. Wenn eine Frau schon daranging, der Welt Trotz zu bieten, mußte sie auch etwas über die Gründe zu ihren moralischen Entschlüssen wissen! Maggie May wollte wissen, warum sie recht hatte und die anderen unrecht.

War es eine verächtliche Geste gegen Fessenden, wenn sie sich in der Nähe von Broadhaven niederließ, als Dorn in seinem Fleische – ein Protest gegen die Gesetzesschändung der Privilegierten –, oder blieb sie, weil Kip hier einen guten Ruf hatte, und weil sie hoffte, einer der Gutsbesitzer in der Nähe werde sich glücklich schätzen, einen Angestellten aufzunehmen, der weder log noch schwindelte? Wenn letzteres der Grund war, so hoffte sie vergebens. Niemand schmälerte die Tugenden des jungen Tarleton, doch schätzte man sie nur theoretisch. Für die alltägliche Praxis waren sie ganz und gar belanglos. Die Gutsherren, bei denen er sich vorstellte, schreckten vor einem allzu gewissenhaften Angestellten zurück. Der war ja nicht einmal zu einer kleinen Lüge bereit, wenn es darum ging, einen vor einem Skandal zu bewahren! Auch konnte Fessenden es krummnehmen, wenn man seinen entlassenen Angestellten aufnahm. Die Mitglieder des Country Clubs rissen zwar ihre Witze über die Geschichte, hielten dann aber doch als treue Nachbarn zusammen.

Kip sah sich im Ort nach Arbeit um. Da es Hochsaison war, hätte er in den Pensionen Geschirr waschen oder nach den Gärten sehen können. Mr. Buttolph bot ihm einen kleinen Verdienst an, zwölf Dollars die Woche, als Verkäufer in seinem Kurzwarengeschäft. Er hätte das auch angenommen, nur um nicht vom Einkommen seiner Frau leben zu müssen, aber Maggie May war sehr dagegen. Warum verließ er sich nicht darauf, daß sie seinen Charakter richtig einschätzte? Sie kämpften doch beide den gleichen

Kampf, ihr Geld war seines und ihre Liebe seine. Wenn Kip sich verdrossen fragte, ob er nicht doch eine große Dummheit begangen hatte, dann floß ihr Mund von ihren neuen, verstärkten Überzeugungen über. Man mußte sein eigenes Wohl und auch sein Leben aufs Spiel setzen, es gab keine andere Möglichkeit, die Menschheit über das Niveau von Wilden zu erheben.

Kip sah also wieder einmal die Zeitungsannoncen durch und schrieb: «Geehrter Herr! Bezugnehmend auf Ihre Annonce erlaube ich mir...» Und während er schrieb, dachte er: Wird das auch wieder so eine schmutzige Arbeit sein?

II

Roger Chilcote besuchte seine Schwester in ihrem neuen Heim. Da sie ihn nicht eingeladen hatte, war er mißtrauisch geworden und kam eines Tages von selbst. Maggie May saß auf einer abgewetzten, schmutzigen Matte und spielte «Klötzchen» mit Roger Chilcote Tarleton. Der verwöhnte Dichter, der Liebling der New Yorker Intelligenz, blickte auf das schwarze Roßhaarsofa und den gestickten Anruf Gottes und sagte: «Hierher hättest du aber wirklich nicht zu ziehen brauchen, Schwesterchen. Warum hast du mir nichts gesagt? Ich hätte dir doch mit einem Scheck aushelfen können!»

«Wir lassen und nicht aushelfen, Roger. Wir wollen jetzt einmal tun, was uns paßt.»

«Ja, wer hindert euch denn daran, um Gottes willen?»

«Jedermann. Alle Freunde und Verwandten. Alle wollen, daß ich anders handle, als es mir gemäß ist.»

Roger legte den Panamahut, die grauen Lederhandschuhe und den eleganten Spazierstock auf das Sofa und setzte sich in den Lehnstuhl aus schmutziggrünem Samt, dessen Federn beschädigt waren; er sank tiefer darin ein, als ihm lieb war. «Maggie May», sagte er, «erkläre mir doch, was das alles zu bedeuten hat!»

«Es ist vielleicht besser für dich, wenn ich es nicht erkläre, Roger. Du glaubst sonst, ich will mit dir streiten.»

«Ich verspreche dir, nichts persönlich zu nehmen. Ich muß doch über meine Schwester Bescheid wissen.»

«Schön», sagte Maggie May, «aber nimm, bitte, gleich zur

Kenntnis, daß deine Einwände dir nichts nützen werden. Denn was ich dir jetzt sage, ist das Ergebnis meines bisherigen Lebens. Es beschäftigt mich, seit ich denken kann. Du weißt, Bruder, daß es eine Zeit der Auflehnung für dich gab; du wolltest ein Dichter werden, und kein Mensch konnte dich daran hindern. Du bist deinen Weg gegangen und hast dich durchgesetzt. Nun, ich bin deine Schwester und habe offenbar denselben Teufel in mir. Jedenfalls will auch ich meinen eigenen Weg gehen.»

«Und wohin willst du denn gehen?»

«Zu den Wowsers.»

«Du warst doch immer ein Wowser, Schwester!»

«Ich will aktiv arbeiten. Ich will die Spottreden der eleganten Welt auf mein Banner drucken lassen und mit diesem Banner in der Hand durch die 5. Avenue marschieren. Ich will dem höhnenden Mob sagen: ‹Ja, ich bin eine Puritanerin und eine Blaunase, ich glaube an die Prohibition, ich halte sie für den größten Schritt nach vorwärts, den Amerika bis jetzt getan hat.› Ich will für ihre Durchführung eintreten. Ich möchte, daß Männer in die öffentlichen Ämter gewählt werden, die an die Prohibition glauben, die auch in ihrem Privatleben mit gutem Beispiel vorangehen. Ich will nicht solche korrupten Heuchler an der Spitze sehen, wie wir sie jetzt haben. So fühle ich eben, und so fühlen Millionen in Amerika, und wir werden zusammenhalten, wir werden unsere Überzeugung aussprechen und unseren Willen durchsetzen!»

Roger war ganz bestürzt; ihn erschreckte vor allem die Leidenschaft, die er hinter ihren Worten fühlte.

«Ich fürchte, ich habe dich so weit gebracht», sagte er schuldbewußt.

«Wir haben doch beschlossen, nicht persönlich zu werden, Roger. Du weißt alles über mein Leben und was ich mitgemacht habe. Du weißt alles über Kip und seinen Vater. Du kennst Jennys Kinder. Du kennst noch andere aus unserem Bekanntenkreis und einige, die ich nicht kenne. Du hast ein Recht auf deine Meinung, und ich versuche nicht, dich zu ändern. Ich sage dir nur die meine: daß der Alkohol der Fluch aller Flüche ist. Der Mensch, der ihn anrührt, ist unter allen Umständen unwürdig, in einer zivilisierten Welt zu leben.»

«Und was für konkrete Pläne hast du?»

«Ich will dem Alkoholproblem den Rest meines Lebens widmen. Vor allem bin ich entschlossen, alles herauszusagen, was ich denke. Ich werde den Alkohol mit demselben Eifer bekämpfen, mit dem ihn die jungen Intellektuellen von Manhattan preisen, verbreiten und konsumieren. Kurz, ich werde mich einen Wowser schimpfen lassen oder was immer diese Selbstmörder mich zu nennen belieben!»

Roger saß eine Weile sprachlos da – eine Verfassung, in die er nicht leicht zu bringen war. Er blickte noch einmal um sich und fragte dann:

«Müssen Wowsers in Löchern leben?»

«Wowsers leben von ihrem kleinen Einkommen. Sie werden freilich nicht so reich wie jene Parasiten, die vom Ruin der andern leben.»

Da gab es freilich nichts mehr zu reden. Roger blickte seine Schwester prüfend an. Er war ein Frauenkenner und sah schon voraus, wie sie die wenigen Reize verlieren würde, mit denen die Natur sie begabt hatte. Ihr hübsches, braunes Haar war kurz geschnitten, dagegen war nichts zu sagen, doch hatte sie es nicht ordentlich gestutzt; offenbar besorgte sie das selbst vor dem Spiegel. Auf ihrer Stirn machten sich schon jetzt die Spuren vielen Nachdenkens bemerkbar. Sie war auf dem Wege, eine kleine, dicke, unscheinbare Frau zu werden, die eine Brille trug und von einem Frauenkomitee ins andere lief.

III

Natürlich kannte jeder im Dorf die Geschichte der Tarletons. Man wußte, das Maggie May eine Cousine der reichen Fessendens war und bei ihnen in Broadhaven gewohnt hatte, ehe sie die Frau eines Angestellten wurde. Die Tarletons wurden nicht gemieden, obwohl sie jetzt bescheiden leben mußten, o nein! Mrs. Pollock, die Gattin des Drogisten, Mrs. Parker, die Gattin des ersten Kaufmannes, alle kamen in das schmutzige Häuschen, setzten sich in den verblaßten, grünen Samtstuhl, in dem man so tief einsank, und tauschten ihre Erfahrungen aus über Kinder im Alter von achtzehn Monaten. Dann lenkten sie das Gespräch geschickt auf das Herrenhaus über und fingen gierig jede Bemerkung über das

Leben der Reichen auf – ob es nun die auf Long Island oder die im Flußland unten waren. Sie fragten, ob Maggie May und Kip Bridge spielten; sie luden die alten Damen in den Nähklub ein, wo für fromme Zwecke genäht wurde, und zu allen anderen Zusammenkünften, bei denen man im Namen des Herrn klatschte.

Die alten Damen gingen mit Vergnügen hin, und wenn Maggie May nicht dabei war, atmeten sie ein wenig auf und erzählten von der schönen Mrs. Fessenden und ihrem einsamen Leben in dem schönen Palast, von ihrer Liebenswürdigkeit und Güte und ihren häufigen Besuchen bei ihnen und wie sie einmal ein großes Bündel Schafwolldecken geschickt hatte und eine riesige Kiste mit Delikatessen. Sie hörten sich den Klatsch über das Gut an, über die Zechgelage, den Alkoholschmuggel und die noch schlimmeren Geschichten über den alten Herrn in der City und die Ralston, frühere «Gräfin Enseñada», deren Gesellschaftsabende im Sommer erst bei Sonnenaufgang endeten.

Maggie May pflegte über ihre Cousine nicht zu reden. Sie nahm manchmal an Kirchenversammlungen teil; sie konnte das jetzt mit ruhigem Gewissen tun, weil sie nichts mehr zu verstecken hatte. Sie traf sich mit den aktiven Kirchenleuten und sprach mit ihnen über den Alkoholschmuggel um sie herum, über den Unfug im ganzen Land, über das völlige Versagen derer, die mit der Durchführung betraut waren. Erst trieben die «Nassen» Schindluder mit dem Gesetz, um es dann für undurchführbar zu erklären und seine Abschaffung zu verlangen.

Mit der Zeit versammelte sich um Maggie May eine Gruppe von Menschen, die ihre Ansichten teilten. Man wußte bald, daß sie Broschüren über das Alkoholproblem zu Hause hatte, und hörte, daß sie sich darauf vorbereite, für die Sache öffentlich zu sprechen. Niemand zweifelte an ihrem Erfolg; sie hatte Jugend und Charakter und genoß das Prestige zweier großer Familien. Ihr Bruder war einer der berühmtesten Dramatiker New Yorks, und ihr Onkel war erst vor kurzem zum Bundesrichter von Louisiana ernannt worden. Für die Abstinenzler war es sicher von Vorteil, daß gerade sie sich ihnen anschloß. Sie hatte vor, zu Kindern zu sprechen. «Warum nicht gleich in unserer Kirche?» platzte eine Dame von der Epworth-Liga heraus.

Gerade das war Maggie Mays Ziel. Mit dem Takt einer klugen

Frau hatte sie darauf hingearbeitet; aus diesem Grunde war die Familie in Seaview geblieben. Trotzdem geriet sie jetzt in keine kleine Verwirrung. Sie wolle lieber noch ein wenig warten. Sie sei noch nicht genug vorbereitet. Worauf sie denn warten wolle, kam die entrüstete Antwort. Sie wisse wohl mehr über den Gegenstand als die Kinder, und zu einer Gruppe werde sie doch ebensogut sprechen können wie zu einzelnen. Als Maggie May heimkam, erklärte sie dem erstaunten Kip, in zwölf Tagen halte sie in der Methodistenkirche von Seaview einen Vortrag über die Gefahren des Schnapsteufels.

Armes, kleines Wowserweibchen! Sie machte eine große Wandlung durch; weich und feucht arbeitete sie sich aus ihrer Puppe heraus, zart wie nasses Seidenpapier. Zitternd vor Aufregung und Scheu entfaltete sie ihre Flügel im Sonnenlicht. «Kip, was soll ich reden? Wie kann ich überhaupt öffentlich reden?» Kip, als Unbeteiligtem, fiel Kühnheit riesig leicht. Was hatte sie von einem Häufchen Dorfkinder zu fürchten? So tröstete er sie und wußte dabei genau, daß er an ihrer Stelle geflohen wäre.

Maggie May unternahm lange Spaziergänge. War sie allein, im Wald oder am Strand, weitab von den Menschen, so blieb sie stehen, verneigte sich, setzte ihr lieblichstes Lächeln auf und deklamierte mit lauter Stimme: «Kinder, wir sind heute abend versammelt...»

Unzufrieden begann sie von neuem: «Buben und Mädels!» Das war wieder zu kurz angebunden. Sie versuchte es anders: «Meine jungen Freunde von der Epworth-Liga!» Sie erinnerte sich, daß Demosthenes mit einem Kieselstein im Munde Redeübungen gemacht hatte, doch wußte sie nicht mehr, wozu der Stein dabei diente. Es war ihr zumute, als wäre ihr Mund voll von Steinen, und ihre Stimme klang, als käme sie aus einer Schachtel.

IV

Der Vortrag wurde von den Kanzeln aller drei protestantischen Kirchen von Seaview herab angekündigt, außerdem im Lokalblatt und auf dem Anschlagbrett der Methodistenkirche. Mittwoch, abends um sieben Uhr, war die Kirche gesteckt voll. Hundert Kinder und doppelt so viele Erwachsene – einige als Begleitung, die meisten, weil es ein gesellschaftliches Ereignis war, beinahe schon ein kleiner Skandal. Jemand, der in Broadhaven zu Gast gewesen war, sollte über Alkohol, Schmuggeleien und Exzesse sprechen, sensationelle Enthüllungen standen bevor. Und selbst, wenn der Gast nichts enthüllte – so manches würde sich erraten lassen. Auf jeden Fall verlohnte es sich, eine Verwandte der Fessendens aus der Nähe zu besehen, sie sprechen zu hören und ihre Kleider zu mustern.

Schon gleich zu Beginn kamen die Sensationslüsternen auf ihre Rechnung. Vor der Kirche hielt eine vornehme Limousine; ihr entstieg die Herrin von Broadhaven in Begleitung dreier alter Damen. Die reiche Frau war gekommen, um das Debüt ihrer Cousine mit anzuhören. Sie hätte die frühere Gräfin Enseñada mitbringen sollen und Dick und Bobby, die hatten solch einen Vortrag bitter nötig! Nun, erspart wird er ihnen sicher nicht bleiben, der Vortrag wird sich auf dem Gut schon herumsprechen!

Maggie May wurde vom Pastor auf das Podium geleitet. Der junge Mann hatte erst vor kurzem das Seminar verlassen und brannte darauf, von sich reden zu machen. Jetzt war der Moment gekommen! Zum erstenmal erschien die Herrschaft von Broadhaven in seiner bescheidenen Kirche! Er hielt eine artige, kleine Rede: Amerika werde eines Tages den Kindern gehören. Wer zu den Kindern spreche, bereite das neue Amerika vor. Kultur und Reichtum bedeuten auch Macht. Hier diese junge Dame, eine Zierde der vornehmen Gesellschaft, zog es vor, das schwere Amt einer Erzieherin zu übernehmen und die Kinder auf den richtigen Weg zu führen. «Ich habe die Ehre, euch Mrs. Maggie May Tarleton vorzustellen; sie wird über ‹das Alkoholproblem› sprechen.»

Mrs. Maggie May Tarleton trat vor. Vereinzelt hörte man Klatschen. Sie trug Kips Lieblingskleid, das blauseidene, und den kleinen Frühlingshut mit Glockenblumen. Beides war noch gut erhalten. Maggie May war erregt, doch sie trat sicher auf. Sie stand da, als wäre sie im Salon und bewillkommte ihre Gäste; das wirkte recht gut. Statt der eingelernten Anrede sagte sie schlicht: «Meine Freunde!» Die Bewohner dieses äußersten Winkels von Long Island hörten zum erstenmal die sanfte, schleppende Mundart von Louisiana.

Sie wolle mit ihnen über ein Thema sprechen, das sie mehr als jedes andere in der Welt interessiere. Damit man das verstehe, wolle sie etwas aus ihrer Kindheit im «Flußland» erzählen. Da sie zu Kindern sprach, begann sie mit den Schlangen. Wie sie nach den Eiern aus waren, wie der Vater ihnen den Kopf wegschoß, wie das Zuckerrohr wächst und das Farnkraut wuchert; sie erzählte von den Flußarmen und den kleinen Leuten, die dort wohnen, vom Seewolf, der Schildkröte, den Moskitos – in einer Entfernung von tausend Meilen sind auch Moskitos ganz unterhaltend. Das alles klang für klein und groß auf Long Island wie ein Märchen und ganz und gar nicht wie eine Predigt.

Doch in diesem Märchenland haust ein Drache. Maggie May schilderte ihn. Ein Kind spürt plötzlich, daß bei seinem Vater etwas nicht in Ordnung ist, und weiß nicht, was es ist – bis es allmählich dahinterkommt. Der Vater «trinkt». Maggie May schildert, was Trinken im Süden bedeutet, mit welchem Zeremoniell und Charme die Gesellschaft dieses Laster verschleiert. Man wird hineingerissen, ohne die Gefahr zu ahnen. Sie ist gar nicht schrecklich, sondern sanft wie Musik. Abends, wenn alle lustig beisammensitzen, spielen die Negermusikanten vor dem Hause auf, nachher bekommt jeder seinen Whisky.

So schleicht sich das Übel tückisch an einen heran, Freude und Geselligkeit vortäuschend. Maggie May hat medizinische Schriften gelesen, sie weiß Bescheid über den Alkohol. Er ist ein Narkotikum, er verhärtet die Wände der Nervenzellen und betäubt sie. Zuerst regt er das Gehirnzentrum an, belebt es und erhöht für ganz kurze Zeit die Erlebnisfähigkeit. Aber eben nur für ganz kurze Zeit. Denn auf die Dauer unterdrückt er alles, was die Zivilisation die Menschen gelehrt hat, und macht aus ihnen, was sie vielleicht vor hunderttausend Jahren gewesen sind. Hat man einmal damit angefangen, so gibt es auch kein Zurück.

Es sei nicht leicht, den eigenen Vater an den Pranger zu stellen, sagte Maggie May. Sie habe auch jahrelang den Mund nicht aufgetan. Aber wenn sie jetzt zurückdenke, müsse sie sich sagen, daß nichts so lehrreich war wie die traurige Geschichte ihres Vaters. Sie erzählte alles, vom Anfang bis zum schrecklichen Ende. Hätte er als kleiner Junge gewußt, was als Erwachsener aus ihm werden würde, nichts in der Welt hätte ihn dazu bewegen können, Alkohol zu sich zu nehmen. Kein Mensch, der die Qualen des Säufers kennt, wird je einen Schluck nehmen oder den Giftkelch weiterreichen. «Liebe Kinder, auch ihr werdet einmal mit dem Schnapsteufel zu kämpfen haben, wenn ihr erst in die Welt hinaustretet. Er gehört heute zu jeder fröhlichen Gesellschaft; auch im Film seht ihr ihn verherrlicht. Wenn die Geschichte meines Vaters nur eines von euch Kindern vor seinem grausamen Schicksal bewahren kann, dann habe ich nicht umsonst gesprochen.»

Das ganze Auditorium, jung und alt, war auf das tiefste erschüttert. Man brachte ihr Ovationen dar, man drängte sich um sie, man dankte ihr, alte Damen faßten mit Tränen in den Augen ihre Hand und sagten, sie habe dem Herrn einen großen Dienst erwiesen. Kleine Kinder wurden von ihren Eltern vorgeschoben und stammelten schüchtern, daß sie nie vergessen wollten, was Maggie May ihnen erzählte. Es war ein Riesenerfolg.

Als aber Maggie May nach Hause kam, trat sie zu Kip in das kleine Zimmer, setzte sich nieder und fing zu weinen an. Es war die schwerste Prüfung ihres Lebens gewesen.

V

Wenige Tage darauf kam ein Brief aus Acadia. Maggie Mays Mutter, die von unbekannter Seite Zeitungsausschnitte über den Vortrag zugeschickt bekam, wollte es nicht wahrhaben, daß ihre Tochter die Lebensgeschichte ihres Vaters preisgegeben hatte. Die Antwort auf diesen Brief bereitete Maggie May noch mehr Kopfzerbrechen als der Vortrag selbst.

Es waren aber auch unangenehmere Folgen zu verzeichnen. Maggie May wurde von verschiedenen Seiten aufgefordert, den Vortrag in Nachbarorten zu wiederholen. Es kam bald so weit, daß sie ihn zwei-, dreimal wöchentlich hielt.

Die Ausbreitung der Frauenbewegung hatte einen neuen Beruf geschaffen. Die Männer berühmter Rednerinnen betätigten sich als ihre Sekretäre und Manager. Kip erledigte Maggie Mays Korrespondenz, setzte das Datum für ihre Vorträge fest, holte das Honorar ab, wenn es eines gab, schnitt die Zeitungsberichte aus und unterstrich die günstigen Stellen. Für die Versammlung zog er seinen besten Anzug an, trug Maggie May den Schal nach, an Regentagen Schirm und Gummischuhe, und schützte sie vor dem

Wetter und allzu dankbaren Zuhörern. Nach der harten Arbeit begleitete er sie heim und erzählte ihr, was der und jener gesagt hatte, wie der und jener aussah und ob sie gut gesprochen hatte. Zu Hause war er ihr ergeben und bewunderte er sie. In der Öffentlichkeit trug er sich mit Würde. Er war allgemein als der Mann der reizenden Mrs. Maggie May Tarleton bekannt. Hinter seinem Rücken nannte man ihn Mr. Maggie May Tarleton.

Einen Haken hatte das ultramoderne Idyll allerdings. Kip war im Süden aufgewachsen, wo es noch Vorurteile gab, wo es demütigend für einen Mann war, wenn seine Frau Geld verdiente, und unerträglich, wenn er in Abhängigkeit von ihr geriet. Als Mr. Maggie May Tarleton konnte sich Kip nicht glücklich fühlen. Wenn die Vorträge seiner Frau auch noch so erfolgreich waren – Kip las doch jeden Morgen die Rubrik «Stellenangebote» und schrieb immer wieder: «In Beantwortung Ihrer Annonce in der ‹World› vom... erlaube ich mir...»

Bis ihm eines Tages die Erleuchtung kam. «Du, Maggie May, ich könnte mir doch eigentlich eine Stelle beim Prohibitionsdienst suchen!»

Die junge Frau starrte ihn an. «Beim Prohibitionsdienst? Wo ist das?» Es lag Ironie in ihrer Frage. Auf Long Island merkte man nichts von diesem Dienst.

«Überall», sagte Kip. «Ich las schon öfters in der Zeitung, daß Leute aus dem Dienst entlassen wurden, wegen irgendeines Vergehens, also müssen sie doch neue engagieren! Warum soll ich es nicht versuchen?»

«Ja, aber Kip», sagte sie, «da bist du doch in Lebensgefahr!»

«Das kann schon sein, aber sie brauchen doch Leute, Maggie May, und da dürfen gerade wir beide nicht kneifen. Ich möchte es gerne beweisen, daß ich wirklich daran glaube.»

Maggie May sah ihn erschreckt und gerührt zugleich an. «Prohibitionsdienst» war für sie ein vager und ferner Begriff. Sie hatte zwar schon hundertmal gesagt, daß man ihn verstärken müsse, aber niemals war es ihr in den Sinn gekommen, ihren kostbaren Mann dafür herzugeben. «Kip, lieber Kip», sagte sie schüchtern, «ich habe doch damit gerechnet, daß du mir weiter hilfst!»

«Dir helfen? Natürlich, Liebling. Habe ich nicht alles getan, was mir für dich nützlich schien?»

«Aber ich meine eine regelrechte Anstellung. Wenn ich weiter Erfolg habe, so brauche ich ständig jemand um mich.»

«Für die meiste Zeit kannst du auf mich rechnen. Aber ich will doch auch meine eigene Arbeit haben.»

Sie wußte, daß es keinen Sinn hatte, weiter darüber zu sprechen. Sie hatte gehofft, er werde sich langsam und unmerklich in die Arbeit hineinfinden und seine alten Anschauungen aufgeben. Offenbar aber rührte sich der abenteuerlustige Mann in ihm.

«Nun?» fragte er. «Was hältst du davon?»

Sie umarmte ihn und vergrub ihren Kopf an seiner Schulter. «Kip, wenn dir was zustößt, sterbe ich!»

«Es wird mir schon nichts zustoßen, Liebling. Nach allem, was ich darüber gelesen habe, wird meine Seele in weit größerer Gefahr sein als mein Körper.»

VI

Wie verschafft man sich eine Stelle im Prohibitionsdienst? Kip fuhr nach New York und zog Erkundigungen ein. Zu jener Zeit fiel der Prohibitionsdienst noch in das Ressort des Finanzamts. Um eine Anstellung zu bekommen, brauchte man die Empfehlung eines Kongreßmannes oder Senators. Gelang es einem, einen dieser Herren von seiner gesunden politischen Einstellung zu überzeugen, so trat man mit dem verschwenderischen Anfangsgehalt von achtzehnhundertsechzig Dollars im Jahr ein. Das liegt im Sinne der demokratischen Tradition; der Staat zahlt den Angestellten nur wenig, in der Annahme, daß sie nicht mehr wert sind.

Kip überlegte, wer wohl mit seinem Kongreßmann bekannt war oder mit einem der beiden Senatoren des Staates New York. Er hatte so wenig von einem Karrieristen an sich; er kannte nicht einmal die Nummer seines Wahlbezirkes und mußte alles, was er brauchte, erst nachschlagen. Als er daraufkam, daß der Kongreßmann Demokrat war, erinnerte er sich an jenen Polizeibeamten von Tammanys Gnaden, den Freund und Zechbruder seines Vaters. Richter O'Toole war mittlerweile hochgestiegen. Kip suchte den Herrn nach Schluß der Sitzung im Gerichtsgebäude auf und begriff bald, warum Tammany Hall die Bürger von Manhattan so fest in der Hand hatte. Es lebt von den kleinen persönlichen Vergünstigungen, die es im Austausch für große öffentliche Belohnungen gewährt.

Der gemütliche alte Ire mit dem rosigen Gesicht drückte Kip beide Hände.

«Donnerwetter noch einmal, Pow Tarletons Junge! Natürlich erkenne ich dich! Wie geht es dem alten Herrn?»

Einen Augenblick lang glaubte Kip, Richter O'Toole wisse nichts vom Tode seines Vaters. Aber nein, die Anfrage galt ihm selbst.

Er erzählte von Maggie May und dem Söhnchen und hörte sich dann alte Geschichten vom Großen Häuptling an.

«Ich sage dir, Junge, das war ein großartiger Kerl, dein Vater! Ich sprach neulich erst über ihn mit Pat Gilligan.»

Allmählich kam Kip auf sein Anliegen zu sprechen. Richter O'Toole kannte zwar den Kongreßmann nicht, doch meinte er, die Sache werde weiter keine Schwierigkeiten haben, er verstehe nur nicht recht, wozu ein Mensch in den Prohibitionsdienst wolle? Kip gestand, daß er an die Prohibition glaube. Der alte Herr hielt sich den Bauch vor Lachen. So was Komisches habe er schon lange nicht gehört. Der Große Häuptling hätte das erleben müssen! Der hätte sich ja krank gelacht! Kip werde der erste und letzte im Dienste sein, der an den verrückten Blödsinn glaube. Nun, über die Geschmäcker lasse sich nicht streiten.

Er gab ihm eine Empfehlung an seinen Bezirksvorsteher, der ihn wieder weiterempfehlen sollte, bis zum Kongreßmann selbst. «Dazu ist die Organisation da», sagte er noch, «stell dich mit der Organisation gut, sag ich, und du stehst gut mit ganz New York.»

VII

Es traf sich, daß ein junger Rabbiner auf Maggie May aufmerksam wurde. Nach einem Vortrag trat er auf sie zu, reichte ihr die Hand und bat sie, zu den Kindern seiner Synagoge in New York zu sprechen. Maggie May hatte noch nie mit Juden zu tun gehabt, sie wußte nicht, wie eine Synagoge aussieht und wie man sich dort benimmt. Auch fürchtete sie, ein derartiges Debüt in der Metropole könne ihrer Sache schaden. Doch Kip klärte sie über die große Zahl der Juden in New York auf (in New York leben mehr

Juden als in jeder anderen Stadt der Welt), und daß es von großer Wichtigkeit sei, ob sie «naß» oder «trocken» stimmten. Rabbi Hibschmann bot übrigens als erster ein Honorar an; 25 Dollars für einen Vortrag von einer Stunde war wirklich verlockend. Maggie May entschloß sich, als Apostel unter die Hebräer zu gehen.

Es fiel ihr zwar außerordentlich schwer, die Geschichte ihres Vaters in den Vortrag aufzunehmen; auf die Art durfte sie doch kein Geld verdienen; aber gerade das hatte der Rabbiner zur Bedingung gemacht. Auch wußte sie schon, daß bei ihren Vorträgen Persönliches am stärksten wirkte. Maggie Mays Heimat und Heim hatten den romantischen Reiz einer fremden Welt; sie hatten den noch größeren Reiz aristokratischer Eleganz und aristokratischen Reichtums. Schon die Kühnheit ihrer Erzählung trug zu ihrer Wirkung bei. Die Leute sagten sich, daß keine junge Frau Derartiges über ihren Vater erzählen würde, wenn nicht ein tiefes Gefühl sie dazu zwang.

Der Tempel Horeb, ein großes graues Gebäude, hätte innen für eine Konzerthalle gelten können. An diesem Abend war er vollgestopft mit Judenkindern der oberen Westside, Maggie May war sehr befangen. Da plötzlich sah sie in der ersten Reihe Roger sitzen, neben ihm Jerry Tyler und seine Frau und die zarte, blonde Eileen Pinchon.

Maggie May nahm sich zusammen und bezwang, so gut es ging, ihre Blicke und Gedanken. Sie mußte die Geschichte ihres Vaters erzählen, wenn auch der eigene Sohn dabei saß. Die junge Frau war so erregt, daß ihre Stimme noch eindringlicher klang als gewöhnlich. Als sie die Zuhörer ermahnte und beschwor, nie im Leben mit John Barleycorn zu spielen, war es, als ob sie zum jungen Roger ihrer Kindheit spräche. Zum Schluß waren nicht nur ihre Augen voller Tränen. «Bei Gott», raunte Jerry Tyler seinem Nachbarn zu, «da habt ihr ja noch so ein häßliches Entlein in eurer Familie!»

Der Redakteur des «Gothamite» ging heim und beschrieb das Ereignis, dessen Zeuge er gewesen war, in jenem Stil, der die vornehme Gesellschaft von hundert amerikanischen Städten entzückt. Er begann mit einer witzigen Verteidigungsrede, weil er sich in die so üble Gesellschaft der Wowsers begeben habe; doch sei er als Schildknappe seines berühmten Dichters dort gewesen, bei dem letzten Versuch dieses Unglücklichen, seine Schwester zu retten. Die liebliche junge Frau aus vornehmem Haus, Gattin und Mutter, sei leider vom rechten Weg abgewichen und wate nun im Morast des Fanatismus. Jerry Tyler parodierte sie und ermahnte sie mit demselben Eifer, den sie vor den Kindern im Tempel Horeb entfaltet hatte. Er malte die schrecklichen Folgen aus, die ihr drohten, wenn sie weiter auf dem Pfade der Bigotterie wandle. Ihre Nase werde porös und rot werden, ihr Haar matt, ihre Gestalt plump, eines Tages werde man ihr als Straßenpredigerin begegnen, mit einer Brille auf der Nase und blauen Wollstrümpfen an den Beinen!

Sie las diese Ausgabe der «Gothamite» und fand darin auch andere Ausfälle gegen die Prohibition. In einem Artikel wurde die Tatsache, daß das Trinken bei den Frauen jetzt immer mehr in Mode kam, als verheerende Folge der Prohibition hingestellt. «Gestern nacht sahen wir ein sechzehnjähriges Mädchen ein großes Glas Gin hinabspülen. Was sagen unsere Wowsers dazu?»

Maggie May nahm diese Herausforderung an: «Dieses sechzehnjährige Mädchen hat ganz bestimmt auch eine Schachtel Zigaretten geraucht. Wie erkären Sie das, da es doch kein Rauchverbot gibt?»

Der Redakteur veröffentlichte ihren Brief und erwiderte in der gewohnten witzigen Art. Die Unsitte des übermäßigen Rauchens sei auch eine Folge der Prohibition, denn alle klugen Reklamefachleute hätten sich jetzt vom Lob der Alkoholsorten auf das der Zigaretten gestürzt. «Sehen Sie sich unsere Inserate an», sagte die «Gothamite», «und vergessen Sie nicht, sich auf unsere Annoncen zu berufen, wenn Sie Einkäufe machen!»

VIII

Maggie Mays ungewöhnliche Vorträge erregten Aufsehen. Dr. Ernest Craven, ein alter Herr mit feinen Zügen und silbergrauem Haar, forderte sie auf, auch in seiner Gegend zu sprechen. Er war Pastor einer Unitariergemeinde; Maggie May hatte noch nie mit Unitariern zu tun gehabt und wußte nicht, wie sie sich dazu stellen sollte. Aber der freundliche alte Herr gefiel ihr; als er ihr vorschlug, Kip und sie ins Hotel zurückzufahren, nahm sie seine Einladung an.

Unterwegs erklärte ihr Dr. Craven, daß sie bei ihm vor einem neuartigen Auditorium sprechen werde, bei einem sogenannten «Offenen Forum» mit Diskussionen nach dem Vortrag. «Es wird sicher interessant für Sie sein, einmal mit intelligenten Arbeitern zusammenzutreffen. Die Leute sagen ihre Meinung ungeschminkt und geradeheraus.» Maggie May hatte Angst vor einem neuen Auditorium. Sie wisse viel zu wenig.

«Das macht nichts», sagte Dr. Craven. «Vortragsredner sind gewöhnlich sehr anmaßend. Es wirkt bestimmt ganz gut, wenn jemand einmal zugibt, daß er auf etwas keine Antwort weiß.»

Dr. Craven war Sozialist. Der Mut eines bejahrten Geistlichen zu diesem Bekenntnis verblüffte Kip und Maggie May. Er sprach ganz selbstverständlich von Revolutionen und Revolutionären; gerade diese Leute, die eines Tages die Welt regieren würden, müsse man über die Wirkungen des Alkohols aufklären. Er holte seine Brieftasche heraus, die statt Banknoten Zeitungsausschnitte enthielt. «Ich trage immer etwas Munition bei mir herum; ich will Ihnen da was geben, was Ihnen von Nutzen sein wird, falls Sie einmal auf einen Radikalen stoßen, der gegen die Prohibition ist.»

Er übergab ihr einen Artikel von Leo Trotzki, den er aus einer kommunistischen Zeitung ausgeschnitten hatte. «Er erzählt da, wie die Bolschewiken in Petersburg die Macht ergriffen. Der Mob plünderte die Weinkeller der Aristokraten und betrank sich. Trotzki betrachtete das als einen Schachzug des Feindes. ‹Jemand trachtete, die Revolution in den Flammen des Alkohols zu verzehren.› Markin, ein bolschewistischer Matrose, der ihm zu seinem persönlichen Schutze beigestellt war, erkannte sofort die Gefahr und bewachte die Weinvorräte. Als es ihm aber nicht mehr möglich war, sie zu schützen, zerstörte er sie einfach. In Stulpenstiefeln watete er bis zu den Knien im kostbaren Wein, in dem zerbrochene Flaschen schwammen. Wein floß durch die offenen Kanäle in die Newa und färbte den Schnee rot. Die Säufer sogen ihn von der Gosse auf. Mit dem Revolver in der Hand kämpfte Markin um einen nüchternen Oktober. Markin hat den Alkoholangriff der Gegenrevolution zurückgeschlagen.»

Es war ein aufregendes Gefühl für Kip und Maggie May, einen Bolschewisten an ihrer Seite zu wissen. Daß er eine Autorität war, erhöhte ihre Verwirrung. Maggie May hatte eine schreckliche Vorstellung vom Bolschewismus, besonders von der Sozialisierung der Frauen, über die sie allerhand gelesen hatte. Noch immer dachte sie mit Schrecken daran, wenn von Rußland die Rede war. Auch wußte sie, daß die Bolschewisten nicht imstande gewesen waren, die Prohibition durchzusetzen. Sie fragte Dr. Craven darüber aus; er erklärte ihr, die Organisation wäre damals viel zu schwach gewesen für ein so großes Land. Jetzt hätten sie nur staatliche Betriebe, die den Wodka zu hohen Preisen verkauften. Aber gleichzeitig täten sie ganz dasselbe wie Mrs. Tarleton. Sie klärten das Volk über die Gefahren des Alkohols auf. Sie brächten das schon den Kindern in den Schulen bei und forderten sie auf, auch ihre Eltern zu Hause zu belehren.

Der Geistliche sprach weiter: «Ich sage meinen Leuten immer: Wenn die Sowjetregierung sich erst einmal stärker fühlt, wird eine neue Bewegung zur Abschaffung des Alkohols entstehen. Dann wird die Welt zum erstenmal eine Prohibition erleben, die ernst gemeint ist. Denn nur eine Regierung, die das Heim in eine größere Gemeinschaft auflöst, kann verhindern, daß in den Häusern heimlich Schnaps gebraut wird.»

Maggie May schien diese Behauptung unerhört. Sie erklärte dem lächelnden Heiligen, das Heim sei in Amerika das Bollwerk der Moral.

«Betrachten Sie es lieber als Bollwerk des Alkoholschmuggels», war die Antwort darauf.

Was sollte aber aus den Kindern werden, wenn das Heim verstaatlicht wurde?

«Vielleicht denken Sie einmal darüber nach, wo die amerikanischen Stadtkinder ihre Zeit wirklich verbringen. Die Proletarierkinder stecken sieben Stunden täglich in der Schule, die Kinder der Reichen neun Monate des Jahres in Pensionaten. Sind sie krank, so kommen sie in Spitäler; in Spitälern werden sie schon zur Welt gebracht. Die Freitag- und Samstagabende stecken sie im Kino, an den Sonntagen rasen sie im Auto durchs Land. Wie oft essen sie in Restaurants oder kaufen sich fertige Mahlzeiten in Delikatessenläden. Rechnet man das alles zusammen, so kommt man zu einem überraschenden Ergebnis. Den weitaus größten Teil ihrer wachen Stunden verbringen die Kinder in Gesellschaft anderer und nicht daheim. Nur in der Gemeinschaft», schloß der alte Herr, «liegen die neuen Glücksmöglichkeiten der Zukunft.»

Maggie May war wie vor den Kopf gestoßen und doch auf das stärkste interessiert. Bis Mitternacht debattierte sie mit Dr. Craven. Schließlich erinnerte Kip sie daran, daß der alte Herr trotz alledem wohl ein Heim besaß, in das er sich manchmal zurückzog.

IX

Der große Tag war gekommen. Maggie May sollte vor Unitariern, Sozialisten und Bolschewisten sprechen. Zuvor lud die Kirchengemeinde sie und Kip zu einem Abendbrot ein. Etwa ein Dutzend Personen saßen an einem langen Holztisch vor einem einfachen Gericht aus Linsen und Pflaumen. Maggie May kamen sie sonderbar vor, diese asketischen Heiligen, die so modern und humorvoll waren und deren fortschrittliche Ansichten sie erschreckten. Sie brachte fast nichts herunter; sie hatte ja eine Feuerprobe vor sich; ruhig hörte sie den Gesprächen der Radikalen zu.

Nach dem Abendbrot wurde sie in das «Offene Forum» geführt. Dr. Craven wollte jedem, den öffentliche Fragen ernstlich beschäftigten, eine Möglichkeit bieten, sich frei zu äußern. Die Zuhörer konnten ihn anschließend befragen und kritisieren.

Das «Offene Forum» bestand aus einer kahlen Halle, einem Podium und Sitzreihen für sechs- bis achthundert Personen. Als Dr. Craven Maggie May aufs Podium führte, waren alle Plätze schon besetzt. Sie blickte mit ängstlicher Neugier auf die Versammlung. Da gab es Arbeiter mit tief gefurchten Zügen, die Narben des Klassenkampfes im Gesicht; da gab es bärtige Männer, die einmal von einer besseren Welt geträumt hatten und ihrem Traume nun mit schwachen Schritten folgten, da waren Studenten und junge Arbeiter, die Abendschulen besuchten – viele von ihnen Juden, die gescheit und kritisch durch ihre Hornbrillen blickten. Die Studentinnen waren den Studenten so ähnlich, daß man sie erst unterscheiden konnte, wenn sie aufstanden, um sich zu Wort zu melden. Maggie May fühlte schon jetzt den Widerstand dieser Menge gegen ihre Idee. Jetzt war es an ihr, den Takt aufzubringen, der den Frauen aller Jahrhunderte über die größten Hindernisse hinweggeholfen hat.

Dr. Craven führte sie mit einigen freundlichen Worten ein. Sie trat vor und gestand ihren Zuhörern sehr demütig, daß sie diesen Vortrag nur auf Drängen des geistlichen Herrn wage. Sie sei jung und stamme aus einem Landesteil, in dem die revolutionären Ideen der Großstadt noch unbekannt seien. «Wenn ich Sie ansehe, wird mir klar, daß die meisten von Ihnen mehr Erfahrung haben als ich. Sie wissen eine ganze Menge über Dinge, von denen ich gar keine Ahnung habe. Ich habe nur eine einzige, große Erfahrung in meinem Leben, der ich aber eine tiefe Überzeugung verdanke. Einige von Ihnen werden sagen, ich sei eine Fanatikerin der Prohibition, aber viele Millionen im Lande denken genauso wie ich, und es wird Ihnen vielleicht nützlich sein zu erfahren, wie man zu einer Fanatikerin der Prohibition wird.»

Maggie May ging von einem Argument aus, das sie von Dr. Craven hatte: Gleichgültig, wie man über die Zukunft der Gesellschaft denke – jeder Mensch habe sich auch in der unschönen Welt von heute zurechtzufinden und zwischen Sichgehenlassen und Selbstbeherrschung zu wählen. Die meisten der Anwesenden dürften Kinder haben oder einmal welche bekommen, sie müßten sich also darüber klarwerden, was sie ihren Kindern über den Alkohol sagen wollten. Sie werde jetzt erzählen, was für eine Rolle der Alkohol im Leben eines einzigen Kindes gespielt habe.

Kindern pflegte Maggie May von den Schlangen, Moskitos, Trappern und Negern Louisianas zu erzählen; vor diesem reiferen Auditorium gab sie eine psychologische Studie; sie schilderte ein Opfer des Alkohols und ein Kind, das ein solches Opfer zum Vater hatte. Bis zum letzten Augenblick gab dieser Vater nicht zu, daß er ein Opfer war. Er fand tausend Listen, um sich und das Kind zu täuschen, beide spielten zusammen ein Spiel, das die Psychologie die «Flucht aus der Wirklichkeit» nennt.

Und wieder gestand Maggie May vor den ernsten, aufmerksamen Gesichtern ihre Unwissenheit in Dingen des politischen und sozialen Lebens. «Ich weiß nur so viel, daß ihr den Wunsch habt, die Welt zu verändern. Ich frage euch also: Darf ein Radikaler mit Scheuklappen durch die Welt laufen? Wer wirklich die Welt verändern will, muß sie zuallererst verstehen. Man muß den Mut haben, sie zu sehen, wie sie ist, und darf sich nicht selbst belügen. Ganz gewiß wird niemand Alkohol benötigen, um klarer zu sehen. Nein, Alkohol könnte von den Leuten erfunden sein, in deren Interesse es liegt, die Arbeiter stumpf und wehrlos zu machen. Ich mag mich auch irren», fügte die Sprecherin hinzu. «Sollte es der Fall sein, so bitte ich Sie, mich eines Besseren zu belehren.»

X

Jetzt waren die Fragesteller an der Reihe. Eine ganze Menge Leute waren darauf erpicht, Maggie May zu widerlegen. Viele kamen ja gerade deswegen in dieses «Offene Forum»; die Möglichkeit, ein, zwei Minuten zu Gehör zu kommen, ersetzte ihnen den Alkohol.

Als erster Fragesteller sprang ein lebhafter, junger Mensch in die Höhe und fragte die Rednerin, wie sie über die Freiheit der Person denke. Maggie May war diese Frage schon öfters gestellt worden. Sie hatte also auch eine Antwort darauf bereit. «Als wir uns zuerst in den Städten ansiedelten», sagte sie, «mußten wir sehr viel von unserer Freiheit aufgeben. Wir mußten uns zum Beispiel der Verkehrsordnung fügen. Und schon der große Verkehr allein wäre Grund genug, den Menschen das Trinken zu verbieten. Die Gesellschaft verbietet auch den Gebrauch des Opiums und Kokains. Warum erwähnen die Gegner der Prohibition nicht diesen Eingriff in die persönliche Freiheit?»

Dann erhob sich ein Vertreter des Klassenbewußtseins, der die Prohibition befehdete, weil sie sich gegen die Armen auswirkte und die Reichen unbehelligt ließ. Lächelnd sagte Maggie May: «Die Armen sollten das für einen großen Dienst ansehen. Wenn ich mich betrinken will und jemand mich zurückhält, mag ich mit ihm darüber streiten, aber es ändert nichts an der Tatsache, daß er mein Wohltäter ist.»

Ein hagerer, verbitterter Arbeiter stand auf; er trug einen Gummikragen ohne Krawatte und sah schwer lungenkrank aus. Er fragte diese hübsche, feine, junge Dame, ob sie in ihrem Leben schon je einmal gehungert habe. Als Maggie May verneinte, erklärte er triumphierend: «Wenn ein Arbeiter in der Hölle leben muß, warum dann nicht besser betrunken als nüchtern?» Diese alte Redensart der Sozialisten kannte Maggie May noch nicht. Sie erwiderte, das hänge nur davon ab, ob der Arbeiter vorhabe, in der Hölle zu bleiben. Wenn er herauswolle, brauche er einen klaren Kopf.

Ein ungeduldiger, junger Kommunist erhob sich und hielt gleich eine ganze Rede. Die Prohibition sei nichts als ein kapitalistischer Schwindel, der die Arbeiterschaft von ihren wirklichen Zielen ablenken solle. Der Vorsitzende unterbrach ihn. Mrs. Tarleton sei hier die Rednerin, und die anderen hätten nur Fragen an sie zu stellen. Maggie May gab zu, daß die Politiker das Volk täuschten. Aber niemand könne über die Alkoholfrage hinweg, solange es Alkohol und Trinker gebe. Auch für die Kommunisten sei sie ein Problem – zum Beweis dafür zitierte Maggie May wieder Trotzki.

Als nächster erhob sich ein alter Advokat, der Verfasser einer Broschüre, die er der Rednerin überreichte. Sie trug den sarkastischen Titel «Trocken und rot». Ironisch fragte er Mrs. Tarleton, ob sie wirklich glaube, daß eine Prohibition existiere. Maggie May antwortete: Nein, deshalb halte sie ja den Vortrag. Das Gesetz werde nicht durchgeführt, weil die Politiker nicht daran glaubten und es gar nicht haben wollten. Dennoch hätten sich die Zustände gegen früher gebessert. Fast alle Kneipen seien verschwunden, und man sehe lange nicht mehr so viele Betrunkene auf den Straßen wie früher. Darüber stritten sie eine Weile herum; Maggie May verwies auf das Zeugnis von Leuten, die das Leben unter den Armen kannten.

Kip, der geduldige Sekretär und Manager, saß auf dem Podium, in Bewunderung verloren. Jedesmal, wenn Maggie May eine Frage beantwortete, war er so erstaunt, als hätte das Baby Roger gesprochen. Wo zum Teufel hatte sie das alles her! Natürlich, sie verschlang ein Buch nach dem anderen; kürzlich hatte sie sogar eines über den Sozialismus gelesen, um die Weltanschauung dieser Menschen zu verstehen und herauszukriegen, wie sich ihre Sache vor ihnen am besten verteidigen ließ. Doch wichtiger als all das war für ihn die Tatsache, daß seine Frau zum Wowser geboren war!

15. Kapitel — IM BUNDESDIENST

Kip erhielt die Mitteilung, daß er in den Bundesdienst für Prohibition aufgenommen sei und kommenden Montagmorgen antreten solle. Er und seine Frau machten sich an die Wohnungssuche in New York. Sie versuchten, etwas im oberen Stadtteil zu bekommen, wo die Mieten billiger waren. Schließlich blieben sie bei einer Fünfzimmerwohnung, deren Preis ihnen zusagte; die Möbel wurden auf einem Rollwagen hergeschafft. Nach zwei, drei mühseligen Tagen hatte die Familie es sich wieder behaglich gemacht. Gleich in der Nähe war ein kleiner Park, in dem Roger Chilcote Tarleton von Großmutter und Großtante spazieren geführt wurde. Der kostbare Junge war nun schon beinahe zwei Jahre alt und gedieh recht gut. Mutter und Vater konnten also ihren Wowsergeschäften ruhig nachgehen.

Montag früh um neun betrat Kip das Haus Park Avenue Nr. 1 und wurde vor Mr. Charles I. Doleshal geführt, den stellvertretenden Direktor des Prohibitionsdienstes von New York. Vor noch gar nicht langer Zeit hatte Doleshal als Stern am Fußballhimmel geglänzt. Er war kräftig gebaut, hatte kohlschwarzes Haar, ebensolche Brauen und ein freundliches Lächeln. Er streckte Kip die Hand entgegen und sagte: «Guten Morgen, Tarleton. Willkommen in unserem Tollhaus!»

«Tollhaus nennen Sie das?» sagte Kip, ein wenig verdutzt.

«Warten Sie erst mal ab! Hundertsiebenundvierzig Beamte versehen bei uns Dienst. Mit hundertmal soviel hätten wir gerade genug. Die Leute schimpfen über uns, weil wir nichts ausrichten. Würden wir mehr ausrichten, so würden die Leute auch darüber schimpfen. Und das soll einer nicht satt kriegen! Nehmen Sie Platz!»

«Danke», sagte Kip und setzte sich.

«Die Regierung der Vereinigten Staaten hat einen Krieg angefangen; nennen wir's einen Rumkrieg. Wie das bei Demokratien so Sitte ist, haben wir eine lächerlich kleine Armee und gar keine Munition. Ja, wir wissen gar nicht einmal, ob wir den Krieg ehrlich gewinnen wollen. Ein paar Jahre noch werden wir weiter herumlügen, die an der Spitze werden weiter scheinheilig tun, und die Soldaten der lächerlichen Armee können sich inzwischen abrackern.»

«Nun, hier wäre wenigstens ein neuer Rekrut», sagte Kip lächelnd.

«Aus welchem Grund kommen Sie zu uns?»

«Ich glaube an die Prohibition.»

Der junge Vizedirektor sah ihn neugierig an. «Das bekommen wir nicht oft zu hören. Ich persönlich glaube nicht besonders daran. Früher, das war besser, da war ich hinter reichen Steuerschwindlern her; das setzte hohe Strafen, wenn sie sich nicht hinter ihren Politikern verschanzten. Eines Tages sagte mein Chef zu mir: Geh mal nach New York rauf, Junge, und kümmere dich ein wenig um die Prohibition. So bin ich hergekommen. Arbeit ist genug da. Wenn Sie vielleicht eine gute Idee haben, wie hundertsiebenundvierzig Leute die Arbeit für hundertmal soviel machen könnten, dann bitte heraus damit!»

«Ich fürchte, ich hab gar nichts von einem großen Geist an mir», sagte Kip, «aber ich werde mich bemühen, meine Arbeit gut zu machen.»

«Sie sind besser als die Sorte, die wir gewöhnlich kriegen, Tarleton! Die Politiker liefern uns die Leute. Der Chef beklagt sich zwar darüber in Washington, aber es nützt ihm nichts. Wir wissen eigentlich nie, wer von den Leuten uns verkauft. Jeder von uns muß auf den andern aufpassen. Sie können sich denken, daß das der Arbeit nicht gerade guttut.»

«Ehrlich bin ich», sagte Kip ernst, «und arbeitswillig auch.»

«Tun Sie wirklich Ihre Pflicht, so kann es vielleicht zwei Wochen dauern, bis die erste Klage über Sie einläuft. Da passiert nämlich allerhand. Zum Beispiel kommen plötzlich fünf Leute zugleich und schwören, daß Sie sie erpressen wollten. Oder Sie beklagen sich über Ihre Kollegen, und ich habe die angenehme Pflicht, herauszukriegen, wer von euch beiden lügt. Ich tu ja mein Bestes, aber das eine sage ich Ihnen schon zum voraus: Urteilen Sie nicht zu streng über mich, wenn ich einmal danebenhaue. Demokratien, die in den Krieg ziehen, geht es immer so. Ich war im Weltkrieg; da ging es ähnlich zu. Nur wollten wir damals den Krieg wirklich gewinnen.»

Dann bekam Kip seine erste Instruktion: «Sie werden als ‹Probiermann› anfangen. Ich werde Sie Abe Shilling übergeben, einem erfahrenen Agenten; der bringt Ihnen das Nötige bald bei. Unsere Leute arbeiten zu zweien; für eine Zeitlang lasse ich Sie mit dem Shilling zusammen. Sie haben nur den Tatbestand festzustellen und gleich Meldung zu machen. Sie treten um zwei Uhr nachmittags zum Dienst an und arbeiten bis gegen elf. Haben Sie gute Kleider?»

«Ja, Mr. Doleshal.»

«Ein Teil Ihrer Arbeit spielt sich in Kabaretts und Nachtklubs ab. Ich denke, Sie kennen sich in diesem ‹eleganten› Leben aus.»

«Ich hab schon genug davon zu sehen bekommen», sagte Kip.

«Das ist nämlich eine unserer Hauptsorgen», erklärte Mr. Doleshal. «Unsere Leute sehen im allgemeinen nicht gut aus im Smoking und trauen sich darum in die Luxuslokale nicht hinein. Das Publikum denkt dann natürlich, daß wir die Reichen begünstigen. Sie fangen jetzt jedenfalls mit Abe an und lernen was bei ihm. Er ist jetzt schon drei Jahre bei uns, ein Veteran sozusagen, und ich habe allen Grund, ihn für einen anständigen Kerl zu halten. Ein bißchen bärbeißig ist er, davon werden Sie sich noch selbst überzeugen, aber er macht seine Sache recht gut. Merken Sie sich alles, was er Ihnen sagt, und Sie werden die Sache bald heraus haben.»

II

Kip wurde mit den Insignien seiner neuen Würde belehnt. Er bekam eine Legitimation mit den amerikanischen Adlern und seiner Fotografie. «Das Finanzamt der Vereinigten Staaten, Abteilung für Prohibition, bestätigt, daß Kip Tarleton ordentlich angestellt und beauftragt ist...» Innen am Rock trug er ein großes Schild aus dunkler Bronze, für seine Eintragungen ins Notizbuch hatte er eine Füllfeder mit. Einige kleine Flaschen mit Stöpseln und eine winzige Spritze dienten zum Aufheben der Alkoholproben; denn so erforderte es das Gesetz. Schließlich bekam er noch ein Instruktionsbuch, in dem alle seine Pflichten und Rechte verzeichnet waren und wie er sich in den verschiedenartigsten Fällen zu verhalten hatte.

Abe kam auf seinen neuen Lehrling zu, gab ihm die Hand und

prüfte ihn mit kritischen Augen. Der «Probiermann» war als zweijähriges Kind von Russisch-Polen nach Amerika gekommen; eigentlich hieß er Schillinsky; er hatte seinen Namen zu einem englischen Shilling verkürzt – ein ganz amerikanischer Name wäre ihm noch lieber gewesen. Er war etwa dreißig Jahre alt, ziemlich klein, aber stämmig, und stellte seinen Mann. Seine ganze Art hatte etwas Zynisches. Ein Vorrat von Witzen und Redensarten half ihm bei seinen täglichen Begegnungen mit Hunderten von Menschen aus. Kurz und gut, er war der typische New Yorker. Kip mit seinem ernsten, fragenden Gesicht und den vielen Falten auf der Stirn erschien ihm gleich als ein wunderlicher Vogel.

Er nahm ihn unter seine Fittiche und führte ihn auf die Straße hinunter. Da zog er eine Liste von Namen und Adressen in Maschinenschrift hervor. «Über all diese Lokale sind uns Beschwerden zugekommen», sagte er. «Wir kriegen sie von alten Jungfern, Predigern, Querköpfen oder von Kerlen, die sich rächen wollen, weil man ihnen den Alkohol verweigert hat. Natürlich fällt das von Rechts wegen nicht ins Bundesressort. Aber die Stadtpolizei rührt sich nicht; da müssen wir eben alles machen. Ich werde denen was erzählen; Sie hören zu und lernen. Kriegen Sie zu trinken, so kosten Sie das Zeug gut! Sie müssen schwören können, daß es Alkohol war.»

«Aber woher soll ich denn das wissen?» fragte Kip.

«Teufel! Ja, kennen Sie den Geschmack von Alkohol nicht?»

«Ich habe noch nie welchen gekostet», bekannte Kip.

Der andere blieb stehen; sein freundliches Gesicht wurde plötzlich ernst: «Was machen Sie mir denn da vor, Junge!»

«Es ist die pure Wahrheit.»

«Ja, wie stellen Sie sich da Ihren Dienst als ‹Probiermann› vor?»

«Ich wußte nicht, was ich da zu tun habe.»

Abe Shilling platzte los. Er wollte wissen, wo Kip aufgewachsen war. Hier in Manhattan, sagte Kip, in den westlichen zwanziger Straßen. Das Erstaunen des anderen nahm kein Ende. «Sie müssen wissen», erklärte Kip, «daß mein Vater ein Säufer war. Drum will ich nichts davon wissen.»

«Ach so. Aber Mann – glauben Sie, daß Sie das aushalten werden?»

«Ich weiß nicht. Ich kann's ja versuchen.»

«Schön, mein Junge, wir werden uns ein besonderes Theater für Sie ausdenken, damit Sie nicht mehr als ein, zwei Schluck zu sich nehmen müssen. Den Geschmack werden Sie bald heraus haben.»

Sie waren gerade auf der Third Avenue unter der Hochbahn und kamen an einer Papierhandlung vorbei. «Das ist was für uns», sagte Abe, «sehen Sie die beiden Kerle, die da herausspazieren? Die haben sich eben ihre Kehlen ein wenig angefeuchtet.»

Die beiden Beamten gingen ein, zwei Häuserblocks weiter, kehrten dann um und traten in den kleinen Laden ein, der mit billigen Magazinen, Papierzeug und Bleistiften für Kinder vollgepfropft war.

«Kühles Wetter, die Dame», sagte Abe zur Frau am Ladentisch. «Hätten gern was zum Wärmen!»

«Wir verkaufen nichts», sagte mißtrauisch die Frau.

«Ich weiß, ich weiß», beschwichtigte sie Abe. «Aber ich bin ein Freund von Captain Schmitty, der hat mich aufgeklärt.» (Später erklärte Abe Kip, daß er die Namen einer ganzen Reihe von höheren städtischen Polizeibeamten auswendig wisse.) «Bei den letzten Wahlen habe ich hier zu tun gehabt; Ihr Mann müßte mich kennen.»

«Mein Mann lebt gar nicht mehr.»

«So? Captain Schmitty sagte, ich solle nach Jake fragen.»

«Das ist mein Ältester.»

«Donnerwetter! Wie jung Sie noch aussehen! Ich dachte, Sie sind seine Frau. Darf ich vorstellen: mein Freund, Mr. Applegate – Mrs. Winestone. Ein anständiger Junge, Madame, geben Sie ihm immer was Anständiges, wenn er kommt, kein Hausgebräu aus der Badewanne.»

«Ich verkaufe kein Hausgebräu», sagte Mrs. Winestone. «Ich verkaufe überhaupt nichts. Nur wenn ein Freund des Hauses kommt...»

«Ich weiß, ich weiß, Mrs. Winestone, Sie müssen vorsichtig sein bei den Zeiten. Ein Freund von mir bekam kürzlich so ein vergiftetes Zeug vorgesetzt. Schrecklich, was die Regierung da alles reinschüttet! Warum die das nur tun? Ich möchte wissen, wie wir das auf die Dauer aushalten werden.»

Abe schwatzte weiter drauflos. Kip kam bald dahinter, warum er das tat; er wollte die Aufmerksamkeit von sich ablenken; sonst besah man ihn zu genau. Die Frau öffnete halb mechanisch eine Tür rückwärts und führte die beiden in eine kleine Hauskneipe. Der Schanktisch war aus einem Haufen Kisten gemacht, die man mit einem Wachstuch überzogen hatte. Dahinter stand ein magerer, vielleicht zwanzigjähriger Junge. «Zwei Whisky», bestellte Abe. Jake holte eine Flasche heraus und schenkte ein. Ach, man durfte sich ja nicht mehr selber einschenken, wie in der guten alten Zeit! Abe nahm sein Glas, stieß mit Kip an und sagte: «Prost!» Mrs. Winestones Ältester betrachtete sie weiter mit unfreundlichen Blicken und sprach nichts.

Kip nahm einen Mundvoll davon und versuchte, es zu schlukken – da geschah etwas Merkwürdiges. Es war, als ob der Alkohol in seiner Kehle explodiert wäre. Er spürte einen Schlag gegen die obere Mundpartie; Nase, Augen und Ohren tränten, ein schwerer Hustenanfall packte ihn; der größte Teil des Mundinhalts lag auf dem Boden der Hauskneipe.

Abe packte seinen Freund, klopfte ihm auf den Rücken und versuchte, sein Gleichgewicht wiederherzustellen. Um die Situation zu retten, rief er aus: «Teufel noch einmal! Was für ein Zeug verkauft ihr uns denn da, Junge!»

«Das Zeug ist gut», sagte Jake streitlustig. «Was soll denn damit sein?»

«Scheußlich ist es! Das schmeckt ja wie Spülwasser!»

«Ich sage Ihnen, Mensch, die Ware ist erstklassig. Sie kommt eben aus dem Boot. Da schauen Sie her, ich habe noch die Strohhülle.» Jake griff hinter die Kisten und zog eine Strohhülle hervor. «Da können Sie noch das Salzwasser dran riechen», versicherte er.

«Das unschuldige Aschenbrödel!» rief Abe. Es war das verabredete Zeichen für Kip, an die Arbeit zu gehen. Trotz dem Hustenanfall stolperte er ein paar Schritte, kehrte dem «Schanktisch» und der Eingangstür den Rücken, holte eines von seinen Fläschchen heraus und saugte mit der Spritze etwas Alkohol aus dem Glas – nicht ohne mit den Händen zu zittern und ein wenig zu verschütten. Abe bückte sich indessen über den Ladentisch hinüber, sah sich die lange Reihe von Flaschen dort an und prüfte ihre Hüllen. «Ich kann mir nicht helfen, Junge», sagte er. «Aber das Stroh schmeckt nicht nach Salzwasser.»

«Da gibt es gar nichts zu reden darüber», entgegnete Jake finster. «Ich kenne den Lieferanten selbst. Das Zeug lag noch vor einer Woche bei der Rumflotte draußen. Den Burschen, der's in seinem Boot reingeschafft hat, kenne ich auch.»

«Schön, Freundchen, aber jemand hat die Flaschen aufgemacht, bevor sie Ihnen überhaupt noch zu Gesicht kamen. Ich sag ja gar nicht, daß Sie dran schuld sind, aber irgend etwas stimmt nicht mit dem Zeug, glauben Sie mir!» So schwatzte der heitere «Probiermann» weiter, bis Kip wieder zu ihm trat, sich die Lippen wischte und das leere Glas auf den Schanktisch stellte. Abe zahlte einen Dollar für beide, grüßte und zog Kip in den fallenden Schnee hinaus. «Großartig! Gar kein schlechter Trick das! Man müßte es jedesmal so machen. Glauben Sie, daß Sie immer so rausplatzen könnten wie heute?»

«Es geht gar nicht anders», entgegnete Kip.

III

Ein, zwei Häuserblocks weiter nahm Abe das Fläschchen heraus und schrieb Name, Ort und Datum darauf. Dann kamen seine und Kips Initialen dazu. Außerdem trugen beide alles in ihre Notizbücher ein, einschließlich des Geldes, das sie für die Getränke ausgegeben hatten und das ihnen vom Amt wieder ersetzt werden mußte.

Während sie zum nächsten Lokal auf der Liste weitergingen, stellte Kip allerhand Fragen: «Wann wird man die Leute verhaften?»

«Weiß ich? Das ist Sache des Justizamtes. Wir müssen nur schwören vor Gericht. Das ist alles.»

«Aber es kommt doch zu einer Gerichtsverhandlung, nicht wahr?»

«Manchmal schon, manchmal auch nicht. Die hier werden wahrscheinlich schuldig erklärt.»

«Wann entscheidet sich das?»

«So in sechs Monaten vielleicht oder in einem Jahr.»

«Du lieber Gott! So lange dauert das?»

«Es sind schon so viele vorgemerkt. Sie werden gar nicht fertig damit. Hie und da gibt's einen sogenannten Ausverkauf. Da laden sie einen ganzen Haufen auf einmal vor, sprechen sie schuldig, setzen die Strafen fest und suspendieren das Urteil womöglich gleich wieder.»

«Das klingt nicht sehr aussichtsreich», sagte Kip.

«Ich weiß. Aber das geht Sie gar nichts an. Sie haben den Tatbestand festzustellen. Das Weitere ist Sache der Leute mit höherem Gehalt.»

In der Second Avenue blieben sie vor einem scheinbar leeren Geschäft stehen, wo die Vorhänge heruntergelassen waren; schließlich fanden sie eine Seitentüre, traten ein und wandten ihren neuen Trick an. Das Herausplatzen fiel Kip leicht; er torkelte wieder ein paar Schritte weit und entnahm dem Glas eine Probe, während Abe über die schlechte Qualität schimpfte und sich auch sonst, durch Bemerkungen über den Preis, unpopulär machte. Dann gingen sie wieder. So versuchten sie sich noch drei- oder viermal, bis es Kip plötzlich auf der Straße ganz sonderbar zumute wurde. «Ich weiß gar nicht, wie mir ist», sagte er und legte die Hand auf die Stirn.

«Was ist denn los, Junge?» fragte Abe. «Das Zeug steigt Ihnen wohl zu Kopf, was?» Er nahm Kip väterlich beim Arm.

«Ja», hauchte Kip. «Es steigt mir zu Kopf», und schon merkte er, daß es noch ärger kam. Er sprang zu einem Kanalgitter hin und erbrach sich. Die Passanten sahen ihm mitleidig zu; er schämte sich zu Tode und lief, so rasch er konnte, davon.

«Machen Sie sich nichts daraus», sagte Abe freundlich. «Es ist gleich vorüber. Sie werden sich schon noch daran gewöhnen.» Er bemerkte, wie benommen Kip noch war, und führte ihn in eine Drogerie. «Sie müssen eine Kleinigkeit essen», sagte er. «Auf einen leeren Magen verträgt der Mensch nicht einmal den Geruch von soviel Alkohol.»

Kip war es gerade jetzt unmöglich, etwas zu essen. Er hatte nur Lust, sich auf einen Augenblick niederzusetzen.

Abe sagte zum Verkäufer: «Warten Sie ein Momentchen, mein Freund muß sich ausruhen.» Ein wenig später winkte er den Mann in eine stille Ecke und sagte: «Mein Freund dort fühlt sich nicht besonders. Hätten Sie vielleicht etwas für ihn zum Trinken?» – «Nein», war die Antwort, «hier wird Alkohol nur gegen Rezept verkauft.» – «Was Sie nicht sagen, Mensch! Ein Freund von mir hat letzte Woche welchen gekriegt bei euch und fand ihn ganz ausgezeichnet.»

«Wer war das?»

«Jack Graham heißt er.»

«Kenn ich nicht.»

«Der Chef hat ihn ausgeschenkt. Übrigens können Sie den Captain Peabody anläuten, vor mir brauchen Sie keine Angst zu haben. Aber so ein Haarwasser, wie man es vis-à-vis von euch bekommt, mag ich nicht, verstanden! Ich geb was auf meinen Alkohol, ich bin so. Ich hab eine Heidenangst vor dem Zeug, das einem die Regierung da hineinpantscht. Ich weiß nicht, Junge, aber ich höre immer...»

So ging es eine ganze Weile weiter. Schließlich nahm sie der Verkäufer nach rückwärts und schenkte ihnen zwei Gläser Whisky ein. «Trink das mal!» sagte Abe zu Kip. «Das ist es gerade, was du brauchst, du wirst schon sehen.» Kip schlürfte ein wenig daran, aber es war offenbar nicht das, was er brauchte, und er wies das Glas mit schwacher Stimme zurück. «Aber Junge», drängte Abe, der sein Glas schon ausgetrunken hatte und mit den Lippen schmatzte, «das ist richtiger, guter Alkohol, wie er aus dem Zolllagerhaus der Regierung kommt! Kriegst du's nicht runter?»

«Danke, nein, ich mag nicht mehr», sagte Kip.

«Es wär ja schade, ihn wegzuschütten. Er tut dir gut, glaube mir; es wird dir noch leid tun, daß du ihn nicht im Magen hast.» Abe zahlte und bemerkte: «Ich glaube, es ist klüger, ich heb den Whisky für den armen Jungen auf. Er wird sich bald besser fühlen, und dann trinkt er ihn gewiß.» Zur Überraschung des Verkäufers zog er ein Fläschchen aus der Tasche hervor, nahm den Kork herunter, hielt es zwischen zwei Fingern fest und schüttete vorsichtig den Inhalt des Glases hinein; die eifrige Unterhaltung mit Kip brach er unterdessen doch nicht ab. Das Gesicht des Verkäufers zog sich immer mehr in die Länge; er brachte vor lauter Schreck kein Wort hervor. Abe steckte das Fläschchen ein, bedankte sich und verschwand mit Kip. Draußen sagte er: «Junge, der Trick ist ja noch viel feiner. Wird Ihnen den ganzen Nachmittag noch übel sein?»

«Sicher», antwortete Kip.

IV

«Der erste Tag ist nämlich immer der schwerste», sagte Abe Shilling. «Machen Sie sich nichts daraus, Sie werden sich schon daran gewöhnen.»

Mit schwerem Kopfweh stieg Kip in die Untergrundbahn und kam erst um Mitternacht zu Hause an. Als er aber seiner Frau von seiner neuen Arbeit im Kampf um die Prohibition erzählte, wurde sie kreidebleich.

«Um Gottes willen, Kip, das darfst du nicht!»

«Ich muß aber doch, Liebling.»

«Du darfst aber nicht, daran ist gar nicht einmal zu denken!»

«Hör mich an, Maggie May. Morgen wird's schon ganz anders sein, morgen werden wir uns an das System halten, das wir zusammen ausgearbeitet haben.»

Aber von Trinksystemen wollte Maggie May nichts hören.

«Du darfst nicht, Kip, ich dulde es nicht! Wenn du dich nur sehen könntest! Das ist fürchterlich!»

«Es war arg heute. Aber weißt du, bis ich es gewohnt bin...»

«Gewohnt! Was redest du, Kip. Wenn du's gewohnt bist, bist du ein Säufer!»

Er sah sie verdutzt an und bekam seine netten Querfalten über der Stirn. «Du glaubst also – ich könnte es mir angewöhnen?»

«Natürlich, Kip! Wo ist dein Verstand geblieben?» Sie sagte es ungern, aber in einem so kritischen Augenblick fielen alle Schranken: «Hast du deinen Vater ganz vergessen?»

Er lachte. Der Gedanken kam ihm absurd vor. «Was redest du, Maggie May, ich weiß doch, was ich tue.»

«Du weißt es jetzt, aber was nützt es, wenn du es weiter tust? Ist dein Fleisch und Blut anders als das der anderen? Sind deine Nerven unempfindlich gegen Betäubungsmittel? Wenn du deinem Körper Gifte zuführst, werden sie dich genauso vergiften wie jeden anderen.»

«Aber Liebling, jemand muß doch das Beweismaterial herbeischaffen.»

«Dann sollen Leute gehen, die nicht erblich belastet sind wie du! Oder solche, die ohnehin trinken und es vertragen, wie sie sagen. Es muß doch nicht gerade mein Mann sein.»

«Die Arbeit ist wichtig, Maggie May. Und vor allem braucht man Männer dazu, denen man vertrauen kann. Es ist ein Krieg, wie Mr. Doleshal mir heute früh sagte, und wir sind die Vorhut. Ich habe mich aufnehmen lassen, ich kann jetzt nicht kneifen.»

«Kip, das klingt alles sehr schön...»

«Aber weißt du denn auf einmal nicht mehr, daß das ein richtiggehender Krieg ist? Hast du nicht selbst die Leute in den Kampf getrieben? Und hast du nicht selbst immer wieder erklärt, man müsse Beweise sammeln, wenn das Gesetz durchgeführt werden soll?»

Maggie May hatte eben zu wenig darüber nachgedacht. Da stellte also die Regierung junge Leute an, deren Beruf es war, den ganzen Tag lang zu trinken! Das war ja ganz ungeheuerlich; das stand in schreiendem Widerspruch zu allem, was sie von der Regierung erwartete, schon gar, wenn es um ihren Kip ging! Aber was war da zu tun? Warum sollten zu Kriegszeiten die Männer der anderen geopfert werden und nur der ihre verschont bleiben?

«Kip», sagte sie leise, «wenn du es weiter so treibst, werde ich nie wieder eine glückliche Stunde erleben.»

«Aber Kind, sei vernünftig, hör mich an!» Er zog sie in einen Sessel. «Im Anfang war ich selbst überrascht. Aber jetzt haben wir doch dieses System, und ich brauche keinen Tropfen zu schlucken. Ich stelle mich krank, nehme einen Schluck und spuck ihn gleich wieder aus. Es kann mir doch nichts geschehen, wenn ich nichts schlucke, nicht?»

«Ich weiß nicht, Kip, mich macht der Geruch schon krank. Du riechst nach Alkohol, stell dir vor, du riechst nach Alkohol!»

«Natürlich ist das nicht angenehm. Aber welcher Krieg ist angenehm?» Er sah seine einzige Zuflucht in Vergleichen mit dem Krieg. «Ich verspreche dir, Kind, daß ich nie Geschmack daran finden werde. Wenn ich je...»

«Dann sagst du es mir gleich, Kip, das versprichst du mir! Du wirst es vor mir nicht verheimlichen wie Papa! Du wirst es mir gestehen und dir von mir helfen lassen!»

Worauf Kip nur beteuern konnte, daß ihm etwas anderes ganz unvorstellbar sei.

V

Am zweiten Tag ging es schon besser. Abe verließ sich auf Kips Übelkeit, und die Wirkung war ausgezeichnet. Nur fühlte man sich recht deprimiert nach einiger Zeit. Offenbar spielte man sich zu gut in seine Rolle hinein. Oder nahm man vielleicht den Alkohol, wie Physiologen behaupten, schon mit dem Mundgewebe auf? Jedenfalls hatte Kip mehr als einmal ein sonderbares Gefühl im Kopf, und er mußte sich auch mehr als einmal niedersetzen. Außerdem taten ihm die Whiskyverkäufer leid; sie waren so nett zu einem, man schämte sich, ihre Freundlichkeit zu mißbrauchen. Abe sah die Sache weit weniger sentimental an. Den Whisky, den sie hatten, verkauften sie doch an jedermann, nicht nur an Kranke, wenn sie nur sicher wußten, daß man kein Spitzel oder Bundesagent war. Schließlich gehörte das zum Beruf.

In einem Lokal wurde Abe vom Inhaber erkannt, aber nicht in seiner Eigenschaft als Bundesorgan. Der alte Freund der Familie erkundigte sich nach «Lizzy» und «Ikey» und wollte die beiden unbedingt mit einem Trunk traktieren. Abe lehnte ab und entschuldigte sich damit, daß sie Abstinenzler seien. Draußen sagte er zu Kip: «Da schreiben wir mal ‹geschlossen› hin. Wissen Sie, der Mann ist mit meinem Bruder Tick befreundet. Jemand, den man wirklich gut kennt, kann man doch nicht reinlegen.»

«Was soll ich dazu sagen?» fragte Kip.

«Gar nichts. Warten Sie erst mal ein paar Tage ab, bis Sie eine Razzia bei Freunden machen müssen. Dann helfe ich Ihnen auch.» Kip gab wieder ein Stück von seinen hohen Prinzipien preis. Er dachte an den alten Gauner von einem Tammany-Richter, dessen Empfehlung er seine Stelle verdankte; an den fidelen Mr. Marin, an Mr. Gwathmey und Mr. Fortescue. Was tat er, wenn er auf eine Razzia in die Keller dieser alten Säufer ausgeschickt wurde?

Spät am Nachmittag hatten sie wieder ein aufschlußreiches Erlebnis. Sie betraten eine große Flüsterkneipe, deren Betrieb in aller Offenheit vor sich ging; nur zwei altmodische Schwingtüren schlossen sie von der Außenwelt ab. Der Alkohol wurde da ganz offen ausgeschenkt. Kip und Abe machten es wie immer; Kip setzte sich an einen Tisch, und während er den Alkohol einfüllte, beugte sich Abe sorgsam über ihn, um ihn zu verdecken. Plötzlich bekam Abe einen fürchterlichen Schlag gegen den Kopf. Kips «Tatbestand» wurde zu Boden geschleudert. Er hob den Arm, um einen zweiten Schlag zu parieren, aber umsonst. Zwei weitere Fläschchen in seiner Brusttasche mußten daran glauben. Abe war sofort wieder auf den Beinen und schlug fest drauflos. Kip half ihm, so gut er konnte. Sie wurden von mehreren Männern zugleich bearbeitet. Es war nicht mehr festzustellen, wer sie als erster angegriffen hatte, und sie hatten große Mühe, sich durchzuschlagen.

Erst auf der Straße kamen sie ein wenig zu sich. Abes Ohr blutete; sein Mantel war zerrissen; Kip hatte eine große Beule; innen am Hemd floß ihm der Whisky bis in die Schuhe hinunter. «Donnerwetter!» rief er. «Was war denn das!»

«Da hat eben einer aufgepaßt und uns erwischt.»

«Können wir die ganze Bande nicht einsperren lassen?»

«Können schon, aber wir haben nicht viel davon. Die stecken ja unter einer Decke mit der Polizei, sonst könnten sie ihre Wirtschaft nicht so offen führen. Die Kerle, die losgeschlagen haben, die finden sich ja doch nicht wieder. Der eine, der uns das Zeug verkauft hat, hat sich in den Kampf gar nicht eingemischt; das haben Sie doch wohl bemerkt?»

«Ich hatte gar keine Zeit, das zu bemerken.»

«Der Kerl, der vorn verkauft, weiß, das es ihm schlecht gehen kann. Der macht die rauhe Arbeit nicht selbst. Die überläßt er dem Rausschmeißer, dem Portier und seinen Freunden. Wer es war, weiß dann niemand, und wenn man die Leute vor Gericht bringt, hat man es mit einem Tammany-Richter zu tun. Die schleppen einem dann gleich ein Dutzend Zeugen herbei. Natürlich haben wir dann zu stänkern begonnen, nicht die anderen, und in den Zeitungen stehen dann schöne Geschichten über Razzien tollgewordener Bundesorgane auf friedfertige Bürger. Wir ‹Probiermänner› dürfen ja keine Waffen tragen.»

«Wie soll man sich denn da zur Wehr setzen?» fragte Kip.

«Da gibt es nichts anderes, als den Kerlen ein paar feste in die Schnauze zu hauen. Haben Sie gesehen, wie ich dem fetten Burschen die Nase eingedroschen habe? So muß man's machen!»

VI

Kip hatte einige Mühe, sich an die Tatsache zu gewöhnen, daß Bundesorgane, die das Zeichen ihrer Würde trugen und im Dienst waren, von Gesetzesübertretern angegriffen und verprügelt werden konnten, ohne daß ihnen die städtische Polizei zu Hilfe kam. Der Staat New York hatte das Gesetz betreffs Durchführung der Prohibition abgelehnt; Tammany-Hall und seine Polizisten konnten ihre Hände in Unschuld waschen. Zugleich war es für Tammany angenehm, daß man von den Flüsterkneipen einen ordentlichen Betrag für «Schutz» einholen konnte. In einigen teuren Lokalen am Broadway, die sich diesen Schutz etwas kosten ließen und wo man pro Getränk einen vollen Dollar zahlte, stand ein Polizist in Uniform beim Schanktisch.

Ein paar Tage später erfuhr Kip am eigenen Leib, wie sich die New Yorker Polizei zum Prohibitionsdienst stellte. Sie hatten ein Lokal in der Sixth Avenue aufgesucht, das jetzt noch genauso populär war wie früher. Offiziell wurde es alkoholfrei geführt; man bekam aber darin alles wie zu alten Zeiten, nur in anderen Gefäßen.

«Hör mal, mein Alter», sagte Abe zum Schankburschen, einem jungen Iren. «Mein Freund fühlt sich so elend und braucht einen Schnaps. Wo krieg ich das?»

«Flüsterkneipe um die Ecke», sagte der andere. «Fragen Sie den Schutzmann!»

«Sachte, sachte, Junge, ich frage ja Sie. Eine Menge Freunde von mir kriegen hier was zu trinken.»

«So? Ja, Ingwerbier und Milch frappé.»

«Mit einem Stich Alkohol drin, was?»

«Mit gar keinem Alkohol drin.»

«Haben Sie doch Erbarmen, Jungchen!»

«Ich kenn Sie nicht.»

«Ich hab doch einen Haufen Freunde hier. Fragen Sie den Sergeanten Pete, der kennt mich.»

«Sie kennen den Sergeanten Pete?»

«Ob ich ihn kenne!»

An einem Tisch saß ein Mann mit einer Teeschale vor sich. Der Schankbursche knipste so lange mit den Fingern, bis er seine Aufmerksamkeit erregt hatte. Er stand auf und kam auf die beiden zu. Kip kannte den Typus, es hätte Slip Kerrigan sein können, jener «Geheime» mit der Brillantnadel und der grün-purpurgestreiften Krawatte. Er begutachtete sie von oben bis unten, in der furchterregenden Art eines Detektivs. Nach einem grimmigen Schweigen fragte er: «Was sucht ihr da?»

Der drohende Ton in seiner Stimme klärte Kip und Abe darüber auf, daß ihr Spiel aus irgendeinem Grund mißglückt war.

«Was geht das Sie an?» fragte Abe.

«Machen Sie keine Witze, Freundchen, sehen Sie sich das einmal an.» Er schlug den Rock zurück und zeigte ein vergoldetes Schild, auf dem die Worte «Stadt New York» und darunter «Detektiv» zu lesen waren.

«Na und?» fragte Abe, auf den das gar keinen Eindruck machte.

«Ihr seht mir stark nach ein paar Burschen aus, die ich schon lange suche.»

«Was Sie nicht sagen!»

«Jawohl!»

«Haben Sie Haftbefehle für die beiden Burschen?»

«Brauch ich nicht. Ich pack sie auf meinen guten Verdacht hin.» Der Detektiv trat näher und griff nach Abes Revolvertasche.

Abe brachte sich und seine Flaschen in Sicherheit. «Hände weg!» rief er.

«Was heißt das? Was bildet ihr euch eigentlich ein?»

«Hände weg, wenn Sie keinen Haftbefehl haben!»

«Den zeigen wir euch auf der Wache. Ich werd euch einen Haftbefehl in die Schnauze geben. Ihr seid verhaftet. Los! Mitkommen!»

Er packte Kip beim einen und Abe beim andern Arm. Da sagte Abe so recht angeödet: «Laß sein, Mensch. Ich hab auch so was!» Er schlug den Rock zurück und zeigte das Bronzeschild mit den Worten: «Vereinigte Staaten – Bundesregierung.»

«Teufel!» rief der Detektiv. «Warum haben Sie das nicht früher gesagt!»

«Sie wissen ganz genau, warum ich es nicht gesagt habe.»

«Tut mir leid. War ein Irrtum!»

«Nein, es war kein Irrtum. Und Sie machen sich auch gar nichts daraus! Sie haben genau gewußt, wozu wir da sind! Sie wollten den Schankburschen auf uns aufmerksam machen!»

«Beweisen Sie das erst mal», entgegnete der Detektiv, ging an seinen Tisch zurück und trank den Whisky in der Teeschale aus. Der Schankbursche grinste. Die Protektion war ihr Geld wert!

VII

Abe und Kip setzten sich an einem anderen Tisch nieder und berieten leise über ihr weiteres Verhalten. Ihr Plan war natürlich vereitelt. Solange sie im Lokal saßen, wurde sicherlich kein Alkohol mehr verkauft. Den Bundesorganen spielte man öfters so mit, das reizte sie begreiflicherweise, und sie sannen auf Rache.

«Können wir den Alkohol hinterm Schanktisch nicht beschlagnahmen?» flüsterte Kip.

«O ja, aber vor uns ist er weder verkauft noch transportiert worden. Sie werden behaupten, daß er noch aus der Zeit vor der Prohibition stammt, und kein Mensch kann ihnen das Gegenteil beweisen. Damit erreichen wir nichts.»

Dieses eine Mal aber war das Schicksal auf der Seite der Gerechten. Während Kip und Abe sich den Kopf nach einem guten Einfall zerbrachen, trat ein Botenjunge mit einem großen Paket in braunem Packpapier ins Lokal und fragte nach Mr. Reinstein.

«Nicht hier», antwortete der Schankbursche.

«Ist doch sein Geschäft, nicht?»

«Nein, jetzt nicht mehr. Tragen Sie's nur wieder fort!»

In diesem unglücklichen Augenblick trat ein elegant gekleideter Herr von rückwärts ins Lokal. Er bemerkte den Botenjungen und fragte: «Was ist los?»

«Paket für Reinstein.»

«Bin ich selbst», sagte der Mann. An seinem Finger blitzte wirklich ein Stein. Er trat näher. Der Schankbursche rief:

«Nein, das Paket ist nicht für Sie!»

«Wieso nicht für mich?»

«Ein Irrtum! Lassen Sie doch!»

Seine Stimme klang warnend, aber der Besitzer verstand ihn nicht rasch genug. Er nahm das Paket in die Hand, warf rasch einen Blick darauf und sagte: «Natürlich für mich!» Im nächsten Augenblick war Abe an seiner Seite.

«Mr. Reinstein, Sie sind verhaftet.»

«Verhaftet? Wieso?»

Abe zeigte seine Marke. «Wir sind Bundesorgane. Sie haben Alkohol in Empfang genommen. Wir erklären Sie für verhaftet.»

«Das ist doch kein Alkohol!» rief der Mann. Er hielt das Paket hinter den Rücken; Kip riß es ihm aus der Hand und gab es an Abe weiter. Der hielt sein Ohr daran und schüttelte es.

«Es klingt verflucht feucht!» sagte er.

«Haarwasser, pures Haarwasser!» protestierte Mr. Reinstein.

«Erzählen Sie das unserem Chemiker», entgegnete Abe und packte den Mann beim Kragen. Der Besitzer sah sich verzweifelt nach Hilfe um und bemerkte den Detektiv, der wieder aufgestanden und nähergekommen war. «He, Kelly!» rief er. «Darf dieser Mensch hier mich verhaften?»

«Nein, er braucht einen Haftbefehl dazu», sagte Kelly.

«Haftbefehl?» brüllte Abe. «Du kriegst ihn gleich in die Fresse, deinen Haftbefehl!»

«Jetzt mach aber mal einen Punkt, Junge», sagte der Detektiv.

«Deinen Namen haben wir, Kelly, das vergiß lieber nicht und laß dich mit Bundesorganen nicht ein, das kann dir übel bekommen!»

Da wurde Kelly ganz klein. Abe nahm das Paket unter den Arm; den Verbrecher hielt er am Rockärmel fest. Kip spielte die Nachhut; so gelangten sie auf die Straße. Eine Menge Menschen sammelte sich an. Doch gelang es, ein Taxi herbeizuwinken und das Opfer hineinzustecken. Dann fuhren sie los.

Die Aufregung legte sich. Die Fahrt war ziemlich weit. Man hatte Zeit zu plaudern und sich kennenzulernen. Mr. Reinstein taute auf und war sehr liebenswürdig. «Sehen Sie, meine Herren, das gibt eine eklige Geschichte in den Zeitungen. Was haben Sie schon davon?»

«Meinem Chef imponiere ich gewaltig damit», sagte Abe heiter.

«Aber seien Sie doch bitte vernünftig! Habe ich Ihnen vielleicht was getan? Ihr Gehalt wird ja nicht gerade großartig sein.»

«Wieviel zahlen Sie?»

«Nun, fünfhundert habe ich bei mir...»

«Und der Rest?»

«Auf tausend kann ich's aufrunden. Aber ich muß irgendwo halten, um es mir zu beschaffen.»

«Hören Sie, lieber Herr», sagte Abe, «dieses Bürschchen da ist eben in den Dienst getreten. Heut ist erst sein vierter Tag. Er ist so nett, unschuldig und gläubig; führen Sie ihn nicht in Versuchung!» Dann wandte er sich zu Kip: «Da hätten wir also die erste Geschäftsofferte, Junge. Eintragen und am Jahresende schön zusammenrechnen! Da weiß man doch wenigstens, wie reich man sein könnte!»

VIII

«Am Samstag fangen wir spät an, dafür arbeiten wir bis Mitternacht; da ist nämlich Hochbetrieb», sagte Abe Shilling.

Sie machten eine Streife durch die Sixth und Seventh Avenue, in den zwanziger und dreißiger Straßen, genau dort, wo Kip früher immer seinen Vater suchen gegangen war. Sandkuhls Kneipe war jetzt eine Gemischtwarenhandlung; die meisten alten Kneipen lebten nur noch in der Erinnerung sentimentaler Säufer. An ihrer Stelle gab es die Speakeasies, die sich hinter allen möglichen Lokalen versteckten. Bevor man da eintreten wollte, mußte man an eine geheimnisvolle Tür klopfen, und wurde von einem luchsäugigen Wesen hinter einem Guckloch beobachtet. Die alten Trunkenbolde klagten über ihr schweres Los und seufzten. Brezeln, Schweizerkäse, Blutwurst und Kartoffelsalat, all das gab es in den Speakeasies nicht, und auch nicht die Bilder dicker Frauen mit fetten, nackten Schenkeln! Jetzt hielt einen nur der Schnaps, man goß ihn runter und bestellte sich noch einen.

Einige dieser Kneipen gaben sich einen vornehmen Anstrich und nannten sich Klubs; ohne Mitgliedskarte wurde niemand eingelassen; dafür bekam man da Alkohol, soviel man wollte. Die Flaschen trugen die buntesten Etiketten; aber ihr Inhalt war ziemlich monoton. Kip wußte genau Bescheid, denn er kannte die Gutachten der Chemiker vom Prohibitionsdienst. Ob es jetzt eine Hafenkneipe war oder der elegante Marseille-Klub in der Park Avenue mit einem Baldachin über dem Eingang und einem Diener im Kostüm eines venezianischen Edelmanns, der die Damen von ihren Wagen hineingeleitete – immer lautete das Gutachten der Chemiker gleich: «Künstlicher Alkohol, Spuren von Verunreinigungen, Karamelfärbung, Whiskyaroma.» Wer Gin bevorzugte, der bekam denselben denaturierten und wieder zurechtdestillierten Alkohol mit Wacholderwasser darin. Und wer, wie Jerry Tyler, einen Scotch goutierte, trank das gleiche, mit Kresot vermischt.

Ja, es wurde jetzt, sechs Jahre nach Einführung des Alkoholverbots, noch immer viel getrunken in New York. Aber Kip entsann sich noch ganz anderer Zeiten, die seine «nassen» Freunde wohlweislich vergessen hatten. In keinem Teil New Yorks trank man jetzt auch nur ein Drittel soviel wie früher. Auf fünfzig bis sechzig Betrunkene, die man jetzt in der Nacht vom Samstag zum Sonntag antraf, kamen damals über zweihundert. Er wußte, daß es jetzt kaum halb soviel Zwischenfälle wegen Trunkenheit gab und kaum halb soviel Pfandleihanstalten. Die Proletarierkinder hatten Schuhe an, und die Männer, die früher heimkamen, um ihre Frauen zu prügeln, saßen jetzt zu Hause und bastelten am Radio herum.

Kip hatte schon ganz die Manieren der feinen Herren. Mit Hilfe von Abe Shillings Geschwätz gelangte er in die sogenannten Klubs hinein, beobachtete von seinem Tisch aus den traurigen Betrieb und trachtete, rasch sein Material zu kriegen. Er war jetzt sogar schon imstande, einen richtigen Schluck zu tun, und mußte nicht mehr unter den Tisch spucken. An diesem Samstag besuchte er mit seinem Partner sämtliche Kneipen in und um den Pennsylvania-Bahnhof, bis Abe Shilling so um ein Uhr sagte:

«Na, Freundchen, lassen wir's genug sein für heute!»

Kip stand auf – was war das? Der Boden wankte, die Sessel wichen nicht aus, alles stellte sich ihm zu Fleiß in den Weg.

«Bruder, du bist ja betrunken!» sagte Abe Shilling und blickte ihm scharf auf die Beine.

«Nein, nein!» beteuerte Kip. «Woher denn!» Zu seinem Pech mußte er gerade jetzt rülpsen.

Abe Shilling verzog sein breites Gesicht zu einem noch viel breiteren Grinsen.

«Bruder, du hast einen ordentlichen sitzen! Komm, nimm meinen Arm!»

«Danke, den brauch ich nicht.»

Warum mag ein Mann nie zugeben, daß er betrunken ist? Nicht einmal dieses anständigste Exemplar eines Wowsers, nicht einmal Kip, der sich für sein Vaterland opferte.

«Los, los», sagte Abe Shilling. «Du brauchst ja frische Luft, mein Lieber!»

So traten sie in die Winterkälte hinaus, die dem erhitzten Gesicht und den Lungen wohltat. Der Vollmond schien, eigentlich waren es zwei, diese Verschwendung der Natur ist schon genugsam besungen worden. Kip fühlte sich zum Singen aufgelegt und hätte gleichzeitig am liebsten geweint; als gewissenhafter, junger Mann wußte er sogar jetzt, daß etwas an seinem Glücksgefühl nicht in Ordnung war.

Abe, der Mann mit Erfahrung, erklärte ihm, was er brauche, sei Luft, und führte ihn ein bißchen spazieren, ehe er ihn zur Untergrundbahn geleitete.

«Glaubst du, du wirst deine Station erkennen, Kipchen?»

Kip beteuerte, daß er ganz nüchtern sei. Aber Abe war vorsichtig genug, ihn in die richtige Bahn zu stecken. Der junge Wowser setzte sich nieder, und in fünf Minuten schlief er wie ein Stein. Er fuhr weit über seine Station hinaus, und mußte wieder zurückfahren. Da schlief er dann nochmals ein; als er heimkam, war es drei Uhr geworden. Maggie May saß noch auf und erwartete ihn, außer sich vor Angst. Bei seinem Anblick brach sie in Tränen aus. Kip fiel ins Bett. In seine Träume mischte sich ein Refrain: «Ich dulde das nicht, nein! Ich dulde das nicht, nein!»

IX

Kip schlief bis Mittag und erwachte mit einem ganz sonderbaren Gefühl. Frau, Mutter und Tante standen um ihn herum und reichten ihm heißen Kaffee, Sodawasser und Purgative – all ihre alten Hausmittel. Maggie May wich den ganzen Tag nicht von seiner Seite, pflegte ihn, ließ ihn nicht aus den Augen, aber sprach nur wenig. Kip quälte eine seltsame Unruhe. Er wollte etwas, und wußte nicht, was; aber doch, er wußte es, aber er gestand es sich nicht ein. Seine Frau nahm ihn auf einen langen Spaziergang mit, in eine Welt, die im frischen Schnee prangte. Zu Hause fütterte sie ihn mit heißer Suppe und allerhand sonst; dann führte sie ihn ins Kino, um ihn zu zerstreuen, und keinen Augenblick ließen ihn ihre sanften, braunen Augen allein. Spät abends sprachen sie sich aus.

Als Kip sich am Montagmorgen zum Dienst meldete, bat er um eine Unterredung mit dem Direktor-Stellvertreter.

«Mr. Doleshal», sagte er. «Es tut mir wirklich sehr leid, aber ich tauge nicht zum Probiermann.»

«Ja warum denn nicht, Tarleton?»

«Ich vertrage nämlich den Alkohol nicht. Samstag bin ich betrunken nach Hause gekommen.»

«Das ist ja nur, weil Sie's noch nicht gewohnt sind. Das wird sich schon geben. Im Anfang ist es immer so.»

«Das Pech ist nur, daß ich mich nicht daran gewöhnen darf, Mr. Doleshal. Mein Vater ist nämlich als Säufer gestorben und mein Großvater auch.»

Der Beamte blickte nachdenklich auf das junge Gesicht mit den Sorgenfalten über der Stirn. «Bei Gott», sagte er, «das kann einen ganz krank machen, dieser Beruf! Sie haben keine Ahnung, wie schwer es mir fällt, solche Aufträge zu geben!»

Kip war aufs höchste überrascht. «Denken Sie wirklich so, Mr. Doleshal?»

«So sehr, daß ich manchmal am liebsten alles an den Nagel hängen möchte! So sinnlos ist alles, so von Grund auf verfehlt! Vernunft und Rechtlichkeit auszuschalten, ist bei uns oberstes Gesetz. Jeder weiß ganz genau, wo Alkohol verkauft wird, man sieht es, man riecht es, man hört darüber sprechen. Aber das alles nützt nichts. Wir dürfen nichts dagegen unternehmen, ehe unsere Leute beschwören können, daß sie davon getrunken haben! Und wenn man die eigenen Leute zu Trinkern erzieht – wie sollen sie dann anständig Dienst tun?»

«Ich bin sehr froh, daß Sie das sagen. Mir kam es auch ein wenig verdreht vor.»

«Verdreht? Eine Schande fürs Land ist es! Der ganze Prohibitionsdienst ist eine Schande! Man hat den Eindruck, daß er eigens dazu ausgeheckt wurde, um das Gesetz zu schädigen. Es ist alles so schlecht organisiert – na ja, ich muß schweigen.» Der ehemalige Fußballiebling biß sich auf die Lippen und sagte:

«Natürlich können wir Sie unter solchen Umständen nicht zwingen, Probiermann zu bleiben, Tarleton. Wir werden Ihnen eine andere Arbeit zuteilen.»

An diesem Montag blieb Kip also im Büro und half dem Diener, das eingebrachte Beweismaterial in Flaschen, Kannen und Krügen zur Übergabe ans chemische Laboratorium vorzubereiten. Dann hatte er die Gebäude zu registrieren, die die Regierung zu sequestieren plante, weil sie ungesetzlichen Zwecken dienten. Des weiteren schlug er Namen und Adressen der Autobesitzer nach, deren Wagen man beschlagnahmt hatte, weil sie zum Alkoholtransport verwendet worden waren.

Das war wohl eine monotone Arbeit; aber Kip hatte schon als Junge im Tarleton Haus alle Möglichkeiten der Monotonie erschöpft. Er war sogar recht froh über seine neue Arbeit; denn wenn er jetzt heimkam, wurde er nicht mehr von Frau, Mutter und Tante bewacht wie ein Melancholiker, der um jeden Preis Selbstmord begehen will. Er sammelte weiter Informationen, die Maggie May für ihre Vorträge gut brauchen konnte. Sie arbeitete mehr als je im Dienste ihrer Sache.

16. Kapitel — **FLUCHT**

I

Roger Chilcote hatte ein neues Stück verfaßt und stritt sich darüber mit den Managern herum. Die Manager waren mehr auf Kassenerfolge aus, während Rogers künstlerisches Gewissen ihn zwang, die tragischsten Dramen der Welt zu schreiben. Maggie May hatte sich über dieses Problem schon oft den Kopf zerbrochen: Trank Roger, weil er Pessimist war, oder war er Pessimist, weil er trank? Darauf wußte Kip eine Antwort. Er entsann sich des nächtlichen Gesprächs zwischen Roger und Jerry im Tarleton-Haus und war der Ansicht, daß es eine Möglichkeit für Roger gab, nüchtern zu bleiben: wenn es nämlich einem Gelehrten gelang, jene Theorie zu entkräften, wonach die Erde einmal ausgelaufen sein wird wie eine Uhr. Was war das Leben wert, wenn es nach Millionen Jahren keine Kritiker mehr gab, die sich mit den großen Dichtern befaßten und die kleinen vernichteten? Vergebens suchte man in Rogers Vergangenheit die Erklärung für seine düsteren Stücke. Nach und nach erst dämmerte es Maggie May auf, wo die Erklärung lag. Diese bittern, grimmigen Stücke waren Prophezeiungen. Wer dem berühmten Dichter zum erstenmal begegnete, war von seiner Rastlosigkeit betroffen. Seine Hände bewegten sich nervös, sinnlos lief er auf und ab. Seine aschblonde Geliebte verlor ihre leuchtenden Farben, ein Netz von Furchen beschattete ihr Gesicht. Sie zündete eine Zigarette an der andern an und blickte auf Roger mit verzweifelter Sehnsucht in den Augen. Manchmal stritten die beiden. Selbst vor Zeugen konnten sie sich nicht mehr beherrschen. «Am Ende steht eine andere Frau zwischen ihnen», sagte Maggie May zu Kip, der auch nicht mehr wußte als sie. Die beiden Paare trafen sich selten, denn Roger und seine Dame bewegten sich in der mondänen Gesellschaft unter lauter Berühmtheiten und Millionären.

Kip lief ihm einmal auf der Straße in die Arme, und da es Mittag war, gingen sie zusammen zum Lunch. Hier führten sie wieder einmal eine ihrer alten Debatten, die dem Jüngeren so viel bedeutet hatten und über die Kip auch jetzt glücklich war; denn nie verlor der goldblonde Dichter seine Macht über ihn. Roger wußte bereits von dem neuen Beruf seines Schwagers und amüsierte sich köstlich darüber. Er sah sich im Restaurant um, so, als fürchtete er, in der schlechten Gesellschaft ertappt zu werden. Er erkundigte sich, wie weit die Sache der Prohibition gediehen sei, und da Kip ganz ernsthaft antwortete, sagte er: «Ich sprach kürzlich mit einem Polizeileutnant; er ist überzeugter Prohibitionist. Er hat im Laufe eines Jahres 60000 Dollars auf der Bank zurückgelegt, bei einem Gehalt von 2950 im Jahr. Übrigens, Jerry hat mir gestern einen guten Vorschlag gemacht. Im Ernst, Kip! Wenn du deine Ersparnisse anlegen willst, bekommst du von uns 100 Prozent im Monat. Es handelt sich um einen Flugkonzern, der kanadischen Whisky herüberschafft. Deine Vorgesetzten sind alle daran beteiligt.»

Ja, Roger war immer noch der alte Schalk. Kip liebte ihn dennoch. Er machte sich zwar Vorwürfe darüber; diese Liebe war eigentlich ungehörig, sie war ein Verrat an der Sache. Wie, wenn Kip einmal in einem Lokal Razzia machte, wo Roger gerade war? Oder wenn er einen Schmuggelkonzern aufdeckte, an dem Roger mit Geld beteiligt war! Das alles war durchaus möglich. Kip hörte seiner Frau zu, die vom Podium herab strenge Bestrafung der «Bankiers des Teufels» verlangte, und sagte sich dabei: «Wenn wir nur nicht eines Tages gegen Roger aussagen müssen!»

II

Doch dies war nicht die eigentliche Buße, die das Schicksal dem Liebling der Broadway-Snobs vorbereitete. Ihn erwartete eine viel eindringlichere Lehre. Eines Morgens gegen drei wurden die Tarletons durch heftiges Telefongeklingel aus dem Schlafe gestört.

«Nenne keinen Namen, wenn du auf diese Frage antwortest, und sage nur immer ja oder nein! Kennst du die Stimme, die spricht?»

Es war wie eine Szene aus einem Film oder wie ein nächtlicher Alpdruck, wenn man nicht recht weiß, ob man träumt oder wacht. Kip brachte nur «Was ist los?» heraus. Die Stimme wiederholte den früheren Satz, langsam und deutlich, und Kip sagte: «Ja» – es war Jerry Tyler, der sprach.

«Nochmals, du sollst immer nur ja und nein antworten. Du hast einen Verwandten mit goldblonden Haaren, der manchmal zuviel trinkt. – Du weißt, wen ich meine?»

«Ja», sagte Kip.

«Weißt du, wo er sich jetzt aufhält?»

«Nein», sagte Kip.

«Höre mich an. Wenn du ihn ausfindig machen kannst, versteck ihn! Man sucht ihn. Mehr kann ich am Telefon nicht sagen. Es ist dringend. Tu, was du kannst!»

«Gut, gut, aber um Himmels willen...»

«Schweig! Telefongespräche werden oft belauscht. Wenn du mehr wissen willst, such mich auf! Adieu!»

Kip und Maggie May zogen sich aufgeregt an. Sie eilten zur Untergrundbahn und waren in einer Stunde vor dem eleganten Wohnhaus in der Östlichen 50er Straße, wo der Redakteur mit seiner Frau wohnte. Sie ließen sich melden und wurden gleich weitergeführt. In Jerrys elegantem Apartments waren seine besten Freunde versammelt, Herren und Damen. Auch Jerry selbst war da, selbstbewußt und selbstzufrieden wie immer, aber sehr mitgenommen. Seine Frau schlängelte sich geschmeidig zwischen den Gästen hin und her; ihre Wangen waren violett geschminkt, und die langen Jade-Ohrgehänge reichten fast bis zu den Schultern. Die dicken Tabakswolken und die halbleeren Karaffen zeigten deutlich, wie die Gesellschaft die Nacht verbracht hatte.

Jerry schloß sorgfältig die Tür hinter den beiden und sagte dann: «Eileen Pinchon hat sich umgebracht.»

«Um Gottes willen», sagte Kip.

«Ja, wie denn?» rief Maggie May.

«Mit Gas. Sie hat sich eingesperrt, auf den Boden gelegt und den Schlauch in den Mund gesteckt.»

«Wo ist Roger?»

«Das wissen wir nicht. Er war die Nacht nicht zu Hause.»

Alle schwiegen. Kip und Maggie May versuchten, ins klare zu kommen. Eine andere Frau, zweifellos!

«Fürchtest du, daß Roger sich töten wird?» fragte Maggie May.

«Das nicht. Wir müssen ihn nur vor der Polizei retten.»

«Vor der Polizei?»

«Ja. Sie will etwas von Würgespuren am Hals entdeckt haben.

Sie behauptet, Eileen sei erwürgt worden, und dann erst habe man ihr den Schlauch in den Mund gesteckt. Blödsinn natürlich, aber sie wittern einen Skandal und bestehen darauf, Roger zu verhören. Es war sicher ein Nervenzusammenbruch.»

«Aber Jerry», rief Maggie May, «Roger muß sich selbst stellen und alles aufklären helfen.»

«Ich befürchte, er ist bei einer anderen Frau», erklärte Ellinor. «Das würde sich in der Zeitung gar nicht gut ausnehmen.»

«Wir müssen Roger unbedingt verstecken, bis Gras über die Sache gewachsen ist. Jedermann weiß, daß Eileen allen Grund hatte, sich aus dem Weg zu räumen. Sie war Morphinistin, und Roger hätte sie längst verlassen müssen», sagte Jerry.

So bekam Kip immer die Neuigkeiten über Roger zu hören: wenn sie veraltet waren. Da war ja wieder einmal ein Rätsel gelöst: all diese nervösen Krisen und Ausbrüche, das unaufhörliche Rauchen und der rasche Verfall der schönen, blonden Frau. So strafte das Schicksal einen strahlenden Geist, der hochgebildet und angesehen war und seine Zeit damit verbrachte, sich über die veraltete Moral der andern lustig zu machen. Schon waren die Zeitungen gedruckt und kolportiert, in drei, vier Stunden würde die ganze Stadt lesen:

«Geliebte eines Dichters vergiftet»

oder

«Lebensgefährtin nimmt Gasschlauch.»

«Was sollen wir tun?» fragte Maggie May leise.

«Wir waren in allen Hotels, die Roger aufzusuchen pflegt. Er trägt sich gewöhnlich mit falschem Namen ein. Wir konnten ihn nicht finden. Wir fürchten, man wird ihn nach den Bildern in den Zeitungen erkennen. Ein Liftjunge oder ein Portier könnte einfach die Polizei verständigen. Wenn er wenigstens in einem Privathaus wäre und dort die Nachricht bekäme! Er wird dann schon Verstand genug haben, sich versteckt zu halten!»

«Bewacht denn die Polizei Mrs. Pinchons Wohnung?» fragte Kip.

«Natürlich. Wir wollen uns noch vor Tagesanbruch vor seinem Hause aufstellen. Er kommt gewöhnlich im Taxi, vielleicht können wir ihn warnen.»

III

Maggie May, Kip und die anderen stiegen in eine Limousine, die unten wartete, und fuhren in die Riverside Drive. Sie postierten sich vor die verschiedenen Zugänge und sahen stundenlang nach vorfahrenden Autos aus, aber umsonst. Da war keine Spur von dem Dichter. Schließlich brachen sie alle auf. Kip mußte an die Arbeit, Maggie May fuhr heim – als sie die Tür öffnete, sah sie das erschrockene Gesicht von Kips Mutter, die ihr mit dem Finger an den Lippen zuflüsterte: «Er ist hier.»

Maggie May erfuhr nie, wo Roger jene Nacht verbracht hatte. Er sagte nur kurz, er wisse alles und wolle dort sein, wo man ihn liebe. Die wenigsten wußten von seiner Schwester in New York. So war es kaum anzunehmen, daß die Polizei ihn hier suchte. Er war in Not, und sie mußte ihm beistehen. Er schloß sich in ihr Zimmer ein, wo er das Baby nicht zu Gesicht bekam. Da lief er unaufhörlich hin und her und sah aus wie ein Mensch, der Wochen im Trommelfeuer hinter sich hat. Maggie May sah jeden Augenblick nach, beruhigte ihn und hörte die schreckliche Geschichte seiner blonden Geliebten an – eine Geschichte, die sie sich nie hatte träumen lassen. Sie kannte die Verheerungen des Alkohols, aber vom Morphium wußte sie nichts.

Was eine Schwester vermag, tat Maggie May für den gequälten Dichter. Alle Kniffe, die sie im Umgang mit ihrem Vater erlernt hatte, wandte sie an, und sie wirkten. Sie weinte mit ihm und betete für ihn, sie behütete und bediente ihn, rügte und ermahnte, und wachte nachts bei ihm, um ihn vor einem Selbstmord zu bewahren. Sie hatte einen harten Kampf mit ihm zu bestehen: Roger wollte in diesem Versteck dem Skandal entgehen und die Familie schonen, aber ohne Whisky konnte er nicht bleiben. «Maggie May, du verstehst das nicht; man kann nicht plötzlich aufhören, das tötet einen, das macht einen verrückt. Bei Gott, ich will ja Schluß damit machen, aber ich kann es nicht so rasch, ich muß mich erst entwöhnen.»

Maggie May stemmte sich dagegen, in ihr Haus kam kein Alkohol. Sie war Prohibitionistin, Kip Beamter der Prohibitionspolizei; er brach das Gesetz nicht und verhalf auch niemand dazu.

«Aber Kind, das ist ja ganz einfach. Ich lasse einen Arzt

kommen. Jeder Arzt verschreibt mir sofort Alkohol in dieser Verfassung.»

«Ich will nicht, Roger! Ich werde zu dir halten, ich werde dir auf jede Weise helfen, aber Alkohol kommt keiner in mein Haus! Wenn du dir's abgewöhnen willst, so gibt es nur dies eine Mittel; ich hab's beim Vater mit angesehen, und Kip bei seinem Vater. Bitte, bitte, Roger, laß doch das Trinken!»

Und dann kam die letzte Zuflucht jeder gequälten Frau – die Tränen! Maggie May setzte sich auf sein Bett und bekam einen Weinkrampf, weinte die verzweifelten Tränen einer Frau, deren tiefste moralischen Instinkte beleidigt wurden. Was wird die Familie zu Hause sagen, wenn sie aus den Zeitungen von dem Skandal erfährt? Was bedeutet ihrem Bruder ihre Liebe, und was bedeuten ihre Anstrengungen, ihm zu helfen? Für seine verfluchte Leidenschaft schüttelte er alles ab, Familie, Stolz und Ehre gelten ihm nichts. Wäre er kein Trinker gewesen, so hätte er sich eine nette Frau genommen und nicht ein mondänes Weib nach dem andern. Wenn er nicht getrunken hätte, so hätte er auch Eileen retten können; am Ende war er gar schuld an ihrer Schwäche. Das traf ihn. Noch Jahre darauf litt Roger an den quälenden Selbstvorwürfen.

Wenn Kip abends heimkam, dann war ihm, als lebte sein Vater, der Große Häuptling, wieder. In der Küche wurde Kaffee gemacht, irgendwer holte Purgative, Sodawasser in kleinen, blauen Flaschen, und was es sonst dergleichen gab. Auch Jerry Tyler kam manchmal, seinen Freund aufzuheitern. Maggie May empfing ihn jedesmal in der Halle und ersuchte ihn energisch darum, ihrem Bruder keinen Alkohol zu geben. Jerry mochte noch so sehr seine Unschuld beteuern, sie wußte, daß er welchen durchschmuggelte, zu Rogers Wohl, wie er allen Ernstes glaubte! Trotzig und böse durchsuchte sie seine Taschen, und richtig kam eine flache Flasche zum Vorschein, die sie ihm abnahm und versteckt hielt, bis er wieder das Haus verließ.

IV

Kip nahm sich einen Tag Urlaub, um zu Hause ein wenig zu helfen. Er spielte die Krankenpflegerin, Gesellschaftsdame und Kindergärtnerin, er hörte geduldig das Zanken, Winseln, Klagen und Toben an, er stellte dumme und gescheite Fragen, ließ ästhetische Vorträge, freie Verse und einen Abriß über das expressionistische Drama über sich ergehen – alles, was Roger ablenkte und ihn davon abhielt, sich selbst zu verzehren.

Als Roger wieder einmal in Melancholie verfiel, gedachte Kip jenes Erlebnisses, das er so sorgfältig vor Roger geheimgehalten hatte: «Glaube mir, alter Knabe», sagte er, «ich weiß, wie einem zumute ist. Ich habe das selbst mitgemacht.»

«Was mitgemacht?»

«Die Gier nach Alkohol.»

«Du hast je Alkohol getrunken? Wie ist das möglich?»

Kip erzählte, wie er ahnungslos im Dienste seines Vaterlandes aufgebrochen war und eine Woche lang Früchte vom Baume der Erkenntnis genascht hatte. Roger schien das die komischste Geschichte von der Welt. Er lehnte sich in seinen Sessel zurück und lachte Tränen. Er ließ sich von Kip jede Einzelheit erzählen und jedes Getränk beschreiben, das er und Abe Shilling sich bestellt hatten. Kip wußte genau Bescheid, wie der Alkohol geschmeckt hatte, wie einem danach zumute war, wie er plötzlich in Versuchung kam und was Maggie May dazu sagte und Mrs. Tarleton und Miss Dimmock!

Die Geschichte tat Roger unendlich wohl und verlieh, so sonderbar es klingen mag, Kip in seinen Augen mehr Einfluß und Ansehen. Das war ja gar kein solcher Säulenheiliger, kein Musterknabe aus dem Sonntagsschulbuch. Das war ein Eingeweihter, der was von der Sache verstand, ein Kerl wie alle anderen, der die rituelle Pfeife geraucht, am heiligen Ort geschlafen, von derselben Tarantel gestochen worden war. Er durfte ruhig sagen: «Ich weiß, wie das ist, alter Knabe, es ist verteufelt schwer, aber ich hab's überwunden, und du kannst es auch.» Roger faßte Kips Hand und sagte: «Halt zu mir, Junge, und ich fresse mich durch.» Und da sein Sinn für Humor stärker war als alles andere, platzte er wieder heraus: «Du alter Säufer, du elender Kneipbruder, du, was hat dir eigentlich besser geschmeckt, Englischer oder Schottischer?»

V

Unterdessen waren die Zeitungen schon am Werke. Sie zerrten die Lebensgeschichte Eileen Pinchons, der geschiedenen Gattin des bekannten Kugellagerfabrikanten, ans Licht. Sie schilderten ihre Begegnung mit Roger Chilcote und die Entwicklung ihrer Liebesgeschichte. Sie schilderten das Haus, in dem sie zwei Jahre lang gelebt hatte, bis zum kleinsten Detail, bis zu Rogers grünem Pyjama, der am Bettende hing, und bis zum aufgeschlagenen Manuskript auf seinem Schreibtisch. Sie beschrieben die Leiche im Badezimmer, die in einem Scharlachkimono aus geblümter Seide dalag. Offenbar waren die Reporter auf das Haus losgelassen worden und wühlten alles hervor, was die Öffentlichkeit interessieren konnte. Sie druckten Bilder ab von Roger und Eileen. Der «Evening Star» schrieb unter Rogers Bild: «Polizei kujoniert einen Dichter.»

Aber die Polizei führte diese Drohung nicht aus. Jerry Tyler sorgte dafür nach Art der jungen Leute in Manhattan. Ein erstklassiger Advokat besuchte die Polizeikommissare und legte ihnen nahe, die Ehre eines großen Namens nicht anzutasten. Welche Indizien hatte sie denn für einen Verdacht? Die Leiche wies keine Spuren von Gewalt auf. Waren die Glieder der Frau nicht dicht besät mit Nadelstichen, ein Beweis für ihren Morphinismus? Übrigens wußte das jedermann, alle Bekannten konnten das bezeugen. Oder würde jemand vielleicht behaupten wollen, daß Roger Chilcote sie geschlagen oder sonst mißhandelt habe? Er hatte eben mit ihr gebrochen und war zwei, drei Tage nicht mehr bei ihr gewesen. Er hatte die Nacht mit einer anderen Frau verbracht, war aber nicht gesonnen, sie für ein Alibi preiszugeben und der Presse noch mehr Stoff zum Klatsch zu liefern. Jerry telefonierte auch Richard Fessenden an. Roger, der Cousin seiner Frau, hatte ja lange Zeit als Gast auf seinem Gut gelebt, es bestand die Gefahr, daß die Familie im Zusammenhang mit der Affäre genannt wurde. Fessenden bot für Roger seinen ganzen Einfluß auf. Ein zweiter Advokat suchte den Polizeipräsidenten auf und den Chef der Geheimpolizei; der Skandal war rasch unterdrückt. Die Leiche der unglücklichen Eileen wurde per Schiff nach Ottumwa in Jowa gebracht. Die Zeitungen vergaßen, nach dem Aufenthalt des Dichters zu forschen. Einige Tage später ging er bereits wieder aus, seine Schwester am Arm, die ihn nicht allein ließ.

Er war jetzt sehr gedämpft. Es dauerte gewiß lange, bis er über dieses Erlebnis hinwegkam. Sein alter Trotz war gebrochen und schlug um in einen merkwürdigen Willen zur Demut. Er blickte der Welt offen ins Auge und sagte: «Ja, ich trinke nicht mehr. Ich kann's nicht vertragen. Es hat meinen Vater umgebracht, und ich war auch schon bald soweit. Ich mußte mich rechtzeitig retten.» Seine Ansichten änderte er darum doch nicht. Er blieb auch weiter ein Verfechter der «persönlichen Freiheit», er sang das Lob des Weines und riß bösartige Witze über die Wowsers und Blaunasen. Maggie May machte sich gar nichts daraus. Er durfte reden, was er wollte, wenn er nur nicht trank; das Baby verstand ihn ja noch nicht.

Er lebte jetzt ganz unter den Fittichen seiner Schwester. Es war die einzige Möglichkeit, ihm die Versuchungen dieser verderbten Stadt vom Leibe zu halten. Kip und den Damen war sein Aufenthalt bei ihnen sehr willkommen. Sie sahen ihn noch immer mit der alten Ehrfurcht an wie damals, als er zum erstenmal ihre Schwelle betreten hatte. Es gab wirklich keine bessere Gesellschaft als die Roger Chilcotes. Niemand wußte so viel und niemand verstand so gut zu erzählen. Wenn sie ihm nur behilflich sein konnten, ihn von seiner Schwäche zu befreien! Das war ja die Aufgabe, für die der Herr die Wowsers erschaffen hatte.

Bruder und Schwester machten sich auf die Suche nach einer Wohnung in der Nähe des Central Parks, des Babys wegen, und zugleich nahe beim Theaterviertel, des vielbeschäftigten Dichters wegen. Die Wohnung war nach den Begriffen der Tarletons schrecklich teuer. Doch Roger zahlte die Miete als Entgelt für die Kost und für die Rettung seiner Seele. Das neue Heim hatte ein Arbeitszimmer, ein Schlafzimmer und ein Bad für ihn allein, und für jedes der anderen Familienmitglieder noch je ein Zimmer. Roger brachte seine eigenen Möbel mit. Das Wohnungsuchen und Einrichten war ein angenehmes Abenteuer, wahrhaft ein neuer

Beginn für einen Meister der tragischen Muse, dessen Herz von Asche verschüttet war.

VI

Lange Zeit führte Roger dieses asketische Leben. Er brach zwar nicht mit seinen Freunden; sie luden ihn ein, als ob nichts geschehen wäre. Nur wenn man Alkohol servierte, wurde Roger von seiner alten Unruhe gepackt. Er entschuldigte sich mit seiner Arbeit und verließ die Gesellschaft trotz heftigen Protesten. Die Freunde blieben kopfschüttelnd zurück, und zwischen einem Schluck und dem anderen sagten sie: «Schrecklich, schrecklich, der arme Roger!»

Daheim vergrub er sich in seine Bücher; ein ganzer Haufen Neuerscheinungen lag immer auf seinem Arbeitstisch bereit; heftig und leidenschaftlich las er sie durch, bloß, um sie zu kritisieren und die vielen Widersprüche darin aufzudecken. Dann begann er selbst etwas zu schreiben, sperrte sich stundenlang ein, grübelte und quälte sich – was war nur mit ihm los? Hatte ihn seine Begabung ganz verlassen, seit er nicht mehr trank? Er entsann sich der Geschichte all jener Dichter, die Bacchus abgeschworen und von dieser Stunde an nichts Bedeutendes mehr geleistet hatten. Der arme Swinburne! Er war auf dem besten Weg, den Säufertod zu sterben, als Watts-Dunton ihn rettete und dreißig Jahre lang bewachte, bis die Quellen seiner Begeisterung vertrocknet waren und ein aufgeregter, kleiner Gentleman aus ihm geworden war, der revolutionäre Gespräche führte, um die Bourgeoisie zu schokkieren! Mit solchen Beispielen aus der Literaturgeschichte durfte er seiner Schwester nicht kommen. Ihre Augen blitzten, wenn sie erklärte, sämtliche Ergüsse Swinburnes seien ihr nicht einen glücklichen Tag ihres Bruders wert.

Der unglückliche Dichter, erklärter Liebling der Broadway-Snobs, fand übrigens einen neuen Freund und Bewunderer. Er hieß Roger Chilcote Tarleton und war bald drei Jahre alt. Tag für Tag, wenn ihm nichts zum Schreiben einfiel, ging der Dichter mit seinem braunäugigen, braungelockten Liebling in den Park. Sie tollten miteinander und liefen zusammen dem Ball nach, und wenn der lebhafte, kleine Kerl müde war, setzten sie sich in die warme Frühjahrssonne auf eine Bank und unterhielten sich über alles mögliche. Roger belauschte entzückt die Regungen dieser jungen Seele, die verzückten Augen, die überall Wunder sahen und Unvergleichliches miteinander verglichen. Der pessimistische Dichter wurde ein Kamerad der Großmütter, Großtanten und – in aller Unschuld – auch der Kindermädchen.

Maggie May hatte viel mit ihren Versammlungen zu tun; Kip trocknete weiter das Meer mit einem Schwamm aus. Der Dichter blieb eigentlich wieder seinem Schicksal überlassen, einem Schicksal, das die kühnste Phantasie nicht vorausgesagt hätte. Eines Sonntagmorgens nämlich läutete das Telefon; Jerry Tyler war am Apparat und wollte dringend Roger sprechen.

«Ich glaube, er schläft noch», sagte Kip.

«In den Zeitungen steht etwas, was ihn brennend interessieren wird. Sag ihm, daß Francis Frothingham Tydinge tot ist.»

«Warte, ich hole schnell einen Bleistift.»

Jerry lachte. «Nicht nötig. Du brauchst den Namen gar nicht aufzuschreiben. Es ist Mr. Blank.»

«Mr. Blank», echote Kip. Einen Augenblick war sein Geist selbst blank.

«Hast du Anita vergessen?» fragte Jerry. «Das ist doch ihr Mann!»

Ein Strahl der Erleuchtung durchzuckte den ernsten, gewissenhaften jungen Reformer. «Ach so, dann ist ja Anita Witwe geworden!»

«Jawohl, du Leuchte des Jahrhunderts!» rief der Redakteur der «Gothamite». «Anita ist Witwe geworden, und Ambrose Bierce sagt, daß eine Witwe Gottes gütigstes Geschenk für einen Mann sei.»

«Roger kann sie also jetzt besuchen!» sagte Kip, der es noch immer nicht recht glaubte.

«Sag ihm, Kip, daß sie Millionenerbin ist. Wenn er seinen Verstand beisammen hat, geht er noch heute früh zu ihr hin und erscheint als der erste vollwertige Mann am Platz.»

Er hängte ab; Kip nahm die Zeitung zur Hand und fand unter den Toten: Francis Frothingham Tydinge, Senior der Wallstreet-Firma Tydinge & Essex, im Alter von 72 Jahren vom Schlag getroffen. Der Verstorbene hinterläßt eine Witwe, Mrs. Lucile

Ashbury Tydinge, und zwei Kinder, Francis Frothingham junior, zehn Jahre alt, und die ein Jahr jüngere Lucile Frothingham. Dann folgte die Familienchronik des Verstorbenen, eine Reihe von Gesellschaften, deren Direktor er war, die Klubs, denen er angehörte, und alles, was sich so dazuzählte. Für Kip hatten diese Worte eine eigene Bedeutung. Es war seltsam, eine Notiz über den Toten zu lesen und mehr über den Mann zu wissen, als ihm selbst bekannt gewesen war. Der Herr und Hüter des «Goldenen Kerkers» lebte nicht mehr. Die Schlösser des Kerkers waren aufgebrochen, das Metall seiner Gitter war geschmolzen, Roger Chilcote und vielleicht auch sein Schwager konnten eintreten, die tiefsten Verliese besichtigen und zum Tee hinkommen!

VII

Kip wartete, bis Roger nach seinem Kaffee klingelte; dann brachte er ihm die Zeitung. «Jerry hat angerufen, ich soll dir das zeigen.» Er legte ihm das Blatt hin und überließ ihn seinen Gedanken, ohne Jerrys Ratschläge auszurichten; Roger sollte nach eigenem Gutdünken handeln. Nach einiger Zeit trat er aus seinem Zimmer, sehr elegant hergerichtet, in der Art der jungen Leute, die ihre Dame erst zur Kirche und dann zum Korso auf die Fifth Avenue begleiten. Er gab keine Erklärungen ab, ging gleich hinunter, stieg in ein Taxi und nannte eine Adresse in den Östlichen 60er Straßen. Am Hause zog er die Glocke, die in schwarze Trauerseide gehüllt war, und trug dem alten Butler auf, ihn bei Mrs. Tydinge anzumelden. Der Lakai wollte ihn nicht vorlassen, Mrs. Tydinge könne niemand empfangen. Roger entgegnete ihm mit jener Miene, die auf Lakaien Eindruck macht:

«Geben Sie ihr meine Karte, mich wird sie empfangen.»

Der Mann nahm Roger Hut, Stock und Handschuhe ab und führte ihn in das Empfangszimmer voller Gobelins an den Wänden aus Ferrara-Marmor. Der Dichter saß da und staunte die vielen Schätze aus Europa an. Er hatte diesen Raum natürlich nie gesehen; er kannte nur das finstere Dachzimmer mit seinem Geruch nach Farben. Die Antiquitäten ärgerten ihn; sie gehörten in ein Museum; dieses Durcheinander war Kitsch, aber was konnte man von einem Börsenmakler Besseres erwarten?

«Anita» trat ein, blaß und schön, etwas voller nach zehn Jahren, eine strahlende Frau, dunkel, temperamentvoll, gescheit und – lang ersehnt. Sie streckte ihm die Hand entgegen: «Roger, ich bin so glücklich!» Er stand wortlos da und hielt ihre Hand, bis der Diener außer Hörweite war. Dann nahm er sie in die Arme.

«O Roger», flüsterte sie, «du mußt warten, bis er begraben ist!»

«Wir haben früher auch nicht gewartet, bis er begraben war.» Das Blut sang in seinen Adern ein triumphierendes, barbarisches Lied.

   Mein Feind ist tot.
   Ich trete in sein Haus...

Die Frau in seinen Armen flüsterte ihm leidenschaftliche Worte zu, jene selben Worte, die damals ganz Manhattan betört und noch nichts von ihrer Zauberkraft verloren hatten.

Er küßte ihre Lippen, Wangen, Augen und Hals. Halb ohnmächtig lag sie in seinen Armen, dann flüsterte sie mit schwacher Stimme:

«Roger, der Tote wartet!»

«Wo liegt er?»

«Beim Leichenbestatter.»

«Der König ist tot, es lebe der König! Hast du mein Stück gesehen, Anita?» Er nannte sie bei seinem Namen, nicht bei dem des anderen.

«Ich habe es gesehen und ein dutzendmal gelesen.»

«Du hast alles wiedererkannt?»

«Es war für mich geschrieben, ich habe die Welt darüber vergessen.»

«Vergiß sie jetzt auch, Anita!»

«Roger, ich fürchte mich. Ich kann nicht glauben, daß es wahr ist.»

«Ich werde es wahr machen!»

«Liebster – wenn man uns sieht!»

«Wer hat uns zu befehlen! Hat er Verwandte?»

«Zwei Brüder.»

«Sind sie hier?»

«Sie leben im Westen. Sie werden herkommen.»

«Wer ist im Hause?»

«Die Cousine.»
«Ah, die Frau, die dich immer bewacht hat?»
«Ja.»
«Schick sie weg!»
«Roger, warte nur einige Tage!»
«Wer ist sonst noch im Haus?»
«Die Dienerschaft.»
«Sie gehorcht uns, nicht ihm.»

Mein Feind ist tot.
Ich trete in sein Haus.
Ich sitze auf seinem Thron.
Ich halte sein Weib...

«Anita», sagte Roger. «Wo sind unsere Kinder?»
«Oben.»
«Ich will sie sehen!»
«Roger, du darfst ihnen nichts sagen!»
«Ich will meine Kinder sehen!»
Hand in Hand gingen sie zum Aufzug im Hintergrund der Halle. Er war nach einem besonderen Entwurf aus Bronze gegossen worden und hatte die Form einer Efeulaube. Hinter diesen undurchdringlichen Blättern stand Roger und hielt seine Geliebte fest in den Armen. So wurden sie langsam durch das ganze Haus gefahren: erster Stock, zweiter Stock, dritter, vierter.

Ich halte sein Weib.
Ihre Lippen sind mein.

«Roger», flüsterte sie, «du hast andere Frauen geliebt!»
«Ich habe nur an dich gedacht.»
«Ich habe von dem Skandal gelesen.»
«Das ist vorbei.»
«Wie konntest du mich verlassen, Roger?»
«Wenn ich geblieben wäre, hätte er es eines Tages erfahren und uns die Kinder weggenommen. Jetzt haben wir alles. Sei glücklich!»

VIII

Anita öffnete die Tür zu einem großen, hellen Zimmer mit breiten Fenstern und hellen Tapeten. Zwei Kinder saßen auf dem Teppich. Rogers Blick fiel sofort auf ihr goldenes Haar. Wie hat sie ihm das nur eingeredet, dachte er.

Die Kinder standen auf: kleine Meisterwerke. Die Kinder der Reichen wachsen im Schutze der Wissenschaft auf. Man bewacht ihre Diät, ihren Schlaf, ihre Entwicklung, sie haben rote Wangen, gesunde Körper, glückliche Gesichter, einen aufgeweckten Geist. Was sie tun, was für sie getan wird, geschieht zweckmäßig. Erst wenn sie heranwachsen und selbständig handeln, beginnt ihre Selbstzerstörung.

«Das ist Mr. Chilcote, Kinder», sagte Anita, «ein alter Freund von mir. Und hier, Mr. Chilcote, ist mein Sohn Frank, das mein Töchterchen Lucile. Miss Mary», sagte sie noch und zeigte auf die Gouvernante, die eine Verbeugung machte. Die Kinder grüßten artig. Roger blickte sie forschend an. Das war ja ein Teil des feindlichen Schlosses, der erst erobert werden mußte, zwei lebensprühende junge Seelen und eine ältliche, unterdrückte, ein Bündel romantischer Träume, das sich hinter einer Maske versteckte.

«Mr. Chilcote ist Schriftsteller», sagte die Mutter.

«Ich erzähle Geschichten. Hört ihr sie gerne?»

«O ja», sagte Frank.

Da sah man plötzlich sein eigenes Gesicht, um zwanzig Jahre jünger; in den braunen Augen dieselbe Sehnsucht, die in der eigenen Seele war, dieselben Hoffnungen, von den eigenen Fehlern noch unbefleckt! Sein Fleisch und Blut unter dem Namen eines anderen!

«Und du, Lucile?»

«O ja, sehr gerne.»

Natürliche Anmut und sein eigenes lichtes Haar, das Ebenmaß ihrer Züge, aber sein Feuer, seine Glut, seine Leidenschaft, als sie sprach: «Oh, ich habe Geschichten sehr gerne, Mr. Chilcote.»

«Ihr müßt Roger zu mir sagen und du. Ich bin zwar groß und sehe erwachsen aus, aber innerlich bin ich genau wie ihr. Eine Fee hat mich verzaubert, als ich ein Kind war.»

«Erzähl es uns!»

«Setzt euch!» sagte er. Auch er setzte sich, aber nicht in den pompösen Stuhl, sondern auf den Teppich, wie es einem Verzauberten geziemt.

«Ich werde euch die Geschichte des Oger erzählen, der den ‹Goldenen Käfig› baute.»

«Roger!» rief Anita.

«Eine reizende Geschichte, besonders für Kinder. Wollt ihr sie hören?»

«O ja, o ja, Roger!» Sie sagten es scheu – Erwachsenen soll man nicht glauben.

«Es war einmal ein schrecklicher, alter Menschenfresser, der lebte von Gold. Er fraß Gold.»

«Hat er es vertragen?» fragte Lucile.

«Nicht sehr gut. Es heißt, daß er sehr mager war und immer hungrig nach mehr. Das Gold lag haufenweise um ihn herum. Er baute sich ein großes, goldenes Haus mit goldenen Gittern an Türen und Fenstern, und die Nachbarn nannten es den Goldenen Käfig. Und er hielt darin eine liebliche Prinzessin gefangen. Sie war sehr jung, und sie hatte ihn geheiratet, weil – wißt ihr, sie hatte keine Ahnung, daß er ein Oger war. Er kannte einen Zauberspruch und konnte sich in einen König verwandeln. In seinem Gold lag der Zauber. Er warf es den Leuten zu.»

«Und was war dann?»

«Das Gold verzauberte sie, so daß sie ihm gehorchen mußten. Er ließ kleine Scheiben aus Gold machen, in gleicher Größe, ganz rund und niedlich.»

«Wie Geld!» riefen die kleinen Stimmen.

«Ja, wie Geld. Er machte sie klein und groß, er warf sie den Leuten mit vollen Händen zu, und wer von dem Geld getroffen wurde, der war sein Sklave. Und seine Sklaven bewachten den Goldenen Kerker, in dem die liebliche Prinzessin schmachtete. Sie ließen sie einfach nicht heraus.»

«Hat sie überhaupt nie heraus können?»

«Einmal kam ein Prinz. Er sah sehr hübsch aus, er hatte goldenes Haar, ein bißchen gewellt und manchmal ein bißchen zerzaust...»

«Wie deins!»

«Ist meins zerzaust?»

«Es ist sehr hübsch», sagte Lucile höflich.

«Nun, dieser Prinz kannte den Zauberspruch des Oger.»

«Bekam er das Gold?»

«Nein, er bekam es nicht. Sein Zauber war stärker als Gold. Er zog durch die Welt und sang, und wo sein Lied erklang, waren die Menschen glücklich. Er winkte den Kindern, und sofort wurde ihr Haar wie Gold. Er kam auch in euer Haus und winkte euch viele Male. Ihr seht ja, was daraus wurde. Hat euch jemand schon davon erzählt?»

«Erzähl du's uns», riefen beide zugleich. «Wie ist er hereingekommen?»

«Er kam durchs Dach.»

«Wie der Nikolaus?»

«Nein, nicht durch den Kamin. Im Dach ist eine Tür.»

«Ja, aber sie ist versperrt. Wir dürfen sie nicht aufmachen.»

«Jemand hat sie dem Prinzen geöffnet, und er kam mit seinem Zauberstab, mit dem er goldenes Haar machen kann.»

«Und was ist mit dem Oger geschehen?»

«Der Zauber des Prinzen war stärker, und der Oger schwand dahin. Das geschieht schließlich einmal allen Ogern. Der Prinz winkte, und die goldenen Stäbe des Kerkers schmolzen und verschwanden in der Luft, und niemand sah sie wieder. Der Prinz trat in den Goldenen Käfig und heiratete die Prinzessin, und sie hatten zwei liebliche Kinder mit goldenem Haar. Und sie lebten glücklich bis an ihr Ende.»

«Das ist eine ziemlich schöne Geschichte», sagte Frank altklug. «Nur ist sie zu kurz.»

«Erzähl uns noch eine», bat Lucile.

«Ich erzähle immer nur eine Geschichte auf einmal, es könnte sonst meinen Zauber zerstören. Aber ich erzählte oft welche.»

«Wie oft?»

«Manchmal drei im Tag, eine nach jeder Mahlzeit; das ist gut für den Magen.»

«Wann willst du uns wieder erzählen?»

«Sehr bald, wenn ihr wollt.»

«Ja, bitte, bitte!»

«Soll ich jeden Tag kommen und Geschichten erzählen?»

«Ja, das wäre fein!»

«Aber ich wohne sehr weit, ich wohne weit hinter dem Park.»

«Mutter wird dir den Wagen schicken, nicht wahr, Mutter? Bitte!»

«Soll ich nicht gleich bei euch bleiben, damit ihr alle meine Geschichten hören könnt? Wollt ihr das?»

«Das wäre am besten! Darf er hierbleiben, Mutter?»

«Was sagst du dazu, Mutter?» fragte Roger ernst. «Willst du mich anstellen? Meine Geschichten werden sehr gelobt. Sie sind sehr geeignet für Kinder und auch für Gouvernanten», – hier streifte Rogers Lächeln das maskierte Bündel Romantik. «Meine Geschichten sind lehrreich. Gouvernanten hören sie sich an und denken darüber nach und werden weise.»

«O Miss Mary, werden Sie ihm zuhören? Darf er uns Geschichten erzählen?» Dann verabschiedete sich der Dichter. Als sie in der Halle waren, faßte Anita seine Hand und flüsterte: «Roger, du bist ein Teufel! Du hast dieser Frau alles gesagt!»

«Warum nicht?» sagte er. «Fürchtest du, er wird wieder lebendig werden?»

Seine Kinder sind mein,
Ihr Haar ist aus Gold.

IX

Roger schritt durch den Central Park wie auf einem Gummipflaster. Er hatte gesiegt, er war herrschsüchtig und wollte immer siegen.

Maggie May war in ihrem Zimmer und arbeitete einige Notizen für einen Vortrag aus.

«Warum kommst du so spät, Roger? Wir haben schon gegessen!»

Sie sah ihn prüfend an. Bei Roger konnte man nie wissen, hatte er seinen Schwur gebrochen, oder phantasierte er.

«Was ist denn los, Bruder?»

Er zog seinen Sessel dichter zu ihr hin und begann:

«Schwester, seit langem redest du mir schon zu, eine Frau zu nehmen.»

«Roger!»

«Ist das noch immer dein Wunsch?»

«Ja, natürlich, wenn es die rechte ist.»

«Oh, sie ist bezaubernd und sehr gut, und zufällig auch sehr reich. Das wird ihr in den Augen meiner asketischen Schwester doch nicht schaden?»

«Wer ist es denn, Roger?»

«Sie ist Witwe. Ihr Mann ist gestern tot umgefallen. Er hat uns lange darauf warten lassen.»

«Roger!»

«Sie ist um zwei Jahre jünger als ich, hat aber einen Jungen von zehn Jahren und ein Mädchen von neun.»

Maggie May sah betrübt drein. «Roger! Stiefkinder sind eine schwere Verantwortung!»

«Es sind aber nicht Stiefkinder, Schwester, es sind meine Kinder!»

Sie starrte ihn an. Sie war viel zu überrascht, um über das Geständnis zu erröten. Dann flüsterte sie:

«Du hast zwei Kinder, Roger?»

«Maggie May, du hast doch einmal den ‹Goldenen Kerker› im Manuskript gelesen. Kam es dir nie in den Sinn, daß das eine wahre Geschichte sein könnte?»

«Ich hörte die Leute darüber Witze reißen. Ich bekam auch einen Ausschnitt aus einem Schundblatt anonym zugeschickt.»

«Also diesmal hatte die Zeitung recht. Ich habe die reizendsten Kinder, die du dir denken kannst. Ich habe den halben Sonntag mit ihnen verbracht.»

«Roger, was soll ich...» Sie kämpfte mit sich, um nicht prüde zu sein oder zu scheinen.

«Soll ich es dir erzählen? Als ich das erstemal nach New York kam, begegnete ich einer jungen Frau. Sie war mit achtzehn Jahren an einen alten Mann verheiratet worden. Sie mochte ihn nicht. Sie hatte keine Kinder und sehnte sich nach Kindern. Ich gab sie ihr.»

«Und jetzt ist der Mann tot?»

«Ich las es in der Zeitung. Sofort suchte ich sie auf, um sie und meine Kinder zu sehen.»

«Du hast sie früher nie sehen können, Roger?» Mitleid lag in ihrer Stimme.

«Nie. Aber ich hätte sie sofort erkannt. Alle beide haben mein Haar.»

«Nicht möglich!»

«Bist du sehr entsetzt?»

«Ich weiß selbst nicht, was ich denken soll. Ich habe noch nie so etwas gehört.»

Roger, der eine Predigt erwartet hatte, fand seine Schwester kostbar. «Du hast also nichts dagegen, wenn ich sie heirate?» fragte er, ein wenig spöttisch.

«Nein, wenn es deine Kinder sind, s o l l s t du sie sogar heiraten. Hast du – ich meine, hat sie dich noch immer gern?»

«Ich habe sie eigentlich nicht gefragt.»

«Natürlich konntest du das nicht, wenn ihr Mann noch nicht einmal begraben ist.»

Roger lachte. «Weißt du, Schwester, die Welt hat sich geändert. Die Menschen werden freier, sie nehmen sich, was sie wollen, und schämen sich dessen nicht einmal. Glaubst du nicht, daß zehn Jahre eine lange Wartezeit für uns waren?»

«Roger», sagte Maggie May, «ich hoffe, du hast die richtige Frau gefunden und wirst mit ihr glücklich sein. Wann kann ich sie sehen?»

«Sobald du angezogen bist. Sie wartet natürlich. Es ist ihr sehr daran gelegen, daß du sie als Schwester aufnimmst.»

Maggie May, die im Laufe der Jahre den Launen eines rastlosen Dichters nachzugeben gelernt hatte, machte sich rasch fertig.

X

Roger stieg mit seiner Schwester in ein Taxi und fuhr vor den «Goldenen Käfig». Ein seltsamer Augenblick für eine Schwester! Es ist schon wunderlich genug, wenn ein Bruder in die Welt zieht und plötzlich eine Braut nach Hause bringt. Der schlechte Geschmack der Männer ist ja notorisch und schon gar ihre Rücksichtslosigkeit Schwestern gegenüber. Aber wenn ein Mann auszieht und mit der Braut gleich zwei halb erwachsene Kinder heimbringt, so grenzt das schon ans Unmögliche.

Diesmal war es nicht nötig, eine Karte vorauszuschicken. Lakaien lernen rasch. «Ich werde Sie melden», sagte der alte Mann respektvoll. Maggie May schritt zwischen Ferrara-Marmor und Gobelins und blickte verwundert um sich. «Es wird ganz schön hier sein, wenn alles rausgeschmissen ist», sagte Roger entschuldigend. Aber Maggie May dachte nicht an das Haus, sie dachte an das Leben und die schweren, moralischen Probleme, die es einem zu lösen gibt. Sie war bis ins Tiefste ihrer puritanischen Seele erschüttert. Und doch war sie vernünftig genug, sich zu sagen: Warum? Wenn diese Frau den Bruder noch immer liebt, was liegt an der Vergangenheit? Maggie May in ihrer Gewissenhaftigkeit hätte noch lange über das alles nachgedacht, aber dazu war jetzt keine Zeit.

Sie hörte ein Rauschen; Anita stand vor ihnen. Die Frauen blickten einander furchtsam an. Maggie May konnte soviel Angst in den Augen einer Frau, die gelitten haben mußte, nicht ertragen. Vor allem durfte Rogers Schwester seiner Frau nicht selbstgerecht erscheinen. «Anita!» Sie zögerte und sagte dann: «Roger sagte, ich solle Sie so nennen!»

«Ja, Maggie May, wenn Sie wollen.» Anitas Stimme zitterte.

Maggie May streckte ihr die Hand entgegen. «Du bist eigentlich reizend.»

«Sie sind so gut zu mir, Sie werden mich nicht verachten.»

«Wie könnte man Sie verachten, Anita?»

«Oh, ich weiß genau, daß Sie entsetzt waren. Aber Sie sind doch gekommen!»

Maggie May folgte ihrem Impuls, sie nahm ihre künftige Schwägerin bei der Hand und führte sie zu einem Sofa.

«Wir beide haben Roger lieb, und wir werden auf ihn achtgeben.»

«Ich will versuchen, ihn glücklich zu machen», sagte Anita verzückt.

Der Urheber des Gespräches stand dabei und blähte sich ordentlich auf. Er hatte ja, was er wollte.

«Ich sehe schon, Sie werden ihn verwöhnen und noch mehr verderben. Wir müssen uns gegen ihn verbünden und keine Unarten dulden.»

«Ich hatte solche Angst vor Ihnen», rief Anita. «Roger hat mir erzählt, daß Sie Vorträge halten, ich kann mir das nicht vorstellen. Ich dürfte nie zu Ihren Versammlungen gehen.»

«Sie werden gleich morgen zu meinem Vortrag kommen. Roger wird Sie hinbringen. So strafe ich ihn. Er selbst muß die Leute zu meinen Vorträgen hinbringen.» Plötzlich unterbrach sie sich. «Kann ich die Kinder sehen?»

Die drei traten in den Efeulift. «Über die Kinder bin ich ganz beruhigt», sagte Anita, «denen gefallen Sie bestimmt.»

«Ich bin so aufgeregt, ich kann kaum atmen», erklärte Maggie May und sprach buchstäblich die Wahrheit.

Sie stand auf der Schwelle des Kinderzimmers und starrte auf die beiden goldenen Köpfe, und ihr Herz schlug zum Zerspringen. Man war wieder zehn Jahre alt, jung, gut, schön und glücklich, und das beim Öffnen einer Tür!

«Das ist Mrs. Tarleton, Rogers Schwester», sagte die Mutter.

«Guten Abend, Mrs. Tarleton», zwei helle Stimmen sprachen gleichzeitig.

«Das also ist Frank.» Und Maggie May suchte in den kleinen Zügen den Beweis für das Unglaubliche. «Und das ist Lucile!»

«Ja, Mrs. Tarleton.»

«Ihr müßt Tante Maggie May zu ihr sagen», erklärte der unverbesserliche Roger. Es machte ihm um so mehr Spaß, als die Gouvernante jedes Wort aufsaugte.

«Ja, Tante Maggie May», sagte Lucile gehorsam.

«Bist du wirklich unsere Tante?» wollte Frank wissen.

«Ja, das ist sie wirklich», beteuerte Roger.

«Und du bist unser Onkel?»

«Ich bin ein Zauberer. Ein Dichter ist Onkel, Vetter, Vater und Enkel für die ganze Welt.»

«Wirst du uns diese neue Geschichte erzählen?»

«Ich halte mein Versprechen.»

«Wirst du uns wieder von dem Oger erzählen, von dem, der Gold gegessen hat?»

«Und der den goldenen Käfig gebaut hat?»

«Und der den Kindern das goldene Haar gab?»

«Kann Tante Maggie May auch Geschichten erzählen?» fragte Frank.

«O ja, sehr viele Geschichten», entgegnete Roger, «sie erzählt Wowsergeschichten.»

«Was ist das, Wowsergeschichten?»

«Geschichten über das, was man nicht tun darf.»

«Was darf man nicht tun?»

«Oh, sehr vieles. Es ist schwer, sich das alles zu merken.»

«Tante, bitte, erzähl uns eine Geschichte, erzähl uns, was man nicht tun darf!»

«Nur böse Menschen brauchen solche Geschichten», sagte Maggie May. «Ihr tut bestimmt nicht, was ihr nicht sollt.» Sie blickte auf die Gouvernante, die es aber hartnäckig ablehnte, sich zu ergeben.

«Ich will euch von meinem kleinen Jungen erzählen.»

«So, du hast einen Jungen?»

«Ja, Liebling», sagte die neue Tante. «Einen kleinen Jungen, ganz wie du, nur jünger.»

Die Schranke war niedergerissen. Das waren Mamas Enkelkinder, ebenso wie Baby Rodge. Anita, die Mutter, war Maggie Mays Schwester, und im Süden, in Maggie Mays Heimat, gilt der Familienspruch: Einigkeit macht stark.

Maggie May nahm Platz, die Kleinen drückten sich an sie und hörten sich die Geschichte vom kleinen Rodge an: wie er im Park Eichhörnchen fütterte, wie eines auf seine Schulter sprang und Nüsse knabberte. Und das kleine Volk freute sich, einen so schönen Sonntag zu verbringen, denn sonderbare Dinge waren vorgefallen. Der Vater ist auf die Reise gegangen. Er wird lange nicht zurückkehren. Die Mutter hat sie umarmt und war so aufgeregt und hat geweint und gelacht, Tränen des Glücks, hat sie immer wieder gesagt, Tränen großen Glücks. Was ging vor bei den Erwachsenen?

XI

Die Erwachsenen stiegen hinunter in Anitas Zimmer, wo die beiden Frauen sich aussprachen.

«Sagen Sie, hat Roger Ihnen alles von sich erzählt?»

«So manches.»

«Aber nicht alles.»

«Wie kann ich das wissen, Maggie May.»

«Eine Sache werden Sie erfahren müssen. Roger weiß ganz gut, was ich Ihnen jetzt sagen werde, und es ist mir lieb, daß es in seiner Gegenwart geschieht.»

«Also los, und möglichst kurz», sagte Roger grimmig.

Ganz impulsiv hatte Maggie May Anita als Schwester aufgenommen, und jetzt gewann sie sie als Verbündete. Sie blickte der jungen Frau ernst in die schönen, schwarzen Augen.

«Er ist vier Jahre älter als ich, Anita, und mein ganzes Leben lang war er mein Abgott. Er hat viele große Eigenschaften und nur eine große Schwäche, an der er nicht einmal selber schuld ist. Hat er Ihnen erzählt, daß unser Vater ein Säufer war?»

«Das wirst du alles bis ins einzelne morgen abend beim Vortrag erfahren», sagte Roger.

«Sie werden das alles jetzt erfahren. Roger haßt alles, was ich gegen den Alkohol tue oder sage; aber das hilft ihm nichts.»

Maggie May erzählte von ihrer Kindheit noch viel ausführlicher, als sie es bei den Vorträgen zu tun pflegte. «Wenn er jetzt vor Ihnen dasteht und bestehen kann, so nur, weil seine Schwester ihren Standpunkt gewahrt und vom weiblichen Privileg hysterischen Weinens kräftig Gebrauch gemacht hat.»

Roger saß wie auf Kohlen. Das nervöse Wippen mit dem Fuß verriet seine Spannung. Als Maggie May gar sein Erbrechen schilderte, rief er: «Um Gottes willen, erspare uns diese Einzelheiten!»

«Ich hoffe, Anita alles zu ersparen», entgegnete die Schwester. «Es ist bei weitem besser, das alles in der Phantasie zu erleben als in der Wirklichkeit. Geh hinaus, wenn du es nicht anhören kannst.»

Roger seufzte nervös: «Mach's kurz!»

«Sie werden bald sehen, wie wir miteinander stehen, Anita. Er weiß genau, wie sehr ich ihn liebe, und er zweifelt nicht an meiner Opferfreudigkeit. Nur trinken lasse ich ihn nicht. In dieser Hinsicht bin ich eine Fanatikerin. Er kann mich nicht zum Schweigen bringen oder täuschen. Ebensogut könnte er mit dem Kopf durch die Wand rennen. Und Sie müssen ebenso standhaft sein wie ich, jede Frau müßte es sein, damit wir diesem erbärmlichen Laster ein Ende machen.»

«Weißt du», sagte Roger, «meine Schwester geht nie in Gesellschaft und hat keine Ahnung davon, wie viele Männer in New York vergebens ihre Frauen vom Trinken abzuhalten versuchen.»

«Die Frauen wollten Gleichberechtigung haben», sagte Maggie May. «Es ist nur zu beklagen, daß sie ihre Freiheit dazu benützen, sich die Laster der Männer anzueignen.»

«Ja, das ist wirklich ärgerlich», sagte Roger, «aber es ist nun einmal so.» Seine Stimme klang gereizt, aber das eiferte seine Schwester nur an.

«Sie werden hoffentlich nicht zu diesen Närrinnen gehören, Anita. Pflegen Sie Ihren Gästen Alkohol anzubieten?»

«Ganz selten, und nur aus Höflichkeit.»

«Bitte seien Sie von nun an unhöflich. Werden Ihre Freunde von Ihnen abfallen, wenn Sie in Ihrem Haus keinen Alkohol mehr servieren lassen?»

«Selbst wenn sie es tun sollten, für Roger gebe ich sie auf.»

«Sie sind in derselben Lage wie Eva im Paradies. Von Ihnen hängt es ab, ob Sie daraus vertrieben werden.»

«Und der Mann im Paradies hat offenbar nichts dreinzureden?» fiel der Mann ein.

Aber Evas Schwester hörte nicht auf Adams Bruder. «Sie werden es schwer haben, meine Liebe, mit Roger und seiner New Yorker Gesellschaft. Werden Sie standhalten können?»

«Ich verspreche es Ihnen.» Anitas Stimme klang entschlossen. Sie war leicht zu überzeugen gewesen.

«Streng dich nicht an, Schwester, alles wird nach deinem Wunsche gehen», sagte der Dichter. «Anita, du wirst mir John Barleycorn ersetzen.» Roger stand auf. Seine Schwester war ein Schatz, aber manchmal ging sie einem auf die Nerven!

«Sagen Sie mir, bitte», fragte die Unerbittliche, «haben Sie einen Weinkeller im Haus?»

«Ja, mein Mann war so was wie ein Weinkenner.»

«O Gott», rief Roger. «Ich habe zuviel versprochen. Das ist ja am Ende ein ganz alter Wein!»

«Ein Teil soll noch aus den Zeiten seines Vaters stammen.»

«Anita, du brichst mein Herz! Rasch, klingle und laß mich die Liste sehen!»

Aber auch dieser Hohn konnte Maggie May von ihrem Vorhaben nicht abbringen. «Sie sollten sehen, das Zeug loszuwerden, Anita.»

«Kann man es verkaufen?»

«Es ist unbezahlbar», rief Roger. «Hundert Dollar die Flasche wäre zuwenig.»

«Nach dem Gesetz dürfen Sie es nicht verkaufen. Aber Sie können eine Bewilligung von der Regierung einholen und es einem Spital spenden.»

«Natürlich, für Kranke ist es gesund, Gift zu trinken», sagte Roger sarkastisch.

«Die Kranken überlasse ich den Ärzten», parierte Maggie May. «Aber um mir über meinen Vater klarzuwerden, habe ich keinen Arzt gebraucht, und ich brauche auch keinen für meinen Bruder.»

«Wenn meine Freunde von diesem Spital erfahren, werden sie alle krank. Ich fühle mich schon selber krank, meiner Seel!»

«Roger wird sich schon trösten, Anita. Er wird eben Gedichte schreiben. Er kennt jeden Vers auswendig, den je ein Dichter über das Trinken geschrieben hat.»

«Ich will dir lieber ein Wort des Philosophen Diogenes Laertius erzählen, der gefragt wurde, welchen Wein er am liebsten trinke. Seine Antwort lautete: Den eines anderen.»

Da sagte Maggie May: «An meinen Bruder müssen Sie sich noch gewöhnen. Je unverschämter ein Scherz ist, um so besser gefällt er ihm. Lernen Sie von mir, lassen Sie ihn ruhig reden. Nur wenn er das Weinglas zum Munde hebt, dann schlagen Sie es ihm rasch aus der Hand!»

17. Kapitel — UNTERWELT

I

Für eine Kämpferin wie Maggie May war es recht nützlich, einen Mann zu haben, der in der vordersten Linie stand und ihr immer die neuesten Nachrichten vom Kriegsschauplatz überbrachte. Kip kannte sich in den Bewegungen des Feindes aus, er wußte genau, warum der ganze Feldzug vergeblich war; auf seine Informationen konnte man sich verlassen. Ein Mann von soviel Charakter und Energie wie er wurde nicht lange bei der stumpfsinnigen Büroarbeit belassen. Seine Vorgesetzten kamen darauf, daß er Bestechungen ganz und gar unzugänglich war, und zogen ihn zu besonderen Vertrauensdiensten heran.

Bei einer Razzia auf eine sogenannte «Reinigungsanstalt», wo der denaturierte Industriealkohol wieder rein destilliert wurde, war eine Zwanzigliterflasche mit Alkohol beschlagnahmt worden. Die chemische Untersuchung ergab – zur größten Überraschung aller – reines Wasser. Ein Schlag, den die Regierung mit viel Aufwand vorbereitet hatte, war von irgendeinem Gauner vereitelt worden. Die Verbrecherbande, die man endlich überführt geglaubt hatte, würde wieder straflos ausgehen.

Das Etikett auf der Flasche war von dem Beamten gezeichnet, der sie ins Lagerhaus abgeliefert hatte. Das Siegel war noch unversehrt und der Abdruck seiner Kontrollmarke deutlich zu erkennen. Es handelte sich nun darum, ob der Beamte bestochen war oder ob jemand im Lagerhaus das Siegel nachgemacht hatte. Mr. Doleshal ließ Kip rufen und sagte zu ihm: «Wir möchten Sie mal mit dem Mann zusammenarbeiten lassen. Vielleicht kriegen Sie was aus ihm heraus. Wir denken gar nicht daran, ihn unter Anklage zu stellen. Wir haben bei Gott genug andere Sorgen! Nur müssen wir schauen, daß wir den Mann loswerden, wenn er ein Gauner ist.»

«Ich werde mir Mühe geben», sagte Kip lächelnd. «Ich werde mir allerdings selber den Anstrich eines Schwindlers geben müssen. Seien Sie, bitte, nicht überrascht, wenn Sie plötzlich allerhand von mir zu hören kriegen.»

Kip und der Beamte, den man in Verdacht hatte, ein munterer junger Mann namens Asher, wurden in Drugstores ausgeschickt, um den Einkauf und Verkauf von Alkohol zu kontrollieren. Der Verkauf war nur gegen ärztliche Rezepte gestattet, und zwar nie mehr als ein halber Liter auf einmal. Jeder Drugstore besaß einen Erlaubnisschein, auf Grund dessen er den Alkohol aus den Lagerhäusern der Regierung bezog. Hier und da mußten Bundesorgane nachsehen, ob der Vorrat und die Rezepte zusammengerechnet dem von der Regierung gelieferten Betrag entsprachen. Bei den Tausenden von Drugstores im zweiten Bundesdistrikt (New York) war eine gründliche Kontrolle unmöglich. Man beschränkte sich auf einige wenige Stichproben und packte, was einem an Gaunern zufällig in die Hände lief. Natürlich war man den Leuten nichts weniger als willkommen; sehr oft wurde man für einen Erpresser gehalten.

Schon am ersten Tag, als Kip bei der Kontrolle in einem Drugstore zufällig in die Seitentasche seines Mantels griff, fand er eine Zwanzigdollarnote drin. Bei diesem Geschäft war also bestimmt was nicht in Ordnung. Richtig stellte sich auch bald heraus, daß die Rezepte wohl mit verschiedenen Namen, aber alle in derselben Schrift unterzeichnet waren. Kip sagte nichts dazu und gab sein Visum. Auf der Straße draußen begann er eine Unterhaltung mit seinem Kollegen: «Ich höre, daß wir ein neues Reglement kriegen. Man will uns in die Zivilverwaltung einbeziehen.»

«Hab ich auch gehört», sagte der andere.

«Da fliegt eine ganze Anzahl von uns aus dem Dienst.»

«Das sag ich auch.»

«Werden Sie sich doch zu den Prüfungen melden?»

«O ja. Ich plage mich jetzt in einer Nachtschule.»

«Was muß man da alles können?»

«Allen möglichen Blödsinn. Wer die Unabhängigkeitserklärung unterzeichnet hat, wie viele Mitglieder der Gemeinderat von New York hat und wer George Washington die Zähne plombieren durfte.»

«Da kann man sich ja bedanken», sagte Kip. «Ich hab zum Glück mein Gehalt halb erspart.»

«Glückspilz. Ich komm nicht aus mit meinem. Ich bin verheiratet.»

«Ich mache nur Spaß. Unter uns gesagt: Ich finde es gemein, daß die Regierung uns ein solches Schundgehalt zahlt. Davon kann doch kein Mensch leben.»

«Wo wollen Sie damit hinaus?»

«Ich rede ja nur so. Ich weiß nämlich nicht, ob Sie von dem Burschen drin auch was gekriegt haben oder ob ich mit Ihnen teilen soll.»

«Mir hat er nichts gesagt.»

«Mir auch nicht. Ich weiß ja nicht – vielleicht hat meine Frau das Geld in die Tasche getan, bevor ich von daheim wegging.»

«Wieviel ist es denn?»

«Zwanzig Dollars. Ich denke, ich werd es im Büro abgeben müssen.» Den letzten Satz sprach Kip mit einem breiten Grinsen.

Asher erwiderte: «Ich geb alles ab, was ich kriege.»

«Auch gut», sagte Kip und fragte an dem Tag nichts mehr.

II

Viele Drugstores waren rückwärts als Speakeasies eingerichtet, manche sogar schon vorn. Man gab dem «Sodaspritzer», der einen kannte, einen Wink und zahlte für ein «alkoholfreies» Getränk statt fünf Cents fünfzig. Am zweiten Tag ihrer gemeinsamen Arbeit gerieten Kip und Asher in einen Drugstore, wo aber auch gar nichts stimmte. Es war viel mehr Alkohol da als erlaubt, die Rezepte waren gefälscht, in den Büchern war herumgekratzt worden. «Sehen Sie, meine Herren», sagte der Verkäufer. «Warum wollen Sie einem anständigen Geschäftsmann unbedingt Scherereien bereiten? Die Bücher habe ich meinem Bruder überlassen, der war krank. Was kann ich dafür, wenn da was nicht stimmt? Bis ich mit ihm darüber sprechen kann, wird alles wieder in Ordnung kommen.»

«Schön», sagte Kip, der Hartgesottene. «Aber wir müssen jemand reinlegen, sonst glauben die bei uns, daß wir ein paar faule Schweine sind, die ihr Gehalt gar nicht verdienen.»

«Da legen Sie doch, bitte, jemand anderen rein. Ich hab schon genug Sorgen mit dem Hausbesitzer, der will mir die Miete steigern. Ich komm gar nicht nach vor lauter Unkosten, wo ich doch die große Konkurrenz an der Ecke drüben habe. Seien Sie doch vernünftig!»

Kip ließ sich nicht erweichen. Seinem Kollegen und ihm ging es um ihre Stellung mit dem herrlichen Gehalt. Sie packten die Papiere und Bücher zusammen und stopften sie in einen Handkoffer hinein, den sie für solche Fälle mithatten. Als sie draußen um die Ecke herum waren, sagte Kip: «Ich weiß nicht, aber der Bursche ist ja außer sich vor Angst.»

«Der hat auch allen Grund dazu», sagte Asher.

«Ich glaube, er ist gar nicht so arg. Vielleicht sollten Sie doch noch einmal einen Sprung zurück machen. Wer weiß, ob wir die Prüfung bestehen, wir beide? Und wenn wir durchfallen, was wird aus uns?»

Asher nahm das Handköfferchen und ging in den Drugstore zurück. Sehr bald war er wieder da, gab Kip fünfzig Dollars und sagte: «Das ist die Hälfte.» Das Geschäft ging gar nicht schlecht. Erster Tag zwanzig Dollars, zweiter Tag fünfzig. Im Laufe des Nachmittags trieben sie einen alten Drogisten auf, der zwei Halbliterflaschen Alkohol mehr verkauft hatte, als er durfte. Den zeigten sie natürlich an – um ihres guten Rufes im Amte willen. Dann graste Kip den Platz ab, wo ihm am ersten Tage seiner Karriere als Probiermann übel gewesen war. Der alte Betrieb ging dort genauso weiter. Kip war dafür, auch die Leute anzuzeigen; für den einen Tag hatten Asher und er schließlich genug verdient. Asher meinte, es sei eigentlich schade, die Hälfte der Kollegen im Dienst hätten schon ihren hübschen Teil und beeilten sich, noch mehr zu kriegen, bevor dieses dumme neue Reglement in Kraft trat.

Am Morgen darauf teilte Kip Mr. Doleshal alles mit und übergab ihm die siebzig Dollars. Asher wurde auf der Stelle entlassen und kam Kip nie wieder zu Gesicht. Ein paar Tage später hielt ihm sein Vorgesetzter einen Brief hin und sagte: «Das wird Sie interessieren.» Der «Brief» war eigentlich nur ein abgerissener Zettel; drauf stand: «An den Prohibitionsdirektor! Teile Ihnen mit, daß unter Ihren Leuten zwei Gauner namens Asher und Tarleton arbeiten. Meinen Namen kann ich nicht nennen, aber sie haben mir zweihundert Dollars abgenommen. Gerade vorher hatte ich einem Schutzmann hundert bezahlt. Ich höre jetzt mit dem Alkohol auf. Das nächstemal sind meine Rechnungen in Ordnung. Der Schwindel zahlt sich nicht aus. Ein Drogist.»

Kip lächelte und sagte: «Dieser Schuft von einem Asher hat mich um fünfzig Dollars betrogen. Ich bin nur froh, daß ich ihn hereingelegt habe.»

III

Sechs Monate nach Kips Eintritt in den Dienst wurde ein neuer Direktor für den zweiten Bundesdistrikt ernannt: Major Mills. Seine Auffassung, daß Gesetze da seien, um befolgt zu werden, hing vielleicht mit seiner militärischen Erziehung zusammen; jedenfalls gab er sich alle erdenkliche Mühe, die Prohibition gegen ihre großen und kleinen Feinde durchzusetzen. Seine stürmische Laufbahn dauerte ganze anderthalb Jahre; seine Erlebnisse während dieser Zeit hätten den Zeitungen täglich genug Stoff bieten können; doch die New Yorker Zeitungen druckten so was nicht.

Mr. Doleshal hatte von einem Tollhaus gesprochen. Jeder Zweifel an der Berechtigung dieser Bezeichnung schwand für Kip, als der neue Direktor an die Abschaffung des «rituellen Weines» ging. Das Gesetz gestattete Geistlichen den Einkauf von Wein zu rituellen Zwecken: Port, Sherry, Muskateller usw. mit bis zu vierzehn Prozent Alkoholgehalt. Es gab dafür besondere «geistliche Weinhandlungen». Die Juden, die bei festlichen Gelegenheiten zu Hause Wein tranken, machten von der Erlaubnis reichlichen Gebrauch. Der schwunghafte Handel mit rituellem Wein belief sich auf gut zehntausend Hektoliter pro Monat. Man bekam ihn sogar mit der Post ins Haus zugeschickt. Eine junge Dame im Amt, Kips Kollegin, die dasselbe magere Gehalt wie er bezog, besaß ein schönes Auto und mehr Schmuck, als sie auf einmal tragen konnte.

Sechshundert Rabbiner waren an dem Geschäft beteiligt. An dem Tage, an dem die rituellen Begünstigungen für abgeschafft erklärt wurden, kamen alle sechshundert zugleich ins Büro gestürzt. 598 hatten einen langen, schwarzen Bart, die beiden anderen waren zwar im Gesicht schwarz, hatten aber keinen Bart; es waren Neger, die sich auf Grund der Volstead-Akte zum Judentum bekehrt hatten. Alle sechshundert sprachen zugleich zu jedermann, der sie anhörte, gleichgültig, ob man Jiddisch verstand oder nicht. Viele von ihnen hatten tausend Dollars für die Konzession erlegt und sich von Kunden bereits im voraus zahlen lassen, die sie jetzt entschädigen mußten.

Kip bekam den Auftrag, die Listen dieser Kunden zusammenzustellen, und nichts war einfacher als das. Man schlug einen Namen im Telefonbuch nach; die anderen ergaben sich dann von selbst. Den Anfang machte immer ein gut jüdischer Name, Rabinowitsch oder Daimondstein. Was folgte, klang schon weniger jüdisch: Rawlins oder Davis, Patrick Regan oder Michael Dooley. Es stellte sich heraus, daß die junge Dame mit dem schönen Auto und dem vielen Schmuck die Kundenlisten für die Rabbiner zusammengestellt und für jeden Namen zehn Cents bekommen hatte.

Das Geschrei über den verrückten Major, der die Gesetze ernst nahm, drang bis nach Washington. Selbst die Beschwerden aus dem entfernten Kalifornien erreichten das empfindliche Ohr des Präsidenten. Kalifornien allein verschickte eine gute Million Hektoliter Wein im Jahr. Auch die Essigfabrikanten, die aus geheimnisvollen Gründen für einen Liter Essig zehn Liter Wein brauchten, erhitzten sich bis zur Weißglut. Wo blieb da das Geschäft, wenn der verrückte Major blieb? Immerhin wurden die Leute von Tag zu Tag reicher.

IV

Ebenso fromm wie die Rabbiner waren auch die Brauereien. Sie hatten das Recht auf freie Produktion, solange sie Bier von weniger als ½ Prozent Alkohol herstellten – das sehr verachtete «Dünnbier». Der entzogene Alkohol wurde unter Aufsicht der Behörde denaturiert, das heißt, mit gewissen Chemikalien vermischt, die ihn zum Trinken ungeeignet machten, und dann zu industriellen Zwecken verkauft.

Eine ständige Überwachung der Brauereien durch Experten, die sich auf den Chemismus des Brauens genau verstanden, war also unbedingt notwendig; nur fehlte es auch an solchen Leuten. Man hatte etwa fünf Prozent von der Zahl, die man gebraucht hätte; das Gesetz wurde also auch hier zu fünf Prozent durchgeführt. Früher hatte es nur große Brauereien gegeben, jetzt schoß eine ganze Armee von kleinen empor, die sich zur Umgehung des

Gesetzes besser eigneten. Viele waren besonders praktisch eingerichtet. Man baute sie zum Beispiel hinter eine Garage, mit der sie durch einen Tunnel verbunden waren. Die Bierfässer wurden in die Garage hinübergerollt und von dort verladen. In der ganzen Stadt gab es sogenannte «Bierplätze», wo die Rollwagen Fässer abluden und versteckten, bis sie von Flüsterkneipen, Nachtklubs, «Reinigungsanstalten» usw. abgeholt wurden.

Ein Fäßchen richtiges Bier kostete die Brauereien einen Dollar. Bezahlt wurden sechsundzwanzig Dollars dafür; der Gewinn war also ungeheuer. Die Öffentlichkeit zahlte eine kolossale Prämie für die Übertretung des Gesetzes, eine Prämie, wie sie die Geschichte noch nie gekannt hat, und es braucht nicht gesagt zu werden, daß die Öffentlichkeit das, wofür sie hoch bezahlte, auch in reichlichem Maße bekam. In ganz New York gab es zwanzigtausend Bierkneipen, doppelt soviel wie früher. Die meisten davon verkauften Dünnbier, das mit Alkohol wieder «verdickt» war. Man verwandte dazu den denaturierten Regierungsalkohol, den man in allen möglichen Unternehmungen wieder reinigte – aber nie so gut, daß er nicht noch empfindliche Spuren von Giften enthalten hätte. Gerade das erregte die besondere Wut der nassen Presse New Yorks: Die Regierung vergiftet das Volk!

Für einen Mann wie Kip gab es also Arbeit genug. Er strich in der Nähe der «wilden» Brauereien herum und kümmerte sich darum, wie sie arbeiteten, welche Mengen Alkohol sie nachts verschickten, wie und wohin. Diese Arbeit war sehr gefährlich, denn die Bierleute hatten ihre eigene geheime Polizei. Ein Fremder, der da auftauchte, war sofort Gegenstand besorgtester Aufmerksamkeit. Gab er sich nicht bald als harmlos zu erkennen, so bekam er einfach nachts, wenn er durch eine dunkle Straße ging, einen ausgiebigen Schlag über den Schädel. Man konnte sich auch nicht als Hausierer verkleiden – die Gangster kannten alle wirklichen Hausierer genau und hielten selber welche, die die anderen ausforschten. Einmal, als Kip und ein anderer Beamter ein leeres Zimmer gegenüber einer Brauerei zu Beobachtungszwecken mieten wollten, stellte es sich heraus, daß die Brauerei sämtliche Räume, aus denen man sie beobachten konnte, gemietet hatte und leerstehen ließ. Abend für Abend kontrollierten ihre Agenten, ob man sie nicht betrog und einen Raum vielleicht doppelt vermietete.

V

Sehr schwierig war auch der Kampf mit der Tammany-Polizei. Kip und sein Kollege machten in einer dunklen Nacht ein gutes Versteck ausfindig, von wo aus sie die Lastautos beobachten konnten, die aus dem Hof einer Brauerei kamen. Schon hofften sie, unentdeckt zu bleiben, als ein Schutzmann auf seiner Runde hereinsah und rief: «He, was macht ihr da, ihr Kerle?» Er ging mit dem Knüppel auf sie los; es blieb ihnen nichts anderes übrig, als ihre Marken zu zeigen. «Aha, Bundesleute!» sagte er mit der ganzen Verachtung des anständigen Menschen für solche Schnüffler. Dann bückte er sich und hieb mit dem Knüppel kräftig auf das Pflaster – in der ruhigen, klaren Nacht hörte man den Laut mehrere Häuserblocks weit. Unter den Polizisten war es ein Hilferuf; für die Alkoholleute bedeutete es: Gefahr in Verzug.

Die Unfähigkeit der New Yorker Polizei, zwischen Bundesorganen und Verbrechern zu unterscheiden, machte der Regierung viel Verdruß und den Alkoholschmugglern noch mehr Spaß. Kurze Zeit nach der Geschichte mit dem Polizisten erlebte Kip eine Sache, die noch empörender war. Im Vergnügungsviertel von New York gab es gewisse Luxuskabaretts und Nachtklubs mit ausgezeichneten Beziehungen, die ihren Betrieb ganz offen führten. Es war nachgerade eine Prestigefrage für das Prohibitionsamt geworden, den Leuten das Handwerk zu legen.

Eines Nachmittags sagte Mr. Doleshal zu Kip: «Heute nacht melden Sie sich um elfeinhalb zum Dienst, Tarleton. Ihren Schlaf können Sie morgen nachholen. Ziehen Sie sich alte Kleider an, und selbstverständlich sprechen Sie mit niemand darüber!»

Als Kip zur angegebenen Zeit eintrat, waren alle Vorbereitungen für eine Razzia bereits getroffen. Ein halbes Dutzend erprobte Beamte war mit Revolvern, Karabinern und den nötigen Instruktionen ausgerüstet worden. Es war verboten zu schießen, bevor man selber mit einer tödlichen Waffe angegriffen wurde. Gegen Flaschen und Knüttel mußte man mit bloßen Händen und mit Stühlen angehen, wenn man nicht selber in der Eile irgendwelche Flaschen oder Knüttel auftrieb. «Vergessen Sie bitte nicht, meine Herren», sagte der Beamte, der das Kommando hatte, «in den Zeitungen sind immer wir die Angreifer.»

Dann gingen sie einzeln oder zu zweit hinunter in die Central Garage, wo die Regierungswagen eingestellt waren. Noch bevor sie losfuhren, merkten sie, daß der ganze Plan verraten war. Zwei Wagen der städtischen Polizei standen da, der eine nach Osten, der andre nach Westen gerichtet, an ein Entkommen war gar nicht zu denken. Während der ganzen Fahrt über die 42. Straße ins Theaterviertel hielt ein Polizeiwagen dicht hinter ihnen.

Das Bundesauto fuhr langsam bei «Cowboy Mollie's» Kabarett vor; da plötzlich ertönte die Sirene des Polizeiwagens, so laut, daß man sie im ganzen Theaterviertel bequem hörte. Die Schutzleute fuhren seitlich vor, sprangen heraus und stellten sich den Bundesbeamten in den Weg. «Was gibt's hier?» schrie der kommandierende Polizeileutnant. «Hände hoch!»

«Kusch!» brüllte der Kommandant der andern wütend zurück. «Wir sind vom Bund, auf einer Streife!»

«Streife! Ja, Kuchen, das wollt ihr uns wohl aufbinden!»

Die Polizisten hatten den Eingang ins Kabarett blockiert; die Sirene heulte wie besessen; um sich verständlich zu machen, mußte man brüllen.

«Sie wissen genau, daß wir Bundesorgane sind!»

«Sie, Bundesorgane? Zeigen Sie Ihre Marken!»

Den Beamten blieb nichts anderes übrig. Die Sirene heulte weiter. «Stellen Sie doch das gottverfluchte Ding da ab!» brüllte der Bundeskommandant. Aber der Polizeileutnant verstand es, sich dem Chauffeur seines Wagens schwer verständlich zu machen.

«Prohibitionsorgane, was?» sagte der Leutnant. «Na, das tut mir leid. Wir haben euch für Banditen gehalten.»

«Haben Sie die roten Lichter auf unserm Wagen nicht gesehen? Sie sind uns ja durch die ganze Stadt gefolgt! Den Bundeswagen hätten Sie doch erkennen müssen!»

«Bedauere sehr. Das Ganze war natürlich ein Irrtum. Schrecklich – Sie hätten bei unserem Chef anrufen sollen, bevor Sie eine Streife unternehmen!»

«Natürlich, damit er sämtliche Kabaretts der Stadt verständigt? Nun aber Platz!»

Die Beamten stürzten hinein – viel zu spät natürlich. Die Angestellten solcher Lokale waren durch häufigen Probealarm auf Razzien vorbereitet. Der Alkohol wurde in Kisten aufbewahrt, die sich durch eine Hintertür rasch wegschaffen ließen. Was an offenem Alkohol herumstand, wurde in den Ausguß geschüttet, auf den Boden oder in die Kehlen der Gäste. Die Beamten fanden ein großes Durcheinander vor, einen starken Geruch nach Alkohol in der Luft, aber keinen Tropfen Alkohol als Beweismaterial. Besitzer wie Direktor waren auf und davon. Zum Anhalten waren bloß einige Kellner da; die Strafen, zu denen sie verknackt wurden, machten für alle zusammen nicht so viel aus wie der Verdienst des Lokals in einer einzigen Nacht. Es war auch nicht ratsam, jemand von den Gästen festzunehmen. Die Damen aus der guten Gesellschaft und die großen Geschäftsleute hatten Einfluß in Washington; zuviel Eifer kostete einen nur die Stellung.

VI

Kip bestand die gefürchtete Prüfung und erlebte die Erhöhung seines Monatsgehalts um elf Dollar sechzig. Da er klug genug gewesen war, sich eine Frau zu nehmen, die selber verdiente, konnte er von seinem Gehalt leben und den Vorgesetzten alle Bestechungsgelder, die man ihm aufdrängte, zu Füßen legen. Maggie May trug noch immer das blaue Seidenkleid, in dem sie nach New York gekommen war. Er ging seinen anstrengenden Pflichten in einem Anzug nach, der noch aus den guten Broadhavener Tagen stammte. Wenn man ihn manchmal aus einer Flüsterkneipe Hals über Kopf hinauswarf und der Rock dabei aufriß, mußte ihn die Mutter möglichst kunstvoll zusammennähen, und Kip zog ihn ruhig wieder an. Er sah eigentlich müde und enttäuscht drein, aber er machte doch immer weiter, ein hartnäckiger, tief eingewurzelter Fanatismus trieb ihn. Die Leute, hinter denen er her war, staunten ihn an, als wäre er ein Kalb mit fünf Beinen oder ein Vogel mit Pelz statt mit Federn am Leib. «Sagen Sie mal, Junge!» sagte Ikey Fineman, «was ist mit Ihnen nur los? Sind Sie nicht richtig im Kopf?»

Ikey war ein kleiner Jude mit flinken, schwarzen Äuglein und rascher Zunge. Kip hatte eben ein paar Hundertdollarnoten von ihm in Empfang genommen, sie in die Taschen gestopft und ihn daraufhin für verhaftet erklärt. Dann ging er ans Telefon und rief im Amt an: Er brauche Sukkurs für eine «Alkoholpanscherei», in die er zufällig hineingestolpert sei. Mitten unter Fässern und Fäßchen, Wannen voll Kreosot, Schachteln mit Etiketten für «Dewars Whisky», bewachte er seinen Gefangenen, den Revolver in der Hand, und blickte sich von Zeit zu Zeit rasch um, ob sich nicht jemand von hinten an ihn heranschlich. Ikey Fineman gab sich zwar Mühe, ihn zu beruhigen. Auf eine so gefährliche Sache lasse er sich gar nicht ein; er habe schon genug Schererein gehabt; sein Advokat sei ausgezeichnet; die Sache werde ihn ein paar Tausender kosten; aber herauswursteln werde er sich gewiß.

In der Zwischenzeit suchte er herauszukriegen, welchen Spaß Kip bei der Sache hatte. Bereitete es ihm vielleicht Vergnügen, die Leute ins Gefängnis zu bringen? Oder war ihm gar was an der Revolverspielerei gelegen? «Sagen Sie mal, Sie tragen ja einen Mantel, der gut seine acht Jahre alt ist!» Ikey wollte durchaus nicht persönlich werden; nichts als Neugier bewog ihn zu seinen Fragen. «Ich war in der Kleiderbranche, ich kenne mich im Schnitt aus. Ich weiß genau, wann Sie den Mantel gekauft haben – das heißt, wenn er überhaupt neu war. Alt bekam man so einen in der Baxter Street unten für anderthalb Dollars. Vor fünfzehn Jahren, als ich grüner Junge mit einem Bündel auf dem Rücken eingewandert war, hatte ich auch so einen Mantel. Was steckt da eigentlich dahinter, Freundchen?»

«Der Mantel hält warm», sagte Kip.

«Und es ist Ihnen egal, wie Sie drin aussehen? Ihrem Mädel ist das auch egal? Was zahlt Ihnen die Regierung? Wenn es kein Geheimnis ist!»

«Im Gegenteil, es ist ein Rekord – zweitausend im Jahr.»

«Nun, ich könnte Ihnen für den Anfang zweitausend im Monat zahlen, wenn Sie sich nützlich machen. Als Prohibitionsmensch können Sie das. Sie bringen's glatt auf zweitausend die Woche dabei.»

Kip lächelte. Er sah gar keinen Grund ungemütlich zu werden. «Dasselbe wurde meinem Chef angeboten, als er seine Stelle antrat. Ein alter Freund von ihm lud ihn in seinen Klub ein und bestellte einen Lunch für ihn. Dann eröffnete er ihm, daß er eine Gruppe von Schnapsbrennern vertrete, die bereit seien, ihm ein Gehalt von zweitausend die Woche zu zahlen, wenn er ihnen alle Razzien vorher stecke.»

«O ja», sagte Ikey gewichtig, «dafür hätte er das schon verdient.»

«Er ist aber geradewegs hinausspaziert. Die beiden Lunchs konnte der große Anwalt allein aufessen.»

«Also noch einer», sagte der Besitzer der «Alkoholpanscherei» und schüttelte den Kopf. «Ich möchte nur wissen, was ihr vom Leben habt!»

18. Kapitel **DAS OPFER**

I

Zwei Jahre nun schon erfüllte Kip seine gefährlichen Pflichten als Prohibitionsorgan. In Kellern voller Ungeziefer und auf schmutzigen Dachböden, in Zinskasernen und Lagerhäusern entdeckte er «Alkoholpanschereien», wo der Rohalkohol gewässert und parfümiert und mit Flaschen und gefälschten Etiketten zu einer «Marke» aufgemacht wurde. Er war an der Verfolgung einer Fälscherbande beteiligt, die sich mit der einträglichen Herstellung von Etiketten und Siegeln befaßte; in ihrem Hauptquartier fand man vier Millionen Etiketten für «Gordon Gin», «White Horse Whisky», «Old Smuggler» und so weiter. Er unternahm Razzien auf «Alkoholwäschereien», in denen der übelriechende, denaturierte Alkohol gereinigt wurde. Da gab es Gefäße mit Azeton, Wacholderwasser für Gin und üble Kreosotlösungen. Die Strohhüllen für die Flaschen waren in Meerwasser getaucht, um allen Anforderungen an die «Frische» gerecht zu werden. Die Kisten waren mit Schiffsmarken von Übersee überklebt. Alles war da, was die Narren brauchten, nur eines fehlte: eine einzige Flasche mit wirklichem Gin, Brandy, Whisky oder Rum.

Unbeschreiblich schmutzig waren die Verhältnisse, unter denen der Alkohol für die Reichen New Yorks hergestellt wurde. Die Leute arbeiteten mit dem Revolver in der Tasche oder gar in der Hand. Heute waren sie da, morgen dort; was lag schon daran, wenn sie in einem Kellerloch ihr Bedürfnis in der Ecke verrichteten! Die Behörden von New York hatten keine landesgesetzliche Handhabe, gegen die Herstellung und den Verkauf von Alkohol einzuschreiten; doch gab es genug hygienische Vorschriften, die der Gesundheitskommission ermöglicht hätte, Hunderte solcher «Betriebe» zu schließen. Von Zeit zu Zeit lenkte der Vorstand des Prohibitionsamtes die Aufmerksamkeit der Gesundheitskommission auf die skandalösen Verhältnisse, die in diesen Löchern herrschten – aber alles war umsonst.

Man überließ das lieber den Leuten vom Bund. Zu allen Gefahren und Plagen ihres Berufes waren sie auch schlecht geschult.

Das Schießen, das ihnen, wie erwähnt, nur im äußersten Notfalle gestattet war, hatte ihnen niemand beigebracht. Kip übte sich an Schießscheiben und kam für die Patronen selber auf.

Wenn er alten Freunden auf der Straße begegnete, bemitleideten sie ihn, so schäbig sah er aus, und es war ihnen peinlich. Ja es war schlimm, daß ein anständiger Bursche diesen mißachteten Beruf ergriffen hatte. Da schnüffelte er überall herum, log den Leuten was vor, mißbrauchte ihre Gastfreundschaft, um sie hereinzulegen, und brachte sie vielleicht gar ins Gefängnis. Sicher bekam er seinen Teil dabei ab, wie die Politiker und ihre Zuhälter – wozu gab man sich zu einem so häßlichen Beruf her! Die trinklustigen alten Herren aus dem früheren Tarleton-Haus schüttelten traurig die Köpfe; sicher, es sei ja begreiflich, wenn man bedenke, was der arme Kip mit seinem Vater durchgemacht habe! Ein guter Junge war er ja gewesen, der alte Pow, nur eben schwach, er vertrug nicht so viel – aber war das vielleicht ein Grund, die, die den Alkohol vertragen, ihres einzigen Trostes zu berauben?

II

Mit seinen reichen Bekannten: den Börsianern und Klubmitgliedern von Long Island, den Gastgeberinnen der Park Avenue, den Bühnenstars und Schriftstellern des «Goldenen Kerkers» erging es Kip nicht besser. Bei ihnen allen war es das beste, wenn man sich mit einem kurzen «Tag» begnügte und nicht erst stehenblieb und über die guten alten Zeiten sprach. Denn diese Leute waren die Brotgeber der Schmuggler, die man ins Gefängnis schickte – sie waren einem natürlich nicht dankbar. Sie machten einen für die hohen Preise verantwortlich, die sie für ihren Alkohol bezahlten, und für seine schlechte Qualität. Hatten sie zufällig Kopfweh, wenn man sie traf, so war man natürlich schuld daran, zum Teufel mit einem!

Mit der Familie Fessenden – Jenny ausgenommen – stand man auf Kriegsfuß. Wenn Kip die frühere Gräfin Enseñada in der Halle eines vornehmen Hotels traf, dann rümpfte sie hochmütig die Nase und ging mit einem Blick an ihm vorbei, der ihn vernichten sollte. Er aber lächelte nur, denn man war dem Fessenden-

Schmuggelkonzern auf den Fersen; über kurz oder lang werde der große Bankier hinter Gitterstäben landen, behauptete Major Mills. Kip hatte mit diesem besondern Fall nichts zu tun, aber Fessenden und seine Tochter nahmen natürlich das Gegenteil an. Kip wurde wie ein Mensch angesehen, der Gastfreundschaft, Geschenke, gute Bezahlung gerne angenommen hatte und sie nun seinen Freunden und Brotgebern mit niedrigem Verrat und persönlicher Feindschaft zurückzahlte.

Seine Nachrichten über die Fessendens bezog Kip aus allerhand Quellen. Die Notizen «Aus der Gesellschaft» wurden von den alten Damen gewissenhaft gelesen und beim Mittagstisch ausführlich wiedergegeben. Die «Finanznachrichten», die in diesen aufgeregten Zeiten den Rahmen, der ihnen zustand, oft überschritten, las Kip selbst. Eines Tages fiel ihm die fette Schlagzeile auf:

Bankier verdient Millionen an der Hausse

Der Präsident des Fessenden-Trusts und der Fessenden-Nationalbank hatte an der sensationellen Hausse der Electric-Motors sechs Millionen verdient. Kip dachte, der Bankier werde sich nun endlich reich genug fühlen und seinen Hafen nicht mehr zum Alkoholschmuggel hergeben. Aber da hatte er schlecht geraten! Nach einigen Wochen schon kam Mrs. Pollock, die Drogistenfrau aus Seaview, zu Besuch und brachte gleich Klatsch für eine ganze Woche mit. Bankier Fessenden hatte das Gut, das neben seinem lag, dazugemietet; einer der Scheindirektoren seiner Bank wohnte drin und organisierte ein zweites Schmuggelzentrum. Master Bobby aber, jetzt neunzehn Jahre alt, lag in einem Sanatorium, wo er eine Entwöhnungskur durchmachte. Sicher hatten die Tarleton-Damen auch von der neuen Heldentat Master Dicks gelesen, der seinen Abgang vom College auf eine originelle Weise feierte: Er mietete eine Gruppe Tanzgirls für eine ganze Woche und lud alle Mitglieder seiner Verbindung ein, sich zu bedienen. Master Dick hatte Geld von seinem Großvater mütterlicherseits geerbt und seinen Vater beschimpft, worauf es zu einem regelrechten Boxkampf zwischen den beiden gekommen war. Mrs. Fessenden sah nach der Meinung aller um zehn Jahre älter aus.

Zu den Neuigkeiten von Seaview gehörte auch das merkwürdige Erlebnis des Reverend Alfred Conyngham Frobisher, des Pfarrers an der Episkopalkirche. Reverend Frobisher pflegte jeden Abend nach seiner Arbeit an einem theologischen Werk einen Verdauungsspaziergang zu machen. Eines Sommerabends lief er etwas zu weit, und da er sehr müde geworden war, beschloß er, sich von einem Auto mitnehmen zu lassen. Er stellte sich in die Mitte der Landstraße und winkte einem Wagen, der gerade heranfuhr. Es war aber ein Lastauto, das er in der Finsternis angehalten hatte. Bevor der Geistliche den Mund öffnen konnte, hatte sich der Chauffeur hinausgelehnt, ihm etwas zugesteckt und sich davongemacht. Sehr erstaunt sah Reverend Frobisher dem toll gewordenen Gefährt nach. Dann zündete er ein Streichholz an, um zu sehen, was er in der Hand hielt. Es war eine neue Hundertdollarnote mit dem Aufdruck Fessenden Nationalbank.

III

Zu seinem Leidwesen mußte Kip erfahren, daß seine neue Karriere ihm auch die erprobtesten Freunde entfremdete. Selbst Jerry Tylers Gruß wurde flüchtig, seit er die Stelle als Mitherausgeber der «Gothamite» aufgegeben hatte und Berater einer Elektrizitätsgesellschaft geworden war. Dieser große Konzern, der sechs Staaten mit Strom belieferte, hatte alle seine Lizenzen durch Bestechung erworben und das Grundkapital verachtfacht. Es handelte sich jetzt nur darum, entsprechende Dividenden auszuzahlen und der Öffentlichkeit doch gleichzeitig als ihr Wohltäter zu erscheinen. Die Direktoren sahen sich nach einem findigen Kopfe um, der aus Schwarz Weiß zu machen verstünde. Der Präsident des Verwaltungsrates hatte Jerry und seine Frau bei einem Dinner in der Park Avenue kennengelernt. Er hatte mit Entzücken seine Satiren auf Wowsers, Blaunasen, Sozialisten und alle anderen Sorten von Narren gelesen. Die Folgen blieben nicht aus. Jerry und Eleanor hatten nun ihr eigenes luxuriöses Apartment in der Park Avenue, das sie jährlich die Kleinigkeit von zwanzigtausend Dollars kostete.

Eines Tages sah Kip seinen alten Freund Jerry in einer funkelnagelneuen Limousine, die in der Nähe eines Geschäftes hielt, während der Chauffeur Besorgungen für ihn machte. Jerry war ziemlich beleibt und ließ sich jetzt gern bedienen. Ganz nach der letzten Mode gekleidet, saß er, seinem neuen Rang entsprechend, da: die dichten Augenbrauen finster zusammengezogen. Kip wurde zu seiner Betrübnis sehr kühl begrüßt. Sollte es möglich sein, daß Jerry sich seiner vor dem Chauffeur schämte? Oder fürchtete er einen Pumpversuch? Nahm er vielleicht sich und seine neue Stellung ernst? Wenn man jung und sorgenfrei ist, kann man über alles seine Witze reißen. Aber bei einem Hunderttausenddollar-Kontrakt auf fünf Jahre gibt es nichts mehr zu lachen.

Ja, alle entfernten sich von Kip. Roger hatte Anita geheiratet, und obwohl es ihm nicht im Traume einfiel, Kip zu schneiden, war ihre Lebensweise so ganz anders als die seine, daß er sich in ihrer Gesellschaft unbehaglich fühlte und von ihnen mehr auf dem Umwege über die Zeitungen hörte. Roger blieb natürlich auch weiter die große Kanone. Die Abenteuer flogen ihm zu wie die Bienen dem Honig. Er und seine Geliebte hatten alles getan, um Aufsehen zu vermeiden. Zwei Wochen nach dem Tod des alten Tydinge heirateten sie in aller Stille in einem kleinen Dorf. Sie kehrten dann zurück in den «Goldenen Kerker»; nicht einmal ihre besten Freunde wurden von der Vermählung verständigt.

Bis eines Tages die Geschichte in die Redaktion eines Sensationsblattes durchgesickert war. Es wurde zwar nicht wörtlich ausgesprochen, daß Roger und Tydinges Witwe vor dessen Tod miteinander gelebt hatten, aber zwischen den Zeilen konnte es jeder lesen. Die ganze Geschichte des «Goldenen Kerkers» wurde aufgerollt, das Drama von der jungen Frau mit dem reichen alten Gatten und dem blühenden Geliebten. Roger machte sich nichts daraus. Er hatte sein Ziel erreicht: die üppige Schönheit, die er in königliche Gewänder kleiden konnte; ihr Vermögen, das er in der Art des Lorenzo von Medici verwaltete. Nicht nur als der größte moderne Lyriker und Dramatiker Amerikas wollte er in die Geschichte eingehen – auch am Ruhme eines fürstlichen Mäzens war ihm gelegen. Die Tore des «Goldenen Kerkers» wurden weit aufgerissen. Dichter, Musiker, Maler, Bildhauer, alle hatten sie Zutritt; alle «Gottbegnadeten», ganz unabhängig von Charakter, Sitten und Schrullen. Roger war ihr Gastgeber, Protektor und Berater. Seine alte Drohung hatte er wahrgemacht und den ganzen «antiken Plunder», wie er das nannte, dem Metropolitan Museum geschenkt. Die Wände des «Goldenen Kerkers» glänzten herausfordernd in moderner Glätte. Für die jungen Talente gründete er einen eigenen Verlag und gab ihre Werke in Luxusausgaben heraus. Um die Urteile von Theaterdirektoren über seine düsteren und bedrückenden Stücke brauchte er sich nicht mehr zu kümmern. Ein Wink von ihm, und schon veranstaltete man die schönsten Aufführungen am Broadway. Die begeisterten Ergüsse der Kritiker ließ er weit und breit plakatieren. Das amerikanische Volk sollte doch erfahren, was wahre Kunst ist.

IV

An einem sonnigen Nachmittag im Frühling stand Maggie May am Fenster und blickte auf den Park hinaus. Die alten Damen waren mit dem Kind fortgegangen; heute wollte sie einmal so ganz allein durch den Park spazieren und alle Probleme auf einige Stunden vergessen. Gerade als sie den Hut aufsetzte, schellte das Telefon. Es war Anita.

«Maggie May, ich schäme mich so, es dir zu sagen, ich bin schrecklich unglücklich.»

«Was ist denn los, Anita?»

«Roger ist betrunken!»

«Um Gottes willen!»

«Er kam gestern nacht nicht heim, und ich habe überallhin telefoniert. Jetzt eben war Jerry bei mir. Denk dir, Roger ist in einem Speakeasy; zum Glück kennen sie ihn dort und haben auf ihn achtgegeben und sein Geld verwahrt, damit man ihn nicht ausraubt.»

«Was hat Jerry unternommen?»

«Er geht ihn holen und bringt ihn in ein Sanatorium. Ich wollte ihn lieber hier haben, aber Jerry sagt, er braucht Pflege.»

«Ich bin entsetzt, Anita! Geht das schon lange so?»

«Er trinkt seit Monaten, und ich habe es nicht verhindern können. Er hat mich immer wieder vertröstet, und ich habe ihm alles geglaubt.»

«Es war nicht klug, Kind, das zu verheimlichen.»

«Maggie May, Kip könnte vielleicht helfen! Er hat einen so guten Einfluß auf Roger!»

«Kip wird natürlich alles versuchen. Was hast du vor?»

«Ich weiß selbst nicht, was ich tun soll, ich bin halb wahnsinnig!»

«Ich wollte gerade ausgehen. Ich komme sofort.»

Maggie May telefonierte Kip an; er war nicht im Büro, und sie hinterließ ihm Bescheid. Dann ging sie durch den Park, aber nicht ohne die alten Probleme im Kopf.

Anita saß inmitten der Symbole weltlichen Glanzes. Ihr Boudoir war nach Rogers üppiger Phantasie ausgestattet, wie ein Zimmer aus Tausendundeiner Nacht. Auf einer luxuriösen, überladenen Bergere aus Goldbrokat saß eine leuchtende Schönheit, reif, fast wollüstig, wie eine volle Rose im Sommer; bewegungslos starrte sie vor sich hin. Ihr Gesicht war eine Totenmaske, die Tränen liefen ihr über die Wangen, ohne daß sie es wußte.

«Maggie May, ich schäme mich, dir ins Gesicht zu sehen. Du hast mir alles prophezeit, und ich habe es nicht geglaubt. Wie dumm ich war, wie schrecklich dumm!»

«Erzähl mir, wie es begonnen hat, Kind.»

«Es begann mit dem verfluchten Wein, der im Keller eingelagert war. Ich hätte ihn wegschaffen sollen, wie du's mir geraten hast, aber Roger sagte, es wäre so ein Schaden!»

«Es gibt nur einen Schaden durch Alkohol, Anita, wenn man ihn nämlich trinkt.»

«Jetzt weiß ich, daß jedes Wort wahr ist, das du sagst. Aber Roger hat so lange in mich hineingeredet. Er hat gesagt, du – du –»

«Ich weiß schon, Roger kann einen beschwatzen. Er hat dir gesagt, ich bin eine Fanatikerin, ich sehe nicht klar, und er kann auch ganz gut ohne Alkohol leben, er hat es schon bewiesen...»

«Wie gut du ihn kennst, Maggie May!»

«Ich kenne etliche Trinker, und sie sagen alle dasselbe. Sie kommen mir schon alle vor wie eine einzige Grammophonplatte.»

«Erst wollte er den Wein im Keller an seine Freunde verteilen, und anfangs hat er es auch getan. Sie pflegten jede Flasche mit besonderem Zeremoniell wegzutragen, jede Flasche einzeln, und ich sah, wie Roger ihnen nachblickte. Jedes neue Etikett war für ihn soviel wie ein Gedicht.»

«Ich kenne diese Gedichte, sie sind in Großvater Chilcotes Weinkeller entstanden, Liebe.»

«Natürlich hat die Bande bald angefangen, Flaschen vor ihm zu öffnen und sie zu kosten. Ich glaube, der Wein schmeckt besonders gut, wenn man lange keinen getrunken hat. Jedenfalls begann Rogers Atem bald nach Wein zu riechen. Was hätte ich tun sollen? Ich wollte doch keinen Streit im Haus. Und alle sprachen auf mich ein, alle – es war wie eine Flut, die mich mitriß.»

«Du hättest zu mir kommen sollen, Anita, ich bin die einzige, die den Mut hat, unangenehm zu werden.»

«Das weiß ich», sagte Anita, «aber ich hatte Angst. Ich ging zu Jerry Tyler, weil ich dachte, ein Mann weiß mehr darüber.»

«Und Jerry hat dir gesagt, du sollst doch nett sein und das männliche Tier nicht in seinem Behagen stören.»

«Er sagte, ich würde Roger nur noch mehr zum Trinken reizen, Roger sei so stolz –»

«Ekelhaftes Säufergeschwätz! Du sollst sie nur mal reden hören! Alle trinken sie, um gegen die Prohibition zu protestieren – so sagen sie wenigstens. Und es gibt wirklich einige Narren, die das von sich glauben.»

«Ja, das weiß ich, Maggie May. Es ist schon wie ein Sprichwort unter ihnen. Ich habe mich oft darüber gewundert.»

«Laß dir nichts weismachen, Anita. Sie trinken, weil sie die Wirkung des Alkohols lieben. Ich wette, Jerry hat dir gesagt, ich bin schuld, daß Roger trinkt, weil ich ihn gequält habe.»

«Ja, er glaubt es, Maggie May.»

Etwas ängstlich gab es Anita zu. Aber Maggie May lächelte.

«Ich möchte wissen, wie er meinen Vater entschuldigt, der niemals gequält wurde; denn sein gutes, sanftes, sklavisches Weib betete ihn an und hing an jedem seiner Worte und hielt ihm den Kopf, während er sich erbrach, und dann kniete sie nieder und wischte es auf, denn sie schämte sich vor den Dienstboten.»

Anita faltete die Hände. «Maggie May, genauso eine Sklavin bin ich! Vor ein paar Monaten habe ich dasselbe getan!»

«Und Roger hat dir geschworen, er wird es nicht wieder tun?»

«Ja.»

«Aber du gibst ihm immer wieder nach, und er weiß es, du bleibst bei ihm und läßt dich von ihm durch die Hölle schleifen.»

Anita senkte die Augen. «Ich schäme mich so, Maggie May, aber ich kann nicht anders. Bei seiner Berührung werde ich weich wie Wachs, er kann dann mit mir tun, was er will. Ich fürchte auch immer, daß er mich verlassen wird, daß eine andere Frau ihn mir wegnimmt, wenn ich nicht nachgebe; ich kann ohne ihn nicht leben. Ich würde ihm überallhin nachfolgen und selber zu trinken anfangen.»

«Für die Kinder ist das ein Unglück, Anita.»

«Ich darf gar nicht an sie denken!»

«Du solltest es ihnen geradeheraus sagen.»

Anita riß entsetzt die Augen auf. «Maggie May, das ist doch unmöglich!»

«Glaubst du, du kannst es ihnen verheimlichen? Sei sicher, sie fühlen, daß etwas nicht in Ordnung ist, und sie strengen ihr kleines Hirn an, es zu erraten. Ich werde selbst mit ihnen sprechen und ihre jungen Seelen schützen. Man muß ihnen erklären, daß ihr Vater die Beute einer Krankheit ist, einer erblichen Krankheit, und daß sie auf sich achtgeben müssen.»

V

Das Telefon läutete, es war Kip. Maggie May erzählte ihm rasch alles, und er versprach zu kommen. Aber nach wenigen Minuten mußte er wieder absagen. Mr. Doleshal brauchte ihn dringend heute nacht, er konnte am Telefon nicht deutlicher werden. Ihr Herz setzte aus. Daß Kip schon wieder auf eine Razzia ging! Aber wie jene heldenhaften Frauen, deren Männer in den Krieg zogen, würgte sie ihre Angst hinunter und bat nur: «Kip, gib acht auf dich!»

Wieder schritt sie durch den Park und dachte an ihre Schwägerin. Mit einer Hand gab ihr das Schicksal alles, mit der anderen nahm es ihr alles wieder weg. Sie dachte an ihren Bruder und verzweifelte an der Möglichkeit, ihn zu retten. Sie dachte an Frank und Lucile und an die neue, schwere Aufgabe, die ihr bevorstand. Wie sollte sie den Kindern begreiflich machen, daß ihr Vater ein Trinker war und daß sie den Samen der schrecklichen Leidenschaft im Blute hatten? Sie mußte diese harte Pflicht auf sich nehmen, Anitas Seele war zu schwach und weich.

Zu Hause lag der Junge schon friedlich schlafend im sauberen Bettchen. Roger Chilcote Tarleton hatte mit dem Namen sicher auch die Anlage der beiden Großväter geerbt, aber entfalten würde sie sich bestimmt nicht können! Mit kaum sechs Jahren war er schon ein überzeugter kleiner Wowser, er wußte von dem bösen Gift, das den Eltern soviel Arbeit machte. Sogar zu einem Vortrag hatte Maggie May ihn schon einmal mitgenommen. Und wenn Kip abends nicht heimkam, pflegte er zu fragen:

«Ist Papa heute wieder auf Schmuggler aus?»

Maggie May besprach mit den beiden alten Damen das Unglück, als das Telefon wieder läutete – diesmal besonders schrill. Nachts, wenn Kip bei der Arbeit war, fand Maggie May das immer. Mr. Doleshal war am Apparat.

«Ich habe leider eine schlechte Nachricht für Sie, Mrs. Tarleton. Sie müssen sich fassen. Kip ist angeschossen worden.»

«Ist er tot?» Maggie May klammerte sich an den Tisch, sie wäre sonst umgefallen.

«Nein, aber er dürfte schwer verletzt sein; er ist auf dem Weg ins Spital.»

«Ich bitte Sie, sagen Sie mir die Wahrheit, Mr. Doleshal, sagen Sie mir alles!»

«Ich weiß selbst nicht mehr, Mrs. Tarleton. Ich bekam nur eine kurze telefonische Nachricht. Er ist jetzt sicher schon im Spital, gehen Sie doch gleich hin!»

«Wo liegt er?»

Er gab ihr den Namen eines Spitals in Brooklyn an. «Können Sie allein gehen, Mrs. Tarleton, oder soll ich Sie holen kommen?»

«Danke, mit der Untergrund bin ich am raschesten dort, ich fahre gleich hin.»

Sie hängte ab, vergrub ihren Kopf in die Arme und weinte verzweifelt. Dann riß sie sich zusammen. Vielleicht starb Kip gerade in diesem Augenblick! Sie mußte hin! Sie rüttelte die alte Mrs. Tarleton aus dem Schlaf und erzählte ihr hastig von dem Unglück und wo Kip lag, damit sie nachkommen konnte. Dann nahm sie Hut und Tasche und hetzte auf die Straße. Ein Taxi brachte sie zur Untergrundbahn. Sie bezahlte, raste die Stiege hinunter und in einen Zug hinein. Da saß sie auf ihrem Platz, ein Bild der Angst; alle Leute wurden aufmerksam auf sie. Sie aber merkte nichts davon. Ihre Lippen bewegten sich wie die einer alten Betschwester. «Er stirbt. Ich hab's gewußt. Wir waren zu glücklich. Wir hätten nicht so glücklich sein dürfen. Ich muß stark sein. Ich hab's ihm versprochen.»

Von der Station lief sie ohne Atempause ins Spital. «Ich bin Mrs. Tarleton, mein Mann ist Prohibitionsbeamter...», sagte sie zu dem Mädchen am Auskunftsschalter – da bemerkte sie das Mitleid in ihren Augen. «Es tut mir sehr leid, Mrs. Tarleton, aber Ihr Mann war schon tot, als er eingeliefert wurde.» Um Maggie May drehte sich alles, sie hielt sich am Pult fest und sank nieder, die Arme um den Kopf geschlungen.

Kip war tot! Kip war tot!

Wärter kamen. Sie setzten sie in einen Stuhl und trösteten sie. Sie waren solche Szenen gewohnt. Sie wußten, daß die Frauen es doch überwinden, auch wenn sie sagen, daß sie nicht mehr leben können. Zu arg das Ganze! Die Kugel war durch die Hüfte gegangen und hatte eine Ader zerrissen; nur weil die Hilfe zu spät kam, war er verblutet. Gelitten hatte er nicht, vielleicht tröstete sie das. Schrecklich, was diese Gangster für ein Unheil stifteten, niemand war vor ihnen sicher. Die Polizei hatte das Opfer noch befragen wollen, zu spät. Und der Mörder war entkommen.

«Kann ich ihn sehen?» Man führte sie in die Totenkammer. Er lag auf einer Marmorplatte, mit einem Leintuch bedeckt. Sein Gesicht war ruhig, die Lider waren geschlossen wie im Schlaf, nur sehr bleich sah er aus. Maggie May kam es plötzlich zum Bewußtsein, daß er nie wieder heimkommen würde. Sie dachte an die trostlosen Jahre, die ihr bevorstanden, an das leere Haus; die Erinnerungen übermannten sie, diese Erinnerungen, die ihr jetzt alles bedeuten würden. Sie brach wieder zusammen, und man führte sie weg.

VI

«Prohibitionsbeamter erschossen.» So stand es am nächsten Morgen in den Zeitungen. Mit zehn, zwölf Zeilen war Kips Leben erledigt. Für solche Ereignisse hatte die New Yorker Presse nichts übrig. Ja, wenn ein Prohibitionsbeamter eine Razzia in einer Spelunke machte und sich gezwungen sah, seinen Revolver zu gebrauchen, dann waren alle Seiten voll davon und voll von sensationellen Details über diese Leute, die wehrlose Bürger ihrer persönlichen Freiheit beraubten und einfach niederknallten. Wenn eine Mutter von zehn Kindern angehalten wurde, weil sie betrunken war, so wurde das natürlich breitgetreten. Aber kein Wort stand in den Zeitungen über Kips Kinder; für Witwen, deren Männer im Kampf mit John Barleycorn das Leben ließen, gab es keine überflüssige Trauer. Auf dieser Totenliste standen bereits an die siebzig Namen, aber in der «nassen» Presse wurde das kaum weiter erwähnt.

Kip hatte sich bei einer Razzia in einer «Alkoholwäscherei» den Tod geholt. Ein halbes Dutzend Männer war aufgestöbert worden, die Kip im Büro bewachen mußte, während seine Kollegen an die Hausdurchsuchung schritten. Die Gefangenen waren nach Waffen abgegriffen worden; gewöhnlich pflegte man ihnen Handschellen anzulegen, aber diesmal waren die Beamten nachlässig gewesen und hatten nicht genug Handschellen mit.

Viel Widerstand war von den Gefangenen im allgemeinen nicht zu erwarten. Sie hatten ja nichts zu fürchten, sie telefonierten einfach nach Bürgen und wurden gleich freigelassen, ohne auch nur eine Nacht in der Haft zu verbringen. Der Boß kaufte neue Apparate und mietete einen andern Platz; in einer Woche ging das Geschäft wieder los.

Die Gefahr bei diesen Razzien war nur, daß man leicht mit Alkoholräubern verwechselt wurde. Es pflegten nämlich auch die Gangster Razzien zu machen; Banditen raubten ganze Destillerien aus, und die Leute, die darin arbeiteten, lernten, erst zu schießen und dann zu fragen. Wenn die Beamten einen Ort stürmten, riefen sie zwar gleich: «Bundesorgane! Im Namen des Gesetzes, ihr seid verhaftet!» Aber zum Unglück lernten auch die Alkoholräuber diesen Trick, schrien bei ihren Überfällen dasselbe und wiesen sich mit falschen Marken aus.

Vor kurzem hatte das Justizdepartement angeordnet, daß allen Verhafteten die Fingerabdrücke abgenommen würden. Fotografien davon wurden nach Washington geschickt und auch von der lokalen Polizei geprüft. Da konnte man interessante Entdeckungen machen. Bald fand man einen langgesuchten Mörder, bald einen Erpresser, auf den schon einige Gefängnisstrafen warteten, bald einen Einbrecher, der sein halbes Leben lang gesessen hatte.

Kip stand mit dem Rücken gegen eine offene Tür, den Revolver in der Hand. Seine Häftlinge standen auf der andern Seite des kleinen Büros; nur einer saß beim Schreibtisch, ein langer, schwarzer Italiener, der unangenehm fluchte und sich auf dem Schreibtischstuhl immer herumdrehte. «Zum Teufel», schnaubte er, oder: «Um Christi willen», aber Kip hörte nicht auf ihn, er hatte seine Erfahrungen; mit Worten war den Leuten nicht beizukommen. Plötzlich fuhr der Italiener auf und schrie aufgeregt: «Nicht schießen! Das sind Bundesorgane!» Kip blickte sich blitzschnell um; auch der Schraubstuhl drehte sich. Der Mann langte nach der Schreibtischlade, riß sie auf und zog einen Revolver heraus.

Kip merkte es und hob auch seinen Revolver. Der Mann feuerte ab. Der erste Schuß traf Kips Handgelenk; seine Waffe fiel zu Boden. Der zweite Schuß ging fehl. Der dritte traf ihn in die Hüfte und streckte ihn nieder. In einer Sekunde waren die sechs durch Tür und Fenster verschwunden, die Finsternis verschlang sie. Für diesen Mord- und Fluchtversuch drohte ihnen der elektrische Stuhl. Sie waren also entschlossen, sich aufs Äußerste zu wehren. Doch es kam zu nichts weiter. Freunde versteckten sie. Bald fanden sie Arbeit in einer andern Stadt. Die Gangster wissen ihresgleichen zu schützen.

Maggie May dagegen erhielt vom Vorstand des Prohibitionsamtes einen Brief, in dem die edeln Eigenschaften ihres Mannes gebührend hervorgehoben wurden. Ihre Pension belief sich auf ganze fünfundsiebzig Dollars im Monat.

VII

Für den zweiten Abend nach Kips Begräbnis war in einer New Yorker Kirche ein Vortrag von Maggie May Tarleton angesagt. Der Geistliche besuchte Maggie May, um ihr zu kondolieren und ihre Absage, die ihm selbstverständlich erschien, entgegenzunehmen. Aber die junge Fanatikerin setzte ihn in Erstaunen. Ihr Gatte habe die Möglichkeit seines Todes erwogen, erklärte sie, und sie habe ihm versprechen müssen, ihre Arbeit nicht zu unterbrechen. Gerade jetzt wolle sie sprechen, vielleicht fand sich unter den Zuhörern ein junger Mensch, der für Kip einsprang.

An Maggie May war es jetzt, zu beweisen, daß wirkliches, stolzes «Kavalierblut» in ihren Adern floß. Sie wird sprechen, und wenn es sie das Leben kostet! Wie sie ihn jetzt haßt, John Barleycorn, wie sie ihn mit ihrer ganzen Seele haßt! Denn Kip hat daran glauben müssen, der liebe, gute, ehrliche Kip, Kip mit den erstaunten Falten auf der Stirn, Kip mit dem standhaften Herzen, der Bestechungen zurückwies, der durch nichts, nichts zu bestechen war! Kip, der wie ein Junge aussah und wie ein Mann handelte! Von jetzt an muß auch sie wie ein Mann handeln.

Da stand sie nun, bleich und angespannt, in ihrem alten, blauen Kleid vor einer gewaltigen Menge, zu der sie sprechen sollte. Der Geistliche, der sie vorstellte, erwähnte das Unglück, das sie getroffen hatte. Ehrfürchtiges Schweigen empfing sie. Es falle ihr schwer, heute eine Rede zu halten, aber eigentlich sei es ihr schon immer schwergefallen. In dem Landesteil, aus dem sie stamme, sei der Platz der Frau noch immer das Heim und der Herd. Aber der Anblick der Nation, die sich in den Krallen der Korruption winde, habe sie in das öffentliche Leben getrieben. Die Tatsache, daß die am Unglück des ganzen Landes Schuldigen auch ihren Mann ermordet hatten, habe ihr Gefühl für das allgemeine Unglück nicht gerade geschwächt.

Sie verstummte und schöpfte tief Atem. Sie nahm den Hut mit den blauen Glockenblumen herunter und legte ihn hinter sich auf einen Stuhl, nur um auf irgendeine Weise ihre Erschütterung zu verbergen. Sie bat die Zuhörer um Entschuldigung. Zuviel erinnerte sie an den Mann, der bei jeder Versammlung in ihrer nächsten Nähe gesessen und dessen Anblick ihr Mut und Zuversicht eingeflößt hatte.

Sie erzählte von Kips Leben; was es bedeute, im Prohibitionsdienst zu stehen. Schwerer noch als der Kampf gegen Bestechung und Mord laste auf den Beamten die Mißachtung der Öffentlichkeit. «Ihr habt Soldaten und Matrosen; in Kriegszeiten seid ihr froh, daß ihr sie habt, und behandelt sie mit Hochachtung. Der Beamte des Prohibitionsdienstes lebt in einem unaufhörlichen Krieg. Warum macht ihr ihm das Dasein so schwer?»

Sie sprach von der armseligen «fünfprozentigen Durchführung» der Prohibition und der Entscheidung, vor die das politische System die Wähler stelle. Entweder sie entschieden sich für die «Nassen», die ihnen die Abschaffung des Gesetzes versprachen – was nicht gut möglich war, oder aber sie wählten die jetzige Regierung wieder, deren feierliches Versprechen, die Prohibition durchzuführen, eine ekelerregende Farce war. Da verlangten sie vom Kongreß zu diesem Zwecke zwanzig Millionen Dollars. Die «Nassen», deren einziger Gedanke die Verhöhnung der Prohibition war, stellten sofort einen Zusatzantrag, in dem sie gleich zweihundert Millionen forderten. «Ich will euch sagen, woran ihr einen ehrlichen Politiker erkennen könntet – daran, daß er wirklich an die Prohibition glaubt und für sie eintritt. Es soll einmal ein Abgeordneter den Mut haben, aufzustehen und die Herausforderung der ‹Nassen› anzunehmen: Ich stimme für zweihundert Millionen Dollars, denn ich weiß, daß die Durchführung soviel kostet. Ich weiß auch, daß das Geld sich zehnfach bezahlt machen wird, in einer Steigerung der Produktion und in einer Hebung des moralischen Niveaus des Landes und seiner Regierung.»

Maggie May rief die Frauen und die junge, noch unverdorbene Generation zu einem neuen Kreuzzug auf. «Vielleicht ist es gar nicht mehr möglich, mit Hilfe von Politikern etwas zu erreichen. Vielleicht kann die Macht der Unterwelt über unsere Städte nur noch durch direkte Aktionen gebrochen werden. Vielleicht werden die Speakeasies von New York und Chikago erst geschlossen werden, wenn die Frauen mit ihren eigenen Händen dafür sorgen – aber mit guten Äxten in den Händen!»

Ein ungeheurer Beifall brach los. Der Pfarrer dieser wohlanständigen Kirche begann auf seinem Stuhl hin und her zu rutschen; unruhig sah er sich nach allen Seiten um – waren vielleicht Zeitungsreporter anwesend? Maggie May, die Unversöhnliche, ließ sich durch nichts beirren.

«Ihr wißt, meine Lieben, was in Kansas geschehen ist. Die Kneipen waren zwar verboten, aber sie blühten darum doch weiter, bis die Frauen sich erhoben und dem Unfug ein Ende machten. Man sagte, die Frauen seien toll geworden. Ich frage euch: Wer ist toll? Sie oder jene reiche New Yorker Bankier, den ich so gut kenne, der Millionen von Dollars in den Alkoholschmuggel steckt und Gewalttätigkeit und Korruption unterstützt? Sie oder die Politiker, die allen Ernstes die Wähler von sechsunddreißig Staaten dazu überreden wollen, das Prohibitionsamendement wieder abzuschaffen? Sie oder jene Jazzband von New Yorker Intellektuellen, die das Lob der Berauschtheit singen und immer wieder von den alten Kneipen schwärmen? Nein, meine Freunde, wir leben in einer tollen und verrückten Zeit. Es ist ganz in Ordnung, wenn etwas von dieser Verrücktheit endlich einmal auch unserer Sache zugute kommt!»

Schluchzen, Klatschen, laute Zurufe wie in den Anfangszeiten der Abstinenzbewegung unterbrachen Maggie Mays Rede. «Ihr glaubt vielleicht, daß ich verrückt geworden bin, weil ich meinen Mann verloren habe. Aber ich habe schon lange darüber nachgedacht, und ich sage euch: Ich glaube fest an einen neuen Kreuzzug, an einen Kreuzzug der Frauen gegen Alkohol. Sechsunddreißigtausend Speakeasies haben heute nacht in New York offen und bereichern sich an Tod und Elend. Die Polizei stört sie nicht, sie haben ja ihren Tribut an Tammany bezahlt. Die Bundesregierung fürchten sie nicht, denn der Prohibitionsdirektor hat das Rennen aufgegeben – die Arbeit geht über seine Kräfte, erklärt er. Wir brauchen sie nicht! Vergeßt nicht, Freunde, daß Mütter schon immer auf Wacht gestanden haben. Wir haben den Schlaf dieser Gangster bewacht, als sie noch kaum an unsere Knie reichten – bis das korrupte Gesindel sie uns vom Schoße wegriß und Verbrecher und Mörder aus ihnen machte. Heute nacht stehen viele Frauen auf der Wacht – Frauen, Schwestern, Bräute, aber es nutzt nicht viel, denn sie handeln nicht vereint. Ich rufe euch auf, Mütter, Frauen, Schwestern und Bräute von Trinkern, organisieren wir uns, schließen wir uns zu einer heiligen Schar zusammen, um die Macht von John Barleycorn über unser Volk zu brechen!»

Maggie May weinte heftig. Die Frauen schluchzten und viele Männer auch. Dann raffte sie sich zusammen und legte ihren Plan auseinander. Dieses Geschöpf, das früher so ruhig und sittsam gewesen war, hatte sich in den stärksten Grad von Fanatismus hineingesteigert. Sie glaubte nicht mehr an das Gesetz als Waffe im Kampfe gegen ihren Todfeind. Sie glaubte nur mehr an die Erstürmung aller Kneipen durch die Frauen.

«Vergeßt nicht, Freunde, der Alkoholhandel in den Vereinigten Staaten ist gesetzlich verboten. Diese elenden Höhlen stehen unter keinerlei gesetzlichem Schutz – weder die Fässer und Flaschen voll Gift noch die großartigen livrierten Diener, die die Wagentüren öffnen und die Damen der Gesellschaft in ihre Schande geleiten. Ob es um eine Hafenkneipe geht oder um einen Millionärsklub in der Park Avenue – sie alle stehen außerhalb des Gesetzes und müßten zittern, wenn sie sich dessen bewußt wären! Denkt daran! Nach unserem Gesetz hat jeder Bürger, der Zeuge einer Gesetzesverletzung ist, das Recht, den andern anzuhalten. Und wir Frauen sind ebenso gute Bürger wie jeder Gangster!»

Die Menge tobte. Wenn Maggie May gewollt hätte – ein Zug von singenden Frauen wäre ihr aus der Kirche nachgefolgt. Doch sie ließ das nicht zu. Der Kampf durfte erst beginnen, wenn man für ihn wirklich gerüstet war.

«Die Tammany-Polizei wird uns verhaften. Die Tammany-Justiz wird uns wegen Hausfriedensbruch verurteilen. Freunde, ich wünsche, das zu erleben! Ich bete darum, daß ich das noch erlebe! Ich wünsche uns lange Gefängnisstrafen – jeder Tag, den wir hinter Gittern verbringen, wird Stoff für hundert Versammlungen sein. Man wird uns schlagen und vielleicht erschießen. Freunde, sie haben schon viele Diener der Prohibition angeschossen und getötet. Mein Mann trug auf der Liste die Nummer 69. Jetzt sind wir an der Reihe. Neunundsechzig Morde an Männern haben die Ruhe der ‹nassen› Zeitungen von New York nicht gestört – aber warten wir, Freunde, bis sie eine Frau erschießen! Eine Frau mit dem Beil in der Hand, die keinem Menschen was zuleide tut, die nur Flaschen und Fässer voll Gift zerschlägt! Mit der Ermordung einer einzigen Frau für die Prohibition unterzeichnet das Verbrecherland Amerika sein eigenes Todesurteil! Mir selbst wünsche ich diesen Märtyrertod, mir selbst!»

Auch andere waren dazu bereit. Sie drängten sich um die Rednerin, tobten und schrien. Maggie May sammelte Namen und Adressen für eine neue, starke Organisation. Sie hatte vor, das ganze Land zu bereisen und aus dem Schlaf zu rütteln. Ihren Schlachtruf wollte sie in riesigen Lettern an den Kirchen anschlagen und in die nassesten Zeitungen des ganzen Kontinents einrücken lassen:

«Die Prohibition hat nicht versagt!
Es hat nie eine Prohibition gegeben!
Führt sie erst ein!»

Inhalt

1. Kapitel	POINTE CHILCOTE	5
2. Kapitel	DER SCHNAPSTEUFEL	27
3. Kapitel	TARLETON-HAUS	48
4. Kapitel	MANHATTAN	72
5. Kapitel	PROHIBITION	98
6. Kapitel	DER GOLDENE KERKER	121
7. Kapitel	DIE LEITER DES ERFOLGS	146
8. Kapitel	DER GROSSE HÄUPTLING	174
9. Kapitel	DER NEUE MANN	197
10. Kapitel	BROADHAVEN	222
11. Kapitel	SKANDAL	246
12. Kapitel	VERBRECHEN	269
13. Kapitel	DIE MORDKOMMISSION	293
14. Kapitel	WOWSER	317
15. Kapitel	IM BUNDESDIENST	338
16. Kapitel	FLUCHT	360
17. Kapitel	UNTERWELT	386
18. Kapitel	DAS OPFER	398

SERIE PIPER

Nick Cave

Und die Eselin sah den Engel

Roman. Aus dem Englischen von Werner Schmitz. 326 Seiten.
SP 1869

Der Rockmusiker Nick Cave hatte mit seinem ersten Roman die Leser sofort auf seiner Seite: Die Geschichte des Mörders und Selbstmörders Euchrid Eucrow, der, Produkt mehrerer Generationen Inzucht und Alkoholmißbrauch, in einem gottverlassenen, vom Zuckerrohr und einer bigotten Sekte beherrschten Südstaatenkaff aufwächst, wurde zu einem Kultbuch.

Euchrid Eucrow ist das Produkt von mehreren Generationen Inzucht und Fuselkonsum. Stumm und verkrüppelt, aber von ungewöhnlichem Feingefühl, das er unter einem symphathischen und nicht zu bändigenden Wagemut versteckt, lebt Euchrid in einem abgeschiedenen Tal. Den erschreckenden oder erheiternden Launen und Obsessionen einer monströsen Mutter und eines fast geisteskranken Vaters unterworfen, den Talbewohnern ein Gespött, lernt Euchrid schnell Zuflucht in dem Sumpfland zu suchen, das an die Stadt grenzt. Doch auch diese Zuflucht wird ihm verwehrt.

»Kein Rock-Star-Buch, sondern ein Versuch in einem schon fast klassischen Genre – der Südstaatenerzählung. Doch da, wo sonst, beim jungen Truman Capote etwa, eine Atmosphäre von süßer Melancholie und Apathie herrscht, sind es bei Nick Cave dramatische Impulse, die immer wieder den Stoff peitschen. Während Caves Hauptperson Euchrid Eucrow, verwachsen und zurückgeblieben, von seinen Mitbürgern gejagt, im Sumpf liegt und langsam seinem Tod entgegensinkt, erzählt er die Geschichte seines Lebens in einer kleinen, von einer obskuren Sekte beherrschten Südstaatenstadt.«
Vogue

»Caves Meisterschaft – von der fast besessenen Sprache bis zur hochpräzisen Struktur der Erzählung – ist beeindruckend. Ein herausragendes Debüt.«
Sound

»Eine wirklich grandiose Geschichte, ein modernes Epos.«
Elle

»Er hat einen Roman verfaßt, morbide und abgründig, ist hinabgestiegen in die Tiefen der Alpträume und Mysterien. Er hat einen wundersamen Bogen geschlagen von der deftigen Alltagsprosa zur biblischen Poesie.«
Neue Zeit